传统经典无障碍读本

唐诗

通解

贾太宏 编

中国言实出版社

图书在版编目（CIP）数据

唐诗通解 / 贾太宏编 . -- 北京：中国言实出版社，2019.1

ISBN 978-7-5171-3069-7

Ⅰ . ①唐… Ⅱ . ①贾… Ⅲ . ①唐诗—诗歌欣赏 Ⅳ . ① I207.227.42

中国版本图书馆 CIP 数据核字 (2019) 第 010826 号

责任编辑 张　丽

责任校对 代青霞

出版发行　中国言实出版社

　　　　　地　址：北京市朝阳区北苑路 180 号加利大厦 5 号楼 105 室
　　　　　邮　编：100101
　　　　　编辑部：北京市海淀区北太平庄路甲 1 号
　　　　　邮　编：100088
　　　　　电　话：64924853（总编室）64924716（发行部）
　　　　　网　址：www.zgyscbs.cn
　　　　　E-mail：zgyscbs@263.net

经　销　新华书店

印　刷　天宇万达印刷有限公司

版　次　2020 年 1 月第 1 版　　2020 年 1 月第 1 次印刷

规　格　880 毫米 ×1230 毫米　1/32　15 印张

字　数　400 千字

定　价　49.00 元　　ISBN 978-7-5171-3069-7

编 委 会

主　　编：贾太宏

副 主 编：周　蓉　　张卓伟

编　　审：侯　燕　　郝　玲　　张春阳

前　言

　　中国是一个诗的国度，诗歌的历史源远流长，从远古先民在劳动中生发出的"号子"，进而形成歌谣，又不断创作出《诗经》《楚辞》《汉乐府诗集》《古诗十九首》《唐诗》《宋词》《元曲》等诗歌文学形式，为后人留下了丰厚的文学艺术宝藏。唐代是中国古代诗歌发展的高峰，题材丰富，被历代广为传颂的诗篇最多，是国人学习语言和传统文化的基础内容。

　　《唐诗通解》收录了唐代81位诗人的作品，共计诗篇314首。书名中"通解"之意体现于有诗歌作者的简介，诗歌内容中的生僻字有注音注释，有诗歌创作的背景介绍和诗句释义，可使读者无障碍理解诗意。编者旨在使《唐诗通解》成为阅读、赏析、诗歌理论兼有的诗歌学习工具书，既适合诗歌爱好者阅读，也适合家庭教育伴读和作为中小学生语文课本中诗歌学习的辅导。

　　《唐诗通解》所选唐诗内容校对参照中华书局1999版《全唐诗》，诗篇排序按作者生活年代先后，再参考其登进士年。诗歌解析，编者在参考古今众多名家诗评基础上，依据"诗言志"的抒情原理，广泛查阅资料，深入了解每位诗人的生活情感经历和时代背景，并结合诗歌表现的规律，通过集体讨论后编作而成。

编　者

2019 年 10 月

目　录

唐　诗

唐诗简述

　　唐朝是中国历史上结束"南北朝割据"不久建立的大统一帝国。唐朝总结了前朝败亡的教训，致力建立国家安定的局面，对各种思想和各民族文化，采取兼容并包的态度，并完善了以知识才学选拔人才的"科举制度"。到了唐玄宗时，科考加试诗、赋，更直接促进了诗歌的创作。

　　唐朝建立之初的三十多年间，诗人们创作还保留着"宫体诗"的诗体和风格。唐高宗时，并称"初唐四杰"的王勃、杨炯、卢照邻、骆宾王，摒弃南朝辞藻华丽、内容空洞的"宫体诗"，主张诗歌应反映现实生活，拓宽了诗歌题材。沈佺期、宋之问、杜审言总结了南朝"永明体"诗歌格律的成果，促进了"律诗"的形成。陈子昂继承了"汉魏风骨"，他的诗作《登幽州台歌》，意境苍凉辽阔，哀而不伤，一扫南朝六代柔靡纤弱的诗风，开唐诗"刚健、骨气"之风。

　　从唐玄宗即位至唐代宗大历初年，是诗歌创作的大繁荣阶段。这个时期，国家经济繁荣，国力强盛，出现了浪漫主义诗人李白，现实主义诗人杜甫，田园诗人王维、孟浩然，边塞诗人高适、岑参、王昌龄，还有韦应物、刘长卿等众多名家，诗歌题材丰富全面，都达到了风骨声律兼优的唯美境界，显现了盛唐"文治武功"恢宏雄壮的气象。

　　从唐代宗大历年间至唐穆宗长庆年间，这个阶段前期由于社会的动乱和唐王朝的衰微，诗人们失去了开阔乐观的精神风貌，诗歌也显出"气骨顿衰"的不争气象，就是号称大历十才子的诗人们，也出现了一种渐入雕饰、追求丽词的倾向，有种颓废的味道。中唐后期的贞元、元和年间，经由元稹、白居易诗派新乐府诗歌理论的带动和韩愈、柳宗元古文革新运动的力推，诗文创作再次出现了大繁荣的局面。

从唐懿宗咸通初年到唐朝灭亡。这一时期，晚唐诗歌由盛唐的雄健壮丽转而为哀婉凄艳。代表诗人有李商隐、温庭筠、杜牧。

唐诗基本有六种形式：五言古体诗、七言古体诗、五言绝句、七言绝句、五言律诗、七言律诗。唐代人把从《诗经》至南北朝"宫体诗"代表人庾信的诗作，都称为古代诗体。绝句的特点是每篇为四句，五言绝句二十字，七言绝句二十八字。律诗是一种严谨的诗体，特点有：每首诗篇限定八句，五言律诗四十字，七言律诗五十六字；压平韵声；每句的平仄有严格规定；每篇必须有对仗，对仗位置也有规定；超过八句的律诗，称为长律。长律除了末尾两句（或除了开头和末尾各两句），都用对仗，因此又称"排律"。律诗因完成于唐代，所以唐代人称之为"近体诗"或"今体诗"。凡不受"近体诗"格律限制的诗体，都是古体诗。

诗人的情怀受时代环境影响，触景生情以诗歌抒发真情实感。唐代是文化包容的时代，不受思想禁锢的唐代诗人们，才华灵智尽情发挥，创作的优秀诗篇，既使后人能了解唐代的人物风情、优美韵律和意境，又令读者感怀古今、修养心神、雅正气质。

野　望

王　绩 ①

东皋薄暮望 ②，徙倚欲何依 ③。
树树皆秋色，山山唯落晖 ④。
牧人驱犊返 ⑤，猎马带禽归 ⑥。
相顾无相识，长歌怀采薇 ⑦。

【赏析】

这首五言律诗作于王绩辞官隐居东皋之时。在一个秋日傍晚时分，王绩遥望山野，看到秋意颇浓的山野景色，放牧和打猎的人各自随愿而归，不禁怀念起古代隐士采薇而食的典故。

第一、二句写出时间、地点和情态。诗人在东皋秋季的一个黄昏远望，站在原地徘徊，心中茫然。以"徙倚"的动作和"欲何依"的心理描写表达了百无聊赖的彷徨心情。

第三、四句写黄昏景色。树林中落叶纷纷，满是肃穆的秋季

---

① 王绩（约589—644），字无功，绛州龙门（今山西省万荣县）人，隋末唐初诗人。隋炀帝时，授秘书正字，嗜酒不任事，弃官还乡。唐高祖武德初，王绩以原职待诏门下省。唐太宗贞观初年，以病罢官。不久，又被征召任太乐丞，后辞官归东皋著书，自号"东皋子"。《全唐诗》收录其诗一卷。王绩被后世学者公认为五言律诗的奠基人。　　② 东皋（gāo）：古地名，在今山西省河津市。为诗人隐居之地。薄（bó）暮：傍晚。薄，迫近。　　③ 徙（xǐ）倚：徘徊，来回地走。依：归依。④ 落晖：落日。　　⑤ 犊（dú）：小牛，这里指牛群。　　⑥ 禽：鸟兽。这里指猎物。　　⑦ 采薇：相传周武王灭商后，伯夷、叔齐不愿做周朝的臣子，在首阳山上采薇而食，最后饿死。后世常以"采薇"代指隐居生活。薇，一种植物名。

气息。看着群山被夕阳的余晖映照，使孤独失落的诗人略感慰藉。

第五、六句写山村的生活气息。在肃穆的秋景中，诗人看到牧人驱赶着牛群返回家园，猎人带着猎物骑马疾驰而过，感到山村的气息活了起来。"驱""返""带""归"的动态描写，以动衬静，与上联构成了一幅山村秋晚的生活图景。在这幅图景中，有远景与近景、静态与动态，排布得错落有致。

最后两句写触景生情，借典抒怀。诗人看到秋日黄昏的田园景物，想到在现实中找不到知己朋友，只好追怀西周时期的伯夷、叔齐那样不食周粟、上山采薇的隐士。虽表达有茫然若失、孤独无依的情绪，但依然坚持着自己归隐的心志。

诗人通过描写萧瑟怡静的秋景和山村人的生活情景，借典抒发自己的心志，也以此来排遣惆怅、孤寂的情绪。

从军行①

杨炯②

烽火照西京③，心中自不平。
牙璋辞凤阙④，铁骑绕龙城⑤。
雪暗凋旗画⑥，风多杂鼓声。

---

① 从军行：乐府旧题，多描述军旅生活。　② 杨炯（约650—693），别名杨盈川，华州华阴（今陕西省华阴市）人。唐高宗、武则天时期的官员、文学家，与王勃、卢照邻、骆宾王并称"初唐四杰"。杨炯诗作在内容和艺术风格上以突破齐梁"宫体诗"为特色，在诗歌发展史上具有承前启后的作用。　③ 烽火：古代边防告急的烟火。西京：唐都长安。④ 牙璋（zhāng）：古代一种兵符，分为两块，相合处呈牙状，朝廷和主帅各执其半。此指奉命出征的将帅。凤阙（què）：宫阙名。西汉建章宫的圆阙上有金凤，故以凤阙指皇宫。　⑤ 龙城：又称龙庭，为两汉时匈奴国都，故址约在今蒙古国鄂尔浑河东岸。这里指塞外敌方据点。　⑥ 凋：原指草木凋零，此指失去了鲜艳的色彩。

宁为百夫长①，胜作一书生。

【赏析】

唐高宗调露、永隆年间，吐蕃、突厥曾多次侵扰甘肃一带，朝廷派礼部尚书裴行俭率兵征讨。诗人杨炯看到武将得以施展才能，自己作为文臣也心有不甘，故作这首五言律诗以表达心志。

首联通过"烽火"形象化的描述，表明了边报传来紧急军情。"照"字渲染出紧张气氛。战乱突起，关乎国家兴亡，"自不平"，表达了诗人对国家安危的忧心和为国报效的意愿。

颔联写将帅应召领命辞别皇帝，率军消灭来犯之敌。"牙璋""凤阙"，既表明出征将士的使命，又显示出师场面的隆重和庄严。"铁骑"对"龙城"，表示唐军已快速到达前线，并包围了敌方的城堡。"绕"字，渲染出敌我两军的战争态势。

颈联通过描写景物烘托出战斗情景。前句从视觉描述：满天的大雪，遮没了军旗上的彩画；后句从听觉描写：狂风呼啸，与雄壮的进军鼓声错杂交织。以象征军队的"旗"和"鼓"，表现出征将士冒雪同敌人搏斗的无畏精神和在战鼓声激励下奋勇杀敌的悲壮场面。

尾联抒发诗人从戎保边卫国的壮志豪情。艰苦激烈的战斗，更增添他对这种不平凡生活的热爱，宁愿驰骋沙场，做一个带头杀敌的百夫长，也不愿做置身书斋的书生。

这首诗以描写保卫边疆的将士和侵略者的战斗过程，表达了诗人的爱国激情和将士们气壮山河的精神面貌。

---

① 百夫长（zhǎng）：军队中统率百人的小头目，泛指下级军官。

渡汉江 ①

宋之问 ②

岭外音书断 ③，经冬复历春。
近乡情更怯，不敢问来人 ④。

【赏析】

唐中宗神龙元年（705 年），宋之问被贬为岭南地区的泷州参军，次年冒险逃回洛阳，途经汉江时写下了这首五言绝句。

前两句表述诗人被贬于蛮荒偏远的岭南地区，和家人音讯隔绝，仕途失意、孤独苦闷使他日夜难熬，捱过了冬、春两季，诗人对家乡的亲人更加思念。"断""复"二字把诗人难以忍受的精神痛苦，描绘得鲜明可见。

结尾两句写诗人逃归途中的心理变化。"近乡"说明诗人因长期没有家人消息而擅离被贬之地，奔向家乡。"情更怯"，即越接近故乡，离家人愈近，担忧也越沉重，害怕会被路上的某个熟人认出，甚至到"不敢问来人"的程度，以免家人遭受牵累。"情更怯"与"不敢问"的矛盾心理，体现出诗人强自抑制急切见到家人的愿望和由此造成的精神痛苦。愈接近重逢，那种激动、不安、畏怯的心理同时交结胸中，难以释怀。

---

① 汉江：为长江最大支流。源出今陕西省宁强县嶓冢山，经陕西、湖北二省，至武汉市入长江。　　② 宋之问（约 656—712），字延清，名少连，汾州隰城（今山西省汾阳市）人，一说虢州弘农（今河南省灵宝市）人，唐代诗人。历仕唐高宗、武则天、唐中宗、唐睿宗四朝，因攀附武则天宠臣张易之和受贿多次被贬。唐玄宗初，赐死于桂州。宋之问在诗歌创作中使六朝以来的格律诗法则更趋细密，使五言律诗的体制更臻完善，并创作了七言律诗。是律诗的奠基人之一。　　③ 岭外：五岭以南的地区，通常称岭南（今华南区域范围）。唐代常作罪臣的流放地。书：信。　　④ 来人：渡汉江时遇到从家乡来的人。

这首思乡诗，诗人以逐层递进的追述，首句说明事件背景，后三句直诉出矛盾心理和痛苦心情。语言简洁，抒情自然、真切。

送杜少府之任蜀州①

王勃②

城阙辅三秦③，风烟望五津④。
与君离别意⑤，同是宦游人⑥。
海内存知己⑦，天涯若比邻⑧。
无为在歧路⑨，儿女共沾巾⑩。

【赏析】

这是首写送别的五言律诗。当时作者王勃在唐都长安，杜姓少府应是王勃的朋友，被派去四川做官，王勃相送，临别时赠送

---

① 少府：唐代对县尉的通称。之：到，往。蜀州：治所在今四川省崇州市。　②王勃（约650—676），字子安，绛州龙门（今山西省河津市）人。唐代诗人，"初唐四杰"之一。十六岁时，应幽素科试及第，授职朝散郎。因作《斗鸡檄》被赶出沛王府。后求补得虢州参军，因私杀官奴再次被贬。上元三年（676年）八月，自交趾探望父亲返回时，不幸渡海溺水，惊悸而死。王勃擅长五律和五绝。　③城阙（què）：城楼，代指京师长安城。辅：护卫。三秦：指长安城附近的关中之地，即今陕西省潼关以西一带。"城阙辅三秦"为倒装句，"以三秦为辅"，意指京师长安靠三秦作保护。　④五津：岷江的五个渡口，即白华津、万里津、江首津、涉头津、江南津。此泛指蜀川。　⑤君：对人的尊称，此指杜少府。⑥宦（huàn）游：出外做官。　⑦海内：四海之内，即全国各地。古人认为我国疆土四周环海，所以称天下为四海之内。　⑧天涯：天边，比喻极远之地。比邻：近邻。　⑨无为：无须，不必。歧（qí）路：岔路。古人送行常在大路分岔处告别。　⑩沾巾：泪水沾湿衣服和腰带。意指挥泪告别。

给杜少府这首诗。

首联"城阙辅三秦,风烟望五津",送别之地长安被三秦地区所"辅",突出了雄浑阔大的气势。接着点出友人"之任"的处所——风烟迷蒙的蜀地。"望"字,将秦、蜀二地联系起来,好似诗人站在三秦护卫下的长安,遥望千里之外的蜀地,这就暗寓了惜别的情意。"望"字不仅拓宽了诗的意境,而且在心理上拉近了两地距离,使人感觉到既然"五津"可望,那就不必为离别而忧伤。这一开笔创造出雄浑壮阔的气象,使人有一种天空寥廓、意境高远的感受,为全诗注入了豪壮的感情基调。

颔联"与君离别意,同是宦游人",这是在安慰友人。我和你离别的心情是一样的,但我们都是远离故土、宦游他乡的人,不要悲伤。

颈联"海内存知己,天涯若比邻",诗句意境开阔。意思是只要我们志趣相同,即使远隔天涯,也犹如近在咫尺。既表现诗人乐观宽广的胸襟和对友人的真挚情谊,也道出诚挚的友谊可以超越时空界限的哲理,给人以莫大的安慰和鼓舞,因而成为脍炙人口的千古名句。

尾联"无为在歧路,儿女共沾巾",这两句语气变悲凉为豪放,慰勉友人不要像青年男女一样,为离别泪湿衣巾,足见情深意长。

这首送别诗没有悲苦缠绵之态,语句豪放清新、委婉亲切,体现出诗人高远的志趣和旷达的胸怀。

风

李峤 ①

解落三秋叶 ②，能开二月花 ③。
过江千尺浪，入竹万竿斜 ④。

【赏析】

　　这首咏物诗何时所作没有确证。有人认为，李峤和苏味道、杜审言三人一起在春天游泸峰山，山上景色秀美，一片葱郁。登及峰顶时，一阵清风吹来，李峤诗兴大发，随即吟出了这首五言绝句。诗篇通过提炼"叶""花""浪""竹"等自然界物象在风力作用下的变化，间接表现了"风"的形力、魅力与威力。表现了诗人对大自然物象变化的细微观察和感叹。

　　前两句写"风"的季节表现：秋风能使晚秋的树叶脱落，春风能催开早春二月的鲜花绽放。后两句则就"风"所到之处，呈不同景象来描写：风过江上时，能掀起千尺巨浪；刮进竹林时，可把万棵翠竹吹得全都倾斜。

　　全诗四句没出现一个"风"字，而是通过外物在风作用下的变化来凸显风的特点。诗句讲究对仗或对偶，前两句，"解落"

---

① 李峤（645—714），字巨山，赵郡赞皇（今河北省赞皇县）人，唐代诗人。二十岁进士及第，历任安定小尉、长安尉、监察御史、给事中、润州司马、凤阁舍人、麟台少监等职。武周时期，依附张易之兄弟。唐中宗年间，依附韦皇后和梁王武三思，官至中书令、特进，封为赵国公。唐睿宗时，贬为怀州刺史。唐玄宗时，再贬滁州别驾，迁庐州别驾。病卒于庐州。与杜审言、崔融、苏味道并称"文章四友"，后被尊为"文章宿老"。其诗多为五言近体，所作咏物诗自风云月露，飞动植矿，乃至服章器用之类，无所不包。虽刻意描绘，以工致贴切见长，但毫无兴寄（对具体事物的描写以表达思想感情）。　　② 解落：吹落。三秋：指秋季。
③ 二月：农历二月，指春季。　　④ 斜（xiá）：倾斜。

对"能开","三秋叶"对"二月花"工整有序。后两句,"一过""一入","一高""一低","一直""一斜",把自然界物象在风吹作用下所产生的变化鲜活地表现出来。

和晋陵陆丞早春游望 ①

杜审言 ②

独有宦游人 ③,偏惊物候新 ④。
云霞出海曙 ⑤,梅柳渡江春。
淑气催黄鸟 ⑥,晴光转绿蘋 ⑦。
忽闻歌古调 ⑧,归思欲沾巾。

【赏析】

武则天永昌元年(689 年)前后,杜审言已做官近二十年,却仍远离京都洛阳,内心颇为失落。在江阴县任职时,杜审言与好友陆丞是同郡邻县的同僚。他们同游唱和。这首五言律诗是杜审言为唱和陆丞的《早春游望》而作。诗篇描写了江南新春的景物,表达了诗人身在异乡的孤独心境与常年不能回乡省亲的幽幽伤情。

---

① 和:依照别人诗词的题材和体裁做诗。晋陵:古地名,在今江苏省常州市。陆丞:诗人好友,其名不详,当时在晋陵任县丞。 ② 杜审言(约 645—约 708),字必简,祖籍襄州襄阳(今湖北省襄阳市)人,后迁居河南巩县(今河南省巩义市),"诗圣"杜甫的祖父。唐高宗咸亨进士,累官修文馆直学士。唐中宗时,因与张易之兄弟交往,被流放峰州(今越南越池东南)。与李峤、崔融、苏味道并称为"文章四友",是唐代"近体诗"奠基人之一。杜审言的五言律诗,格律谨严,朴素自然。
③ 宦游人:离家做官的人。 ④ 物候:自然界的气象和季节变化。
⑤ 曙(shǔ):天刚亮。 ⑥ 淑气:和暖的天气。 ⑦ 绿蘋(pín):浮萍。 ⑧ 古调:指好友陆丞写的诗,即题目中的《早春游望》。

首联，诗人即发感慨，只有离别家乡、奔走仕途的游子，才会对异乡的节物气候感到惊奇。"独有""偏惊"二词，表现出诗人宦游江南的矛盾心情。

中间两联写"惊新"。颔联两句写江南的新春像是与太阳一起从东方的大海升临人间，像曙光一样映照着满天云霞。同属初春正月的梅花、柳树，在北方是雪里寻梅，遥看柳色，残冬未消。而江南已经梅花缤纷，柳叶翩翩，春意盎然。颈联两句，一"催"字，突出江南二月春鸟更加欢鸣的特点。"晴光转绿𬞟"写水草，暗示江南二月的物候，恰同中原三月暮春，早了一个月。表面看，这两联写江南新春开始至二月的物候变化特点，表现出江南春光明媚、鸟语花香的景色。实际上，诗人是从比较故乡中原物候来写异乡江南的新奇，在江南二月的新鲜风光里有着诗人怀念中原暮春的故土情意，句句惊新而处处怀乡。

尾联点明思归和道出伤春的本意。"忽闻"二字，表现出陆丞的诗在无意中触动诗人心中思乡之痛，因而感伤流泪。

咏 鹅

骆宾王 [①]

鹅，鹅，鹅，曲项向天歌 [②]。
白毛浮绿水 [③]，红掌拨清波 [④]。

---

① 骆宾王（约638—约684），字观光，婺州义乌（今浙江省义乌市）人，唐代诗人，"初唐四杰"之一。唐高宗时，为道王李元庆府属，历任武功、长安主簿、侍御史，因事下狱，次年遇赦。唐高宗调露二年，授临海丞，后辞官。骆宾王于武则天光宅元年，为起兵反武则天的徐敬业作《为徐敬业讨武曌檄》，徐敬业败，亡命不知所终。骆宾王的诗篇辞采华胆，格律谨严。　②项：鹅的脖子。　③白毛：白色羽毛的鹅。　④红掌：鹅的脚掌。拨：划。

【赏析】

这是一首咏物诗，相传为骆宾王七岁时的作品。骆宾王家住浙江省义乌市城北的一个小村庄。村外有个叫骆家塘的池塘。每到春天，塘边柳枝飘拂，池水清澈见底，水上鹅儿成群，景色格外迷人。有一天，家中来了一位客人。客人见骆宾王聪敏伶俐，就问了他几个问题。骆宾王皆对答如流，使客人惊讶不已。骆宾王跟着客人走到骆家塘时，一群白鹅正在池塘里浮游，客人有意试试骆宾王的才智，便指着鹅群要他以鹅作诗，骆宾王略略思索便创作了此诗。

首句"鹅，鹅，鹅"，以反复咏唱方法扣题成句，增强了情感的自然流露。隐含"三"，又意为"众"，指群鹅。"曲项向天歌"，这句描写出鹅鸣叫的神态，给人以鹅声入耳之感。"曲"字，把鹅伸长脖子，仰头弯曲着"嘎嘎嘎"地朝天长鸣的形象写得十分生动。这句诗先写所见，再写所听，极有层次。

"白毛浮绿水，红掌拨清波"，诗人以一组对偶句，通过色彩相衬叙述了鹅群悠然自得地在池塘中戏水的情景。鹅毛是白色，池塘水因绿树和水相映相融为绿色，"白""绿"对照，鲜明耀眼，这是当句对；鹅掌是红的，而水波是青的，"红""青"映衬，艳丽分明，这也是当句对。两句诗中"白""红"相对，"绿""青"相对，是上下对。都是对仗，回环往复，其妙无穷。

全诗完整呈现了一幅"鹅群戏水"画面，也是经典"总分"写法，即先整体概述所写事物，以三个"鹅"字成句表明所写事物形态。再细分描写群鹅的表现特点，从远由声音到近看群鹅，由上到下，即鹅曲项长鸣到鹅掌悠闲戏水。

咏 水

骆宾王

列名通地纪^①，疏派合天津^②。
波随月色净，态逐桃花春。
照霞如隐石，映柳似沉鳞^③。
终当挹上善^④，属意澹交人^⑤。

【赏析】

这是一首咏物寓理诗。写作背景已不可考，根据诗意中物象的描述和关联，约为骆宾王富有阅历的中青年时期所作。这首五言律诗作者通过对水的歌颂，总结出对人生处世的态度。

第一、二句"列名通地纪，疏派合天津"，水土相融的大地是万物生存的根本，水的流布迎合天道滋养着万物。这两句意境深广，内涵丰富。说明了水是自然界的血液，通达"天纲地纪"。

中间四句"波随月色净，态逐桃花春。照霞如隐石，映柳似沉鳞"，这四句提炼实景化意境，以动态和静态呈现水的形态和包容：汇天一色，水波在月光下洁净无尘如明镜；生机活现，波涛追逐腾跃的浪花就像春天的桃花妩媚娇人；照在水中的云霞如隐藏在水中的石头，倒映在水中的垂柳如潜游的鱼儿。每句都是一幅水在大自然奇作天成的画景，以月亮、桃花、照霞、映柳突出水表现出纯净世界的特色。设景壮观而奇美，语句对仗工整，寓意自然和谐。

最后两句"终当挹上善，属意澹交人"，意指最终应当把水表达于做大善大德之事，隐含《老子》中"上善若水"的寓意；做人也应如水的纯净和包容，淡泊名利，注重友情，洁身自好。这两句彰显了作者的意志，表达了这首诗的思想主旨。

---

① 纪：根本。　　② 派：水分流。津：滋润。　　③ 沉鳞：潜游在水中的鱼。　　④ 挹（yì）：《说文解字》有"挹，抒也"，即表达。
⑤ 属（zhǔ）意：意向专注于（某人或某事物）。

登幽州台歌 ①

陈子昂 ②

前不见古人 ③，后不见来者。
念天地之悠悠 ④，独怆然而涕下 ⑤。

【赏析】

这是一首吊古伤今的悲歌，表述了诗人怀才不遇而遭受压抑的境遇和孤独落寞的情怀。武则天万岁通天元年（696 年），契丹李尽忠、孙万荣等攻陷营州。武则天派武攸宜率军征讨，陈子昂随军出征，任幕府参谋。次年兵败，陈子昂请求遣万人作先锋以击敌，武攸宜不允。又向武进言不听，反被降职。陈子昂接连遭受挫折，眼看报国不成，因此登上幽州台慷慨悲吟。

起首两句俯仰古今，山河依旧，人物不同。"古人""来者"，即指古代那些能够礼贤下士的贤明君主。诗人感叹像燕昭王那样的先代贤君既不复可见，后来的贤明之主也来不及见到，抒发了自己生不逢时的哀叹。

第三句登楼眺望，写空间的辽阔无限。茫茫宇宙，虽无边无际，但看不到一个能赏识人才的君主。第四句，诗人深感孤单寂寞，悲从中来，怆然流泪了。既有对时世的感伤，也有对强权贵族的憎恶。

---

① 幽州台：战国时燕昭王所建的黄金台，用以招纳贤才。又称蓟北楼，故址约在今北京市大兴区。　② 陈子昂（661—702），字伯玉，梓州射洪（今属四川省）人。唐代文学家。二十四岁举进士，以上书论政得到武后重视，授麟台正字。后迁右拾遗，故世称"陈拾遗"。曾因"逆党"反对武后而株连下狱。曾两次从军边塞，对边防颇有远见。三十八岁辞官还乡，后被县令段简迫害，冤死狱中。　③ 前：过去。古人：指那些能够礼贤下士的贤明君主。与下文"来者"义同。　④ 念：想到。悠悠：辽阔，遥远。　⑤ 怆（chuàng）然：悲伤凄恻的样子。涕下：流眼泪。

咏 柳

贺知章 ①

碧玉妆成一树高 ②，万条垂下绿丝绦 ③。
不知细叶谁裁出，二月春风似剪刀。

【赏析】

这是一首咏物七言绝句。诗人通过对柳树生动形象的描绘，赞美了春天给大地带来的勃勃生机，使人们感受到春天万物生长的气息。

首两句描述柳树、柳条，既写出动人的形态，又写出碧绿引人的色彩。诗人把柳树比作是打扮漂亮的美人，说它"碧玉妆成"，那千条万缕的丝带就是美人的裙带，写活了早春的杨柳。

第三句诗人转而故意设问，是谁裁出如此纤嫩的柳叶。结尾自答是那看不见、摸不着的二月春风。想象奇妙，将春风比作剪刀，裁出了嫩绿细长的柳叶，装扮了整个天地。这两句，诗人把设问和比喻结合起来，用拟人手法把春风催化万物形象地表现出来，烘托出了美感。

---

① 贺知章（659—744），字季真，一字维摩，号石窗，晚年更号四明狂客，又称秘书外监。因他排行第八，人称"贺八"。唐越州永兴（今浙江省杭州市萧山区）人。武则天证圣进士，授国子四门博士，迁太常博士。后历任礼部侍郎、秘书监、太子宾客等职。为人旷达不羁，有"清谈风流"之誉。八十六岁告老还乡，不久病逝。贺知章既是诗人，又是书法家。他的诗文以绝句见长，除祭神乐章、应制诗外，其写景、抒怀之作风格独特，清新潇洒。　②碧玉：代指油绿的柳树叶。　③丝绦（tāo）：丝编的带子或绳子。此处代指绿叶长满的柳枝。

回乡偶书①

贺知章

少小离家老大回②，乡音无改鬓毛衰③。
儿童相见不相识④，笑问客从何处来。

【赏析】

这是首写感怀的七言绝句。唐玄宗天宝三年（744年），八十六岁的贺知章辞官回到阔别五十多年的故乡，心中感慨人生易老，世事沧桑，于是写就此诗。抒发了诗人久居他乡、怀恋故里的感伤。

前两句，诗人置身于故乡熟悉而又陌生的环境中，感慨当年离家时风华正茂，今日返回，却鬓毛疏落。"少小离家"与"老大回"的对比，概括出诗人数十年客居他乡的事实，基调感伤。次句以"鬓毛衰"承接上句，具体写出自己的"老大"之态，并以不变的"乡音"映衬变化了的"鬓毛"，很有"我不忘故乡，故乡可还认得我吗"之意。

结尾两句以乐景诉哀情。诗人离开家乡数十年，猛然回到家乡，同乡的儿童见面自然不认识他。"笑问客从何处来"，在儿童看来只是随意一问，听到诗人耳中却引出无穷的感慨，自己的年迈衰老与反主为宾的悲哀，全都包含在这一问中。全诗虽在这有问无答处悄然作结，但弦外之音却哀婉、忧伤，使人难以忘怀。

---

① 偶书：随便写的诗。偶，说明诗写作得很偶然，是随时有所见、有所感就写下的。　② 少小离家：贺知章三十七岁中进士，在此前就离开家乡。老大：年纪大了。　③ 鬓毛衰（cuī）：老年人头发稀疏减少。鬓毛，额角边靠近耳朵的头发。衰，减少。　④ 相见：看见我。

感 遇

张九龄 ①

兰叶春葳蕤 ②，桂华秋皎洁 ③。

欣欣此生意 ④，自尔为佳节 ⑤。

谁知林栖者 ⑥，闻风坐相悦 ⑦。

草木有本心 ⑧，何求美人折 ⑨？

[赏析]

　　唐玄宗开元二十五年（737 年），因李林甫的诽谤，张九龄由尚书丞相贬为荆州长史。晚年遭毁，忠而被贬，遂作《感遇》十二首以张其志。这首五言古诗是其中第一首。

　　前四句，诗人借草木春兰、秋桂的生态景象，表述自己的情怀。第一、二句以互文的句式彰显意志，兰花在春季枝繁叶茂，清香怡人。桂花在仲秋月光的辉映下更显明亮清洁，陈香扑鼻。春兰、秋桂生意勃发，给季节带来了美好。春、秋因兰、桂而成

---

① 张九龄（678—740），字子寿，韶州曲江（今广东省韶关市）人，唐代官员、文学家，世称"张曲江"。唐中宗景龙初年中进士，始调校书郎。唐玄宗时，迁右补阙。历任中书侍郎、同中书门下平章事、中书令。母丧夺哀，拜同平章事，封为始兴郡开国伯，食邑五百户。开元二十八年，张九龄去世，追赠司徒、荆州大都督，谥文献。张九龄擅长五言古诗，诗风清淡，语言素练质朴，对扫除唐初所沿袭的六朝绮靡诗风有很大影响，被誉为诗坛"岭南第一人"。　　② 葳（wēi）蕤（ruí）：形容草木枝叶茂盛。　　③ 桂华：桂花。华，同"花"。　　④ 生意：生机勃勃。　　⑤ 自尔：自然地。佳节：美好的季节。　　⑥ 林栖者：山中隐士。　　⑦ 闻风：闻到芳香。典出《孟子·尽心篇》："闻柳下惠之风者，薄夫敦，鄙夫宽。"意指听说过柳下惠的道德风范的，刻薄的人变得厚道，狭隘的人会变得宽广。坐：因而。　　⑧ 本心：天性。　　⑨ 美人：即指"林栖者"。

为美好的季节。这里既包含了时势造英雄、英雄壮时势的历史唯物主义思想，也暗喻贤人志士只有在政治开明时期才能施展自己的才华抱负的思想，流露了自己对重新"遇时"的渴望。

后四句，诗人以春兰、秋桂芳香袭人的自然属性来委婉地说明自己的美德才华并非为了求人赏识而博取高名，而是像春兰、秋桂的芳香那样，博得山林隐士的喜爱，只是自然效果而已。兰、桂散发芳香并非希求人们来折取它，欣赏它，而是出于它们的本性。诗人以此来比喻贤人君子的洁身自好，进德修业，也只是作为一个人的本分，并非借此来博得外界的称誉提拔，以求富贵通达。"谁知"指对兰桂来说，大有出乎意料的感觉。美人由于闻到了兰桂的芬芳，因而发生了喜爱。诗从无人到有人，是一个突转，诗情也因之而起波澜。"何求"二字坚定有力，将诗人不肯蓄意专营博取美名的清高志趣表现出来。这也是此诗的立意主旨。

这首诗托物寓意，诗人以兰、桂自比，借兰、桂之芳香比喻自己心怀忠国济民的高志美德，抒发了诗人对命运坎坷的感慨，表达了自己的理想操守。

望月怀远①

张九龄

海上生明月，天涯共此时。
情人怨遥夜②，竟夕起相思③。
灭烛怜光满④，披衣觉露滋⑤。
不堪盈手赠⑥，还寝梦佳期。

---

① 怀远：怀念远方的亲人。　② 情人：多情人，指诗人自己。或说指亲人。遥夜：长夜。　③ 竟夕：终宵，即一整夜。　④ 怜：也是怨的意思。　⑤ 滋：绵绵不绝。　⑥ 盈手：双手捧满。盈，满。

【赏析】

这首写月夜怀人的五言律诗，作于张九龄贬谪荆州之时。

"海上生明月"点题"望月"，以实景生发意象，诗人仰望夜空中的明月，海天一色，由此想象月亮是在广阔无边的大海中生出。"天涯共此时"，又想到远隔天涯的亲人此时应也望着明月思念自己。"海上""天涯"含有和亲人远隔天涯海角之意。

"情人怨遥夜，竟夕起相思"，有情人因为思念而久不能眠，因而生"怨"长夜的漫长，更觉孤独。这种相思而生的孤独之"怨"，整夜都不能消散。表达了诗人对远方亲人的深切思念。

"灭烛怜光满，披衣觉露滋"，诗人因整夜思念亲人而不能入睡，或许是怪屋里烛光太耀眼，于是灭烛，披衣步出门庭。明月更撩人心绪，皎洁的清辉，使人更难以入睡。长夜已深，气候更凉了一些，遥望良久，露水不觉沾湿了身上衣裳。"滋"字表达了相思的绵绵不绝。

"不堪盈手赠，还寝梦佳期"，相思的心绪浓郁难解，却不知以什么可赠亲人，来表达自己的情怀，只有满手的月光。诗人不禁感慨："这月光饱含我满腔的心意，可又怎么赠送给远方的你呢？还是睡吧！睡梦中也许能与你相聚。"

全诗语言自然浑成，情意缠绵而不见感伤，意境幽静秀丽，构思巧妙，情景交融，细腻入微，感人至深。

经邹鲁祭孔子而叹之 ①

李隆基 ②

夫子何为者，栖栖一代中 ③。
地犹鄹氏邑 ④，宅即鲁王宫 ⑤。
叹凤嗟身否 ⑥，伤麟怨道穷 ⑦。
今看两楹奠，当与梦时同 ⑧。

---

① 邹（zōu）鲁：先秦时邹国、鲁国的并称。邹，孟子故乡，在今山东省邹城市一带。鲁，孔子故乡，在今山东省曲阜市一带。后因以"邹鲁"指文化昌盛之地，礼仪之邦。　② 李隆基（685—762），即唐玄宗，唐代中期皇帝。继位之初，励精图治，史称"开元之治"。天宝年间，宠信贵妃杨玉环，荒于政务。又任用奸相李林甫、杨国忠，导致"安史之乱"，避乱奔蜀。太子于灵武即位，尊李隆基为上皇天帝，庙号玄宗，谥曰明。　③ 栖栖：忙碌不安。形容孔子一生奔走列国，无处安身。　④ 鄹（zōu）氏邑：春秋时初属邹国，后归鲁国，在今山东省曲阜市东南，孔子出生地。　⑤ "宅即"句：西汉鲁恭王在扩建王宫时拆除孔子故宅，忽然听到天上有金石丝竹之声，有六律五音之美，便不敢再毁坏。却从墙壁里发现《尚书》《礼》《论语》《孝经》等书。⑥ 叹凤嗟身否：《论语·子罕》载"子曰：凤鸟不至，河不出图，吾已矣夫！"孔子为恢复礼制而奔波一生。晚年，他看到周礼的恢复难以实现，于是发出以上哀叹。凤鸟至象征圣人出而受祥瑞，现在凤凰不至，因此孔子发出不能见到圣人的感叹。身否，生不逢时。否，不通畅，不幸。　⑦ "伤麟"句：鲁哀公十四年春，孔子听说有人捕获了麒麟，曾大为悲痛地说，麟出而死，我的愿望无法实现了。因麒麟是瑞兽，象征太平盛世，孔子认为麒麟不该在此时出现。　⑧ "今看"二句：典出《礼记·檀弓上》。孔子梦见自己坐在殿堂前面的楹柱之间。按照殷人礼仪，人死后停枢在此。孔子是殷商王族的后裔，因而认为这梦是自己将死的征兆，后来他卧病七日便死了。两楹（yíng）奠，比喻祭祀庄严隆重。两楹，殿堂的中间。楹，堂前直柱。

【赏析】

这是首怀古抒情的五言律诗。唐玄宗开元十三年（725年），唐玄宗李隆基到泰山祭天，行封禅大礼。封禅之后，顺道经曲阜至孔子宅，派出使者以太牢祭孔子庙，有感而发作此诗。

首联"夫子何为者，栖栖一代中"，古代称学者或老师为"夫子"，也特指孔子。诗人李隆基身为皇帝，诗中称孔子为"夫子"，也含有尊为"帝者师"之意。诗人为什么尊敬孔夫子呢？因为他为了实现礼制社会而周游列国，一生劳碌不停，虽屡遭误解，仍坚持不懈，是可敬的。表达了诗人对孔子的敬重。

颔联"地犹鄹氏邑，宅即鲁王宫"，承接上联，引用典故以孔子生活居所和身后被供祭之地，说明了孔子的历史地位。鄹氏邑春秋初属邹国，后归鲁国，是孔子生活的故乡；鲁王宫是西汉鲁恭王扩建王宫要拆迁孔子旧宅，说明近邻孔子故居。孔子去世后，后人以其故居为其设庙，从汉朝开始，历代为了尊孔不断修缮增大，此时是不是把鲁王宫并为孔庙，无从考证。但诗人身为帝王，出言即为圣旨，鲁王宫旧址自此后肯定并入孔庙占地范围。诗意也旨在评价孔子的尊崇地位。

颈联"叹凤嗟身否，伤麟怨道穷"，借用典故中孔子的自伤之语，感叹孔子生不逢时，政治理想难以实现，再现了孔子当年孤寂、凄凉的心境。"嗟身否"感怀生不逢时，"伤麟怨"则叹息王道难行。表达出诗人对孔子的同情和感慨。

尾联"今看两楹奠，当与梦时同"，借用典故来表达孔子的梦想得以实现，受到后世的敬仰。"两楹奠"，指祭奠礼仪的隆重主严，以此表达后世对孔子的敬重。"与梦时同"又符合孔子生前梦见自己死后，灵柩停放在两楹间的梦境。诗人看到孔子的塑像端坐在殿堂前的两楹间，受历代祭拜。自己也心怀敬仰，祭拜于前。以"与梦时同"表达了自己对孔子梦想得到实现的欣慰之情。

诗人慨叹孔子为了礼制社会一生忙碌奔波，但对孔子创立儒学为后世奠定的治国思想寄予了尊崇，显出诗人推行仁政的决心。

次北固山下 ①

王湾 ②

客路青山外 ③，行舟绿水前。
潮平两岸阔 ④，风正一帆悬 ⑤。
海日生残夜 ⑥，江春入旧年 ⑦。
乡书何处达 ⑧？归雁洛阳边 ⑨。

【赏析】

诗人王湾在唐玄宗开元初游历长江以南地区。在一年冬末春初时，由楚地（今湖北省一带）入吴（江南地区），沿江东行途中泊舟于江苏镇江北固山下时，有感而作了这首五言律诗。

首联以对偶句发端，写诗人走长江水路旅游江南，行进中，植被繁茂的北固山出现在眼前，于是乘舟向绿水岸边停靠。"客路""行舟"，表露了人在江南、心向故里的漂泊羁旅之情，为尾联"乡书""归雁"埋下伏笔。

次联，"潮平两岸阔"，江水潮流涌动，高涨的水位几乎与岸齐平，更显江面广阔浩渺；"风正一帆悬"，诗人乘坐的船顺着风势扬帆快速驶向岸边。这两句是感叹江南景色的壮观。

---

① 次：停泊。北固山：古山名，在今江苏省镇江市一带。　② 王湾（约 693—约 751），字号不详，洛阳（今河南省洛阳市）人。唐代诗人。唐玄宗先天年间进士及第，授荥阳县主簿，受荐参与集部的编撰辑集工作，因功授任洛阳尉。代表诗作《次北固山下》。　③ 客路：旅途。
④ 潮平两岸阔：潮水涨满时，两岸之间水面宽阔。　⑤ 风正：顺风。悬：挂。　⑥ 海日：海上的旭日。残夜：夜将尽之时。　⑦ 江春：江南的春天。　⑧ 乡书：家信。　⑨ 归雁：北归的大雁。典出"雁足传书"，汉臣苏武被困匈奴多年，单于诡称苏武已死。汉使探知实情，声言汉天子曾射得大雁，雁足系有苏武所写帛书。单于不得已而释免苏武。后遂以"雁足传书"指大雁能传递书信。

颔联"海日生残夜，江春入旧年"，夜色将尽，东望江边太阳初升。新年未至，江中春意已现。诗人以"生""入"，表明了新的一天开始，新的一年到来。在描写景物、节令之中，蕴含了自然的理趣。这两句意境壮阔高朗，得到当时宰相张说的极度赞赏，并亲自书写悬挂于厅堂上。唐末诗人郑谷评说："何如海日生残夜，一句能令万古传。"

尾联与首联相呼应，表述了游子的思乡情怀。新春将至，如何将自己思念家乡亲人的书信送到，不禁想起"雁足传书"的典故，想着北归的大雁是能带书信到家乡洛阳的。

这首怀乡诗，诗人见景生情，以游客之态状山河之美，抒久离故乡思念之情，随性而发，自然作成，极富韵致，被广为传颂。

桃花溪 ①

张 旭 ②

隐隐飞桥隔野烟 ③，石矶西畔问渔船 ④。
桃花尽日随流水 ⑤，洞在清溪何处边 ⑥。

【赏析】

《桃花溪》是张旭借东晋陶渊明所作《桃花源记》的意境而创作的写景七言绝句，作于唐玄宗天宝年间。此时唐王朝已经由盛转衰，张旭感同于陶渊明写《桃花源记》的心境，而作此诗。

首句写远景。以远观的视角，描绘出深山野谷之中云雾缭绕，

---

① 桃花溪：水名，在今湖南省桃源县境。　② 张旭（675—约750），字伯高，一字季明，吴县（今江苏省苏州市）人，唐代书法家，被誉为"草圣"。他的诗以七绝见长，与李白、贺知章等人并称"饮中八仙"。与贺知章、张若虚、包融并称"吴中四士"。　③ 飞桥：高桥。
④ 石矶（jī）：水边突出的巨大岩石。畔：旁边。　⑤ 尽日：整天。
⑥ 洞：指东晋陶渊明的《桃花源记》中武陵渔人找到的洞口。

透过云雾望去，那横跨在山溪之上的长桥，若隐若现，仿佛在虚空里飞舞。"隔"字，使"飞桥"与"野烟"两种景物动静结合，交相映衬。第二句写近景，诗人把自己置身于意象的画景中，把渔人当作曾进入桃花源中的武陵渔人。想象自己站在靠近溪水西岸水中凸起的大岩石上，询问行船的渔夫。"问渔船"逼真地呈现了心驰神往的情态。使人仿佛既看到山水的光景，又见到人物的状态。

结尾两句是问渔人的话。只见一片片桃花瓣随着清澈的溪水不断流出，却不知那理想的世外桃源洞在清溪的什么地方。这里，桃源洞的美妙景色是从问话中的虚写，诗人急切地向往又感到缥缈难求的心情，也是从问话中含蓄地透露出来。

这首诗通过对桃花溪幽美景色的描写和对渔人的询问，抒写了作者向往世外桃源，追求美好生活的心情。诗篇构思婉曲，情韵悠长，创造了一个饶有画意、充满情趣的幽深境界。

春江花月夜

张若虚 ①

春江潮水连海平，海上明月共潮生。
滟滟随波千万里 ②，何处春江无月明！
江流宛转绕芳甸 ③，月照花林皆似霰 ④。
空里流霜不觉飞 ⑤，汀上白沙看不见 ⑥。

---

① 张若虚，生卒年不详，扬州（今江苏省扬州市）人，唐代诗人。曾任兖州兵曹，与贺知章、张旭、包融并称"吴中四士"。张若虚诗作仅存二首于《全唐诗》。其中《春江花月夜》最为著名。　② 滟（yàn）滟：波光荡漾的样子。　③ 芳甸（diàn）：芳草丰茂的原野。甸，郊外之地。
④ 霰（xiàn）：天空降落的白色不透明小冰粒。形容月光下春花晶莹洁白。　⑤ 流霜：古人因霜和雪相似，都是从空中降落，所以叫流霜。这里比喻皎洁的月光。　⑥ 汀（tīng）：沙滩。

江天一色无纤尘①，皎皎空中孤月轮②。

江畔何人初见月？江月何年初照人？

人生代代无穷已③，江月年年只相似。

不知江月待何人，但见长江送流水。

白云一片去悠悠④，青枫浦上不胜愁⑤。

谁家今夜扁舟子⑥？何处相思明月楼⑦？

可怜楼上月徘徊⑧，应照离人妆镜台⑨。

玉户帘中卷不去⑩，捣衣砧上拂还来⑪。

此时相望不相闻⑫，愿逐月华流照君⑬。

鸿雁长飞光不度，鱼龙潜跃水成文⑭。

昨夜闲潭梦落花⑮，可怜春半不还家。

江水流春去欲尽，江潭落月复西斜⑯。

斜月沉沉藏海雾，碣石潇湘无限路⑰。

不知乘月几人归⑱，落月摇情满江树⑲。

---

① 纤尘：微细的灰尘。　② 皎皎：明亮。月轮：指月亮。因月圆时像车轮，故称。　③ 穷已：穷尽。　④ 悠悠：飘忽不定的样子。　⑤ 青枫浦：古地名，在今湖南省浏阳市境。这里泛指游子所在地。　⑥ 扁（piān）舟子：借指飘荡江湖的游子。扁舟，小舟。　⑦ 明月楼：月夜下的闺楼。此指闺中思妇。　⑧ 月徘徊：指月光偏照闺楼，徘徊不去，令人不胜其相思之苦。　⑨ 离人：指思妇。妆镜台：梳妆台。　⑩ 玉户：形容楼阁华丽，以玉石镶嵌。　⑪ 捣衣砧（zhēn）：捣衣石。　⑫ 相闻：互通音信。　⑬ 逐：追随。月华：月光。　⑭ 文：同"纹"。　⑮ 闲潭：幽静的水潭。　⑯ 斜（xiá）：倾斜。　⑰ 碣（jié）石：古山名，在今河北省昌黎县境。潇湘：湘江与潇水，在今湖南省境。一南一北，暗指路途遥远，相聚无望。无限路：极言离人相距之远。　⑱ 乘月：趁着月光。　⑲ 摇情：触动情思。

【赏析】

　　《春江花月夜》为乐府吴声歌曲名，相传为南朝陈后主所作，原词已失传。张若虚这首七言古诗为拟题作诗。诗篇虽沿用乐府旧题，但语言清新优美，韵律宛转悠扬，洗去了宫体诗的浓脂艳粉，给人以澄澈空明、清丽自然的感觉。这首诗创作地点在江苏省扬州市的临江之地，诗人是站在江边赏月观潮，有感而发作就此诗。

　　诗人入手应题，前十句描绘出一幅春江花月夜的奇丽画面：江潮连海，月共潮生，这里"海"是虚想，江水浩瀚无边，仿佛和大海连在一起，一轮明月随潮涌而生。"生"字赋予了明月与潮水活泼的生命。月光映照大地江河，哪一处春江不在明月朗照之中。江水曲曲弯弯地绕过花草遍生的春天原野，月光泻在花树上，像撒上了一层白雪。诗人观察月光极其精微，"空里流霜不觉飞，汀上白沙看不见"，月光如霜飘荡在天空中，倾泻在沙滩上，和白沙融为一体。江面和天空浑然成一尘不染的蓝色宇宙，只有一轮皎洁的明月悬挂在空中。这十句诗人以恢宏的视角，细腻的笔触，创造了一个神话般美妙的境界，使春江花月夜显得格外幽美恬静。诗人的神思进入了一个清明纯净的世界，引发了对天地宇宙关联人生的遐想："江畔何人初见月？江月何年初照人？"神思飞跃，探索着人生哲理与宇宙的奥秘。"人生代代无穷已，江月年年望相似"，人的生命是短暂的，而人类的延续则是久长的，因之"代代无穷已"的人类就和"年年望相似"的明月得以共存。诗人虽有对人生短暂的感叹，但并不颓废与绝望，这是缘于他对人生的追求与热爱。"不知江月待何人，但见长江送流水"，这是紧承上句"望相似"而来。人生代代相继，江月年年如此。一轮孤月悬挂中天，像是等待什么人，却又永远不能如愿。月光下，只有大江奔流远去。明月西落有离恨，江水常流显无情，诗人把笔触由上半篇的自然景色转到人生的悲欢离合，引出下半篇男女相思的离愁别恨。

　　下半篇前四句"白云一片去悠悠，青枫浦上不胜愁。谁家今夜扁舟子？何处相思明月楼"，总写在月夜中思妇与游子的两地思念

之情。"白云""青枫浦"托物寓情，白云飘忽，象征"扁舟子"的行踪不定。"青枫浦"为地名，但"枫""浦"在诗中又常用为感别的景物和处所。"谁家""何处"二句互文见义，因不止一家、一处有离愁别恨，诗人才提出这样的设问，一种相思，牵出两地离愁，一往一复，诗情荡漾，曲折有致。接下"可怜楼上月徘徊，应照离人妆镜台。玉户帘中卷不去，捣衣砧上拂还来。此时相望不相闻，愿逐月华流照君。鸿雁长飞光不度，鱼龙潜跃水成文"，这八句诗人用"月"来烘托思妇对离人的怀念。诗篇把"月"拟人化，"徘徊"二字极其传神：一是浮云游动，故光影明灭不定；二是月光似怀着对思妇的怜悯，在楼的上空徘徊不忍离去，似要和思妇做伴，为她解愁，因而把柔和的月光洒在妆镜台上、玉户帘上、捣衣砧上。岂料思妇触景生情，反而思念更甚。她反而想赶走这恼人的月色，可是月色"卷不去""拂还来"，真诚地依恋着她。"卷"和"拂"两个动作，生动地表现出思妇内心的惆怅和迷惘。思妇和思念的人共望月光而无法相知，只好依托明月遥寄相思之情。"鸿雁长飞光不度"，也暗含鸿雁不能传信之意。最后八句写游子思乡，"昨夜闲潭梦落花，可怜春半不还家。江水流春去欲尽，江潭落月复西斜。斜月沉沉藏海雾，碣石潇湘无限路。不知乘月几人归，落月摇情满江树"，诗人用落花、流水、残月来烘托思归之情。在外游子思归心切，以致在梦境中出现了花落幽潭，春光将老，人还远隔天涯，"江水流春"，流去的不仅是自然界的春天，也是游子的青春、幸福和憧憬。"江潭落月"，更衬托出他凄苦的寂寞之情。沉沉的海雾隐遮了落月，碣石与潇湘相隔是那么遥远。"沉沉"加重渲染了他的孤寂。"无限路"加深了他的乡思。他思忖：在这美好的春江花月之夜，不知有几人能回归自己的家乡。他那无着落的离情，伴着残月之光，洒在江边的树林上。

这首即景抒情诗以富有生活气息的清丽之笔，创造性地展现了江南春夜的景色，如同月光明照下的万里长江画卷，寄寓着游子思妇的离别相思之苦，与对人生哲理的追求、对宇宙奥秘的探索结合起来，汇成一种情、景、理交融又幽美邈远的意境。

九月九日忆山东兄弟①

王维②

独在异乡为异客，每逢佳节倍思亲。
遥知兄弟登高处，遍插茱萸少一人③。

【赏析】

这首七言绝句是王维十七岁时所作。这一年王维漂泊在洛阳与长安之间，适逢重阳佳节，胞弟王缙也赶回蒲州老家，王维心中思乡之情顿生，作诗抒发身在异乡对故乡亲人的思念。

前两句诗人以直接写意的手法，直说身在异乡，每到佳节思念故乡的亲人。首句中"独"字刻画出孤单的游子形象，用两个"异"字，表明了诗人寂寞凄凉的心境。第二句写诗人节日的感受。佳节是亲人团聚的日子，而诗人却孤身在外，用"每逢"与"倍"字，既表明诗人思乡之情由来已久，又渲染了思亲之情的强烈。

结尾两句，诗人由自己思念亲人，联想到亲人节日也会想念自己，从而强化了思念家乡亲人的情感。古时在重阳节有登高饮菊花酒、佩茱萸袋可以消灾避邪的说法。诗人运用这一传统的生活细节来使亲人思念自己之情具体化，用兄弟登高时唯独少了诗

---

① 九月九日：农历九月初九重阳节，中国民间有登高、插茱萸、饮菊花酒等习俗。山东：华山之东。王维家居蒲州在华山以东，作此诗时他在长安，故用"山东"代指故乡。　② 王维（701—761），字摩诘，号摩诘居士。河东蒲州（今山西省永济市）人。唐代诗人、画家。王维于唐玄宗开元九年（721年）进士擢第。历官右拾遗、监察御史、河西节度使判官。唐玄宗天宝年间，王维拜吏部郎中、给事中。安禄山攻陷长安时，王维被迫受伪职。长安收复后，被定罪，又被特赦，责授太子中允。唐肃宗乾元年间任尚书右丞，故世称"王右丞"。王维诗篇多咏山水田园，宋代文学家苏轼评"维诗中有画，画中有诗也"。　③ 茱（zhū）萸（yú）：植物名。香气辛烈，可入药。古俗重阳节，佩戴茱萸能祛邪辟恶。

人一人的遗憾心情来反衬出内心的思亲之情。

老将行

王 维

少年十五二十时，步行夺得胡马骑①。
射杀中山白额虎②，肯数邺下黄须儿③！
一身转战三千里，一剑曾当百万师。
汉兵奋迅如霹雳，虏骑崩腾畏蒺藜④。
卫青不败由天幸⑤，李广无功缘数奇⑥。
自从弃置便衰朽，世事蹉跎成白首。
昔时飞箭无全目⑦，今日垂杨生左肘⑧。

---

①"步行"句：指汉朝名将李广，被匈奴骑兵所擒，李广当时已受伤，便立即装死。途中见一胡儿骑着良马，便一跃而上，将胡儿推下，夺马疾驰而归。 ②"射杀"句：指李广为右北平太守时，多次射杀山中猛虎事。 ③肯数：岂可只推。邺下黄须儿：指曹操第二子曹彰，胡须黄色，性格刚猛，曾亲征乌丸，颇为曹操爱重。邺，曹操封魏王时，都邺（今河北省临漳县）。 ④蒺（jí）藜（lí）：用木或金属制成的带刺障碍物，布在地面，以阻碍敌军前进。因与蒺藜果实相似，故名。 ⑤卫青：汉代名将，以征伐匈奴建功官至大将军。天幸：既指运气幸运，也指汉武帝的宠信。 ⑥"李广"句：李广曾屡立战功，汉武帝却以他年老且运气不好，暗示卫青不要让李广抵挡匈奴，因而被看成无功，没有封侯。缘，因为。数奇（jī），命运不好，遇事多不利。奇，不偶，即不遇。 ⑦飞箭无全目：李善注引《帝王世纪》"吴贺使羿射雀，贺要羿射雀左目，却误中右目"。这里只是强调羿能使雀双目不全，说明其射艺之精。飞箭，一作"飞雀"。 ⑧垂杨生左肘（zhǒu）：《庄子·至乐》"支离叔与滑介叔观于冥柏之丘、昆仑之虚，黄帝之所休，俄而柳生其左肘，其意蹶蹶然恶之"，古人常以"柳"谐"瘤"，且"杨""柳"通假。在这里诗人以"杨"谐"疡（疮）"是照顾到诗的平仄声调。

路旁时卖故侯瓜^①，门前学种先生柳^②。

路旁时卖故侯瓜①，门前学种先生柳②。
苍茫古木连穷巷③，寥落寒山对虚牖④。
誓令疏勒出飞泉⑤，不似颍川空使酒⑥。
贺兰山下阵如云⑦，羽檄交驰日夕闻⑧。
节使三河募年少⑨，诏书五道出将军。
试拂铁衣如雪色，聊持宝剑动星文⑩。
愿得燕弓射天将，耻令越甲鸣吾军⑪。
莫嫌旧日云中守⑫，犹堪一战取功勋。

【赏析】

唐玄宗开元二十五年（737年），王维被任命为监察御史，奉命出使边塞，在凉州河西节度使副使崔希逸幕下任节度判官，在此度过了一年的军旅生活。这期间他深入军营生活，发现军队

---

① 故侯瓜：秦朝东陵侯召（shào）平，秦亡为平民，种瓜于长安城东。
② 先生柳：东晋陶渊明弃官归隐后，因门前有五株杨柳，遂自号"五柳先生"。　③ 穷巷：偏僻简陋的小巷。　④ 虚牖（yǒu）：冷寂的窗户。
⑤ "誓令"句：后汉耿恭与匈奴作战，据守疏勒城，匈奴于城下绝其水源，耿恭于城中打井，至十五丈犹不得水，他仰叹道："闻昔贰师将军（李广利）拔佩刀刺山，飞泉涌出，今汉德神明，岂有穷哉。"随即向井祈祷，果然得水。疏勒，汉疏勒城，在今新疆疏勒县一带。　⑥ 颍川空使酒：汉代将军灌夫，为人刚直；失势后颇牢骚不平，后被诛杀。使酒，恃酒逞意气。　⑦ 贺兰山：山名，在今宁夏与内蒙古交界处一带。　⑧ 羽檄（xí）交驰：比喻军情紧急。羽檄，插上鸟羽的紧急文书。　⑨ 节使：持符节的使者。三河：汉代称河内、河南、河东三郡为"三河"。这里泛指中原地带。　⑩ 聊持：且持。星文：剑上所嵌的七星纹理。文，通"纹"。　⑪ "耻令"句：以敌人甲兵惊动国君为可耻。《说苑·立节》"越国甲兵入齐，雍门子狄请齐君让他自杀，因为这是越甲在鸣国君，自己应当以身殉之，遂自刎死"。鸣，惊动。
⑫ 云中：古郡名，治所在今山西省大同市。

中存在赏罚不公的现象。这首七言古诗以叙述一位老将虽战功卓著，却落得个"无功"被弃，以躬耕叫卖为生。边烽又起，他又不计恩怨，请缨报国。既讽刺了当权者的赏罚不公，又歌颂了老将的功业、节操和爱国之情。诗篇分三段解析，每十句一段。

第一段，"少年十五二十时"至"李广无功缘数奇"，写老将青年时的智勇、功绩和遭受不公平的待遇。青年时期的老将，智勇可比西汉名将李广："步行"夺敌人的战马，用弓箭射杀山中"白额虎"；战场上勇猛破敌可比三国时期魏将曹彰，还能功分诸将，以此赞扬老将的品德。"一身转战三千里"，写老将征战劳苦；"一剑曾当百万师"，写老将功勋卓著；"汉兵奋迅如霹雳"，写老将用兵如迅雷之势的神速；"虏骑崩腾畏蒺藜"，写老将巧布铁蒺藜阵，克敌制胜的智慧。但这样的良将，却无寸功之赏。诗人借用汉武帝时期的贵戚将军卫青立功受赏，官至大将军；而同时期的战将李广，不但未得封侯授爵，最后落得个刎颈自尽的下场。卫青的"天幸"既指幸运，又指皇帝宠幸；李广的"数奇"，既指运气不好，又指皇恩疏远。语意双关，暗示当权者用人唯亲，赏罚不公。为老将的遭遇鸣不平。

第二段，"自从弃置便衰朽"至"不似颍川空使酒"，写老将的清苦生活。老将自从被弃置后，精神萎靡，身体衰弱，过着平凡的生活，不觉已满头白发。他昔日虽有后羿射雀的本领，如今却左臂生疮。没有功名俸禄，只得自寻生计，诗人借两个典故，即秦代东陵侯召平成为平民，种瓜、卖瓜于长安东城；东晋陶渊明以耕种自养。叹息老将的生活清苦。老将的住处也是"苍茫"一片"古木"丛中的"穷巷"，窗子面对的则是"寥落寒山"，这更见世态炎凉，门前冷落，无宾客来往。但老将并未因此消沉颓废，他仍然想"誓令疏勒出飞泉"，像后汉名将耿恭那样，在匈奴疏勒城水源断绝后，与战士们同甘共苦，终于又得泉水退敌立功；而决不像西汉颍川人灌夫那样，解除军职之后，借酒骂坐，发泄怨气。

　　第三段"贺兰山下阵如云"至结句"犹堪一战取功勋",写老将时刻怀着请缨杀敌的爱国衷肠。当知晓西北贺兰山一带阴霾沉沉,阵战如云,告急的文书不断传进京师;受帝命而征兵的军事长官从三河(河南、河内、河东)一带征召大批青年入伍,各路将军也受诏命分兵出击。老将重燃报国雄心,先是"试拂铁衣如雪色",把昔日的铠甲摩擦得雪亮闪光;继而又"聊持宝剑动星文",手持宝剑上下舞动,恢复武力。他的夙愿本就是能得到燕产强劲的名弓"射天将"。擒贼擒王,消灭入寇的渠魁;并且"耻令越甲鸣吾君",绝不让外患造成对朝廷的威胁。结尾为老将再次表明态度:"莫嫌旧日云中守,犹堪一战立功勋",借用魏尚的故事,表明只要朝廷肯任用老将,他一定能杀敌立功,报效国家。魏尚曾任云中太守,深得军心,匈奴不敢犯边,后被削职为民,经冯唐为其抱不平,才官复旧职。

　　这首诗大量借用典故,从不同的方面,刻画出"老将"的艺术形象,充分表达了作品的主题。诗中基本句句对偶,工巧自然,层次分明,始终洋溢着爱国激情,格调虽苍凉悲壮,却哀而不伤。

送梓州李使君 ①

王　维

万壑树参天,千山响杜鹃。
山中一夜雨,树杪百重泉 ②。
汉女输橦布 ③,巴人讼芋田 ④。

---

① 梓(zǐ)州:唐朝州名,治所在今四川省三台县。李使君:李叔明,先任东川节度使、遂州刺史,后移镇梓州。　　② 树杪(miǎo):树梢。
③ 汉女:家居汉水旁的妇女。输:捐献,缴纳。橦(tóng)布:橦木花织成的布。　　④ 巴:先秦时古国名,故都在今重庆市江北区。芋田:巴蜀产芋,当时为主粮之一。这句指巴人常为农田事发生讼案。

文翁翻教授^①，不敢倚先贤^②。

【赏析】

　　这首五言律诗是王维为送友人李使君入蜀赴任而作。诗人想象友人为官梓州的山林壮丽景象以及当地的风土民情，勉励友人在梓州创造业绩，超过先贤，深切表达了诗人对民生疾苦、友人前途的关心。

　　首联，以"万壑"与"千山"互文的修辞方法，描写了蜀地千山万壑中到处都是参天的大树和飞鸣的杜鹃，既有视觉形象，又有听觉感受，使人恍如置身其间，构成了壮美的意境。

　　颔联描绘蜀地景色。一夜大雨过后，山间流出百道飞泉，远远望去，就好像悬挂在树梢上一样，生动地描绘出远处景物互相重叠的错觉，呈现出山势的高峻以及山泉的雄奇秀美。

　　颈联叙事，描写蜀地民风，也说明蜀地偏远落后，人民穷困而且缺乏教化，含蓄地提醒友人，治理蜀地，任重道远。

　　尾联运用"文翁治蜀"的典故，寓意友人不能因为此地僻陋、人民难治而改变文翁教化之策。传达出自己真诚而殷切的期望。

　　这首诗运用夸张的手法描绘出蜀地最具特色的景物，气象壮观开阔。没有送别诗离愁别恨的感伤气氛，而是关注民生疾苦、友人前途。情绪积极开朗，格调高远明快。

---

① 文翁：汉景帝时为蜀郡太守，见蜀地僻陋，于是建造学宫，教育人才，使巴蜀日渐开化。翻：改变。　②先贤：前世的才德之人。这里指文翁。

过香积寺①

王维

不知香积寺，数里入云峰②。
古木无人径，深山何处钟③。
泉声咽危石④，日色冷青松⑤。
薄暮空潭曲⑥，安禅制毒龙⑦。

【赏析】

这是首写游览的五言律诗。全诗通过描写山中古寺幽深寂静的环境，表明了诗人王维崇佛尚静、淡泊明志的心态。

首联，"不知"说明诗人是初次造访，不知香积寺的确切位置。走了数里山路，山势渐高，只见山峦高耸，直插云天。凸显了古寺的幽远与神秘。

颔联，诗人站在山峰上看到古树参天的深山中，可供行人踏足的路径都没有，却不知哪里传来一阵隐隐约约的钟鸣声，从侧面描绘山林古寺幽邃的环境。这两句从视觉到听觉，以动衬静，表现出深山的幽远寂静。

颈联，诗人运用倒装句式，描写入耳的泉声与触目的日色。用拟人的修辞手法，"咽"字生动地写出泉水在突兀的岩石间流淌发出的声音，突出山涧的僻静。用通感的修辞手法，"冷"字形象地写出夕阳西下，黄昏的余晖洒在一片松林上，使照在上面的日光仿佛也变冷，强调了深山的冷清。

尾联写诗人在香积寺外的所见所感。日暮黄昏，诗人才来到

---

①过：探访。香积寺：寺院名，在今陕西省西安市境。 ②入云峰：登上入云的高峰。 ③钟：寺庙的钟声。 ④咽（yè）：鸣咽，形容水声凄切。危石：高耸的岩石。 ⑤冷青松：为青松所冷。 ⑥薄暮：指黄昏。曲：水边。 ⑦安禅：佛家术语，指身心安然进入清寂宁静的境界。毒龙：佛家比喻俗人的邪念妄想。

香积寺，伫立在寺旁空寂的清潭边，伴随着阵阵钟鸣之声，感觉身心就好像进入到一种清寂宁静的境界，俗世的一切欲望邪念皆空，流露出诗人崇佛尚静的心迹。

这首诗采用由远到近、由景入情的写法，从"入云峰"到"空潭曲"逐步接近香积寺，最后则吐露"安禅制毒龙"的情思。诗篇构思奇妙，诗句炼字精巧。

山居秋暝 ①

王 维

空山新雨后 ②，天气晚来秋。
明月松间照，清泉石上流。
竹喧归浣女 ③，莲动下渔舟。
随意春芳歇 ④，王孙自可留 ⑤。

【赏析】

这首五言律诗是王维隐居终南山下辋川别业（别墅）时所作。描写了初秋时节诗人山居所见雨后黄昏的景色，于诗情画意中表达了诗人高洁的情怀和寄托了对理想的追求。

首联，"空山"，指山中树木繁茂，掩盖了人们活动的痕迹，感觉是无人活动的空山。山雨初停，万物为之一新，又是初秋的傍晚，空气清新，景色至美。

---

① 暝（míng）：日落，天色将晚。　② 空山：空旷寂静的山野。新：刚刚。　③ 竹喧：竹林中笑语喧哗。浣（huàn）女：洗衣服的姑娘。④ 随意：任凭。春芳：春天的花草。歇：消散，消失。　⑤ 王孙：原指贵族子弟，后也泛指隐居的人。留：居。此句反用西汉淮南王刘安门客淮南小山作品《招隐士》中"王孙兮归来，山中兮不可久留"的意思。王孙实亦自指。反映出无可无不可的襟怀。

    颔联写山林傍晚的景物。夜色降临，明月当空，清亮的光芒映照着松林。清澈的山泉涓涓地冲洗着山石，在月光下闪闪发亮。这两句生动表现了山中幽清明净的自然美。描景如画，笔法自然，随意洒脱。明月、青松、清泉、山石，表明了诗人归隐的意志，意境高洁。

    颈联写山林中的乡村生活情景。临近溪流的竹林里传出歌声笑语，一群姑娘洗完衣服笑逐着归来；直立的荷叶纷纷向两旁倾倒，出现了顺流而下返回家园的渔船。这两句诗反映了诗人向往安静纯朴的生活，也从反面衬托出他对污浊官场的厌恶。

    找到了这么一处称心的世外桃源，所以诗人情不自禁地说："随意春芳歇，王孙自可留！"《招隐士》中"王孙兮归来，山中兮不可久留！"诗人的体会恰好相反，他觉得"山中"比"朝中"好，洁净纯朴，可以远离官场而洁身自好，所以就决然归隐了。

    这首诗以山中雨后的清幽，明月照松林，山泉的水流声，竹林中浣女的喧笑声，渔船穿过荷花的动态，绘成了一幅清新秀丽的山水画，又像一支恬静优美的抒情乐曲，体现了王维诗中有画的诗作特点。诗句看似在用"赋"的手法赞颂山水，实际上通篇都是比兴，即通过对山水的描绘而寄情言志，以自然之美来表现诗人的人格美和一种理想中的社会之美。

终南别业

王 维

中岁颇好道^①，晚家南山陲^②。
兴来每独往，胜事空自知^③。
行到水穷处，坐看云起时。
偶然值林叟^④，谈笑无还期^⑤。

【赏析】

作者王维晚年官至尚书右丞，但因政局动荡，使他感觉仕途艰险。约四十岁后，就开始过着亦官亦隐的生活。这首五言律诗，没有具体描绘山川景物，而重在表现诗人隐居山间时悠闲自得的心境。

首联叙述诗人中年以后厌烦尘俗，而信奉佛教。在时间上把"中年""晚年"相结合，表现对隐居生活的向往。

颔联，诗人独身游终南山，只是随兴而为；满山美景不需与人共享，但求自己心会其趣而已。"独"和"空"两字精炼传神，表达出诗人归隐后自得其乐的闲适情趣。

颈联，写诗人徜徉在山水之间，独自信步漫游，走到水的尽头就坐看行云变幻。既写出山水景物，又写出诗人此行领悟到坦然面对人生的真谛。身处绝境时不要失望，那正是希望的开始。

尾联，遇见值林叟，点出"偶然"，贯穿前后。本是乘兴出游，所遇所见都是无心的遇合，更显心中的悠闲自在。"无还期"表明诗人体悟到物我两忘、物我一体之境，忘记了世俗，真正得到了"空"境。

王维在这首诗中自我刻画了一位隐者形象，尽显诗韵和情趣。

---

① 中岁：中年。道：这里指佛教。 　② 家：安家。南山陲（chuí）：指辋川别墅所在地，即终南山脚下。南山，即终南山，在今陕西省蓝田县一带。陲，边缘，旁边。 　③ 胜事：美好的事。 　④ 值：遇到。叟（sǒu）：老翁。 　⑤ 无还期：即没有回还的准确时间。

归嵩山作 ①

王 维

清川带长薄②，车马去闲闲③。
流水如有意，暮禽相与还④。
荒城临古渡⑤，落日满秋山。
迢递嵩高下⑥，归来且闭关⑦。

【赏析】

这首五言律诗写于王维辞官从长安去往河南的嵩山时，在沿途中，以所见景物，来抒发自己归隐志向而作的诗。

首联描写诗人归隐出发时的情景。清清的流水围绕着茂盛的草丛，诗人坐着马车悠闲地行进在路上。这一派从容自在的姿态，反映了诗人准备归隐时的悠闲心情。

颔联，诗人的归隐之心好似流水一样一去不复返，又好像日暮之时禽鸟的倦归一样。诗人移情及物，把"流水"和"暮禽"拟人化，既表达了归隐的决心，也暗示了对世俗的厌倦。

颈联借景抒情。诗人描写秋天日暮时分荒凉的古城、古老的渡口、萧瑟的山林，这些充满凄凉色彩的景物，反映诗人对仕途生活厌倦的心境。

尾联，"迢递嵩高下"说明诗人归隐的地点在嵩山，后一句中"归来"，写明归山过程的终结，点出题目中的"归"字。"闭关"，不仅指关门的动作，而且含有闭门谢客之意。表示诗人不再过问世

---

① 嵩山：五岳之一的中岳，在今河南省登封市一带。　②清川：清清的流水，当指伊水及其支流。带：围绕，映带。薄：草木丛生之地。
③去：行走。闲闲：从容自得的样子。　④暮禽：指傍晚的鸟儿。相与：相互做伴。　⑤荒城：指荒废的古城。临：当着，靠着。古渡：指古时的渡口遗址。　⑥迢（tiáo）递：遥远的样子。嵩高：即嵩山。
⑦且：将要。闭关：佛家闭门静修。这里有闭户谢客之意。

事，安心地过宁静淡泊的隐居生活。

全诗寄情于景。诗人随意写来，却真切动人，道出了诗篇恬淡清新的特点。塑造了一种安然闲适、宁静淡泊的意境。

终南山

王 维

太乙近天都①，连山到海隅②。
白云回望合，青霭入看无③。
分野中峰变④，阴晴众壑殊⑤。
欲投人处宿⑥，隔水问樵夫。

【赏析】

这首五言律诗作于王维隐居终南山期间。诗人以自己游玩的踪迹为主线，描绘了终南山的宏伟雄壮。

首联以夸张手法写终南山的远景。诗人信步向终南山走去，远远望去，"近天都"，比喻终南山之高，好像与天帝的都城连在一起；"到海隅"，比喻终南山之远，山连山像是延伸到了大海之滨。

颔联以互文手法写终南山近景。诗人行走至半山，四周云雾缥缈，停步回首，只见来时之路，云海茫茫，合而无隙，路径消失，景物隐匿；向前看去，一片蒙蒙青霭，待继续前行，却又看不见。回过头去，那青霭又合拢起来，蒙蒙漫漫，可望而不可即。

颈联，诗人举目四望，终南山的中峰高耸挺拔，南北因而在此分野。阳光照耀之下，即使在同一片蓝天下，千山万壑却呈现不同

---

① 太乙：又名太一，为终南山别称。天都：天帝所居之处。　② 海隅（yú）：海边。隅，角落。　③ 青霭（ǎi）：指云气。因其色紫，故称。霭，云雾气。入：接近。　④ 分野：古人按天上星辰方位，把地面划分为十二区域，叫分野。后也用来指区分事物的范围、界限分隔。　⑤ 壑：山谷。殊：不同。　⑥ 人处：人家，村落。指可以投宿之处。

的景象，有的晴光朗照，有的却阴影笼盖，真是气象万千。

尾联写诗人在山中游玩，不知不觉天色已晚，于是隔着山涧向樵夫询问可以投宿的地方。"问"字打破了山中的寂静，为全诗增添了生气，同时也表达了诗人对终南山美景的留恋之情。

全诗写景、写人、写物，有声有色，意境清新，宛若一幅山水画。收到了"以少总多""意余于象"的艺术效果。

汉江临泛 ①

王 维

楚塞三湘接②，荆门九派通③。
江流天地外，山色有无中。
郡邑浮前浦④，波澜动远空。
襄阳好风日，留醉与山翁⑤。

【赏析】

唐玄宗开元二十八年（740 年），诗人王维以殿中侍御史身份去南方任选补使。选补使是朝廷派往地区的补缺官吏，不同于外任或贬谪，所以诗人当时心情是舒畅的。王维乘船行进在汉江上，途经襄阳城，有感于两岸迷人的景物而写下这首五言律诗。

首联写汉江水势的浩瀚。诗人极目远眺，只见楚国边界之地，奔涌而来的汉水与"三湘"之水相连接，汹涌流入荆江又与长江

---

① 汉江：即汉水，流经今陕西汉中、安康，湖北十堰、襄阳等地，到汉口流入长江。临泛：乘船行进在江水。　② 楚塞：楚国边界，指汉水流域，此地周代为楚国辖区。三湘：漓湘、蒸湘、潇湘的总称，在今湖南省境内。　③ 荆门：山名，在今湖北省宜都市境。九派：长江在湖北、江西一带，分为很多支流，因以九派称这一带的长江。派，水的支流。④ 浦：水边。　⑤ 山翁：指山简，魏晋时期竹林七贤之一山涛的幼子，西晋将领，镇守襄阳，有政绩，好酒，每饮必醉。这里借指襄阳地方官。

的九条支流汇聚合流，为全诗渲染了雄浑壮阔的气氛。

　　颔联和颈联写诗人所见之景。颔联以山光水色描述远景，写汉江水势的波涛汹涌，好像要向天地之外奔流而去，远山由于被江面蒸腾的水气所笼罩，所以若有若无，时隐时现。前句写出江水的流长久远，后句又以山色烘托出江势的浩瀚空阔，给人以伟丽新奇之感。颈联，诗人泛舟于江上，随着小舟在波澜中摇晃，感觉天地都在摇动，两岸的城郭楼阁都好像浮动在水面上，波澜滚滚似乎要激荡云空，"浮""动"两词写出动态之景，明明是水波在起伏，却给人以前方的城郭在水面上浮动，天空也在动荡的错觉。

　　尾联，诗人直抒胸臆，写襄阳的风光使人陶醉，诗人愿意长留此地，陪伴长醉的山翁。流露出对襄阳美好风光的喜爱。

　　这首诗诗人以乐观的情绪融情于景，以白描的写意手法，就像画了一幅色彩素雅的巨幅水墨山水画，画面布局远近相映，疏密相间，以简驭繁，以形写意。意境开阔，气魄宏大。

使至塞上 ①

王维

单车欲问边 ②，属国过居延 ③。
征蓬出汉塞 ④，归雁入胡天 ⑤。

---

① 使：奉命出使。　　② 单车：一辆车，形容轻车简从。问边：慰问守卫边疆的官兵。　　③ 属国：一指附属于汉族朝廷但保存国号的少数民族。二指古代官名典属国的简称，主要负责外交事务，唐朝时人们常用"属国"代指出使边陲的使臣，这里诗人用来指自己使者的身份。居延：古地名，汉代称居延泽，唐代称居延海，在今内蒙古额济纳旗北境。④ 征蓬（péng）：随风远飞的枯蓬，此处为诗人自喻。　　⑤ 归雁：雁是候鸟，春天北飞，秋天南行，这里是指大雁北飞。胡天：胡人的领地。这里指唐军占领的北方。

大漠孤烟直^①，长河落日圆^②。
萧关逢候骑^③，都护在燕然^④。

【赏析】

唐玄宗开元二十五年（737年），河西节度副使崔希逸打败入侵边境的吐蕃，唐玄宗命王维以监察御史身份出使边塞，察访军情，并任河西节度使判官，实是被排挤出朝廷。王维离开京城，前往边塞，心情激愤而又忧郁，在途中作就这首纪行五言律诗。

首联写明此行目的和到达地。"欲问边"写出行的目的地，"单车"，写出诗人此次出行轻车简从，从侧面流露出诗人的失意情绪。"属国过居延"写所到之处远在西北边塞。

颔联，诗人以"枯蓬""归雁"自比，说自己像随风飘去的蓬草出临"汉塞"，像北飞的"归雁"进入"胡天"，抒发了诗人孤寂飘零之感以及内心的激愤与抑郁，与首联的"单车"相呼应。

颈联描绘了边陲大漠中壮阔雄奇的景象。边疆沙漠，一眼望去，浩瀚无边，旋风卷起尘烟形成一个柱状而直上云霄，因此称其为"孤烟直"。"直"字也包含了挺拔而坚毅的精神之美。"长河落日圆"写空旷边塞中横贯其间的黄河给诗人以"长"的感觉，"落日"虽给人带来伤感的情怀，但"圆"字却给人以温暖而又苍茫之感，"直"和"圆"不仅描绘了塞外奇特壮丽的风光，而且表现了诗人对这些景物的深切体会，诗人将自己孤独、愤懑之情熔化在大漠雄浑壮阔的景色中，显露出一种豁达的情怀。

尾联虚写战争已取得胜利，流露出对都护的赞叹。到了萧关正好遇上负责侦查的骑兵，他告诉我，都护一直在作战前线。与

---

① 大漠：大沙漠，此处大约是指凉州之北的沙漠。　② 长河：黄河。
③ 萧关：古关名，又名陇山关，在今宁夏固原市东南。候骑（jì）：负责侦察、通讯的骑兵。　④ 都护：唐朝在西北边疆置安西、安北等六大都护府，其长官称都护。这里指前敌统帅。燕然：古山名，即今蒙古国杭爱山。这里代指前线。

首联的"欲问边"相照应，说明诗人即将完成此次出使的使命。

　　这首诗作者先以出使边塞事务，表达了自己被排挤而产生的激愤和悲情，进而在大漠的雄浑景色中情感得到熏陶、净化、升华后又产生的慷慨悲壮之情，显露出了豁达的情怀。

积雨辋川庄作 ①

王 维

积雨空林烟火迟 ②，蒸藜炊黍饷东菑 ③。
漠漠水田飞白鹭 ④，阴阴夏木啭黄鹂 ⑤。
山中习静观朝槿 ⑥，松下清斋折露葵 ⑦。
野老与人争席罢 ⑧，海鸥何事更相疑 ⑨。

---

① 积雨：久雨。辋（wǎng）川庄：即王维在辋川的宅第，在今陕西省蓝田县终南山中，是王维的隐居地。　　② 空林：渺无人迹的树林。烟火迟：因久雨林野润湿，故烟火缓升。　　③ 藜（lí）：一年生草本植物，嫩叶可食。黍（shǔ）：古时一种农作物，去皮后称黄米，比小米稍大，煮熟后有黏性。饷：送饭食。菑（zī）：初耕的田地，此泛指农田。　　④ 漠漠：形容广阔无际。　　⑤ 阴阴：幽暗的样子。夏木：高大的树木。夏，高大。啭（zhuàn）：指小鸟婉转的鸣叫。　　⑥ 习静：指习养静寂的心性。亦指过幽静生活。朝槿（jǐn）：即木槿。花朝开暮落，故常用以喻事物变化之速或时间短暂。　　⑦ 清斋：素食。露葵：一种多年水生蔬菜。　　⑧ 野老：村野老人，指作者自己。争席罢：指自己要隐退山林，与世无争。争席，典出《庄子》，杨朱去从老子学道，路上旅舍主人欢迎他，客人都给他让座；学成归来，旅客们却不再让座，而与他"争席"，说明杨朱已得自然之道，与人们没有隔膜了。　　⑨ "海鸥"句：典出《列子》，海上有人与鸥鸟相亲近，互不猜疑。一天，父亲要他把海鸥捉来，他又到海滨时，海鸥便飞得远远的，心术不正破坏了他和海鸥的亲密关系。这里借海鸥喻人事。

【赏析】

这首七言律诗作于王维隐居辋川蓝田时。诗篇主要写作者隐居终南山辋川的悠闲生活。

首联写乡村的农家生活。先写空林烟火,"迟"字把阴雨天的炊烟写得真切传神。再写农家早炊、饷田以至田头野餐,通过描写农妇、田夫的活动画面,展现了浓浓的乡村生活气息,也体现了诗人闲散安逸的心境。

颔联写自然景色。辋川的夏季,白鹭飞行,黄鹂鸣叫,一取形态,一取声音。漠漠,形容水田广布,视野苍茫;阴阴,描状夏木茂密,境界幽深。四种景象互相映衬,把积雨天的辋川山野写得画意盎然。

颈联,诗人独处空山之中,幽栖松林之下,参木槿而悟人生短暂,采露葵以供清斋素食。这情调,在一般世人看来,未免过分孤寂寡淡了。然而早已厌倦尘世喧嚣的诗人,却从中领略到极大的趣味。

尾联,诗人借用《庄子》和《列子》中两个典故,欣慰地宣称自己早已弃绝俗念,与世无争,再也不被猜忌,可以悠悠然迷恋山林之乐了。这两个充满老庄色彩的典故,一正用,一反用,两相结合,表达出了诗人远离尘嚣、淡泊自然的心境,而这种心境,正是上联所写"习静""清斋"的结果。

这首诗作者把自己幽雅清淡的禅寂生活与辋川恬静优美的田园风光结合描写,创造了一个物我相惬、情景交融的意境。写景生动真切,生活气息浓厚,表现了诗人隐居山林、脱离尘俗的闲情逸致。

鹿 柴①

王维

空山不见人②，但闻人语响③。
返景入深林④，复照青苔上。

【赏析】

唐玄宗天宝年间，王维在终南山下购置辋川别业，过着半官半隐的山居生活。鹿柴是辋川别业的胜景之一。这首五言绝句是王维后期山水诗代表作《辋川集》中的一首。

"空山不见人"，直述山林的空旷寂静，看不到他人踏足。"但闻人语响"，表面上看，似乎因为"人语响"打破了山林的寂静，其实，连细微的人语声听起来都使人觉得响亮清晰，更显示出环境的沉寂，这是采用"以动衬静"的表现手法，更显含蓄而耐人寻味。

"返景入深林，复照青苔上"，以夕阳返照来反衬深林的幽暗清冷。夕阳的余晖微弱而短暂，如果深林不是幽暗的，人们可能注意不到那一抹转瞬即逝的"返景"照在青苔上。诗人采用"以明衬暗"的写作手法，使深林的幽暗更加突出。

这首诗以动衬静，以局部衬全局，创造了一种幽深而光明的象征性境界，表现了作者在修禅过程中的豁然开朗。把诗中的禅意，全融入自然景色的生动描绘中。

---

① 鹿柴（zhài）：王维辋川别墅的美景之一，在今陕西省蓝田县境。柴，通"寨"，用树木围成的栅栏。　② 空山：空旷辽阔的山林。
③ 但：只。　④ 返景（yǐng）：太阳将落时通过云彩反射的阳光。景，通"影"，日光之影。

竹里馆①

王维

独坐幽篁里②，弹琴复长啸③。
深林人不知，明月来相照④。

【赏析】

这首五言绝句作于王维晚年隐居蓝田辋川时期，通过写隐者的闲适生活以及情趣，描绘了诗人月下独坐、弹琴长啸的悠闲生活，传达出诗人宁静、淡泊的心情，表现了清幽静谧、高雅绝俗的境界。

起首两句，诗人独自一人坐在幽深茂密的竹林中，一边弹着琴弦，一边发出长长的啸声。"弹琴""长啸"，都体现出诗人高雅闲淡、超凡脱俗的气质。结尾二句，虽僻居深林，但诗人并不孤独，将明月拟人化，把皎洁的月亮看作是心心相印的知己朋友，映照着自己。可见诗人的心境与自然的景物全部融为一体，表现了淡泊的生活态度以及高雅的生活情趣。

鸟鸣涧⑤

王维

人闲桂花落，夜静春山空。
月出惊山鸟，时鸣春涧中。

---

① 竹里馆：王维早年在今陕西蓝田县辋川镇所修建的居所。　　② 幽篁（huáng）：指茂密幽深的竹林。篁，细长的竹子。　　③ 复：且，兼。长啸：长声呼啸。这里指吟咏、歌唱。古代一些超脱之士常用来抒发感情。　　④ 相照：与"独坐"相应，意指左右无人相伴，唯有明月似解人意，偏来相照。　　⑤ 涧（jiàn）：夹在两山间的河沟。

【赏析】

　　唐玄宗开元年间，王维游历江南时，曾寄居在好友皇甫岳位于今浙江绍兴市平水江的云溪别墅，期间作了组诗《皇甫岳云溪杂题五首》，这首五言绝句是其中第一首。

　　起首两句，运用通感的修辞，能听见桂花掉落的声音，可知白天喧嚣散去，四周无人；可知夜间的寂静，并从中折射出诗人安宁祥和的心境，把听觉精妙地转换为视觉、知觉和感觉。渲染出空旷寂静的背景，使读者身临其境，达到心灵共鸣的艺术效果。

　　后两句采用以动衬静的手法，"月出"使"鸟惊"，"鸟鸣"打破了春夜山谷的静谧，更衬托出山谷的清幽雅静。能捕捉到如此细微的景致，可见诗人内心豁达恬静，不被俗事烦忧，也体现出诗人所处的社会环境是安定统一的盛唐时期。

　　全诗紧扣一"静"字着笔，借以花落、月出、鸟鸣等活动着的景物，突出显示了月夜春山的幽静，取得了以动衬静的艺术效果，乍动勾勒出一幅"鸟鸣山更幽"的诗情画意图，进而感受盛唐时代和平安定的社会气氛。

杂　诗

王维

君自故乡来，应知故乡事。
来日绮窗前①，寒梅著花未②？

【赏析】

　　诗人在他乡偶遇故知，引发了浓烈的思乡之情，作出这首五言绝句以表达自己的思乡情怀。

　　前两句简叙了与同乡的相逢，"君"字，包含着诗人在异地

---

① 来日：来的时候。绮（qǐ）窗：雕着花纹的窗户。绮，带有花纹的丝织品。　②著（zhuó）花：开花。未：相当于"否"，表示疑问。

他乡偶遇友人的无限欣喜和亲切;"应知"以及"故乡"一词的叠用,表现出诗人了解乡事之情的急切。这两句用白描记言,却将自己的感情、心理活动、口吻等状态表现了出来。

后两句诗人用设问的方式作结尾,询问友人"您来的时候我家雕画花纹的窗户前,那一株蜡梅花开了没有",诗人不直接说思念故乡、亲人,而对寒梅开花表示关切。"绮窗前"三字,含情无限,给人想象空间,诗人离家日久,最关心的应是妻子,也就是窗内之人。而立于绮窗前的"寒梅",应是夫妻之间情感的见证或象征。这种关切表达的思念,表现得格外含蓄、浓烈、深厚。

这首诗通篇运用借问法,以第一人称叙写,抒情质朴自然,情感醇厚。

相 思

王维

红豆生南国①,春来发几枝②?
愿君多采撷③,此物最相思。

【赏析】

这是首借咏物而寄相思的五言绝句,表达诗人对友人的思念。

首句以"红豆生南国"起兴,点出"南国"既是红豆产地,又是朋友所在之地,又暗示后文的相思之情。第二句运用设问"春来发几枝"表面上是单问春天来了红豆可发几枝,实则是选择红豆这一富于情味的事物来寄托相思之情。

第三句"愿君多采撷"表面上是寄意友人"多采撷"红豆,实际上似乎是告诉友人说:"看见红豆,就好像看见我一样。"暗

①红豆:红豆树、海红豆及相思子等植物种子的统称。其色鲜红,文学作品中常用以象征爱情或相思。南国:指中国南方。 ②发:萌发,生长。 ③采撷(xié):采摘。

示远方的友人珍重友谊，同时也透露出诗人的思念。末句点题，"相思"与首句"红豆"呼应，既点明了题目"相思"，又关合了相思之情。"最"字意味深长，诗人所寄之意深含其中。

全诗言语明快，却又委婉含蓄，语浅而情深。

送元二使安西①

王维

渭城朝雨浥轻尘②，客舍青青柳色新。
劝君更尽一杯酒，西出阳关无故人③。

【赏析】

这首七言绝句是王维送好友元二去西北边疆时所作。元二奉朝廷之命出使安西都护府，王维到渭城为他饯行，以诗歌表达了对友人的真挚友谊及惜别之情。

起首两句写渭城驿馆周边风景。"渭城""客舍"点出诗人饯别友人的地点，"朝雨""柳色新"说明送别时间在春天一个早晨。"浥轻尘"三字，表明雨下的不大，只是湿了地皮。因此平时尘土飞扬的道路显得格外洁净，青砖绿瓦的客舍和刚发芽的柳树也在春雨后，显得更为干净青翠。客舍是羁旅者的居所，杨柳是离别的象征，诗人选取这两个景物，为离别铺垫了惜别的气氛。

结尾两句写离别之情。离别在即，纵使有许多言语，却不知从何说起，因此，饮酒便是最好的表达方式。离别酒虽然有些苦涩，但情意却格外重。"劝君更尽一杯酒"写出了诗人惜别的心

---

① 元二：诗人好友。使：出使。安西：唐代安西都护府，在今新疆库车县境内。　②渭城：古地名，在今陕西省咸阳市渭城区。因唐时从长安往西去的，多在渭城送别，故此诗又名"渭城曲"。朝雨：早晨下的雨。浥（yì）：湿润。　③阳关：边关名，在今甘肃省敦煌市境，是古代通西域的要道。

情。两人对饮，一杯又一杯，诗人总觉得未尽其意，总是劝友人再饮一杯。"西出阳关无故人"，因为西出阳关不免要经历长途跋涉，还要备尝独行的艰辛与寂寞。因此，这临行之际的一杯酒表达了诗人对友人惜别的情谊，又包含着对远行者的殷勤祝愿。

这首诗写得情景交融，韵味深永，成为流传千古的名作。

寻西山隐者不遇

丘 为 [①]

绝顶一茅茨 [②]，直上三十里。
扣关无僮仆 [③]，窥室唯案几。
若非巾柴车 [④]，应是钓秋水 [⑤]。
差池不相见 [⑥]，黾勉空仰止 [⑦]。
草色新雨中，松声晚窗里。
及兹契幽绝 [⑧]，自足荡心耳。
虽无宾主意，颇得清净理。
兴尽方下山 [⑨]，何必待之子 [⑩]。

[①] 丘为，生卒年不详，唐代诗人，苏州嘉兴（今浙江省嘉兴市）人。唐玄宗天宝初年的进士，累官至太子右庶子。相传是唐代年寿最高的一位诗人。丘为的诗大多为五言，格调清幽淡逸，多写田园风物，为盛唐田园山水诗派作者之一。　　[②] 茅茨（cí）：茅屋。　　[③] 扣关：敲门。僮仆：指书童。　　[④] 巾柴车：指乘小车出游。　　[⑤] 钓秋水：指到秋水潭垂钓。[⑥] 差池：本指参差不齐，这里指此来彼往而错过。　　[⑦] 黾（mǐn）勉：勉力，尽力。仰止：仰望，仰慕。　　[⑧] 及兹：来此。兹，此，这。契：相合。幽绝：指清幽殊绝之处。　　[⑨] 兴尽：典出《世说新语》。东晋王徽之夜间吟咏诗词，忽想到好友戴逵，便即刻乘船前往拜访。等到了戴逵家门前却又转身返回。有人借问，王徽之说"我本乘兴而行，兴尽而返，何必见戴"。　　[⑩] 之子：这个人。这里指隐者。

【赏析】

这是丘为作的一首五言古诗。此诗描写隐逸生活情趣，其重点不是写不遇的失望，而是抒发对隐居环境的迷恋，表现了有心去寻、无心相见的飘逸。

前两句"绝顶一茅茨，直上三十里"，写隐者居所，"绝顶"指其高，"茅茨"指其简，"三十里"指其远，作者要"直上"寻找隐者，表达出诗人对隐者的敬仰之情。第三、四句"扣关无僮仆，窥室唯案几"，好不容易到了目的地，敲门无人应答，也没有童仆可以询问，通过门缝看到室内只有案几，再无奢华的用具。由此可见隐者是没有物欲、注重精神修养的高洁人士。第五、六句"若非巾柴车，应是钓秋水"，想象隐者的去向，推断他或乘小车外出或到秋水潭去垂钓，都是人与自然的交流，都脱离了人世的纷扰，突出了隐者的超然。第七、八句"差池不相见，黾勉空仰止"，错过了与隐者相遇的机会，心情失落，只能在心里默默地对他表示无尽的景仰了。

第九、十句"草色新雨中，松声晚窗里"，诗人心怀不遇的惆怅，豁然被这里的景色所吸引，碧绿的草像刚被雨水沐浴而更显清新，风吹的松竹声又像是被送进窗户，诗人顿时从惆怅中脱离出来。最后六句"及兹契幽绝，自足荡心耳。虽无宾主意，颇得清净理。兴尽方下山，何必待之子"，直接陈述想法，不能相见，或者感到缺憾，但在这优雅的居所里，诗人却感到与隐者的幽情逸致产生了契合，身心也如被清水涤荡而变得澄澈清明，虽然没有宾主相见的兴奋，但却也深深地体悟到了清静无为的禅理，而这正是此行真正的目的，目的达到，便可欣然下山，又何必等着与隐者相见呀？此处借用了晋代王子猷的典故，表现了诗人洒脱不羁的心性和追求。

诗中诗人句句在写隐者，也时时在写自己，写诗人敬仰隐居遁世、对恬淡生活的追求。却又借题"不遇"，巧妙地抒发自己幽情的雅趣和旷达的胸怀。使诗篇具有很强的新鲜感。

黄鹤楼①

崔颢②

昔人已乘黄鹤去③，此地空余黄鹤楼④。
黄鹤一去不复返，白云千载空悠悠⑤。
晴川历历汉阳树⑥，芳草萋萋鹦鹉洲⑦。
日暮乡关何处是⑧，烟波江上使人愁。

【赏析】

这是一首吊古怀乡的七言律诗。诗人登临黄鹤楼，被看到的远近壮观的景色所触动，即兴作就此诗。

"昔人已乘黄鹤去，此地空余黄鹤楼"，诗人借仙人乘鹤离去的传说生发意象，隐含地描绘了黄鹤楼的近景：地理位置枕山临江，呈峥嵘缥缈之势。"空"，既表明黄鹤楼高耸横空，也传达了诗人内心的孤独感。

"黄鹤一去不复返，白云千载空悠悠"，紧承首联，在感叹仙人乘黄鹤离去不复返的抒情中，也描绘了黄鹤楼横空高耸、白云缭绕的壮观远景。并说明了黄鹤楼已历经千百年之久。"不复返"，暗含诗人对生不逢时、时光流逝的感伤。"白云"寓托着

---

① 黄鹤楼：古楼阁名，在今湖北省武汉市武昌区。 ② 崔颢（hào）（704—754），汴州（今河南省开封市）人，唐代诗人。唐玄宗开元年间进士，官至太仆寺丞，天宝中为司勋员外郎。崔颢诗作激昂豪放，气势宏伟。最具代表的为《黄鹤楼》。 ③ 昔人：传说中的一位仙人。因其曾驾鹤过黄鹤山，遂建黄鹤楼。乘，驾。去，离开。 ④ 空：只。⑤ 悠悠：飘荡的样子。 ⑥ 川：平原。历历：清楚可数。汉阳：古地名，即今湖北省武汉市汉阳区，与黄鹤楼隔江相望。 ⑦ 萋萋（qī）：形容草木长得茂盛。鹦鹉洲：古地名，在今湖北省武汉市武昌区西南。据《后汉书》载，黄祖担任江夏太守时，在此大宴宾客，有人献上鹦鹉，故称鹦鹉洲。 ⑧ 乡关：故乡。

对人生如浮云和世事难料的叹息。"空悠悠"既是说明时间的久远，也传达出诗人内心的失落与惆怅。

"晴川历历汉阳树，芳草萋萋鹦鹉洲。日暮乡关何处是？烟波江上使人愁"，后四句写在黄鹤楼晴天和黄昏景色：在晴空下有奔涌的长江，可清晰地看见汉阳的树木，和鹦鹉洲上茂盛的芳草。夜幕降临，浓郁的思归油然而生，可故乡又在何处，只有看着水雾弥漫、微波荡漾大江上满怀思乡的惆怅。

这首诗诗人通过传说生成意象，结合实景，描绘出了一幅既沧桑又壮观形神具备的黄鹤楼全景画，又借以表达了对岁月流逝、世事苍茫的无尽感慨。据说李白为之搁笔，曾有"眼前有景道不得，崔颢题诗在上头"的赞叹。

行经华阴 ①

崔 颢

岩峣太华俯咸京 ②，天外三峰削不成 ③。
武帝祠前云欲散 ④，仙人掌上雨初晴 ⑤。
河山北枕秦关险 ⑥，驿路西连汉畤平 ⑦。
借问路傍名利客 ⑧，无如此处学长生 ⑨。

---

① 华阴：今陕西省华阴市，位于华山北面。　② 岩（tiáo）峣（yáo）：形容山势高峻。太华：即华山。咸京：即唐都长安。　③ 三峰：指华山的芙蓉、玉女、明星三峰。　④ 武帝祠：即巨灵祠。为汉武帝登华山顶后所建。为帝王祭天地五帝之祠。　⑤ 仙人掌：峰名，为华山最陡峭的山峰。　⑥ 秦关：指秦代的潼关，在今陕西省潼关县境。　⑦ 驿路：指交通要道。汉畤（zhì）：汉代帝王祭天地、五帝之祠。畤，古代祭祀天地五帝的固定处所。　⑧ 名利客：指追名逐利的人。　⑨ 学长生：指隐居山林，求仙学道，寻求长生不老。

【赏析】

唐玄宗天宝年间（742—756），诗人第二次从家乡河南西赴国都长安求取功名。当行经华阴县时，看到西岳华山的崇高形象和飘逸出尘的仙迹灵踪，不免移性动情，感叹自己何苦奔波于坎坷仕途。于是作就这首七言律诗抒发当时的心情，诗篇表达出的思想可能是受当时崇奉道教、供养方士的社会风气所影响。

前两句写远观华山总貌，高峻神气的华山俯视权贵云集的京都，高出云端三大主峰为自然天作而成。"俯"显出崇山压顶之势。"岌峣"描绘出华山的高峻，使"俯"更具气势。天作之成的三大主峰，落实"岌峣"。"削不成"指非人力能成。在写景中暗含天地至美之景成于自然，人间至善之事不取于追名逐利的旨意。

第三、四句写走进华山所见景物：看到武帝祠前的乌云将要消散；仰望最陡峭的仙人掌峰，在雨过天晴后更显青葱。远近相间的自然美景，使诗人心旷神怡，不免产生了回归山林的向往。

第五、六句写想到和华阴相连的意中景：北靠渭河和华山的秦关地势多么险要，西望驿路通过长安连着汉畤，是那么平坦。在华山下，诗人是看不到华阴北的黄河与华阴南的潼关，也到不了京师西面的五畤。古人作诗有"眼前景"与"意中景"之分，前者着眼客观景物的撷取，后者则是诗人情怀的抒发。即"一切景语皆情语也"。"枕"以拟人化把景物关联，更显诗景画意。"险"字透露出名利之途的风波。"连"字，使汉畤上接"武帝祠"和"仙人掌"，灵迹仙踪连锁成片；"平"，平坦的驿路通达汉畤更衬出华山俯视的空旷，同时也暗示长生之道比名利之途来得坦荡。

最后两句反诘，借向旁人劝喻，实是自问。说明争名夺利的人，不如安心隐居学长生之术。"此处"二字，联结前文，导出诗篇意旨：追名逐利不如归隐求长生。

这首诗打破了律诗起、承、转、合的格式，别具神韵。诗人融神灵古迹与山河胜景于一炉，意境雄浑壮阔而富有意蕴。

长干曲二首

崔颢

其一

君家何处住 ①，妾住在横塘 ②。
停船暂借问 ③，或恐是同乡 ④。

其二

家临九江水 ⑤，来去九江侧。
同是长干人，生小不相识 ⑥。

【赏析】

《长干曲》是南朝乐府中的曲名，是长干里地区（今江苏省南京市一带）的民歌。《乐府诗集》称男女对唱为"相和歌辞"。崔颢这两首诗继承了乐府民歌的遗风，以男女对话的形式，描写了采莲女子与青年男子相恋的过程。两人偶然水上相逢，初不相识，女子找出话头和对方攀谈。第一首是女子起问，第二首则是男子的回答。诗中描绘船家少女的形象，大胆聪慧，憨厚可爱。语言惟妙惟肖，朴素自然，情感真挚。

第一首诗，写了一位渔船少女，在泛舟时听到邻船一位男子说话带有家乡口音，于是大胆地问道："你家住哪里？""君"字指出对方是男性。"妾住在横塘"，借女主人公之口点明问话者的性别与居处。"停船暂借问"，表明是水上的偶然遇合。女主人公不待对方答复，就急于自报"妾住在横塘"，以娇憨天真的语气中反衬出了是位怀春少女。这位渔船少女之所以有"或恐是同乡"的想法，正是因为听到对方带有乡音的只言片语。

① 君：古代对男子的尊称。　② 妾：古代女子自称的谦辞。横塘：地名，在今江苏省南京市江宁区。　③ 暂：姑且。　④ 或恐：也许。
⑤ 临：靠近。九江：这里泛指长江。　⑥ 生小：自小，从小时候起。

第二首是男子的回答，"家临九江水"回答"君家何处住"，"来去九江侧"，说明自己也是漂泊之人，这次萍水相逢很难得。点出了两人的共同点。"同是长干人"落实了姑娘"或恐是同乡"的想法，把双方的共同点又加深了一层。"生小不相识"，表面惋惜二人虽不是青梅竹马、两小无猜，但更突出了今日的相见恨晚。

望蓟门 ①

祖咏 ②

燕台一望客心惊 ③，笳鼓喧喧汉将营 ④。
万里寒光生积雪，三边曙色动危旌 ⑤。
沙场烽火连胡月 ⑥，海畔云山拥蓟城。
少小虽非投笔吏 ⑦，论功还欲请长缨 ⑧。

【赏析】

唐代的范阳道以位于今北京西南的幽州为中心，是防御东北契丹的边防重镇。唐玄宗开元二年（714 年），以并州长史薛讷

---

① 蓟门：地名，在今北京市海淀区。　② 祖咏（699—746），字号不详，唐代诗人。开元十二年（724 年）进士。曾任驾部员外郎，后隐居汝水以北别业，以渔樵终老。与王维交往甚深。祖咏的诗多状景咏物，宣扬隐逸生活。诗句讲求对仗，有诗中有画的风格，以《望蓟门》和《终南望余雪》最为著名。　③ 燕台：原为战国时燕昭王所筑的黄金台。这里代称燕地，用以泛指平卢、范阳一带。客：诗人自称。④ 笳：汉代流行于塞北和西域的一种类似笛子的管乐器。此处代指号角。　⑤ 三边：指当时东北、北方、西北边防地区。危旌：高扬的旗帜。危，高。　⑥ 烽火：边防报警的烟火。　⑦ 投笔吏：东汉时定远侯班超初为佣书吏（在官府中抄写公文），后来投笔从戎，定西域三十六国。　⑧ 论功：论功行封。请长缨：西汉时，济南书生终军，向汉武帝请发长缨，缚番王来朝，立下奇功。缨，绳。

率兵抵御契丹；开元二十二年（734年），幽州节度使张守珪平定了契丹。这首七言律诗约作于这个期间，此时祖咏当在范阳道任职。祖咏到边地见到壮丽景色，作诗抒发了立功报国的壮志。

首句"燕台一望客心惊"，诗人初来边塞重镇，眼前是辽阔的天宇，险要的山川，不禁激情满怀。客心因何而惊呢？首先是因为汉家大将营中，吹笳击鼓，喧声重叠。表现军营中号令的严肃。

第三、四两句进一步体现这个"惊"字，笳鼓之声，是在严冬初晓之时发出的。冬季本已寒冷，又加之连绵万里的积雪；雪上反映出的寒光，令人两眼生花，这是远望。向高处望，则见朦胧曙色中，一切都显得模模糊糊，唯独高悬的旗帜在半空中飘扬。以肃穆的景象，暗写出汉将营中庄重的气派和严整的军容。边防地带如此的形势和气氛，自然令诗人心灵震撼。

第五、六两句急转，向前方望"沙场烽火连胡月"。处在条件如此艰苦、责任如此重大的情况下，边防军队却是意气昂扬。笳鼓喧喧已显出军威赫然，何况烽火燃处，紧与胡地月光相连，雪光、月光、火光三者交织成一片，不仅没有塞上苦寒的悲凉景象，而且壮伟异常。接着诗人又向周围望："海畔云山拥蓟城"。蓟门的南侧是渤海，北翼是燕山山脉，带山襟海，就像天生是来拱卫大唐的边疆重镇的。

见此情景，诗人顿生豪气，也想学班超"投笔从戎"以及"终军请缨"，表达了诗人想要建功立业的壮志雄心。

全诗写景状物，一气呵成，意境辽阔雄壮，充满阳刚之美，展现了盛唐诗人慷慨昂扬的气势。

终南望余雪①

祖咏

终南阴岭秀②，积雪浮云端。
林表明霁色③，城中增暮寒。

【赏析】

这是一首应试诗。《唐诗纪事》载，作者祖咏年轻时去长安应考，文题是"终南望余雪"，考官要求必须写出一首六韵十二句的五言长律。祖咏写出四句就搁笔了，他认为已经表达完整，若按要求写成六韵十二句的五言体，则是画蛇添足。当考官让他重写时，他坚持自己的观点，考官很不高兴。结果祖咏未被录取。

前三句写"望"中所见。从长安城中遥望终南山，所见的是终南山的"阴岭"，且因避阳气温低，才有"余雪"。"秀"是望中所得印象，既赞颂了终南山，又引出下句。"积雪浮云端"，就是"终南阴岭秀"的具体内容。"浮"字，说明远看终南山阴岭的积雪高耸如云端。云是流动的，在阳光照耀下寒光闪闪，给人以"浮"的感觉。"林表明霁色"，"林表"，指终南山高处。只有终南山高处的林表才明霁色，表明西山已衔半边日，落日的余光平射过来，染红了林表，照亮了浮在云端的积雪。"霁色"，指雨雪初晴时的阳光给"林表"涂上的色彩。诗人写的是从长安遥望终南余雪的情景。从长安城中遥望终南山，阴天固然看不清，只有在雨雪初晴之时，才能看清它的真面目。

最后一句写"望"中所感。雪后望终南余雪，寒光闪耀，就令人更增寒意。

这首诗咏物寄情，意在言外。风格清新明朗，朴实自然。

---

①终南：山名，在今陕西省西安市一带。余雪：未融化的雪。　②阴岭：北面的山岭。山北水南为阴。　③林表：林外，林梢。霁（jì）：雨、雪后天气转晴。

李
颀

古从军行

李颀 ①

白日登山望烽火②，黄昏饮马傍交河③。
行人刁斗风沙暗④，公主琵琶幽怨多⑤。
野云万里无城郭，雨雪纷纷连大漠。
胡雁哀鸣夜夜飞，胡儿眼泪双双落。
闻道玉门犹被遮，应将性命逐轻车⑥。
年年战骨埋荒外，空见蒲桃入汉家⑦。

【赏析】

　　"从军行"是乐府古题。作者李颀借汉代皇帝开边，讽刺唐玄宗好大喜功，穷兵黩武，不惜民生的行径。由于怕触犯忌讳，所以题目加上一个"古"字。诗篇记叙了从军之苦，充满厌战思想。万千尸骨埋于荒野，仅换得葡萄归种中原，显然得不偿失。

　　两句写紧张的从军生活。白天爬上山去观望四方有无举烽火的边警；黄昏时候又到交河边上让马饮水。第三、四句描绘夜晚的情况：风沙弥漫，一片漆黑，只听见军营中巡夜的打更声和那如泣如诉幽怨的琵琶声。景象非常肃穆而凄凉。"行人"，指出征

---

① 李颀（690—751），河南颍阳（今河南省登封市）人，唐代诗人。唐玄宗开元十三年进士，曾任新乡县尉，与王维、王昌龄等有来往。李颀的诗内容涉及较广，擅长五、七言歌行体，尤以边塞诗、音乐诗获誉于世。最著名的有《古从军行》《古意》《塞下曲》等。　　② 烽火：古时边防报警的烟火。　　③ 饮（yìn）马：给马喂水。傍：顺着。交河：古水名，在今新疆吐鲁番市一带。　　④ 行人：指出征战士。刁斗：古代军中用具。白天用作炊具，夜间用来警戒报时。　　⑤ 公主琵琶：西汉武帝时以江都王刘建女细君嫁乌孙国王昆莫，恐其途中烦闷，故弹琵琶以娱之。　　⑥ 轻车：古代兵车名。　　⑦ 蒲桃：今作"葡萄"。

将士，这样就与下一句的公主出塞之声，引起共鸣。"公主琵琶"指汉朝细君公主远嫁乌孙国时所弹的琵琶曲调，哀怨之调。接着，诗人又着意渲染边陲环境。军营所在，四顾荒野，无城郭可依，"万里"极言其辽阔；雨雪纷纷，以至与大漠相连，其凄冷酷寒的情状亦可想见。以上六句尽写从军生活的艰苦。

"胡雁哀鸣夜夜飞，胡儿眼泪双双落"，胡雁、胡儿都土生土长于胡地，尚且哀啼落泪，更不必说远戍到此的"行人"了。两个"胡"字，有意重复，"夜夜""双双"又有意用叠词，起到了强化悲情的文学艺术力量。

在这样恶劣的环境中，没有人不想班师还乡，可是办不到。"闻道玉门犹被遮"，似当头一棒，打断"行人"思归之念。据《史记·大宛列传》载，汉武帝太初元年，汉军攻大宛，攻战不利，请求罢兵。汉武帝闻之大怒，派人遮断玉门关，下令："军有敢入者，辄斩之。"这里暗讽当朝皇帝一意孤行，穷兵黩武。罢兵不能，"应将性命逐轻车"，只有跟着本部的将领"轻车将军"去与敌军拼命死战，结果无外乎"战骨埋荒外"。"年年"两字，指出这种情况的经常性。全诗由军中平时生活，到战时紧急情况，最后说到死，为的是什么？第十一句的压力，逼出最后一句的答案："空见蒲桃入汉家。"画龙点睛，着落主题，显出此诗巨大的讽喻力。"蒲桃"就是葡萄，汉武帝时为求天马，开通西域，便乱启战端。当时随天马入中国的还有蒲桃和苜蓿的种子，汉武帝把它们种在离宫别馆之旁。用此典故，讥讽好大喜功的帝王，牺牲了无数人性命，换到的只有蒲桃而已。

全诗句句蓄意，环环相扣。直到最后一句，才画龙点睛，着落主题，显出这首诗深刻的讽喻力。

琴 歌

李颀

李颀

主人有酒欢今夕，请奏鸣琴广陵客①。
月照城头乌半飞②，霜凄万木风入衣。
铜炉华烛烛增辉③，初弹渌水后楚妃④。
一声已动物皆静，四座无言星欲稀⑤。
清淮奉使千余里⑥，敢告云山从此始⑦？

【赏析】

这首七言古诗是李颀奉命出使清淮时，在友人饯别宴席上听琴后所作。时间约为唐玄宗天宝四年（745年）前后。

前两句写听琴的场合、时间、缘起以及演奏者。因酒兴而鸣琴，可见其心情畅达自适。"欢"字渲染宾主之间推杯换盏、其乐融融的热闹气氛。"鸣琴"二字点题，提挈全篇。

第三、四句写外部夜景，描绘一幅深秋月色图。月光如水倾泻在静默的城垣上，不时有乌鹊惊飞；银霜满树，木叶萧萧，寒风吹衣，一派凄冷肃杀之气。与前两句所传达的欢快融洽之情相比，这两句则低沉压抑，这是以哀景反衬乐情，即便秋气凛然，但有酒、有琴、有知己就足以抵消哀愁。

第五、六句写宴会上情景。"铜炉华烛烛增辉"表明酒宴已入高潮。铜炉熏染檀香，华烛闪烁生辉。在庄严华丽的气氛中，广陵客登场献艺。"初弹渌水后楚妃"，演奏者所弹的曲目，这些

---

① 广陵客：指琴师。广陵，即今江苏省扬州市。　② 乌：乌鸦。半飞：分飞。　③ 铜炉：铜制熏香炉。华烛：饰有文采的蜡烛。④ 渌（lù）水、楚妃：都是古琴曲。　⑤ 星欲稀：指后夜近明时分。　⑥ 清淮：清江与淮城的合称，即今江苏省淮安市。奉使：奉使命。　⑦ 敢告：敬告。云山：代指归隐。

曲调清心怡情、深情绵邈。

第七、八句，从听者的反应写演奏者的高超技巧。一声琴弦拨动，顿时万籁俱寂，满座为之沉醉。"皆静"写出听众专注聆听琴声的神态，突出琴声对听众的心灵感染力，烘托出"广陵客"高超的演奏技巧。在琴声的涤荡下，人们似乎忘记了黑夜的漫长。苍茫的天空，星星越来越少，天将放白，听众还沉浸在优美的旋律中，恍然自失。友人相聚总是太短暂，徜徉在琴歌中，这一夜是过得很快。"欲稀"点明了演奏时间的持续。

末尾两句，诗人奉命出使远离故乡千余里的清淮，别宴上的琴音牵动了他的乡思，不知自己何时才能还乡。想到人生如白驹过隙，如此奔波辛苦，也许仕途之累使他深感厌倦，便萌生了归隐愿望。"敢告云山从此始？"这句反问是诗人内心的独白，也是他听了琴歌之后所得的人生感悟。

这首诗作者以多方映衬，动静结合，虚实相生的表现手法，通过营造意境、渲染气氛、刻画心理，生动形象地表现了琴歌之美。

送陈章甫 ①

李颀

四月南风大麦黄，枣花未落桐叶长。
青山朝别暮还见，嘶马出门思旧乡 ②。
陈侯立身何坦荡 ③，虬须虎眉仍大颡 ④。
腹中贮书一万卷 ⑤，不肯低头在草莽 ⑥。

---

① 陈章甫：今湖北省荆州市人，唐玄宗开元年间进士，官至太常博士。因无意仕宦，乃辞归林泉。曾长期隐居嵩山。　② 嘶（sī）：马鸣。
③ 陈侯：对陈章甫的尊称。　④ 虬（qiú）须：卷曲的胡子。虬，蜷曲。大颡（sǎng）：宽大的脑门。颡，前额。　⑤ 贮：储存。　⑥ 草莽：草野，民间。

东门酤酒饮我曹，心轻万事如鸿毛①。

醉卧不知白日暮，有时空望孤云高。

长河浪头连天黑，津口停舟渡不得②。

郑国游人未及家③，洛阳行子空叹息④。

闻道故林相识多，罢官昨日今如何⑤。

【赏析】

陈章甫原籍不是河南，但却长期隐居在嵩山。他曾应制科及第，但因没有登记户籍，吏部不予录用。经他上书力争，吏部辩驳不了，特为请示执政，破例录用。这件事受到天下士子的赞美，使他名扬天下。然其仕途并不通达，因此无心官场之事，仍然经常住在寺院或郊外，活动于洛阳一带。这首七言古诗约作于陈章甫罢官返乡之际，李颀送他到渡口，作此诗以赠别。

起首四句写陈章甫的思乡情。入夏，天气清和，田野麦黄，道路荫长，骑马出门，一路青山做伴，更怀念往日隐居旧乡山林的悠闲生活。显出隐士的本色，不介意仕途得失。

接着四句写陈章甫的品德、容貌、才学和志节。说他有君子坦荡的品德，仪表堂堂，满腹经纶，不甘沦落草野，想要出山入仕做一番事业。"不肯低头在草莽"，指陈章甫抗议无籍不被录用一事。接着四句写他看轻仕途的表现，说他与同僚畅饮，轻视世事，醉卧避官，寄托孤云，表达了想离开官场的心愿。

"长河"二句是比兴手法，既实记渡口适遇风浪，暂停摆

---

① "东门"二句：写陈章甫虽仕实隐，只和诗人等人饮酒醉卧，却把俗事看得轻如鸿毛。酤（gū）酒，买酒。曹，辈。鸿毛，大雁的羽毛，比喻极轻之物。　　② 津口：渡口。　　③ 郑国游人：李颀自称，李颀寄居的颍阳（今河南省登封市），是春秋时郑国故地。　　④ 洛阳行子：指陈章甫，他经常在洛阳、嵩山一带活动。　　⑤ "闻到"二句：听说你在故乡相识很多，你已经罢了官，现在他们会如何看待你呢？故林，故乡。

李颀

渡，又暗喻仕途险恶，无人援济。因此，行者和送者，罢官者和留官者，陈章甫和诗人，都在渡口等候，都没有着落。一个"未及家"，一个"空叹息"，都有一种惆怅。而对失意的惆怅，诗人以为无须介意。因此，结尾二句以试问语气写出世态炎凉，料想陈返乡后的境况，显出一种泰然处之的豁达态度。

全诗作者通过对外貌、动作和心理的描写，表现了陈章甫光明磊落的胸怀和慷慨豪爽、旷达不羁的性格，抒发了诗人对陈章甫罢官被贬的同情和对友人的深挚情谊。诗篇用语轻松，格调豪放，不写失意之苦，不述离别愁思，诗情别具一格。

听安万善吹觱篥歌 ①

李颀

南山截竹为觱篥，此乐本自龟兹出 ②。
流传汉地曲转奇 ③，凉州胡人为我吹 ④。
傍邻闻者多叹息 ⑤，远客思乡皆泪垂 ⑥。
世人解听不解赏 ⑦，长飙风中自来往 ⑧。
枯桑老柏寒飕飗 ⑨，九雏鸣凤乱啾啾 ⑩。
龙吟虎啸一时发，万籁百泉相与秋 ⑪。

---

① 觱（bì）篥（lì）：亦作"筚篥"，又名"笳管"。古代管乐器，用竹做管，用芦苇做嘴，汉代从西域传入。　② 龟（qiū）兹（cí）：古西域城国名，在今新疆库车县一带。　③ 曲转奇：曲调变得更加新奇、精妙。④ 凉州：唐时行政区划，治所在今甘肃省武威市凉州区。　⑤ 傍邻：旁边。　⑥ 远客：漂泊在外的旅人。　⑦ 解：助动词，能，会。　⑧ 飙（biāo）风：暴风。　⑨ 飕（sōu）飗（liú）：形容风声。⑩ 九雏鸣凤：典出汉乐府诗《陇西行·天上何所有》"凤凰鸣啾啾，一母将九雏"，形容琴声细杂清越。啾啾（jiū）：形容吹奏管乐声。　⑪ 万籁（lài）：自然界发出的种种细微。百泉：指百道流泉的声音。

忽然更作渔阳掺^①，黄云萧条白日暗^②。
变调如闻杨柳春^③，上林繁花照眼新^④。
岁夜高堂列明烛^⑤，美酒一杯声一曲^⑥。

【赏析】

这首七言古诗写李颀听了胡人乐师安万善吹奏觱篥，称赞他高超的演技，同时写觱篥之声凄清，闻者悲凉。

前六句写乐器觱篥的来源和其吹奏出的乐声特点。"南山截竹为觱篥"，先写出乐器的材质，"此乐本自龟兹出"指出乐曲的出处。"流传汉地曲转奇，凉州胡人为我吹，旁邻闻者多叹息，远客思乡皆泪垂"，觱篥吹奏出的胡曲流传到中原经过改编更加美妙动听，再由凉州胡人安万善来为我们吹奏，不仅当地人听后感叹不止，更触发远来客人思乡情绪，全都流下了眼泪，说明了曲调动人心魄的感染力。

接着十句写曲声多变。人们只晓得倾听曲调，而不懂欣赏乐声的美妙，以致安万善所奏觱篥仍然不免寥落之感，犹如独来独往于暴风之中。觱篥之声，有的如寒风吹树，飕飗作声。树中又分阔叶落叶的枯桑，细叶常绿的老柏树，其声自有区别，用笔极细。有的如凤生九子，各发雏音，有的如龙吟，有的如虎啸，有的还如百道飞泉和秋天的各种声响交织一起。四句正面描摹变化多端的觱篥之声。接下来仍以生动形象的比拟来写变调。先一变沉着，后一变热闹。沉着的可比《渔阳掺》鼓曲，恍如沙尘满天，云黄日暗，用的是往下咽的声音；热闹的可比《杨柳枝》曲调，恍如春日皇家的上林苑中，百花齐放。此时，诗人神魂完全

---

① 渔阳掺（càn）：唐时渔阳郡一带的民间鼓曲名。这里代指悲壮、凄凉之声。　② 黄云：黄昏时的云霞。萧条：寂寥冷落。　③ 杨柳：指古曲《折杨柳》，曲调轻快热闹。　④ 上林：即上林苑，古宫苑名，故址在今陕西省西安市一带。照眼：指光亮耀眼。新：清新。　⑤ 岁夜：除夕，每年农历腊月的最后一个晚上。　⑥ 声：这里作动词，欣赏。

融入曲声的旋律中，浑然已物我两忘。忽然间，诗人回到了现实世界，"岁夜"点出这时正是除夕，是在明烛高堂的离别宴席上。世间知音最难寻，如此美妙乐曲，再搭配于美酒催发情怀，才可尽情欣赏这美妙的音乐，"美酒一杯声一曲"，写出诗人对音乐喜爱的神态和行为，与上文伏笔"世人解听不解赏"一句呼应，表达出诗人与"世人"的不同，那么安万善就不必有在"长飙风中自来往"的感慨了。

诗人在诗中描摹音乐时，不仅以鸟兽树木之声作比，同时采用通感手法，写得形象生动，富有感染力。

古 意①

李颀

男儿事长征②，少小幽燕客③。
赌胜马蹄下④，由来轻七尺⑤。
杀人莫敢前，须如猬毛磔⑥。
黄云陇底白云飞⑦，未得报恩不得归。
辽东小妇年十五⑧，惯弹琵琶解歌舞⑨。
今为羌笛出塞声⑩，使我三军泪如雨。

【赏析】

这是一首古体诗，诗篇作者李颀以托古喻今描写了驻守边防

---

① 古意：拟古诗，托古喻今之作。　② 事：从事。　③ 幽燕：古代区域名称，包括今河北省北部及辽宁省部分地区。唐代以前属幽州、战国时期属燕国，故称。　④ 赌胜：较量胜负。马蹄下：驰骋疆场。
⑤ 轻：看轻。七尺：七尺之躯。即生命。　⑥ 磔（zhé）：张。指胡须竖起来。　⑦ 黄云：指战场上升腾飞扬的尘土。陇：泛指山地。
⑧ 小妇：少妇。　⑨ 解：擅长。　⑩ 羌笛：羌族人吹的笛子。

66

将士英勇善战的英雄形象。

前六句展现出戍边将士风流潇洒、勇猛刚烈的豪侠气概。起句"男儿事长征",树立出一个为国征战的铁血大丈夫形象。次句"少小幽燕客",交代长征男儿来自自古多慷慨悲歌之士的幽燕之地,为下面描写长征男儿的刚勇犷悍作铺垫。这两句统领以下四句。"赌胜马蹄下,由来轻七尺",长征男儿在马蹄之下与伙伴们打赌,向来就不把七尺之躯看得太重,因此一上战场就奋勇杀敌,以致敌人不敢向前。接下来抓住脸部的胡须部特征来描绘长征男儿的仪表。"杀人莫敢前,须如猬毛磔"说明胡须又短、又多、又硬。表现出他英猛刚烈的气概和杀敌时须髯怒张的神态,简洁鲜明地刻画出了长征男儿的形象。

后六句,"黄云陇底白云飞",这是一幅悲壮的战场画景。辽阔的山地上,生死之战多次发生,战马嘶鸣,尘土飞扬,一个下跨白色千里马的战将,如一团白云飞驰在战场上,勇猛异常。"未得报恩不得归",一方面表现好男儿铮铮铁骨,志在报国,因为还没有报答国恩,所以也就坚决不回故乡;另一方面,也说明远征边塞的男儿也有思乡的柔情。两个"得"字连用,显出他的决心。接下来,出乎意外地出现一个年仅十五的"辽东小妇",人们从她的妙龄和"惯弹琵琶能歌舞",可以联想其风韵。随着"辽东小妇"的出场,又给人们带来动人的"羌笛出塞声"。辽东少妇用边塞乐器吹出边塞之乐,这笛声是那样的哀怨悲凉,勾起征人无限的思乡情思,以致"使我三军泪如雨"。这里诗人原本要写这一个少年男儿的落泪,但诗人不从正面写,而写三军将士落泪。这种着意以描绘和渲染周围事物来突出中心的烘云托月手法,含蓄而精炼。

这首诗语句起伏顿挫,飘逸含蓄,首尾气脉豁然贯通,跌宕起伏,情韵并茂。

听董大弹胡笳声兼寄语弄房给事 ①

李颀

蔡女昔造胡笳声 ②，一弹一十有八拍 ③。
胡人落泪沾边草，汉使断肠对归客。
古戍苍苍烽火寒 ④，大荒沉沉飞雪白 ⑤。
先拂商弦后角羽 ⑥，四郊秋叶惊摵摵 ⑦。
董夫子，通神明，深山窃听来妖精。
言迟更速皆应手 ⑧，将往复旋如有情。
空山百鸟散还合，万里浮云阴且晴 ⑨。
嘶酸雏雁失群夜 ⑩，断绝胡儿恋母声 ⑪。
川为静其波，鸟亦罢其鸣。
乌孙部落家乡远 ⑫，逻娑沙尘哀怨生 ⑬。
幽音变调忽飘洒，长风吹林雨堕瓦。
迸泉飒飒飞木末 ⑭，野鹿呦呦走堂下 ⑮。

---

① 董大：董庭兰，唐玄宗时琴师。胡笳（jiā）声：即《胡笳弄》，是按胡笳声调翻的琴曲。房给（jǐ）事：指给事中房琯（guǎn）。给事，给事中省称，辅助皇帝处理政务，并监察六部，纠弹官吏。　② 蔡女：东汉末期才女蔡文姬。相传蔡文姬在匈奴时，感胡笳之音，作琴曲《胡笳十八拍》。　③ 有：通"又"。　④ 戍：边关哨所。苍苍：衰老残破。　⑤ 大荒：旷远荒凉的塞外之地。　⑥ 商、角（jué）、羽：都是古代五音之一，五音即宫、商、角、徵、羽。　⑦ 摵摵（sè）：形容风吹叶落声。　⑧ 言：语助词，无义。更：与、和。　⑨ 且：或者。　⑩ 嘶酸：形容发声凄楚。　⑪ 断绝：不连贯，时断时续。　⑫ 乌孙：汉代西域国名，在今新疆温宿县北天山中。汉武帝曾钦命刘细君为公主和亲乌孙昆莫。　⑬ 逻娑：唐时吐蕃（bō）首府，即今西藏拉萨市。唐文成公主、金城公主皆远嫁吐蕃。　⑭ 迸（bèng）泉：喷涌出的泉水。飒飒：飞舞的样子。木末：树梢。　⑮ 呦呦（yōu）：鹿鸣声。

长安城连东掖垣^①，凤凰池对青琐门^②。
高才脱略名与利^③，日夕望君抱琴至。

李颀

【赏析】

这首古体长诗通过董大弹奏《胡笳弄》这一历史名曲，来赞赏他高妙动人的演奏技艺，也以此寄房给事，表达了作者李颀为朋友遇到知音而高兴的心情。

前六句诗人描述了"胡笳声"的来由和艺术效果。第一、二句，写出"董大"开始弹的曲子是东汉末期才女蔡文姬所作曲《胡笳十八拍》。第三、四句，是说蔡文姬操琴时，胡人、汉使悲切断肠的场面，反衬琴曲的感人魅力。第五、六句反补一笔，写出文姬操琴时荒凉凄寂的环境，苍苍古戍、沉沉大荒、烽火、白雪，交织成了黯淡悲凉的气氛，使人越发感到乐声的哀婉动人。

从"先拂商弦后角羽"至"野鹿呦呦走堂下"，描写董庭兰高超的琴技。董大轻拂琴弦，先商弦后角弦，再到羽弦，曲调开始时迟缓而低沉。琴声一起，使人感到"四郊秋叶"被惊得撼撼而下。"惊"字，表达出对琴技的认可。诗人赞叹"董夫子"的演奏简直是"通神明"，不只惊动人间，连深山妖精也悄悄来偷听了！"言迟更速""将往复旋"，指法是如此娴熟，得心应手，那抑扬顿挫的琴音，洋溢着激情，像是从演奏者的胸中流淌出来。诗人又以各种形象的描绘，来烘托那凄恻动听的声音。琴声忽纵忽收时，就像空幽的山谷，群鸟散而复聚。曲调低沉时，就像浮云蔽天；曲调清朗时，又像云开日出。嘶哑的琴声，仿佛是失群的雏雁，在暗夜里发出辛酸的哀鸣，嘶酸的音调，正是胡儿恋母声的继续。诗人由此想起当年文姬与胡儿诀别时的情景，照应了

---

① 东掖（yè）：皇宫中东侧的旁门。唐代时为门下省的代称，也称左掖。与称右掖的中书省相对。垣（yuán）：本指墙。这里是官署的代称。
② 凤凰池：指中书省官署。青琐门：门下省的阙门。　　③ 高才：指房琯。脱略：轻慢，不在意。

开始的蔡女琴声，以雏雁喻胡儿，更使人感到琴音的悲切。接着两句，引自然界景物来反衬琴声的魅力。琴声回荡，河水为之滞流，百鸟为之罢鸣，世间万物都为琴声所感动，这不是"通神明"吗？诗人接着写出，董大弹奏的琴声不仅动听，还能表达出琴曲的神韵。侧耳细听，那幽咽的声音，充满着汉朝乌孙公主远托异国、唐朝文成公主远渡沙尘到异乡拉萨的哀怨之情。这与蔡女作《胡笳弄》的神韵合拍。直到"幽音"以下四句，诗人又运用多种形象比喻，从正面描写琴声。琴声深沉的"幽音"一经变调，就忽然"飘洒"起来。忽而像"长风吹林"，忽而像雨打屋瓦，忽而像喷涌的山泉扫过树梢飒飒而下，忽而像野鹿发出呦呦的鸣声。琴声轻快悠扬，变幻无穷，使人陶醉其中。

最后四句照应"兼寄房给事"的主题。长安城的皇宫面南坐北，禁中左右两掖分别为门下、中书两省。"凤凰池"指中书省，青琐门是门下省的阙门。给事中是门下省的要职。诗人说房给事供职之处，以此说明房给事地位的尊贵。赞语房琯不仅才高，而且不重名利。这样的高人盼望着董庭兰抱琴而去，暗示董庭兰得遇知音，可幸可羡。

全诗把演技、琴声、历史背景以及琴声所再现的历史人物感情结合起来，描写的细致入微，形象生动，想象丰富，浑然天成。

送魏万之京①

李颀

朝闻游子唱离歌②，昨夜微霜初渡河③。
鸿雁不堪愁里听，云山况是客中过④。

---

① 魏万：曾隐居王屋山，自号王屋山人，为李颀好友。之：去，到。
② 游子：指魏万。离歌：离别的歌。　③ 初渡河：刚刚渡过黄河。魏万家住黄河北岸的王屋山，去长安必须渡河。　④ 客中：在外旅途中。

关城树色催寒近^①，御苑砧声向晚多^②。
莫见长安行乐处，空令岁月易蹉跎^③。

李
颀

【赏析】

这是首写送别的七言古诗。魏万是比李颀晚一辈的诗人，两人应是交情密切的"忘年交"。李颀晚年家居颍阳而常到洛阳，这首诗约写于作者在洛阳时，送别去长安的魏万。

第一、二句说明事件。"朝闻游子唱离歌"，早晨听到游子魏万告别的话；"昨夜微霜初渡河"，以想象前夜景象说明了此时是秋季，带出离别的悲伤情绪。"初渡河"，把霜拟人化，写出深秋时节萧瑟的气氛。

中间四句或在抒情中写景叙事，或在写景叙事中抒情。"鸿雁不堪愁里听"，大雁，秋天南去，春天北归，飘零不定，就像行旅之人。飞翔于天空的鸿雁，发出的鸣叫声，使人感觉凄凉孤寂，更使心怀离愁之人难于忍受。"云山况是客中过"，诗人以自己的心情来体会对方。云山，是令人向往的风景，而对于落寞失意的人，坐对云山，便会感到前路茫茫，黯然神伤。这两句以倒装手法，先写出"鸿雁""云山"，感官接触到的物象，后写"愁里听""客中过"，这就由景生情。"不堪""况是"两个虚词前后呼应，往复顿挫，情切而意深。"关城树色催寒近，御苑砧声向晚多"，从洛阳西去长安，要经过古函谷关和潼关，草木摇落的深秋，一片萧瑟，标志着寒冬到来。本是寒气使树变色，但寒气不可见而树色可见，好像树色带来寒气，见树色而知寒气近，是树色把寒催来的。"催"字生动地把平常景物赋予了情感。傍晚砧声之多，为长安特有。"催寒近""向晚多"相对，暗含岁月不待，年华易老之意。

① 关城：指潼关，在今陕西省潼关县。催寒近：寒气越来越重，一路上天气愈来愈冷。　② 御苑：指皇宫的庭苑。这里借指京城。砧（zhēn）声：捣衣声。向晚多：愈接近傍晚愈多。　③ 蹉跎：虚度年华。

最后两句劝勉魏万。"莫见长安行乐处，空令岁月易蹉跎"，纯然是长者语气，给予魏万以亲切嘱咐。用"行乐处"三字虚写长安，与上二句中的"御苑砧声"相应，一虚一实，表明了诗人的意旨，告诫魏万：长安虽是"行乐处"，不要把宝贵的时光，轻易地消磨掉，要抓紧时机成就一番事业。

诗篇作者把叙事、写景、抒情融合在一起，以自己的体会来设想、关切友人跋涉的艰辛，表现了诗人与友人的深情厚谊。

春泛若耶溪①

綦毋潜②

幽意无断绝③，此去随所偶④。
晚风吹行舟，花路入溪口。
际夜转西壑⑤，隔山望南斗⑥。
潭烟飞溶溶⑦，林月低向后。
生事且弥漫⑧，愿为持竿叟⑨。

---

①泛：泛舟。若耶溪：今名平水江，在今浙江省绍兴市境。　②綦（qí）毋潜，生卒年不详，字孝通，虔州（今江西省赣州市）人，唐代诗人。唐玄宗开元十四年（726 年）进士及第，历任宜寿（今陕西省周至县）尉、左拾遗、著作郎，安史之乱后归隐，游江淮地区，后不知所终。綦毋潜与李颀、王维、张九龄、孟浩然等有交往，他的诗清丽典雅，恬淡适然，内容多为记述与士大夫寻幽访隐的情趣，代表作为《春泛若耶溪》。③幽意：寻找幽静之处的心意。　④偶：遇见。　⑤际夜：到了夜晚。壑（hè）：山谷。　⑥南斗：星宿名称。夏季位于南方上空。古以二十八宿与地理相应来划分区域，称分野。南斗与吴越相应。　⑦潭烟：水潭上如烟的水汽夜雾。溶溶：形容汽雾柔和迷离。　⑧生事：世事。弥漫：渺茫。　⑨持竿叟（sǒu）：持竿垂钓的老翁。

【赏析】

这是一首即景抒情的五言古诗，约是作者綦毋潜归隐后的作品。诗人在一个春江花月之夜，泛舟溪上，生发出幽美的情趣而作出此诗。

"幽意无断绝，此去随所偶"，"幽意"即诗的意境，指幽居独处，远离尘世，放任自适的意趣。"无断绝"指诗人常怀归隐之心。因此，他这次出游只是轻舟荡漾，任其自然，所以说"此去随所偶"，流露出一种随遇而安的情绪。

"晚风吹行舟，花路入溪口"，写泛舟的时间、路线和沿岸景物。晚风吹送着游船，转入春花夹岸的溪口，恍如进了武陵桃源胜境，环境清幽而闲适。"晚"点明时间，"花"切合题中的"春"。

"际夜转西壑，隔山望南斗"，写出游程中时间的推移和景致的转换。"际夜"，指到了夜晚，说明泛舟时间之久，说明闲适的状态。"西壑"指船行至另一境地，诗人置身新境，心旷神怡之时，抬头遥望南天斗宿，不觉已经"隔山"了。

"潭烟飞溶溶，林月低向后"，是描绘夜景。溪上的水雾，在夜月之下雾气朦腾，"飞"字融合水色的光亮，雾气的漂流，月光的洒泻；"林月低"，夜深月沉，舟行向前，两岸树木伴着月亮悄悄地退向身后。诗人以春江、月夜、花路、扁舟等景物，创造了一种幽美、寂静而又迷蒙的"幽意"意境。

"生事且弥漫，愿为持竿叟"，写人生世事如溪水上弥漫无边的烟雾，缥缈迷茫，诗人愿做若耶溪边持竿垂钓的隐者。而若耶溪附近，距离东汉著名隐士严子陵归隐垂钓的富春江不远，暗含诗人学习严子陵归隐的心迹。

全诗紧扣题目中"泛"字，即诗人所写是在乘舟行进中的所见景物，意境幽静，却有动势，呈现出了隐约跳动的画面。

塞下曲

王昌龄 [①]

饮马渡秋水 [②]，水寒风似刀。
平沙日未没 [③]，黯黯见临洮 [④]。
昔日长城战 [⑤]，咸言意气高 [⑥]。
黄尘足今古，白骨乱蓬蒿 [⑦]。

【赏析】

这首乐府诗是王昌龄创作的《塞下曲》四首组诗作品中第二首。诗篇着重表述军旅生活的艰辛及战争的残酷，蕴含了王昌龄对朝廷频繁发动战争的反战情绪。

"饮马渡秋水，水寒风似刀"，写明行军地域的特点。"饮马者"指军士。"水"指洮水（黄河上游支流，在今甘肃省西南部）。军士牵马渡水，所以感觉"水寒"。秋季的塞外西北风，已然猛烈"似刀"，寒刺肌骨。"平沙日未没，黯黯见临洮"，这两句写远望临洮的景象。"平沙"指沙漠之地。临洮是战争频发之地。暮色苍茫，广袤的沙漠望不到边，天边挂着一轮金黄的落日，临

---

① 王昌龄（690—756），字少伯。唐代边塞诗人。唐玄宗开元十五年（727年）进士及第，授秘书省校书郎（官汜水尉校书郎），后贬龙标尉，世称"王龙标"。开元二十二年（734年），王昌龄选博学宏词科，又改任汜水县尉，再迁为江宁丞。他的边塞诗气势雄浑，格调高昂，充满了积极向上的精神，有"诗家天子王江宁"之称，被誉为"七绝圣手"。　　② 饮（yìn）马：指军士。　　③ 平沙：指广阔的沙原。④ 黯（àn）黯：昏暗模糊的样子。临洮（táo）：古县名，即今甘肃省临洮县。　　⑤ 长城战：唐玄宗开元二年（714年），吐蕃以精兵十万攻打临洮，朔方军总管王晙与摄右羽林将军薛讷等合兵抗击，先后在大来谷口、武阶、长子等处大败吐蕃，吐蕃死者众多，洮水为之不流。⑥ 咸：都。　　⑦ 蓬蒿：蓬草、蒿草之类杂草。借指荒野偏僻之处。

洮城远远地隐现在暮色中。诗情境界阔大，气势恢宏。

　　"昔日长城战，咸言意气高"，诗人以战争遗址设想往昔在长城大战的情景，世人都只论战士不怕牺牲生命的崇高意气。而少提及"黄尘足今古，白骨乱蓬蒿"，"足"即充满，"白骨"指战死者的尸骨。"今古"贯通两句，不仅指从古到今，还包括一年四季。意思是说，临洮这一带沙漠地区，一年四季，黄尘弥漫，战死者的白骨，杂乱地弃在蓬蒿间，从古到今，都是如此。

　　诗篇是用侧面描写来表现主题的构思特点。诗中没有具体描写战争，而是通过对塞外景物和昔日战争遗迹的描绘，来表达诗人对战争的看法。

塞上曲

王昌龄

蝉鸣空桑林^①，八月萧关道^②。
出塞入塞寒，处处黄芦草。
从来幽并客^③，皆共尘沙老^④。
莫学游侠儿^⑤，矜夸紫骝好^⑥。

【赏析】

　　这是一首乐府诗歌。作者王昌龄以征人戍守边塞，埋身战场的现实，来告诫少年莫夸武力。表达了自己厌战的主观情怀。

　　起首四句写边塞秋景。寒蝉在树叶落光的桑林中哀鸣，八月的萧关道气氛悲戚，边塞内外寒气逼人，到处是枯黄的芦草。开篇描

────────────

① 空桑林：桑林因秋来落叶而变得空旷、稀疏。　　② 萧关：古关塞名，在今宁夏固原市一带。　　③ 幽并（bīng）：幽州和并州，辖境约在今河北、山西和陕西三省一带。　　④ 共尘沙：一作"向沙场"。
⑤ 游侠儿：指恃勇气、逞意气而轻视生命的人。　　⑥ 矜（jīn）夸：自我夸耀。矜，自夸。紫骝（liú）：骏马名。

绘出的肃杀秋景，为后来的反战主题作了背景和情感的铺垫。

"从来幽并客，皆共沙尘老"，幽州和并州都是唐代边塞之地，也是许多青年人建功博名利的地方。而诗人看到的却是很多青年壮士都埋身沙土而亡，表露出诗人对献身战场壮士的惋惜之情。

"莫学游侠儿，矜夸紫骝好"，这是诗人劝导自恃勇武、逞强又轻视生命的青年，骑着骏马耀武扬威地游荡于民间，表达了诗人对于战争的厌恶，对于和平生活的向往。"幽并客"与"游侠儿"两相对比，诗人的反战情绪有了更深层次的表达。

同从弟南斋玩月忆山阴崔少府①

王昌龄

高卧南斋时，开帷月初吐②。
清辉澹水木③，演漾在窗户④。
冉冉几盈虚⑤，澄澄变今古⑥。
美人清江畔⑦，是夜越吟苦⑧。
千里其如何，微风吹兰杜⑨。

【赏析】

这是一首五言古体诗。诗人王昌龄赏月思友，感慨月亮恒久，光照如常，而人生却聚散无常。

前六句写诗人赏月深思。第一句点出地点"南斋"，诗人和

---

① 从弟：即堂弟。斋：书房。山阴：古地名，在今浙江省绍兴市一带。崔少府：即崔国辅，曾任山阴县尉。少府，古官名，唐代县尉的通称。
② 帷（wéi）：幕帘。　　③ 清辉：清光。多指月的光辉。澹（dàn）：水缓缓地流。　　④ 演漾：水流摇荡的样子。　　⑤ 冉冉：指时间的推移。几盈虚：指月亮反复圆缺。　　⑥ 澄澄：清亮透明，指月色。
⑦ 美人：旧指自己思慕的人，这里指崔少府。　　⑧ 是：此，这。越吟：楚人曾唱越歌以寄托乡思。　　⑨ 兰杜：兰花和杜若，都是香草。

堂弟在南斋高枕躺在床上。第二句点出"明月"，诗人起床拉开帷帘，看到了明月初升。第三、四句触发主题，写赏月。在月亮散发清辉的普照下，树影随着水波轻轻摇晃，水月融合的清光映照在窗户上，不住地徘徊荡漾。"澹""演漾"，形象地描述出了月光照大地物形时，人对月光的感觉。第五、六句由赏月而生发对月亮的思考。明月圆缺不知经过了多少反复，依然保持着清澈明亮，而人世间从古至今却经历着沧桑巨变。暗含了诗人感叹岁月流逝，世事多变。

最后四句写思念故友。第七、八句，诗人想象在这月光普照的夜晚，崔少府也一定在曹娥江畔苦吟，思念自己。最后两句，诗人和朋友崔少府虽远隔千里，但同照于一轮明月下。又以"引类比喻"的手法，以兰草、杜若比崔少府的才华品德，芳香四溢，无论相隔多远，都能使人感受到。

全诗笔不离月，即景生情，情蕴景中，由此人此景联想到彼景彼情，且情景交融，独具艺术特色。

从军行 ①

王昌龄

青海长云暗雪山 ②，孤城遥望玉门关 ③。
黄沙百战穿金甲，不破楼兰终不还 ④。

---

① 从军行：乐府旧题，多是反映军旅辛苦生活的。　　② 青海：指青海湖，在今青海省境内。唐朝大将哥舒翰曾筑城于此，置神威军戍守。长云：层层浓云。雪山：即祁连山，位于今青海省东北部与甘肃省西部一带。因山巅终年积雪，故云。　　③ 玉门关：古边关名，在今甘肃省敦煌市境。　　④ 楼兰：汉时西域国名，即鄯善国，在今新疆若羌县境内。西汉时楼兰国王与匈奴勾通，屡次杀害汉朝通西域的使臣。此处泛指唐西北地区常常侵扰边境的少数民族政权。

【赏析】

国力强大的盛唐时期，君王锐意进取、卫边拓土，文武志士都渴望有所作为。武将洒热血于沙场建功立业，诗人则为时代精神所感染，谱写出了一曲曲雄浑磅礴、瑰丽壮美的诗篇。王昌龄所作《从军行》七首边塞组诗就产生于这个时代，这首七言绝句是其中第四首。诗歌描述了戍边将士杀敌立功、保家卫国的豪情壮志。

前两句概括了唐代西北边疆的风景。青海湖上的天空，长云遮蔽，湖北面绵延着的雪山隐约可见，翻过雪山，就是矗立在河西走廊荒漠中的孤城，再往西，就是和孤城遥遥相对的玉门关。这两句诗像画了一幅西北数千里广阔地域的长卷图，也是当时西北戍边将士生活、战斗的环境。在唐代，西边有吐蕃，北边有突厥，当时的青海是唐军和吐蕃多次交战之地，而玉门关外是突厥的势力范围。这两句诗不仅描绘了整个西北边陲的景象，也点出了"孤城"南拒吐蕃、西防突厥重要的地理形势。这两个方向的强敌，正是戍守"孤城"的将士关注点。与其说，这是将士望中所见，不如说这是将士脑海中浮现出来的画面，在写景中渗透着丰富复杂的感情：有戍边将士对边防形势的关注，对自己所担负守边任务的自豪感、责任感，以及戍边生活的孤寂、艰苦之感，都融合在这苍凉辽阔而又迷蒙暗淡的景色里。

结尾两句由情景交融的环境描写转为直接抒情。"黄沙百战穿金甲"，概括戍边时间的漫长，战事的频繁，战斗的艰苦，敌军之强悍，边地之荒凉。"黄沙"突出了西北战场的特征。"百战"比喻战事之多。"百战"而至"穿金甲"，可见战斗的艰苦激烈。金甲尽管磨穿，将士的报国壮志却并没有消磨，而是在大漠风沙的磨炼中变得更加坚定。"不破楼兰终不还"，这是将士豪壮的誓言，显得铿锵有力，掷地有声。

出 塞

王昌龄

秦时明月汉时关，万里长征人未还。

但使龙城飞将在①，不教胡马度阴山②。

【赏析】

《出塞》二首是王昌龄早年赴西域所作的一组边塞诗，是乐府旧题。这首诗为第一首。诗篇表达了诗人希望起任良将，早日平息边塞战事，使人民过上安定生活的愿望。

"秦时明月汉时关"，即展现出一幅壮阔的图画：一轮明月，照耀着边疆关塞。显示了边疆的寥廓和景物的萧条，渲染出孤寂、苍凉的气氛。这一句运用互文修辞，明月和边关，既指是秦时的，也是汉时的，暗示这里的战事自秦汉以来一直未间歇过，突出时间的久远。边关人面对这样景象，自然联想起秦汉以来无数献身边疆的守边将士。"万里长征人未还"，又从空间角度点明边塞的遥远。"人未还"，一是说明边防不巩固，二是对士卒表示同情。

结尾两句融抒情与议论为一体。如果龙城飞将军还在，绝不会让胡人骑兵度过阴山。以此抒发戍边将士巩固边防的愿望和保卫国家的壮志，洋溢着爱国激情和民族自豪感。同时，这两句又语带讽刺，表达了诗人对朝廷用人不当和将帅无能的不满。

这首诗作者把写景、叙事、抒情与议论紧密结合，又熔铸了复杂的思想感情，意境雄浑深远，既激动人心，又耐人寻味。

---

① 但使：只要。龙城飞将：《汉书·卫青霍去病传》载，汉武帝元光六年（前129年），卫青为车骑将军，出上谷，至龙城，斩首虏数百。龙城，匈奴都城所在地，约在今内蒙古呼和浩特市境。龙城飞将即指卫青奇袭龙城之事。有人认为飞将指李广，龙城即卢龙城，为李广练兵之地，在今河北省唐山市喜峰口一带，属汉代右北平郡所在地。　② 胡马：这里借指侵扰内地的外族骑兵。阴山：古山脉名，在今内蒙古中部地区。

春宫怨

王 昌 龄

昨夜风开露井桃 ①，未央前殿月轮高 ②。
平阳歌舞新承宠 ③，帘外春寒赐锦袍。

【赏析】

唐玄宗天宝年间，唐玄宗宠爱杨玉环，荒淫无度。诗人王昌龄以汉喻唐，拉出汉武帝宠幸卫子夫、遗弃陈皇后的一段情事，为这首七言绝句罩上一层"宫怨"的烟幕。诗人明写新人受宠的情状，暗抒旧人失宠的怨恨。

起句点明时令，切题目中"春"字。露井旁边的桃树，在春风吹拂下，绽开花朵。"未央前殿月轮高"点明地点，切题目中"宫"字。未央宫的前殿，月轮高照，银光铺洒。字面上看，这两句只是淡淡描绘了一幅春意融融、安详和穆的自然景象，触物起兴，暗喻歌女承宠，有如桃花沾沐雨露之恩而开放，是兴而兼比的写法。月亮对于人们来说，本无远近高低之分，这里偏说"未央前殿月轮高"，因为那里是新人受宠的地方，是这个失宠者心向往之而不得近的所在，所以她只觉得月是那处高，尽管无理，但却有情。

结尾两句写新人的由来和她受宠的具体情状。卫子夫原为平阳公主的歌女，以貌美善舞而被汉武帝看中，召入宫中，大得宠幸。"新承宠"句，即此而发。诗人为具体说明新人的受宠，第四句选取一个细节。露井桃开，可知已是春暖时节，但宠意正浓的皇帝犹恐帘外春寒，所以特赐锦袍。通过这一细节描写，新人受宠之甚，显而易见。另外，由"新承宠"三字，人们自

---

① 露井：没有井亭覆盖的井。 ② 未央：即未央宫，汉宫殿名。也指唐宫。 ③ 平阳歌舞：指卫子夫，原是平阳公主家中歌女，后被汉武帝宠幸，以至废去原来的皇后陈阿娇，立她为皇后。新承：指受到宠幸。

然会联想起那个刚刚失宠的旧人，此时此刻，她可能正站在月光如水的幽宫檐下，遥望未央殿，耳听新人的歌舞嬉戏之声而黯然神伤。诗人代失宠的旧人抒发妒忌、怨恨之情，从而讽刺皇帝沉溺声色，喜新厌旧。

长信秋词五首①

王昌龄

其一

金井梧桐秋叶黄，珠帘不卷夜来霜。
熏笼玉枕无颜色②，卧听南宫清漏长③。

其二

高殿秋砧响夜阑④，霜深犹忆御衣寒⑤。
银灯青琐裁缝歇，还向金城明主看⑥。

其三

奉帚平明金殿开⑦，暂将团扇共徘徊⑧。
玉颜不及寒鸦色⑨，犹带昭阳日影来⑩。

---

① 长信秋词：又作"长信怨"，《汉书·外戚传》载，班婕妤以才学入宫，为赵飞燕所妒，于是自求供养太后于长信宫。"长信怨"由此而来。　② 熏笼：宫中取暖用具，与熏炉配套使用的笼子，作熏香或烘干用。　③ 南宫：指皇帝居处。清漏：指深夜计时的铜壶滴漏之声。漏，古代计时器具，利用滴水和刻度以标记时辰。　④ 秋砧（zhēn）：指秋日捣衣的声音。夜阑：夜色将尽时。　⑤ 御衣：指帝王穿的衣服。　⑥ 金城：皇帝所住之城。明主：贤明的君主。　⑦ 奉帚（zhǒu）：持帚洒扫。多指嫔妃失宠而被冷落。平明：指天亮。金殿：指宫殿。　⑧ 团扇：圆形的扇子。　⑨ 玉颜：姣美如玉的容颜。暗指班婕妤自己。寒鸦：寒天受冻的乌鸦。暗指赵飞燕姐妹。　⑩ 昭阳：汉代宫殿名，代指赵飞燕姐妹与汉成帝居住之处。

其四

真成薄命久寻思①，梦见君王觉后疑。

火照西宫知夜饮②，分明复道奉恩时③。

其五

长信宫中秋月明，昭阳殿下捣衣声。

白露堂中细草迹④，红罗帐里不胜情⑤。

【赏析】

第一首是宫怨诗，诗篇用以景托情含蓄的手法，写一个失去自由的年少宫女，孤独地生活在深宫中的情景。诗人从这位少女凄惨的日常宫中生活中剪取了她的一个不眠之夜。表达了没有生趣的生活，时刻都在摧残着青春少女的身心。

"金井梧桐秋叶黄，珠帘不卷夜来霜。熏笼玉枕无颜色，卧听南宫清漏长"，犹如连续播放了四个场景的短片：秋季的宫苑里，井口周围雕饰精美护栏边的梧桐树叶渐黄，珠帘不卷就可感觉夜里的寒霜。房中熏笼暖屋，床上玉枕躺着一位容颜憔悴少女，她静卧愁听南宫悠长的漏声。前两句是以外景的凄凉衬托怨情。后两句描写房中物和诗中人。她满腹忧思，心怀怨气却无处倾吐。诗篇没有明写怨情，但不论是写景还是写人，都是为了托出孤独的幽怨之情。

第二首诗描写一位失宠妃嫔在宫中孤独寂寞的生活。以生动的心理刻画，表现了失宠妃嫔的幽怨之情。汉代班婕妤作有《团扇诗》，内容为"新裂齐纨素，皎洁如霜雪。裁为合欢扇，团团似明月。出入君怀袖，动摇微风发。常恐秋节至，凉飚夺炎热。弃捐箧笥中，恩情中道绝"。以秋扇之见弃，比君恩的中断。王昌龄就此

---

① 薄命：命运不好。　　② 西宫：皇帝宴饮之处。　　③ 复道：楼阁间架空的通道。也称阁道。　　④ 白露堂：失宠妃子或宫女所住之处。　　⑤ 红罗：红色的轻软丝织品。不胜：不尽。

诗的寓意而加以渲染，借长信宫故事反映唐代宫廷妇女的生活。

"高殿秋砧响夜阑，霜深犹忆御衣寒。银灯青琐裁缝歇，还向金城明主看"。秋夜已深，寒霜渐重，木石敲击秋砧的声音响彻凄凉的寒夜。此时，深宫中那个失宠的妃嫔依旧牵挂着君王是否添了衣裳，昏暗的银灯下，独自裁剪缝补，明知道君主不会眷顾，却还是在内心怀着深切的期盼。

第一句以环境衬托诗中人心境。后面三句由"忆"展开描写诗中人心理活动和排遣愁绪的行为。表达了那种既期盼更无奈、又挂念更幽怨而难于言表的感情。

第三首诗仍承用班婕妤故事，用比喻来抒发失宠嫔妃的怨情。

前两句"奉帚平明金殿开，暂将团扇共徘徊"，天色方晓，金殿门开，诗中人拿起扫帚清扫宫门，这是日常工作和生活。扫除完毕，闲来无事，就手执团扇徘徊于房屋内外。团扇，借喻被弃失宠的悲哀。徘徊，写心情之不定。暂将，则更见出孤寂无聊，唯有袖中此扇，命运相同，可以徘徊与共。

后两句"玉颜不及寒鸦色，犹带昭阳日影来"，时当秋日，气候已寒，故鸦称寒鸦。昭阳宫，是汉代成帝为宠爱赵飞燕姐妹而建造的宫殿，被后世文学称为被得宠的象征。自己失宠深居长信宫，君王从不一顾，虽有洁白如玉的容颜，反而不及乌黑的老鸦。乌鸦从昭阳宫上飞过，在阳光的照射下，都能留下身影。以此比喻没有自由的孤苦生活，也幽怨君王的无情弃置。用玉颜之白相比鸦羽之黑，以反差之大增强表达效果，以此来突出怨苦、不甘心的深刻。而上用"不及"，下用"犹带"，以委婉含蓄的方式表达了深沉的怨愤。

第四首诗抒写失宠嫔妃的幽怨，表达她们内心的痛苦，在王昌龄笔下，却很少艺术上的雷同重复。第四首诗则带有更多的直接抒情和细致刻画心理的特点。

第一句"真成薄命久寻思"，写失宠嫔妃的内心活动，更是失宠者内心深处的叹息。"真成薄命"，是说想不到竟真是个命运不幸的失宠者。开头显得有些突兀，感到其中有很多省略。看来她不久前还是得宠者。宫嫔是否能得宠，取决于君主一时好恶和政治需要。因此这些不能自主的宫嫔就特别相信命运。得宠，归之幸运；失宠，归之命薄。在得宠时，也总是提心吊胆，生怕随时会失宠。而当失宠的厄运终于落到头上时既难以置信，又不得不痛苦地承认，转而去长久思考自己的命运为什么不好。诗句这样的心理刻画，极富包蕴。"梦见君王觉后疑"，失宠后，她陷入久久的寻思。因"思"而入"梦"，梦中又在重温过去的欢乐，表现出对命运的希冀，对君主的幻想，而在自己心中重新编织得宠的幻影。但幻梦毕竟不是现实，一觉醒来，眼前仍是孤寂的冷宫。于是又怀疑自己这种希望原不过是无法实现的幻梦。前两句把女主人公曲折复杂的心理刻画得细致入微而又层次分明。

后两句"火照西宫知夜饮，分明复道奉恩时"。就在这位失宠者由思而梦，由梦而疑，心灵上倍受痛苦煎熬的时刻，不远的西宫却向她展示了一幅灯火辉煌的图景。她明白，此刻西宫中又正在彻夜宴饮。这情景对她来说是那样的熟悉，唤起了她对自己"新承宠"时的记忆，仿佛回到了当初在"复道"受君主恩宠的日子。可是这一切此刻又变得那样遥远，承宠的场面虽在重演，但华美的西宫已经换了新主。"分明"二字包含了失宠者在寂寞凄凉中对往事的记忆和无限的追恋，也蕴含着往事不可回复的深沉感慨和无限怅惘，更透露出不堪回首往事的深刻哀伤。

第五首诗抒发怨情。

前两句"长信宫中秋月明，昭阳殿下捣衣声"，西汉成帝时期，长信宫是失宠嫔妃班婕妤住的寝宫，后来泛指失宠嫔妃。昭阳殿是赵飞燕得宠时住的寝宫，后泛指得宠嫔妃。"秋月明""捣衣声"都是指思乡的意象。意思是进入皇宫的宫女和嫔妃，无论是得宠和失宠，都不再有人身自由，也不能自我选择命运，决定他们命运的是君主。

后两句诗人运用对比的手法，描写出君王对失宠与得宠的嫔妃截然不同的差别。"白露堂中细草迹"是指失宠嫔妃的宫闱清冷，杂草丛生，一片荒凉凄清，使得人物也显得十分幽怨。"红

罗帐里不胜情"，是指得宠的嫔妃寝宫里红帐高挂，君王与之软语温存，不胜惬意，说不完的情意绵绵话。

王昌龄从女性角度出发，运用对比，刻画了失宠嫔妃与得宠嫔妃日常生活的差别，表达了对失宠嫔妃的同情。

闺 怨①

王昌龄

闺中少妇不知愁，春日凝妆上翠楼②。
忽见陌头杨柳色③，悔教夫婿觅封侯④。

【赏析】

这是首写闺怨的七言绝句。诗人王昌龄通过描写闺中少妇的忧愁和悔恨，表达人们对持久战争的厌恶和对和平生活的向往。

起首两句写闺中少妇不知愁。首句点出诗中女主人公和她的心情：不知愁。次句承接首句，具体写女主人公如何不知愁：在春光明媚的一天，她着意把自己打扮得整整齐齐，然后高兴地登上翠楼去观赏景物。

结尾两句写闺中少妇的所见和所悔。上句写少妇登楼所见的景物，引发她的愁感。少妇看到路边的杨柳长得青青可爱，猛然勾起满腔的愁感。这愁绪的内容，诗人没有写出，但联系下一句诗，不言而喻。少妇长年生活在深闺，感觉不到时间的消逝和季节的变化，当她看到柳树青青，才猛然意识到时间又过了一年，而自己与夫婿分别又是一年，在这赏心悦目的春天季节，没有夫婿做伴，登楼赏景显得多么孤寂和无聊，刚产生的高兴情绪一扫而光，换来了满怀思夫的忧愁。下句写由愁生

---

① 闺：女子卧室。这里借指女子。古人"闺怨"之作，一般是写少女的青春寂寞，或少妇的离别相思之情。　② 凝妆：盛妆，即华丽的装束。
③ 陌头：路边。　④ 觅封侯：即为求得封侯而从军。觅，寻求。

悔：深悔自己当初让夫婿从军，谋取封侯的爵赏，以致自己过着孤单寂寞的生活。

芙蓉楼送辛渐 ①

王昌龄

寒雨连江夜入吴 ②，平明送客楚山孤 ③。
洛阳亲友如相问，一片冰心在玉壶 ④。

【赏析】

唐玄宗天宝元年（742 年），作者王昌龄时任江宁（今江苏省南京市）丞。辛渐是王昌龄好友，此次经由润州渡江，取道扬州，北上洛阳。王昌龄陪他从江宁到润州，然后就此告别。这首七言绝句便是当时所作。诗人通过描绘江边送别的情景，表达了对好友的依依惜别之情，抒发了自己在外漂泊的寂寞凄苦之感。

起首写雨雾笼罩着长江和吴地，好像织成了一张无边无际的愁网。夜雨增添了秋天的寒气，也渲染了离别的黯淡气氛。那寒意不仅弥漫在满江雨雾之中，更沁透在两个离别友人的心头上。"连"和"入"写出雨势的连绵。诗人将听觉、视觉和想象概括成连江入吴的雨势，以大片淡墨染出满纸烟雨，这就用浩大的气魄烘托了"平明送客楚山孤"的开阔意境。清晨，天色已明，辛渐即将登舟北归。诗人遥望江北的远山，想到友人

---

① 芙蓉楼：古楼阁名，在今江苏省镇江市。辛渐：诗人好友。　② 寒雨：指秋冬时节的冷雨。连江：指雨水与江面连成一片，形容雨很大。吴：春秋时诸侯国名，这里泛指今江苏南部、浙江北部一带。江苏镇江市曾为吴国所属。　③ 平明：天亮时。楚山：楚地的山。这里的楚亦指镇江市一带，因为古代吴、楚先后统治过这里，故吴、楚可通称。孤：独自，孤单一人。　④ 冰心：纯净高洁的心。玉壶：道教概念，专指自然无为虚无之心。此借以比喻心地纯洁。

不久便将隐没在楚山之外，孤寂之感油然而生。因为友人回到洛阳，即可与亲友相聚，而留在吴地的诗人，却只能像这孤零零的楚山一样，伫立在江畔空望着流水逝去。一个"孤"字如同感情的引线，自然而然牵出后两句临别叮咛之辞。诗人从清澈无瑕、澄空见底的玉壶中捧出一颗晶亮纯洁的冰心以告慰友人，这就比任何相思的言辞更能表达他对洛阳亲友的深情。

宿王昌龄隐居

常建 ①

清溪深不测，隐处唯孤云。
松际露微月 ②，清光犹为君。
茅亭宿花影，药院滋苔纹 ③。
余亦谢时去 ④，西山鸾鹤群 ⑤。

【赏析】

这是首写隐逸的五言律诗。诗人常建夜宿王昌龄从前隐居旧地，借描述此地夜景幽静，环境清雅，表达了自己归隐的愿望。

首联写王昌龄隐居旧地的位置。"清溪深不测，隐处唯孤云"，"深不测"，是说清溪水流入石门山深处，见不到头。王昌龄隐居处便在清溪水流入的石门山上，望去只看见一片白云。"孤云"化用南朝齐梁隐士陶弘景对齐高帝说："山中何所有？岭上多白云。只可自怡悦，不堪持赠君。"因此山中白云便沿用为

---

① 常建，出身不详，唐代诗人。唐玄宗开元十五年（727年）与王昌龄同榜进士。唐代宗大历年间，官任盱眙尉，后隐居鄂渚（今湖北省武汉市武昌区）的西山。常建的诗作以田园、山水为主要题材。意境清寂幽邃，语言简练自然。　②际：之间。　③药院：指种着芍药花的庭院。滋：生长着。　④谢时：不问世事，即隐居。　⑤鸾鹤：鸾与鹤。相传为仙人所乘。群：合群，为伍。

隐者居处的标志，清高风格的象征。

中间两联写所见所感。"松际露微月，清光犹为君。茅亭宿花影，药院滋苔纹"，王昌龄住处清贫幽雅，只有一间茅屋，即"茅亭"。屋前有松树，屋边栽花，庭院里种满了芍药花。诗人夜宿此地，举头望见明月升起到了松树梢头，清光照来，格外有情。想来明月不知今夜主人不在，换了客人，依然多情来伴。抬眼看见窗外屋边有花影映来，也别具情意。诗人到院里散步，看见王昌龄种的芍药草长势很好。因为茅屋久无人住，路面长出青苔，所以茂盛的药草却滋养了青苔，也暗示了王昌龄离开已久，在描写王昌龄隐逸情趣的同时，也流露出了惋惜和期待的情味。

尾联"余亦谢时去，西山鸾鹤群"，"鸾鹤群"化用江淹《登庐山香炉峰》中"此山具鸾鹤，往来尽仙灵"，诗人表示将与鸾鹤、仙灵为伴，隐逸余生。"亦"字，包含深意。此时的王昌龄已登仕途。"亦"字表明诗人要学王昌龄的隐逸情趣，也有婉转地讽劝王昌龄应坚持隐逸的意思。

题破山寺后禅院 ①

常 建

清晨入古寺，初日照高林 ②。
曲径通幽处 ③，禅房花木深 ④。
山光悦鸟性，潭影空人心 ⑤。
万籁此俱寂 ⑥，但余钟磬音 ⑦。

---

① 破山寺：即兴福寺，在今江苏省常熟市西北虞山上。　② 初日：早上的太阳。　③ 曲（qū）径：弯弯曲曲的小路。幽：幽静。
④ 禅房：僧人居住修行的地方。　⑤ 潭影：清澈潭水中的倒影。
⑥ 万籁（lài）：自然界发出的种种细微声响。籁，从孔穴里发出的声音，泛指声音。　⑦ 但余：只留下。钟磬（qìng）：佛寺中召集众僧的打击乐器。磬，古代用玉或金属制成的曲尺形打击乐器。

【赏析】

这是首常建作的题壁五言律诗。诗篇描写了诗人清晨游破山寺后禅院的观感，塑造了一个幽深静寂、安详和平的境界，抒发了诗人忘却世俗、寄情山水的隐逸情怀。

前两句"清晨入古寺，初日照高林"，这两句以流水对手法，写诗人在清晨登破山，入兴福寺，旭日初升，光照山上树林。佛家称僧徒聚集的处所为"丛林"，这里用"高林"，含有称颂禅院之意，在光照山林的景象中显露着礼赞佛寺之情。

第三、四句"曲径通幽处，禅房花木深"，诗人穿过寺中竹丛小路，走到幽深的后院，发现唱经礼佛的禅房在后院花丛树林深处。幽深、清寂的环境，使诗人惊叹、陶醉，忘情地欣赏起来。

第五、六句"山光悦鸟性，潭影空人心"，诗人举目望见寺后的青山焕发着日照的光彩，鸟儿自由地飞鸣欢唱。走近清澈的潭水，只觉天地和自己的身影在水中湛然空明，心中的尘世杂念顿时涤除。这两句对仗工整，比兴巧妙。"悦"字，高雅了"鸟性"，写活了"山光"。"空"字，沉寂了"潭影"，淡定了"人心"。以动显静，以静衬动，形象地暗示禅理感化人心，净化灵魂。

最后两句"万籁此俱寂，但余钟磬音"，诗人沉浸在美妙清幽的环境中，仿佛领悟了禅理的奥妙，摆脱了尘世所有烦恼，像鸟儿那样自由自在，无忧无虑。仿佛天地间其他的声响都寂灭了，只有钟磬悠扬而宏亮的声音引导他进入纯净安宁的境界。

逢雪宿芙蓉山主人 ①

刘长卿 ②

日暮苍山远 ③，天寒白屋贫 ④。
柴门闻犬吠 ⑤，风雪夜归人。

【赏析】

唐代宗大历八年（773 年）至十二年间，刘长卿遭受鄂岳观察使吴仲儒的诬陷获罪，因监察御史苗丕判案公正，才从轻发落，贬为睦州司马。这首五言绝句就写于被贬之后。诗人通过描写雪夜借宿芙蓉山人家的情景，表达了他对劳动人民清贫生活的同情。

起首两句写诗人投宿山村时的所见所感。首句中"日暮"点明时间：傍晚。"苍山远"，是诗人风雪途中所见。青山遥远迷蒙，暗示跋涉的艰辛，急于投宿的心情。下句"天寒白屋贫"点明投宿的地点。主人家简陋的茅舍，在寒冬中更显得贫穷。

后两句写投宿主人家以后的情景。"柴门闻犬吠"，诗人进入茅屋已安顿就寝，忽从卧榻上听到吠声不止。"风雪夜归人"，诗人猜想大概是芙蓉山主人披风戴雪归来了吧。

---

① 逢：遇上。主人：指留诗人借宿的人。　② 刘长卿（726—786），字文房，宣城（今安徽省宣城市）人，唐代诗人。后迁居洛阳。唐玄宗天宝年间进士。唐肃宗至德年间，官监察御史，后为长洲县尉，因事下狱，贬南巴尉。唐代宗大历年间，任转运使判官，知淮西、鄂岳转运留后，又被诬，再贬睦州司马。唐德宗建中年间，官终随州刺史，世称"刘随州"。刘长卿工于诗，长于五言，自称"五言长城"。　③ 苍山远：指青山在暮色中隐隐约约显得很远。苍，青色。　④ 白屋：未加修饰的简陋茅草房。一般指贫苦人家。　⑤ 犬吠（fèi）：狗叫。

送方外上人 ①

刘长卿

孤云将野鹤 ②，岂向人间住。
莫买沃洲山 ③，时人已知处 ④。

【赏析】

唐肃宗至德元年（756 年），诗人刘长卿从广西返回江南，之后近十年间，常游历于江浙一带的名胜古刹，交结僧人。这首五言绝句就作于这期间，描写了诗人送一位僧人回归山寺。

起首两句，诗人以凌云的野鹤形容僧人。"孤云"与"野鹤"，这样超尘脱俗之物在人世怎能留得住呢？因此诗人诙谐地说："岂向人间住。"尘世难留方外高人，方外高人理应去深山古刹，静心修炼。

结尾两句是诗人对上人的规劝，劝上人隐居冷寂的深山，而不要到热闹的名胜去沽名钓誉。不少僧人爱住名山宝刹，实际上并不为了修行，而是为了扬名，然后接近权贵，以求闻达于皇帝，达到升迁官职的目的。"莫买沃洲山"，暗指"沃洲山"名声太大，人们都知道那地方，会影响修行，应另寻福地。由此可见，诗人与上人的关系亲密，可以直接规劝。

---

① 方外：超然于世俗礼教之外。和尚、道士都可叫方外或方外人。上人：对僧人的敬称。　　② 将：携带。　　③ 沃洲山：山名，在今浙江省新昌县境。上有支遁岭、放鹤峰、养马坡，相传为东晋名僧支遁放鹤、养马之地。　　④ 时人：当时的人们。

送灵澈上人 ①

刘长卿

苍苍竹林寺 ②，杳杳钟声晚 ③。
荷笠带斜阳 ④，青山独归远。

【赏析】

这首借景抒情的五言绝句，记叙了诗人在傍晚送灵澈上人返竹林寺时的心情，抒发了诗人对友人离别的伤感与依依不舍之情，也表现了灵澈上人清寂的风度以及诗人虽失意却闲适淡泊的情怀。

起首两句，写灵澈上人欲回竹林寺的情景。苍苍山林中的灵澈归宿处，远远传来寺院报时的钟响，点明时已黄昏，仿佛催促灵澈归山。诗人出以想象之笔，创造了一个清远幽渺的境界。此二句重在写景，景中也寓之以情。

结尾两句，写目送灵澈上人辞别归去的情景。灵澈戴着斗笠，披带夕阳余晖，独自向青山走去，越来越远。"青山"即应首句"苍苍竹林寺"，点出寺在山林。"独归远"显出诗人伫立目送，依依不舍。这两句只写行者，未写送者，而诗人久久伫立，目送友人远去的形象仍显得非常生动，构成了一种闲淡的意境。

---

① 灵澈上人：唐代僧人，本姓杨，字源澄，今浙江省绍兴市人，后为云门寺僧。上人，对僧人敬称。　②苍苍：深青色。竹林寺：古寺名，在今江苏省镇江市境。　③杳杳（yǎo）：深远的样子。　④荷（hè）笠：背着斗笠。荷，背着。

秋日登吴公台上寺远眺 ①

刘长卿

古台摇落后 ②，秋日望乡心。
野寺人来少，云峰水隔深。
夕阳依旧垒 ③，寒磬满空林 ④。
惆怅南朝事 ⑤，长江独至今。

【赏析】

这首五言律诗作于刘长卿旅居扬州时。安史之乱爆发后，刘长卿长期居住的洛阳落入乱军之手，被迫流亡到江苏扬州一带。秋日登高，来到吴公台，写下了这首怀古诗。诗人怀着思乡之情通过描绘古迹的深秋景象，感叹古今人物兴废的变化，抒发了对人生、社会、时代的凄凉感受。

首联扣题点明时间、地点、情感基调，由古台上满是落叶的凋零破败景象，生发出深秋的悲凉情绪，更增添了思乡情怀。

颔联转而细写登台所望之景。上句写近景，寺院地处荒山僻岭，故而人迹稀少，暗示了诗人漂泊他乡的孤独。下句写远景，隔岸青山层峦叠嶂，云遮雾绕，清净幽深。一片清幽的远景将诗人内心的愁绪冲淡。

颈联继续写景，由远而近，写出古台四周苍茫的暮色。上句写远景。西风残照，落日余晖，废垒寂寂，钟磬悠悠，声振空林。时间仿佛停止了脚步，空间似乎也在沉思。夕阳本是无情，

---

① 吴公台：古台名，在今江苏省扬州市江都区。原为南朝宋将沈庆之所筑，后陈将吴明彻重修。　　② 摇落：凋零破败。此指台已倾废。
③ 依：靠。这里有依恋之意。旧垒（lěi）：指吴公台。　　④ 磬（qìng）：寺庙中拜佛时敲打的钵形响器，用铜制成。　　⑤ 惆怅：伤感，失意。南朝事：因吴公台关乎南朝的宋和陈两代事，故称。南朝，宋、齐、梁、陈，据地皆在南方，故名。

而用"依"字，却赋予"夕阳"人格化的形象，仿佛这渐行渐远的夕阳也为"古台""旧垒"的沧桑之变而叹息，而眷恋难舍。若说上句妙在绘形，则下句是精于摹声。以"寒"字来修饰钟磬的声音，将听觉感受的印象转化成触觉感受的形象，这是通感手法的得体运用。诗人又以"满"字加以强调，写足了凄神寒骨、悄怆幽邃的意境。

尾联由自己命运的辛酸转到对朝代兴替的感叹。诗人因眼前断壁残垣的萧索败落景象，而浮想起南朝的繁华与战乱，只觉满腹的惆怅。"惆怅"点出主旨。明则为历史兴衰无常而惆怅，实则有人生坎坷多难而伤感。

饯别王十一南游

刘长卿

望君烟水阔，挥手泪沾巾。
飞鸟没何处，青山空向人。
长江一帆远，落日五湖春①。
谁见汀洲上②，相思愁白蘋③。

【赏析】

这是首写送别的五言律诗。诗人刘长卿通过描写离别后所见的景色，抒发了对友人的真挚情意。

首联写朋友远去，诗人挥手作别，落泪沾巾，依依之情跃然纸上。诗人远望烟水空茫的江面，没有直抒心中所想，而是借送别处长江两岸的壮阔景物作诗。"望"字，把眼前物和心中情融为一体，让江中烟水、岸边青山、天上飞鸟都来烘托自己的惆怅心情。

---

① 五湖：这里指太湖，在今江苏省苏州市西南部。　② 汀（tīng）洲：水中的小块陆地。　③ 白蘋：也作"白萍"，水中浮草。

　　颔联，"飞鸟"隐喻友人的南游，写出友人的远行难以预料，倾注了自己的关切和忧虑。朋友远去，再也望不到。别后与谁相伴？一"空"字，不只点出诗人远望朋友渐行渐远直至消失的情景，同时烘托出诗人此时空虚寂寞的心境。

　　颈联写友人乘船沿江南去，渐渐远行。傍晚时分就能看到太湖美丽的春景。友人的行舟消逝在长江尽头，肉眼是看不到，但是诗人的心却追随友人远去一直伴送他到达目的地。

　　尾联写眷怀友人徘徊汀州，愁对白蘋。诗人站在汀洲上，对着秋水中的浮草出神，久久不忍归去，心中充满着无限愁思。情景交融，首尾呼应，离思深情悠然不尽。

长沙过贾谊宅 ①

刘长卿

三年谪宦此栖迟 ②，万古惟留楚客悲 ③。
秋草独寻人去后，寒林空见日斜时。
汉文有道恩犹薄 ④，湘水无情吊岂知？
寂寂江山摇落处，怜君何事到天涯。

【赏析】

　　这是一首怀古七言律诗。诗人刘长卿因性格刚直，得罪上司，两遭贬职。第一次在唐肃宗至德三年（758年），由"苏州长洲县尉"被贬为"潘州南巴县尉"；第二次在唐代宗大历五年后，因被诬陷，由"淮西鄂岳转运留后"被贬为"睦州司马"。这首诗当作于诗人第二次被迁谪，身到长沙，在一个深秋的傍晚，游

---

① 贾谊：西汉文帝时政论家、文学家，曾任太中大夫，后被贬为长沙王太傅。　　② 谪宦：贬官。栖迟：滞留。　　③ 楚客：流落在楚地的游子，指贾谊。长沙属楚地，故称。　　④ 汉文：西汉文帝刘恒。

访西汉文学家贾谊故居时，有感而发作就此诗。通过对贾谊不幸遭遇的凭吊，抒发了自己被贬的悲愤和对当时朝政的不满情绪。

首联发出感叹：贾谊被贬在此故居寂寞地生活了三年，但万古留下他客居楚地的悲哀。"万古"包含贾谊被贬对历代文人士大夫精神上的深远影响。"悲"字，直贯全篇，奠定了全诗凄怆忧愤的基调。也暗寓了诗人自己迁谪的悲苦命运。

颔联写诗人怀着悲凉的心绪，踏着秋草独自寻觅贾谊的足迹，看到只有斜阳的余晖映照着寒林。渲染了贾谊故宅一片萧条冷落的凄清景象。"独寻"表达了诗人对贾谊的景仰和自己内心孤独的感叹。"空见"既写出贾谊故宅的荒凉，同时更让人回想起贾谊当时的艰难处境。"日斜"表面上写落日西倾，实际上暗示李唐王朝难以挽转的衰颓趋势。

颈联，"为何明君却独对你恩疏情薄，湘水无情怎知我对你的深情？"汉文帝在历史上是有道明君，对贾谊是先重用，后听信谗言，疏远贾谊，从而导致贾谊怀才不遇，抑郁而终。诗人运用反语和双关的手法，明写汉文帝有道，实际暗含对汉文帝的强烈不满，也暗含对李唐王朝不重视人才的不满。同时借用贾谊写《吊屈原赋》的典故，用湘水无情地日夜流逝，来抒发对前贤的深切凭吊和自己内心的无限愤懑之情。

尾联，暮色中的江山更显寂寥，秋风吹过，黄叶飘零，可怜您何故被贬此地呢？末句诗人用与贾谊对话的方式，既有对贾谊悲惨身世的感慨，同时也衬托出自己抑郁悲凉，痛苦无奈的心境。

王翰

凉州词①

王翰②

葡萄美酒夜光杯，欲饮琵琶马上催③。
醉卧沙场君莫笑④，古来征战几人回。

【赏析】

这是首写边塞的七言绝句。诗篇渲染了出征前盛大的酒筵和将士们豪饮的场面，表现了将士们不惧生死的旷达和奔放情怀。

起句呈现出盛大筵席上的场面，为全诗的抒情创造了高谈畅饮的欢乐气氛，将士们看着葡萄美酒、精致的银杯，以及满桌美食，自是心怀欢畅。次句，"欲饮"二字，渲染出享用美酒佳肴的盛宴，表现出将士们豪爽开朗的性格。正在大家"欲饮"之时，乐队奏起琵琶，酒宴开始，那急促欢快的旋律，似乎是在鼓励将士们举杯痛饮，使已经热烈的气氛顿时沸腾起来。"马上"二字，往往使人联想到"出发"，其实在西域胡人中，琵琶本就是骑在马上弹奏的。"琵琶马上催"是着意渲染一种欢快宴饮的场面。

结尾两句写筵席上的畅饮和视死如归的决心。宴席上的畅饮是斗酒"战场"，畅饮之后是奔赴战场杀敌。此时在宴席上的酣醉卧躺的姿态，您不要发笑。这是激情的释放，不是悲伤之情。即使自古战场没有几人生还，也必将在来日战场上舍生忘死，奋勇杀敌。"醉卧沙场"，表现出不仅是豪放、兴奋的情感，更有视死如归的勇气。

---

① 凉州词：唐乐府名，是《凉州曲》的唱词。凉州，治所在今甘肃省武威市。　　② 王翰，生卒年不详，字子羽，并州晋阳（今山西省太原市）人，唐代边塞诗人。《全唐诗》载其诗十四首。题材大多吟咏沙场少年、玲珑女子以及欢歌饮宴等，表达对人生短暂的感叹和及时行乐的旷达情怀。其中以《凉州词二首》最负盛名。　　③ 催：鸣奏助兴。也作催人出征。　　④ 沙场：平坦空旷的沙地。古时多指战场。

秋登兰山寄张五 ①

孟浩然 ②

北山白云里 ③，隐者自怡悦 ④。
相望试登高，心随雁飞灭。
愁因薄暮起 ⑤，兴是清秋发 ⑥。
时见归村人，沙行渡头歇 ⑦。
天边树若荠，江畔洲如月 ⑧。
何当载酒来 ⑨，共醉重阳节。

【赏析】

这是首怀人的五言古诗。诗人登高远望，看到飞雁而孤寂，临薄暮而惆怅，处清秋而发兴，希望挚友到来一起共度佳节，表达了对故友的思念之情。

起首两句从陶弘景诗《答诏问山中何所有》"山中何所有，岭上多白云。只可自怡悦，不堪持赠君"脱化而来，点明"自怡悦"，为诗人登高望远的缘由之一。

紧接四句，"相望"表明诗人对张五的思念。由思念而登山远望，望而不见友人，但见北雁南飞。这是写景，又是抒情，情

---

① 兰山：今称汉皋山，在今湖北省襄阳市西北。张五：诗人好友。疑为"张子容"，但兄弟排行不对，张子容排行第八。疑张五为张八之误。
② 孟浩然（689—740），本名浩，字浩然，襄州襄阳（今湖北省襄阳市）人，世称孟襄阳，孟山人。唐代诗人。孟浩然四十岁时，应进士举不第，被张九龄招致幕府，后隐居。他的诗作多为五言短篇，多写山水田园和隐居的逸兴以及羁旅行役的心情。和王维并称"王孟"，为山水田园诗派的代表。　　③ 北山：张五隐居的山。　　④ 隐者：指张五。
⑤ 薄暮：傍晚。　　⑥ 清秋：明净爽朗的秋天。　　⑦ 渡头：渡口。
⑧ "天边"二句：由隋薛道衡《敬酬杨仆射山斋独坐》"遥原树若荠，远水舟如叶"演化而来。荠（jì），荠菜。　　⑨ 何当：犹何如。

景交融。雁也看不见了，而又接近黄昏，心头不禁泛起淡淡的哀愁，然而清秋的山色却使人逸兴勃发。

接下来四句，写诗人从山上四下眺望，时至黄昏，村夫劳动一日，三三两两逐渐归来。他们有的行走于沙滩，有的坐歇于渡口，表现出村夫从容而悠闲的生活状态。再放眼向远望，一直看到"天边"，那天边的树看去细如荠菜，而那白色的沙洲，在黄昏的朦胧中却清晰可见，似乎蒙上一层月色。既显示出田园生活的静谧气氛，又表现了出自然界的优美景象。

结尾两句，照应全篇。既点出题中"秋"字，更表明诗人对好友的思念，希望重阳节携酒登高共醉，显示出友情的真挚。

夏日南亭怀辛大①

孟浩然

山光忽西落②，池月渐东上③。
散发乘夕凉，开轩卧闲敞④。
荷风送香气，竹露滴清响。
欲取鸣琴弹，恨无知音赏⑤。
感此怀故人，中宵劳梦想⑥。

【赏析】

这是孟浩然所作思念琴友的五言古诗。诗中虽描绘了作者夏夜乘凉的悠闲自得，但也抒发了对老友怀念的孤独心情。

第一、二句"山光忽西落，池月渐东上"，写夕阳西落明月

---

① 辛大：疑为辛谔，孟浩然的同乡好友。　②山光：傍山的日影。
③池月：即池边的月色。东上：从东面升起。　④轩：窗户。卧闲敞：即躺在幽静宽敞的地方。　⑤恨：遗憾。　⑥中宵：半夜。此偏指整夜。劳：苦于。梦想：想念。

东升的动态过程，显示诗人闲适宁静的心境。"山光"，是长期山居生活并敏锐感受昼夜变化的细致体验，太阳西落，天空并不是马上黑暗下来，而是有一个较长的霞光漫染天空、峰峦、树林、村落的黄昏景致。忽然，周围的一切暗了下来，可见他忘情欣赏的时间之长；抬头看看东面的山顶，灰蓝的夜空中一轮明月逐渐升起，并倒映在波平如镜的水池中。一时间，白天太阳炎热的蒸腾暑气，仿佛被明月清风的凉意扫去，令人感到舒心惬意的夜晚来临。

第三、四句"散发乘夕凉，开轩卧闲敞"，为了享受夜晚的凉爽，诗人散开头发，打开门窗，悠闲地躺在凉榻上，敞开衣襟，迎受清风的吹拂，品味着明月的清辉。"闲"字表明此时此刻的闲适心态，也体现出诗人所处是一个宁静祥和的时代。

第五、六句"荷风送香气，竹露滴清响"，夏天的夜晚，水池旁高轩闲敞，躺在凉榻之上，清风徐来，水波不兴，映着月色的荷塘传来阵阵清香，四周是苍翠的凤尾竹，竹叶上的露珠滴落石级上，发出清脆的响声。月光、凉风、荷香、翠竹、清露、脆响，构成一个凉爽洁净、清纯高雅的境界。成为千古名句。

第七、八句"欲取鸣琴弹，恨无知音赏"，在此凉夜月明之际，悠扬的琴声更会增添闲适的意境，但想取琴弹奏时，又想到没有知音欣赏，顿时，孤独的情绪又占据心怀。

结尾两句"感此怀故人，中宵劳梦想"，感慨此景此情，更想念起隐居万山的辛大来，以致夜半难眠还陷入思念故人中。诗中对辛大虽未过多描写，但从诗人长夜难眠的思念中可见其为高洁之士。

宿业师山房期丁大不至 ①

孟浩然

夕阳度西岭②，群壑倏已暝③。
松月生夜凉，风泉满清听④。
樵人归欲尽⑤，烟鸟栖初定⑥。
之子期宿来⑦，孤琴候萝径⑧。

【赏析】

这首五言律诗写诗人孟浩然夜宿山寺中，于山径之上等待友人到来，而友人不至的情景。

前六句融情于景，描绘了山寺一带黄昏时的自然景色：夕阳下落西山，群山忽然昏暗下来，看着蒙上月光的松林而生出了夜晚的寒凉，幽静的山中使满耳全是风吹泉水的清脆声，砍柴人已全回家，在山雾中飞跳的鸟也刚栖息，这些生动的景象，渲染出了宁静的意象。尤其"松月生夜凉，风泉满清听"两句，细致入微地传达出黄昏时山间环境的清幽。

结尾两句点出主题，"之子期宿来"，即等待丁大的到来。"孤琴候萝径"描绘了诗人的自我形象，一位文雅的士人，抱着琴，孤零零地伫立在洒满月色的萝径上，期盼友人的到来。"孤琴"，含有期待知音之意。用"萝"字修饰"径"，也反衬了诗人的孤独。因为藤萝总是互相攀援、枝蔓交错地群生。强化了对朋友到来的期盼。

---

① 业师：指法名"业"的僧人。山房：僧人居所。期：等待。丁大：诗人好友。　②度：过，落。　③壑：山谷。倏（shū）：忽然。暝（míng）：天黑，昏暗。　④满清听：满耳都是清脆的响声。⑤樵人：砍柴人。　⑥烟鸟：雾霭中的归鸟。　⑦之子：这个人。之，这。子，古代对男子的美称。　⑧萝径：山路。

夜归鹿门山歌 ①

孟浩然

山寺钟鸣昼已昏，渔梁渡头争渡喧 ②。
人随沙岸向江村，余亦乘舟归鹿门。
鹿门月照开烟树 ③，忽到庞公栖隐处 ④。
岩扉松径长寂寥 ⑤，惟有幽人自来去 ⑥。

【赏析】

这是一首写景抒怀的七言律诗。诗人按照时空顺序，描写了夜归鹿门山时江边和山中两个场景，先动后静，以动衬静，写出鹿门山清幽的景色，表现了诗人恬静的心境，同时在清闲脱俗的隐逸情趣中也隐寓着孤寂无奈的情绪。

首联"山寺钟鸣昼已昏，渔梁渡头争渡喧"，写诗人傍晚江行的见闻。白昼已尽，黄昏降临，幽静的古寺传来报时钟声，渔梁渡口处传来人们急于归家时抢渡的喧闹。寺庙的安宁静谧和渡口的喧嚣形成对比，这是远离人间的禅境与喧杂纷扰尘世的比照。

颔联"人随沙岸向江村，余亦乘舟归鹿门"，写村人各自上岸还家，诗人自己乘船回到鹿门。两种归途展现两种不同心境，这又是一个比衬，从中表现出诗人与世无争的隐逸志趣和不慕荣利的淡泊情怀。

颈联"鹿门月照开烟树，忽到庞公栖隐处"，写鹿门山的树林黄昏时被暮霭所笼罩，朦胧而迷离，山月一出，清光朗照，暮

---

① 鹿门山：山名，在今湖北省襄阳市境。　②渔梁：洲名，在今襄阳市境汉水中。《水经注·沔水》载："襄阳城东沔水中有渔梁洲，庞德公所居。"喧：吵闹。　③开烟树：指月光下，原先烟雾缭绕下的树木渐渐显现出来。　④庞公：即庞德公，字尚长，荆州襄阳人。东汉末隐士，隐居在鹿门山，采药而终。与当时的徐庶、司马徽、诸葛亮等人交往密切。　⑤岩扉：岩洞的门。　⑥幽人：隐居者，诗人自称。

雾竟消，树影清晰。被大自然美景所陶醉的诗人攀登在崎岖山路上，不知不觉间来到庞公昔时隐居之处。表现出隐逸的情趣和意境，隐者为大自然所融化，至于忘乎所以。

尾联"岩扉松径长寂寥，惟有幽人自来去"，"幽人"既指庞德公，也是自况，因为诗人彻底领悟了"遁世无闷"的妙趣和真谛，躬身实践了庞德公"采药不返"的道路和归宿。山岩之内，柴扉半掩，松径之下，自辟小径。这里没有尘世干扰，唯有禽鸟山林为伴，隐者在这里幽居独处，过着恬淡而寂寥的生活。

望洞庭湖赠张丞相 [①]

孟浩然

八月湖水平，涵虚混太清 [②]。
气蒸云梦泽，波撼岳阳城 [③]。
欲济无舟楫 [④]，端居耻圣明 [⑤]。
坐观垂钓者 [⑥]，徒有羡鱼情 [⑦]。

【赏析】

唐玄宗开元二十一年（733 年），作者孟浩然西游长安。张九龄时任秘书少监、集贤院学士副知院士，不久升拜中书令。孟浩然便写了这首五言律诗赠给张九龄，目的是想得到张九龄的引

---

① 张丞相：指张九龄，唐玄宗时宰相。　　② 涵虚：水映天空，指天倒映在水中。涵，沉浸。虚，空间。混太清：与天混成一体。太清：指天空。　　③ 气蒸：指水汽蒸腾。云梦泽：即今湖北省江汉平原上古代湖泊群总称。撼（hàn）：摇动。岳阳城：即今湖南省岳阳市。　　④ 欲济无舟楫：想渡湖却没有船只，比喻想做官而无人引荐。济，渡。舟楫（jí）：船和桨。泛指船只。　　⑤ 端居耻圣明：生在太平盛世，自己却闲居在家，因此感到羞愧。端居，安居。圣明，指太平盛世。　　⑥ 垂钓者：暗指当朝执政人物，实指张丞相。　　⑦ 徒：白白的。

荐。诗人通过写面临烟波浩渺的洞庭湖，欲渡无舟的感叹，以及临渊羡鱼的情怀，委婉地写出自己渴望被引荐的愿望，表达了诗人愿为国家贡献力量的赤子之心。

首联写站在湖边，远眺湖面景色。时值八月，湖水泛溢，水岸相接，极目远望，呈现水天相接的景象，仰观俯瞰，天空映照湖中，似乎是湖水包含了天宇。

颔联目光又由远而近，从湖面写到湖中倒映的景物。笼罩在湖上的水气蒸腾，吞没了云梦泽。风起时，波涛奔腾，涌向岸边，好像要摇动岳阳城似的。前四句，诗人不仅用宽广的平面衬托洞庭湖的浩阔，而且用窄小的立体来反映洞庭湖的声势，充满着生机活力。

颈联转入抒情。"欲济无舟楫"，是从眼前景物触发而来的，诗人面对浩浩湖水，想到自己还是在野之身，要找出路却没人接引，正如想渡湖却没有船只一样。"端居耻圣明"，是说在这个"圣明"的太平盛世，自己不甘心闲居无事，要出来做一番事业。这两句是正式向张丞相表白心事，说明自己目前虽是隐士，可并非本愿，出仕求官还是内心向往的，不过还找不到门路而已。言外之意即希望对方予以引荐。

尾联再进一步，向张丞相发出呼吁，说自己坐在湖边观看那些垂竿钓鱼人，却白白地产生羡慕之情。这里，诗人巧妙运用"临渊羡鱼，不如退而结网"的古语，暗喻自己有出来做一番事业的愿望，只怕没有人引荐，所以这里说"徒有"。希望对方帮助的心情是在字里行间自然流露出来的。

秦中感秋寄远上人 ①

孟浩然

一丘常欲卧②，三径苦无资③。
北土非吾愿，东林怀我师④。
黄金燃桂尽⑤，壮志逐年衰。
日夕凉风至，闻蝉但益悲⑥。

【赏析】

唐玄宗开元十六年（728 年）前后，作者孟浩然第一次到长安应举不中，滞留至秋天时乃作这首表达失意的五言律诗，寄给远方友人远上人，抒发悲怀。全诗反映了诗人当时困苦的境地和对仕途的失望，以及追求归隐的哀愁情绪。

首联诉说自己隐居的愿望和无力隐居的苦衷。诗人用"一丘""三径"的典故形象地表明隐逸思想。"一丘"颇具山野形象，"三径"自有园林风光。而"苦无资"三字又和诗人的愿望发生矛盾，透露出他穷困潦倒的景况。

颔联写自己北上求仕违背心愿，羡慕跳出尘世的远上人。"北土"指"秦中"，即京城长安，这里用以代替做官，表明诗人不愿做官的思想。因而，诗人身在长安，不由怀念起庐山东林寺的高僧。"怀"字，表明对"我师"的敬爱，暗示追求隐逸的思想，并紧扣诗题中"寄远上人"。

---

① 秦中：指唐都长安。远上人：上人是对僧人的敬称，远是法号。
② 一丘：指隐居山林。　③ 三径：西汉末王莽专权时，兖州刺史蒋诩辞官回乡，于院中开辟三径，唯与求仲、羊仲来往。后多以三径指退隐家园。　④ 东林：指庐山东林寺。借指远上人所在的寺院。
⑤ 黄金燃桂尽：《战国策·楚策三》："楚国之食贵于玉，薪贵于桂"，这里比喻处境窘困。燃桂，指烧贵如桂枝的柴。　⑥ 闻蝉：古人言听蝉鸣能引起悲秋之感。但：只。

颈联写困居长安的境况，雄心壮志逐年衰减。"黄金燃桂尽"，表现了旅居的穷困；"壮志逐年衰"，心中的指向随着生活的坎坷，逐渐在消退。

尾联描写黄昏、秋风、鸣蝉等一派萧瑟景象，突出诗人旅居他乡的抑郁心情。傍晚时分，凉风瑟瑟，蝉鸣嘶嘶，很容易使人产生哀伤的情绪。再加以诗人身居北土，旅居艰难，官场失意，呼吁无门，所以会感到"益悲"。

宿桐庐江寄广陵旧游①

孟浩然

山暝闻猿愁，沧江急夜流②。
风鸣两岸叶，月照一孤舟。
建德非吾土③，维扬忆旧游④。
还将两行泪，遥寄海西头⑤。

【赏析】

孟浩然应举不第，离开长安后，为了排解苦闷，曾一度漫游江淮。这首五言律诗就是孟浩然乘舟停宿桐庐江时，怀念扬州旧友所作。

前四句写桐庐江的夜景。首句写诗人站在船上远望，看到岸上山色幽暗，听到山中猿啼声声似乎都带着愁情，这样的气氛使诗人情绪低落。次句宁静的夜色，使人感到江水在急速流动，使本就不平静的心，产生了归心似箭的思乡情怀。"急"字表达出

---

① 桐庐江：指今浙江省境内钱塘江流经桐庐县河段。广陵：即今江苏省扬州市古称。旧游：指故交。　② 沧江：指桐庐江。沧，同"苍"，因江色苍青，故称。　③ 建德：建德当时为桐庐邻县，同属今浙江省。非吾土：不是我的故乡。　④ 维扬：即今江苏省扬州市别称。　⑤ 海西头：即今江苏省扬州市别称。

不平静的心情。第三、四句描写夜风吹得两岸树林发出鸣声，月光照映下的江面，只见一叶孤舟，更加使诗人产生孤寂愁感。

后四句写"寄广陵旧游"，诗人向朋友倾诉独客异乡的惆怅和孤独之感，又抒发怀念友人的情怀。诗人之所以在停宿桐庐江有如此感受，皆因"建德非吾土，维扬忆旧游"。一方面是因此地不是自己的故乡，另一方面是怀念扬州的故友。这种思乡怀友的情绪，在眼前的环境下，越发强烈，不由得潜然泪下。他幻想凭借桐庐江水，把他的两行热泪带给在大海西头的扬州旧友。

早寒江上有怀

孟浩然

木落雁南度 ①，北风江上寒。
我家襄水曲 ②，遥隔楚云端 ③。
乡泪客中尽 ④，孤帆天际看 ⑤。
迷津欲有问 ⑥，平海夕漫漫 ⑦。

【赏析】

孟浩然于开元十七年（729 年）至二十一年（733 年）第二次到吴越漫游。这首五言律诗当作于这个期间的一个秋天。孟浩然通过对寒秋景色的描绘，抒发了漂泊在外的寂寞愁苦和思乡之情，也透露出他因仕途不顺而产生迷茫。

首联借鸿雁南飞起兴，引起客居思归之情。诗人选取秋季

---

① 木落：指树木的叶子落下来。雁南度：即大雁南飞。　② 曲：江水曲折转弯处。　③ 楚云端：长江中游一带云的尽头。诗人家住襄阳（今湖北省襄阳市），先秦时期属楚国，故称"楚云端"。　④ 乡泪客中尽：意指思乡眼泪已流尽，客旅生活无比辛酸。　⑤ 天际：天边。　⑥ 迷津：使人迷惑的错误道路。津，原指临河渡口，后多指处世的方向。　⑦ 平海：宽广平静的江水。漫漫：形容水浩渺广大。

景象：木叶渐脱，北雁南飞，又以"北风"呼啸来渲染出"早寒"的特点。处身于这种环境中，极易引发悲哀情绪，而远离故土，仕途不顺的诗人就更是如此。

颔联写触景生发的思乡情。"遥隔"表明因两地相隔遥远，不能归去，透露出思乡之情。诗人家住襄阳，古属楚国，故诗中称"楚云端"，既能表现出地势之高，又能表现出仰望之情，可望而不可即，渲染了思乡情绪。

颈联写情感表达。"乡泪客中尽"，诗人想起自己离家已久，羁旅的孤独，求官的不顺，郁积心中强化了思乡情感，使他禁不住留下了思乡泪。又想象到家人也在遥望着远在"天际"的人乘着"孤帆"归来。家人的盼望，是假托之词，以此更强化了思乡情感的表达。

尾联写欲归不得的郁积之情。诗人借孔子与隐士间关于从政与隐居的冲突，表达了自己隐居与从政难以抉择的矛盾心理。诗人本为襄阳隐士，如今却奔走于东南各地，最后还到长安应进士举，把隐居与从政的矛盾集于一身，而这种矛盾又无法解决，故以"平海夕漫漫"作结。滔滔江水，与海相平，漫漫无边，加以天色阴暗，已至黄昏。这种景色，完全烘托出了诗人迷茫的心情。

留别王侍御维 ①

孟浩然

寂寂竟何待 ②，朝朝空自归 ③。
欲寻芳草去 ④，惜与故人违 ⑤。

---

① 王侍御维：即王维。唐代称殿中侍御史、监察御史为侍御。唐玄宗开元二十四年（736年），王维被调任监察御史。　② 寂寂：落寞。竟何待：要等什么。　③ 空自：独自。　④ 寻芳草：比喻自己归隐的理想。　⑤ 违：分离。

当路谁相假^①，知音世所稀。
只应守寂寞，还掩故园扉^②。

【赏析】

这是一首赠别五言律诗，是孟浩然游京师应进士试，失意后回襄阳临行前赠别。诗篇抒发了诗人由于没人引荐，知音稀少而失意的哀怨情怀。

首联是怀才不遇的叹息。"寂寂"两字，既表现门庭的景象，又表现诗人的心情。一个落第士子，无人理会，只有孤单单地"空自归"了。在这种情形下，长安虽好，也没什么可留恋的，不如返回故乡去。"竟何待"正是诗人考试不中的想法。

颔联写惜别之情。"寻芳草"，表明诗人考虑好要归隐。"惜与故人违"，表明诗人同王维友情的深厚。"欲""惜"二字，显示出诗人思想上的矛盾，反映出惜别之情。

颈联说明归去的原因。语气沉痛，充满怨怼之情、辛酸之泪。"谁"字，反问有力，表明诗人切身体会到世态炎凉、人情如水的滋味。而能了解他的心事，赏识他才能的人，只有王维。"稀"字，表达出知音难遇的社会现实。这两句使得全诗具有一种强烈的怨怼、愤懑的气氛。由落第而思归，由思归而惜别，从而在感情上产生矛盾。

尾联表明归隐的坚决。"只应"二字，表明在诗人看来归隐是唯一应走的路。赴都应举是自己人生道路上的一场误会，所以便决然地"还掩故园扉"。

---

① 当路：这里指当权者。假：宽容。　　② 扉：门扇。

与诸子登岘山①

孟浩然

人事有代谢②，往来成古今③。
江山留胜迹，我辈复登临④。
水落鱼梁浅⑤，天寒梦泽深⑥。
羊公碑尚在⑦，读罢泪沾襟。

【赏析】

这是首吊古伤今的五言律诗，为孟浩然仕途不顺归隐后心情苦闷而作。诗人登临岘山，凭吊羊公碑，怀古伤今，想到自己空有抱负又碌碌无为，不觉分外悲伤，抒发了怀才不遇的哀叹。

首联感叹人事变化的自然规律，总有新人替代旧人成为社会发展的主流，过去的称"古"，在眼前的称"今"。这两句引出诗人的浩瀚心境，饱含着沧桑之感。

颔联紧承首联，"江山留胜迹"承"古"字，"我辈复登临"承"今"字。"胜迹"指山上的羊公碑和山下的鱼梁洲等。诗人登临岘山，首先看到羊公碑。感慨万分，想到了前人的流芳千古，又想到自己的默默无闻，不免黯然伤情。

颈联写登山所见。由于"水落"，鱼梁洲更多地显露出水面，故称"浅"。"深"指更远处，一望无际的云梦泽展现在诗人眼前。天寒水清，冷气阴森，更感湖泊之"深"。这两句描绘出

---

① 诸子：指诗人的几个好友。岘（xiàn）山：在今湖北省襄阳市境。
② 代谢：指新旧更迭，交替。　　③ 往来：指旧的去，新的来。
④ 复登临：即对西晋羊祜曾登临岘山而言。　　⑤ 鱼梁：沙洲名，在今襄阳市境内河流中。浅：指水，由于"水落"，鱼梁洲更多地呈露出水面。　　⑥ 梦泽：云梦泽，即今湖北省江汉平原上湖泊群的总称。
⑦ 羊公碑：羊祜生前有政绩，死后襄阳百姓于岘山建碑立庙。羊祜镇守襄阳时，常与友人到岘山饮酒诗赋，有过江山依旧人事短暂的感伤。

一种萧条荒落的情调，深秋万物的凋零。不免有空怀才华却无处施展的慨叹。

尾联写"登岘山"的复杂情感。羊祜镇守襄阳，是在东晋初年，而孟浩然作此诗在盛唐，间隔四百余年，朝代在更替，人事在变迁。而羊公碑却还屹立在岘山之上，令人敬仰。诗人想到自己无所作为，死后难免湮没无闻，这和"尚在"的羊公碑，两相对比，令人伤感，因之，就不免"读罢泪沾襟"了。

过故人庄 ①

孟浩然

故人具鸡黍 ②，邀我至田家。
绿树村边合 ③，青山郭外斜 ④。
开轩面场圃 ⑤，把酒话桑麻 ⑥。
待到重阳日 ⑦，还来就菊花 ⑧。

【赏析】

这是首即情于田园之景的五言律诗，是孟浩然隐居鹿门山时，去朋友家做客事件的描写。通过描写农家恬静闲适的生活情景，表达了诗人对田园生活的向往。

首联写事件，即老朋友准备好了待客的食品，邀请作者去做客。"田家"说明朋友居住在乡村。颔联描写所到乡村的景色，

---

① 过：造访。故人：老朋友。　② 具：准备，置办。鸡黍（shǔ）：指烧鸡和黄米饭。黍，黄米饭。　③ 合：环绕。　④ 郭：古代城墙有内外两重，内为城，外为郭。这里指村庄的外围。斜（xiá）：倾斜。　⑤ 轩：窗户。场：打谷场。圃（pǔ）：菜园。　⑥ 把酒：拿起酒杯。话：闲聊，谈论。桑麻：泛指庄稼。　⑦ 重阳日：即阴历的九月九日重阳节。　⑧ 还（huán）：返来。就菊花：指欣赏菊花。就，靠近。这里是欣赏之意。

绿树环绕的村落，坐落在青山旁边。这两句为千古名句，采用对仗手法，近景远景结合，犹如绘了一幅山村全景的水墨画。颈联写山村人的生活情趣。从窗户向外看到打谷场上丰收的谷物和菜园，把酒谈论着种植庄稼的趣事，充满了生活气息。尾联写约定重阳节再相聚欣赏菊花，说明了志趣相投的友情。

　　诗中取景物绿树、青山、场圃、桑麻，由外到内，构成了优美宁静的田园生活动画。全诗以白描的手法，表达情感自然流露，语句整炼，表现出很高的文学艺术功力。

岁暮归南山 ①

孟浩然

北阙休上书 ②，南山归敝庐 ③。
不才明主弃 ④，多病故人疏 ⑤。
白发催年老，青阳逼岁除 ⑥。
永怀愁不寐 ⑦，松月夜窗虚 ⑧。

【赏析】

　　据《新唐书·孟浩然传》记载，作者孟浩然在长安落第后，王维曾邀请他到自己供职的翰林院见面，两人交谈时，唐玄宗突然驾到。孟浩然一时紧张躲到床下。王维不敢欺君，说出实情。唐玄宗也没有生气，还命孟浩然出来作诗。孟浩然便吟咏了这首五言律诗。这首诗表面意思是自责自怪，内涵却是怨天尤人。

---

① 岁暮：指年终。南山：这里指诗人家乡的岘山。唐人诗歌中常以南山代指隐居地。　② 北阙：古代宫殿北面的门楼。是臣子等候朝见或上书奏事之处。后因作朝廷的别称。休上书：停止进奏章。　③ 敝庐：草庐。　④ 不才：没有才能。诗人自谦。　⑤ 疏：疏远。　⑥ 青阳：指春天。岁除：年终。　⑦ 永怀：指长久的思怀。愁不寐：因忧愁而睡不着觉。　⑧ 虚：空寂。

　　第一、二句说的是自己一无可取之言，怨的是才不为世用之情。落第后的孟浩然一腔幽愤，便从这"北阙休上书"的自责之言中倾出。"南山归敝庐"本非所愿，不得已也。诸般矛盾心绪，一语道出，令人读来自有余味。

　　第三、四句回述失意的缘由。"不才明主弃"，说"不才"既是谦辞，又兼含了有才不被人识的感慨。而这个不识"才"的不是别人，正是"明主"。可见，"明"也是"不明"的微词，带有埋怨意味的。此外，"明主"这一谀辞，也确实含有谀美的用意，反映他求仕之心尚未灭绝，还希望皇帝见用。这一句，写得有怨悱，有自怜，有哀伤，也有恳请，感情相当复杂。而"多病故人疏"，本是怨"故人"不予引荐或引荐不力，从而不能使明主明察自己。但诗人却说是因为自己"多病"而疏远了故人；也有借"多病"隐含"途穷"之意，表达了对世态炎凉之怨。

　　第五、六句是表述自己的心境。求仕情切，宦途渺茫，鬓发已白，功名未就，诗人不可能不忧虑焦急。白发、青阳（春天），缀以"催""逼"二字，表现不愿以平民终老此生而又无可奈何的复杂感情。

　　也正是由于诗人陷入了不可排解的苦闷之中，才使他"永怀愁不寐"，表达了思绪萦绕，焦虑难堪之情态。"松月夜窗虚"，借景抒情，那迷蒙空寂的夜景，与内心落寞惆怅的心绪十分相似。"虚"是双关语，包含了夜景的虚静和心灵的空虚。

春 晓①

孟浩然

春眠不觉晓②，处处闻啼鸟③。
夜来风雨声，花落知多少④。

【赏析】

这是一首写风景的五言绝句，为孟浩然早年隐居鹿门山（今湖北省襄阳市）时所作。诗人通过描绘春天清晨绚丽的风景，表达了对大自然的热爱。

首句破题，"春"字点明季节。在大地回暖的春夜中，诗人睡意浓厚，以至初醒才觉天已大亮，流露出在春天生活的舒适感。

次句写春景，诗人从视觉转向听觉着笔，"处处"都是鸟儿清脆的叫声，不禁联想起一幅春意闹枝头的勃勃生机。"闻啼鸟"即是"闻鸟啼"，古诗为了押韵，将词序作了适当调整。

第三句转为回忆，诗人追忆昨夜的和风细雨。末句又回到眼前，诗人联想到春花被风吹雨打、落花遍地的景象，不觉由爱春转为惜春，把爱春和惜春的情感双重寄托在对落花的担忧上。爱极而惜，惜春便是爱春。时间的跳跃、阴晴的交替、感情的微妙变化，都极富情趣。

全诗语言平易浅近，自然天成，言浅意浓，景真情真，深得大自然的真趣。

---

① 春晓：春天的早晨。晓，天刚亮时。亮了。　③ 啼（tí）鸟：鸟的鸣叫声。　② 不觉晓：不知不觉天就　④ 知多少：不知有多少。

宿建德江①

孟浩然

移舟泊烟渚②，日暮客愁新③。
野旷天低树④，江清月近人⑤。

【赏析】

作者孟浩然于唐玄宗开元十五年（727年）赴长安进行科举考试，结果科举未中。再漫游吴越，借以排遣仕途失意的悲愤。这首写景的五言绝句，就作于漫游吴越过程中。诗人把乘坐的小船停靠在建德江中一个小岛边，看着旷野茫茫、江雾迷蒙的景色，想着仕途失意等往事，借此诗作抒发了羁旅的惆怅。

首句应题说明地点，即行船停靠在江中一个水雾朦胧的小岛边。第二句，夜幕降临，使旅客原本忧郁的情绪又增添了愁肠。"日暮"解释"泊"船的理由和"烟"雾景色产生的原因。第三、四句，空旷的苍穹使人感觉低垂的天幕和树木相连，清静的江面月亮倒映其中感到离人很近。这两句不但对仗工整，意境宽广幽远，情借天地之景，意托明月之形，"旷"和"低"，"清"和"近"，相互依存、相互映衬。第二句中"客愁新"，第三、四句好似诗人心怀愁绪，在广袤而宁静的宇宙中，经过一番上下求索，终于发现了此刻还有一轮明月和他是那么亲近。寂寞的愁绪似乎寻得了慰藉。

全诗作者随景抒情，把情绪融入日暮黄昏、明月升空的时间景物变化中，构成一个特殊的意境。情感自然流出，风韵天成。

---

① 建德江：指今浙江省境内钱塘江上游建德市河段。　② 移舟：划船近岸。泊：停船靠岸。烟渚（zhǔ）：指江中雾气笼罩的小沙洲。渚，水中小块陆地。　③ 客：指诗人自己。　④ 野：指茫茫宇宙苍穹。旷：空阔辽远。天低树：形容天幕低垂，好像和树木相连。　⑤ 月近人：倒映在水中的月亮好像来靠近人。

蜀道难

李白 [①]

噫吁嚱 [②]，危乎高哉！
蜀道之难，难于上青天！
蚕丛及鱼凫 [③]，开国何茫然 [④]！
尔来四万八千岁 [⑤]，不与秦塞通人烟 [⑥]。
西当太白有鸟道 [⑦]，可以横绝峨眉巅 [⑧]。
地崩山摧壮士死 [⑨]，然后天梯石栈相钩连。

---

① 李白（701—762），字太白，号青莲居士，又号"谪仙人"。李白
祖籍陇西成纪（今甘肃省秦安县）人，出生地在今四川省江油市青莲
镇。据《新唐书》载，李白为凉武昭王李暠九世孙，和李唐皇族同祖。
唐玄宗天宝初，由贺知章推荐，被诏供奉翰林，后厌倦以诗文侍奉皇帝，
又遭人谗言陷害，被皇帝赐金放还离京，浪迹江湖。李白诗篇常综合
运用想象、夸张、比喻、拟人等手法，造成神奇异彩、瑰丽动人的意
境，诗作豪迈奔放、飘逸若仙，具有浪漫主义的风格。被后人誉为"诗
仙"，有《李太白集》传世。　②噫（yī）吁（xū）嚱（xī）：蜀
方言，表惊叹声。　③蚕丛、鱼凫（fú）：传说中古蜀国两位国王
的名字。　④何：多么。茫然：渺茫遥远。　⑤尔来：从那时以来。
四万八千岁：极言时间漫长。　⑥秦塞：秦时的关塞，此代指秦地。
通人烟：人员往来。　⑦西当：西对。当，向着。太白：太白山，
位于今陕西省太白县。鸟道：指连绵高山间的低缺处，只有鸟能飞过，
人迹不能至。　⑧横绝：横越。　⑨地崩山摧壮士死：相传秦
惠文王想征服蜀国，知蜀王好色，答应送他五个美女。蜀王派五位壮
士去接人。回到今四川省梓潼县时，看见一条大蛇进入穴中，一位壮
士抓住尾巴，其余四人也来相助，用力外拽。不多时，山崩地裂，壮
士和美女都被压死。山分为五岭，入蜀之路遂通。这便是典故"五丁
开山"由来。摧，倒塌。

上有六龙回日之高标①，下有冲波逆折之回川②。

黄鹤之飞尚不得过③，猿猱欲度愁攀援④。

青泥何盘盘⑤，百步九折萦岩峦⑥。

扪参历井仰胁息⑦，以手抚膺坐长叹⑧。

问君西游何时还⑨？畏途巉岩不可攀⑩。

但见悲鸟号古木⑪，雄飞雌从绕林间⑫。

又闻子规啼夜月⑬，愁空山。

蜀道之难，难于上青天，使人听此凋朱颜⑭！

连峰去天不盈尺⑮，枯松倒挂倚绝壁。

飞湍瀑流争喧豗⑯，砯崖转石万壑雷⑰。

其险也如此，嗟尔远道之人胡为乎来哉⑱！

---

① 六龙回日：《淮南子》云"日乘车，驾以六龙。羲和御之"。高标：蜀山中可作一方标识的最高峰。　② 冲波：水流冲击腾起的波浪，指激流。逆折：水流回旋。回川：有漩涡的河流。　③ 得：能够。　④ 猿猱（náo）：猿猴。　⑤ 青泥：青泥岭，在今甘肃省徽县境。盘盘：曲折回旋的样子。　⑥ 百步九折：百步之内拐九道弯。萦：盘绕。岩峦：山峰。⑦ 扪（mén）参（shēn）历井：参、井是二星宿名。古人把天上的星宿分别指配于地上的州国，叫作"分野"，以便通过观察天象来占卜地上所配州国的吉凶。参星为蜀地分野，井星为秦地分野。扪，用手摸。历，经过。胁息，屏气不敢呼吸。　⑧ 膺（yīng）：胸。坐：徒，空。　⑨ 君：指入蜀的友人。　⑩ 畏途：可怕的路途。巉（chán）岩：险恶陡峭的山壁。　⑪ 但见：只听见。号古木：在古树木中大声啼鸣。　⑫ 从：跟随。　⑬ 子规：即杜鹃鸟，鸣声悲哀。⑭ 凋朱颜：指脸色由红润变成苍白的忧虑气色，如花凋谢。凋，使动用法，使……凋谢。　⑮去：距离。盈：满。　⑯ 飞湍：飞奔而下的急流。喧豗（huī）：喧闹声，指急流和瀑布发出的巨大响声。　⑰ 砯（pīng）崖：水撞石之声。砯，水冲击石壁发出的响声。这里作动词用，冲击。转：使滚动。壑：山谷。　⑱ 嗟：感叹声。尔：你。胡为：为什么。来：指入蜀。

剑阁峥嵘而崔嵬①，一夫当关②，万夫莫开。

所守或匪亲③，化为狼与豺。

朝避猛虎，夕避长蛇。磨牙吮血④，杀人如麻。

锦城虽云乐⑤，不如早还家。

蜀道之难，难于上青天，侧身西望长咨嗟⑥！

【赏析】

这首杂言古诗是唐玄宗天宝初年，李白在长安为送友人王炎入蜀而作。目的是规劝王炎不要羁留蜀地，早日回归长安，避免遭到嫉妒小人不测之手。诗篇以浪漫主义手法，呈现了蜀道峥嵘突兀和不可凌越的磅礴气势。诗人借以歌咏蜀地山川的壮秀，也从中透露出对蜀地时局的忧虑以及对友人的殷殷关切。以下分三部分解析全诗。

第一部分写开辟蜀道的艰难。开篇高调扣题感叹蜀道山高堪比登天难攀。又以传说中蚕丛和鱼凫两位君主开国距今约四万八千年，夸张地说明蜀国的久远。且长期与外界隔绝，与西邻的秦地都不曾有来往，因为往西去有座太白山，山高峻险无路可行，只有飞鸟能飞过此山，这段距离直到蜀国的峨眉山顶。至秦惠王时，传说蜀王派五位壮士开山，最后致使地崩山塌而壮烈牺牲，才使得蜀道的天梯栈道连结起来。以此说明蜀道的来之不易。

第二部分，以写跋涉攀登蜀道的艰难，表达了对友人入蜀地的担忧。前八句以想象描绘蜀道的山势高峻与道路崎岖：传说蜀中上有日神的六龙所驾之车都不能越过的高山，下有回旋倒流的曲折而波涛汹涌的河流。善高飞的黄鹄想飞越而不敢过，猿猴想

---

① 剑阁：又名剑门关，在今四川剑阁县境。峥嵘、崔嵬（wéi）：都形容山势高大雄峻的样子。　② 当关：守关。　③ 所守：把守关口的人。或匪亲：倘若不是可信赖的人。匪，同"非"。　④ 吮（shǔn）：吸。　⑤ 锦城：今四川省成都市别称。　⑥ 咨嗟：叹息。

攀登而发愁无处攀援。青泥岭的泥路曲曲弯弯，百步九转萦绕着山峦。行人要能攀至高山顶，伸手可摸得着天上的参星和井星，会紧张得透不过气来，只得坐下来抚着胸口长吁短叹。您西游打算几时回来？这蜀道的峭岩险道，实在是不可登攀。后面描述蜀道的险恶环境：蜀道的山野中，只能看到山鸟在古树林中悲鸣，雄雌相随在林间来回飞旋。还能听到杜鹃鸟在月夜里凄凉的啼叫，在空山中传响回荡。攀越蜀道，真是比登天还难啊，此情此景，使听到的人都发愁得苍老许多。离天不满一尺的险峻高峰，枯松倒挂的悬崖峭壁，飞流瀑布撞击着巨石在山谷中滚动，发出雷鸣般的轰响。这样危险的地方，你这位远道之人为什么还非要来这里不可呀？

第三部分，由剑阁地势的险要联想到当时社会形势之险恶，规劝友人不可久留蜀地。那高峻雄奇的剑阁关隘，在这里一夫当关，万夫莫开。如果把守关隘之人不是朝廷的忠臣，他们就会据险作乱，成为豺狼般的匪徒。民众就得像白天避猛虎、晚上避毒蛇那样地躲避他们的侵害。因为他们磨牙吮血，杀人如麻。锦城那个地方虽然是个使人快乐的城市，但是依我看来，你还是赶快回家的好。攀越蜀道之难，真是比登天还难啊，我侧身西望，只好发出长长的慨叹。表现出对友人的真切关心。

全诗三次出现"蜀道之难，难于上青天"，既使诗篇首尾呼应，回旋往复，也使情感得到了强化。

将进酒①

李白

君不见②，黄河之水天上来③，奔流到海不复回。

君不见，高堂明镜悲白发，朝如青丝暮成雪④。

人生得意须尽欢，莫使金樽空对月⑤。

天生我材必有用，千金散尽还复来。

烹羊宰牛且为乐，会须一饮三百杯。

岑夫子，丹丘生⑥，将进酒，杯莫停。

与君歌一曲⑦，请君为我倾耳听⑧。

钟鼓馔玉不足贵⑨，但愿长醉不复醒。

古来圣贤皆寂寞，惟有饮者留其名。

陈王昔时宴平乐⑩，斗酒十千恣欢谑⑪。

主人何为言少钱，径须沽取对君酌⑫。

五花马⑬，千金裘⑭，呼儿将出换美酒，与尔同销万古愁⑮。

---

① 将（qiāng）进酒：属汉乐府旧题。将，愿，请。　② 君不见：乐府诗中的常用语。君，泛指你。　③ 天上来：黄河发源于今青海省，因那里地势极高，故称。　④ 青丝：黑发。　⑤ 金樽（zūn）：盛酒器具。　⑥ 岑（cén）夫子：指岑勋。丹丘生：指元丹丘。二人均为李白好友。　⑦ 与：给。君：指岑、元二人。　⑧ 倾耳：侧着耳细心静听。　⑨ 钟鼓：宴会中奏乐使用的乐器。馔（zhuàn）玉：形容食物如玉一样精美。馔，食物。　⑩ 陈王：指陈思王曹植，三国时期曹操的儿子。平乐：平乐观，宫观名。为汉代权贵的娱乐场所。　⑪ 恣（zì）：放纵，无拘束。谑（xuè）：玩笑。　⑫ 径须：只管。沽（gū）：通"酤"，买卖，这里偏指买。　⑬ 五花马：指名贵的马。唐朝人喜将骏马鬃毛修剪成瓣以为饰，分成五瓣者，称"五花马"。　⑭ 千金裘（qiú）：价值千金的皮衣。　⑮ 尔：你们，指岑、元二人。销：同"消"。

李白

【赏析】

唐玄宗天宝十一年（752年），李白离京后，游历梁宋（今河南北部临近黄河地区）之地，与友人岑勋、元丹丘相会时作就了这首乐府诗。李白在政治上被排挤，理想不能实现，于是在和友人相聚饮酒时，借酒兴诗情，以抒发满腔不平之气。

起首三句借黄河起兴。黄河源远流长，所经过的地势落差极大，如从天而降，一泻千里，势不可当。向东奔流入大海，不再复回。语气一涨一消，形成舒卷往复的咏叹韵味。壮阔的景象，并不是人的视野可见，是李白幻想而生出对空间想象的夸张。"君不见，高堂明镜悲白发，朝如青丝暮成雪"，这三句是对时间想象的夸张。对照明镜看到自己生出的白发，悲叹人生短促，以反向的夸张写法，将人生由青春至衰老的过程说成清晨如黑发、夜晚就变成了如雪的白发。开篇的这组排比长句，既有以黄河水一去不返喻人生易逝；又有以黄河的伟大恒久反衬人生命的渺小脆弱。

"人生得意须尽欢，莫使金樽空对月"，情绪由"悲"而转为"欢乐"。用"金樽""对月"的形象语言将饮酒诗意化；以"莫使""空"的双重否定句式代替直陈，语气更为强调。"人生得意须尽欢"，这种及时行乐的思想只不过是现象而已。诗人此时郁郁不得志，但并不就此消沉。于是用乐观好强的口吻肯定自我"天生我材必有用"，流露出一种怀才不遇而又渴望建功的积极心态。"千金散尽还复来！"这是轻视世俗豪迈之句，能驱使金钱而不为金钱所奴役，是一种恃才傲物的姿态。"烹羊宰牛且为乐，会须一饮三百杯"，以寄怀于盛筵倾泻情感，"烹羊宰牛"，不喝上"三百杯"决不甘休。

至此，豪情纵放趋于高潮，诗歌旋律加快。诗人的醉态跃然纸上，恍然使人如闻其高声劝酒："岑夫子，丹丘生，将进酒，杯莫停！"加入几个短句，使诗歌节奏富于变化。既是生逢知己，又是酒逢对手。他还要"与君歌一曲，请君为我倾耳听"。"钟鼓馔玉"诗人以为"不足贵"，并放言"但愿长醉不复醒"。诗情至此，便由狂放转而为愤激。"古来圣贤皆寂寞"二句也属

121

愤语。历代怀才不遇之士都心怀抱负，不是被冷落，就是被流放，所以说古代贤人"寂寞"，同时表达出自己"寂寞"。因此才情愿长醉不醒。"惟有饮者留其名"，古来酒徒历历，而偏举"陈王"曹植，表明李白一向自命不凡。"主人何为言少钱"，既照应"千金散尽"句，又故作跌宕，引出最后一番豪言壮语：即便千金散尽，也当不惜拿出名贵宝物"五花马""千金裘"来换取美酒，图个一醉方休。接着"呼儿""与尔"，口气很大，表现出反客为主的任性情态。诗情至此狂放至极。诗已告终，突然又迸出一句"与尔同销万古愁"，与开篇之"悲"关合。

行路难 ①

李白

金樽清酒斗十千 ②，玉盘珍羞直万钱 ③。
停杯投箸不能食 ④，拔剑四顾心茫然 ⑤。
欲渡黄河冰塞川，将登太行雪满山 ⑥。
闲来垂钓碧溪上，忽复乘舟梦日边 ⑦。
行路难！行路难！多歧路，今安在 ⑧？
长风破浪会有时 ⑨，直挂云帆济沧海 ⑩。

---

① 行路难：乐府旧题。　② 金樽（zūn）：古代盛酒器具，以金为饰。清酒：清醇的美酒。斗十千：一斗值十千钱（即万钱），形容酒美价高。
③ 玉盘：精美食具。珍羞：珍贵的菜肴。羞，同"馐"，美味食物。直：通"值"，价值。　④ 投箸（zhù）：丢下筷子。不能食：咽不下。
⑤ 茫然：无所适从。　⑥ 太行（háng）：太行山。　⑦ "闲来"两句：借用典故，姜太公曾在渭水滨钓鱼，得遇周文王，助周灭商；伊尹曾梦见自己乘船从日月旁边经过，后被商汤聘请，助商灭夏。这两句表示诗人自己对从政仍有所期待。忽复，忽然又。　⑧ 歧：岔路。安：哪里。
⑨ 长风破浪：比喻实现政治理想。会：当。　⑩ 云帆：高高的船帆。船在海里航行，因天水相连，船帆好像出没在云雾之中。济：渡。

【赏析】

唐玄宗天宝元年（742年），李白奉诏入京，担任翰林供奉。李白本想在仕途上干一番大事业，却受到权臣谗毁排挤，最后被唐玄宗"赐金放还"，实为被赶出了京城长安。李白深感仕路艰险，满怀愤慨写下了这首乐府诗，抒发了在政治道路上遭遇艰难后的感慨，反映了诗人在思想上既不愿同流合污又不愿独善一身的矛盾。同时，又突出了诗人的倔强、自信和对理想的执着追求，也表达了对人生前途充满乐观的豪迈气概。

前四句写朋友对诗人的深厚友情，设宴为之饯行。心中愤懑的诗人端起酒杯，却又把酒杯推开；拿起筷子，却又把筷子放下。他离开座席，拔下宝剑，举目四顾，心绪茫然。"停""投""拔""顾"，四个连续动作，形象显示了内心的苦闷抑郁，感情的激荡变化。

接着正面写"行路难"。诗人用"冰塞川""雪满山"象征人生道路上的艰难险阻。一个怀有伟大政治抱负的人物，在受诏入京、有幸接近皇帝时，却不被任用，这正像是遇到了冰塞黄河、雪拥太行。但是，诗人并未消沉，"拔剑四顾"继续追求。"闲来垂钓碧溪上，忽复乘舟梦日边"，诗人在心境茫然之中，忽然想到吕尚、伊尹两位古代圣贤开始在政治上并不顺利，最终大有作为，于是信心倍增。

"行路难！行路难！多歧路，今安在？"吕尚、伊尹的遇合，固然增加了诗人对未来的信心，但当思路回到现实中，再一次感到人生道路的艰难。瞻望前程，只觉前路崎岖，歧途甚多，不知道路在何方。但倔强而又自信的诗人，决不愿在离筵上表现出自己的气馁。积极用世的强烈欲望，终使他再次摆脱了歧路彷徨的苦闷，唱出自信的强音："长风破浪会有时，直挂云帆济沧海！"他相信尽管前路障碍重重，但终有一天会乘长风破万里浪，挂上云帆，横渡沧海，到达理想彼岸。

关山月 ①

李 白

明月出天山 ②，苍茫云海间。
长风几万里，吹度玉门关 ③。
汉下白登道 ④，胡窥青海湾 ⑤。
由来征战地 ⑥，不见有人还。
戍客望边邑 ⑦，思归多苦颜。
高楼当此夜 ⑧，叹息未应闲。

【赏析】

这是李白作的一首五言古诗。盛唐时期虽国力强盛，但西北边疆却战事不断。这首诗正是描写了那些远离家乡的戍边将士与家中妻室的相互思念之情，反映了战争带给广大民众的痛苦。

诗的开头四句从征戍者角度写起，士卒们身在西北边疆，月光下伫立遥望故园时，但觉长风浩浩，似掠过几万里中原国土，横度玉门关而来。这样，连同上面的描写，便以长风、明月、天山、玉门关为特征，构成一幅万里边塞图。为后面作渲染和铺垫。侧重写望月引起的情思。

中间四句写悲惨残酷的战争景象。从西汉初期的汉高祖在白登山与匈奴作战，至现在吐蕃入侵青海湾。历代无休止的战争，

---

① 关山月：乐府旧题，多抒发离别哀伤之情。　②天山：即祁连山，在今甘肃省与青海省交界处一带。　③玉门关：古关隘名，在今甘肃省敦煌市境。　④下：指出兵。白登：山名，在今山西省大同市。西汉初年，高祖领兵征匈奴，曾被匈奴在白登山围困七天。　⑤胡：此指吐蕃，辖境今青藏高原。窥：有所企图，侵扰。青海湾：即今青海省青海湖。青海湖一带，则是唐军与吐蕃连年征战之地。　⑥由来：自始以来，历来。　⑦戍客：指驻守边疆的战士。　⑧高楼：古诗中多以高楼指闺阁，这里指戍边兵士的妻子。

使得从来出征的战士，几乎见不到有人生还故乡。这四句在结构上起着承上启下的作用，描写的对象由边塞过渡到战争，由战争过渡到征戍者。

后四句写战士们望着边地的景象，思念着家乡，脸上多现出愁苦的颜色，他们推想自家高楼上的妻子，在此苍茫月夜，叹息之声当是不会停止的。

诗篇如一幅由关山明月、沙场哀怨、戍客思归三部分组成的边塞长卷图，以怨情贯穿全诗，情调统一，浑然一体，气象雄浑。

古朗月行

李白

小时不识月，呼作白玉盘①。
又疑瑶台镜②，飞在青云端。
仙人垂两足，桂树何团团③。
白兔捣药成，问言与谁餐？
蟾蜍蚀圆影④，大明夜已残⑤。
羿昔落九乌⑥，天人清且安⑦。
阴精此沦惑⑧，去去不足观⑨。
忧来其如何？凄怆摧心肝⑩。

---

① 白玉盘：指晶莹剔透的白盘子。喻指圆月。　② 瑶台：传说中神仙居住之地。　③ 团团：圆圆的样子。　④ 蟾蜍：传说月里有三条腿的蟾蜍。此处暗指杨贵妃、杨国忠等受唐玄宗宠信的人。圆影：借指月亮。　⑤ 大明：指月亮。　⑥ 羿：我国古代神话传说中射落九个太阳的英雄。九乌：九个太阳。乌，金乌，太阳的别名。　⑦ 天人：指天上与人间。　⑧ 阴精：借指月亮。沦惑：沉沦迷惑。　⑨ 去去：远去。　⑩ 凄怆（chuàng）：悲愁伤感。

李白

【赏析】

"朗月行"是《乐府·杂曲歌辞》的旧题。李白采用这个题目，故称《古朗月行》，但没有沿用旧的风格，而是以浪漫主义的风格创作，通过丰富的想象，把神话传说巧妙加工，以深沉的抒情，构成了瑰丽神奇而含意深蕴的艺术形象。这首咏月五言古诗寄寓着政治局势，前八句暗喻开元盛世，局面如朗月在儿童心中的认知，朝中多有像仙人、桂树、白兔那样的贤良；后八句暗喻天宝后期，蟾蜍喻迷惑唐玄宗的杨贵妃、高力士等人，使君王沉迷酒色，纵容奸臣，埋下了叛乱的隐患。诗人不明说，而是通篇作隐语，化现实为幻景，以蟾蜍蚀月影射现实，说得深婉曲折，一个又一个新颖奇妙的想象，展现出诗人起伏不平的感情。

"小时不识月，呼作白玉盘。又疑瑶台镜，飞在青云端"，这是以儿童时期对月亮的认知，"白玉盘""瑶台镜"比喻月亮的形状和月光的皎洁，使人感到率真而又充满想象。"呼""疑"传达出儿童天真烂漫的神态。"仙人垂两足，桂树何团团？白兔捣药成，问言与谁餐？"这是写月亮的升起，古代神话说，月中有仙人、桂树、白兔。当月亮初升时，先看见仙人的两只脚，而后逐渐看见仙人和桂树的全形，看见一轮圆月中有白兔在捣药，设问药是给谁服用。运用这个神话传说，写出了月亮初生时逐渐明朗和仙境般的景致。

"蟾蜍蚀圆影，大明夜已残"，然而好景不长，圆月渐渐被阴影遮蔽，出现了"月蚀"现象。古代传说月蚀是蟾蜍啃食所造成，月亮被蟾蜍所啃食而残损，变得晦暗不明。"羿昔落九乌，天人清且安"，古代神射手后羿，射落了九个太阳，只留下一个，使天、人都免除了灾难。表达出诗人的感慨和希望，既是为现实中缺少这样的英雄而感慨，也希望能有这样的英雄来扫除天下。然而，现实还是让诗人深感失望，"阴精此沦惑，去去不足观"，月亮既然已经沦没而迷惑不清，就没有什么可看的了，不如趁早走开吧。这是无奈的办法，心中的忧愤不仅没有解除，反而加深

了：“忧来其如何？凄怆摧心肝。”诗人不忍一走了之，内心矛盾重重，忧心如焚。

玉阶怨 ①

李白

玉阶生白露，夜久侵罗袜 ②。
却下水晶帘 ③，玲珑望秋月 ④。

【赏析】

李白这首借乐府旧题创作的五言古诗，曲名虽有“怨”字，诗中却不见“怨”字，但内容是描写一位妇女寂寞惆怅的心情。

前两句通过仪态表达情感。静夜里，湿气弥漫，使玉砌台阶上生出一层白露，女主人公默默独自久立于台阶上，露水浸湿了罗袜。“罗袜”，表现出人的仪态、身份。夜凉露重，罗袜知寒，不说人而已见人的幽怨如诉。

后两句通过行为表达情感。“却下水晶帘，玲珑望秋月”，这两个动作之间，有女主人公无限的忧思在徘徊。“却下”一转折，好像要推却愁怨，实则更含无限幽怨。“玲珑”二字，以月的玲珑，衬托出人因幽怨而无眠。夜深了，女主人公入室，放下水晶帘幕，清幽的月光照进室内，使人更感幽独，更难消受这个凄苦无眠之夜，在无可奈何之中，只好隔帘望月。月怜人，人怜月；月无言，人也无言，彼此相伴慰藉。形象地写出了难状之情与难言之隐，可谓“不怨之怨”，愁怨之深。

---

① 玉阶怨：乐府古题，是专写“宫怨”的曲题。　② 罗袜：指丝织的袜子。　③ 却下：放下。水晶帘：即用水晶石穿制成的帘子。
④ 玲珑：形容清透明亮。

清平调词三首 ①

李 白

其一

云想衣裳花想容 ②，春风拂槛露华浓 ③。
若非群玉山头见，会向瑶台月下逢 ④。

其二

一枝红艳露凝香 ⑤，云雨巫山枉断肠 ⑥。
借问汉宫谁得似，可怜飞燕倚新妆 ⑦。

其三

名花倾国两相欢 ⑧，长得君王带笑看。
解释春风无限恨 ⑨，沉香亭北倚阑干 ⑩。

【赏析】

唐玄宗天宝初年，唐玄宗和杨贵妃在宫中沉香亭观赏牡丹花，召翰林待诏李白进宫写新乐章。李白奉诏进宫，即在金花笺上作了这三首七言古诗。

---

① 清平调：唐时一种歌的曲调。 ② "云想"句：见云的灿烂想其衣的华艳，见花的艳丽想美人的容貌照人。实际上是以云喻衣，以花喻人。 ③ 槛（jiàn）：栏杆。露华浓：指牡丹花沾着晶莹的露珠更显得颜色艳丽。 ④ "若非…会向…"：相当于"不是…就是…"的意思。群玉：神话传说中西王母所住之地。 ⑤ "一枝"句：指红艳艳的牡丹花滴着露珠，好像凝结着袭人的香气。 ⑥ 巫山云雨：即神话传说中三峡巫山的神女与楚怀王欢会，接受楚王宠爱之事。 ⑦ 飞燕：即西汉成帝的皇后赵飞燕。倚新妆：形容女子艳服华妆的姣好姿态。 ⑧ 名花：指牡丹花。倾国：喻美色惊人。此指杨贵妃。 ⑨ 解释：了解，体会。春风：这里借指唐玄宗。恨：惆怅，遗憾。 ⑩ 阑干：通"栏杆"。

第一首，"云想衣裳花想容"，诗人把杨贵妃的衣装，写成如霓裳羽衣一般，簇拥着她那丰满的玉容。"想"字有正反两面的理解，可以说是见云而想到衣裳，见花而想到容貌，给人以花团锦簇之感。"春风拂槛露华浓"，进一步以"露华浓"来点染花容，牡丹花在晶莹的露水中显得更加艳冶。诗人以风、露暗喻君王的恩泽，使花容人面倍见精神。接着，诗人的想象忽又升腾到天堂西王母所居的群玉山、瑶台。"若非""会向"，故作选择，意实肯定：这样超绝人寰的花容，恐怕只有在上天仙境才能见到。诗人不露痕迹，把杨贵妃比作天女下凡，真是精妙至极。

第二首，"一枝红艳露凝香"，不但写色，而且写香；不但写天然的美，而且写含露的美，比上首的"露华浓"更进一层。"云雨巫山枉断肠"用楚王故事，把上句的花加以拟人化，指出楚王为神女而断肠，其实梦中的神女，根本不及当前的花容人面。再下来，汉成帝的皇后赵飞燕，可算得绝代美人了，可是赵飞燕还得倚仗新妆，哪及眼前花容月貌般的杨贵妃，不须脂粉，便是天然绝色。这一首以压低神女和赵飞燕，来抬高杨贵妃，借古喻今，有明显的抑古尊今之意。

第三首，从仙境古人返回到现实。起首二句，"倾国"指杨贵妃，诗到此处才正面点出，并用"两相欢"把牡丹和"倾国"合为一体；"带笑看"，使牡丹、杨贵妃、唐玄宗三位一体，融合在一起。"解释春风无限恨"，春风即君王的代称，这一句，把牡丹、美人动人的姿色写得情趣盎然，君王既带笑，当然无恨，烦恼都为之消释。末句点明唐玄宗、杨贵妃赏花地点，即在"沉香亭北"。

静夜思

李白

床前明月光①，疑是地上霜。
举头望明月，低头思故乡。

【赏析】

唐玄宗开元十四年（726年），26岁的李白在扬州旅舍，一天夜晚，李白抬望天空一轮明月，思乡之情油然而生，写下了这首怀乡五言绝句，抒发了在寂静月夜思念家乡的感受。

前两句描绘望月的场景，光亮的月色铺在地面，让迷离的诗人产生错觉，误将清冷月光看作白霜。"疑"字尽显此时诗人思绪万千。"霜"既形容月光皎洁，又表达季节的寒冷，还烘托出诗人漂泊他乡的孤寂凄凉之情。

后两句转而从恍惚之中清醒，抬头凝望月亮，不禁想起此刻故乡也正在这轮明月的光照下。以"望"字深化诗人思乡之情，也自然流露出"低头思故乡"的结句，使人产生强烈的情感共鸣。

春 思

李白

燕草如碧丝②，秦桑低绿枝③。
当君怀归日④，是妾断肠时。

---

①床：即胡床，一种可以折叠的轻便坐具，今称马扎。　②燕草：指燕地的草。燕，即今河北省东北部及北京市、天津市一带。先秦时属燕国故地。此泛指北部边疆之地，征夫所在地。碧丝：形容初生的细草。　③秦桑：秦地的桑树。秦，指今陕西省一带，为秦国故地。此指思妇所在之地。　④君：离家出征在外的人。怀归：思归故乡。

130

春风不相识，何事入罗帏^①。

【赏析】

这首五言古诗描写的是身在秦地的思妇，终日思念远在燕地卫戍的丈夫，盼望他早日归来。全诗以景寄情，委婉动人。

开头两句"燕草如碧丝，秦桑低绿枝"，以燕、秦两地的春天景物起兴。仲春时节，桑叶繁茂，独处秦地的思妇触景生情，想象远在燕地的丈夫此刻见到碧丝般的春草，也必然会萌生思念自己的情思。诗句用两处春景，兴两地相思，把想象与同眼前真景融合起来，不仅起到烘托感情气氛的作用，而且把思妇对于丈夫的真挚感情写出来了。

第三、四句由开头两句生发而来，继续写燕草方碧，夫君必定思归怀己，此时秦桑已低，妾已断肠，进一层表达了思妇之情。

第五、六两句，春风掀动罗帏，思妇申斥春风，表现了她对爱情的忠贞。

长相思·在长安

李白

长相思，在长安。

络纬秋啼金井阑^②，微霜凄凄簟色寒^③。

孤灯不明思欲绝，卷帷望月空长叹^④。

美人如花隔云端！

上有青冥之长天^⑤，下有渌水之波澜^⑥。

---

① 罗帏：丝织的帘帐。 ② 络纬：虫名。即莎鸡，俗称络丝娘、纺织娘。夏秋夜间振羽作声，声如纺线，故名。井阑：同"井栏"。 ③ 凄凄：形容寒冷。簟（diàn）色寒：指竹席的凉意。簟，凉席。 ④ 帷：窗帘。 ⑤ 青冥：形容青苍幽远。指青天。 ⑥ 渌（lù）水：清水。

天长路远魂飞苦，梦魂不到关山难^①。
长相思，摧心肝^②！

【赏析】

这首乐府诗是李白离开长安后回忆往日之作。诗人通过对秋虫、秋霜、孤灯等景物的描写，抒发了相思的痛苦。

第一段描写诗人"在长安"的相思之苦。从"金井阑"中可以猜出主人公的住处颇为奢华，但身处华屋却感到十分空虚寂寞：先是听见"络纬虫"凄惨的鸣叫，又感到"霜送晓寒侵被"的凄凉，无法入眠。而"孤灯不明"更增添了愁绪。其中，"孤"字在写灯的同时也表现了人物的心理。诗人透过卷帷看见远在天边的月亮，不禁想到了远方的美人，不得相见，于是对空长叹。

第二段描写梦中的追求，承接"苦相思"。在浪漫的氛围中，主人公幻想着梦魂飞去寻找自己的心上人。但"上有青冥之长天，下有渌水之波澜"，不仅天长地远，而且还要渡过重重关山。这种没有结果的追求使主人公不禁一声长叹："长相思，摧心肝！"此句结尾不仅回应开头，而且语出有力，令人荡气回肠。

"美人如花隔云端"是全诗的中心句，其中含有托兴意味。从屈原楚辞开始，美人意象总是与政治托寓紧密地联系在一起。"美人"比喻所追求的理想。"长安"这个特定地点更加暗示"美人"在这里是个政治托寓，表明此诗目的在于抒发诗人追求政治理想而不能的郁闷之情。

---

① 关山：泛指高峻险要之地。　　② 摧：伤。

长相思·日色欲尽花含烟

李 白

日色欲尽花含烟，月明欲素愁不眠 ①。
赵瑟初停凤凰柱 ②，蜀琴欲奏鸳鸯弦 ③。
此曲有意无人传，愿随春风寄燕然 ④。
忆君迢迢隔青天 ⑤。
昔日横波目 ⑥，今作流泪泉。
不信妾断肠，归来看取明镜前。

【赏析】

这首乐府诗以描写思妇借琴曲寄意传情和表现悲伤的举止形态，表达了思妇对远征亲人的深情怀念。

"日色欲尽花含烟，月明欲素愁不眠"，开篇造景，渲染了愁苦迷蒙的相思气氛。暮色低沉、烟雾缭绕的景物使人感到了深深的压抑，奠定了全诗的悲凉情调。夕阳斜暮，渐渐西沉，几簇花丛在低沉的暮色里显得朦朦胧胧，如被烟雾缠绕。这种如烟似梦的感知显然部分出于思妇的眼睛，来源于思妇被相思愁绪紧紧包裹的内心。牵肠挂肚的相思使思妇所观所感的一切都带上了浓重的忧郁色彩，不只花朵，也非烟雾使然。黑夜拉开帷幕，思妇却没有进入梦乡，对丈夫切切的思念使她辗转反侧无法成眠。更可恼的，是那一轮明月，依旧发出光洁皎然的光辉，透过孤独的窗户，搅得多情人心绪难宁。一"愁"字把这种感情明白地表达出来。

---

① 素：洁白的绢。　② 赵瑟：相传古代赵国人善奏瑟。凤凰柱：刻有凤凰形的瑟柱。　③ 蜀琴：古人诗中常以蜀地所制的琴喻佳琴。
④ 燕然：山名，即杭爱山，在今蒙古国前杭爱省一带。此处泛指塞北。
⑤ 迢迢（tiáo）：形容遥远。　⑥ 横波：指眼波流盼生辉的样子。

接下来诗人描写无法安睡的思妇，只好在月下弹一曲哀伤凄美的琴瑟，在回忆和期待中与心上人夫唱妇随。赵瑟刚弹过，凤凰状的瑟柱停下来了，又不知不觉地拿起蜀琴，准备开始奏起鸳鸯弦。而凤凰、鸳鸯都是成双成对生活，正是男女之情的一种见证！原来女主人是在思念她的爱人。

"此曲有意无人传，愿随春风寄燕然"。曲中真意，绮丽动人，但此情此曲，却无人为她传递，思妇惆怅抱憾也于事无补。只有忽发奇想，托明日和煦的春风飞往燕然，送到夫君的手里，带去她的相思。燕然山远在塞北边疆，就算把相思曲寄到又能如何呢？只要边疆没有安定，那么重逢之念便是惘然。只是思妇的一点聊胜于无的假想罢了。但不管怎样，诗人的奇特想象仍然令人惊叹，思妇情之真、情之切，也令人为之唏嘘。

"忆君迢迢隔青天"这句承上启下。诗人以青天的夸张比喻两人相隔万里，从而引出下文思妇回到现实，顾影自怜独自凄凉的描写。

"昔日横波目，今为流泪泉"，一联想象奇特、夸张的对偶句把这个美丽的女子形象刻画出来。旧日那对顾盼灵秀、眼波如流的双目，如今却变成泪水的源泉，可知二人分开后，女子除了长夜无眠和深深叹息之外，竟是常常以泪洗面。

"不信妾肠断，归来看取明镜前"，使这个女子的形象更加鲜明丰满。你看她娇嗔道："如果你不信我因为思念你而肝肠寸断，等你回来时，在明镜前看看我憔悴、疲惫的面容就知道了。"一副天真、调皮的样子跃然纸上，让人倍加爱怜和心痛。

秋浦歌 ①

李 白

白发三千丈，缘愁似个长 ②。
不知明镜里，何处得秋霜 ③。

【赏析】

唐玄宗天宝十三年（754 年），李白第二次游秋浦。当时李白因受谗遭疏离开长安已经十年。在这十年中，他曾北游幽蓟，亲眼看到安禄山势力坐大。此时他正是怀着极其悲愤的心情再游江南。在这首抒愤的五言古诗中，诗人以奔放的激情，塑造了"自我"的形象，把积蕴极深的怨愤和抑郁宣泄出来。

起首二句以夸张的意象横空而出，会使人自然产生白发怎么能有"三千丈"之奇？"缘愁似个长"，原来"三千丈"的白发是因愁而生，因愁而长。而长达三千丈，更表达出沉重的愁思。

能看到自己头上生出白发，是因为照镜而知。前二句暗藏照镜，结尾两句明确写出"不知明镜里，何处得秋霜"。以秋霜代指白发，似重复又非重复，更具忧伤憔悴的感情色彩。"得"字直贯诗人半生中所受的排挤压抑。所志不遂，因此而愁生白发，鬓染秋霜，亲历亲感，怎能不知！写这首诗时，李白已五十多岁，壮志未酬，人已衰老，不能不倍加痛苦。所以揽镜自照，发出"白发三千丈"的孤吟，抒发悲愤情怀。

---

① 秋浦：唐代池州郡属县，在今安徽省池州市贵池区，因境内有秋浦水而得名。　②缘：因为。个：这般。　③秋霜：形容头发白如秋霜。

峨眉山月歌①

李白

峨眉山月半轮秋②，影入平羌江水流③。
夜发清溪向三峡④，思君不见下渝州⑤。

【赏析】

　　唐玄宗开元十二年（724年）秋，李白初离蜀地，在经过长江中下游的舟行途中，写下了这首怀乡七言绝句。峨眉山是蜀地大山，也是蜀地的代称。李白是蜀人，因此峨眉山月也就是故园之月。诗人寓情于物，深切表达了对故园家乡的恋恋不舍。

　　起首两句从"峨眉山月"写起，点出远游时令是秋天。秋高气爽，月色明亮。诗人又以"秋"字形容月色之美，自然入妙。月只"半轮"，使人联想到青山吐月的优美意境。次句"影"指月影，"入"和"流"两个动词连用，意言月影映入江水，又随江水流去。生活经验告诉我们，定位观水中月影，任凭江水流动，月影是不动的。"月亮走，我也走"，只有观者顺流而下，才会看到"影入江水流"的妙景。所以此句不仅写出了月映清江的美景，同时暗点秋夜行船之事。

　　第三句诗人正式露面：他正连夜从清溪驿出发进入岷江，向三峡驶去。千里途遥，难见故亲，乍离乡土的诗人，不免对故乡亲朋恋恋不舍。此次江行见月，犹如面见故人。但明月毕竟不是故人，于是只能望月怀远了。结尾一句，是诗人依依惜别的无限情思，可谓语短情长。

---

① 峨眉山：古山名，在今四川省峨眉山市。　② 半轮秋：这里指秋夜的上弦月形似半个车轮。　③ 平羌（qiāng）：即青衣江，在峨眉山东北。　④ 清溪：指清溪驿，在今四川省犍为县。三峡：指长江瞿塘峡、巫峡、西陵峡，在今重庆市、湖北省交界处。　⑤ 君：这里指峨眉山月。一说指作者好友。渝州：即今重庆市古称。

诗中连用了五个地名，构思精巧，不着痕迹，诗人依次经过的地点是：峨眉山——平羌江——清溪——三峡——渝州，无处不贯穿着"峨眉山月"这一具有象征意义的艺术形象，这就把广阔的空间和较长的时间统一起来，为读者呈现了一幅千里蜀江行旅图。

李白

赠孟浩然

李白

吾爱孟夫子①，风流天下闻②。
红颜弃轩冕③，白首卧松云④。
醉月频中圣⑤，迷花不事君⑥。
高山安可仰⑦，徒此揖清芬⑧。

【赏析】

李白寓居湖北安陆期间，常往来于襄汉一带，与长他十二岁的孟浩然结下了深厚友谊。这首酬赠五言律诗，李白描绘了孟浩然风流儒雅的形象，表达了诗人对孟浩然对待人生的敬慕之情。

首联即点题，开门见山，抒发对孟浩然的钦慕之情。"爱"字是贯穿全诗的抒情线索。这一联提纲挈领，总摄全诗。

颔联写孟浩然的生平。"红颜"对"白首"，指孟浩然漫长的

---

① 孟夫子：即孟浩然。夫子，古时对男子的尊称。　② 风流：古人以风流赞美文人，主要是指有文采，善词章，风度潇洒等。　③ 红颜：指年轻时。轩冕：原指古时大夫以上官员的车乘和冕服，后引申为官位爵禄以及显贵之人。　④ 白首：白头，指老年。　⑤"醉月"句：月下醉饮。中（zhòng）圣：中圣人的简称，即醉酒。曹魏时徐邈喜饮酒，称酒清者为圣人，酒浊者为贤人。后遂以"中圣人"指饮酒而醉。　⑥ 迷花：迷恋花草，指陶醉于自然美景。事君：侍奉皇帝。　⑦ 高山：指孟浩然品格高尚，令人敬仰。　⑧ 徒：只有。揖（yī）：拱手行礼。此是致敬之意。清芬：比喻高洁品德。

137

人生旅程，"轩冕"对"松云"，象征着仕途与隐遁，象征着富贵与淡泊。前者是多少人梦寐以求的，后者虽有人表示倾慕，但未见有几人能守本持一。孟浩然不同，他抛弃了功名富贵，便安心林下，终日与劲松白云为伍。自少至老，心志如一。一"弃"一"卧"，生动地描绘出孟浩然对人生所作出的抉择。其欲摆脱世俗羁绊的高风亮节，迷恋山水的自得之貌，呼之欲出。

颈联写孟浩然的隐居生活。在皓月当空的夜晚，他把酒临风，往往至于沉醉，有时则于繁花丛中，流连忘返。

尾联在赞誉孟浩然时发出由衷的喟叹。诗人以"高山"喻对方，流露出无限慕敬之情，又与首句呼应。"安可仰"，翻进一层，以自己的惭愧不如进行反衬。这就自然逼出结句：对孟夫子，自己只能徒然向他清幽芬芳的人品拜揖。这是礼赞，这是天性率真的诗人向自己钦慕之人坦露出的赤诚。

赠汪伦

李 白

李白乘舟将欲行，忽闻岸上踏歌声①。
桃花潭水深千尺②，不及汪伦送我情③。

【赏析】

李白游泾县桃花潭时，附近村庄的汪伦常用美酒款待，两人由此结下友谊。李白临走那天，汪伦设宴送别后，李白登上停在桃花潭的小船，正要离岸，一阵歌声突然飘来。只见汪伦和许多村民一起在岸上踏步唱歌为自己送行。主人的深情厚谊，古朴的送客形式，使李白大为感动，乃作了这首七言绝句

---

① 踏歌：古代一种边歌边舞的舞蹈。舞时成群结队，连臂踏脚，配以轻微的手臂动作。　②桃花潭：古潭名，在今安徽省泾县。深千尺：以潭水深千尺比喻汪伦与他的友情。这是夸张手法的运用。　③不及：不如。

以赠别，表达出诗人与汪伦之间真挚友情。

起句，诗人即言我就要乘船离开桃花潭。不假思索，顺口流出，表现了乘兴而来、兴尽而返的潇洒神态。

次句，"忽闻"表明汪伦的送别，确实是不期而至。人未到而声先闻，从那热情爽朗的歌声，李白就料到一定是汪伦赶来送行。这样的送别，侧面表现出李白和汪伦同是不拘俗礼、快乐自由的人，更反映出两人乐天派的性格和彼此不拘形迹的友谊。

情之所至，李白遂对着眼前风光秀丽的桃花潭水，深情地吟道："桃花潭水深千尺，不及汪伦送我情。"桃花潭水啊，别说您多么深了，可不及汪伦的友情深呢！口头语，眼前景，自有一种天真自然之趣，隐隐使人看到诗人豪放不羁的个性。

闻王昌龄左迁龙标遥有此寄 ①

李白

杨花落尽子规啼 ②，闻道龙标过五溪 ③。
我寄愁心与明月 ④，随君直到夜郎西 ⑤。

【赏析】

唐玄宗天宝十二年（753年），王昌龄从江宁丞被贬为龙标县尉，李白在扬州听到好友被贬后，写下了这首七言绝句。诗人通过描绘南国暮春景象，烘托出一种哀伤愁恻的气氛，表达了对友

---

① 左迁：贬谪，降职。古人尊右卑左，因此把降职称为左迁。龙标：古地名，在今湖南省洪江市。　②杨花：即柳絮。子规：即杜鹃鸟，相传其啼声哀婉凄切。　③龙标：指王昌龄，古人常用官职或任官之地的州县名来称呼他人。五溪：湘黔交界处的武溪、巫溪、酉溪、沅溪、辰溪的总称，在今湖南省西部。在唐代，这一带还被看作荒僻边远之地。　④与：给。　⑤夜郎：汉代中国西南地区少数民族政权。唐代时设过三处夜郎县，两处在今贵州省桐梓县境内。这里指另一处，在今湖南省怀化市一带。

人怀才不遇的惋惜与同情。

首句，写出春光消逝时的萧条景况，渲染了环境气氛的黯淡、凄楚。漂泊无定的杨花、哀婉凄切的杜鹃鸟，飘零之感、离别之恨不言而喻。此处王昌龄左迁即贬官到龙标，地处荒凉，诗人用"杨花""子规"两种意象意在表达对好友不幸遭遇的同情，也同时结合自身的壮志难酬，怀才不遇的际遇，体现了内心的哀伤。次句是对好友"左迁"赴任、路途险远的描画。诗人惊悉好友贬谪荒远之地，悲痛不已，尽显对好友远谪的关切与同情。

结尾两句寄情于景，对好友进行由衷的劝勉和宽慰。诗人与好友虽人隔两地，但月照中天，千里可共，故而诗人想要托月寄情，将自己的愁心寄与明月，还要让明月作为自己的替身，伴随着不幸的友人一直去到那夜郎以西、边远荒凉的所在。

庐山谣寄卢侍御虚舟①

李白

我本楚狂人②，凤歌笑孔丘③。

手持绿玉杖④，朝别黄鹤楼。

五岳寻仙不辞远，一生好入名山游。

庐山秀出南斗傍⑤，屏风九叠云锦张⑥。

---

① 谣：不合乐的歌，古代一种诗体。卢侍御虚舟：卢虚舟，字幼真，今北京市大兴区人，唐肃宗时任殿中侍御史，曾与李白同游庐山。　　② 楚狂人：春秋时楚人陆通，字接舆，因不满楚昭王，佯狂不仕，时人称之"楚狂"。　　③ 凤歌笑孔丘：孔子适楚，陆通游其门而歌："凤兮凤兮，何德之衰……"劝孔不要做官，以免惹祸。这里，李白以陆通自比，表现对政治的不满，而要像楚狂那样游览名山过隐居生活。　　④ 绿玉杖：镶有绿玉的木杖，传为仙人所用。　　⑤ 南斗：星名，古人认为浔阳郡属南斗分野，庐山在浔阳郡的南面，故称南斗傍。这里指庐山之高，突兀而出。　　⑥ 屏风九叠：指庐山五老峰东的九叠屏，在今江西省九江市。

影落明湖青黛光①。

金阙前开二峰长②，银河倒挂三石梁③。

香炉瀑布遥相望④，回崖沓嶂凌苍苍⑤。

翠影红霞映朝日，鸟飞不到吴天长⑥。

登高壮观天地间，大江茫茫去不还⑦。

黄云万里动风色⑧，白波九道流雪山⑨。

好为庐山谣，兴因庐山发。

闲窥石镜清我心⑩，谢公行处苍苔没⑪。

早服还丹无世情⑫，琴心三叠道初成⑬。

遥见仙人彩云里，手把芙蓉朝玉京⑭。

先期汗漫九垓上⑮，愿接卢敖游太清⑯。

李白

---

① 影落：指庐山倒映在明澈的鄱阳湖中。青黛（dài）：青黑色。
② 金阙（què）：阙为皇宫门外的左右望楼。这里借指庐山的石门。庐山西南有铁船峰和天池山，二山对峙，形如石门。　③ 银河：指瀑布。
④ 香炉：南香炉峰。瀑布：黄岩瀑布。　⑤ 回崖沓（tà）嶂：曲折的山崖，重叠的山峰。凌：高出。苍苍：青色的天空。　⑥ 吴天：庐山春秋时期属吴国。　⑦ 大江：长江。　⑧ 黄云：昏暗的云色。
⑨ 白波九道：九道河流。古书多说长江至九江附近分为九道。李白在此沿用旧说，并非实见九道河流。雪山：白色的浪花。　⑩ 石镜：当指庐山东面的"石镜"，形如圆石，平滑如镜，可见人影。清我心：清涤心中的污浊。　⑪ 谢公：指谢灵运，东晋田园诗人。　⑫ 还丹：道家炼丹，将丹烧成水银，积久又还成丹，故称"还丹"。　⑬ 琴心三叠：道家修炼的功夫很深，达到心和神悦的境界。　⑭ 玉京：道教称元始天尊在天中心之上，名玉京山。　⑮ 先期：预先约好。汗漫：仙人名。九垓（gāī）：九天之外。　⑯ 卢敖：战国时燕国人，周游至蒙谷山，见一古怪之士迎风而舞。卢敖邀他同游，那人笑言："吾与汗漫期于九垓之外，不可久留。"遂纵身跳入云中。太清：太空。

【赏析】

这是一首游览诗。唐肃宗上元元年（760年），李白流放夜郎途中遇赦，当即从江夏（今湖北省武汉市武昌区）往浔阳（今江西省九江市）游庐山时作了这首七言古诗。那时李白已经历尽磨难，始终不愿向折磨他的现实低头，求仙学道的心情更加急切。

全诗分三部分。第一部分六句，起句以楚狂自比，以"凤歌"典故，表示对政治前途的失望，暗示出要像楚狂那样游历各处名山去过隐居生活。接着诗人写他离开武昌到庐山："手持绿玉杖，朝别黄鹤楼。五岳寻仙不辞远，一生好入名山游。"诗人以充满神话传说的色彩表述他的行程：拿着仙人所用的嵌有绿玉的手杖，于晨曦中离开黄鹤楼。后两句，既可说是李白一生游踪的形象写照，同时也透露出诗人寻仙访道的隐逸之心。

第二部分十七句，正面描绘庐山和长江的风光。先写山景鸟瞰："庐山秀出南斗傍，屏风九叠云锦张。影落明湖青黛光。"粗绘庐山的雄奇瑰丽。下面是细描："金阙前开二峰长，银河倒挂三石梁。香炉瀑布遥相望，回崖沓嶂凌苍苍。"金阙、三石梁、香炉、瀑布，都是庐山奇景。这四句是从仰视的角度来描写。接着，总摄全景："翠影红霞映朝日，鸟飞不到吴天长"，旭日初升，满天红霞与苍翠山色相辉映；山势高峻，连鸟也飞不到；站在峰顶东望吴天，真是高远空旷没有边际。接着，诗人登高远眺，彩绘长江雄伟气势："登高壮观天地间，大江茫茫去不还。黄云万里动风色，白波九道流雪山。"登临庐山高峰，放眼纵观，只见长江浩浩荡荡，直泻东海，一去不返；万里黄云飘浮，天色瞬息变幻；茫茫九条支流，白波汹涌奔流，浪高如雪山。诗人豪情满怀，将长江景色写得境界高远。大自然之美激发了诗人的无限诗情："好为庐山谣，兴因庐山发。闲窥石镜清我心，谢公行处苍苔没。"诗人经过永王李璘事件的挫折后，重登庐山，不禁感慨万千。人生无常，盛事难再。诗人不禁产生寻仙访道思想，希望超脱现实，以求解内心的矛盾。

142

第三部分六句，前两句，表明诗人想象自己有一天能早服仙丹，修炼升仙，以摆脱世俗之情，到那虚幻的神仙世界："遥见仙人彩云里，手把芙蓉朝玉京。"诗人仿佛远远望见神仙在彩云里，手拿着莲花飞向玉京。诗人多么向往这样自由自在的世界："先期汗漫九垓上，愿接卢敖游太清。"诗人在诗中反用其意，以怪仙自比，卢敖借指卢虚舟，邀卢共作神仙之游。我李白已预先和不可知之神在九天外约会，并愿与卢敖共游仙境。诗人浮想联翩，仿佛随仙人飘飘然凌空而去。全诗戛然而止，余韵悠长。

这首诗作者以豪迈的气概，抒发了寄情山水、纵情遨游、狂放不羁的情怀，表达了诗人想在名山胜景中得到寄托，在神仙境界中逍遥的愿望，流露出诗人因政治失意而避世求仙的愤世之情。

梦游天姥吟留别 ①

李白

海客谈瀛洲 ②，烟涛微茫信难求 ③。
越人语天姥 ④，云霞明灭或可睹 ⑤。
天姥连天向天横 ⑥，势拔五岳掩赤城 ⑦。
天台四万八千丈，对此欲倒东南倾。
我欲因之梦吴越 ⑧，一夜飞度镜湖月 ⑨。

---

① 天姥（mǔ）：山名，在今浙江省新昌县。吟：诗歌的一种题材。
② 海客：经常出海航行的人。瀛（yíng）洲：古代传说中的海上仙山。
③ 烟涛：波涛渺茫，远看像烟雾笼罩的样子。微茫：景象模糊不清。信：确实。　　④ 越人：指浙江一带的人。　　⑤ 明灭：忽明忽暗。
⑥ 向天横：直插天空。横，直插。　　⑦ "势拔"句：山势高过五岳，遮掩了赤城。拔，超出。五岳，指东岳泰山、西岳华山、中岳嵩山、北岳恒山、南岳衡山。赤城，山名，在今浙江省天台县北部。　　⑧ 因：依据。之：指代前边越人的话。　　⑨ 镜湖：又名鉴湖，在浙江省绍兴市。

湖月照我影，送我至剡溪①。

谢公宿处今尚在②，渌水荡漾清猿啼③。

脚著谢公屐④，身登青云梯⑤。

半壁见海日，空中闻天鸡⑥。

千岩万转路不定，迷花倚石忽已暝⑦。

熊咆龙吟殷岩泉⑧，栗深林兮惊层巅⑨。

云青青兮欲雨⑩，水澹澹兮生烟⑪。

列缺霹雳⑫，丘峦崩摧。

洞天石扉，訇然中开⑬。

青冥浩荡不见底⑭，日月照耀金银台⑮。

霓为衣兮风为马，云之君兮纷纷而来下⑯。

虎鼓瑟兮鸾回车⑰，仙之人兮列如麻。

① 剡（shàn）溪：水名，在今浙江省嵊（shèng）州市境。　② 谢公：南北朝时期诗人谢灵运。曾经游天姥山时，在剡溪临岸住宿。　③ 渌（lù）：清。清：此是凄清之意。　④ 谢公屐（jī）：谢灵运穿的木屐。《南史·谢灵运传》载，谢灵运游山，备有一种特制木屐，屐底装有活动的齿，上山时去掉前齿，下山时去掉后齿。木屐，以木板做底，上面有带子，形状像拖鞋。　⑤ 青云梯：直上云霄的山路。　⑥ 天鸡：传说东南有桃都山，山上有大树叫桃都，树枝绵延三千里，树上栖有天鸡，每当太阳初升，照到这棵树上，天鸡就叫起来，天下的鸡也都跟着它叫。　⑦ "迷花"句：迷恋着花，依靠着石，不觉天色已晚。暝（míng），日落黄昏。　⑧ 殷岩泉：即"岩泉殷"。殷，用作动词，震响。　⑨ "栗深林"句：使深林战栗，使层巅震惊。栗，惊，使动用法。　⑩ 青青：黑沉沉的样子。　⑪ 澹澹（dàn）：波浪起伏。　⑫ 列缺：指闪电。　⑬ 洞天石扉，訇（hōng）然中开：仙府的石门，訇的一声从中间打开。洞天，仙人居住的洞府。扉，门扇。訇然，形容声音很大。　⑭ 青冥：指天空。浩荡：广阔远大貌。　⑮ 金银台：金银铸成的宫阙。指神仙居住的地方。　⑯ 云之君：云里的神仙。　⑰ 鸾回车：鸾鸟驾着车。鸾，传说中凤凰一类的神鸟。回，运转。

忽魂悸以魄动，恍惊起而长嗟。

惟觉时之枕席，失向来之烟霞^①。

世间行乐亦如此，古来万事东流水^②。

别君去兮何时还？且放白鹿青崖间^③，

须行即骑访名山。

安能摧眉折腰事权贵^④，使我不得开心颜！

【赏析】

这是一首记梦杂言古诗，也是游仙诗。唐玄宗天宝四年（745 年），李白在长安受到权贵排挤，被放出京后，由东鲁（今山东省）南游吴越，写下了这首描绘梦中游历天姥山的诗歌。

前八句"海客谈瀛洲"至"对此欲倒东南倾"，交代诗人入梦的原因。诗人开篇便说瀛洲是传说中的海外仙境，虚幻缥缈，无法寻求，而浮云彩霓中的天姥山却是真实生活中的"仙境"。诗人以虚写实，以写瀛洲衬托出天姥山的雄奇。天姥山和天台山相对，靠近剡溪，景色秀美，峰峦叠嶂，在越东很有名，但和五岳相比就难免相形见绌了。而诗人却说天姥山比五岳还要高耸挺拔，连天台山都要倾倒在它面前。应该说，诗人梦中的天姥山其实是他一生所看到的奇峻山川在头脑中的再造幻影。

接下来的三十句"我欲因之梦吴越"至"失向来之烟霞"。诗人运用奇特的想象，夸张的手法，描写了梦游天姥山时所看到的景物。在梦境中，诗人好像在月光中飞渡镜湖。月光把他的身影照在湖面上，又将他送到当年谢灵运歇息的地方。诗人脚穿着谢灵运当年特制的木屐，登上谢灵运当年到过的青云梯。接着，诗人经过回转的石路，在幽暗的深山中看见海日升起，天鸡高叫，一片黎明前的曙色。但当他在迷人的山花和石头旁边休息起

① 向来：原来。烟霞：指前面所写的仙境。　② 东流水：像东流之水一去不复返。　③ 白鹿：传说神仙或隐士多骑白鹿。　④ 摧眉折腰：低头弯腰。摧眉，即低眉。

145

来，忽然感觉到暮色降临。暮色中，熊咆龙吟震得山谷轰响、森林惊颤、层巅战栗。如果说熊、龙能以吟、啸表达情感的话，那层巅、深林的战栗和惊悚，以及烟、水、青云的阴郁，都是诗人的意动写法。诗人将环境和自身的情感协成一体，形成一个统一的情感氛围。接下来，全诗达到高潮，诗境也由奇特转入奇幻。在使人惊惧的幽暗暮色中，突然"丘峦崩摧"，"訇然中开"了一个洞天福地般的神仙世界：在鼓瑟的虎、驾车的鸾簇拥下，"驾风为马霓为衣"的云之君，受命于诗人之笔，来赴仙山的盛会。这是多么盛大而热烈的场面。金台、银台与日月交相辉映，景色壮丽，异彩缤纷！仙山的盛会正是人世间生活的反映。这里除了有诗人长期漫游经历过的万壑千山的印象、古代传说、屈原诗歌的启发与影响，也有长安三年宫廷生活的迹印，这一切通过浪漫主义的非凡想象凝聚在一起，才有这般辉煌灿烂、气象万千的描绘。然而不经意间，仙境忽然消失，梦境旋亦破灭，诗人在惊悸中回到现实。

最后七句"世间行乐亦如此"至结尾，写仙境消失，梦境破灭，诗人躺在枕席之上，恍然如梦，发出"古来万事东流水"的慨叹。但幸而诗人有"且放白鹿青崖间，须行即骑访名山"的想象和胸怀，又让他自黯淡人生中见到一丝光明。接着，诗人又发出"安能摧眉折腰事权贵，使我不得开心颜"的豪言，将他在长安流连朝堂时所遭遇到的郁闷一吐而出。同时，这一句也点明了全诗借梦游名川仙境来抒发诗人追求自由人生，反抗权贵压迫的主题。在等级森严的封建社会中，多少人屈身权贵，多少人埋没无闻！

作者在诗篇中用充满想象的语言描绘了一个梦中的神仙世界，以此抒发他在政治上失意的郁闷心情和对现实社会的不满，也表达了他对理想的追求，及不愿侍奉权贵而渴求自由的心情。

金陵酒肆留别①

李白

风吹柳花满店香,吴姬压酒唤客尝②。
金陵子弟来相送③,欲行不行各尽觞④。
请君试问东流水,别意与之谁短长。

【赏析】

这是一首酬赠七言古诗。唐玄宗开元十四年（726年），李白赴扬州，临行之际，朋友在酒店为他饯行，李白作此诗留别。全诗真切地描画出金陵优美的自然风物和人文景观，表达出依依惜别的深情厚谊，流露出浓郁的地方风情。

起首两句，"柳花"说明时令为暮春。以"吴姬"称谓女子，应诗题中"金陵"。在这柳烟迷蒙、春风沉醉的江南三月，诗人一走进店里，沁人心脾的香气扑面而来。"香"字，把店内店外连成一片。传酒的侍女满面春风，一边压酒，一边笑语殷勤地招呼客人。置身其间，真是如沐春风，让人迷恋。

第三、四句，诗人此去扬州，金陵的朋友为他送行。饯行的酒啊，你斟我敬，将要走的和不走的，个个干杯畅饮。都是少年刚肠，兴致盎然，没有伤别之意。

结尾两句，面对朋友们的盛情挽留，诗人依依不舍，他在想，怎样才能表达自己的惜别之情呢？顺手一指，以水为喻：请你们问问那东流的江水，离情别意与它相比究竟谁短谁长？诗人设问比较，迷迷茫茫地，似收而未收住，言有尽而意无穷。

---

① 金陵：即今江苏省南京市古称。酒肆：酒店。留别：临别留诗给送行者。　　②吴姬：金陵古属吴地，遂称当地女子为"吴姬"。这里指酒店中的侍女。压酒：压糟取酒。古时新酒酿熟，临饮时方压糟取用。
③子弟：指李白好友。　　④欲行：将要走的人，指诗人自己。不行：送行的金陵子弟。尽觞（shāng）：喝尽杯中酒。觞，酒杯。

黄鹤楼送孟浩然之广陵 ①

李白

故人西辞黄鹤楼，烟花三月下扬州 ②。
孤帆远影碧空尽 ③，唯见长江天际流 ④。

【赏析】

唐玄宗开元十五年（727 年），李白东游归来，寄居于湖北安陆，期间结识了长他十二岁的孟浩然。两人很快成为挚友。后来，李白得知孟浩然要去广陵，托人带信约孟浩然在江夏（今湖北省武汉市武昌区）相会。几日后，孟浩然乘船东下，李白亲自送到江边，送别时写下了这首七言绝句。

第一句呼应题目，写出送别地点。黄鹤楼本是传说中仙人飞升之地，这和诗人心中此次好友愉快地去广陵，构成一种联想，增加了快意舒畅的气氛。

第二句写送别的时间与去向。"烟花三月"，不仅展现了暮春时节、繁华之地的迷人景色，而且也透露了时代氛围，即此时正是开元盛世，太平而又繁荣。

第三、四句写送别的场景。将好友送上船，船已扬帆而去，而诗人还在江边目送着远去的风帆，一直看到帆影逐渐模糊，消失在碧空尽头，可见目送时间之长。随着帆影消逝，这才注意到一江春水，在浩浩荡荡地流向远远的水天交接处。末句，是眼前景象，又是诗人对好友的一片深情。对诗人而言，这是带着一片向往之情的离别。

---

① 黄鹤楼：古楼阁名，在今湖北省武汉市境内。孟浩然：李白好友。之：往，到。广陵：今江苏省扬州市古称。　② 烟花：指春季时的长江岸边雾气迷蒙，繁花似锦。下：顺流向下而行。　③ 碧空尽：指消失在碧蓝的天际。尽：尽头，消失。　④ 唯见：只看见。天际流：流向天边。天际，天尽头。

渡荆门送别①

李白

渡远荆门外②，来从楚国游③。
山随平野尽④，江入大荒流⑤。
月下飞天镜⑥，云生结海楼⑦。
仍怜故乡水⑧，万里送行舟。

【赏析】

这首五言律诗是李白青年时期出蜀地至荆门山时所作。这时候的李白，兴致勃勃，坐在船上沿途纵情观赏巫山两岸高耸云霄的峻岭，不由回想起蜀中的山水，但诗人不说自己思念故乡，而说故乡之水恋恋不舍地送他远行，表现了诗人少年远游、倜傥不群的个性及思乡之情。

首联写诗人乘船出行的目的地。诗人此次出蜀，由水路乘船远行，经巴渝，出三峡，直向荆门山之外驶去，目的是到湖北、湖南一带的楚国故地游览。

颔联描绘船出三峡、渡过荆门山后长江两岸的特有景色。苍莽起伏的山峦随着平原旷野的延伸，渐渐消失得无影无踪。一泻千里的长江水奔流在茫茫无际的辽阔平原。"随"字化静为动，将群山与平野的位置逐渐变换，给人以空间感和流动感。"入"字形象生动，写出气势的博大，表达了诗人的万丈豪情，充满了喜悦和昂扬的激情。

① 荆门：古山名，在今湖北省宜都市。　② 远：远自。　③ 楚国：楚地，指今湖北一带，先秦时属楚国。　④ 平野：平坦广阔的原野。
⑤ 江：长江。大荒：广阔无际的田野。　⑥ 下：移下。此引申为映照。
⑦ 海楼：海市蜃楼，形容江上云霞的美丽景象。　⑧ 怜：怜爱。故乡水：从四川流来的长江水。因诗人从小生活在四川，故把四川称作故乡。

颈联描绘出长江的近景与远景。俯视江面，月亮照在江面上，就像天上飞下来一面镜子，明亮耀眼；仰望天空，云气簇拥而来，就像海上结成了一座座楼阁，新奇美妙。这两句反衬江水平静，展现江岸辽阔，天空高远，充满了浪漫主义色彩。

尾联"送"字直点主题，"送"的主体是故乡山水，用拟人修辞手法，生动而含蓄地表达了诗人对故乡的依恋之情。

送友人

李白

青山横北郭①，白水绕东城②。
此地一为别③，孤蓬万里征④。
浮云游子意⑤，落日故人情。
挥手自兹去⑥，萧萧班马鸣⑦。

【赏析】

这是首写送别的五言律诗。诗人通过送别环境的刻画，气氛的渲染，表达出依依惜别之情。

首联说明告别地点。诗人送友人来到城外，只见远处的青翠山峦横亘在外城北面，波光粼粼的流水绕城东潺潺流过。"青山"对"白水"，"北郭"对"东城"，首联即写成对偶句，别开生面。"横"字勾勒青山的静态，"绕"字描画白水的动态，形象而传神。未见"送别"二字，其笔端却饱含着依依惜别之情。

---

① 郭：古代在城的外围加筑的一道城墙。　② 白水：清澈的水。
③ 一：助词，加强语气。　④ 蓬：古书上一种植物，干枯后根株断开，遇风飞旋，也称"飞蓬"。诗人借用"孤蓬"喻指远行的朋友。征：远行。　⑤ 浮云：飘动的云。古人常以浮云飘飞无定喻游子四方漂游。　⑥ 兹：此，这。　⑦ 萧萧：马的呻吟嘶叫声。班马：离群的马，这里指载人远离的马。班，分开，离群。

领联写情。诗人借孤蓬比喻友人的漂泊生涯。此地一别，离人就要像那随风飞舞的蓬草，飘到万里之外去了。这两句语意陡转，生发出感人的悲情，深切表达了诗人对友人前程的关心。

颈联挥洒出分别时的寥阔背景。天边一片白云飘然而去，一轮红日正向着地平线徐徐而下。此时此景，更令诗人感到离别的不舍。"浮云"对"落日"，"游子意"对"故人情"，切景切题。诗人不仅写景，而且还巧妙运用"浮云"来象征友人行踪不定，"落日"则隐喻和友人惜别的心情。

尾联写别离的情景。诗人和友人在马上挥手告别，频频致意。诗人没有直说内心感受，而是以描写场景"萧萧班马鸣"表达情感。那两匹马仿佛懂得主人心情，也不愿脱离同伴，临别时禁不住萧萧长鸣，似有无限深情。"班"字，烘托出了难舍难分的情谊。

送友人入蜀

李白

见说蚕丛路①，崎岖不易行②。
山从人面起③，云傍马头生④。
芳树笼秦栈⑤，春流绕蜀城⑥。
升沉应已定⑦，不必问君平⑧。

---

① 见说：听说。蚕丛路：指入蜀的道路。蚕丛，又称蚕丛氏，古代传说中蜀国首位称王的人，教人蚕桑。后借指蜀地。　② 崎岖：道路不平的样子。　③ 山从人面起：人在栈道上走时，紧靠峭壁，山崖好像从人的脸侧突兀而起。　④ 云傍马头生：云气依傍着马头而上升翻腾。
⑤ 秦栈：由秦地（今陕西省）入蜀的栈道。　⑥ 春流：春江水涨，江水奔流。蜀城：指成都，或泛指蜀中城市。　⑦ 升沉：进退升沉，即人在世间的遭遇和命运。　⑧ 君平：东汉严光，字君平，隐居不仕，曾在成都以卖卜为生。

【赏析】

这首五言律诗为唐玄宗天宝二年（743年），李白在长安送友人入蜀时所作。诗人当时受到朝廷权贵的排挤。全诗刻画了蜀地虽然崎岖难行，但具备别有洞天的景象，劝勉友人不必过多担心仕途沉浮，重要的是热爱生活。诗中既有劝导朋友不要沉溺于功名利禄之意，又寄寓诗人在长安政治上受人排挤的感慨。

首联，临别之际，想到蜀道艰难，诗人真诚叮嘱友人：听说蜀道崎岖险阻，路上处处是层峦叠嶂，不易通行。语调平缓自然，感情诚挚恳切。

颔联具体描写蜀道。蜀道在崇山峻岭上迂回盘绕，人在栈道上走，山崖峭壁宛如迎面而来，从人的脸侧重迭而起，云气依傍着马头而升腾，像是在腾云驾雾。"起""生"二字，生动地呈现了栈道的狭窄、险峻、高危，想象诡异，境界奇美。

颈联写蜀地美景。山岩峭壁上突出的林木，枝叶繁盛芳茂，笼罩着栈道。这是从远观看到的景色。秦栈是由秦地入蜀地的栈道，在山岩间凿石架木建成，路面狭隘。"笼"字生动传神，描绘了栈道林荫是由山上树木朝下覆盖而成的特色。"笼秦栈"与对句的"绕蜀城"构成工整的对偶句。前者写山上蜀道景致，后者写山下春江环绕成都而奔流的美景。远景与近景相互映衬，有如一幅瑰玮的蜀道山水画。这是诗人以描绘蜀道胜景，来抚慰与鼓舞友人。

尾联，诗人告诫友人，个人官爵升降都早有定局，没有必要去询问善卜的君平。李白借用君平的典故，婉转地启发好友不要沉迷于功名利禄中，情谊诚挚，而其中又不乏对自身境遇的感慨。

宣州谢朓楼饯别校书叔云 ①

李白

弃我去者，昨日之日不可留；

乱我心者，今日之日多烦忧。

长风万里送秋雁 ②，对此可以酣高楼 ③。

蓬莱文章建安骨 ④，中间小谢又清发 ⑤。

俱怀逸兴壮思飞 ⑥，欲上青天揽明月 ⑦。

抽刀断水水更流，举杯销愁愁更愁。

人生在世不称意 ⑧，明朝散发弄扁舟 ⑨。

【赏析】

唐玄宗天宝十二年（753年），李白在宣城与叔叔李云相遇，并同登谢朓楼时作了这首杂言古诗。诗人从自己被放还山的遭遇

---

① 宣州：唐时行政区划，治所在今安徽省宣州市一带。谢朓（tiǎo）楼：古楼阁名，为南朝齐人谢朓任宣城太守时所建。校（jiào）书：官名，即秘书省校书郎，掌管朝廷的图书整理工作。叔云：李白的叔叔李云。　② 长风：大风。　③ 此：指上句长风秋雁的景色。酣（hān）高楼：畅饮于高楼。　④ 蓬莱：东汉时宫廷藏书之所东观，学者称其为"老氏藏室，道家蓬莱山"，故称。蓬莱文章，即借指李云的文章。建安骨：东汉末汉献帝建安年间，三曹（曹操、曹丕、曹植）和七子（孔融、陈琳、王粲、徐干、阮瑀、应玚、刘桢）等人的诗作，风骨雄健，被后人称为"建安风骨"。　⑤ 小谢：指谢朓，字玄晖，南朝时期诗人。后人将他和谢灵运并称为大谢、小谢。这里用以自喻。清发（fā）：指小谢清新俊逸的诗风。发，飘逸的秀发，代指诗文风格俊逸。　⑥ 俱怀：两人都怀有。逸兴：飘逸豪放的兴致。壮思：雄心壮志。　⑦ 揽：摘取。　⑧ 称（chèn）意：称心如意。　⑨ 明朝（zhāo）：明天。散发：古人束发戴冠，散发表示闲适自在。这里形容狂放不羁。弄扁（piān）舟：乘小舟归隐江湖。扁舟，小船。

中，看到了唐王朝政治日趋腐败，自己的抱负无法施展而心情苦闷。于是发出深沉的感叹。名为"饯别"，而离别情绪却并非重点，而是重笔抒发自己怀才不遇的牢骚，表达了诗人对黑暗社会的强烈不满和对光明世界的追求。

诗篇发端"弃我去者，昨日之日不可留；乱我心者，今日之日多烦忧"，既不写楼景，更不叙别情，而是直抒郁结。"昨日之日"与"今日之日"，是指许多个弃我而去的"昨日"和接踵而至的"今日"。意思是每天都深感时光快速流逝，而功业却无所建树，前途迷茫，因此心烦意乱，忧愤郁悒。诗人的"烦忧"不是自"今日"始，而是对他长期以来政治遭遇和感受的概括。忧愤之深广、强烈，正反映出唐玄宗天宝以来朝政的越发腐败和诗人个人遭遇的更加困窘，以及理想与现实的尖锐矛盾所引起的强烈精神苦闷。这两句以重叠复沓的语言，既说"弃我去"，又说"不可留"；既言"乱我心"，又称"多烦忧"，以一气鼓荡、长达十一字的句式，显示出诗人郁结之深、忧愤之烈、心绪之乱，以及一触即发、发则不可抑止的感情状态。

"长风万里送秋雁，对此可以酣高楼"，这两句突然转折：诗人面对着寥廓明净的秋空，遥望万里长风吹送鸿雁的壮美景色，不由得激起畅饮高楼的豪情逸兴。这两句展现出一幅壮阔明朗的万里秋空画图，也展示出诗人豪迈阔大的胸襟。从极端苦闷忽然转到朗爽壮阔的境界，显示了诗人素怀远大的理想抱负，又长期被黑暗污浊的环境所压抑，时刻都向往着可以自由驰骋的广大空间。当看到"长风万里送秋雁"之景，不觉精神为之一爽，烦忧当即扫去，感到一种心、境契合的舒畅，油然生发了"酣饮高楼"的豪情逸兴。

"蓬莱文章建安骨，中间小谢又清发"，这两句扣题，分写高楼饯别的主客双方。东汉时学者称东观（政府的藏书机构）为道家蓬莱山，唐人又多以蓬山、蓬阁指秘书省，李云是秘书省校书郎。上句用"蓬莱文章"借指李云的文章，赞美李云的文章

风格刚健，具有"建安风骨"。下句则以"小谢"（即谢朓）自指，说自己的诗像谢朓那样，具有清新秀发的风格。李白非常推崇谢朓，这里自比小谢，流露出对自己才能的自信。

"俱怀逸兴壮思飞，欲上青天揽明月"，进一步渲染双方的意兴，说彼此都怀有豪情逸兴、雄心壮志，酒酣兴发，更是飘然欲飞，想登上青天揽取明月。前面刚写晴昼秋空，这里却说到"明月"，可见后者非实景，而是诗人酒酣兴发时的豪语，体现了诗人豪放又天真的性格。"上天揽月"，是即兴之语，幻化出这飞动健举的形象使人感到诗人对理想境界的向往追求，也是把激起的昂扬情绪推向了最高潮，仿佛现实中一切黑暗污浊都已一扫而光，心头的一切烦忧都已丢到了九霄云外。

然而精神可以在幻想中遨游驰骋，身体却始终被羁束在污浊的现实之中。当诗人从幻想中回到现实，就更强烈地感到了理想与现实的矛盾不可调和，更加重了内心的烦忧苦闷，使情绪一落千丈又反转到忧愁中。"抽刀断水水更流，举杯销愁愁更愁"，谢朓楼前，就是终年长流的宛溪水。诗人把无法排遣的烦忧与不尽的流水联想起来，引发出"抽刀断水"的意念。这是个奇特而富于独创性的比喻，同时又自然贴切而富于生活气息。由于比喻和眼前景的联系密切，从而使它多少具有"兴"的意味，读来便感到自然天成。尽管内心的苦闷无法排遣，但"抽刀断水"却生动地显示出诗人力图摆脱精神苦闷的愿望。酒能助兴，却不能解忧，但可使思绪飞扬，快速转念于狂喜和深忧之间，有助于觉醒后痛定重生。

"人生在世不称意，明朝散发弄扁舟"，诗人向往清明政治的理想与黑暗现实的矛盾，在当时历史条件下，是无法解决的，因此，他总是陷于"不称意"的苦闷中，而且只能选择不做官而乘扁舟归隐江湖这样一条摆脱苦闷的出路。这个决定虽有些消极，甚至包含着逃避现实的状态。但当时的现实情况与他所代表的社会阶层都限制了他不可能找到更好的出路。

下终南山过斛斯山人宿置酒 ①

李白

暮从碧山下，山月随人归。
却顾所来径 ②，苍苍横翠微 ③。
相携及田家 ④，童稚开荆扉 ⑤。
绿竹入幽径，青萝拂行衣 ⑥。
欢言得所憩 ⑦，美酒聊共挥 ⑧。
长歌吟松风 ⑨，曲尽河星稀 ⑩。
我醉君复乐，陶然共忘机 ⑪。

【赏析】

这首五言古诗约作于唐玄宗天宝元年（742 年），李白四十二岁，正隐居终南山。从这首诗的内容看，诗人是游终南山后，在月夜去造访一位姓斛斯的隐士。诗篇似有陶渊明诗那种描写田园生活的情景，风格平淡爽直。

前两句交代事件和时间，即诗人游终南山到傍晚下山，从"暮"（傍晚）走到"月"照随人，表达出诗人因游兴未减而行走慢。"却顾所来径"，写出诗人对终南山的余情。旖旎山色，使诗人迷恋不已。"苍苍横翠微"是正面描写，"横"有笼罩意，描绘出暮色苍苍中的山林美景，"翠微"照应了首句"碧"字。

---

① 过：拜访。斛（hú）斯山人：复姓斛斯的一位隐士。　② 却顾：回头望。所来径：下山的小路。　③ 苍苍：形容山林隐隐约约，若隐若现。翠微：形容山光水色青翠缥缈。　④ 相携：与斛斯山人互相搀扶。及：到。　⑤ 荆扉：荆条编扎的柴门。　⑥ 青萝：松萝，一种攀生在石崖、松柏或墙上的植物。行衣：行人的衣服。　⑦ 憩（qì）：休息。　⑧ 挥：举杯。　⑨ 松风：古乐府琴曲名，即《风入松》。此处也有歌声随风而入松林之意。　⑩ 河星稀：银河中星光稀微，意指夜已深。　⑪ 陶然：欢乐的样子。忘机：忘记世俗的心机，不图虚名小利。

　　诗人漫步山径，遇到了斛斯山人，于是"相携及田家"，"相携"，显出情谊的密切。"童稚开荆扉"，孩童开门，说明了田园的安宁。进门后，"绿竹入幽径，青萝拂行衣"，写出生活在田园的恬静，流露出诗人的称羡之情。"欢言得所憩，美酒聊共挥"，"得所憩"不仅是赞美山人的庭园居室，也为遇知己而高兴。因而欢言笑谈，美酒共挥。"挥"字写出诗人畅怀豪饮的神情。

　　"长歌吟松风，曲尽河星稀"，酒酣情浓，畅意放声长歌，直唱到天河群星疏落，籁寂更深。最后，诗人从美酒共挥，转到"我醉君复乐，陶然共忘机"，写出酒后的感觉。豪情加美酒，真情不设防，醉酒情愉，扫尽了人世的机巧之心，显得淡泊而恬远。

登金陵凤凰台 ①

李 白

凤凰台上凤凰游，凤去台空江自流。
吴宫花草埋幽径 ②，晋代衣冠成古丘 ③。
三山半落青天外 ④，二水中分白鹭洲 ⑤。
总为浮云能蔽日 ⑥，长安不见使人愁 ⑦。

---

① 凤凰台：古台名，在今江苏省南京市江宁区境内凤凰山上。相传南朝宋永嘉年间有凤凰集于此山，于是筑台，故得名。　　② 吴宫：三国时孙吴曾于金陵（今江苏省南京市）建都筑宫。　　③ 晋代：指东晋，都城在金陵。衣冠：东晋文学家郭璞的衣冠冢，在今江苏省南京市玄武区。　　④ 三山：在金陵西南长江边上，三峰并列，南北相连。今江苏省南京市秦淮区三山街为其旧址。半落青天外：若隐若现，形容极远，看不清楚。　　⑤ 二水：在金陵西长江中，把长江分割成两道。白鹭洲：长江中的沙洲，因洲上多聚集白鹭，故名。　　⑥ 浮云蔽日：比喻奸臣当道障蔽贤良。浮云，比喻奸邪小人。因为古代把太阳看作是帝王的象征。　　⑦ 长安：唐王朝的京都，代指朝廷和皇帝。

【赏析】

这首七言律诗是唐玄宗天宝年间（742—756），李白被"赐金还山"，排挤离开长安，南游金陵时所作。

"凤凰台上凤凰游，凤去台空江自流"，前两句咏物起兴，凤凰在古时代表着祥瑞，凤凰来游象征着王朝的兴盛，统治者因此筑台向民众显示王朝的兴旺和正统；"凤去台空"，象征六朝的繁华已去而不返，只有长江水仍然不停地流着，以此感叹人世间的沧桑多变。

"吴宫花草埋幽径，晋代衣冠成古丘。三山半落青天外，二水中分白鹭洲"，这四句写诗人的感慨，诗句两两对仗严谨，视角弘大。昔日吴国豪华的宫廷已经荒芜，东晋时期的风流人物也已进入坟墓。诗人从对历史的凭吊中，把目光又投向大自然，选取了半隐半现的三山、滔滔不绝的江水。把历史的变迁与自然景物整体地表现出来，启发人们作更深的思考。

最后两句"总为浮云能蔽日，长安不见使人愁"，李白毕竟是关心现实的，他想看得更远些。从六朝的帝都金陵看到唐朝都城长安。然而"不见长安"（报国无门），暗点诗题的"登"字。

整首诗"登临"的内在精神，与"埋幽径""成古丘"的冷落清凉，与"三山""二水"的自然境界，与忧谗畏讥的"浮云"惆怅和不见"长安"的无奈凄凉，都被恰切的语词链条紧紧地勾连在一起，把历史的典故，眼前的景物和诗人自己的感受，交织在一起，抒发了忧国伤时的情怀，意旨深远。

望庐山瀑布 [①]

李白

日照香炉生紫烟 [②]，遥看瀑布挂前川 [③]。
飞流直下三千尺，疑是银河落九天 [④]。

【赏析】

这是一首写风景的七言绝句。唐玄宗开元十三年（725年），李白初登庐山后而作。诗人通过描绘庐山瀑布宏伟壮观的景象，抒发了对大好河山的热爱之情。

首句写瀑布直流而下，水气蒸腾而上，阳光投射过来，仿佛有座顶天立地的香炉冉冉升起团团紫烟。"生"字写活了烟云缓缓上升的景象。

第二句，"遥"字紧扣题目，"挂"字化动为静。极目远望，定格在诗人眼中的形象是一条巨大的白带悬挂在香炉峰。

第三句，采用夸张手法写出近观瀑布的奇丽景象。"飞"写出水流之急，"三千尺"写出香炉峰之高，仿佛能感受到瀑布一泻而下产生的极大轰鸣。

第四句，采用比喻的修辞，将飞流直下的瀑布比作从天而降的银河，想象奇特，流露出诗人对大自然奇异景观的兴奋和喜悦。

[①] 庐山：山名，在今江西省庐山市境内。　[②] 香炉：香炉峰，在庐山西北，远看形似香炉，且山上经常笼罩着云雾而得名。　[③] 川：河流。　[④] 银河：晴天夜晚，天空上呈现出一条明亮的光带，夹杂着许多闪烁的小星，宛如一条银白色的大河，故称。九天：泛指极高的天空。

望天门山 ①

李白

天门中断楚江开 ②，碧水东流至此回。
两岸青山相对出，孤帆一片日边来。

【赏析】

唐玄宗开元十二年（724 年），李白出蜀赴江东，行至天门山时，见山势峻拔、水势浩渺，触景生情而写就这首七言绝句。诗篇通过赞美了大自然的神奇壮丽，表达了诗人积极入仕的自信和决心。

起句，用夸张手法赞美长江的浩荡水势，长江水奔腾而下就像撞开本来是整体的天门山，可谓具体又形象，一幅波澜壮阔的滂湃画面顿时呈现眼前。

次句，用反衬手法赞美天门山的高大险峻。诗人没有直接赞颂天门山的巍峨险峻，而是借长江受天门山的阻挡，使得江水回旋，激起波涛汹涌的奇观，反衬出天门山的雄奇险峻。

第三句，一个"出"字，使本来静止的山有了动态美，也暗合了诗人是坐在顺流而下的船上"望"天门山，并不是站在岸上遥望天门山。舟行江上，远处的天门山迎面而来，好似欢迎远道而来的诗人，字里行间透露出了喜悦之感。

青山既对远客如此有情，则远客自当更加兴会淋漓。结尾一句，正传神地描绘出孤帆乘风破浪，愈发靠近天门山的情景，和诗人欣睹名山胜景、目接神驰的情状。表达了诗人初出巴蜀时乐观豪迈的感情，展示了其自在洒脱、无拘无束的精神风貌。

---

① 天门山：古山名，在今安徽省和县与芜湖市长江两岸，东名博望山，西名梁山。两山夹江而立，形似天门，故得名。　② 楚江：长江。古代长江中游地带属楚国所以叫楚江。

客中行 ①

李 白

兰陵美酒郁金香 ②，玉碗盛来琥珀光 ③。
但使主人能醉客 ④，不知何处是他乡。

【赏析】

这首七言绝句应为李白入长安前的作品。此时社会安定，物产富有，人民的精神状态和谐振奋。诗人所到之处，都是山清水秀，人和物美，使他毫无旅途流离寂寞之感。他高歌纵酒，赞美了美酒的清醇，主人家的热情，表现了豪迈洒脱的个性，同时也反映了盛唐社会的繁荣景象。

起首两句，点出作客之地为兰陵，但把它和美酒联系起来，便一扫外乡异地陌生情绪，且带有一种使人迷恋的感情色彩。兰陵美酒是用香草郁金加工浸制，带着醇浓的芬芳，又是盛在晶莹润泽的玉碗里，看去犹如琥珀般的光艳。体现出诗人心中的愉悦兴奋之情。

结尾两句，主人家的美酒和热情，冲淡了旅途中思乡之情，激发了客人的酒兴，沉醉于这里，使诗人生出流连忘返的情绪，由身在客中，发展到乐而不觉此处是他乡。

---

① 客中：指旅居他乡。　　② 兰陵：古地名，即今山东省兰陵县。郁金香：散发着郁金的香气。郁金，一种香草，用以浸酒，浸酒后呈金黄色。
③ 玉碗（wǎn）：玉制的食具，亦泛指精美的碗。琥（hǔ）珀（pò）：一种树脂化石，呈黄色或赤褐色，色泽晶莹。这里形容美酒色泽如琥珀。
④ 但使：只要。醉客：让客人喝醉酒。醉，使动用法。

早发白帝城 ①

李 白

朝辞白帝彩云间 ②，千里江陵一日还 ③。
两岸猿声啼不住 ④，轻舟已过万重山。

【赏析】

唐肃宗乾元二年（759 年），李白因永王李璘案，流放夜郎（今云贵地区），取道四川赶赴贬谪之地。行至白帝城时，忽然收到赦免消息，惊喜交加，随即乘舟东下江陵。途中作出这首写山水的七言绝句，把诗人遇赦后愉快的心情和江山的壮丽多姿、顺水行舟的流畅轻快融为一体，运用夸张和奇想，写得流丽飘逸，自然天成。

首句写白帝城之高。"彩云间"，表明白帝城地势高入云霄，又是早晨景色，显示出从晦暝转为光明的大好气象，而诗人便在这曙光初灿之时，怀着兴奋的心情匆匆告别白帝城。

次句写江陵路远，舟行迅速。"千里"和"一日"，以空间之远与时间之短作悬殊对比。"还"字不仅表现出诗人"一日"而行"千里"的痛快，也隐隐透露出遇赦的喜悦。

第三句以山影猿声烘托行舟飞进。诗人乘轻舟行进在长江上，耳听两岸的猿啼声，又看见两旁的山影，由于舟行很快，使得啼声和山影在耳目之间成为"浑然一片"。身在顺流直下的快船上，诗人感到十分畅快和兴奋。

结尾一句，顺流而下，行船轻如无物。"万重山"一过，轻舟进入坦途，诗人历尽艰险、进入康庄旅途的快感，也自然而然地表现出来。最后两句既是写景，又是比兴；既是个人心情表达，又是人生经验的总结，因物兴感，精妙无伦。

---

① 发：启程。白帝城：古邑名，在今重庆市奉节县瞿塘峡口长江北岸。　② 朝（zhāo）：早晨。辞：告别。　③ 江陵：即今湖北省荆州市古称。还（huán）：返回。　④ 住：停息。

越中览古 ①

李白

越王勾践破吴归 ②，义士还家尽锦衣。
宫女如花满春殿，只今惟有鹧鸪飞 ③。

【赏析】

这是首写怀古的七言绝句。唐玄宗开元十四年（726年），李白游览越中时所作。诗中通过陈述春秋时期吴、越两国争雄的历史事件，战胜者越国昔时的繁盛和眼前凄凉遗迹的对比，以此表达了诗人对人事变化和历朝历代盛衰无常的感叹。

首句说明游览古迹相关的历史事件。春秋时期的吴、越两国争端，最终是越王勾践灭亡了吴国。诗中以"归"为角度来写越国君臣灭亡吴国，班师回国后，享受的荣华富贵。第二、三句描写越国将士锦衣还乡，尽情享受胜利的收获。越王王宫里更是回荡起歌功颂德的乐曲，伴以宫女柔曼的舞姿，越王左右美女如云，享尽荣华富贵。诗人在历史记载中提取出越国将士还家、越王勾践还宫的情景，显示了越国称霸后的繁盛，其中更有深意。先是吴国打败越国，越王把国中美女西施献于吴王，吴王沉迷酒色，对世仇越国不再防范，使得越军趁虚攻入，最后亡国自尽。而得胜的越王依然重演着吴王的沉迷和奢侈，不复当年的励精图治。诗人急转一笔，写了眼前的景色：几只鹧鸪在荒草蔓生的故都废墟上飞来飞去，好不寂寞凄凉。这句感叹了人事的变化，盛衰的无常。也暗指历代统治者都是先励精图治创立江山，并希望传承子孙万世，而当他们只图尽享荣华时，就会使这种希望破灭。

---

① 越中：唐时越州，辖今浙江省绍兴市及杭州市萧山区一带。先秦时越国曾建国于此。　　② 勾践破吴：春秋末期吴、越两国争霸。越王勾践于公元前494年被吴王夫差打败，回到国内卧薪尝胆，誓报此仇。公元前473年，灭亡吴国。　　③ 鹧（zhè）鸪（gū）：鸟名，为中国南方留鸟。

夜泊牛渚怀古 ①

李白

牛渚西江夜 ②，青天无片云。
登舟望秋月，空忆谢将军 ③。
余亦能高咏，斯人不可闻 ④。
明朝挂帆席 ⑤，枫叶落纷纷。

【赏析】

这首五言律诗是诗人仕途失意后，行经当涂（今安徽省当涂县）时所作。那时诗人对未来已不抱希望，但自负才华，而怨艾无人赏识的情绪，仍溢满诗中。

首句点题"牛渚夜泊"。次句写牛渚夜景，展现出一片碧海青天、万里无云的境界。寥廓空明的天宇和苍茫浩渺的西江，在夜色中融为一体，越显出境界的空阔邈远。诗人置身于其间时，那种悠然神远的感受也就自然融合在里面了。

第三、四句"登舟望秋月，空忆谢将军"，今古长存的明月，往往可成为由今溯古的桥梁。诗人乘船在牛渚西江上赏月，想起东晋名将谢尚在牛渚乘月泛江，遇见袁宏月下吟诗的故事，袁宏因得遇贵人而施展抱负，而自己却无此境遇。"空"字表达了诗人既期望自己获得朝廷重用，又失望现实的境况。

第五、六句"余亦能高咏，斯人不可闻"，诗人想着在牛渚

---

① 牛渚（zhǔ）：山名，在今安徽省当涂县境。怀古：据《晋书·文苑》载，袁宏少时孤贫，以运租为业。镇西将军谢尚镇守牛渚，秋夜乘月泛江，听到袁宏在船上咏自作的《咏史》诗，于是邀袁宏过船谈论，直到天明。袁宏得到谢尚赞誉，声名大起。后官至东阳太守。　② 西江：指从今江苏省南京市以西到江西省境内的一段长江，古代称西江。牛渚山即在西江这一段中。　③ 谢将军：东晋谢尚，今河南省太康县人，官镇西将军。　④ 斯人：这个人，指谢尚。　⑤ 挂帆席：扬帆驶船。

西江发生过的故事，而在现实中是不可得的事。尽管自己也具有当年袁宏那样的文学才华，而像谢尚那样的人物却不可复遇了。"不可闻"回应"空忆"，寓含着世无知音的深沉感叹。

最后两句"明朝挂帆席，枫叶落纷纷"，诗人想象第二天清晨挂帆离去的情景。在飒飒秋风中，片帆高挂，客舟即将离开江渚。枫叶纷纷飘落，像是默默地送着寂寞离去的行舟。秋色秋声，进一步烘托出因不遇知音而引起的寂寞凄清情怀。

月下独酌

李 白

花间一壶酒，独酌无相亲 ① 。
举杯邀明月，对影成三人 ② 。
月既不解饮 ③ ，影徒随我身 ④ 。
暂伴月将影 ⑤ ，行乐须及春 ⑥ 。
我歌月徘徊 ⑦ ，我舞影零乱 ⑧ 。
醒时同交欢，醉后各分散。
永结无情游 ⑨ ，相期邈云汉 ⑩ 。

【赏析】

唐玄宗天宝三年（744年），李白在长安正处官场失意之时。

---

① 无相亲：指没有亲近的人。 ② "举杯"二句：我举起酒杯招引明月共饮，明月和我以及我的影子恰恰合成三人。 ③ 既：已经。不解：不懂。 ④ 徒：白白的。 ⑤ 将：和，共。 ⑥ 及春：趁着春光明媚之时。 ⑦ 月徘徊：明月随我来回移动。 ⑧ 影零乱：因起舞而身影纷乱。 ⑨ 无情游：月、影没有知觉和感情，李白与之结交，故称"无情游"。 ⑩ 相期邈（miǎo）云汉：约定在天上相见。期，约会。邈，遥远。云汉，银河。这里指遥天仙境。

面对黑暗现实，李白没有沉沦，没有同流合污，而是追求自由，向往光明，因此作了这首五言古诗。全诗表现了诗人怀才不遇的寂寞和孤傲，也表现了他放浪形骸、狂荡不羁的性格。诗人运用丰富的想象，表现出一种由独而不独，由不独而独，再由独而不独的复杂情感。表面看来，诗人真能自得其乐，可是背面却有无限的凄凉。表现了诗人难以排解的孤独。

前四句写花、酒、人、月影。诗人上场时，背景是花间，道具是一壶酒，登场角色只是他一个人，动作是独酌，加上"无相亲"三字，场面更显单调。于是诗人忽发奇想，把天边的明月和月光下他的影子，拉了过来，连他自己在内，化成三个人，举杯共酌，冷清的场面，便热闹起来。

中间四句，诗人从月影上发议论，点出"行乐及春"的题意。可是，尽管诗人那样盛情，"举杯邀明月"，明月毕竟是"不解饮"的。影子也不会喝酒；诗人姑且暂时将明月和身影做伴，在这春暖花开之时，及时行乐。

最后六句写诗人执意与月光和身影永结无情之游，并相约在邈远的天上仙境重见。诗人已渐入醉情，酒兴一发，既歌且舞。歌时月色徘徊，依依不去，好像在倾听佳音；舞时诗人的身影，在月光之下，也转动零乱，好像与他共舞。醒时相互欢欣，直到酩酊大醉，躺在床上时，月光与身影，才无可奈何地分别。承接前面写月和影对诗人一往情深。结尾二句，诗人真诚地和"月""影"相约："永结无情游，相期邈云汉。"然而"月"和"影"毕竟还是无情之物，把无情之物，结为交游，主要还是在于诗人自己有情。相约在那邈远的天上仙境再见，述尽了诗人孤独、冷清的感受。

独坐敬亭山 [1]

李白

众鸟高飞尽 [2]，孤云独去闲 [3]。
相看两不厌 [4]，只有敬亭山。

【赏析】

唐肃宗上元二年（761 年），李白六十一岁，经历了安史之乱的漂泊流离，蒙冤被囚的牢狱之灾，戴罪流放的屈辱，人生中最后一次来到宣城，没有了昔日好友如云、迎来送往的场面。他独自爬上敬亭山，孤独凄凉之感直上心头。这首即景抒怀五言绝句，表面写独游敬亭山的情趣，而表达的则是诗人深沉的孤独感。

起首二句，鸟儿们飞得没了踪迹，天上飘浮的孤云也不愿留下，慢慢向远处飘去，似乎世间万物都在远离诗人。众鸟、孤云都离诗人而去，这是诗人主观情感外射的形象描写，是诗人有意创造为表现自己孤独情感的茫茫空间。这种生动形象写法，勾画出了他"独坐"出神的状态，为下句"相看两不厌"做了铺垫。

结尾二句，用浪漫主义手法将敬亭山人格化。诗人久久凝望着敬亭山，觉得敬亭山似乎也看着自己。物我之间没有言语，却已达到感情上的交流。"相""两"二字同义重复，把诗人与敬亭山紧紧联系起来，表达出强烈的感情。同时，"相看"也点出此时此刻唯有"山"和"我"的孤寂情景相重，山与人相依之情油然而生。"只有"更突出诗人对敬亭山的喜爱。诗人愈是写山的"有情"，愈是表达出人世间的"无情"，而他那横遭冷遇、寂寞凄凉的处境，也就在这静谧场景中透露出来。

这首诗李白以奇特想象力和巧妙构思，赋予景物以生命，将

---

① 敬亭山：山名，在今安徽省宣城市境内。　　② 尽：没有了。
③ 独去闲：孤单的云彩飘来飘去。闲，形容云彩飘来飘去，悠闲自在的样子。　　④ 两不厌：指诗人和敬亭山而言。厌，满足。

敬亭山拟人化，托静景抒情动。表达了诗人心灵的孤独和寂寞。

听蜀僧濬弹琴 ①

李 白

蜀僧抱绿绮 ②，西下峨眉峰 ③。
为我一挥手 ④，如听万壑松 ⑤。
客心洗流水 ⑥，余响入霜钟 ⑦。
不觉碧山暮，秋云暗几重 ⑧。

【赏析】

这是一首描写听音乐的五言律诗，着重表现听琴时的感受，表现弹者、听者之间感情的交流。

首联，说明弹琴的僧人是从四川峨眉山下来的。诗人在四川长大，对于来自故乡的琴师当然格外感到亲切，也表达了诗人对琴师的倾慕。

颔联正面描写蜀僧弹琴。用大自然宏伟的音响比喻琴声，使人感到这琴声一定是极其铿锵有力。

颈联写琴声荡涤胸怀，使人心旷神怡，回味无穷。"客心洗流水"，一方面是说听了蜀僧的琴声，自己的心好像被流水洗过一般畅快、愉悦。另一方面借"高山流水"的典故，表现蜀僧和自己通过音乐的媒介所建立的知己之感。"霜钟"二字点明时令，与下文"秋云暗几重"相照应。音乐终止以后，余音久久不绝，和薄暮时分寺庙的钟声融合在一起。

---

① 濬（jùn）：僧人名字。　② 绿绮（qǐ）：古琴名。　③ 峨眉峰：山名，在四川省峨眉山市西南，有两山峰相对，望之如蛾眉，故名。
④ 一：助词，用以加强语气。挥手：是弹琴的动作。　⑤ 万壑松：万壑松声。这是以万壑松声比喻琴声。　⑥ 客：诗人自称。　⑦ 余响：指琴的余音。　⑧ 暗几重：更加昏暗。

168

尾联写聚精会神听琴，而不知时日将尽，反衬琴声的高妙诱人。这是以感觉时间过得快，来表现听者沉浸于琴声达到入神的状态，衬托出弹者技艺高超。

春夜洛城闻笛 ①

李白

谁家玉笛暗飞声②，散入春风满洛城。
此夜曲中闻折柳③，何人不起故园情④。

【赏析】

唐玄宗开元二十三年（735年），多年出蜀在外的李白游览东都洛阳。一个春风沉醉的夜晚，李白偶然听到《折杨柳》曲，因而触发故园情，于是挥笔写就这首七言绝句。全诗紧扣一个"闻"字，表达了诗人深深的思乡之情。

起句写听到笛声的情绪。诗人深夜难以入睡，忽而传来几缕断续笛声。笛声触动了诗人的羁旅情怀。诗人说笛声"暗飞"，似乎专意飞来给在外作客的人听，以动其离愁别恨，表达出一种难于为怀的心绪。

第二句着意渲染笛声，说它"散入春风""满洛城"。这是有心人主观感觉的极度夸张。笛声"散入春风"，随着春风传到各处。即为"满洛城"的"满"字预设，"满"字从"散"字引绎而出，二者同时写出洛城之静，表达诗人的思乡心切。

听到笛声，诗人触动乡思情怀，于是第三句点出《折杨柳》曲。"柳"谐"留"音，故折柳送行表示离别愁情。诗人听到这首曲，便引起客愁乡思。《折杨柳》曲为全诗点睛，也是"闻笛"

---

① 洛城：今河南省洛阳市。　　② 暗飞声：声音不知从何处传来。
③ 折柳：即《折杨柳》曲。"柳"谐音"留"。古人送别亲友时，折柳相赠，暗示留恋、留念之意。　　④ 故园：指故乡，家园。

的题义所在。最后两句主要写诗人自己的情怀，却从他人反说。强调"此夜"是面对所有客居洛城的人，为结尾一句作势。哪个人能不被引发思念故乡家园的情感呢？这是诗人主观情感的推演，不言"我"，却更见"我"感触之深，思乡之切。

夜宿山寺 ①

李白

危楼高百尺 ②，手可摘星辰。
不敢高声语 ③，恐惊天上人。

【赏析】

这是一首记述旅游情景的五言绝句。诗人运用夸张手法，描写寺中楼宇的高耸，表达对古代庙宇工程艺术的惊叹以及对神仙般生活的向往。

首句写寺楼的峻峭挺拔。"危""高"二字，直将山寺矗立山端、雄视天地的非凡气势描摹了出来。次句以夸张手法渲染山寺的高耸云霄，想象在夜里站在寺楼上，举手可触摸到灿烂的群星。

第三、四句，"不敢高声语"衬托出夜里山寺的宁静。"恐惊天上人"，想象到"山寺"与"天上人"相距很近，更加突出了山寺之高。

---

①宿：住宿过夜。　②危楼：高楼，此指山顶的寺庙。危，高。百尺：形容楼很高。　③语：说话。

淮上喜会梁州故人 ①

韦应物 ②

江汉曾为客 ③，相逢每醉还。
浮云一别后，流水十年间。
欢笑情如旧，萧疏鬓已斑 ④。
何因不归去 ⑤？淮上有秋山 ⑥。

【赏析】

这首五言律诗当是韦应物任滁州（今安徽省滁州市）刺史时所作。诗篇完整叙述了诗人会见故友的情节：有见面前的回忆，离别的时间，见面的情景，最后表达出寄情山林的愿望。诗篇情节裁剪紧凑，情感表达曲折丰富。

首联写和故人的交谊。诗人回忆在江汉作客期间，与梁州故人经常欢聚痛饮，扶醉而归。诗人写往事乐情，为后文相见引发岁月蹉跎的悲伤作了铺垫。

颔联感叹时光的流逝。这两句是上下相承的流水对，自然流畅。"浮云"对"流水"，既感慨人在仕途身不由己，又感叹时间流逝之快。"一别""十年"，表达出对难得相见珍惜。

颈联写相会情景。他们久别重逢，自然是高兴，也像十年前那样，有痛饮之事。然而喜悦之后，看到彼此衰老的容颜，不禁

---

① 淮上：今江苏省淮安市淮阴区一带。梁州：唐州名，治所在今陕西省汉中市南郑区。　② 韦应物（737—792），京兆（今陕西省西安市）人。韦应物出身于关中望族，少年以三卫郎为唐玄宗近侍，后历任洛阳丞、京兆府功曹参军、鄠县令、比部员外郎、滁州和江州刺史、左司郎中、苏州刺史，世称"韦苏州"。他的诗多写山水田园，诗风恬淡高远，语言简洁朴素，有"五言长城"之称。　③ 江汉：汉江，发源于今陕西省宁强县嶓冢山，唐时属梁州境。　④ 萧疏：稀疏。斑：头发花白。　⑤ 不：一作"北"。　⑥ 有：一作"对"。

生发出人生漂泊、青春易逝的悲情。

尾联点出诗题，表达心愿。诗人以反问作转，自问和故友相逢后，为什么没有回归居所，原因是要游历淮上的秋山。以此表达了诗人情寄山水的希望。

初发扬子寄元大校书 ①

韦应物

凄凄去亲爱 ②，泛泛入烟雾 ③。
归棹洛阳人 ④，残钟广陵树 ⑤。
今朝此为别，何处还相遇。
世事波上舟，沿洄安得住 ⑥。

【赏析】

唐代宗广德元年（763 年），韦应物被任命为洛阳丞，在乘船离开广陵（今江苏省扬州市）赴任洛阳时，对元大校书非常怀念，于是写下这首五言律诗以寄赠。

前四句写离情。诗人与朋友分离，感到很悲伤。以"亲爱"相称，说明彼此友谊很深。起航的船飘荡在弥漫的水雾中。站在北向洛阳航行的船上，还不住回望广陵城，城外的树林愈来愈模糊，忽又隐约传来寺庙的钟声。诗人不说动情的话，但那种与朋友不舍又不得不离开的矛盾心情，和响钟的余音、城外迷蒙中的

---

① 扬子：指扬子津，在今江苏省扬州市邗江区南扬子桥附近。古时临长江北岸，由此南渡京口（今江苏省镇江市），为江滨要津。校书：即校书郎，职责为校勘宫中所藏典籍。 ②去：离开。亲爱：相亲相爱的朋友，指元大。 ③泛泛：行船漂浮。 ④归棹（zhào）：指从扬子津出发乘船北归洛阳。棹，船桨。这里指船。 ⑤残：隐约的钟声。广陵：今江苏省扬州市古称。 ⑥沿洄（huí）：顺流而下为沿，逆流而上为洄。这里指处境的顺逆。安得住：怎能停得住？

树色交织在一起，形象地抒发了依依惜别之情。

后四句抒发感慨。诗人望着滚滚东流、一去不返的江水，禁不住感叹"今朝此为别，何处还相遇"，分别容易重逢难，这后会之期就难以预料。转念又自我宽慰"世事波上舟，沿洄安得住"，自己的身世都犹如波上的行舟飘浮不定，要么给流水带走，要么在风浪里打转，世事怎能由个人做主呢？蕴含了对身世的感慨。

东 郊

韦应物

吏舍跼终年①，出郊旷清曙②。
杨柳散和风，青山澹吾虑③。
依丛适自憩④，缘涧还复去⑤。
微雨霭芳原⑥，春鸠鸣何处。
乐幽心屡止，遵事迹犹遽⑦。
终罢斯结庐，慕陶直可庶⑧。

【赏析】

唐代宗大历十四年（779年），韦应物在鄠县令任上写作了这首五言古诗。已近不惑之年的韦应物，对仕途生涯心生厌倦，仰慕东晋时期的陶渊明，作诗也仿效"陶体"。诗篇描写了诗人春日郊游的情景，诉说了官场生活的乏味，抒发了想回归自然的清静快乐。

第一、二句扣题说明游东郊的原因。诗人不想在拘束的官署

---

① 跼（jú）：拘束。　②旷清曙（shǔ）：在清幽的曙色中得以精神舒畅。清曙，清晨。旷，心境开阔。　③澹（dàn）：恬淡，安静。虑：思绪。　④丛：树林。憩（qì）：休息。　⑤缘：沿着。涧：山沟。还复去：徘徊往来。　⑥霭（ǎi）：云气，这里作动词，笼罩。　⑦遽（jù）：匆忙。　⑧"终罢"二句：典出陶渊明"结庐在人境，而无车马喧"，表明自己要效仿陶渊明辞官归隐。慕陶，指归隐。庶，差不多。

里度日，清晨来到空旷清净的东郊外，放松心神陶冶情操。

第三句到第八句描写郊游情趣。诗人走在郊外的旷野中，只见春风吹荡着杨柳的枝条，翠绿的青山涤荡去了自己对诸多俗事的思虑。他闲适地漫步在原野中，走倦了歇歇，歇完了再沿溪边散漫行走。此时，天空降下的细密春雨笼罩着飘满花草香味的原野，夹杂着不知哪里传来的春鸠鸣叫声，使游人沉醉在这景色中。这六句诗如郊游笔记，即概括了东郊的美景，也写明了自己的游趣。

最后四句表达面对现实的无奈，表白心中向往的生活。诗人虽然喜欢自然美景，但自己毕竟是官员，心中时时要冒出公务之念，因此想以后能摆脱官职，结庐此地，过像陶渊明一样的田园生活。

寄李儋元锡 ①

韦 应 物

去年花里逢君别，今日花开已一年。
世事茫茫难自料，春愁黯黯独成眠 ②。
身多疾病思田里 ③，邑有流亡愧俸钱 ④。
闻道欲来相问讯 ⑤，西楼望月几回圆。

【赏析】

这是一首酬赠七言律诗。唐德宗建中四年（783 年），韦应物离开长安调任滁州刺史。好友李儋、元锡在长安与韦应物分别后，曾托人问候。这首诗叙述了与友人别后的思念。

首联即景勾起往事，以乐景写哀情。以花开一年比衬，不仅

---

① 李儋（dān）：曾任殿中侍御史，为诗人密友。元锡（xī）：字君贶（kuàng），为诗人在长安鄠（hù）县时旧友。　② 春愁：因春季来临而引起的愁绪。黯黯：低沉暗淡。　③ 思田里：想念田园乡里。即想到归隐。　④ 邑有流亡：在自己管辖的地区内还有百姓流亡。愧俸钱：对自己食国家俸禄感到惭愧，没能把百姓安定下来。　⑤ 问讯：探望。

显出时光迅速，更流露出别后境况萧索的感慨。

颔联写自己的烦恼苦闷。作者滁州任职当年冬天，长安发生了朱泚叛乱，唐德宗出逃，消息不通，情况不明。这种形势下，他感到国家及个人的前途很迷茫。虽时下到了春季，但却满怀惆怅，情绪低沉，每夜都难于入眠。

颈联写诗人针对现状的思想矛盾。诗人忧虑伤身，常患疾病，想辞官归隐；但他看到辖区百姓贫穷逃亡，又深感愧对职守。心中常怀进退两难的苦闷。

尾联说出寄诗的用意，极需友情的慰勉，渴望和友人畅叙。

全诗起于分别，终于相约，体现了朋友间的深挚友谊。诗句章法严密，对仗工整，用语婉转。

寄全椒山中道士 ①

韦应物

今朝郡斋冷②，忽念山中客③。
涧底束荆薪④，归来煮白石⑤。
欲持一瓢酒，远慰风雨夕⑥。
落叶满空山⑦，何处寻行迹。

【赏析】

这首五言古诗约作于唐德宗兴元元年（784年）秋。此时，作者在滁州刺史任上。诗篇写了诗人想去拜访山中修行的一位道士朋友，流露出了诗人孤寂的心情。

---

① 全椒（jiāo）：即今安徽省全椒县。　② 郡斋：指滁州刺史衙署的斋舍。　③ 山中客：全椒县境内山中的道士。　④ 涧：山间流水的沟。束：捆。荆薪：柴草。　⑤ 煮白石：旧传神仙、方士烧煮白石为粮，后因借为道家修炼的典故。　⑥ 风雨夕：指风雨之夜。　⑦ 空山：空寂的深山。

首句写出当日感到郡斋气温的冷，更是表达诗人孤寂的心冷。第二句由自己感受到气候和孤独的冷意忽然想起在山中修行的道士友人，表露出诗人对友人的情谊。第三、四句又想到友人艰辛的修道生活。常在寒冷气候中到涧底去打柴，打柴回来却是"煮白石"。第五、六句，顾念友人的修行艰苦，想带着一瓢酒，远行到山中慰藉在秋风冷雨之夜中的友人。最后两句是诗人又进一步想象，道士修行都是随遇而安，行踪不定。何况秋天的山野，到处是落叶，掩盖了道士走过的足迹，不知去何处找对方。想到此，诗人心中充满了惆怅，孤寂的心情更是无法排解。

这首诗作者通过感情和形象的配合来表达自己复杂的感情。"郡斋冷"两句，可看到诗人在郡斋中的寂寞。"束荆薪""煮白石"是以形象描绘山中道人的活动。"欲持""远慰"又是感情抒写。"落叶空山"描写的是秋气萧森、满山落叶、全无人迹的深山形象。这些形象和情感串联起来，便构成了情韵深长的意境。

郡斋雨中与诸文士燕集①

韦应物

兵卫森画戟②，宴寝凝清香③。
海上风雨至④，逍遥池阁凉。
烦疴近消散⑤，嘉宾复满堂。
自惭居处崇⑥，未睹斯民康⑦。
理会是非遣⑧，性达形迹忘⑨。

① 郡斋：指苏州刺史官署中的斋舍。燕：通"宴"。　② 兵卫：持执兵器的侍卫。森：密密地排列。画戟：古代一种兵器。因有彩饰，故称。　③ 宴寝：休息的地方。　④ 海上：指苏州东边的海面。　⑤ 烦疴（kē）：烦热和疾病。疴，疾病。　⑥ 崇：本指高贵。这里指居处华美。　⑦ 斯民康：人民康乐。斯民，指老百姓。　⑧ 理会：通达事理。　⑨ 达：旷达。形迹：世俗礼节。

鲜肥属时禁^①，蔬果幸见尝^②。
俯饮一杯酒，仰聆金玉章^③。
神欢体自轻^④，意欲凌风翔。
吴中盛文史^⑤，群彦今汪洋^⑥。
方知大藩地^⑦，岂曰财赋疆。

【赏析】

这首五言古诗是韦应物晚年任苏州刺史时所作。全诗写诗人与文士宴集，虽表达出自己虽居处高崇，却不能解决黎民疾苦而自惭情怀，但却以老庄思想自慰而安于现状。反映出了唐代后期官员和文人不再复有盛唐时期锐意进取的精神，心态消极。

前六句写宴集环境，突出诗题"郡斋雨中"四字。兵卫禁严，宴厅凝香，显示出刺史地位的高贵威严。然而这并非骄矜自夸，而是下文"自惭"的缘由。宴集恰逢下雨，不仅池阁清凉，雨景如画，而且公务骤减，一身轻松。再加上久病初愈，精神健旺，面对嘉宾满堂，诗人不禁喜形于色。

接着四句写宴前感慨。"自惭居处崇，未睹斯民康"，诗人心生惭愧，是因为自己身居刺史职位，居住着高大宽敞的官舍，却没有看到百姓安居乐业而感到失责。将"斯民"之康跟自己"居处崇"对比，以此表达出自己无功受禄而深感惭愧。但诗人却以老庄之理排遣心中的是非，达乐天知命之性而忘乎形迹，用这种思想麻痹自己，可以暂时忘怀一切，心安理得地宴集享受，不必再受良心的自责。

接下六句写诗人对这次宴集的欢畅体会。这次宴会正值禁

<hr>

① 鲜肥：鱼肉类美味佳肴。时禁：当时正禁食荤腥。　② 幸：希望。这里是谦辞。　③ 金玉章：文采华美、声韵和谐的好文章。这里指客人们的诗篇。　④ 神欢：精神欢悦。　⑤ 吴中：即今江苏省苏州市古称。文史：才学之士。　⑥ 群彦：众多英才。汪洋：形容众多。　⑦ 大藩：指大郡、大州。藩，藩王的封地。

屠之日，并无鱼肉等鲜肥食品上桌，而是以蔬果为主。这说明与宴者的欢乐并不在吃喝上，而是在以酒会友、吟诗作赋上。诗人得意地说："俯饮一杯酒，仰聆金玉章。神欢体自轻，意欲凌风翔。"他一边品尝美酒，一边倾听参加宴会文人吟诵佳句，满心欢快，浑身轻松，几乎飘飘欲仙了。

最后四句，诗人盛赞苏州不仅是财赋强盛的大藩，更是"群彦今汪洋"的人才荟萃之地，以回应题目上"诸文士燕集"的盛况。

送杨氏女 ①

韦 应 物

永日方戚戚 ②，出行复悠悠 ③。
女子今有行，大江溯轻舟 ④。
尔辈苦无恃 ⑤，抚念益慈柔。
幼为长所育 ⑥，两别泣不休。
对此结中肠 ⑦，义往难复留 ⑧。
自小阙内训 ⑨，事姑贻我忧 ⑩。
赖兹托令门 ⑪，任恤庶无尤 ⑫。
贫俭诚所尚 ⑬，资从岂待周 ⑭。

---

① 杨氏女：指女儿嫁给杨姓的人家。　② 永日：整天。戚戚：悲伤忧愁。　③ 出行：出嫁。悠悠：遥远。　④ 溯（sù）：逆流而上。⑤ 尔辈：你们，指两个女儿。无恃：幼时无母。恃，此恃指母亲。⑥ 幼为长所育：小女是姐姐抚育大的。　⑦ 结中肠：心中哀伤之情郁结。　⑧ 义往：指女大出嫁，理应前往夫家。　⑨ 阙：通"缺"。内训：母亲的训导。　⑩ 事姑：侍奉婆婆。贻（yí）：带来。⑪ 令门：好的人家。这里指大女儿的夫家。　⑫ 任恤：信任体恤。庶：希望。尤：过失。　⑬ 尚：崇尚。⑭ 资从：指嫁妆。周：周全，完备。

孝恭遵妇道，容止顺其猷①。
别离在今晨，见尔当何秋②。
居闲始自遣③，临感忽难收④。
归来视幼女，零泪缘缨流⑤。

【赏析】

这是一首送女出嫁、表达自己伤别心情的五言古诗。诗人早年丧妻，留下两女相依为命。当大女儿出嫁之时，送其出行，万千叮咛，谆谆告诫：要遵从礼仪、孝道，要勤俭持家。其殷殷之情，溢于言表。

前十句"永日方戚戚"至"义往难复留"，叙述了对将要出嫁女儿的不舍之情。大女儿要出嫁，家中气氛整日充满着难舍的悲伤，夫家路途很遥远，更担心还要乘船行进大江的水路。念及两个女儿幼年丧母，自己一身兼父母的慈爱。小女儿更是被大女儿从小照顾成长，当此离别之际，姐妹俩哭泣不停，难于分离。诗人心中甚为不忍，然而女大当嫁是天经地义的事。诗人忍痛对大女儿谆谆教导和万般叮咛："自小阙内训，事姑贻我忧。赖兹托令门，任恤庶无尤。贫俭诚所尚，资从岂待周。孝恭遵妇道，容止顺其猷。"饱含了一位父亲对女儿婚后生活安康的殷殷期望。

马上要送走远嫁的女儿，诗人茫然若失，也不知道什么时候才能相见。想着尽可能让自己的心情放松，以此来排遣离别的伤感，但当面临送走大女儿时，才发现自己还是控制不了自己，回到家中，只能与幼女相对而泣。诗人以细腻的笔触，逼真地描画了一位情感复杂、无可奈何的慈父形象，至情至性，催人泪下。

---

① 容止：仪容举止。猷（yóu）：规矩礼节。　② 尔：你，指大女儿。当何秋：指当在何年。　③ 居闲：闲暇时日。自遣：自我排遣。④ 临感：临别感伤。　⑤ 零泪：落泪。缘：沿着。缨：指系在脖子上的帽带。

长安遇冯著 ①

韦应物

客从东方来，衣上灞陵雨 ②。
问客何为来 ③，采山因买斧。
冥冥花正开 ④，飏飏燕新乳 ⑤。
昨别今已春 ⑥，鬓丝生几缕。

【赏析】

冯著是位怀才不遇的名士。他先来到长安谋仕，但仕途失意。约在唐代宗大历四年（769年）应征赴幕到广州。十年过去，仍未获任职。后又来到长安。韦应物对冯著境遇很是同情，写作了这首五言律诗来慰藉好友。全诗叙事中抒情写景，以问答方式渲染气氛。借写景以寄托寓意，用诙谐风趣来激励朋友。

首联，是说冯著刚从长安以东的地方来，衣服上带着隐居灞陵的春雨气息，还是一派名士兼隐士的风度。

颔联，诗人自为问答，料想冯著来长安的目的和境遇。"采山"句是打趣语，是说冯著来长安是为采铜铸钱以谋发财的，但只得到一片荆棘，还得买斧铲除。其寓意即谋仕不遇，心中不快。诗人以自为问答的诙谐打趣，显然是想冲淡友人的不快。

颈联，诗人转入慰勉，劝导冯著对前途要有信心。但是这层意思是巧妙地通过描写眼前的春景来表现的。繁花默默开放，燕子欢快哺乳。诗人选择这样的形象，是为劝导冯著不要为暂时失意而不快不平，勉励他相信大自然造化万物是公正的，前辈关切爱护后代的感情是天然存在的，要相信自己正如春花般焕发才

---

① 冯著：诗人好友。　② 灞（bà）陵：古地名，在今陕西省西安市东。因汉文帝葬在这里，故称。此处指冯著隐居在这一带。　③ 客：即冯著。　④ 冥冥：形容造化默默无语的情态。　⑤ 飏飏（yáng）：鸟飞翔的样子。燕新乳：小燕初生。　⑥ 昨别：指去年分别。

华，会有人来关切爱护的。

尾联以体谅和同情的态度，满含笑意地体贴冯著说："你看，我们好像昨日才分别，如今已经是春天了，你的鬓发并没有白几缕，还不算老呀！"以反问勉励友人，盛年仍在，大有可为。

夕次盱眙县 ①

韦应物

落帆逗淮镇②，停舫临孤驿③。
浩浩风起波④，冥冥日沉夕⑤。
人归山郭暗⑥，雁下芦洲白⑦。
独夜忆秦关⑧，听钟未眠客⑨。

【赏析】

唐德宗建中三年（783 年），韦应物出任滁州刺史。在就职途中，写作了这首在羁旅中思乡的五言律诗。

首联点题，交代时间地点，引出下文停船所见景物的描写。"孤"含有孤寂之意，奠定全诗感情基调。

颔联承接首联，"风起波""日沉夕"描写夜晚江边的景象。傍晚因路途风波，不得不停舫孤驿，交代停泊的原因，也写出羁旅奔波的艰辛。晚风劲吹，水波浩荡，夕阳沉落，暮色昏暗，以旷野苍凉凄清的夜景，烘托了内心漂泊异乡的凄苦心情。

颈联描写停舟靠岸后放眼所见景象。"山郭暗""芦洲白"写

① 次：停泊。盱（xū）眙（yí）：即今江苏省盱眙县，地处淮水南岸。
② 逗：停留。淮镇：淮水旁的市镇，指盱眙县。　③ 舫（fǎng）：船。临：靠近。驿：供邮差和官员旅宿的水陆交通站。　④ 浩浩：盛大的样子。　⑤ 冥冥：昏暗。　⑥ 山郭：靠近山峰的村落。郭，古代在城的外围加筑的一道城。泛指城邑、村寨。　⑦ 芦洲：芦苇丛生的水泽。　⑧ 秦关：这里借指长安。　⑨ 客：诗人自称。

夜色降临之景。日落黄昏，是人回家鸟回巢的时刻，眼见人们回家尽享家的温馨以解一天的疲惫，鸟儿们也有温暖的巢得一晚的安眠，反观自身却是孤身一人，流落天涯，有家不能回，无限酸楚顿上心头。此处意象运用色彩明暗对比渲染了凄冷的意境，景中寓情，借人归雁下表达羁旅乡思之情。夜幕降临，人雁归宿反衬诗人客居异乡的凄苦惆怅。

尾联"独夜""听钟""未眠"也处处点"夕"，处处写夜，写出乡思客愁之深。

秋夜寄丘二十二员外 ①

韦应物

怀君属秋夜 ②，散步咏凉天。
空山松子落，幽人应未眠 ③。

【赏析】

清代学者沈德潜在《说诗晬语》中说："五言绝句，右丞（王维）之自然、太白（李白）之高妙、苏州（韦应物）之古淡，并入化境。"这首写怀友的五言绝句是韦应物代表作之一。诗篇表达了诗人在秋夜对隐居朋友的思念之情，风格古雅闲淡，淡淡着墨，而语浅情深，言简意长。

起句，点明季节是秋天，时间是夜晚，而这"秋夜"之景与"怀君"之情，正是彼此相衬映。次句紧扣上句，"散步"与"怀君"相照应，"凉天"与"秋夜"相联结。这两句都是写实，写出诗人因怀人而在凉秋之夜徘徊沉吟的情景。

结尾两句，诗人想象所怀念之人在此时、彼地的状况。"空

---

① 丘二十二员外：即丘丹，今江苏省苏州市人，曾拜尚书郎，后隐居平山。　　② 属（zhǔ）：正值，适逢。　　③ 幽人：幽居隐逸的人。此处指丘二十二员外。

山松子落",是从眼前的凉秋之夜,推想平山当夜的秋色。"幽人应未眠",从自己正在怀念远人、徘徊不寐,推想对方也应未眠。从整首诗看,诗人运用写实与虚构相结合的手法,使眼前景与意中景同时并列,使怀人之人与所怀之人两地相连,进而表达了异地相思的深情。

赋得暮雨送李曹①

韦 应 物

楚江微雨里②,建业暮钟时③。
漠漠帆来重④,冥冥鸟去迟⑤。
海门深不见⑥,浦树远含滋⑦。
相送情无限,沾襟比散丝⑧。

【赏析】

这是一首咏暮雨送别的五言律诗。

首联写送别之地,直切诗题中"暮雨"二字。以楚江点"雨",表明诗人正伫立江边,这就暗切题中的"送"字。"微雨里",既显示雨丝缠身之状,又描绘一个细雨笼罩的压抑场面。

---

① 赋得:科举时代的试帖诗,因试题多取成句,故题前均有"赋得"二字。也应用于应制之作及诗人集会分题。李曹:一作李胄,又作李渭,其余考究不详。 ② 楚江:即长江。因长江三峡以下至濡须口一段,古属楚国,故称。 ③ 建业:原名秣陵,三国时吴主孙权迁都于此,改称建业,即今江苏省南京市。暮钟时:即傍晚时分。佛寺中早晚都以钟鼓报时,所谓"暮鼓晨钟"。 ④ 漠漠:水气浩渺的样子。重:指船帆因湿而重。 ⑤ 冥冥:天色昏暗的样子。 ⑥ 海门:古县名,即今江苏省海门市,为长江入海处。 ⑦ 浦:水边。滋:润泽。 ⑧ 沾襟:打湿衣襟。此处为双关语,兼指雨、泪。散丝:指细雨。这里喻指流泪。

这样，就有了后面的帆重、鸟迟等现象，便把诗人临江送别的形象勾勒出来。

中间二联写江上景色。细雨湿帆，帆湿而重；飞鸟入雨，振翅不速。虽是写景，但"迟""重""深""远"又着意渲染一种迷蒙暗淡的景色。从景物状态看，有动，有静；动中有静，静中有动：帆来鸟去为动，但帆重犹不能进，鸟迟似不振翅，这又显出相对的静来；海门、浦树为静，但海门似有波涛奔流，浦树可见水雾缭绕，这又显出相对的动来。从画面设置看，帆行江上，鸟飞空中，显其广阔；海门深，浦树远，显其邃邈。整个画面富有立体感，而且无不笼罩在烟雨薄暮之中，无不染上离愁别绪。

尾联写离愁无限，潸然泪下。经过铺写渲染烟雨、暮色、重帆、迟鸟、海门、浦树，连同诗人情怀交织起来，形成浓重阴沉压抑的氛围。置身其间的诗人，情动于衷，不能自已。猛然，那令人肠断的钟声传入耳鼓，撞击心弦。此时，诗人再也抑制不住感情，不禁潸然泪下，离愁别绪喷涌而出："相送情无限，沾襟比散丝。"直抒胸臆。

滁州西涧 ①

韦应物

独怜幽草涧边生 ②，上有黄鹂深树鸣 ③。
春潮带雨晚来急 ④，野渡无人舟自横 ⑤。

【赏析】

这是一首即景抒怀的七言绝句，描写春游滁州西涧的赏景和晚潮带雨的野渡所见，抒发了诗人韦应物对大自然的热爱，以及

---

① 滁（chú）州：即今安徽省滁州市。　② 独怜：唯独喜欢。怜，喜爱。幽草：指幽谷里的小草。　③ 深树：枝叶茂密的树。
④ 春潮：春天的潮汐。　⑤ 野渡：郊野的渡口。横：指随意飘浮。

对自己怀才不遇的无奈与忧伤。

起首二句写滁州西涧的春景。暮春之际，诗人闲行至涧，但见一片草木繁茂。这里幽草、深树，透出境界的幽冷，虽不及百花妩媚娇艳，但它们那青翠欲滴的身姿，那自甘寂寞、不肯趋时悦人的风格，与诗人好静的性情相合，自然赢得诗人喜爱。"独怜"二字，是别有会心的感受，表露诗人闲适恬淡的心境。"黄鹂深树鸣"似乎打破了刚才的沉寂和悠闲，其实在诗人静谧的心田荡起更深一层涟漪。再着一"上"字，不仅仅是写客观景物的时空转移，重要是写出了诗人随缘自适、怡然自得的开朗和豁达。

结尾两句写春潮带雨的荒津野渡景象。"春潮"与"雨"之间用"带"字，好像雨是随潮水而来，把本不相属的两种事物紧连一起，"急"字则写出潮和雨的动态。"无人"说明了渡口的"野"。"自"字，却体现着悠闲和自得。这二句诗所描绘的情境，虽有些荒凉，但衬托着闲淡宁静之景，可谓诗中有画，景中寓情。

白雪歌送武判官归京 ①

岑参 ②

北风卷地白草折，胡天八月即飞雪 ③。
忽如一夜春风来，千树万树梨花开 ④。
散入珠帘湿罗幕 ⑤，狐裘不暖锦衾薄 ⑥。
将军角弓不得控 ⑦，都护铁衣冷难着 ⑧。
瀚海阑干百丈冰 ⑨，愁云惨淡万里凝 ⑩。
中军置酒饮归客 ⑪，胡琴琵琶与羌笛 ⑫。
纷纷暮雪下辕门 ⑬，风掣红旗冻不翻 ⑭。

---

① 判官：官职名。唐代节度使、观察使、防御使均置判官，为地方长官的僚属，辅理政事。　② 岑参（约715—约770），唐代边塞诗人，南阳人，后徙居江陵。唐玄宗天宝三年（744年）进士及第。初为率府兵曹参军。两次从军塞上。先在安西节度使高仙芝幕府掌书记，后为安西北庭节度使封常清幕府判官。唐代宗时，官嘉州刺史，世称"岑嘉州"。岑参对军旅生活有亲身感受，故其边塞诗尤多佳作，与高适并称"高岑"。　③ 胡天：塞北的天空。胡，古代中原对北方少数民族的通称。　④ 梨花：比喻雪花积在树枝上，像春天梨树开放的白花。　⑤ 珠帘：用珍珠串成或饰有珍珠的帘子。形容帘子华美。罗幕：用丝织品做成的帐幕。形容帐幕华美。　⑥ 狐裘（qiú）：狐皮袍子。锦衾薄：丝绸被子因为寒冷显得单薄。　⑦ 角弓：两端用兽角装饰的硬弓。不得控：因天太冷而冻得拉不开弓。控，拉开。　⑧ 都（dū）护：镇守边镇的长官。此为泛指，与上文"将军"是互文。铁衣：铠甲。着（zhuó）：穿。　⑨ 瀚（hàn）海：沙漠。阑干：纵横交错的样子。　⑩ 惨淡：昏暗无光。　⑪ 中军：主将或指挥部。古时军队设中、左、右三军，中军为主帅营帐。饮归客：宴饮归京的人，指武判官。饮，宴饮。　⑫ 胡琴：古乐器名。古代泛称来自北方和西北各族的拨弦乐器。羌（qiāng）笛：羌族的管乐器。⑬ 辕（yuán）门：军营门。古代军队扎营，用车环围，出入处以两车车辕相向竖立，状如门。这里指帅衙署的外门。　⑭ 风掣（chè）：红旗因雪而冻结，风吹不动。掣：拉，扯。

轮台东门送君去^①，去时雪满天山路。
山回路转不见君，雪上空留马行处。

【赏析】

唐玄宗天宝十三年（754年），岑参第二次担任安西北庭节度使封常清的判官，而武判官即其前任，诗人在轮台送他归京而写下这首七言古诗。诗人描绘了西北边塞的壮丽景色，以及边塞军营送别归京使臣的热烈场面，表现了诗人和边防将士报国热情和对战友的真挚感情。同时，也抒发了诗人对友人的依依惜别和因友人返京而产生的惆怅之情。

第一段的八句。友人即将登上归京之途，挂在枝头的积雪，在诗人眼中变成一夜盛开的梨花，就像美丽的春天突然到来。前四句写看到的雪景，"即""忽如"等词形象地表现早晨起来突然看到雪景时的惊异神情。接着四句写雪后严寒，视线从帐外逐渐转入帐内，选取居住、睡眠、穿衣、拉弓等日常活动来表现寒冷。虽然天气寒冷，但将士却毫无怨言。而且"不得控"，天气寒冷也会训练，还在拉弓练兵。表面写寒冷，实是用冷来反衬将士内心的热情，更表现出将士们乐观的战斗情绪。

第二段的四句，描绘白天雪景的雄伟壮阔和饯别宴会的盛况。诗人用夸张手法描绘了雪中天地的整体形象，反衬下文的欢乐场面，写出将士们的乐观精神，表现了送别的热烈隆重。在主帅的中军帐摆开筵席，倾其所有搬来各种乐器，且歌且舞，开怀畅饮，这宴会一直持续到暮色来临。将士们内在的热情，在这里迸发倾泻出来，达到欢乐的顶点。

第三段的最后六句，写傍晚送别友人踏上归途。归客在暮色中迎着纷飞的大雪步出帐幕，冻结在空中的鲜艳旗帜，在白雪中显得绚丽。旗帜在寒风中威武不屈的形象，正是将士的象征。这两句一动一静，一白一红，相互映衬。结尾四句，雪越下越大，

---

① 轮台：古地名，位于今新疆昌吉回族自治州东。

送行的人千叮万嘱，不肯回去。诗人用很平淡质朴的语言表现出边塞将士们真挚的战友感情，也表现了边塞将士的豪迈精神。

走马川行奉送封大夫出师西征 ①

岑参

君不见，走马川行雪海边，平沙莽莽黄入天 ②。

轮台九月风夜吼 ③，一川碎石大如斗，随风满地石乱走。

匈奴草黄马正肥，金山西见烟尘飞，汉家大将西出师 ④。

将军金甲夜不脱，半夜军行戈相拨 ⑤，风头如刀面如割。

马毛带雪汗气蒸，五花连钱旋作冰 ⑥，幕中草檄砚水凝 ⑦。

虏骑闻之应胆慑 ⑧，料知短兵不敢接 ⑨，车师西门伫献捷 ⑩。

---

① 走马川：古水名，在今新疆维吾尔自治区境内。行：诗歌一种体裁。封大夫：即封常清，唐朝将领，曾任北庭都护、持节安西节度使等职。② 莽莽：形容原野辽阔，无边无际。　　③ 轮台：古地名，位于新疆维吾尔自治区巴音郭楞蒙古自治州西部。　　④ 汉家：唐代诗人多以汉廷指代唐朝。　　⑤ 戈相拨：兵器互相撞击。拨，碰撞。　　⑥ 五花：即五花马。唐人喜将骏马鬃毛修剪成瓣以为饰，分成五瓣者，称"五花马"。连钱：古代宝马名。五花连钱，即指马斑驳艳丽的毛色。　　⑦ 草檄（xí）：起草讨伐敌军的文告。砚（yàn）水：砚池中用以磨墨的水。⑧ 胆慑：恐惧丧气。　　⑨ 短兵：刀剑一类武器。　　⑩ 车师：古地名，在今新疆吐鲁番市一带。伫：久立，引申为等待。

【赏析】

唐玄宗天宝年间，岑参担任安西北庭节度使判官。这期间，封常清曾几次出兵作战。这首送行七言古诗即是岑参为封常清出兵西征而创作，诗人通过描写唐军在莽莽沙海、风吼冰冻的夜晚进军情景，表现了边防将士高昂的爱国精神。

前六句感叹边关地区艰险的自然环境。诗人先围绕"风"字落笔，描写出征的自然环境。这次出征将经过走马川、雪海边，穿进戈壁沙漠。开头三句无一"风"字，但捕捉住了风"色"，把风的猛烈写得清晰可见。紧接着，诗人对风由暗写转入明写，行军由白日而入黑夜，风"色"是看不见了，便转到写风声。"吼"字，运用拟人，从听觉上写出风声之大。诗人又通过写石头来写风。"走"字，运用拟人，从视觉上写出风力之猛，渲染环境的恶劣，反衬了将士不畏艰险的精神。

接下九句写战争起因和作战状态。匈奴趁着牧草繁茂军马肥壮之时，侵入金山西面。"烟尘飞"三字，形容报警的烽烟同匈奴铁骑卷起的尘土一起飞扬，既表现匈奴军旅的气势，也说明唐军早有戒备。紧接着，诗人由造境转而写人，顶风冒寒前进的唐军将士出现了。"将军金甲夜不脱"，以夜不脱甲，写将军重任在肩，以身作则；"半夜军行戈相拨"，写半夜行军，从"戈相拨"细节可知夜晚一片漆黑，和大军衔枚疾走、军容整肃严明的情景。写边地严寒，不写千丈坚冰，而是通过细节来表现。"风头如刀面如割"，呼应前面风的描写，同时也是大漠行军最真切的感受。"马毛带雪汗气蒸，五花连钱旋作冰"，战马在寒风中奔驰，那蒸腾的汗水，立刻在马毛上凝结成冰。充分渲染天气的严寒，环境的艰苦和临战的紧张气氛。"幕中草檄砚水凝"，军幕中起草檄文时，发现连砚水也冻结了。表现出将士们斗风傲雪的战斗豪情，这样的军队必然无人能敌。

最后三句表达出诗人对胜战的信心：敌军听到大军出征应胆惊，料他不敢与我们短兵相接，我就在车师西门等待报捷。

轮台歌奉送封大夫出师西征 ①

轮台城头夜吹角 ②，轮台城北旄头落 ③。
羽书昨夜过渠黎 ④，单于已在金山西 ⑤。
戍楼西望烟尘黑 ⑥，汉军屯在轮台北。
上将拥旄西出征 ⑦，平明吹笛大军行 ⑧。
四边伐鼓雪海涌 ⑨，三军大呼阴山动 ⑩。
虏塞兵气连云屯 ⑪，战场白骨缠草根。
剑河风急雪片阔 ⑫，沙口石冻马蹄脱。
亚相勤王甘苦辛 ⑬，誓将报主静边尘。
古来青史谁不见 ⑭，今见功名胜古人。

---

① 轮台：古地名，在今新疆昌吉回族自治州东。封大夫：封常清，唐朝将领，以军功擢安西四镇节度副大使、持节安西节度使等职。　②角：军中的号角。　③旄（máo）头：星名，二十八宿中的昂星。古人认为它主胡人兴衰。旄头落，即为胡人失败之兆。　④羽书：羽檄，军中紧急文书，上插羽毛，以示加急。渠黎：汉代西域国名，在今新疆轮台县境。　⑤单（chán）于：匈奴君长称号，此指西域游牧民族首领。金山：今新疆乌鲁木齐市东面的博格多山。　⑥戍楼：古代军队驻防的城楼。　⑦上将：即大将，指封常清。旄：旄节，古代君王赐给大臣用以标明身份的信物。　⑧平明：天亮时。　⑨雪海：唐代时西域湖泊名，在今天山主峰与伊塞克湖之间。　⑩三军：泛指全军。阴山：山脉名，在今内蒙古中部一带。　⑪虏塞：敌国的军事要塞。兵气：战斗的气氛。　⑫剑河：古地名，在今新疆境内。⑬亚相：指御史大夫封常清。在汉代御史大夫位置仅次于宰相，故称亚相。勤王：勤劳军事，为国效力。　⑭青史：史籍。古代用竹简写字记事，因称史书为青史。

【赏析】

　　唐玄宗天宝十三年（754年），岑参担任安西北庭节度使判官。这首七言古诗是为封常清出兵西征而创作的送行诗，希望对方扫清边尘，立功异域。全诗充满了浪漫主义激情和边塞生活的气息，表现了三军将士建功报国的英勇气概。

　　前六句"轮台城头夜吹角"至"汉军屯在轮台北"，写战前两军对垒的紧张状态。军队驻地的城头，号角声划破夜空，显现出一种异样的沉寂，暗示部队已进入紧张的备战状态。诗人连用"轮台城"三字开头，烘托出围绕此城的战时气氛。把"夜吹角"与"旄头落"两种现象联系起来，既表达出一种敌忾的意味，又象征唐军此战必胜。"羽书昨夜过渠黎，单于已在金山西"，交代出局势紧张的原因在于胡兵入侵。敌对双方逼近，以至"戍楼西望烟尘黑"，写出一种濒临激战的静默，大有一触即发之势。

　　接下四句"上将拥旄西出征"至"三军大呼阴山动"，写白昼出师与作战。极力渲染吹笛伐鼓，突出军队的声威。"三军大呼阴山动"，似乎胡人将兵败如山倒。军队声势浩大，仿佛冰冻的雪海也为之汹涌，巍巍阴山也为之摇撼，表现出大军所向无敌的气势。

　　接下四句"虏塞兵气连云屯"至"沙口石冻马蹄脱"，写环境和恶劣和士卒面临的伤亡。胡人军事要塞中，军队气势凶猛，人数多如空中密集的云层。这是诗人借对方兵力强大以突出己方兵众更强。"战场白骨缠草根"，暗示战斗必有重大伤亡。"风急雪片阔"，突出了战场气候的严寒。"石冻马蹄脱"，冰冻的石头，竟能使马蹄脱落。诗人写奇寒与牺牲，不仅渲染了战争的恐怖，更是在歌颂将士的奋不顾身。

　　最后四句照应题目，预祝凯旋，以颂扬作结。封常清以节度使摄御史大夫，御史大夫在汉时位次宰相，故诗中美称为"亚相"。"誓将报主静边尘"，诗人通过前文对战争的正面叙写与侧面烘托，暗示出此战必胜的结局。结尾二句预祝之词，说"古来青史谁不见，今见功名胜古人"，古人的功名书在简策，万口流传，早已不

191

是新鲜事，要数风流人物，还当看今朝。

寄左省杜拾遗①

岑参

联步趋丹陛，分曹限紫微②。
晓随天仗入③，暮惹御香归④。
白发悲花落，青云羡鸟飞⑤。
圣朝无阙事⑥，自觉谏书稀⑦。

【赏析】

唐肃宗至德二年（757年）至乾元元年（758年），岑参与杜甫同仕于朝，二人既是同僚，又是诗友，这首五言律诗是他们的唱和之作。诗人以曲折隐晦的笔法，寓贬于褒，表面颂扬，骨子里感慨身世遭遇和倾诉对朝政的不满。用婉曲的反语来悲叹自己仕途的坎坷遭遇，表达了文人身处卑位而又惆怅国运的复杂心态。

起首四句叙述与杜甫同朝为官的生活境况。诗人连续铺写"丹陛""紫微""天仗""御香"，表面看好像是在炫耀朝官的荣华显贵，但揭开"荣华显贵"的帷幕，却是另外一面：朝官生活多么无聊、死板。清早，他们随威严的仪仗入朝，而到晚上，唯

---

① 左省：唐中央官署名，门下省的别称。因在皇宫正殿之左，故称。杜拾遗：即杜甫，曾任左拾遗，属门下省。岑参任右补阙，属中书省，居右署。"拾遗"和"补阙"都是谏官。　②"联步"句：意为两人一起同趋，然后各归东西。联步，同行。丹陛，皇宫的红色台阶，借指朝廷。曹，官署。限，阻隔，引申为分隔。紫微，古人以紫微星垣比喻皇帝居处。此指朝会时皇帝所居的宣政殿。　③天仗：即仙仗，皇家的仪仗。　④惹：沾染。御香：朝会时殿中设炉燃香。　⑤鸟飞：隐喻那些飞黄腾达之人。　⑥阙事：指错失。阙，过失，疏忽。　⑦自：当然。谏书：劝谏的奏章。

一的收获就是沾染一点"御香"之气而"归"罢了。"晓""暮"两字说明这种庸俗无聊的生活，日复一日，天天如此。这对于立志为国建功的诗人来说，不能不感到由衷的厌恶。

第五、六句，诗人直抒胸臆，向好友吐露内心的悲愤。"悲"字概括诗人对朝官生活的态度和感受。诗人为大好年华浪费于"朝随天仗入，暮惹御香归"的无聊生活而悲，也为那种"联步趋丹陛，分曹限紫微"的木偶般境遇而不胜愁闷。因此，低头见庭院落花而倍感神伤，抬头睹高空飞鸟而顿生羡慕。当时安史乱后国家疮痍满目、百废待兴，但死气沉沉、无所作为的朝廷现状，使诗人语愤情悲，抒发了对时事和身世的无限感慨。

结尾两句，"圣朝无阙事"，是诗人愤慨至极，故作反语。既是讽刺，也是揭露。只有那昏庸的统治者，才会自诩圣明，自以为"无阙事"，拒绝纳谏。一个"稀"字，反映出诗人对文过饰非的唐王朝极度失望的心情。

行军九日思长安故园 ①

岑参

时未收长安。

强欲登高去 ②，无人送酒来 ③。

遥怜故园菊 ④，应傍战场开 ⑤。

【赏析】

唐玄宗天宝十四年（755年），安禄山起兵叛乱，次年长安被攻陷。唐肃宗至德二年（757年），肃宗由彭原行军至凤翔，岑参

---

① 九日：即九月九日重阳节。　② 强：勉强。登高：重阳节有登高、赏菊、饮酒以避灾祸的风俗。　③ 无人送酒：化用东晋诗人陶渊明典故。陶渊明有次过重阳节，没有酒喝，就在宅边菊花丛中独自闷坐，这时正好王弘送酒来，于是醉饮而归。　④ 怜：可怜。　⑤ 傍：靠近，旁边。

随行，九月唐军收复长安。这首五言绝句或是诗人于重阳节在凤翔所作，借以重阳登高为题，表达不是平常的节日思乡，而是对国事的忧虑和战乱中人民疾苦的深深关切。

首句"登高"二字紧扣题中"九日"，点明写作时间。"强欲"二字，是不得而为之的心态体现，表现诗人在战乱中凄清的状况。重阳节登高，而诗人却说勉强想去登高，结合题目"思长安故园"，诗人这是流露出浓郁的思乡情绪。但长安不仅是故园，更是国家的都城，而它竟被安、史乱军所占领。在这种情境下，诗人就很难有心思去过重阳节了。

次句化用陶渊明典故。既是"登高"，诗人自然联想到饮酒、赏菊。这里反用其意，是说自己虽想勉强按照习俗去登高饮酒，可在战乱中，没有像王弘那样的人来送酒助兴，共度佳节。所以，此句实是在写旅况的凄凉萧瑟，无酒可饮，更无菊可赏，暗寓着题中"行军"的特定环境。

第三句写诗人在佳节之际回忆起长安家园。以"遥"字渲染自己和故园长安相隔之远，烘托了诗人深切的思乡之情。接着诗人将对亲友思念的感情，浓缩到"故园菊"上。"怜"字不仅写出诗人对故乡之菊的眷恋，更写出对故园之菊开在战场上的长长叹息。诗人以"故园菊"代表整个故园长安，显得形象鲜明，具体可感；而且再次呼应题中"九日"，又点出"长安故园"，紧扣诗题，使得整首诗渲染上浓郁的节日气氛。

结尾承接前句，是想象之辞。诗人面对故园菊花，本可有出奇的想象，却只设想它"应傍战场开"，结合安史之乱和长安被陷的时代特点，使读者仿佛看到一幅战乱图：长安城战火纷飞，断墙残壁间，一丛丛菊花依然寂寞地绽放。此处的想象已突破了单纯的惜花和思乡，而寄托着诗人对千万饱经战争忧患人民的同情，对国事的忧虑，对早日平定安史之乱、取得和平的渴望。余意深长，提升了全诗的思想和艺术境界。

逢入京使 ①

岑参

故园东望路漫漫②，双袖龙钟泪不干③。
马上相逢无纸笔，凭君传语报平安④。

【赏析】

唐玄宗天宝八年（749年），岑参第一次从军西征，担任安西节度使高仙芝的幕府书记。他辞别妻子，离开长安，跃马踏上漫漫征途。这首七言绝句即写诗人在西行途中，偶遇前往长安的使者，勾起诗人的思乡情绪，同时表达了诗人渴望建功立业的心怀。

起句写眼前的实际感受。诗人已离开"故园"多日，正行进在去往西域途中，回望东边的长安城当然是漫漫长路，思念之情不免袭上心头，乡愁难收。

次句运用夸张手法表达思念亲人之情。诗人的思乡之泪怎么也擦不干，以至把两支衣袖都擦湿了，可眼泪就是止不住。这句为下文写捎书回家"报平安"做了铺垫。

结尾两句写诗人遇到入京使者时，欲捎书回家报平安又苦于没有纸笔的情形，完全是马上相逢行者匆匆的口气，写得十分传神。"逢"字点出题目，诗人在西行赶赴安西途中，遇到东归入京的使者，而自己的妻子正在长安，正好托使者带封平安家信回去，可偏偏又无纸笔，彼此都军务繁忙，只好托使者带个口信。结尾句"凭君传语报平安"，收束得干净利落，但简净之中寄寓着诗人一片深情。诗人此行是抱着建立功业的雄心，但此刻心情却是复杂的。他一方面有对故园、家人相思眷恋的柔情，一方面也表现了渴望成就功勋的豪迈胸襟，柔情与豪情交织相融，感人至深。

---

① 使：使者。　② 漫漫：形容路途十分遥远。　③ 龙钟：这里是沾湿的意思。　④ 凭：托请。传语：捎口信。

与高适薛据同登慈恩寺浮图 ①

岑 参

塔势如涌出 ②，孤高耸天宫。

登临出世界 ③，磴道盘虚空 ④。

突兀压神州 ⑤，峥嵘如鬼工 ⑥。

四角碍白日 ⑦，七层摩苍穹 ⑧。

下窥指高鸟，俯听闻惊风 ⑨。

连山若波涛，奔凑似朝东 ⑩。

青槐夹驰道 ⑪，宫馆何玲珑 ⑫。

秋色从西来，苍然满关中 ⑬。

五陵北原上 ⑭，万古青濛濛 ⑮。

净理了可悟 ⑯，胜因夙所宗 ⑰。

誓将挂冠去 ⑱，觉道资无穷 ⑲。

---

① 薛据：山西省万荣县人，唐玄宗开元进士，官至水部郎中，晚年终老终南山。慈恩寺浮图：即今陕西省西安市境慈恩寺的大雁塔。浮图：指佛塔。　② 涌出：形容拔地而起。　③ 世界：宇宙。　④ 磴（dèng）道：石台阶。盘：曲折盘旋。　⑤ 突兀：高耸的样子。　⑥ 峥嵘：形容山势高峻。鬼工：神乎其技，非人力所能。　⑦ 碍：阻挡。　⑧ 摩：连接。　⑨ 惊风：疾风。　⑩ 奔凑：会合，聚集。　⑪ 驰道：古代供君王行驶车马的道路。泛指供车马驰行的大道。　⑫ 宫馆：离宫别馆。供皇帝游息的地方。玲珑：精巧。　⑬ 关中：今陕西省中部关中平原一带。　⑭ 五陵：西汉五个帝王的陵墓，即高祖长陵、惠帝安陵、景帝阳陵、武帝茂陵及昭帝平陵。　⑮ 青濛濛：形容草木青葱翠绿。　⑯ 净理：佛家的清净之理。了：完全。　⑰ 胜因：佛教因果报应中极好的善因。夙：素来，一向。宗：向往。此引申指信服。　⑱ 挂冠：指辞官归隐。　⑲ 觉道：佛教中达到消除一切欲念和物我相忘的大觉之道。

【赏析】

唐玄宗天宝十一年（752年），岑参自安西回京述职，相邀高适、薛据、杜甫、储光羲等同僚诗友，出城郊游，来到慈恩寺，见宝塔巍峨俊逸，触景生情，遂吟出这首五言古诗唱和以助兴。

起首两句，诗人自下而上仰望，只见巍然高耸的宝塔拔地而起，仿佛从地下涌出，傲然耸立，直达天宫。"涌"字，既勾勒出宝塔孤高危耸之貌，又给宝塔注入生机，将塔势表现得极其壮观生动。

紧接四句写登临所见所感。诗人到了塔身，踏阶而上，如同走进广阔无垠的宇宙，蜿蜒的石阶盘旋而上，直达天穹。此时再看宝塔，突兀耸立，如神工鬼斧，简直不敢相信人力所及。

接下四句写登上塔顶所见，极力夸张塔体之高，低头下望，鸟在眼下，风在脚下。这鸟和风，从地面上看，本是高空之物，而从塔上看，就成了低处之景，反衬了宝塔其高无比。

下面八句以排比句式依次描写东南西北四方景色。"连山若波涛，奔凑似朝东"，描绘东面山景，山势连绵起伏，如滚滚巨浪。"青槐夹驰道，宫馆何玲珑"，描摹南面宫苑，青槐葱翠，宫室密布，金碧交辉。"秋色从西来，苍然满关中"，刻写西面秋色，金风习习，满目萧然，透着肃杀之气。"五陵北原上，万古青濛濛"，写北边陵园，渭水北岸，矗立着长陵、安陵、阳陵、茂陵、平陵，它们是汉高帝、惠帝、文帝、景帝、武帝五位君王的陵墓。当年，他们创基立业，轰轰烈烈，如今却默然地安息在青松之下。诗人对四方之景的描绘，从威壮到伟丽，从苍凉到空茫，景中有情，寄托着诗人对大唐王朝由盛而衰的忧思。

结尾四句，诗人想辞官事佛。此时诗人得知，前方主将高仙芝出征大食，遭遇挫折。当朝皇帝唐玄宗年老昏聩，朝廷内外戚宦官等祸国殃民。各方藩镇如安禄山、史思明等图谋不轨，真可谓"苍然满关中"，一片昏暗。诗人心中惆怅，认为佛家清净之理能使人彻悟，因此想及早挂冠而去，追求无穷无尽的大觉之道。

197

燕歌行 ①

高适 ②

开元二十六年，客有从御史大夫张公出塞而还者③；作《燕歌行》以示适，感征戍之事，因而和焉。

汉家烟尘在东北④，汉将辞家破残贼。
男儿本自重横行⑤，天子非常赐颜色⑥。
摐金伐鼓下榆关⑦，旌旗逶迤碣石间⑧。
校尉羽书飞瀚海⑨，单于猎火照狼山⑩。
山川萧条极边土，胡骑凭陵杂风雨⑪。
战士军前半死生，美人帐下犹歌舞。
大漠穷秋塞草腓⑫，孤城落日斗兵稀。

---

① 燕歌行：汉乐府旧题，多为思妇怀念征夫之意。　② 高适（704—765），字达夫、仲武，唐朝渤海郡（今河北省景县）人。唐代边塞诗人，曾任刑部侍郎、散骑常侍、渤海县候，世称"高常侍"。高适的诗笔力雄健，气势奔放，洋溢着盛唐时期所特有的奋发进取、蓬勃向上的时代精神。　③ 张公：指张守珪，唐朝将领，曾多次攻破契丹，官拜辅国大将军兼御史大夫。　④ 汉家：借指唐朝。烟尘：战地的烽烟和飞尘，此指战争警报。唐玄宗开元十八年（730 年），契丹及奚族叛唐，此后战事不断。　⑤ 横行：在征战中所向无敌。　⑥ 非常赐颜色：破格赐予荣耀。　⑦ 摐（chuāng）金伐鼓：军中鸣金击鼓。摐金，敲锣。榆关：山海关，在今河北省秦皇岛市。　⑧ 逶（wēi）迤（yí）：曲折行进的样子。碣石：山名，在今河北省昌黎县。此借指东北沿海一带。　⑨ 校尉：武官，官阶次于将军。羽书：插有羽毛的紧急军事文书。瀚海：大沙漠。　⑩ 单（chán）于：秦汉时匈奴君主称号，此指敌军首领。狼山：阴山山脉西段，在今内蒙古乌拉特后旗一带。这两句借瀚海、狼山泛指当时战场。　⑪ 凭陵：侵犯。陵，欺侮。　⑫ 穷秋：深秋。腓（féi）：枯萎。

身当恩遇常轻敌，力尽关山未解围^①。
铁衣远戍辛勤久^②，玉箸应啼别离后^③。
少妇城南欲断肠，征人蓟北空回首^④。
边庭飘飖那可度^⑤，绝域苍茫更何有^⑥。
杀气三时作阵云^⑦，寒声一夜传刁斗^⑧。
相看白刃血纷纷，死节从来岂顾勋^⑨。
君不见沙场征战苦，至今犹忆李将军^⑩。

【赏析】

《燕歌行》为乐府旧题，多写妇女秋思，后人多用《燕歌行》曲调作闺怨诗。高适是第一个以《燕歌行》曲调写边塞将士生活。诗人高适有感于幽州节度使张守珪与奚族作战，打了败仗却谎报军情，作就这首七言古诗加以讽刺，同时也慨叹征战之苦。

前八句写出师。起首两句指明战争的方位和性质，指陈时事，有感而发。"男儿本自重横行，天子非常赐颜色"，貌似宣扬汉将去国时的威武荣耀，实则已隐含讥讽，预伏下文。"横行"暗示将领恃勇轻敌。紧接着描写行军，"摐金伐鼓下榆关，旌旆逶迤碣石间"，透过这金鼓震天、大摇大摆前进的场面，可以揣知将军临战前不可一世的骄态，也为下文反衬。战端一启，"校

---

①"身当"二句：前写主帅受皇恩而轻敌，后写战士拼死苦战也未能冲破敌人包围。　②铁衣：身穿甲胄的将士。　③玉箸（zhù）：玉制筷子。比喻思妇的泪水如注。　④蓟北：指唐朝蓟州、幽州一带，在今河北省北部地区。此泛指东北战场。　⑤边庭飘飖（yáo）：指形势动荡、险恶。边庭，即边地。飘飖，形容动荡、起伏。　⑥绝域：更遥远的边陲。苍茫：形容广阔无边。更何有：指更加荒凉。　⑦三时：早、午、晚。阵云：天空中浓重厚积形似战阵的云。古人以为战争之兆。　⑧刁斗：古代军中器物。白天用作炊具，夜间用来警戒报时。　⑨顾勋：克敌制胜的勋业。　⑩李将军：西汉名将李广。善用兵，爱惜士卒，守东北边疆，匈奴畏惧而不敢南侵。

尉羽书飞瀚海","飞"字表明军情危急。"单于猎火照狼山",敌军威势之大。从辞家去国到榆关、碣石,更到瀚海、狼山,八句诗概括了出征的历程,逐步推进,气氛也从宽缓渐入紧张。

接下八句写战斗危急而失利。"山川萧条极边土,胡骑凭陵杂风雨","大漠穷秋塞草腓,孤城落日斗兵稀",诗人着意暗示和渲染悲剧的场面,以凄凉的惨状,揭露好大喜功的将军们的罪责。"胡骑"迅急剽悍,像狂风暴雨,卷地而来。汉军奋力迎敌,杀得昏天黑地,不辨死生。然而,就在此时此刻,那些将军们却远离阵地寻欢作乐:"美人帐下犹歌舞!"这样严酷的事实对比,揭露了汉军中将军和兵士的矛盾,暗示了必败的原因。所以紧接着就写力竭兵稀,重围难解,孤城落日,衰草连天,有着鲜明的边塞特点的阴惨景色,烘托出残兵败卒心境的凄凉。"身当恩遇恒轻敌,力尽关山未解围",回应上文,汉将"横行"的豪气已灰飞烟灭,他的罪责也确定无疑了。

接下八句写士兵的痛苦,实是对主将更深的谴责。"铁衣远戍辛勤久,玉箸应啼别离后",征夫长久远征,家中妻子常以泪洗面,忍受着离别之苦。后六句以征夫、思妇身份的交错对应,加深情感的渲染。城南少妇日夜悲愁,但是"边庭飘飘那可度?"蓟北征人徒然回首,毕竟"绝域苍茫更何有!"相去万里,永无见期。更哪堪白天所见,只是"杀气三时作阵云";晚上所闻,只有"寒声一夜传刁斗",如此危急的绝境,真是死在眉睫之间,而把他们推到这绝境竟是他们的将领。

最后四句总束全篇,淋漓悲壮,感慨无穷。"相看白刃血纷纷,死节从来岂顾勋",最后士兵们与敌人短兵相接,浴血奋战,那种视死如归的精神,岂是为了取得个人的功勋!"岂顾勋"则是有力地讥讽轻开边衅,冒进贪功的汉将。诗人感慨:"君不见沙场征战苦,至今犹忆李将军!"昔日威镇北边的飞将军李广,处处爱护士卒,士卒都甘愿同他赴死。这与那些骄横的将军形成鲜明对比。从汉到唐,悠悠千载,边塞战争不计其数,驱士兵如鸡犬的将帅数不胜数,埋尸异域的士兵,更何止千千万万!

可是，千百年来只有一个李广，不能不使人苦苦地追念他。

别董大 ①

高适

千里黄云白日曛 ②，北风吹雁雪纷纷。
莫愁前路无知己，天下谁人不识君。

【赏析】

这是首写送别的七言绝句。唐玄宗天宝六年（747年），高适在睢阳送别琴师董庭兰。盛唐时盛行胡乐，能欣赏七弦琴这类古乐的人不多。诗人勾勒了送别时晦暗寒冷的愁人景色，表现了诗人当时处在困顿不达的境遇中，但没有因此沮丧、沉沦，既表露出对友人远行的依依惜别之情，也展现出自己豪迈豁达的胸襟。

起首两句用白描手法写眼前景。北风呼啸，黄沙千里，遮天蔽日，到处都是灰蒙蒙一片，以致云也似乎变成了黄色。本来璀璨耀眼的阳光现在也淡然失色，如同落日的余晖一般。大雪纷纷扬扬地飘落，群雁排着整齐的队形向南飞去。诗人在这荒寒壮阔的环境中，送别这位身怀绝技却又无人赏识的音乐家。

结尾两句是对朋友的劝慰。此去你不要担心遇不到知己，天下哪个不知道你董庭兰啊！话说得多么响亮，多么有力，于慰藉中充满着信心和力量，激励朋友抖擞精神去奋斗、去拼搏。这两句，一扫缠绵幽怨的老调，雄壮豪迈，堪与王勃"海内存知己，天涯若比邻"的情境相媲美。

①董大：指董庭兰，唐玄宗时的音乐家。因在其兄弟中排行第一，故称。
②黄云：天上的乌云。阳光下，乌云是暗黄色，故称。白日曛（xūn）：即太阳黯淡无光。曛，昏暗。

送李少府贬峡中王少府贬长沙 ①

高 适

嗟君此别意何如，驻马衔杯问谪居 ②。
巫峡啼猿数行泪 ③，衡阳归雁几封书 ④。
青枫江上秋帆远，白帝城边古木疏 ⑤。
圣代即今多雨露 ⑥，暂时分手莫踌躇 ⑦。

【赏析】

这是一首写送别的七言律诗。诗人同时送别两人，且两人均为遭贬而迁。

首联写诗人为李少府、王少府两位朋友送行。两位朋友同时遭贬，都满腹愁怨，诗人以深表关切的问句开始，表达了对李、王二少府遭受贬谪的同情，及分别的伤感。"嗟"是叹息之声，置于句首，表达出对两位朋友遭受贬谪和分别的伤情。"此别""谪居"，又将题中的"送"和"贬"点出。

颔联表达对两位朋友的同情。上句诗人设想李少府来到峡中，在这荒远之地听到凄厉的猿啼，不禁流下感伤的眼泪。下句写王少府贬长沙，衡阳在长沙南面，衡山有回雁峰，传说北雁南飞至此不过，遇春而回。归雁传书是借用苏武雁足系书故事，但长沙路途遥远，归雁也不能传递几封信。

颈联写安慰两位朋友。上句安慰李少府到了长沙，可以在秋高气爽的季节，临望青枫江上往来的帆船，自然会洗尽烦恼。青枫江指浏水，在长沙与湘江汇合。下句安慰王少府到了峡中，可

---

① 峡中：指夔州巫山县，今属重庆市。　② 谪（zhé）居：贬官之地。　③ 巫峡：长江三峡之一。西起今重庆市巫山县，东至湖北省巴东县。　④ 衡阳：即今湖南省衡阳市。　⑤ 白帝城：古城名，在今重庆市奉节县瞿塘峡口长江北岸。　⑥ 圣代：圣明的朝代，也指当代。　⑦ 踌躇（chú）：形容志忑不安，痛心。

以去古木参天、枝叶扶疏的白帝城凭吊古迹，以求慰藉。

尾联，诗人针对李、王二少府远贬的愁怨和惜别的忧伤，进行了语重心长的劝慰，对前景作了乐观的展望。劝慰二人尽可放心而去，不久即可召还。

望 岳①

杜甫 ②

岱宗夫如何③？齐鲁青未了④。
造化钟神秀⑤，阴阳割昏晓⑥。
荡胸生层云，决眦入归鸟⑦。
会当凌绝顶⑧，一览众山小。

【赏析】

唐玄宗开元二十四年（736 年），杜甫二十五岁，第一次登临泰山。这首五言古诗通过描绘泰山的景象，赞美了泰山高峻雄伟的气势和神奇秀丽的景色，表达了诗人不怕困难、敢攀顶峰、俯

---

① 岳：指东岳泰山。　②杜甫（712—770），字子美，巩县（今河南省巩义市）人，自号少陵野老，唐代现实主义诗人。他的诗反映了"安史之乱"前后，唐代国力由盛而衰的真实社会面貌。被后世称为"诗史"。杜甫的诗作以律诗和古体见长，具有"沉郁顿挫"独特的艺术风格，被尊为"诗圣"。　③岱宗：泰山亦名岱山，在今山东泰安市境。古代以泰山为五岳之首，诸山所宗，故又称"岱宗"。夫：文言虚词，无实意。　④齐鲁：先秦时，齐、鲁两国以泰山为界，齐国在泰山北，鲁国在泰山南。青未了（liǎo）：郁郁苍苍的山色无边无际。青，山色。未了，不尽。　⑤造化：天地，大自然。钟：聚集。神秀：山色的奇丽。　⑥阴阳：山南水北谓之阳，反之为阴。割：划分。此句是说泰山很高，横天蔽日在同一时间，山南山北判若早晨和晚上。　⑦决眦（zì）：形容极目远视的样子。决，张大。眦，眼眶。入归鸟：目光追随归鸟。　⑧会当：一定要。凌：登上。

视一切的雄心气概，以及卓然独立、兼济天下的豪情壮志。诗篇以诗题中"望"字统摄全篇，由远望到近望，再到凝望，最后是俯望，给人以身临其境之感。

首句运用设问手法，引出五岳之首泰山到底怎样呢？接着第二句自答，远远望去"青未了"，"青"是写青翠的山色，"未了"是表现山势错落之广大，难以名状的惊叹与仰慕之情油然而生。

第三、四句是近望之势，"钟""割"运用拟人修辞，极富神韵，大自然赐予泰山瑰丽和神奇，使泰山像一把利剑把世界分割成明暗两部分，形象地表现出泰山高耸陡峭的特点。

第五、六句是遥望，"层云"即泰山穿破层层缭绕的云层，侧面衬托出泰山之高。"决"字，手法夸张，难以想象泰山景致是何等迷人，竟使诗人看得眼眶似有决裂。"入"字传神，好像一只只小鸟从远处徐徐而来，又徐徐而去，可见山腹之深。鸟儿都已归巢，诗人还在"望"，足见对泰山的热爱。

第七、八句，诗人由望景而产生登顶泰山的愿望，表达出自己不怕困难、誓要攀登人生顶峰、实现远大抱负的雄心壮志。

兵车行①

杜甫

车辚辚②，马萧萧③，行人弓箭各在腰④。

耶娘妻子走相送⑤，尘埃不见咸阳桥⑥。

牵衣顿足拦道哭，哭声直上干云霄⑦。

---

① 兵车行：杜甫自创的乐府新题。行，乐府歌曲中的体裁。　② 辚（lín）辚：车行走时的声音。　③ 萧萧：形容马蹄声。　④ 行人：从军出征的人。　⑤ 耶娘妻子：父亲、母亲、妻子、儿女的并称。耶，同"爷"，父亲。　⑥ 咸阳桥：西汉武帝时建，唐代称咸阳桥，后称西渭桥。在今陕西省咸阳市境，是长安西行必经地。　⑦ 干（gān）：冲。

杜甫

道旁过者问行人①，行人但云点行频②。
或从十五北防河③，便至四十西营田④。
去时里正与裹头⑤，归来头白还戍边。
边庭流血成海水⑥，武皇开边意未已⑦。
君不闻，汉家山东二百州⑧，千村万落生荆杞⑨。
纵有健妇把锄犁，禾生陇亩无东西⑩。
况复秦兵耐苦战⑪，被驱不异犬与鸡。
长者虽有问⑫，役夫敢申恨⑬？
且如今年冬⑭，未休关西卒⑮。
县官急索租⑯，租税从何出？
信知生男恶⑰，反是生女好。
生女犹得嫁比邻⑱，生男埋没随百草。

---

①过者：过路人。指诗人自己。　②点行频：点名征兵频繁。点行，按户籍名册强征服役。　③防河：唐玄宗时，吐蕃常在秋季入侵，抢掠百姓的收获。为抵御侵扰，朝廷每年征调兵力驻扎河西（今甘肃省河西走廊）一带，称"防秋"或"防河"。　④营田：即屯田。戍守边疆的士卒，不打仗时须种地以自给，称为营田。　⑤里正与裹头：新兵入伍时须着装整齐，因年纪小，自己还裹不好头巾，所以里正帮他裹头。里正，唐制凡百户为一里，置里正一人管理。　⑥边庭：边疆。⑦武皇：汉武帝。借指唐玄宗。　⑧汉家山东：汉朝秦地以东的二百个州。汉家，汉朝，这里借指唐朝。山东，古代秦国居西方，秦地崤山以东统称"山东"。　⑩荆杞：泛指野生灌木。　⑨陇亩：田地。陇，同"垄"。无东西：不成行列。　⑪况复：更何况。秦兵：关中兵。即这次出征的士兵。　⑫长者：对老年人的尊称。这里是说话者对杜甫的称呼。　⑬役夫：应政府兵役的人。这里是说话者的自称之词。敢，副词，用于反问，这里是岂敢之意。申恨，诉说怨恨。⑭且如：就像，即如。　⑮关西卒：函谷关以西的士兵。　⑯县官：官府。　⑰信知：确实知道。　⑱比邻：同乡。

205

君不见，青海头①，古来白骨无人收。
新鬼烦冤旧鬼哭②，天阴雨湿声啾啾③。

【赏析】

这是首讽喻乐府诗。唐玄宗天宝十年（751 年），唐军征讨南诏，大败于泸南，官吏四处捕男丁充军。于是征夫愁怨，父母妻子相送，哭声震野，民怨沸腾。诗人借以自己和征夫的问答，倾诉了人民对战争的痛恨，揭露了唐玄宗长期以来的穷兵黩武，连年征战，给人民造成了巨大的灾难。

第一部分写亲人送行征夫的场景和战事的持久。"车辚辚，马萧萧，行人弓箭各在腰"，呈现出一幅悲壮的出征图：兵车隆隆，战马嘶鸣，一队队被抓来的壮丁，换上戎装，腰佩弓箭，在官吏的监督下，开往前线。"耶娘妻子走相送，尘埃不见咸阳桥。牵衣顿足拦道哭，哭声直上干云霄"，征夫的父母妻子互相搀扶前来送行，车马扬起的灰尘遮没了咸阳横跨西北的渭水大桥。送行的人们在队伍中呼喊自己的亲人，扯着亲人的衣衫，捶胸顿足，拦在路上号啕大哭。成千上万人的哭声汇成震天巨响在云际回荡。"牵衣顿足拦道哭"，连用四个动作，把送行者眷恋、悲怆、愤恨、绝望的神态表现得细腻入微，呈现了众多家庭妻离子散的悲剧。"道旁过者问行人，行人但云点行频"，过路人即诗人，询问征夫情况，征夫只说是被多次按户籍名册强征服役。诗人通过设问的方法，让征夫作直接倾诉，增强了诗情的真实感。"点行频"是全篇"诗眼"，是造成百姓妻离子散，万民无辜牺牲，全国田亩荒芜的根源。"或从十五北防河，便至四十西营田"，诗人选择一个十五岁出征，到四十岁还在戍边的"行人"举例，说明了战事的频繁持久。"边庭流血成海水，武皇开边意未已"，诗人大胆把矛头直指最高统治者，虽然边境战争频繁惨烈，士卒死伤无数，血流成

---

① 青海头：指今青海省青海湖边。唐和吐蕃的战争，经常在青海湖附近进行。　②烦冤：不满，愤懑。　③啾啾：象声词，形容凄厉的叫声。

海，但"武皇"（实指唐玄宗）开拓边疆的心愿却不会停止。这是从心底迸发出的激情抗议，表达了诗人怒不可遏的悲愤之情。

第二部分写朝廷常年征兵，造成了土地荒芜的后果。"君不闻，汉家山东二百州，千村万落生荆杞。纵有健妇把锄犁，禾生陇亩无东西。况复秦兵耐苦战，被驱不异犬与鸡"，诗人用"君不闻"三字领起，把视线从流血的边关转移到广阔内地。"汉家"影射唐王朝，华山以东的二百个州的原野田地、千万村落已是人烟萧条，田园荒废，荆棘横生，即使有农妇耕田，但田地里却少有收成。更何况秦地的士兵常年苦战，如同鸡狗一样遭人驱策。这是诗人从眼前的见闻，推想到全国的悲惨景象。"长者虽有问，役夫敢申恨"？这两句透露出统治者加给他们的精神枷锁，敢怒而不敢言，而后又终于说出来，一阖一开，把征夫的苦衷和恐惧心理细腻逼真地刻画了出来。"且如今年冬，未休关西卒。县官急索租，租税从何出"，这四句写眼前时事。因为"未休关西卒"，大量的壮丁才被征发，正是由"武皇开边意未已"所造成。"租税从何出"呼应上文"千村万落生荆杞"。这样层层推进，对社会现实的揭示越来越深刻。不仅表达了戍卒们沉痛哀怨的心情，也表现出倾吐苦衷的急切情态。诗人通过当事人的口述，从抓兵、逼租两个方面，揭露了统治者加给人民的双重灾难。

第三部分以描述社会现象控诉统治者一味发动战争，给民众造成的沉重灾难。"信知生男恶，反是生女好。生女犹得嫁比邻，生男埋没随百草"，如今是生男不如生女好，女儿还能嫁给近邻，男丁只能丧命沙场。重男轻女是封建社会制度下普遍存在的社会心理。由于连年战争，男丁大量死亡，使人们改变了这一常态社会心理，反映出民众心灵受到了严重摧残。结尾五句"君不见，青海头，古来白骨无人收。新鬼烦冤旧鬼哭，天阴雨湿声啾啾"，诗人用哀痛的笔调，描述了长期以来存在的悲惨现实。青海边的古战场上，平沙茫茫，白骨露野，阴风惨惨，鬼哭凄凄，场面寂冷阴森。这里，凄凉低沉的色调和开头人声鼎沸的气氛，悲惨哀怨的鬼泣和开头惊天动地的人哭，形成强烈的对比。

这都是"开边未已"所导致的恶果。至此,诗人的激愤得到充分发挥,对唐王朝穷兵黩武给予了激烈的控诉。

丽人行

杜甫

三月三日天气新①,长安水边多丽人。
态浓意远淑且真②,肌理细腻骨肉匀③。
绣罗衣裳照暮春,蹙金孔雀银麒麟④。
头上何所有?翠微盍叶垂鬓唇⑤。
背后何所见?珠压腰衱稳称身⑥。
就中云幕椒房亲⑦,赐名大国虢与秦⑧。
紫驼之峰出翠釜⑨,水精之盘行素鳞⑩。
犀箸厌饫久未下⑪,鸾刀缕切空纷纶⑫。

---

①三月三日:上巳日,唐代长安士女多在此日到城南曲江游玩踏青。
②态浓:姿态浓艳。意远:神气高远。淑且真:形容淑美而不做作。
③肌理细腻:皮肤细嫩光滑。骨肉匀:身材匀称适中。 ④"绣罗"两句:用金银线镶绣着孔雀和麒麟的华丽衣裳与暮春的美丽景色相映生辉。 ⑤翠微:薄薄的翡翠片。盍(hōng)叶:一种首饰。鬓唇:鬓边。
⑥珠压:宝珠镶压在裙带上,使不让风吹起,故下云"稳称身"。腰衱(jié):裙带。 ⑦就中:其中。云幕:宫殿中的云状帷幕。椒房:汉代皇后居室,以椒和泥涂壁。后世因称皇后为椒房,皇后家属为椒房亲。
⑧"赐名"句:天宝七年(748年),唐玄宗赐封杨贵妃的大姐为韩国夫人,三姐为虢国夫人,八姐为秦国夫人。 ⑨紫驼之峰:驼峰,一种珍贵食品。翠釜(fǔ):精美的炊器。釜,古代一种锅。 ⑩水精:水晶。行:传送。素鳞:白鳞鱼。 ⑪犀箸:犀牛角作的筷子。厌饫(yù):吃得腻了。 ⑫鸾(luán)刀:带鸾铃的刀。缕切:细切。空纷纶:指厨师们白白忙乱一番。贵人们吃不下。

黄门飞鞚不动尘①，御厨络绎送八珍②。
箫鼓哀吟感鬼神，宾从杂遝实要津③。
后来鞍马何逡巡④，当轩下马入锦茵⑤。
杨花雪落覆白苹⑥，青鸟飞去衔红巾⑦。
炙手可热势绝伦，慎莫近前丞相嗔⑧！

【赏析】

这首七言古诗作于唐玄宗天宝十二年（753年）春。全诗通过描写杨国忠兄妹曲江春游的情景，讽刺了当权者骄奢淫逸的腐朽生活，从一个角度反映了安史之乱前夕的社会现实。诗篇铺景场面宏大，词采鲜艳富丽，笔调细腻生动，同时又含蓄不露。诗中无一断语处，却能使人品出言外之意。

前十句"三月三日天气新"至"珠压腰衱稳称身"，其中前两句点出时间、地点和事件，接着描画出一群游春丽人的体态之美和服饰之盛，显示出她们身份的高贵，为引出杨氏姐妹做铺垫。

"就中云幕椒房亲"至"宾从杂遝实要津"，这十句写杨氏姐妹宴饮的豪华奢侈及皇帝恩宠杨氏家族的影响。杨氏姐妹在云

---

① 黄门：宦官。飞鞚（kòng）：策马飞驰。　　② 八珍：形容珍美食品之多。　　③ 宾从：宾客随从。杂遝（tà）：众多杂乱。要津：本指重要渡口。这里比喻达官贵人。　　④ 后来鞍马：指骑着马的杨国忠。逡（qūn）巡（xūn）：原意为欲进不进，这里是顾盼自得之意。　　⑤ 轩：一种有帷幕而前顶较高的车。锦茵（yīn）：织有花纹的地毯。　　⑥ "杨花"句：是隐语，以曲江暮春的自然景色来影射杨国忠与其从妹虢国夫人的暧昧关系，又引北魏胡太后和杨白花私通事，因太后曾作"杨花飘荡落南家"，及"愿衔杨花入窠里"句。后人有"杨花入水化为浮萍"之说，萍之大者为苹。杨花和苹虽为两物，实出一体，故以杨花覆苹影射兄妹苟且乱伦。　　⑦ 青鸟：神话传说中为西王母取食传信的神鸟。后常被用作信使。　　⑧ "炙手"二句：言杨氏权倾朝野，气焰灼人，无人能比。丞相，指杨国忠，唐玄宗天宝十一年（752年）为右丞相。嗔（chēn），发怒。

帐里面摆设酒宴，全是用精制铜釜和水晶圆盘盛的佳肴美食，然而，她们面对眼前的山珍海味，却手捏犀牛角做的筷子，迟迟不夹菜，因为这些食物早已吃腻。可怜了那些手拿鸾刀精切细作的厨师们白忙活了一场。内廷的太监们看到这种情形后，立即策马回宫报信，不一会儿，皇帝的御厨房就络绎不绝地送来各种山珍海味。酒宴上笙箫鼓乐缠绵宛转感动鬼神，满座的宾客随从都是达官贵人。

最后六句"后来鞍马何逡巡"至结尾，写杨国忠权势煊赫、生活的淫乱和骄横之态。他旁若无人地来到轩门才下马，步入锦毯铺地的帐篷去会虢国夫人。他凭恃杨贵妃得宠皇帝，得位右相，在朝中骄横专权，使朝政变得十分昏暗。"杨花雪落覆白苹，青鸟飞去衔红巾"句，诗人借曲江江边的秀美景色，并巧用北魏胡太后私通大臣杨华的典故以及青鸟传书的神话故事，揭露了杨国忠与虢国夫人淫乱的无耻行径。最后两句，诗人将主题点出，温和地劝说旁人：千万不要走近他们，否则丞相发怒后果就严重了，这样的表述看似含蓄，实则尖锐，讽刺幽默而又辛辣。

月 夜

杜甫

今夜鄜州月 ①，闺中只独看 ②。
遥怜小儿女 ③，未解忆长安 ④。
香雾云鬟湿，清辉玉臂寒 ⑤。
何时倚虚幌 ⑥，双照泪痕干 ⑦。

---

① 鄜（fū）州：今陕西省富县古称。当时杜甫的家属在鄜州，杜甫在长安。　② 闺中：内室。　③ 怜：想念。　④ 未解：尚不懂得。　⑤ "香雾"二句：写想象中妻独自久立，望月怀人的形象。云鬟（huán），古代妇女的环形发饰。清辉：月光。　⑥ 虚幌（huǎng）：透光的窗帘或帷幔。幌，帷幔。　⑦ 双照：与上文"独看"对应，表示对未来团聚的期望。

【赏析】

　　这是一首思乡五言律诗。唐玄宗天宝十五年（756年），安禄山由洛阳攻潼关。杜甫当即从奉先移家至潼关以北白水（今陕西省白水县）的舅父处。随后，长安陷落，唐玄宗逃蜀，叛军入白水，杜甫再次携家逃往鄜州羌村。唐肃宗在灵武（今宁夏灵武市）即位后，杜甫从鄜州只身奔赴灵武，不料途中被安史叛军所俘，押回长安。这首诗即是诗人困居长安时所作，表达了对离乱中的妻子家小的深切挂念。

　　前四句写诗人回忆和妻子"同看"鄜州月而共"忆长安"的往事。安史之乱前，诗人曾与妻子在长安度过一段时间。当长安沦陷，一家人逃难到羌村时，与妻子"同看"鄜州月而共"忆长安"，已不胜辛酸。如今自己身陷乱军，妻子"独看"鄜州月而"忆长安"，那"忆"就不仅充满辛酸，而且交织着忧虑与惊恐。而小儿女未解世事，还不懂得"忆长安"啊！用小儿女的"不解忆"反衬妻子的"忆"，突出了妻子的孤独无依。

　　第五、六句通过想象妻子孤独看月的形象，进一步表现"忆长安"。雾湿云鬟，月寒玉臂，望月越久而思念越深，这是诗人想象中的情景。

　　结尾两句，当想到妻子忧心忡忡，夜不能寐时，自己也不免伤心落泪。忧愁不能寐，揽衣起徘徊，两地看月而各有泪痕，这就激起诗人结束这种痛苦生活的希望。"双照"与上文"独看"对应，而且夫妻团圆，一同望月，才能泪痕始干，更突出诗人对妻子的思念之情。

春 望

杜甫

国破山河在 ①，城春草木深 ②。
感时花溅泪 ③，恨别鸟惊心 ④。
烽火连三月 ⑤，家书抵万金 ⑥。
白头搔更短 ⑦，浑欲不胜簪 ⑧。

【赏析】

唐玄宗天宝十四年（755 年），安禄山起兵叛唐。次年占领长安，唐玄宗逃往四川。太子李亨即位，是为唐肃宗。杜甫闻讯，孤身投奔肃宗朝廷，不幸在途中被叛军俘获，解送至长安，后因官职卑微才未被囚禁。困居沦陷区的杜甫目睹了长安城萧条零落的景象，写下了这首五言律诗。

首联写所见景物，山河依旧在，可是国都已经沦陷，城内也在战火中破乱不堪。以"国破"和"城春"两个意象形成强烈反差，"城春"指春天是花草树木繁盛的季节，可是由于"国破"而失去了春天的光彩，留下的只是残垣断壁，杂草丛生。"草木深"表明长安城里已荒芜破败，人烟稀少，草木杂生。诗人将感情寄寓于景物，为全诗营造了荒凉凄惨的气氛，也以此表达了战乱给人民带来流离失所的悲痛。

颔联，诗人将花鸟人格化，感伤国家分裂、国事艰难，长安的花鸟都为之落泪惊心。因诗人忧愁苦闷，所以花鸟的愉悦之景

---

① 国：国都，指唐都长安。破：陷落。　② 城：长安城。　③ 感时：为国家的时局而感伤。溅泪：流泪。　④ 恨别：怅恨离别。　⑤ 烽火：古时边防报警的烟火，此指安史之乱的战火。　⑥ 抵：值，相当。　⑦ 白头：白头发。搔（sāo）：用手指轻抓。　⑧ 浑：简直。胜：受不住。簪（zān）：一种束发的首饰。古代男子蓄长发，成年后束发于头顶，用簪子横插住，以免散开。

也有了悲情，这是以乐景写哀情的手法。这两句也运用互文的修辞，"感时、恨别花溅泪，感时、恨别鸟惊心"。诗人痛感国破家亡，越是美好景象，越会增添内心的伤痛。这联通过景物描写，移情于物。表现了诗人忧伤国事，思念家人的深沉感情。

颈联写出消息隔绝，久盼音讯不至的迫切心情。诗人心想：战火持续了三个月，仍然没有结束。唐玄宗逃亡蜀地，刚即位的唐肃宗至今未能收复西京，这场战争不知要持续多久。又想起自己被扣留在敌军营，很久没有妻子儿女的音信，此时能得到封家信可胜过"万金"，这也是所有遭受战争的人民共同心理，反映出广大人民反对战争，期望和平安定的美好愿望。

尾联，诗人以自绘形象，表达了挂念亲人、心系国事的哀思。战火不断，家信不至，国愁家忧齐上心头，纠缠难解。诗人眼望面前的颓败之景，苦闷无奈，搔首踌躇，顿觉头发稀疏更少，几不胜簪。"白发"是愁出来的，"搔"，挠头，表达出了诗人内心既忧虑又无奈的愁苦煎熬。

全诗围绕"望"字展开，视线由远及近，感情由弱到强，情景结合，表达出了诗人忧国思家的感情，反映了诗人渴望国家安定统一和亲人团聚的愿望。

哀江头

杜甫

少陵野老吞声哭 ①，春日潜行曲江曲 ②。
江头宫殿锁千门，细柳新蒲为谁绿 ③。

---

① 少陵野老：杜甫祖籍长安杜陵。少陵是汉宣帝许皇后的陵墓，在杜陵附近。杜甫曾在少陵附近居住过，故自称"少陵野老"。吞声哭：哭时不敢出声。　②潜行：偷偷地行走。曲江曲：曲江的隐曲角落之处。③ 蒲：香蒲，俗称蒲草。多年生草本植物，生于水边或池沼内。

忆昔霓旌下南苑^①，苑中景物生颜色。

昭阳殿里第一人^②，同辇随君侍君侧。

辇前才人带弓箭^③，白马嚼啮黄金勒^④。

翻身向天仰射云，一箭正坠双飞翼。

明眸皓齿今何在，血污游魂归不得^⑤。

清渭东流剑阁深，去住彼此无消息^⑥。

人生有情泪沾臆^⑦，江水江花岂终极^⑧。

黄昏胡骑尘满城，欲往城南望城北。

【赏析】

　　唐玄宗天宝十五年（756年）七月，安禄山攻陷长安。肃宗在灵武即位，改元至德。杜甫在投奔灵武途中，被叛军虏至长安，于次年春行走于曲江而作这首七言古诗。曲江原是京都长安的游览胜地，为唐玄宗开元年间疏凿修建，江岸上亭台楼阁错落有致，处处栽植着奇花异卉，一到春天，花鲜绿柳，匝于堤岸，锦车健马比肩击毂，有说不尽的烟柳繁华、富贵风流。但以往的繁华像梦一样过去了。诗人以描绘眼前曲江的景象，反映了长安在遭到安史叛军洗劫后的萧条，通过哀叹曲江的昔盛今衰，揭示了唐玄宗荒淫奢侈误国的结局，表达了诗人对国破家散的悲痛情怀。

　　前四句写诗人看到长安沦陷后曲江的景象。"少陵野老吞声哭，春日潜行曲江曲"，这两句写出了诗人行走于曲江的心情和时间。诗人怀着悲痛欲哭的心情，独自偷偷走在曲江的角落里。

---

① 霓（ní）旌（jīng）：皇帝仪仗中一种旌旗，缀有五色羽毛。南苑：即芙蓉苑，因在曲江东南，故名。　　② 昭阳殿：汉成帝时宫殿，赵飞燕姊妹所居。唐人诗中多以赵飞燕喻杨贵妃。第一人：最得宠的人。
③ 才人：宫中的女官。　　④ 嚼啮（niè）：咬，衔。勒（lè）：带嚼子的马笼头。　　⑤ 血污游魂：指杨贵妃身死马嵬驿事。　　⑥ 去住彼此：借喻唐玄宗、杨贵妃二人一生一死。去指唐玄宗，住指杨贵妃。
⑦ 臆（yì）：胸膛。　　⑧ 终极：穷尽。

"吞声哭",表达出自己此时压抑的悲痛心情。在春日游览胜地不敢公然行走,却要"潜行",且是行走在冷僻无人的角落里,说明叛军对长安城监控很严,写出了曲江的萧条和气氛的恐怖。重复用"曲"字,给人一种纡曲难伸、愁肠百结的感觉,写出了诗人忧思惶恐、压抑沉痛的心理。"江头宫殿锁千门,细柳新蒲为谁绿?""千门",极言宫殿之多,说明了昔日的繁华。而着一"锁"字,便把昔日的繁华与眼前的萧条并摆在一起,巧妙地构成了今昔对比。"细柳新蒲",岸上是依依袅袅的柳丝,水中是抽芽返青的新蒲。以"为谁绿"三字陡然一转,以乐景反衬哀情,一是说长安城换了主人,二是说没有游人,无限伤心,无限凄凉,这些场景令诗人肝肠寸断。

"忆昔霓旌下南苑"至"一箭正坠双飞翼",回忆安史之乱前曲江春景的繁华。用"忆昔"一转,引出了一节极繁华热闹的描述。"忆昔霓旌下南苑,苑中万物生颜色",总写唐玄宗和杨贵妃昔日奢华的生活。南苑即曲江之南的芙蓉苑。唐玄宗开元二十年(732年),自大明宫筑复道夹城,直抵芙蓉苑。玄宗和后妃公主经常通过夹城去曲江游赏。御驾游苑豪华奢侈,明珠宝器映照得花木生辉。后文具体描写唐玄宗与杨贵妃游苑的情景。"同辇随君",事出《汉书·外戚传》,汉成帝游于后宫,曾想与班婕妤同辇载。班婕妤拒绝说:"观古图画,圣贤之君,皆有名臣在侧,三代末主,乃有嬖女。今欲同辇,得无近似之乎?"汉成帝想做而没做的事,唐玄宗做了;被班婕妤拒绝的事,杨贵妃却得意畅行。以此说明,唐玄宗不是"贤君",而是"末主"。"才人"是宫中的女官,她们戎装侍卫,身骑以黄金为嚼口笼头的白马,射猎禽兽。才人们仰射高空,正好射中比翼双飞的鸟。这些帝王后妃们荣华享尽,正是这种放纵的生活,亲手种下了的祸乱根苗。

"明眸皓齿今何在"至结尾,写诗人在曲江头产生的感慨。"明眸皓齿今何在,血污游魂归不得。清渭东流剑阁深,去住彼此无消息",这四句直承前文,感叹唐玄宗和杨贵妃的悲剧。"明眸皓齿"指杨贵妃,"今何在"的叹息,表达出诗人感情极为沉痛。"血污游魂"点出了杨贵妃遭变横死。长安失陷，身为游魂也"归不得"，结局凄惨。杨贵妃埋葬在渭水之滨的马嵬，唐玄宗却经由剑阁深入山路崎岖的蜀道，死生异路，彼此音容渺茫。昔日芙蓉苑里仰射比翼鸟，后来马嵬坡前生死两离分，诗人运用鲜明的对照，指出了他们逸乐无度与大祸临头的因果关系。"人生有情泪沾臆，江水江花岂终极。黄昏胡骑尘满城，欲往城南望城北"最后四句总括全篇，写诗人对世事沧桑变化的感慨。前两句是说，人是有感情的，触景伤怀，泪洒胸襟；大自然是无情的，它不随人世的变化而变化，花自开谢水自流，永无尽期。这是以无情反衬有情，更见情深。最后两句用行为动作描写来体现他感慨的深沉和思绪的迷惘烦乱。"黄昏胡骑尘满城"，把高压恐怖的气氛推向顶点，使开头的"吞声哭""潜行"有了说明。黄昏来临，为防备民众反抗，叛军纷纷出动，以致尘土飞扬，笼罩了整个长安城。本就忧愤交迫的诗人，这时就更加心如火焚，他想回到长安城南的住处，却反而走向了城北。心烦意乱竟到了不辨南北的程度，形象地揭示了诗人内心的巨大哀恸。

羌 村

杜甫

群鸡正乱叫，客至鸡斗争。
驱鸡上树木，始闻叩柴荆①。
父老四五人，问我久远行②。
手中各有携，倾榼浊复清③。
苦辞酒味薄④，黍地无人耕⑤。

---

① 柴荆：用木柴、荆条做成的小木门。　② "问我"句：即带着礼物去慰问人。　③ 榼（kē）：古代一种盛酒器。浊、清：指酒的颜色。④ 苦辞：苦苦地说，觉得很抱歉似的。　⑤ 黍（shǔ）地：代指农田。黍，古代一种粮食作物。

兵革既未息^①，儿童尽东征。
请为父老歌，艰难愧深情。
歌罢仰天叹，四座泪纵横。

杜甫

【赏析】

唐肃宗至德二年（757年），时任左拾遗的杜甫因上书援救房琯而触怒唐肃宗，被放还鄜州羌村（今陕西省富县）探家。居家之时作就这首感怀五言古诗。诗人通过客人来访，共谈世事，感叹安史之乱造成田园荒芜，反映了黎民饥寒交迫、妻离子散、朝不保夕的悲苦境况，抒发了自己忧国忧民的情怀。

起首四句写客人到访前的庭院景象。庭院里发生着一场鸡斗，群鸡乱叫，于是主人把鸡赶到它们栖息的庭树上。待到院内安静时，这才听见客人叩柴门的声音。开篇不但颇具村野生活情趣，同时也表现出意外到客的欣喜。

其次四句写父老携酒慰问。四五位父老都携酒而来，酒色清浊不一，但都表示了心意。在如此艰难岁月还这样看重情礼，表现了淳厚朴质的民风。

紧接四句写父老们感叹时世。父老们由斟酒谦称"酒味薄"，从酒味薄的缘故说到生产的破坏，再引出"兵革既未息，儿童尽东征"。时世艰难，点明而不说尽，耐人寻思。

结尾四句写主人致答词。父老们的盛意使诗人感奋，因而为之高歌以表感谢。但着一"愧"字，暗中照应诗人"晚岁迫偷生"意。所以"请为父老歌"，一来表示感谢，二来宽解父老。但因是强为欢颜，"歌"也变成了"哭"，"歌罢"终不免仰天长叹。其中含有对父老的感激、对时事的忧虑、以及身世的感喟等，引得四座父老皆动容泪横。

---

① 兵革：兵是兵器，革是皮革做的甲胄，兵革引申指战争。

春宿左省 ①

杜甫

花隐掖垣暮 ②，啾啾栖鸟过 ③。
星临万户动，月傍九霄多 ④。
不寝听金钥 ⑤，因风想玉珂 ⑥。
明朝有封事 ⑦，数问夜如何。

【赏析】

这是一首即事感怀五言律诗，作于唐肃宗乾元元年（758年），描写了诗人上封事前在门下省值夜时的心情，表现了他居官勤勉，一心为国的精神。

首联写诗人值夜"左省"时的景色。傍晚的光线越来越暗，"左省"里开放的花朵隐约可见，天空中投林栖息的鸟儿飞鸣而过，描写自然真切。也衬应了诗题：写花、写鸟是点"春"；"花隐"的状态和"栖鸟"的鸣声是傍晚时的景致，是诗人值宿时的所见所闻，和"宿"相关联。

颔联写夜景。在夜空群星明照下，宫殿中的千门万户也似乎在闪动；宫殿高入云霄，靠近月亮，仿佛照到的月光也特别多。这两句不仅把星月映照下宫殿巍峨的夜景活画出来，而且寓含着帝居高远的颂圣意味。其中"动"字和"多"字被前人称为"句眼"，诗意境界全出。

---

① 宿：值夜。左省：即左拾遗所属的门下省，和中书省同为掌机要的中央政府机构，因在大殿之东，故称"左省"。　②掖（yè）垣（yuán）：门下省和中书省位于宫墙的两边，像人的两腋，故名。③啾啾（jiū）：象声词，鸟兽的叫声。　④九霄：指高耸入云的宫殿。⑤金钥（yào）：即金锁。这里指开宫门的锁钥声。　⑥珂（kē）：马铃，马笼头的装饰。　⑦封事：臣下上书奏事，为防泄漏，用黑色袋子密封，因此得名。

颈联写夜中值宿时的情况。诗人说他值夜时睡不着觉，仿佛听到有人开宫门的锁钥声，风吹动檐间的铃铎，仿佛百官骑马上朝的马铃响。这是诗人想象，却深切地表现了诗人勤于国事，唯恐次日清晨耽误上朝的心情。

尾联交代"不寝"原因，写诗人宿省时的心情。次日早朝要上封事，心绪不宁，所以多次讯问到了什么时辰。"数问"二字，更体现了诗人忠于职守勤勉谨慎的态度。

曲江·一片花飞减却春 ①

杜 甫

一片花飞减却春 ②，风飘万点正愁人 ③。
且看欲尽花经眼 ④，莫厌伤多酒入唇 ⑤。
江上小堂巢翡翠 ⑥，苑边高冢卧麒麟 ⑦。
细推物理须行乐 ⑧，何用浮荣绊此身 ⑨。

【赏析】

这是一首即景感怀七言律诗。唐肃宗乾元元年（758 年），杜甫被任命为左拾遗，这时安史之乱还未平息，诗人因上疏救助房琯触怒唐肃宗，被贬为华州司功参军。诗人下朝回来，到曲江岸头买酒。曲江是唐代长安城的名胜风景区，诗人在诗中把曲江的暮春景色比作由盛转衰的唐王朝，含蓄地写出盛唐的衰落、世事的变迁。

首联，诗人从一片花瓣的掉落开始，即表现出无可奈何的惜春情绪，引发愁思，而且转眼间就"风飘万点"，由一朵花儿上

---

① 曲江：古河名，在今陕西省西安市境。唐朝时是著名游览胜地。
② 减却春：减掉春色。 ③ 万点：形容落花之多。 ④ 且：暂且。经眼：从眼前经过。 ⑤ 伤：伤感，忧伤。 ⑥ 巢翡翠：翡翠鸟筑巢。 ⑦ 苑：指唐玄宗在曲江旁建造的芙蓉苑。冢：坟墓。
⑧ 推：推究。物理：事物的道理。 ⑨ 浮荣：虚荣。

的一个花瓣变成万花点点，坠落而下。花逝春歇，愁情更甚。

颔联，诗人看着花瓣飘落，已起愁绪，然而那风还在吹，剩下的枝头未落之花依旧随风不断飘落，眼看即将飘尽了！"经眼"之花"欲尽"，只能"且看"，表现诗人的无奈之情。当诗人眼睁睁看着枝头残花一片一片地随风飘走，加入那"万点"的行列，心中又是什么滋味？借酒消愁更添愁情，但诗人却"莫厌伤多"，"莫厌"表明诗人自己都不知道自己的愁思有多少。

颈联写诗人的目光随着"风飘万点"在移动，落到江上，就看到原来住人的小堂如今却被翡翠鸟筑起鸟窝，多么荒凉，再到苑边，就看见原来雄踞高冢之前的石雕墓饰麒麟翻倒在地，不胜寂寞。借往昔与今日情景的对比，突出诗人感怀战乱的痛苦。

尾联传递及时行乐的人生感想，但是"细推物理"中的"物理"就是诗人前文所描述的那样吗？只不过是换了一种漂亮的说法，就是"行乐"，如果无法改变，那就只需行乐。联系全文，"行乐"不过是李白所说的"举杯消愁愁更愁"而已，诗人的心中只有愁情，何曾有乐！

曲江·朝回日日典春衣

杜甫

朝回日日典春衣①，每日江头尽醉归。
酒债寻常行处有②，人生七十古来稀。
穿花蛱蝶深深见③，点水蜻蜓款款飞④。
传语风光共流转⑤，暂时相赏莫相违。

---

① 朝回：指上朝回来。典：典当，以物抵押换钱。　② 寻常：平常，普通。行处：到处。　③ 蛱（jiá）蝶：蝴蝶一种。深深：在花丛深处。见：通"现"，显露。　④ 款款：缓慢。　⑤ 风光：春光。共流转：指在一起逗留盘桓。

【赏析】

这是首即景抒情的七言律诗。唐肃宗乾元元年（758年），其时京都长安虽已收复，但兵革未息，诗人杜甫眼见唐王朝因政治腐败而酿成祸乱，心境十分杂乱。游曲江正值暮春，所以诗中极见伤春之情，同时也表达了诗人对国家命运与百姓的关怀之情。

首联点出诗人每日下朝，都要典当春衣换取酒钱，日日买醉，渲染出一片愁情。

颔联写到处都有诗人所欠的酒债，加深了开篇的愁情。"七十古来稀"，表明诗人对日日买醉，酒债极多的不屑一顾，还是借此来说服自己放下这一切，只争朝夕，俯仰于杯盏间呢？但此时诗人所处的愁情显然更深了。

颈联写春天美景，诗人似乎忘了愁情，流连于春景。"深深见""款款飞"把蝴蝶飞舞于花丛中，蜻蜓灵动飘飞在水面上的动作写神了。

尾联写诗人要传话给春光，恳求春光多停留一会儿，即便是很短时间，表达了诗人的惜春之情。诗人想要跟春光一起逗留盘桓，就把春光拟人化了。此时的诗人看似暂忘愁情，要在春光中赏玩一番，然而这只是伤春之后对春的更加珍惜。安史之乱虽仍未平息，但毕竟给大唐王朝一个短暂的机会，也许朝廷可以借此时机作一番在战乱破败景象上的修整，同时广大民众也许可以不像在安史之乱一开始那样担惊受怕，在新政权的遮蔽下稍作休息。这两句，是诗人愁情加深后的无奈抉择，暗含了对唐王朝以及天下百姓的关怀热爱之心。

石壕吏^①

杜 甫

暮投石壕村^②，有吏夜捉人。
老翁逾墙走^③，老妇出门看。
吏呼一何怒^④！妇啼一何苦^⑤。
听妇前致词^⑥，三男邺城戍^⑦。
一男附书至^⑧，二男新战死^⑨。
存者且偷生^⑩，死者长已矣^⑪！
室中更无人^⑫，惟有乳下孙^⑬。
有孙母未去^⑭，出入无完裙^⑮。
老妪力虽衰^⑯，请从吏夜归。
急应河阳役^⑰，犹得备晨炊^⑱。
夜久语声绝，如闻泣幽咽^⑲。
天明登前途^⑳，独与老翁别^㉑。

---

① 石壕（háo）村：在今河南三门峡市陕州区观音堂镇。吏：抓壮丁的差役。　② 投：投宿。　③ 逾：翻过。走：逃跑。　④ 呼：叫喊。一何：何其，多么。怒：凶狠。　⑤ 啼：哭。　⑥ 前致词：老妇走上前去对差役说话。　⑦ 邺城：古郡名，治所在今河南安阳市。戍：服役。　⑧ 附书至：捎信回来。书，书信。至，回来。　⑨ 新：刚刚。　⑩ 且：暂且。　⑪ 长已矣：永远完了。已，完结。　⑫ 室中：家中。更无人：再没有别的男人了。更，再。　⑬ 惟：只，仅。乳下孙：正在吃奶的孙子。　⑭ 去：改嫁。　⑮ 完裙：全套服装。　⑯ 老妪（yù）：老妇人。衰：弱。　⑰ 应：响应。河阳：古地名，在今河南孟州市。当时唐王朝官兵与叛军在此对峙。　⑱ 犹得：还能够。晨炊：早饭。　⑲ 如：好像，仿佛。泣幽咽（yè）：低微断续的哭声。有泪无声为"泣"，哭声哽塞低沉为"咽"。　⑳ 登前途：踏上前行的路。登，踏上。　㉑ 独：只有。

222

【赏析】

这是一首写实的叙事五言古诗。758年，为平息安史之乱，郭子仪、李光弼等九位节度使联合围攻安庆绪所占的邺郡（今河南安阳），由于史思明派来援军，加上唐军的内部矛盾，在敌人两面夹击之下，唐军全线败北。郭子仪等退守河阳（今河南孟州），并四处抽丁补充兵力。759年春，杜甫由左拾遗贬为华州司功参军。他离开洛阳，途经新安、石壕、潼关，赶往华州任所。在由新安县西行途中，投宿石壕村，遇到差吏到石壕村乘夜捉人征兵，连年老力衰的老妇也被抓服役，于是就其所见所闻，写成这篇诗作。揭露了官吏的残暴和兵役制度的黑暗，对安史之乱中人民遭受的苦难深表同情。

第一段首句"暮投石壕村"，直叙其事。由于社会混乱和旅途荒凉等原因，旅客们都"未晚先投宿"，更何况在兵祸不断的时期。而诗人却于暮色苍茫之时才匆忙投奔到一个小村庄里借宿，这种不寻常的情景就富于暗示性。他或者是不敢走大路；或者是附近的城镇已荡然一空，无处歇脚。既点明了投宿的时间和地点，又和盘托出了兵荒马乱、鸡犬不宁、一切脱出正常的景象，为悲剧的演出提供了环境。"有吏夜捉人"是全篇的提纲，以下情节，都从这里生发出来。不说"征兵""招兵"而说"捉人"，已于如实描绘之中寓揭露、批判之意。"夜"字，含意丰富。第一、表明官府"捉人"之事时常发生，民众白天躲藏或者反抗，无法"捉"到；第二、表明县吏"捉人"的手段狠毒，在民众入睡的黑夜，来突然袭击。同时，诗人是"暮"投石壕村的，从"暮"到"夜"，已过了几个时辰，这时当然已经睡下了；所以下面的事件发展，他没有参与其间，而是隔门听出来的。"老翁逾墙走，老妇出门看"表现了人民长期深受抓丁之苦，昼夜不安；即使到了深夜，听到门外有响动，就知道县吏又来"捉人"，老翁立刻"逾墙"逃走，由老妇开门周旋。

从"吏呼一何怒"至"犹得备晨炊"，这十六句为第二段。"吏呼一何怒！妇啼一何苦！"形象概括了"吏"与"妇"的尖

223

锐矛盾。"呼""啼""怒""苦",形成了情感的强烈对照;两个"一何",加重了感情色彩,渲染出县吏如狼似虎的横蛮气势,并为老妇以下的诉说制造出悲愤的气氛。后面写"妇啼"的哭诉内容。"听妇前致词"承上启下。"听"是诗人在"听","致词"是老妇哭着回答县吏。"致词"内容的十三句,多次换韵,表现出多次转折,暗示了县吏的多次"怒呼"、逼问。这十三句,不是"老妇"一直在说,而县吏也不是光听不说。实际上,"吏呼一何怒,妇啼一何苦!"不仅发生在事件的开头,而且持续到事件的结尾。从"三男邺城戍"到"死者长已矣",是第一次转折,这是针对县吏的第一次逼问诉苦的。在这以前,诗人已用"有吏夜捉人"一句写出了县吏的猛虎攫人之势。等到"老妇出门看",便扑了进来,贼眼四处搜索,却找不到一个男人。于是怒吼道:"你家的男人都到哪儿去了?快交出来!"老妇泣诉说:"三个儿子都当兵守邺城去了。一个儿子刚刚捎来一封信,信中说,另外两个儿子已经牺牲了!……"泣诉的时候,可能县吏不相信,还拿出信来交县吏看。"存者且偷生,死者长已矣!"处境是够使人同情的,她很希望以此博得县吏的同情,高抬贵手。不料县吏又大发雷霆:"难道你家里再没有别人了?快交出来!"她只得又诉苦:"室中更无人,惟有乳下孙。"因为"更无人"与下面的回答发生了明显的矛盾。合理的解释是:老妇说:"家里再没有别的男人了!只有个孙子啊!还吃奶呢,小得很!""吃谁的奶?总有个母亲吧!还不把她交出来!"老妇担心的事情终于发生了,她只得硬着头皮解释:"孙儿是有母亲,她的丈夫在邺城战死了,因为要喂奶给孩子,没有改嫁。可怜她衣服破烂,怎么见人呀!还是行行好吧!"但县吏仍不肯罢手。老妇生怕守寡的儿媳被抓,饿死孙子,只好挺身而出:"老妪力虽衰,请从吏夜归。急应河阳役,犹得备晨炊。"老妇的"致词"到此结束,表明县吏勉强同意,不再"怒吼"了。

最后一段四句,写出了事件的结局和作者的感受。"夜久语声绝,如闻泣幽咽",表明老妇已被抓走,走时低声哭泣,越走

越远，便听不到哭声了。"夜久"表明老妇持续哭诉、县吏百般威逼的漫长过程。"如闻"二字，一方面表现了儿媳妇因丈夫战死、婆婆被"捉"而泣不成声，另一方面也显示出诗人以关切的心情倾耳细听，通夜未能入睡。"天明登前途，独与老翁别"收尽全篇，于叙事中含无限同情。前一天傍晚投宿之时，老翁、老妇双双迎接诗人，而时隔一夜，老妇被捉走，儿媳妇泣不成声，只能与逃走归来的老翁作别了。

佳 人

杜 甫

绝代有佳人①，幽居在空谷②。
自云良家子，零落依草木③。
关中昔丧乱④，兄弟遭杀戮。
官高何足论⑤，不得收骨肉⑥。
世情恶衰歇，万事随转烛⑦。
夫婿轻薄儿⑧，新人美如玉⑨。
合昏尚知时⑩，鸳鸯不独宿⑪。
但见新人笑，那闻旧人哭⑫。
在山泉水清，出山泉水浊。

---

① 绝代：冠绝当代，举世无双。　② 幽居：女子静处闺室。　③ 零落：飘零沦落。依草木：指住在山林中。　④ 关中：指函谷关以西地区，这里借指长安。丧乱：死亡和祸乱，指遭逢安史之乱。　⑤ 官高：指娘家官阶高。　⑥ 骨肉：指遭难的兄弟。　⑦ 转烛：烛火随风转动。比喻世事变化无常。　⑧ 夫婿：旧时妻子称丈夫。轻薄：薄情寡义。儿：我。　⑨ 新人：丈夫新娶的妻子。　⑩ 合昏：合欢树，其叶朝开夜合。　⑪ 鸳鸯：水鸟，雌雄成对，日夜形影不离。　⑫ 旧人：佳人自称。

侍婢卖珠回 ①，牵萝补茅屋 ②。
摘花不插发，采柏动盈掬 ③。
天寒翠袖薄，日暮倚修竹 ④。

【赏析】

这是首写闺怨的五言古诗。唐肃宗乾元二年（759 年），杜甫由左拾遗降为华州司功参军后，他毅然弃官，举家客居甘肃秦州，在那里负薪采橡栗，自给度日。全诗既写实一位惨遭离弃的佳人，又是诗人自己的寄寓抒怀，以佳人的遭遇寄寓自己的身世之感，表达了诗人对朝廷竭忠尽力，却落得弃官漂泊的窘境。即便是在饥寒交迫的情况下，始终坚持着高尚的节操。

第一部分八句，写佳人家庭的不幸遭遇。前两句点题，上句写其貌之美，下句写其品之高。又以幽居的环境，衬出佳人的孤寂，点出佳人命运之悲、处境之苦，隐含着诗人"同是天涯沦落人"的慨叹。接下四句，转为第一人称的倾诉：当年安史之乱，长安沦陷，兄弟们惨遭杀戮。官位高也没有用，他们死后连尸骨都得不到收殓。"官高"呼应上文"良家子"，强调绝代佳人出自贵人之家。

第二部分八句，写佳人倾诉被丈夫抛弃的不幸。前四句托物兴感，表述世态炎凉，人情冷暖。"转烛"，以风中的烛光，飘摇不定，比喻世事转变、光景流逝的迅速。后四句，诗人以形象的比喻，写负心人无义绝情，被抛弃的人伤心痛苦。在佳人倾诉个人不幸、慨叹世情冷漠的言辞中，充溢着悲愤不平的情绪。一"新"一"旧"、一"笑"一"哭"，强烈对照，被遗弃女子声泪俱下的痛苦之状，如在目前。夜合花朝开夜合，所以说"知时"。

第三部分八句，赞美佳人虽遭不幸，尚能洁身自持的高尚情操。前四句似悲似诉，佳人自言自誓，有矜持慷慨、修洁端丽

---

① 卖珠：指因生活穷困而变卖珠宝。　② 牵萝：拾取树藤类枝条。亦写佳人清贫。　③ 采柏：采摘柏树叶。盈掬（jū）：满捧。两手合捧曰掬。
④ 修竹：高高的竹子。比喻佳人高尚的节操。

之意。人处空谷幽寂之地，就像泉水在山，没有什么能影响其清澈。佳人的丈夫出山，随物流荡，于是就成了山下的浊泉。而她则宁肯受饥寒，也不愿再嫁，成为那清泉。同时，可见佳人居家环境的简陋清幽，生活的清贫困窘。结尾四句以写景作结，刻画出佳人的孤高和绝世而立。这位时运不济的女子，就像那经寒不凋的翠柏、挺拔劲节的绿竹，有着高洁的情操。

月夜忆舍弟 ①

杜甫

戍鼓断人行 ②，边秋一雁声 ③。
露从今夜白 ④，月是故乡明。
有弟皆分散，无家问死生 ⑤。
寄书长不达 ⑥，况乃未休兵 ⑦。

【赏析】

这是一首即事感怀的五言律诗。唐玄宗天宝十四年（755年），安史之乱爆发。唐肃宗乾元二年（759年），叛军安禄山、史思明从范阳引兵南下，攻陷汴州，西进洛阳，山东、河南都处于战乱之中。当时，杜甫的几个弟弟正分散在这一带，由于战事阻隔，音信不通，引起他强烈的忧虑和思念。

---

① 舍弟：对自己弟弟的谦称。杜甫有四个弟弟，杜颍、杜观、杜丰、杜占。　　② 戍鼓：戍楼上用来报时或告警的鼓声。断人行：指鼓声响起后，就开始宵禁。　　③ 边秋：秋天边远的地方。此处指秦州。一雁：孤雁。古人以雁行比喻兄弟。一雁，比喻兄弟分散。　　④ 露从今夜白：指在节气"白露"的一个夜晚。白露，二十四节气之一，在每年公历九月七日或八日，寓意天气已经转凉。　　⑤ 无家：杜甫在洛阳附近的老宅已毁于安史之乱。　　⑥ 长：一直。不达：收不到。　　⑦ 况乃：何况是。未休兵：此时叛将史思明正与唐将李光弼激战。

首联描绘了一幅边塞秋天图景。行人受阻，是诗人所见；戍鼓雁声，是诗人所闻。耳目所及皆是一片凄凉景象。沉重单调的更鼓和天边孤雁的叫声不仅没有带来一丝活气，反而使本就荒凉的边塞显得更加冷落沉寂。"断人行"点明社会环境，表明战事仍然频繁，道路为之阻隔。这两句运用渲染手法营造出浓重悲凉的气氛。

颔联点明题目。"露""月"等意象，既写景，也点明时令，但诗人所写的不完全是客观实景，而是融入自己的主观感受。明明是天下共有一轮明月，在各处没有差别，偏要说故乡的月亮最明；明明是诗人自己心里幻想，偏要说得那么肯定，不容置疑。但是这种幻想的虚写和实景相结合，表现了诗人微妙的心理，突出对故乡的感怀。

颈联由望月转入抒情。月光常会引人遐想，更容易引起思乡之情。诗人遭逢离乱，又在这清冷的月夜，他绵绵愁思中夹杂着生离死别的焦虑不安，语气也分外沉痛。上句说弟兄离散，天各一方；下句说家已不存，生死难料，伤心欲绝。这两句也概括了安史之乱中人民饱经忧患丧乱的普遍遭遇。

尾联进一步抒发内心的忧虑之情。亲人四处逃亡，流离失所，平时寄书信尚且常常不达，更何况战事仍旧频繁，生死茫茫更难相料。含蓄蕴藉，虽深情无限，却忧愁难解。

蜀 相①

杜甫

丞相祠堂何处寻②，锦官城外柏森森③。
映阶碧草自春色，隔叶黄鹂空好音④。

---

① 蜀相：指三国时蜀汉丞相诸葛亮。　② 丞相祠堂：即武侯祠，在今四川省成都市武侯区。　③ 锦官城：今四川省成都市别称。森森：茂盛繁密。　④ 空：纯净。

三顾频烦天下计^①，两朝开济老臣心^②。
出师未捷身先死^③，长使英雄泪满襟。

【赏析】

　　杜甫虽怀有忠君报国的政治理想，但他仕途坎坷，抱负无法施展。写这首七言律诗时，安史之乱尚未平息。目睹国势艰危，而自身又报国无门，因此对开创基业、挽救时局的诸葛亮，无限仰慕。这是一首咏史怀古诗。题名"蜀相"，是对诸葛亮的敬称。诗人借游览古迹"武侯祠"，表达了对蜀汉丞相诸葛亮忠君爱国、济世扶危的称颂，以及对他功业未遂的沉痛惋惜。

　　首联，"丞相祠堂"直切题意。"寻"字表达出诗人追慕先贤的执着和虔诚参拜的真心。"锦官城外"，指出诗人凭吊的是成都郊外的武侯祠。这里的柏树高大茂密，诗人抓住这一景物，展现出柏树那苍劲、朴质的形象特征，使人联想到诸葛亮的精神，不禁肃然起敬。

　　颔联写武侯祠内春意盎然的景象。茵茵春草，铺展到石阶之下，映现出一片绿色；只只黄莺，在林叶间穿行，发出清脆的叫声。自然界的春天来了，而国家中兴的希望却很渺茫。想到这里，诗人不免产生一种惆怅之感，因此说是"自春色""空好音"，"自"和"空"互文，诗人将自己的主观情思寄托到客观景物中，使景中生意，把自己内心的忧伤从景物描写中传达出来，反映出诗人忧国忧民的爱国精神。透过这种爱国思想的折射，诗人眼中的诸葛亮形象更加光彩照人。

　　颈联高度概括诸葛亮的一生。上句写刘备三顾茅庐，诸葛亮隆中对策，预见魏蜀吴鼎足三分的政治形势，并为刘备制定了统

---

① 频烦：犹"频繁"，多次。　　② 两朝开济：指诸葛亮辅助刘备开创帝业，后又辅佐后主刘禅。济，扶助。　　③ "出师"句：是说诸葛亮曾多次出师伐魏，未能取胜，至蜀建兴十二年（234 年）卒于五丈原（今陕西省岐山县）军中。

一国家之策。下句写诸葛亮辅助刘备开创蜀汉、辅佐刘禅，颂扬他为国呕心沥血的耿耿忠心。怀古为了伤今。此时，安史之乱尚未平定，国家分崩离析，人民流离失所，使诗人忧心如焚。他渴望能有忠臣贤相匡扶社稷，恢复国家的和平统一。正是这种忧国思想凝聚成诗人对诸葛亮的敬慕之情，寄托着自己对国家命运的美好憧憬。

尾联，咏叹诸葛亮病死军中，功业未成的不幸。诸葛亮怀志而逝的结局是一曲生命的赞歌，他以行动实践了"鞠躬尽瘁，死而后已"的誓言，使这位古代政治家的精神境界得到进一步升华。

客　至①

杜甫

舍南舍北皆春水②，但见群鸥日日来③。
花径不曾缘客扫④，蓬门今始为君开⑤。
盘飧市远无兼味⑥，樽酒家贫只旧醅⑦。
肯与邻翁相对饮⑧，隔篱呼取尽余杯。

【赏析】

这是一首洋溢着浓郁生活气息的纪事七言律诗，表现了诗人诚朴的性格和喜客的心情。

首联先从户外的景色着笔，点明客人来访的时间、地点和来访前夕诗人的心境。"舍南舍北皆春水"，把绿水缭绕、春意荡

---

① 客：指崔明府。明府是唐时对县令的美称。　②舍：指家。
③但见：只见。　④缘：因为。　⑤蓬门：用蓬草编成的门户。指贫寒之家。　⑥盘飧（sūn）：盘盛食物的统称。飧，食物。市远：离市集远。兼味：多种美味佳肴。　⑦樽（zūn）酒：酒器。代指新酿的美酒。旧醅（pēi）：隔年的陈酒。醅，没有过滤的酒。
⑧肯：能否允许。这是向客人征询。

230

漾的环境表现得十分秀丽可爱。这就是临江近水的成都草堂。"皆"字暗示出春江水势涨溢的情景，给人以江波浩渺、茫茫一片之感。群鸥，在古人笔下常常作水边隐士的伴侣，它们"日日"到来，点出环境清幽僻静，为诗人的生活增添了隐逸色彩。"但见"，含弦外之音：群鸥固然可爱，而不见其他的来访者，生活单调寂寞！诗人寓情于景，表现了他在闲逸的江村中的寂寞心情。为贯穿全诗的喜客心情，巧妙地做了铺垫。

颔联把笔触转向庭院，引出"客至"。诗人采用与客谈话的口吻，增强了宾主洽谈的生活实感。上句说，长满花草的庭院小路，还没有因为迎客打扫过。下句说，一向紧闭的家门，今天才第一次为你打开。寂寞之时，佳客临门，主人不由得喜出望外。这两句，前后映衬，情韵深厚。前句不仅说客不常来，还有主人不轻易延客意，今日"君"来，益见两人交情深厚，使后面的酣畅欢快有了着落。

以上虚写客至，颈联转入实写待客。"盘飧市远无兼味，樽酒家贫只旧醅"，因诗人所居之处远离街市，买食材很不方便，所以菜肴很简单。买不起高贵的酒，只好用家酿的陈酒，请随便进用吧！这两句很容易从中感受到主人竭诚尽意的盛情和力不从心的歉疚，也可体会到主客之间真诚相待的情谊。

尾联作结，把席间的气氛推向高潮。诗人高声呼喊，请邻翁共饮作陪。这一细节描写，细腻逼真。使人可想见，两位挚友真是越喝酒意越浓，越喝兴致越高，兴奋、欢快，气氛相当热烈。

茅屋为秋风所破歌 ①

杜 甫

八月秋高风怒号 ②，卷我屋上三重茅 ③。

茅飞渡江洒江郊，高者挂罥长林梢 ④，下者飘转沉塘坳 ⑤。

南村群童欺我老无力 ⑥，忍能对面为盗贼 ⑦。

公然抱茅入竹去 ⑧，唇焦口燥呼不得 ⑨！归来倚杖自叹息。

俄顷风定云墨色 ⑩，秋天漠漠向昏黑 ⑪。

布衾多年冷似铁 ⑫，娇儿恶卧踏里裂 ⑬。

床头屋漏无干处，雨脚如麻未断绝 ⑭。

自经丧乱少睡眠 ⑮，长夜沾湿何由彻 ⑯！

安得广厦千万间 ⑰，大庇天下寒士俱欢颜 ⑱，风雨不动安如山。

---

① 此诗为歌行体。歌行体本是古代歌曲的一种形式，后成为古体诗歌的一种体裁。 ② 秋高：秋深。怒号：大声吼叫。 ③ 三重（chóng）茅：几层茅草。三，泛指多。 ④ 挂罥（juàn）：缠挂。罥，挂。长（cháng）：高。 ⑤ 沉塘坳（ào）：沉到池塘水中。塘坳，低洼积水处，即池塘。坳，水边低地。 ⑥ 老无力：年老体弱。 ⑦ 忍能：忍心如此。对面：当面。 ⑧ 入竹去：进入竹林。 ⑨ 呼不得：大声呼喊，未能制止。 ⑩ 俄顷（qǐng）：一会儿。 ⑪ 漠漠：阴沉迷蒙的样子。向：渐近。 ⑫ 布衾（qīn）：棉被。衾，被子。 ⑬ 恶卧：睡相不好。裂：使动用法，使……裂。 ⑭ 雨脚如麻：形容雨点不间断，像下垂的麻线一样密集。雨脚，雨点。 ⑮ 丧（sāng）乱：战乱，指安史之乱。 ⑯ 何由彻：如何才能挨到天亮？彻，彻夜、通宵。 ⑰ 安得：如何能得到。广厦（shà）：宽敞的大屋。 ⑱ 大庇（bì）：全部遮盖，掩护起来。庇，遮盖。寒士：指贫寒的士人们。俱：都。

呜呼！何时眼前突兀见此屋①，吾庐独破受冻死亦足②！

【赏析】

唐肃宗乾元二年（759年），杜甫弃官回到巴陵。第二年，杜甫在成都浣花溪边盖起一座茅屋，总算有了栖身之所。不料一年后，大风破屋，又下大雨。当时安史之乱尚未平息，诗人由自身遭遇联想到战乱以来的八方多难，长夜难眠，感慨万千，于是写下了这首七言古诗。诗人叙述了茅屋被秋风所破以致全家遭雨淋的痛苦经历，抒发了自己内心愁苦郁闷的感慨，体现了诗人忧国忧民的思想。这首诗分四节解析。

第一节写面对狂风破屋的焦虑。开头两句起势迅猛。"风怒号"三字声音宏大，气势很强，"怒"字把秋风拟人化。诗人好不容易盖了这座茅屋，刚定居下来，秋风却故意同他作对似的，怒吼而来，卷起层层茅草，使诗人万分焦急！"卷""飞""渡""洒""挂罥""飘转"，一个接一个动态不仅组成一幅幅鲜明图画，而且紧紧牵动着诗人的视线，拨动着诗人的心弦。

第二节写面对群童抱茅的无奈。被风刮到地上的茅草，却被"南村群童"抱跑了。"欺我老无力"，如果诗人不是"老无力"，自然不会受欺侮。"忍能对面为盗贼"，这不过是表现诗人因"老无力"受欺侮产生的愤懑心情。所以，"唇焦口燥呼不得"，也就无可奈何了。"归来倚杖自叹息"总收一、二节。"自叹息"的"自"字，下得沉痛！诗人感受到整个天下的百姓都处于一种穷困境况，为此感到很焦虑，叹息不止。

第三节写屋破又遭连夜雨的苦况。前两句用浓重笔墨渲染出凄寒昏暗的氛围，烘托出诗人暗淡愁惨的心境。第三、四句没有切身生活经历的人是很难体会到那样的生活场景。接下来诗人

---

① 突兀：高耸的样子，这里用来形容广厦。见：通"现"，出现。
② 庐：茅草房。足：值得。

由眼前屋漏连雨联想到自己在战乱中颠沛流离，然后又不得不回到眼前长夜难熬的现实。一纵一收，一纵，从眼前处境扩展到安史之乱以来的痛苦经历，从风雨飘摇中的茅屋扩展到战乱频仍、残破不堪的国家。一收，又回到"长夜沾湿"的现实。"何由彻"和"未断绝"照应，表现了诗人既盼雨停，又盼天亮的迫切心情。

第四节写期盼广厦，将苦难加以升华。"安得"一词直贯下文，表现出诗人殷切期望。"广厦""千万间""大庇""俱欢颜"表现出一种愉快心情，表达出崇高、伟大的理想。然而这仅是诗人期望，只好"呜呼"叹息了。结尾两句深切表现出诗人的伟大胸襟和崇高理想。这首诗并不只是描写诗人的痛苦，而是代表广大贫苦人民，如何得到广厦千万间，这是诗人代表天下百姓发出的诉求，尽显出诗人忧国忧民的情状。

春夜喜雨

杜甫

好雨知时节，当春乃发生①。
随风潜入夜②，润物细无声③。
野径云俱黑④，江船火独明。
晓看红湿处⑤，花重锦官城⑥。

【赏析】

这首五言律诗作于唐肃宗上元二年（761 年），杜甫安居成都草堂已两年。这期间，杜甫躬耕田野，对春雨感情很深。此诗即以喜悦之情细致地描绘了春雨的应时和成都夜雨的景象，热情

---

① 乃：就。发生：萌发。　② 潜：暗暗地，悄悄地。　③ 润物：使植物受到雨水的滋养。　④ 野径：田野间的小路。　⑤ 晓：天刚亮时。红湿处：指雨水滋润的花丛。　⑥ 花重：花沾上雨水而变得沉重。锦官城：即今四川省成都市别称。

地讴歌了滋润万物的春雨。

　　首联，诗人以"好"字赞美雨，说它"知时节"，拟人化手法把雨写活。春天是万物萌芽生长的季节，正需要下雨，雨就来了。

　　颔联具体描写"好雨"特性，伴随着和风在夜色中潜入人间，细细地滋润万物。"潜""润""细"等字依然将雨拟人化，体现出这场春雨是来的那么无声无息，默默无闻，但是于宁静中已经滋润万物。

　　颈联写夜雨时的环境。在春雨阴沉的夜间，天空上全是黑黢黢的云朵，地上的小路也黑蒙蒙一片，只有江上的渔船点缀着灯火。这两句写出夜雨的美丽景象，"黑"与"明"相互映衬，不仅点明云厚雨足，而且给人以强烈的美感。

　　尾联紧扣题中"喜"字，写想象中的雨后之晨锦官城的迷人景象。如此一夜的"好雨"，万物都得到润泽，萌发滋长起来。诗人为此欣喜地说，等到明天清早去看看吧，整个锦官城将会百花齐放。"红湿""花重"等词的运用，展现了诗人体物的细腻。

古柏行

杜甫

孔明庙前有老柏[①]，柯如青铜根如石[②]。
霜皮溜雨四十围[③]，黛色参天二千尺[④]。
君臣已与时际会[⑤]，树木犹为人爱惜。
云来气接巫峡长[⑥]，月出塞通雪山白。

---

① 孔明庙：此处指夔州的孔明庙，在今重庆市境。孔明，即诸葛亮，字孔明。　②柯：草木的枝茎。　③霜皮溜雨：形容树皮色苍白光滑。霜皮，苍白树皮。溜雨，树皮光滑。四十围：即四十人合抱。代指古柏树的粗度　④黛色：青黑色。代指古柏树的形体。　⑤际会：遇合。⑥ 巫峡：长江三峡第二峡，西起今重庆市巫山县，东至湖北省巴东县。

忆昨路绕锦亭东①，先主武侯同閟宫②。
崔嵬枝干郊原古③，窈窕丹青户牖空④。
落落盘踞虽得地⑤，冥冥孤高多烈风⑥。
扶持自是神明力，正直原因造化功。
大厦如倾要梁栋，万牛回首丘山重。
不露文章世已惊⑦，未辞翦伐谁能送⑧？
苦心岂免容蝼蚁⑨，香叶终经宿鸾凤⑩。
志士幽人莫怨嗟⑪，古来材大难为用。

【赏析】

这首咏物言志的七言古诗应作于唐代宗大历元年（766年）。杜甫年轻时便怀有"致君尧舜上，再使风俗淳"的宏伟抱负。但是一生郁郁不得志，先是困居长安十年，后逢安史之乱，到处漂泊。48岁后弃官，携家眷随百姓逃难，曾在夔州居住。此诗即是杜甫54岁在夔州时对夔州武侯庙前古柏的咏叹之作。

起首四句描写孔明庙前古柏的特点，把枝丫比作青铜，树根比作石块，以比喻的说法，突出古柏存活的年代久远。以树干粗"四十围"、书高"二千尺"的夸张手法凸显古柏的高大。通常这样古老、高大的树木都生长在人迹难至的深山中，而生长在孔明庙前的古柏，为何会保存得如此完好，下两句给出了答案。

---

① 锦亭：指四川省成都市锦江亭。在杜甫草堂内，武侯祠在亭的东面。
② 先主：指刘备。三国时蜀汉开国皇帝。武侯：指诸葛亮。三国时蜀汉丞相，死后被追谥为忠武侯。閟（bì）宫：即祠庙。刘备与诸葛亮君臣合祀。　③ 崔嵬（wéi）：形容高大雄伟。　④ 丹青：指绘画。牖（yǒu）：窗户。　⑤ 落落：卓尔不群的样子。　⑥ 冥冥：高远的样子。　⑦ 不露文章：借指古柏没有花叶之美。　⑧ 翦：同"剪"。送：移送。　⑨ 苦心：柏树叶的味道苦涩，故曰苦心。　⑩ 香叶：柏叶有香气，故称。　⑪ 幽人：隐士。怨嗟：怨恨叹息。

　　"君臣已与时际会，树木犹为人爱惜"，原来是因为刘备和诸葛亮君臣二人有功德于民众，民众不加剪伐，柏树才长得这样高大。说明了诸葛亮在民众心中的崇高地位。

　　"云来气接巫峡长，月出塞通雪山白"，这两句也是以夸张形容咏叹柏树的高大。巫峡之云来而与柏树之气相接，雪山之月出而与柏树之寒相通。

　　"忆昨路绕锦亭东，先主武侯同閟宫"，这两句由古柏延伸到了真正要赞美的诸葛亮。诸葛亮是作者心中的偶像，诗人关心国家的志向与诸葛亮一样，所以由对诸葛亮的敬仰回到了自我现实中。一年前杜甫才离开成都，此时回想起去年所居之处与诸葛亮、刘备之祠相近，充满向往之情。诸葛亮、刘备之祠，已经成为臣子尽忠、君臣和睦的标志，对武侯祠的赞美即是对诸葛亮的信仰。

　　"崔嵬枝干郊原古"至"香叶终经宿鸾凤"，这十句又回到了眼前之景。高大的柏树为荒原增添了景致，在苍松的掩映下，武侯祠显得凄凉、破败。古柏仍旧苍翠，祠堂却已荒凉，以时间的推移来突出古柏的不朽。这几句把古柏比作自己，极言对古柏的赞美。先描写古柏卓尔不群，承天地造化长成参天巨木，大木重于丘山，万牛都不能拉动，正因为材大而难以为用，还要忍受蝼蚁的侵扰，但是柏叶余香，乃被鸾凤所喜。这一切正是作者自身的写照，怀才不遇，心怀忧伤与不满。伤心之余，作者愈发想到自己与诸葛武侯遭际的不同。以大厦将倾暗喻国家的危机，正是需要人才的时候，然而大木重于丘山，万牛都因不能拉动而回首去看，暗指国家危亡之际贤能之士却得不到任用，这与武侯诸葛亮和刘备的君臣相遇正是天壤之别。在对比中，抒发了作者的愤慨之情。

　　"志士幽人莫怨嗟，古来材大难为用"，最后两句语意双关，在无奈中，诗人颓然地发出了宏图不展的怨愤和大材不为用的感慨。

赠花卿①

杜甫

锦城丝管日纷纷②，半入江风半入云。
此曲只应天上有③，人间能得几回闻。

【赏析】

唐肃宗上元二年（761年），梓州刺使段子璋叛乱，袭击东川节度使李奂于绵州，自称梁王。当年五月，西川节度使崔光远的部属花敬定攻克绵州，斩杀段子璋。因平叛有功，居功自傲，僭用天子音乐。杜甫赠这首七言绝句予以委婉的讽刺。

"锦城丝管日纷纷，半入江风半入云"，这两句意思是锦城的花敬定府中每天都莺歌燕舞，那悠扬动听的乐曲，从花卿府中的宴席上飘出，随风荡漾在锦江上，冉冉飘入蓝天白云间。两个"半"字空灵活脱，写出了乐曲"行云流水"般的美妙。也暗讽花敬定生活奢侈。

"此曲只应天上有，人间能得几回闻"，乐曲如此之美，作者慨叹说：这应是天上的仙乐，人间怎能听到呢，即使听到也难得几次啊。

这首诗弦外之音意味深长，"天上"，实际上指天子所居皇宫。"人间"，指皇宫之外。这是封建社会常用的双关语。说乐曲属于"天上"，且加"只应"一词限定，"人间"当然就不应"得闻"。不应"得闻"而竟然"得闻"，不仅"几回闻"，而且"日纷纷"。柔中有刚，绵里藏针，寓讽花敬定生活享用违规礼制的意思尽在其中。

---

① 花卿：成都尹崔光远的部将花敬定，曾平定段子璋之乱。卿，当时对地位、年辈较低的人一种客气称呼。　② 锦城：即锦官城，今四川省成都市别称。丝管：弦乐器和管乐器，此泛指音乐。纷纷：形容乐曲轻柔悠扬。　③ 天上：双关语，虚指天宫，实指皇宫。

江畔独步寻花

杜甫

黄四娘家花满蹊^①，千朵万朵压枝低。
留连戏蝶时时舞^②，自在娇莺恰恰啼^③。

【赏析】

唐肃宗上元元年（760 年），杜甫到了四川成都，在西郊浣花溪畔建成草堂，暂时有了安身处所。时值春暖花开，触发了杜甫的赏花情怀。这首即景抒怀七言绝句便是诗人叙述在黄四娘家赏花时的场面和感触，展现了春花之美、人与自然的和谐，抒发了诗人对花的喜爱，以及对美好事物常在的期望。

首句点明寻花地点，在"黄四娘家"的小路上。诗人以人名入诗，生活情趣浓郁，颇有民歌韵味。次句，"千朵万朵"是上句"满"字的具体化。"压枝低"，描绘繁花沉甸甸地把枝条都压弯了。"压""低"二字贴切而生动。

第三句写花枝上彩蝶飞舞，因恋花而"留连"不去，暗示出花的芬芳鲜艳。花可爱，蝶的舞姿也可爱，使漫步的诗人也"留连"起来。"时时"，说明不是偶然遇到，把春天的充满生机的情趣渲染出来。正在赏心悦目之际，恰巧传来黄莺动听的歌声，将沉醉花丛的诗人唤醒，这是末句的意境。"娇"字写出莺声轻软的特点。"自在"不仅是写娇莺姿态，也体现出它给诗人心理上产生愉快轻松的感觉。

---

① 黄四娘：杜甫居处成都草堂时的邻居。蹊（xī）：小路。　② 留连：即留恋，舍不得离去。　③ 娇：可爱的样子。恰恰：象声词，形容鸟叫声音和谐动听。

闻官军收河南河北

杜 甫

剑外忽传收蓟北①，初闻涕泪满衣裳。
却看妻子愁何在②，漫卷诗书喜欲狂③。
白首放歌须纵酒④，青春作伴好还乡⑤。
即从巴峡穿巫峡，便下襄阳向洛阳⑥。

【赏析】

唐代宗宝应元年（762 年），唐军收复今洛阳、郑州及开封。第二年，史思明之子史朝义兵败自杀，持续七年多的"安史之乱"结束。杜甫当时正流落在四川梓州（治今三台县），听闻喜讯，满怀激情写下了这首即事抒怀七言律诗，诗人通过描写朝廷收复失地后自己无比兴奋的情景，表达了对国家和家乡的热爱。

起首两句以"忽传收蓟北"来破题，带有响亮、突如其来之感。诗人一直因安史之乱而内心充满愁苦，突然传来收复失地的消息，压抑的情感被瞬间打开。以前战乱造成的凄苦生活总算到头，喜极而泣的眼泪沾满了衣裳。

第三、四句是对前两句情感上的转折。诗人想与家人一同分享喜悦，但看见妻子儿女都沉浸在喜悦中，不由欣喜到胡乱卷起

---

① 剑外：剑门关以南。这里指四川。蓟（jì）北：泛指唐代幽州、蓟州一带，今河北北部地区，是安史叛军的根据地。　② 却看：回看。妻子：妻子和孩子。愁何在：不再愁。　③ 漫卷：胡乱卷起。是说杜甫已迫不及待地去整理行装准备回家乡。　④ 放歌：放声高歌。纵酒：开怀痛饮。　⑤ 青春：明丽的春天景色。作伴：与妻儿一同。⑥ "即从"两句：想象中的还乡路线，即出峡东下，由水路抵襄阳，然后由陆路向洛阳。巴峡，即今重庆市巴南区以东江面的石洞峡、铜锣峡、明月峡。巫峡，西起今重庆市巫山县，东至湖北省巴东县，因巫山而得名。襄阳，即今湖北省襄阳市。

手中书卷，意识里只剩下这突如其来的、振奋人心的喜讯。突出地传达了内心的喜悦，溢于言表。

第五、六句写诗人本因年老多病不宜饮酒，但此时高兴只想狂饮庆祝，趁着春光正好返回思念已久的家乡，是喜悦的具体表现。

结尾两句运用想象的表现手法，以四个地名把自己想象回到故乡的情景贯穿起来。"巴峡"对"巫峡"，"襄阳"对"洛阳"，各自对偶，更强化诗人轻快喜悦的情感。从"巴峡"到"巫峡"走的是水路，用"穿"字，因为要从山涧中乘船而过。从"巫峡"到"襄阳"是顺流急驶，因为行舟的速度极快，所以用"下"字；从"襄阳"到"洛阳"用"向"字，因为这时已换了陆路。"向"字也有归家、指向的意味，饱含着诗人返乡的喜悦之情。

别房太尉墓 ①

杜甫

他乡复行役 ②，驻马别孤坟。
近泪无干土，低空有断云。
对棋陪谢傅 ③，把剑觅徐君 ④。
唯见林花落，莺啼送客闻。

【赏析】

这是一首缅怀五言律诗。表达了思念友人、叹忧国事的情怀。房太尉即房琯，房琯在唐玄宗来到四川时拜相，为人正直。至德二年（757年），为唐肃宗所贬。杜甫曾上疏力谏，结果得罪

---

① 房太尉：指房琯，唐玄宗时宰相。　② 复行役：一再奔走。行役，出行。　③ 谢傅：指谢安，东晋丞相。诗人以谢安的镇定自若、儒雅风流来比喻房琯，足见其对房琯的推崇。　④"把剑"句：春秋时吴国季札出使晋国，路过徐国，心知徐君爱其宝剑，返回再路过徐国时，徐君已死，于是解剑挂在坟前树上而去。意即早已心许。

肃宗，险遭刑戮。房琯罢相后，于宝应二年（763年）拜特进、刑部尚书。在路遇疾，卒于阆州。死后赠太尉，两年后杜甫经过阆州，到老友的坟前哀悼，写下了此诗。诗中表达的感情深沉而含蓄，这是因为房琯的问题，事关政局，诗人已经为此吃了苦头，自有难言之隐。但诗中阴郁的氛围，深沉的哀痛，表现出诗人不只是悼念亡友，还有内心对国事的担忧和叹息。

首联是说在他乡复值行役之中，公事缠身，行程匆忙。尽管如此，诗人还是驻马暂留，来到孤坟前，向亡友致哀。生前虽是宰相，如今已是"孤坟"，表现了友人晚年的坎坷和身后的凄凉。

颔联写内心的哀思。诗人在坟前洒下哀悼之泪，以至于身旁的土都浸湿。心中的哀愁，似乎连天上的云朵也不忍离去。低云垂空，仿佛空气里都带着愁惨凝滞之感，使诗人倍觉冷寂哀伤。

颈联则以典故表达作者与友人之间的情谊。上句以东晋名相谢安下棋的神态比作房琯的表现，表达了对好友尊崇；下句以春秋吴国季子札的典故，诗人以延陵季子自比，表示对亡友的深厚友谊。这又照应前两联，说出他为何痛悼的原因。

尾联以实景化意境。"唯"字贯穿两句，意思是只看见林花纷纷落下，只听见莺啼送客之声。以此刻画出一个意境：林花飘落似珠泪纷纷，啼莺送客也似哀鸣不断。此时此地，诗人只看见这样的场景，只听见这样的声音，衬托出孤坟与吊客的悲哀。

登 楼

杜甫

花近高楼伤客心 ①，万方多难此登临 ②。
锦江春色来天地 ③，玉垒浮云变古今 ④。

---

① 客心：指客居者之心。　② 登临：登高观览。临，从高处往下看。
③ 锦江：岷江支流，流经贵州、四川、湖南三省。来天地：与天地俱来。　④ 玉垒：古山名，在今四川省理县一带。

北极朝廷终不改，西山寇盗莫相侵 ①。
可怜后主还祠庙 ②，日暮聊为梁甫吟 ③。

【赏析】

这是一首吊古伤今的七言律诗。唐代宗广德元年（763年），安史之乱初定，但朝廷内外宦官专权、藩镇割据，吐蕃又入侵西北边疆，灾患重重。严武被委任成都尹兼剑南节度使，主持事宜。原在阆州（今四川省阆中市）的杜甫听闻消息，欣喜异常，马上回到成都草堂。在一个暮春，诗人登楼远眺，有感而作此诗，坦露出自己要效法诸葛亮辅佐朝廷的抱负。

首联总领全篇。"万方多难"，是全诗写景抒情的出发点。在一个万方多难的时世，流离他乡的诗人愁思满怀，登上高楼。虽然此时是春天繁花触目的景象，但却为国家的灾难重重而忧愁、悲伤。"花伤客心"，这是以乐景写哀情。"登临"则领起下面的种种观感。

颔联写诗人登楼所见的山河壮观景象，锦江流水挟着蓬勃春色从天地的边际汹涌而来，玉垒山上的浮云飘忽，正像古今世势的风云变幻，由此联想到国家动荡不安的局势。前句向空间开拓视野，后句就时间驰骋遐思，天高地广，形成一个阔大悠远的境界，饱含着诗人对祖国山河的赞美和对历史的追怀。

颈联议论当前的国家形势。"北极"象征大唐朝廷。"终不改"，指从吐蕃攻陷京城，唐代宗不久收复长安，意指大唐王朝气运久远；"寇盗""相侵"，是针对吐蕃的侵犯，诗人寄语相

---

① **北极**：星名，古人常用以指代朝廷。西山：指今四川省西部当时与吐蕃交界地区的雪山。寇盗：入侵的吐蕃军队。　② 后主：即三国时蜀后主刘禅。曹魏灭蜀，他辞庙北上，成亡国之君。还（huán）祠庙：诗人感叹刘禅这样的人竟还有祠庙。这是借眼前古迹慨叹刘禅亲近佞臣而亡国，暗讽唐代宗信用宦官招致祸患。还，仍然。　③ 聊为：不甘心这样做而姑且这样做。梁甫吟：古乐府诗。《三国志》载诸葛亮躬耕陇亩，好为梁甫吟。借以抒发空怀济世之心，聊以吟诗以自遣。

告："不要再妄想前来侵扰！"义正词严，透出坚定的信念。

尾联咏怀古迹，讽喻当朝昏君，寄托诗人的个人抱负。太阳西落，在苍茫暮色中，武侯祠、后主祠依稀可见。想到蜀后主刘禅，诗人不禁感慨："可怜那亡国昏君，竟也配和诸葛武侯一样，专居祠庙，享后人香火！"这是以刘禅暗喻唐代宗李豫。李豫重用宦官程元振、鱼朝恩，造成国事维艰、吐蕃入侵局面，同刘禅信任黄皓而亡国相似。所不同的是，自己生活的时代只有像蜀后主那样的昏君，却没有诸葛亮那样的贤相。而诗人自己，空有济世之心，却只能靠吟诗来聊以自遣。"聊"字尽抒诗人无奈的伤感。

绝句·迟日江山丽

杜甫

迟日江山丽①，春风花草香。
泥融飞燕子②，沙暖睡鸳鸯③。

【赏析】

唐代宗广德二年（764年），杜甫在西南一带漂泊，暂时定居于成都的草庐中。诗人通过这首借景抒情的五言绝句，描绘一派生机盎然的春色，表达了热爱大自然的愉快心情。

"迟日江山丽，春风花草香"，描绘出在初春灿烂阳光照耀下，浣花溪一带明净绚丽的春景。"迟日"即春日，诗人借以突出初春的阳光。"丽"字点染"江山"，表现春日阳光明媚，四野青绿，溪水映日的秀丽景色。把春风、花草及其散发的馨香有机结合起来，通过联想，就有了春风和畅、百花竞放、风送花香的感受，更进一步展现明媚的大好春光。

"泥融飞燕子，沙暖睡鸳鸯"，这两句对偶，以一动一静来

---

① 迟日：春季的白天渐长，故称。　　② 泥融：指泥土湿润。
③ 鸳鸯：水鸟名。似野鸭，体形较小。雄鸟与雌鸟常双双出没。

体现春天的生机和闲适。上句以最具特征性的动态景物来描绘。春暖花开，泥融土湿。秋去春归的燕子，正繁忙地飞来飞去地衔泥筑巢。"泥融"，因春回大地，阳光普照才"泥融"；燕子新归，衔泥做巢而不停飞翔，显出一番春意闹的情状。下句勾勒出静态景物。春日沙暖，鸳鸯也在溪边沙洲上静睡不动，沐浴在阳光中，悠然自适。后两句描写景物动静相间，与前两句广远明丽的景物相配合，构成了一幅色彩鲜明、生机勃发的初春景物图。

绝句·两个黄鹂鸣翠柳

杜甫

两个黄鹂鸣翠柳，一行白鹭上青天①。
窗含西岭千秋雪②，门泊东吴万里船③。

【赏析】

唐肃宗宝应元年（762年），成都尹严武入朝，蜀中发生动乱，杜甫曾避梓州（治今四川省三台县）。次年安史之乱平定，再过一年，严武回到成都再次镇蜀。杜甫得知故人消息，也回到成都草堂。这时杜甫心情舒畅，身处草堂，面对勃勃生机的早春景色，挥笔写下了这首七言绝句。

起首两句，诗人以不同角度描绘早春景色。首句写草堂周围新绿的柳枝上有成对黄鹂在欢唱，构成一幅生机勃勃的景象。次句写蓝天上白鹭在自由飞翔，是一种向上的奋发。这两句，以"黄"衬"翠"，以"白"衬"青"，色彩鲜明，烘托出早春生机初发的气息。

---

① 白鹭（lù）：一种水鸟，羽毛白色，腿很长，捕食鱼虾。 ②西岭：即岷山，在今四川省成都市西。千秋雪：指西岭雪山上千年不化的积雪。西岭——指岷山，在成都西面。 ③东吴：指现在江苏省一带地方，古代是吴国所在地。泊：停泊。万里船：不远万里开来的船只。

再者，黄鹂居柳而鸣，白鹭飞翔上天，由下而上，由近而远，使诗人所能看到的、所能感受到生机充盈的整个早春景象。

第三句写凭窗远眺的景色。岭上积雪终年不化，所以称"千秋雪"。"含"字表明此景仿佛是嵌在窗框中的一幅图画。末句写从门外可见到停泊在江岸边的船只。"万里船"三字意味深长，因多年战乱，水陆交通为兵戈阻绝，船只不能畅行，而战乱平定，交通恢复，才能看到来自东吴的船只。

全诗四句四景，对仗精工，着色鲜丽，动静结合，声形兼俱，宛然合成了一幅咫尺万里的壮阔山水画卷。诗人把自己置身其中，感悟着生动和谐的广阔天地，表达出了美好的生活情趣和对自然万物、对祖国山河的无限深情。

宿　府①

杜甫

清秋幕府井梧寒②，独宿江城蜡炬残。
永夜角声悲自语③，中天月色好谁看④？
风尘荏苒音书绝⑤，关塞萧条行路难⑥。
已忍伶俜十年事⑦，强移栖息一枝安⑧。

---

① 宿府：留宿幕府。府，幕府，古代将军的府署。杜甫当时在严武幕府中。　② 井梧：梧桐树。　③ 永夜：整夜。　④ 中天：半空中。　⑤ 风尘荏（rěn）苒（rǎn）：指战乱已久。荏苒，指时间推移。　⑥ 萧条：寂寞，冷落。　⑦ 伶（líng）俜（pīng）：流离失所。十年事：杜甫饱经丧乱，从唐玄宗天宝十四年（755 年）安史之乱爆发至作这首诗时，正是十年。　⑧"强移"句：化用《庄子·逍遥游》"鹪（jiāo）鹩（liáo）巢于深林，不过一枝"句意，喻自己入严武幕府，原是出于为一家生活而勉强以求暂时的安居。强移，勉强移就。一枝安，指他在幕府中任参谋一职。

【赏析】

这是一首抒发旅愁的七言律诗，表达了作者悲凉深沉的情感，流露了怀才不遇的心绪。作于唐代宗广德二年（764年）六月，新任成都尹兼剑南节度使严武保荐杜甫为节度使幕府的参谋。这样作者每天天刚亮就得上班，直到夜晚才能下班。杜甫家住成都城外的浣花溪，下班后来不及回家，只好长期住在府内。这首诗，就写于这一年的秋天。杜甫的理想是"致君尧舜上，再使风俗淳"。然而无数事实证明这理想难得实现，所以早在乾元二年（759年），他就弃官不做，这次做参谋，虽然并非出于杜甫自愿，但为了"酬知己"，还是写了《东西两川论》，为严武出谋划策。但到幕府不久，就受到幕僚们的嫉妒、诽谤和排挤，日子很不好过。因此，在《遣闷奉呈严公二十韵》里，他诉说了自己的苦况之后，就请求严武把他从"龟触网""鸟窥笼"的困境中解放出来。这首《宿府》诗即作于这个背景下。

首联写诗人独宿，营造出悲凉的意境。这两句倒装，按顺序第二句应在前面。"独宿"二字是全诗的诗眼。"独宿"幕府，眼睁睁地看着"蜡炬残"，夜不能寐的苦衷见于言外。而第一句，则通过环境的"清""寒"，烘托心境的凄凉。

颔联写"独宿"的所闻所见。这两句中都有三个停顿，以顿挫的句法，吞吐的语气，烘托出一个看月听角、独宿不寐的人物形象，表现了无处诉说、沉郁悲抑的复杂心情。

颈联抒发"独宿"的心情。"风尘"句紧承"永夜"句，"永夜角声"，意味着战乱未息。悲凉的、自言自语的"永夜角声"，引起诗人许多感慨。"风尘荏苒音书绝"，就是主导心情的感慨。"风尘荏苒"表示战乱延续的时间很长。诗人时常想回到故乡洛阳，却由于"风尘荏苒"，连故乡的音信都得不到。"关塞"句紧承"中天"句，诗人一直盼望与家人同处一地，但好几年过去，诗人却仍然流落在外，独自在凄清的幕府里长夜不眠，仰望天空中的明月，不由得心事重重。

尾联接着抒发诗人内心的凄苦，照应首联。安史之乱以来，诗人四处流浪，于是联想到《庄子·逍遥游》中所说的鹓鹓鸟。如今安史之乱已经结束，却又要到幕府里来忍受"井梧寒"。"强移"二字表明他并不愿意来占幕府中的"一枝"，而是严武拉来的。用一个"安"字，不过是诗人自我解嘲。诗人一夜徘徊、辗转反侧，心中并不安宁，表达了漂泊流离的愁闷。

旅夜书怀

杜甫

细草微风岸，危樯独夜舟[①]。
星垂平野阔[②]，月涌大江流[③]。
名岂文章著，官应老病休。
飘飘何所似[④]，天地一沙鸥。

【赏析】

唐代宗永泰元年（765 年），杜甫辞去节度参谋职务，返居成都草堂。不久友人严武去世，杜甫在成都失去依靠，遂携家眷由成都乘舟东下，经嘉州（今四川省乐山市）、榆州（今重庆市）至忠州（今重庆市忠县）。途中作了这首即景抒情的五言律诗。诗人通过描写旅途风情，表达了老年多病、漂泊无依的悲苦心境。

首联写江夜近景。微风吹拂着江岸上的细草，竖着高高桅杆的小船在月夜孤独地停泊着。诗人寓情于景，通过写景展示自己的境况和情怀，像江岸细草一样渺小，像江中孤舟一般寂寞。

颔联写远景。"星垂"烘托出原野的广阔，"月涌"渲染出江流的气势，诗人以乐景写哀情，反衬出他孤苦伶仃的形象和颠连

---

① 危樯（qiáng）：高竖的桅杆。危，高。樯，船上挂风帆的桅杆。独夜舟：自己孤身一人夜泊江边。　②平野：平坦广阔的原野。　③月涌：月亮的倒映随水流涌。大江：长江。　④飘飘：形容流落、漂泊的样子。

无告的凄怆心情。

颈联抒发休官的忧愤。诗人的声名不因政治抱负而显著，反因文章而显著，这本非自己的志向，故说"岂"，这就流露出因政治理想不得实现的愤慨。诗人辞去官职，并非因老而多病，而是由于被排挤。说"应"当，本是不应当，正显出诗人悲愤的心情。

尾联诗人面对辽阔寂寥的原野，想起自己的痛苦遭遇，深感自己漂泊无依，在这静夜孤舟的境界中，自己恰如是天地间无所依存的一只沙鸥。借景抒情，表现了诗人内心漂泊无依的感伤。

八阵图①

杜 甫

功盖三分国②，名成八阵图。
江流石不转③，遗恨失吞吴④。

【赏析】

这是一首咏史怀古的五言绝句。杜甫在唐代宗大历元年（766年）夏迁居夔州，夔州有武侯庙，江边有八阵图，传说为三国时诸葛亮在夔州江滩所设。向来景仰诸葛亮的杜甫用了许多笔墨记咏古迹抒发情怀。《八阵图》便是其中一首。

起首两句赞颂诸葛亮的丰功伟绩。上句总写诸葛亮在确立魏、蜀、吴三足鼎立局势中的功绩。三国并存局面的形成，固然有许多因素，而诸葛亮辅助刘备从无到有，创建蜀国基业，应该说是重要原因之一。下句赞颂诸葛亮的军事才能，八阵图是由诸葛亮推演兵法所创。这两句诗句式对仗，"三分国"对"八阵图"，以全局性的业绩对军事上的才能，显得精巧工整。

---

① 八阵图：由八种阵势组成的图形，用来操练军队或作战。 ② 盖：超过。三分国：指三国时期魏、蜀、吴三国。 ③ 石不转：指涨水时，八阵图的石块仍然不动。 ④ 失吞吴：指刘备吞吴失策之事。

在结构上，上句开门见山地叙事，下句点出诗题，为下面凭吊遗迹做了铺垫。

结尾两句是对"八阵图"遗址抒发感慨。"八阵图"遗址在夔州西南永安宫前平沙上，六百年来石堆始终保持原样不变。上句写遗迹的特征。在作者看来，这种神奇景象和诸葛亮的精神心志有内在的联系：他对蜀汉政权和光复汉王朝的志向像磐石一般没有动摇。似乎又是对诸葛亮志愿未遂就已离世而惋惜、遗憾的象征，所以紧接着写出"遗恨失吞吴"，说刘备吞吴失计，破坏了诸葛亮联吴抗曹的根本策略，成为千古遗恨，这一句也包含了诗人自己老年迟暮的抑郁情怀。

秋 兴

杜 甫

玉露凋伤枫树林 ①，巫山巫峡气萧森 ②。
江间波浪兼天涌 ③，塞上风云接地阴 ④。
丛菊两开他日泪 ⑤，孤舟一系故园心 ⑥。
寒衣处处催刀尺 ⑦，白帝城高急暮砧 ⑧。

---

① 玉露：秋天的霜露，因其白，故以玉喻之。凋伤：使草木凋落衰败。
② 巫山巫峡：指夔州（今重庆市奉节县）一带的长江和峡谷。萧森：萧瑟阴森。 ③ 兼天涌：指波浪滔天。 ④ 塞上：指巫山。接地阴：风云盖地。 ⑤ 丛菊两开：杜甫此前一年秋天在长安，这年秋天在夔州，从离开成都算起，已历两秋，故云"两开"。"开"字双关，一谓菊花开，又言泪眼开。他日：往日，指多年来的艰难岁月。 ⑥ 故园：此处当指长安。 ⑦ 催刀尺：指赶裁冬衣。 ⑧ 白帝城：古城邑名，在今重庆市奉节县瞿塘峡口的长江北岸。急暮砧（zhēn）：黄昏时急促的捣衣声。砧，捣衣石。

【赏析】

《秋兴》八首是杜甫晚年为逃避战乱而寄居夔州时的作品，作于唐代宗大历元年（766年）。这首七言律诗是组诗的序曲，通过对巫山、巫峡秋色秋声的形象描绘，烘托出阴沉萧森、动荡不安的环境气氛，抒发了诗人忧国之情和孤独抑郁之感。亮出了"身在夔州，心系长安"的主题。

首联叙写景物，点明时间地点。秋天草木摇落，白露为霜。"巫山巫峡"，即诗人所在。"凋伤""萧森"二词，使意境笼罩着败落景象，气氛阴沉，定下全诗感情基调。

颔联展开"气萧森"的悲壮景象。"江间"承"巫峡"，"塞上"承"巫山"，波浪在地而兼天涌，风云在天而接地阴，极言阴晦萧森之状。万里长江滚滚而来，是眼前实景；"塞上风云"既写景物也寓时事。当时吐蕃入侵，边关吃紧，处处是阴暗的战云，虚实相兼。首联和颔联把峡谷深秋、个人身世、国家沦丧囊括其中，表达了诗人对时局动荡不安、前途未卜的忧虑处境。

颈联由秋天景物触动羁旅情思。"丛菊"承"塞上"句，"孤舟"承"江间"句。"他日"即往日，去年秋天在长安，今年此日在夔州。"丛菊两开他日泪"，表明去年对丛菊掉泪，今年又对丛菊掉泪。"两开"是双关语，既指菊开两度，又指泪流两回，足见诗人羁留夔州心情的凄伤。"故园心"，即思念长安之心。"系"字亦双关语，即指孤舟停泊，舟系于岸，又指心念长安，系于故园。

尾联在时序推移中叙写秋声。西风凛冽，傍晚时分更是萧瑟寒冷，意味冬日即将来临，人们在加紧赶制寒衣。白帝城高高的城楼上，晚风中传来急促的捣衣声。白帝城在东，夔州府在西，诗人身在夔州，听到白帝城传来的捣衣之声。结尾二句关合全诗，时序由白天推到日暮，客子羁旅之情更见艰难。

咏怀古迹

杜 甫

群山万壑赴荆门①，生长明妃尚有村②。

一去紫台连朔漠③，独留青冢向黄昏④。

画图省识春风面⑤，环佩空归夜月魂⑥。

千载琵琶作胡语⑦，分明怨恨曲中论⑧。

【赏析】

这是一首感怀七言律诗。唐代宗大历元年（766 年），杜甫从夔州出发到江陵，先后游历了宋玉宅、庾信古居、昭君村、永安官、先主庙、武侯祠等古迹，对古代的才士、美人、英雄、名相，深表崇敬，写下了《咏怀古迹五首》，以抒情怀。第三首是杜甫经过昭君村时所作，借咏怀汉代美人王昭君来抒写自己的抱负与思乡的心情。

首联，三峡之水从千山万壑间流过，山势峥嵘起伏，有如万马奔腾，直赴荆门。长江北岸传说依旧坐落着昭君村。第二句具体点明古迹所在，很自然将昭君的故事安置在"高江急峡"的背景中。"赴"字，突出三峡山势的雄奇生动，使山水充满生机；"尚"字，写出临江古村落依然如故的状态。大小映衬，动静相间，不仅使画面显得生动，又使诗的意境更深。因为"尚有村"传达一种"斯人已去"的寂寞感；自然界无穷的生命力，更加重"物在人亡"的惆怅情绪，为全诗奠定悲壮的基调。

颔联写王昭君人生的悲剧。《汉书·匈奴传》载：汉元帝竟

---

① 荆门：古山名，在今湖北省宜都市西北。 ② 明妃：指王昭君。
③ 去：离开。紫台：即紫宫。汉天子所居处。朔漠：指匈奴所在地的北方大沙漠。 ④ 冢（zhǒng）：坟墓。 ⑤ 省识：略识。春风面：形容王昭君的美貌。 ⑥ 环佩：妇女戴的装饰物。 ⑦ 胡语：胡音。 ⑧ 怨恨曲中论：乐曲中诉说着昭君的怨恨。

宁元年（前33年），"单于自言愿婿汉氏以自亲。元帝以后宫良家子王嫱字昭君赐单于"。"一去紫台"便说此事。"连"字写出塞之景，"向"字写思汉之心。只看上句的紫台和朔漠，自然就会想到离别汉宫、远嫁匈奴的昭君在异国殊俗的环境中，一生所过的生活。而下句写昭君死葬塞外，用"青冢""黄昏"两词。"黄昏"原指时间，而在这里，它似乎更是指空间，即和无边的大漠连在一起的、笼罩四野的黄昏的天幕，它是那样大，仿佛能吞食一切，但是，独有一个墓草长青的青冢，它吞食不下，消化不了。想到这里，这句诗自然就给人一种天地无情、青冢有恨的沉重感。

颈联揭示造成昭君悲剧的原因。"画图省识"句，据《西京杂记》载："元帝后宫既多，不得常见，乃使画工图形，按图召幸。宫人皆贿画工，昭君自恃容貌，独不肯与，工人乃丑图之，遂不得见。后匈奴入朝，求美人。上案图以昭君行。及去，召见，貌为后宫第一，帝悔之，而重信于外国，故不复更人。乃穷案其事，画工毛延寿弃市。"省识，指画工没有将王昭君的美貌表现出来，以致汉元帝没从图画里识别出昭君的真实容貌，造成了昭君葬身塞外的悲剧。"环佩"句是写她怀念故国之心，虽骨留青冢，魂灵还会在月夜回到生长她的父母之邦。

实际上这两句诗具有内在的因果关系：正因汉元帝昏庸，"按图召幸"，使小人有机可乘，故而辨识不出美恶真相，才害得昭君遗恨终生。杜甫忠心朝廷，结果却遭到君王的厌弃，终老江湖。因此，他对昭君的厄运充满同情，对昭君的故国之思有着充分理解。然而他深知奇冤已经铸就，纵使昭君魄魂归来也是枉然。"空归"二字写得肝肠寸断，把万千遗恨表达了出来。"春风面"与"夜月魂"更是对仗惊警：昔如彼，今如此，讽情贬义不言而出。

尾联借千载作胡音的琵琶曲调，点明全诗写昭君"怨恨"的主题。相传"昭君在匈奴，恨帝始不见遇，乃做怨思之歌"（《琴操》）。这两句写得真切率直，说千载之下，人们分明能从昭君演奏的琵琶曲中，听到她那无穷的怨恨。

阁 夜

杜甫

岁暮阴阳催短景^①，天涯霜雪霁寒宵^②。
五更鼓角声悲壮，三峡星河影动摇^③。
野哭千家闻战伐^④，夷歌数处起渔樵^⑤。
卧龙跃马终黄土^⑥，人事音书漫寂寥^⑦。

【赏析】

唐代宗大历元年（766年），杜甫寓居夔州西阁。当时西川军阀混战，连年不息。吐蕃也不断侵袭蜀地。而杜甫的好友李白、严武、高适等都先后去世。感时忆旧，以沉重的心情写下这首七言律诗。全诗通过描写冬夜景色，抒发了诗人忧国忧民的情怀。

首联描写冬夜寒冷。年终一天比一天短。"催"字不但说明夜长昼短的冬日特点，而且使人倍觉时光飞逝。"天涯"指夔州，又暗含有沦落天涯之意。夔州霜雪停了的寒冬夜晚，雪光映照下，明朗如昼。

颔联写夜中所闻所见。"五更鼓角声悲壮"，黎明时分，鼓角声格外响亮，更显得悲壮凄凉。表明兵戈未息、战争频繁不断。

---

① 阴阳：指日月。短景：指冬季日短。景，通"影"，此指日光。
② 霁（jì）：雪停。　　③ 三峡：指瞿塘峡、巫峡、西陵峡。在今重庆市至湖北省的长江流段。　　④ 野哭：战乱的消息传来，千家万户的哭声响彻四野。战伐：唐代宗永泰元年（765年），新任的剑南节度使郭英乂忌恨西川都知兵马使崔旰（gàn），两人兵戈相向，致使蜀中大乱。　　⑤ 夷歌：四川境内少数民族的歌谣。夷，古代对少数民族称呼。　　⑥ 卧龙：指诸葛亮，号卧龙，三国时蜀汉丞相。跃马：指公孙述，号跃马，东汉初年蜀地"成家"割据政权领袖。黄土：坟墓。这里引申为过往。　　⑦ 人事：指人情世故。音书：音讯，书信。漫：随便。寂寥：指稀疏，变少。

"三峡星河影动摇"是说雨后的天上银河显得格外澄澈，群星参差映照峡江，星影在湍急的江流中摇曳不定。诗人通过关注时局和三峡深夜美景的赞叹，蕴含着悲壮深沉的情怀。

颈联写拂晓所闻。听到征战消息，就立即引起千家的恸哭，哭声传遍四野，而渔夫樵子不时在夜深传来"夷歌"之声。诗人用声音来抒发情感，"野哭""夷歌"这两种声音都使他倍感悲伤，正好表现诗人忧国忧民的情怀。

尾联写诗人远望武侯、白帝两庙而引出的感慨。诗人极目远眺夔州西郊的武侯庙与东南的白帝庙，一世之雄，他们也成了黄土中的枯骨。人事与音书，都只能任其寂寞了。诗人通过对"卧龙跃马终黄土"的描述，流露出极为忧愤感伤的情绪。像诸葛亮、公孙述这样的历史人物，无论他是贤是愚，都烟消云散了。而今天下大乱，民不聊生，我的寂寥孤独，算得了什么。

登 高

杜甫

风急天高猿啸哀①，渚清沙白鸟飞回②。
无边落木萧萧下③，不尽长江滚滚来。
万里悲秋常作客④，百年多病独登台⑤。
艰难苦恨繁霜鬓⑥，潦倒新停浊酒杯⑦。

---

① 啸哀：猿凄厉的叫声。　② 渚（zhǔ）：水中的小块陆地。鸟飞回：鸟在急风中飞舞盘旋。回，回旋。　③ 落木：秋天飘落的树叶。萧萧：象声词。形容草木飘落的声音。　④ 万里：指远离故乡。常作客：长期漂泊他乡。　⑤ 百年：人的一生。这里借指晚年。　⑥ 艰难：兼指国运和自身命运。苦恨：极其遗憾。苦，极。繁霜鬓：像厚重白霜似的鬓发。繁，作动词，增多。　⑦ 潦倒：衰颓，失意。这里指衰老多病，志不得伸。新停：刚刚停止。杜甫晚年因病戒酒，所以说"新停"。

【赏析】

这是一首即景感怀的七言律诗。唐代宗大历二年（767 年），杜甫寄居夔州（今重庆市奉节县）时所作。全诗以融景抒情的手法，将自己的身世命运和秋天万物的衰败融为一体，倾诉了诗人远离故土的抑郁和思念亲人的忧伤，更为自己多年客居他乡的境遇而悲叹。

首联写出诗人立身之地，"风急"说明站在峡谷高处的风口，扣题总领全篇。显"天高"相比更低处而高，即长江。诗人登上高处，听到峡中传来"猿长啸"声，放目远望，看到江中的小岛，岛上满是常年被水冲洗的白沙，点缀着徘徊飞旋的鸟群。这两句中，不仅上下两句相对，而且还有句中自对，如上句"天"对"风"，"高"对"急"；下句"沙"对"渚"，"白"对"清"，读来富有节奏感。

颔联集中表现了夔州秋天的典型特征。诗人仰望茫无边际、萧萧而下的木叶，俯视奔流不息、滚滚而来的江水，在写景同时，便深沉地抒发了自己的情怀。"无边""不尽"，使"萧萧""滚滚"更加形象化，不仅使人联想到落木沙沙之声，长江汹涌之状，也无形中传达出时光易逝，壮志难酬的感伤。

颈联把眼前景和心中情紧密结合。宋人罗大经《鹤林玉露》称"此十四字之间含有八意：万里，地之远也。秋，时之惨也。作客，羁旅也。常作客，久旅也。百年，暮齿也。多病，衰疾也。台，高迥处也。独登台，无亲朋也"。多年的战乱，迫使诗人远离故土，常年作客异乡，"常作客"，指出诗人漂泊无定的生涯。"悲秋"两字写得沉痛。诗人目睹苍凉的秋景，不由想到自己沦落他乡、年老多病的处境，生出无限悲愁情绪。"万里""百年"相互呼应，写出诗人的羁旅愁与孤独感就像落叶和江水一样，排遣不尽。

尾联写诗人备尝艰难潦倒之苦，使自己白发日多，再加上因病断酒，悲愁就更难排遣了。

登岳阳楼

杜 甫

昔闻洞庭水^①，今上岳阳楼。
吴楚东南坼^②，乾坤日夜浮^③。
亲朋无一字^④，老病有孤舟^⑤。
戎马关山北^⑥，凭轩涕泗流^⑦。

【赏析】

这是一首即景抒情的五言律诗。唐代宗大历三年（768年），杜甫离开夔州来到岳阳（今湖南省岳阳市）。登上岳阳楼，凭栏远眺，面对浩渺壮阔的洞庭湖，诗人发出由衷的礼赞；继而想到自己晚年漂泊无定，国家多灾多难，又不免感慨万千，于是写下此诗。表达了诗人对自己怀才不遇的哀叹，以及心系国家安危、关心民生疾苦的悲壮情怀。

首联虚实交错，今昔对照。先写早闻洞庭盛名，然而到暮年才实现目睹名湖的愿望，表面看有初登岳阳楼的喜悦，其实意在抒发早年抱负至今未能实现之情。用"昔闻"为"今上"蓄势，实是为描写洞庭湖酝酿气氛。

颔联写洞庭湖浩瀚无边。诗人站在岳阳楼上，向东南方极

---

① 洞庭水：即洞庭湖，在今湖南省岳阳市周边一带。　② 吴楚：先秦时二国名，其地约在今华中与华东一带。坼（chè）：划分。吴、楚两地被洞庭湖分割。　③ 乾坤日夜浮：日月星辰和大地昼夜都飘浮在洞庭湖上。乾坤，指日月。　④ 无一字：指没有音讯。字，这里指书信。⑤ 老病：年老多病。有孤舟：唯有一叶孤舟飘零无定。诗人人生最后三年基本是在船上度过。　⑥ 戎（róng）马关山北：北方边关战事又起。当时吐蕃（bó）侵扰宁夏灵武、陕西邠（bīn）州一带，朝廷匆忙调兵抗敌。戎马，战争。关山，即陇山，在今甘肃天水市一带。　⑦ 凭轩：倚着楼窗。凭，倚靠。涕泗流：眼泪禁不住流淌。涕泗，眼泪。

目眺望，只见洞庭湖茫茫一片，而吴地则被挤向了远远的东边，楚地则被远远地挤向了西边、南边。"坼"字用得精妙，有动态感，仿佛湖水在延伸。无边无际的洞庭湖，仿佛整个天地万物都被湖水漂浮起来。"浮"字亦有动态感，天地万物的运动，都是洞庭湖水荡动的结果。这两句写景，但写景中渗透着诗人心系天下的胸怀，透露着唐王朝的分裂衰败和国势的不安定。

颈联写政治生活坎坷，漂泊天涯，怀才不遇的心情。"亲朋无一字"，得不到精神和物质方面的任何援助；"老病有孤舟"，从大历三年正月自夔州携带妻儿、乘舟出峡以来，既"老"且"病"，漂流湖湘，以舟为家，前途茫茫，何处安身，面对洞庭湖的汪洋浩渺，更加重了身世的孤危感。自叙如此落寞，于诗境极阔极狭的突变与对照中寓无限情意。

尾联写眼望国家动荡不安，自己报国无门的哀伤。诗人从洞庭湖向长安望去，隔着一道道关，一座座山，而战火就在北面燃烧。诗人心中呈现出吐蕃入侵，长安危急，人民遭难的情景，于是就禁不住伤心的老泪纵横。长安与岳阳楼相距千里，但在诗人心中却没有这个距离。衰老多病的躯体中，仍然跳动着一颗忧国忧民的志诚之心。"戎马关山北"，明确了颔联绝非仅是写景，颈联也绝非只写自己孤苦无依。"凭轩涕泗流"，则凝聚着诗人对国家时局、自己孤苦处境比照后，感到无可奈何、万分压抑的感情，深刻地显示出杜甫晚年的精神痛苦。

江南逢李龟年 ①

杜 甫

岐王宅里寻常见②，崔九堂前几度闻③。
正是江南好风景④，落花时节又逢君⑤。

【赏析】

唐代宗大历五年（770年），安史之乱后，漂泊在外的杜甫和李龟年于长沙重逢。两人回忆起在岐王和崔九府第经常相见的情景，杜甫不禁感慨而写下这首七言绝句。诗人借国家昔盛今衰的对比，表达了时世凋零丧乱与人生凄苦飘零的情感。

前二句叙事，追忆昔日与李龟年的接触，寄寓诗人对开元初年鼎盛的眷怀之情。这两句下语似乎很轻，含蕴的感情却深沉凝重。"岐王宅里""崔九堂前"，这两个文艺名流经常雅集之处，是鼎盛的开元时期精神文化集中之地，它们的名字足以勾起诗人对"开元盛世"的美好回忆。

后两句借景抒情。风景秀丽的江南，原是诗人向往所在。诗人真正置身其间，面对的竟是满眼凋零的"落花时节"和已然白首的流落艺人。"落花时节"，如同即景说事，又别有寓托。这四个字，暗喻了世运的衰颓、社会的动乱和诗人的衰病漂泊。再加上"正是"和"又"这两个虚词一转一跌，更抒发无限感慨。江南好风景，恰恰成了乱离时世和沉沦身世的有力反衬。

---

① 李龟年：唐玄宗时期的乐师。因受唐玄宗宠幸红极一时，常在贵族豪门歌唱。"安史之乱"后，李龟年流落江南，卖艺为生。　②岐王：唐玄宗李隆基之弟，名叫李范，以好学爱才著称，雅善音律。寻常：经常。　③崔九：崔涤，因在兄弟中排行第九，故称。玄宗时，曾任殿中监，出入禁中，得玄宗宠幸。　④江南：这里指今湖南省一带。　⑤落花时节：暮春，通常指阴历三月。落花的寓意很多，或指人的衰老飘零，或指社会的凋敝丧乱。

谷口书斋寄杨补阙①

钱起②

泉壑带茅茨③，云霞生薜帷④。
竹怜新雨后⑤，山爱夕阳时。
闲鹭栖常早，秋花落更迟。
家童扫萝径⑥，昨与故人期⑦。

【赏析】

这是一首邀约五言律诗，约杨补阙前来书斋叙谈。着力描绘作者自己书斋附近的自然环境，分层次地写出了书斋虽是茅屋草舍，但依壑傍泉，四周景色幽雅秀丽，意在表达对杨补阙的盛情，期待他能如期来访。

这首诗的最大特点是将水、云、竹、山、鹭、花人格化了，写得极富感情。首联起对，颔联晴雨分写，颈联写花鸟情态，末联写邀约。

书斋被围绕在谷口的泉壑之间，云霞从书斋外墙的薜帷间升起，可知书斋幽静，书斋所处山中高处。书斋附近，有浓密的竹林，雨后翠竹可喜；傍晚，山光绿紫万状，也十分可赏。白鹭常

---

① 谷口：古地名，在今陕西省蓝田县辋川镇一带。补阙：唐朝官名，职责是向皇帝进行规谏。　②钱起，生卒年不详，字仲文，吴兴（今浙江湖州市）人，唐代诗人。唐玄宗天宝十年（751年）进士。历任秘书省校书郎、蓝田县尉、司勋员外郎、考功郎中、翰林学士等，世称"钱考功"，为"大历十才子"之一。钱起长于五言，词彩清丽，音律和谐。诗作题材多描写景物和投赠应酬。　③泉壑：指山水。茅茨（cí）：茅屋。茨，用芦苇、茅草盖屋顶。　④薜（bì）帷：生长似帷帐的薜荔。薜荔，古代一种藤蔓植物。　⑤怜：可爱。此借指竹子青翠。　⑥萝径：生长着女萝的山路。萝，即女萝，一种植物，多附着在树皮上，少数生于石上。　⑦昨：早已。期：约定。

常很早就栖息了；花在高山中，谢得更迟些。这六句写出了书斋附近的清幽美景。结尾一联则是突出表现诗人的诚意盛情。全诗写景静中有动，幽而不寂，体现了钱起新奇清淡的诗风。

送僧归日本

钱起

上国随缘住^①，来途若梦行^②。
浮天沧海远^③，去世法舟轻^④。
水月通禅寂^⑤，鱼龙听梵声^⑥。
惟怜一灯影^⑦，万里眼中明。

【赏析】

唐代国势强盛，日本派了不少遣唐使来中国学习文化、技艺，还有不少僧人同来求取佛法，促进了中日文化的交流。这首五言律诗是作者赠送给即将回国的日本僧人，当时诗人在长安。前半部分写日本僧人来华，后半部分写日本僧人回国，诗中多用了"随缘""法舟""禅寂""水月""梵声"等佛家术语，充满宗教色彩，有浓厚的禅理风格，并紧扣送僧的主题，寄寓颂扬的情意。

前两句从来路写起。"若梦行"表现长时间乘舟航海的疲惫、恍惚的状态，以衬归国途中的艰辛，并启中间两联。颔联写

---

① 上国：本国，即指当时的唐王朝。　② 来途：指从日本来中国。
③ 浮天：舟船浮于天际。形容海面宽广，天好像浮在海上。沧海：即大海，因水深而呈青绿色，故名。　④ 去世：离开尘世。这里指离开中国。法舟轻：意为因佛法高明，乘船归国，将会一路顺利。法舟，指受佛法庇佑的船。　⑤ 水月：佛教用语，比喻僧品格清美，一切像水中月那样虚幻。禅寂：佛教悟道时清寂凝定的心境。　⑥ 梵（fàn）声：念佛经的声音。　⑦ 惟怜：最爱。一灯：佛家用语，比喻智慧。灯，双关，以舟灯喻禅灯。

海上航行时的迷茫景象，暗示归途邈远。"浮天"状海路之远，海面之阔，寓含着对僧人长途颠簸的关怀和体贴。"法舟"扣紧僧人身份，又含有人海泛舟、随缘而往之意蕴。颈联写僧人在海路中依然不忘法事修行，在月下坐禅，在舟上诵经。"水月"喻禅理，"鱼龙听"切海行，又委婉表现僧人独自诵经而谨守佛律的品性，想象丰富。尾联用"一灯"描状僧人归途中之寂寞，只有孤灯相伴，这是实写。但实中有虚，"一灯"又喻佛理。虚实相映成趣。

赠阙下裴舍人①

钱起

二月黄莺飞上林②，春城紫禁晓阴阴③。
长乐钟声花外尽④，龙池柳色雨中深⑤。
阳和不散穷途恨⑥，霄汉长怀捧日心⑦。
献赋十年犹未遇⑧，羞将白发对华簪⑨。

【赏析】

这是一首投赠七言律诗。是作者钱起落第期间所作。献诗给

---

① 阙下：宫阙之下，指帝王所居之地。阙是宫门前的望楼。舍人：中书舍人，唐时中书省长官，职责是草拟诏书，参与机要，决断政务。
② 上林：指上林苑，西汉武帝时所建。此处泛指宫苑。　③ 紫禁：皇宫。阴阴：草木郁郁葱葱。　④ 长乐：长乐宫，西汉宫殿。这里借指唐代长安宫殿。　⑤ 龙池：唐玄宗登位前王邸中的一个小湖，后王邸改为兴庆宫，玄宗常在此听政，或日常起居。　⑥ 阳和：和暖的春日。　⑦ 霄汉：云霄和天河。指天空极高处。　⑧ 献赋：西汉时司马相如向汉武帝献赋而被进用，后为许多文人效仿。此指参加科举考试。遇：被重用。　⑨ 华簪（zān）：华贵的冠簪。古人用簪把冠连缀在头发上。华簪为贵官所用，故常用指显贵官职。

在朝姓裴的中书舍人，希望得到裴舍人的引荐。

前四句写景，像不经意地描绘了一幅宫苑春景图：早春二月，在上林苑里，黄鹂成群地飞鸣追逐；紫禁城中春意盎然，拂晓时分，在树木葱茏之中，洒下一片淡淡的春阴。长乐宫的钟声飞过宫墙，飘到空中，又缓缓散落在花树之外。那曾是玄宗皇帝居住之地的龙池，千万株杨柳，在细雨中越发显得苍翠欲滴。这四句诗，写的都是皇宫苑囿殿阁的景色。但并不是为写景而写景，他的目的，是在"景语"中烘托出裴舍人的特殊身份地位。由于裴舍人追随御辇，侍从宸居，就能看到一般官员看不到的宫苑景色。当皇帝行幸到上林苑时，裴舍人看到上林苑的早莺；皇帝在紫禁城临朝时，裴舍人又看见皇城的春阴晓色；裴舍人草诏时，更听到长乐宫舒缓的钟声；而龙池的柳色变化及其在雨中的浓翠，自然也是裴舍人平日所熟知的。四种景物都若隐若现地使人看到裴舍人的影子。虽然没有一个字正面提到裴舍人，但实际上句句都在恭维裴舍人。恭维十足，却又不露痕迹。

后四句笔锋一转，写到请求援引的题旨上：虽有和暖的太阳，但无法使自己的穷途落魄之恨消散。我仰望天空，还是时时刻刻倾向着太阳（指当朝皇帝），意指自己有一颗为朝廷做事的衷心。十年来，我不断向朝廷献上文赋（指参加科举考试），可惜都没有得到知音者的赏识。如今连头发都变白了，看见插着华簪的贵官，我不能不感到惭愧。言语含蓄，保持了一定的身份。

钱起

和张仆射塞下曲 ①

钱起

林暗草惊风 ②，将军夜引弓 ③。
平明寻白羽 ④，没在石棱中 ⑤。

【赏析】

这是首写边塞情景的五言绝句。诗人借西汉司马迁所著《史记》记录的名将李广事迹，描写一位将军夜间巡逻时猎虎的故事。

首句写将军夜猎场所是幽暗的深林。当时天色已晚，一阵疾风刮来，吹得草木散乱张开。不但交代了具体时间、地点，而且制造了一种气氛。右北平是多虎地区，深山密林是猛虎藏身之所，而虎又多在黄昏夜分出山。"惊"字，不仅令人联想到猛虎呼之欲出，渲染出一片紧张异常的气氛，而且也暗示将军是何等警惕，为下文"引弓"做了铺垫。

次句写射箭。"引弓"，"引"是"发"的准备动作，体现出将军临险时镇定自若值神态。在感觉有凶兽"惊"之后，将军随即搭箭开弓，动作敏捷有力而不仓促，富有气势。

结尾两句写事件结果。第二天清晨，将军原路来到现场，他不禁大吃一惊：明亮的晨光中，看见被他射中的原来不是老虎，而是一块巨石，那枝白羽箭竟深深钻进石棱里去了！"石棱"为石的突起部分，箭头要钻入不可想象，这需要多大的臂力，多高的武艺啊！一位武艺高强、英勇善战的将军形象，便盘马弯弓、巍然屹立在眼前。神话般的夸张，为诗歌形象涂上一层浪漫色彩。

---

① 仆射（yè）：古官名，唐时属尚书省，职同宰相。塞下曲：唐代新乐府题。多是描写边境风光和战争生活。　② 惊风：突然被风吹动。　③ 将军：西汉飞将军李广。引弓：拉弓射箭。　④ 平明：天刚亮时。白羽：箭杆后部的白色羽毛。这里指箭。　⑤ 没（mò）：陷入。石棱（léng）：石头的边角。也指多棱的石头。

寻陆鸿渐不遇 ①

皎 然 ②

移家虽带郭 ③，野径入桑麻。
近种篱边菊，秋来未著花 ④。
扣门无犬吠，欲去问西家 ⑤。
报道山中去 ⑥，归时每日斜 ⑦。

【赏析】

这是一首描写隐士生活的五言律诗。陆羽是皎然好友，此诗即是在陆羽迁居后，皎然去探访他但没有见到的情况下写作，表达了诗人向往田园的隐者生活。

首联，写陆羽新迁之家临近城郊，通往他家那条郊野小路长满了桑麻，远离了世间的尘嚣。点出友人是位志趣高洁的隐者。

颔联，写陆羽住宅外的菊花，虽然到了秋天，但还没有开花。描写自然平淡，点出诗人访问友人的时间是在秋天。

颈联，写诗人去敲友人的门，不但听不到友人应答，连狗叫的声音都没有。诗人依然没有放弃，而是立刻去问西边的邻居，不舍之情溢于言表。

尾联是邻人的回答。陆羽往山中去了，常常要在太阳落山时才回来。"每日斜"的"每"字，从侧面烘托出陆羽不被尘事羁绊，向往山水的隐士情怀。

---

① 陆鸿渐：陆羽，字鸿渐，以擅长品茶著名，著有《茶经》，被后人奉为"茶圣"。　②皎然，生卒年不详，俗姓谢，字清昼，吴兴（今浙江省湖州市）人，唐代诗僧。与韦应物、薛逢等诗人有交往。皎然的诗多为赠答送别、山水游赏之作，情调闲适，语言简淡。　③带：近。郭：古代在城的外围加筑的一道城墙。　④著（zhuó）花：开花。
⑤西家：住在西面的邻居。　⑥报道：回答道。　⑦日斜（xiá）：太阳将要落山。斜，倾斜。

贼退示官吏·并序

元结 ①

癸卯岁，西原贼入道州 ②，焚烧杀掠，几尽而去。明年，贼
又攻永州破邵 ③，不犯此州边鄙而退 ④。岂力能制敌欤？盖蒙其
伤怜而已 ⑤。诸使何为忍苦征敛，故作一篇以示官吏。

昔岁逢太平，山林二十年。
泉源在庭户，洞壑当门前。
井税有常期 ⑥，日晏犹得眠 ⑦。
忽然遭世变，数岁亲戎旃 ⑧。
今来典斯郡 ⑨，山夷又纷然 ⑩。
城小贼不屠，人贫伤可怜。
是以陷邻境，此州独见全。
使臣将王命 ⑪，岂不如贼焉？
令彼征敛者，迫之如火煎。

---

① 元结（约 719—772），字次山，河南（今河南省）人。唐代文学家、官
员。唐玄宗天宝十二年（753 年）进士及第，经国子司业苏源明举荐，元
结上奏时议三篇，擢升右金吾兵曹参军，摄监察御史，为山南东道节度
参谋，以抗击史思明叛军建功，授监察御史里行。唐代宗时，任道州刺
史，政绩显著，加封容州都督充本管经略守捉使，后罢还京师。元结诗
作主要是五言古风，质朴淳厚，笔力遒劲。　②西原贼：安史之乱中
在西原的叛军。西原，唐时州名，治所在今广西大新县。道州：唐时州
名，治所在今湖南省道县。　③永州：唐时州名，治所在今湖南省永
州市零陵区。邵：唐时州名，治所在今湖南省邵阳市。　④边鄙：边
界。　⑤蒙：蒙受。伤怜：哀怜。　⑥井税：原是按照古代井田制
收取的赋税，这里借指唐代按户口征取定额赋税的租庸调法。井，即井
田。　⑦晏：迟，晚。　⑧戎旃（zhān）：军旗。借指战事，军队。
⑨典：治理。　⑩纷然：指骚扰侵犯。　⑪将：带着。

谁能绝人命，以作时世贤。
思欲委符节^①，引竿自刺船^②。
将家就鱼麦^③，归老江湖边。

【赏析】

这首五言古诗作于唐代宗广德二年（764年），当时元结任道州刺史。诗小序交代了作诗的原委。广西境内被称作"西原蛮"的一群强盗发动武装暴乱，曾攻占道州达一月余，其间烧杀抢掠。元结上任道州刺史后，"西原蛮"又攻破邻近的永州和邵州，却没有再攻道州。诗人认为，这并不是官府"力能制敌"，而是出于"西原蛮"对战乱中道州人民的"伤怜"，相反，朝廷派到地方上的租税使不能体恤人民，仍旧横征暴敛，有感于此，写下了这首诗，以警示征敛租税的官吏。全诗分四部分解析。

第一部分六句，前两句交代他在做官前二十年的隐居生活，正逢"太平盛世"。第三、四句写山林的隐逸之乐，为后文写官场的黑暗和准备归老山林做铺垫。"有常期"，是说有一定的限度。诗人把人民没有额外负担看作是年岁太平的主要标志，是"日晏犹得眠"，即人民能安居乐业的重要原因，对此进行了热情歌颂，为后面揭露"今"时统治者肆意压榨人民设下伏笔。

第二部分八句，写"今"写"贼"。前四句叙述自己从出山到遭遇变乱的遭遇：安史之乱以来，诗人因为亲身参与抗乱，对战乱所造成的后果深有体会。由此引出后四句，强调城小没有被屠，道州能存留下来的原因是："人贫伤可怜"，即"贼"对道州人民苦难的同情，这是对"贼"的褒扬。这首诗题为"示官吏"，主要目的是揭露官吏，讽刺官吏，所以写"贼"是为了写"官"。

第三部分六句，写"今"写"官"。一开始用反问句把"官"和"贼"对照来写，这是抨击官吏不顾丧乱地区人民死活，依然横征暴敛的愤激之词，是诗人关心人民疾苦的点睛之笔。而下两

---

① 委：丢弃。符节：指官印。　② 刺船：撑船。　③ 就：归向。

句是指陈事实的直接描写，真实地刻画出一幅虎狼官吏陷民于水火的真实情景。和前面"井税"两句相照应，与"昔岁"形成鲜明对比，对征敛官吏的披露更加深刻有力。接下来两句，诗人以反问语气做出断然否定的回答，揭示"时世贤"的残民本质。"绝人命"和"伤可怜"相照应，"时世贤"与"贼"作对比，这里对"时世贤"的讽刺鞭挞之意十分强烈。更为可贵是，诗人在此公开表明自己不愿"绝人命"，也不愿作"时世贤"的决绝态度，并以此作为对其他官吏的一种告诫。

第四部分八句，向官吏们坦露自己的心志。诗人是官吏，是不能违"王命"的，可是做"征敛者"，又不愿"绝人命"。诗人对待这一矛盾处境的办法是：宁愿弃官，归隐江湖，也绝不去做那种残民邀功、谄媚上级的所谓贤臣。这是对统治者残暴征敛的抗议，以一种坚定、清晰的态度表明对百姓的热情与关心。

石鱼湖上醉歌·并序

元结

漫叟以公田酿酒①，因休暇②，载酒于湖上，时取一醉。欢醉中，据湖岸，引臂向鱼取酒③，使舫载之④，偏饮坐者。意疑倚巴丘酌于君山之上⑤，诸子环洞庭而坐，酒舫泛泛然触波涛⑥。而往来者，乃作歌以长之⑦。

石鱼湖⑧，似洞庭，夏水欲满君山青。
山为樽⑨，水为沼⑩，酒徒历历坐洲岛⑪。

---

① 漫叟：元结自号。　② 休暇：休假。　③ 引臂：伸臂。　④ 舫（fǎng）：船。　⑤ 巴丘：山名，在今湖南省岳阳市洞庭湖边。君山：山名，在洞庭湖中。　⑥ 泛泛：形容漂荡的样子。　⑦ 长：这里是放声高歌之意。　⑧ 石鱼湖：湖泊名，在今湖南省道县。　⑨ 樽（zūn）：盛酒器具。　⑩ 沼（zhǎo）：水池。　⑪ 历历：分明可数、清晰的样子。

长风连日作大浪，不能废人运酒舫^①。

我持长瓢坐巴丘^②，酌饮四坐以散愁^③。

元结

【赏析】

这是一首描写悠闲生活的杂言古诗。诗前序言交代写作此诗的缘由。全诗主要反映了封建士大夫以酒为戏、借饮取乐的生活情趣，实质上表现的是借酒消愁之意。

起首三句，诗人以石鱼湖比作洞庭湖，夏季湖水涨满，君山一片翠绿。一开始便点明所处的环境是一片青山绿水，远离尘世的纷扰。

紧接三句，叙述在石鱼湖饮酒玩乐。以山为酒杯，湖水为酒池，众人围着洲岛畅饮，此时此刻诗人酒兴酣畅，与山水、酒客为伴，表现了诗人对这种隐逸闲适生活的热爱。

接着两句，承接上文继续说即使有大风大浪，也不能阻止饮酒作乐，借以忘忧，表达了诗人及时行乐的心意。

结尾两句，诗人稳坐在巴丘山，为众人斟酒饮乐。这两句是对上文的总结，同时也点出诗人是在借酒消愁，在这短暂的欢乐时光中，聊以排解内心的忧愁。

---

①废：阻挡。　　②长瓢：饮酒的器具。　　③四坐：四周座位上的人。

枫桥夜泊 ①

张继 ②

月落乌啼霜满天，江枫渔火对愁眠 ③。
姑苏城外寒山寺 ④，夜半钟声到客船。

【赏析】

这是一首写羁旅的七言绝句。安史之乱爆发后，唐玄宗仓皇奔蜀。当时江南政局比较安定，很多文士避乱到今江苏、浙江一带，诗人张继就在其中。一个秋天的夜晚，诗人泊舟苏州城外的枫桥。江南水乡秋夜幽美的景色，吸引着这位旅愁的客人，使他领略到一种情味隽永的诗意美，于是作出这首诗。

起句写夜间月落的景象。月亮在半夜落下，天幕呈现一片灰蒙蒙的光影。在树上栖息的乌鸦因为月落前后光线明暗的变化，被惊醒后发出几声啼鸣。月落夜深，寒霜暗凝。在幽暗静谧的环境中，使人对夜凉的感觉变得格外敏锐。"霜满天"，并不符合自然实景，因为霜华在地而不在天空，但却切合诗人的感受：深夜浸骨的寒意，包围着诗人夜泊的小舟，使他感到茫茫夜气中正弥漫着满天霜华。这一句，月落写所见，乌啼写所闻，霜满天写所感，层次分明地描写了一个先后承接的时间过程和感觉过程。体现了在水乡秋夜的幽寂清冷氛围中，一位孤独羁旅者的清寥感受。

次句描绘"枫桥夜泊"的景象和旅人的感受。在沉寂的夜

---

① 枫桥：古桥名，在今江苏省苏州市虎丘区枫桥街道阊门外。　②张继，生卒年不详，字懿孙，湖北襄州（今湖北省襄阳市）人。唐代诗人，唐玄宗天宝年间进士。唐代宗大历年间，以检校祠部员外郎为洪州（今江西省南昌市）盐铁判官。张继的诗爽朗激越，不事雕琢，比兴幽深，事理双切。最著名的诗作是《枫桥夜泊》。　③渔火：渔船上的灯火。江：江村桥，位于苏州枫桥景区内，为单孔石拱桥。　④姑苏：今江苏省苏州市古称。寒山寺：位于江苏省苏州市姑苏区。

色中，有和枫桥对望的江村桥隐约可见，两桥之间雾气茫茫的江面，星星点点的几处渔船上的灯火，在昏暗的夜景中，衬映着江村桥和枫桥像怀着秋夜的孤寂横睡在江上。"江枫"与"渔火"，一静一动，一暗一明。景物的搭配颇见艺术功底。"愁"诗人主观化借景以拟人化手法。抒发了孤单的旅人面对寒夜江枫渔火时萦绕的思乡情绪，又隐含着对旅途优美风物的新鲜感受。

结尾两句写听到山寺夜间钟声。在寂静的深夜，姑苏城外的寒山寺响起钟声，传到了客船上旅人的耳中。这是在枫桥夜泊中给人最鲜明深刻、最具诗意美的感觉印象。使这个夜景充满了灵动的神韵，催化人的神思。在暗夜中，人的听觉对外界事物景象感受最为敏感。"夜半钟声"就不但衬托出了夜的静谧和清寥，而诗人卧听钟声时，种种难以言传的感受也就尽在不言中。

寒 食

韩翃 ①

春城无处不飞花 ②，寒食东风御柳斜 ③。
日暮汉宫传蜡烛 ④，轻烟散入五侯家 ⑤。

【赏析】

这是韩翃创作的一首七言绝句。寒食是中国古代一个传统节

---

① 韩翃（hóng），字君平，生于 719 年，卒于 788 年，南阳（今河南省南阳市）人，唐代诗人。唐玄宗天宝十三年（754 年）进士，官至驾部郎中、中书舍人。"大历十才子"之一，韩翃的诗笔法轻巧，写景别致。著有《韩君平诗集》。　　② 春城：指暮春时节的长安城。
③ 御柳：皇城中的柳树。　　④ 汉宫：指唐朝皇宫。传蜡烛：寒食节天下禁火，但权贵宠臣可得到皇帝恩赏而赐予燃烛。　　⑤ 五侯：西汉成帝时封王皇后的五个兄弟王谭、王商、王立、王根、王逢时皆为侯，受到特别的恩宠。这里泛指天子近幸之臣。

日，在清明前两天。古人很重视这个节日，按风俗家家禁火，只吃现成的冷食，故名寒食。唐代制度，清明当天，皇帝宣旨取榆柳之火赏赐近臣，以示皇恩。这个仪式用意有二：一是标志着寒食节已结束，可以用火；二是借此给提醒臣子，要学习春秋时期的介子推有功不受禄的奉献精神，勤政为民。唐代中后期，几任皇帝都宠幸宦官，致使宦官的权势很大，排斥朝官，败坏朝政，正直人士对此都极为愤慨。有人认为这首诗正是因此而作。

起句，"飞花"点明是暮春时节。"无处不"，用双重否定构成肯定，进而写出整个长安柳絮飞舞，落红无数的迷人春景。

次句写皇宫园林的风光。当时的风俗寒食节折柳插门，清明这天皇帝还要降旨取榆柳的火赏赐近臣，以示恩宠。所以在无限的春光中特地剪取随东风飘拂的"御柳"。

结尾两句，诗人借汉喻唐，暗指中唐以来受皇帝宠幸、专权跋扈的宦官。这两句是说寒食节这天家家都不能生火点灯，但皇宫却例外，天还没黑，宫里就忙着分送蜡烛，除了皇宫，权贵宠臣也能享受这样的特例。"传""散"二字，刻画出一幅夜晚走马传烛图，使人如见蜡烛之光，如闻轻烟之味。寒食禁火，是我国沿袭已久的习俗，但权贵大臣们却可以破例点蜡烛。诗人对这种腐败的政治现象给予了委婉的讽刺。

春 思

皇甫冉 [①]

莺啼燕语报新年，马邑龙堆路几千 [②]。
家住层城临汉苑 [③]，心随明月到胡天。
机中锦字论长恨 [④]，楼上花枝笑独眠。
为问元戎窦车骑，何时返旆勒燕然 [⑤]。

【赏析】

这是一首写闺怨的七言律诗。诗人借闺妇抒写春怨，期望征夫早日结束战事，功成名就地归来。

首联，"莺啼燕语"是和平宁静的象征。新春佳节，正是亲人团聚的时候，但丈夫却远在边关，虽有良辰美景，未必能带来欢乐，反而最易惹动离愁，更加怀念在遥远的"马邑龙堆"戍守的亲人。诗人通过两个场景对比，显出沉郁悲壮的情绪。

颔联中女主人公虽然居住在安宁又繁华的皇宫附近，却是"心随明月到胡天"，早已飞到丈夫的身边。山河万里，能阻碍人

---

① 皇甫冉（约718—771），字茂政，祖籍甘肃泾州，出生于润州丹阳（今江苏省镇江市），唐代诗人。唐玄宗天宝十五年（756年）进士。皇甫冉十岁便能作文写诗，张九龄呼他为小友。其诗清新飘逸，多抒发漂泊之感。　　② 马邑：古地名，今山西省朔州市的古称。龙堆：白龙堆，古西域沙丘名。这里泛指沙漠。　　③ 层城：因京城分内外两层，故称。汉苑：这里指皇宫。　　④ "机中"句：东晋人窦滔曾被贬谪，他的妻子苏蕙因思念丈夫，便把无限情思写成一首首诗文，并按一定规律排列起来，然后用五彩丝线绣在锦帕之上，就是流传千古的《璇玑图》。此处借用了这个典故。论，表露，倾吐。　　⑤ "为问"二句：后汉车骑将军窦宪曾大破匈奴，于是登临燕然山，命班固作铭，刻石而还。元戎，主将，元帅。返旆（pèi），即班师。旆，古时军队中使用的军旗。勒，刻。燕然，燕然山，即今蒙古国杭爱山。

的形体相聚，却隔不断心灵的呼唤，而作为心灵交流媒介的，大概只有在夜间普照万物的明月了。

颈联，为了寄托无尽思念，女主人公纤纤擢素手，札札弄机杼，仿照古人故事，为远方的夫君织一幅锦字回文诗。回文诗循环可读，无始无终，暗指思妇的相思也缠绵不尽，天长地久。"论""笑"二字，是诗人拟人化的写法。回文诗的内容无非离情别恨，锦字诗有多长，恨便有多长，锦字诗无穷，恨也无穷。楼上花枝本无情，然而在诗人眼中，那花团锦簇的样子，很像是在嘲笑独眠人。

结尾一句，笔锋一转，向军中主帅发出询问：什么时候才能得胜班师，勒石而还？诗人以疑问句的形式来表达思妇的闺怨之情，语气更加强烈。

月 夜

刘方平 ①

更深月色半人家 ②，北斗阑干南斗斜 ③。
今夜偏知春气暖 ④，虫声新透绿窗纱 ⑤。

【赏析】

这是一首借景抒情的七言绝句，诗人刘方平采用动静相衬

---

① 刘方平，生卒年、字、号均不详，河南洛阳人，唐代诗人。唐玄宗天宝前期曾应进士试，未取，从此隐居颍水、汝河之滨，终生未仕。与皇甫冉为诗友。刘方平的诗多咏物写景之作，尤擅绝句，诗风清新自然，能以看似平淡的几笔勾勒出情深意切的场景。其《月夜》《春怨》都是广为传诵的名作。　　② 更深：古时计算时间，一夜分成五更。此指夜深了。月色半人家：月光照到人家庭院的一半。　　③ 北斗、南斗：星宿名。阑干：形容横斜的样子。斜（xiá）：倾斜。　　④ 偏知：才知。表示出乎意料。　　⑤ 新透：第一次透过。

手法，记叙了对初春月夜、气候转暖的感受，描绘了一种优美宁静而富有生机的境界，抒发了对春天来临的喜悦之情以及对生命的赞颂。

前二句写景，记叙星月西斜，夜深人静。"更深"二字，点明时间，也为全诗营造了静谧的氛围。"月色半人家"是更深二字的具体化，"北斗阑干南斗斜"是更深在夜空的表现。

第三、四句展示出一个独特的境界。在静谧的月夜，虫声标志着生命的萌动，万物的复苏。诗人捕捉物象敏锐，审美视角独特。尽管深夜寒意犹存，敏感的虫儿却首先感应到在夜气中散发着春的气息，从而情不自禁地鸣叫起来。和后文的"新"字紧相呼应。"透"字给人以生机勃发的力度感。窗纱的绿色，也令诗人的内心油然生发春回大地的美好联想。

春　怨

刘方平

纱窗日落渐黄昏，金屋无人见泪痕①。
寂寞空庭春欲晚，梨花满地不开门。

【赏析】

这是首写宫怨的七言绝句。诗人从屋内的黄昏渐临写屋外的春晚花落，从近处的杳无一人写到远处的庭空门掩，将一位少女置身于这样凄凉孤寂的环境中，来表明女子身世的可悲、青春的暗逝。

首句以写出环境。屋内环顾无人，气氛凄凉，但在阳光照射下，也许还可以减少几分凄凉。现在，屋内的光线随着纱窗日落、黄昏降临而越来越昏暗，更加深了凄凉况味。

次句点破主题。诗人用汉武帝金屋藏阿娇的典故，表明所写之地是与人世隔绝的深宫，所写之人是幽闭在宫内的少女。"无

————————————

① 金屋：原指汉武帝少时欲金屋藏阿娇事。这里指妃嫔所住的华丽宫室。

人见泪痕"有两重含意：一是其人因孤处一室，无人做伴而不禁泪下；二是其人身在极端孤寂环境中，纵然落泪也无人得见，无人同情。这正是宫人命运的可悲之处。泪而留痕，可见其垂泪已有多时。短短七字，就把主人公的身份、处境和怨情都写出来。

第三句是为无人的"金屋"增添孤寂感觉。屋内无人，固然使人感到孤寂，假如屋外人声喧闹，春色浓艳，呈现一片生机盎然的景象，或者也可以减少几分孤寂。现在，院中竟也寂无一人，又是鲜花飘落的晚春时节，更使"金屋"中人感到孤独寂寞。

结尾句，紧承上句，是"春欲晚"的补充和引申；也遥应第二句，对主人公起陪衬作用。人泣与花落两相衬映。

登鹳雀楼 ①

王之涣 ②

白日依山尽 ③，黄河入海流。
欲穷千里目 ④，更上一层楼 ⑤。

【赏析】

诗人王之涣曾任冀州衡水县（今河北省衡水市）主簿，不久因遭人诬陷而罢官，未满三十岁就退居在家。这首描写风景的五言绝句便作于访友漫游之时，表达诗人在登高望远中展现出来的非凡胸襟抱负，反映了盛唐时期人们积极向上的乐观进取精神。

---

① 鹳（guàn）雀楼：古代楼阁，传说常有鹳雀在此停留，因而得名。在今山西永济市境内。　② 王之涣（688—742），字季凌，出身于晋阳（山西省太原市）名门望族王家，迁居至绛州（今山西省新绛县），唐代诗人。曾任冀州衡水主簿，因被人诬谤而去官，后复出担任文安县尉，在任内去世。王之涣的诗多引为歌词，尤善五言诗，以描写边塞风光为胜，代表作有《登鹳雀楼》《凉州词》等。　③ 白日：太阳。依：依傍。尽：消失。　④ 穷：极尽。目：眼界。　⑤ 更：再。

首两句写诗人登楼所见的空间图景，落日在山边缓缓西沉，黄河奔腾南来又滚滚东去大海汇流。诗人由远及近再到远写出黄河落日的壮观景象。"入海流"则是诗人目送黄河远去而产生与大海汇流的意中景，当前景与意中景融合为一，增添了画面的广度和深度。

后两句写诗人所以能看到如此景观，乃是站在高楼上所致。诗人不由即景生意，把诗篇引入更高境界，表达一种积极豪迈的向上之情。"欲穷千里目"，蕴含着诗人高瞻远瞩的胸襟，"更上一层楼"，更说明要站得高才能看得远的哲理。

凉州词①

王之涣

黄河远上白云间②，一片孤城万仞山③。
羌笛何须怨杨柳④，春风不度玉门关⑤。

【赏析】

这是一首描写边塞的七言绝句。诗篇描绘了诗人远眺黄河的感受，展示了边塞地区壮阔、荒凉的景色，虽极力渲染戍卒不得还乡的怨情，但毫无颓丧消沉的情调。

起首两句描绘西北边地的广阔风光。诗人抓住自下游向上游、由近及远眺望黄河的感受，描绘出"黄河远上白云间"的动

---

① 凉州词：又名《出塞》。为当时流行曲《凉州》配的唱词。凉州，属唐陇右道，治所在今甘肃省武威市凉州区。　②远上：远远向西望去。　③孤城：孤座戍边城堡。仞：长度单位，一仞相当于七尺或八尺。　④羌笛：古羌族吹奏乐器。古羌族主要分布在今甘肃、青海、四川三省一带。何须：何必。杨柳：指《折杨柳》曲。古诗文中常以杨柳喻送别情事。　⑤春风：某种温暖关怀或某种人间春意春象。玉门关：古代边关名，故址在今甘肃省敦煌市境。

人画面：汹涌澎湃的黄河竟像一条丝带曲折婉转飞上云端。"一片孤城万仞山"出现了塞上孤城，"黄河远上白云间"是它远处的背景，"万仞山"是它近处的背景。在远川高山反衬下，益见此城地势险要、处境孤危。"一片"，相当于"一座"，这样一座漠北孤城，当然是防守边关的堡垒。"孤城"意象先行引入，为下两句进一步刻画征夫的心理作了准备。

第三句忽而一转，引入羌笛之声。羌笛所奏的是《折杨柳》曲调，这就不得不勾起征夫的离愁。玉门关外，春风不度，杨柳不青，征夫想要折一枝杨柳寄情也不能，这就比折柳送别更为难堪。征夫怀着这种心情听曲，似乎笛声也在"怨杨柳"，流露的怨情更强烈。末句正面写边地苦寒，含蓄着无限的离乡思情。

阙 题 ①

刘眘虚 ②

道由白云尽 ③，春与青溪长 ④。
时有落花至，远随流水香。
闲门向山路 ⑤，深柳读书堂 ⑥。
幽映每白日 ⑦，清辉照衣裳。

【赏析】

这是一首即景抒情的五言律诗。诗人刘眘虚在去一处深山别

---

① 阙题：即缺题。阙，通"缺"。因原题在流传中遗失，后人在编诗时以"阙题"为名。　② 刘眘（shèn）虚（约714—约767），字全乙，号易轩。洪州新吴（今江西省奉新县）人。唐代诗人。开元二十二年（734年）进士，官洛阳尉、夏县令。刘眘虚擅长五言，多写山水隐逸之趣。　③ 由：因为。　④ 春：春意，即诗中所说的花柳。　⑤ 闲门：进出往来的人少，显得清闲的门庭。　⑥ 深柳：即茂密的柳树。　⑦ 幽映：指"深柳"在阳光下的浓荫。

墅时的路上，把沿途幽美景色描绘出来，但不是写诗人自己山居的闲适，而是写友人山中隐居的幽趣。

首联写进入深山的情景，通向别墅的路至云和山相接处就到了，可见这里地势相当高峻。依傍着山路有条曲折的溪水，此时正当春暖花开，山路悠长，溪水也悠长，而一路的春色又与溪水同样悠长。为什么春色也会"悠长"呢？因为沿着青溪一路走，一路上都看到密草繁花，无尽的春色源源而来。青溪行不尽，春色也就看不尽，似乎春色也是悠长的。

颔联细写青溪和春色。此时，水面上漂浮着花瓣，流水也散发出香气。芬芳的落花随着流水远远而来，又随着流水远远而去。其中"随"字赋予落花以人的动作，又暗示诗人也正在行动之中，从中可以体味出诗人遥想青溪上游花在春光中静静绽放的景象。他沿着青溪远远地走了一段路，还是不时看到落花飘洒在青溪中，于是不期而然地感觉到流水也是香的了。

颈联写一路行走，一路观赏，别墅终于出现在眼前。抬头一看，这里没有多少人来打扰，所以门也成了"闲门"。主人分明爱好观山，所以门又向山路而设。走进去一看，院子里种了许多柳树，长条飘拂，主人的读书堂就深藏在柳影之中。原来这位主人是在山中专心致志研究学问。

尾联，诗人仍然只就别墅的光景来描写。这里的"每"可作"虽然"讲，因为山深林密，所以虽然在白天，也有一片清幽的光亮散落在衣裳上面。那安谧的环境，舒适的气候，真是安心读书的最好地方。

征人怨

柳中庸 ①

岁岁金河复玉关 ②，朝朝马策与刀环 ③。
三春白雪归青冢 ④，万里黄河绕黑山 ⑤。

【赏析】

这是一首边塞诗。唐代宗大历年间，吐蕃、回鹘频繁侵扰唐朝西北边境，使守边战士长期坚守而不能归家。这首七言绝句以征人在边塞久戍，面对荒凉环境心生怨苦的情状，表达了诗人对统治者不能尽早扫平边患的谴责之意。诗中不着一个"怨"字，只是客观记录征人岁岁朝朝征战的生活情况，而征人的怨情已寓其中。

起首两句就时记事。年复一年，东西奔波，往来边城；日复一日，跃马横刀，征战不休。"岁岁""朝朝"相对，"金河""玉关""马策""刀环"并举，又加以"复""与"二字，给人以单调困苦、无穷无尽之感，怨情自然透出。但对于满怀怨情的征人来说，不仅从那无休止的时间中时时刻刻都感到怨苦，更从即目所见的景象中感到怨苦。

第三句写时令已到暮春，在苦寒的塞外却"春色未曾看"，所见只有白雪落向青冢而已，肃杀的环境令人凄绝。结尾句写边塞山川景物。滔滔黄河绕过黑山，又奔腾向前。这两句写的都是征人常见之景，常到之处，因而从白雪青冢与黄河黑山这两幅图画里，可感到征人转战跋涉的艰苦。诗句虽不直述怨语，而蕴蓄其中的怨恨之情不言而出。

---

① 柳中庸，名淡，字中庸，河东（今山西省永济市）人，和柳宗元同族，唐代诗人。大历年间进士，曾官鸿府户曹，未就任。代表作为《征人怨》。
② 金河：即黑河，在今内蒙古呼和浩特市南。玉关：玉门关，在今甘肃省敦煌市境。　③ 马策：马鞭。刀环：刀柄上的铜环。皆喻以征战之事。
④ 三春：指暮春。青冢：指西汉王昭君墓，在今内蒙古呼和浩特市南。
⑤ 黑山：又名杀虎山，在今内蒙古呼和浩特市东南一带。

客夜与故人偶集

戴叔伦 ①

天秋月又满，城阙夜千重 ②。
还作江南会 ③，翻疑梦里逢 ④。
风枝惊暗鹊 ⑤，露草覆寒虫 ⑥。
羁旅长堪醉 ⑦，相留畏晓钟 ⑧。

【赏析】

这是一首写羁旅生活的五言律诗，作于戴叔伦在江南入幕期间。由于职务所需，诗人经常外出办事，在一个秋天的夜晚，于江南某旅店之中，偶遇离别多年的同乡，满怀惊喜后，又感叹相逢苦短，于是诗人题诗与同乡告别。以诗篇描写了诗人对故人相聚的珍惜和朋友间深厚的友谊。

首联写相逢，说明了在秋季的月圆之日和故人相逢于长安，畅谈到深夜。

颔联写难得不期而遇。诗人做客在外，偶然与同乡聚会，欣喜中竟怀疑是梦中在江南相遇。"还作""翻疑"生动传神，表现了诗人旅居异地的凄苦。也表现了诗人惊喜交加的心情。

颈联借秋夜的凄凉景色，暗寓他乡生活的辛酸。秋风吹得树枝摇动，惊动栖息的鸟鹊；秋季霜露很重，覆盖了深草中涕泣的

---

① 戴叔伦，字幼公，润州金坛（今江苏省常州市金坛区）人，唐代诗人，大历元年（766年），戴叔伦得到户部尚书刘晏赏识，在其幕下任职。后历任新城令、东阳令、抚州刺史、容管经略使。在任期内，政绩卓著。因年老辞官。　　② 城阙（què）：宫城前两边的楼观。这里泛指城池。千重：千层，层层叠叠，形容夜色浓重。　　③ 会：聚会。
④ 翻疑：反而怀疑。翻，反而。　　⑤ 风枝：风吹拂下的树枝。
⑥ 露草：沾露的草。　　⑦ 羁旅：指客居异乡的人。　　⑧ 相留：挽留。晓钟：报晓的钟声。

寒虫，到处都能感觉到秋的寒意和肃杀，在渲染气氛的同时也烘托出诗人客居他乡生活的凄冷，以及宦海沉浮之痛。故友的异乡羁旅生活也很凄苦，相逢不易，于是一起欢聚畅饮，长夜叙谈。

尾联写长夜叙谈，借酒浇愁。“长”字暗示宁愿长醉不愿醒来，只有这样，才能忘却痛苦，表达了诗人的颠沛流离之苦；“畏”字暗示害怕听到钟声，流露出诗人担心夜短天明，晨钟报晓，预示诗人又要和友人依依惜别。

塞下曲①

卢纶②

月黑雁飞高③，单于夜遁逃④。
欲将轻骑逐⑤，大雪满弓刀。

【赏析】

《塞下曲》为《汉乐府·横吹曲辞》旧题，内容多写边塞征战。这是卢纶组诗《塞下曲》中的第三首。卢纶曾任幕府中的元帅判官，对行伍生活有体验，描写此类生活的诗比较充实，风格雄劲。这首古体诗写将军雪夜准备率兵追敌的壮举，气概豪迈。

第一句写景，“月黑雁飞高”并非眼中之景，而是意中之景。

① 塞下曲：古时边塞的一种军歌。 ② 卢纶（739—799），字允言，河中蒲州（今山西省永济市）人，唐代诗人，大历十才子之一。多次应试不第。大历六年，由宰相元载举荐，授阌乡尉；后由宰相王缙荐为集贤学士，秘书省校书郎，升监察御史。出为陕府户曹、河南密县令。后元载、王缙获罪，遭到牵连。德宗朝复为昭应令、河中浑瑊元帅府判官，官至检校户部郎中。有《卢户部诗集》。卢纶的诗，以五、七言近体为主，多唱和赠答之作。 ③ 月黑：没有月光。 ④ 单（chán）于（yú）：匈奴的首领。这里指入侵者的最高统帅。遁：逃走。⑤ 将：率领。轻骑：轻装快速的骑兵。逐：追赶。

雪夜月黑，本不是雁飞的正常时刻；而宿雁惊飞，透露出敌人正在行动。寥寥五字，既交代了时间为冬季，又烘托出了战前的紧张气氛。"单于夜遁逃"，敌人夜间行动，并非率兵来袭，而是借月色的掩护仓皇逃遁，语气充满了对敌人的蔑视和我军的必胜信念。

后两句写将军准备追敌的场面。"欲将轻骑逐"，将军发现敌军潜逃，要率领轻装骑兵去追击，显示出了高度的自信。当勇士们列队准备出发时，一场大雪下了起来，刹那间弓刀上落满了雪花。他们就像一支支即将离弦的箭，虽尚未出发，却满怀着必胜的信心。最后一句"大雪满弓刀"是严寒景象的描写，表达了战斗的艰苦性和将士们奋勇的精神。

本诗写出了当时的实情：单于在"月黑雁飞高"的情景下率军溃逃，将军在"大雪满弓刀"的奇寒天气情况下准备率军出击，一逃一追渲染了紧张的气氛。诗句虽然没有直接写激烈的战斗场面，但留给了读者广阔的想象空间，营造了诗歌意蕴悠长的氛围。

晚次鄂州①

卢纶

云开远见汉阳城②，犹是孤帆一日程③。
估客昼眠知浪静④，舟人夜语觉潮生⑤。
三湘愁鬓逢秋色⑥，万里归心对月明。
旧业已随征战尽，更堪江上鼓鼙声⑦。

---

① 次：临时驻扎和住宿。鄂州：即今湖北省鄂州市。　② 汉阳城：即今湖北省武汉市汉阳区。　③ 一日程：一天的水路旅程。　④ 估客：指商人。　⑤ 舟人：即船夫。　⑥ 三湘：指湘江的三条支流沅湘、潇湘、蒸湘的总称，在今湖南省境内。由鄂州上去即三湘地。这里泛指汉阳、鄂州一带。　⑦ 更堪：更难堪。犹岂能再听。鼓鼙（pí）：古代军中常用的乐器，指大鼓和小鼓。亦借指征战。

【赏析】

这是一首触景抒怀的七言律诗。全诗极力渲染战乱给人民带来的深重苦难。

首联扣题写"晚次鄂州"。上句说明行进方向,鄂州离汉阳甚远,故下句说"犹是孤帆一日程"。这样远的距离,当然不能直接看到。但诗人思乡心切,天际云开,引领而望,仿佛已见到汉阳城,恨不得马上就能赶到。可惜天色已晚,须待明日,而屈指计算,竟还有整整一天路程。一"犹"字,道出诗人的迫切心情;一"孤"字,流露出旅途的寂寞情绪。

颔联写舟中情景,实际上是回顾旅途中百无聊赖的生活。白天风平浪静,单调的行旅生活使人昏然欲睡;夜间江潮看涨,船家私语,更觉长夜难明。估客昼眠,独寻美梦,舟人夜语,自得其乐。这更加衬托出诗人昼夜难眠的焦躁心情。

颈联抒发身世飘零之感和思乡之情。时值寒秋,正是令人感到悲凉的季节,无限的惆怅已使我两鬓如霜;我人往三湘去,心却驰故乡,独对明月,归思更切!秋风起,落叶纷下,诗人无赏异地的秋色之心,却有思恋久别的故乡之念。一"逢"字,将诗人的万端愁情与秋色的万般凄凉联系起来,移愁情于秋色。"万里归心对月明",其中不尽之意见于言外,有迢迢万里不见家乡的悲戚,亦有音书久滞牵挂妻儿的悲苦。

尾联直陈诗人感慨,写诗人有家不可归,只得在异域他乡颠沛奔波的原因。诗人把忧心愁思更加深化:田园家计,事业功名,都随着不停息的战乱丧失殆尽,而烽火硝烟未灭,江上仍然传来干戈鸣响,战鼓声声。诗人虽远离沦为战场的家乡,可是他所到之处又无不是战云密布,这就难怪他愁上加愁。最后两句,把思乡之情与忧国愁绪结合起来,使此诗具有更大的社会意义。

喜见外弟又言别 ①

李益 ②

十年离乱后，长大一相逢。
问姓惊初见，称名忆旧容。
别来沧海事 ③，语罢暮天钟 ④。
明日巴陵道 ⑤，秋山又几重。

【赏析】

这首五言律诗作于安史之乱后的藩镇割据时期。诗篇描写了诗人李益同表弟久别重逢又匆匆话别的情景，抒发了亲情和人生聚散离合无定的感慨，从侧面反映出动乱给人民带来的痛苦。

首联写二人相逢的背景。安史之乱及其后的藩镇混战、外族入侵等战乱发生于李益少年时期，这期间社会动乱中达十年之久。二人分手于幼年，"长大"才会面。

颔联写重逢情景。诗人把"初见"一瞬间，作了生动描绘。兄弟二人年幼分离，双方成年的容貌已有极大变化，突然遇见一个似未谋面人的身份和来意感到惊讶，诗人客气地询问对方姓名，这才恍然大悟，面前"陌生人"是十年未见面的表弟。诗人一边激动地称呼表弟姓名，一边仔细看着对方容貌，努力搜索记忆中关于表弟的印象。

颈联表现了这倾诉别情的场面。诗人化用沧海桑田的典故，

---

① 外弟：表弟。　　② 李益（750—830），唐代诗人，字君虞，陇西姑臧（今甘肃省武威市）人，后迁河南洛阳。唐代宗大历四年（769 年）进士，初任郑县尉，久不得升迁，唐德宗建中四年（783 年）登书判拔萃科。因仕途失意，后弃官在燕赵一带漫游。以边塞诗作名世，擅长绝句，尤其工于七绝。　　③ 别来：指分别十年以来。沧海事：比喻世事的巨大变化，有如沧海变桑田，桑田变沧海那样。　　④ 暮天钟：指黄昏寺院的鸣钟。　　⑤ 巴陵：古郡名，治所在今湖南省岳阳市。

突出十年间个人、亲友、社会的种种变化，也透露了诗人对社会动乱的无限感慨。两人热烈地交谈，从白天到傍晚才停下话音。"暮天钟"表明二人叙谈得十分入神，以至感觉不到时间流逝，只有远处传来寺院的钟声，才使他们意识到原来已是黄昏，表现出二人欢聚时的热烈气氛和激动心情。

前六句，诗人从久别重逢，到叙旧，写"喜见"。结尾二句转入"言别"。不直诉"离别"，而是想到表弟登程远去的情景。"明日"，点出聚散匆匆。"巴陵道"，是表弟的去向。"秋山又几重"则是通过重山阻隔的场景，把新的别离展现出来。用"秋"形容"山"，于点明时令同时，又含有伤别的情怀。"又几重"同首句"十年离乱"相呼应，使诗人与表弟后会难期的惆怅心情，溢于言表。

夜上受降城闻笛①

李益

回乐峰前沙似雪②，受降城外月如霜。
不知何处吹芦管③，一夜征人尽望乡④。

【赏析】

这是一首抒写戍边将士思乡的七言绝句，从多角度描绘了戍边将士以及吹芦管人浓烈的乡思和满腔的哀愁之情。

前两句描写了边塞月夜的独特景色。举目远眺，蜿蜒数十里的丘陵上耸立着座座高大的烽火台，烽火台下是一片无垠的沙

---

① 受降城：汉唐时期筑城以接受敌人投降，故名。汉故城在今内蒙古乌拉特旗北；唐代筑有三城，中城在今山西朔州市，西城在今宁夏灵武县，东城在今内蒙古鄂尔多斯市左翼后旗。　②回乐峰：古山名，在今宁夏灵武县境。　③芦管：古代一种管乐器。　④征人：指戍守边关的将士。尽：全。

漠，在月光的映照下如同积雪的荒原。近看，高城之外，月光皎洁，如同深秋的寒霜。沙漠并非白雪，诗人偏说它"似雪"，月光并非秋霜，诗人偏说它"如霜"。诗人如此运笔，是为了借这寒气袭人的景物来渲染心境的愁惨凄凉。正是这似雪的沙漠和如霜的月光使受降城之夜显得格外空寂惨淡，也使诗人强烈感受到置身边塞绝域的孤独，而生发出思乡情愫。

结尾两句正面写思乡之情。在万籁俱寂中，夜风送来呜呜咽咽的芦管声，是哪座烽火台上的戍卒在借芦管声倾诉着无尽的愁苦？那幽怨的芦管声又触动了多少征人的思乡愁？在这漫长的边塞之夜，他们一个个披衣而起，忧郁的目光掠过似雪的沙漠，如霜的月地，久久凝视着远方……"不知何处"，写出诗人月夜闻笛时的迷惘心情，映衬出夜景的空寥寂寞。"一夜"和"尽望"又道出征人望乡之情的深重和急切。

江南曲 ①

李 益

嫁得瞿塘贾 ②，朝朝误妾期 ③。
早知潮有信 ④，嫁与弄潮儿 ⑤。

【赏析】

唐代以闺怨为题材的诗作主要有两大内容：一类是思征夫，另一类是怨商人。由于唐代疆域辽阔，边境多事，要征调大批将士长期戍守边疆；而唐代的商业也非常发达，有很多从事商品远

---

① 江南曲：古代乐府曲名，为《江南弄》七曲之一。　　② 瞿塘贾 (gǔ)：在长江上游一带做买卖的商人。瞿塘，指瞿塘峡，长江三峡之一，在今重庆市奉节县和湖北省巫山县之间。贾，商人。　　③ 妾：古代女子自称谦辞。　　④ 潮有信：潮水涨落有一定时间，叫"潮信"。⑤ 弄潮儿：潮水涨时戏水的人，或指潮水来时乘船入江的人。

途贩卖、长年在外经商的人。作为这两类人的妻子不免要独守空闺，过着孤单寂寞的生活。这样的社会现象常反映到文学作品中来，于是出现了大量抒写她们怨情的诗。

这首乐府诗叙述了一位商人妇的心声。自从嫁给往来于瞿塘的商人后，就长时间难得见面，"朝朝"表明妻子日夜盼归丈夫思念心情。而每天听到见到的"朝信"，使思久生怨的妇人生发出所嫁非人的悔恨，"弄潮儿"至少会随着有信的潮水按时归来，不至于"朝朝误妾期"。这是思妇在无奈中生发出来的奇想。"早知"说出了她幽怨的深长。"嫁与弄潮儿"，既是痴语，也是苦语，写出了思妇怨怅之极的心理状态，虽然是想入非非，却是发乎至情。展示了由盼生怨、由怨生悔的内心矛盾。

全诗感情真率，具有浓郁的民歌气息。

听 筝 ①

李 端 ②

鸣筝金粟柱 ③，素手玉房前 ④。
欲得周郎顾 ⑤，时时误拂弦 ⑥。

---

① 听筝：弹奏筝曲。　　② 李端（约743—约782），字正己，赵州（今河北省赵县）人。唐代诗人，大历十才子之一。李端少居庐山，师诗僧皎然。大历五年进士。曾任秘书省校书郎、杭州司马。晚年辞官隐居湖南衡山，自号"衡岳幽人"。其诗多为应酬之作，多表现消极避世思想。
③ 金粟：本指首饰名。这里指弦轴细而精美。柱：定弦调音的短轴。
④ 素手：指弹筝女子纤细洁白的手。玉房：指玉制的筝枕。房，筝上架弦的枕。　　⑤ 周郎：三国时吴将周瑜。他二十四岁为大将，时人称其为"周郎"。精通音乐，听人奏错曲时，即使喝得半醉，也会转过头看一下奏者。当时人称"曲有误，周郎顾。"　　⑥ 拂弦：拨动琴弦。

【赏析】

这是一首五言绝句。描写一位弹筝女子为了心仪的知音顾盼自己，故意将弦拨错。塑造了一个可爱的弹筝女形象，语句含蓄，意蕴丰富。

前两句弹筝的女子纤手拨筝，正处于弹奏状态。优美的音声从那古筝绚丽华美、闪烁着金光的弦柱拨动出来。那双纤纤玉手在灵巧地跳动在古筝玉房的琴弦上，娴熟又雅致。"金粟""素手"交相映衬，突出了弹筝女子的高贵典雅。

后二句写女子为引起知音的注意，故意经常错拨筝弦。相传三国时代的周瑜，别人奏曲有误，他就会回头看。"时时"说明不是偶然失手，也并非技艺低下，是有意弹错。"周郎"喻指听者，"欲得"意味着当时坐在一旁的"周郎"没有看她。于是她故意不时地错拨一两个音。诗篇感觉有未写尽之意，引发人的猜想，但根据引典故"周郎"，结果应是得到了弹筝女子心仪知音者的回顾。这两句，正面写出弹者藏巧于拙，背面又暗示听者以假当真，而这种巧与拙、假与真，又在那无言的一顾之中获得奇妙的统一。不仅说明弹者是高手，听者是知音，而且传神地表现出两者的心理神态，韵味无穷。

云阳馆与韩绅宿别 ①

司空曙 ②

故人江海别 ③，几度隔山川 ④。
乍见翻疑梦 ⑤，相悲各问年 ⑥。
孤灯寒照雨，深竹暗浮烟。
更有明朝恨，离杯惜共传 ⑦。

【赏析】

这首是写惜别的五言律诗。诗篇抒写了诗人与友人离别多年而乍相会又分别时的心理历程。诗人与老友久别重逢，竟以为在梦中，而明朝还要分别，两人在孤灯下饮着离别的酒，不觉恋恋不舍，表现出两人情谊深厚及对友谊的珍惜。诗句"乍见翻疑梦，相悲各问年"，是久别重逢之绝唱

首联和颔联恰成因果关系。诗人和故友上次别后，已历数年，山川阻隔，相会不易，很是思念。正因为相会不易，思念心切，所以才发出此次相见似"疑梦"和惜别的感伤心情来。久别相逢，乍见以后，反疑为梦境，正说明了上次别后的思念心切和此次相会不易。"翻疑梦"，不仅情真意切，而且把诗人欣喜、惊奇的神态表现得惟妙惟肖。

---

① 云阳：古县名，在今陕西省泾阳县西北。韩绅：当指韩绅卿，韩愈的四叔。其与司空曙同时，曾在泾阳任县令。　② 司空曙，生卒年不详，字文明，或作文初，诗人卢纶的表兄。广平（今河北省永年县）人，唐代诗人，"大历十才子"之一。大历年间进士，累官左拾遗，终水部郎中。司空曙擅长五律，多为行旅赠别之作，多写自然景色和乡情旅思，长于抒情。诗风淡雅。　③ 江海：指上次的分别地，也可理解为江海天涯，相隔遥远。　④ 几度：几年。　⑤ 乍：突然。翻：反而，却。　⑥ 年：生活境遇的情况。　⑦ 离杯：饯别之酒。杯，酒杯。此代指酒。共传：互相举杯。

颈联，孤灯、寒雨、浮烟、湿竹这些凄凉的意象，不仅渲染映衬出诗人悲凉暗淡的心情，也象征着人事的浮游不定。二句既是描写实景，又是表达人的心情。

尾联接写深夜在馆中叙谈的情景。相逢已难，又要离别，其间千言万语，不是片时所能说完的，所以诗人避实就虚，以景象渲染，以景寓情。寒夜里，一束暗淡的灯火映照着蒙蒙的夜雨，竹林深处，似飘浮着片片烟云。"离怀惜共传"，在惨淡的灯光下，两位友人举杯劝饮，表现出彼此珍惜情谊和恋恋不舍的离情。

喜外弟卢纶见宿 ①

司空曙

静夜四无邻，荒居旧业贫。
雨中黄叶树，灯下白头人。
以我独沉久，愧君相见频。
平生自有分 ②，况是蔡家亲 ③。

【赏析】

这是一首自叙五言律诗。司空曙因性格耿直，不攀结权贵，所以落得宦途坎坷，家境清寒。

前四句写了一个完整的生活画面。静夜里的荒村，陋室内的贫士，寒雨中的黄叶，昏灯下的白发。画面充满着辛酸和悲哀；后四句扣诗题，写表弟卢纶来访见宿，在悲凉中见到知心亲友，因而喜出望外。前半首和后半首，一悲一喜，悲喜交感，总的倾向是统一于悲。后四句虽然写"喜"，却隐约透露出"悲"："愧

① 外弟：表弟。卢纶：字允言，诗人表弟，同为"大历十才子"。见宿：留下住宿。 ② 分（fèn）：情谊。 ③ 蔡家亲：西晋将领羊祜为蔡邕外孙，这里借指两家是表亲。

君相见频"中的一个"愧"字，就表现了悲凉的心情。

"雨中黄叶树，灯下白头人"，用树之落叶来比喻人之衰老。树叶在秋风中飘落，和人的风烛残年正相类似，相似点在衰飒。这里，树作为环境中的景物，起了气氛烘托的作用，类似起兴。"黄叶树"自然也烘托了悲的情绪。尾联"平生自有分，况是蔡家亲"，可以看见他俩的亲密关系和真挚情谊；而且可以感受到作者生活境遇的悲凉。

贼平后送人北归①

司空曙

世乱同南去，时清独北还②。
他乡生白发，旧国见青山③。
晓月过残垒④，繁星宿故关。
寒禽与衰草，处处伴愁颜。

【赏析】

安史之乱从唐玄宗天宝十四年（755年）爆发，战乱持续了八年，致使百姓流离失所、苦不堪言。司空曙于安史之乱爆发不久避难到南方，战乱刚平，诗人送同来避难的友人北归，又感伤自己独留南方，不能与朋友同来同返。满怀心事写了这首酬赠七言律诗，写出"旧国残垒""寒禽衰草"的乱后荒败之景，表达出对战乱后形势的忧虑，由送别的感伤推及时代的感伤、民族的感伤。

---

① 贼平：指平定"安史之乱"。北归：指由南方回到故乡。司空曙故乡为今河北省永年县，是"安史之乱"的重灾区。 ② 时清：指时局已安定。 ③ 旧国：指故乡。 ④ 晓月：拂晓的残月。残垒：战争留下的军事壁垒。

　　首联交代送人北归的原因，抒写自己不能还乡的痛苦。"独"字，一指友人独自北还，一指自己独不得还，含有无限悲感。

　　颔联，"生白发"有双重含义：一是形容乱离中家国之愁的深广，一是说战乱时间的漫长。"旧国"指故乡，"见青山"是说假如友人回到故乡，田园庐舍肯定是一片废墟，所见也唯有青山如故。

　　颈联以下都是诗人想象北归人途中的心情和所见景物。前句想象其早行情景，后句虚拟其晚宿情景。这两句点明"残垒""故关"，因而诗人着重书写"贼平"后残破、荒凉之景。

　　尾联继续虚写友人归途中所见所感。上句写景，"寒禽""衰草"，正写出诗人心中对乱世的感受。下句直接写"愁"，言愁无处不在，"愁"既指友人之愁，也兼含诗人之愁，这里与一、二两联遥相呼应。

新嫁娘词

王建 ①

三日入厨下 ②，洗手作羹汤 ③。
未谙姑食性 ④，先遣小姑尝 ⑤。

【赏析】

这首五言绝句描写了一位刚嫁入夫家新娘的生活情景，呈现了新嫁娘为了适应夫家生活表现出的巧思慧心。

起句，写新娘嫁入夫家后，下厨房做菜。古代女子嫁入夫家的第三天，俗称"过三朝"，依照习俗要下厨房做菜。"三日"，说明她是"新嫁娘"。

次句，写新娘子在厨房做羹汤。"洗手"标志着第一次用自己的双手在婆家开始劳动，表现出新媳妇郑重其事，力求做得干净美味。

第三句，写新娘子担心自己做的饭菜不合婆婆口味。细心聪慧的媳妇想事先了解婆婆的口味，要让第一回上桌的菜使婆婆满意。

结句，写新娘子让小姑先尝自己做的饭菜。因小姑是婆婆的女儿，自然了解婆婆的口味。表现了新嫁娘的机灵聪敏。

诗篇从"三日入厨"到"洗手"到"先遣小姑尝"，和人物身份、具体的环境、场所，一一紧紧相扣。言语虽浅白，却十分得体，充满了生活气息。

---

① 王建，字仲初，颍川（今河南省许昌市）人。唐代诗人。中年入仕，曾任昭应县丞、太常寺丞等职。后出为陕州司马，世称王司马。擅长乐府诗，与张籍齐名，世称"张王"。他以田家、蚕妇、织女、水夫等为题材的诗篇，反映了当时的社会现实。　　② 三日：古代习俗，新媳妇婚后三天需要下厨房做饭菜。　　③ 羹汤：用肉菜等做成的汤。　　④ 谙（ān）：熟悉。姑食性：婆婆的口味。　　⑤ 遣：让。小姑：丈夫的妹妹。

渔歌子 ①

张志和 ②

西塞山前白鹭飞 ③，桃花流水鳜鱼肥 ④。
青箬笠 ⑤，绿蓑衣 ⑥，斜风细雨不须归。

【赏析】

唐代宗大历七年（772年），颜真卿上任湖州刺史。张志和驾舟拜望，时值暮春，桃花水涨，鳜鱼肥美，他们即兴唱和，张志和随口吟就这首词。作者通过对自然风光和渔人垂钓的赞美，抒发了向往自由生活的心情。

起首二句勾勒出一幅江南风景画卷。"西塞山前"点明地点，飞翔的"白鹭"铺垫了向往自由的情感基调，也衬托出渔夫的悠闲自得。"桃红"与"流水"相映，显现了暮春西塞山前的湖光山色，渲染了渔夫的生活环境。

第三、四句描写渔夫悠然自在的垂钓形象，与富有诗情画意

---

① 渔歌子：唐教坊曲名，后用作词牌。　② 张志和（732—774），字子同，初名龟龄，号玄真子。婺州金华（今浙江省金华市）人，唐代诗人。张志和十六岁明经及第，先后任翰林待诏、左金吾卫录事参军、南浦县尉等职。后以"亲丧"为由脱离官场，到湖州城西西塞山渔隐，自称"烟波钓徒"。张志和是唐代最早填词并有较大影响的词人之一，他的五首《渔父》词源于吴地吴歌中的渔歌，境高韵远，广为传诵。宋代多位词人所作《渔父》，均受张志和《渔父》词的影响。　③ 西塞山：古山名，在今浙江吴兴县境。白鹭（lù）：一种水鸟。羽毛白色，腿长，能涉水捕食鱼、虾等。　④ 桃花流水：桃花盛开季节正是春水盛涨之时，俗称桃花汛或桃花水。鳜（guì）鱼：一种淡水鱼，又称桂鱼。⑤ 箬（ruò）笠（lì）：用箬竹叶或竹条制成的宽边圆帽。箬，箬竹，竹子的一种，叶大，可供编制器物、包物等用。笠，草帽。　⑥ 蓑（suō）衣：用草或棕叶编制成的雨衣。

295

的大自然完全融合在一起，令人神往。

末句，春天的和风吹斜了雨丝，更使这"画境"增添了朦胧美。受到迷人景色和人物淡泊情绪的感染，诗人融入其中，让所有人都流连而不愿离去。

哥舒歌①

西鄙人

北斗七星高②，哥舒夜带刀。
至今窥牧马③，不敢过临洮④。

【赏析】

西鄙人，即西北边境人民。唐玄宗天宝十二年（753年），哥舒翰领兵大破突厥后，西北人民为歌颂其战功而作这首五言绝句。全诗以形象的比喻塑造了一个威震一方的民族英雄形象。

起句即用起兴的表现手法，把哥舒翰在人民心中的威望渲染出来，用高挂在天上的北斗星，表达边地人民对哥舒翰的敬仰。

第二句把赞扬和崇敬之情融注于人物形象之中，同时又将边地的紧张气氛和人物的警备神态刻画出来。在那简练有力、富有特征的形象中，蕴藏着一股英武之气，给人一种战则能胜的信心。

结尾两句，自从遭到哥舒翰的抵御，吐蕃再也不敢越过临洮进行骚扰。诗歌用朴实的语言表达了人民对哥舒翰的赞美之情。

---

① 哥舒：指哥舒翰，西突厥别部哥舒部落人，唐玄宗时镇守边境的将领，安史之乱时被叛军俘获杀害。　② 北斗七星：古代北斗星官中的七颗星。　③ 窥：窃伺。牧马：指吐蕃越境放牧，此代指敌军侵扰。　④ 临洮（táo）：即今甘肃省临洮县。古代西部地区的边关重镇。

玉台体①

权德舆②

昨夜裙带解③，今朝蟢子飞④。
铅华不可弃⑤，莫是藁砧归⑥。

【赏析】

《玉台体》十二首是权德舆的组诗作品，写的都是闺情。这首诗是其中第十一首，以通过女主人公的生活细节表现人物心理活动。感情真挚，朴素含蓄，俗不伤雅。

起首两句写两种喜兆连续出现。上句写这位女子昨夜的裙带自动解开，是丈夫归来的预兆。下句写今天早上女子又看见长脚的蜘蛛飞来，也是吉祥的征兆。于是女子满心欢喜，认为丈夫真的要回来了。小女子急切、思念、惊喜的心理展露无遗。

结尾两句写女子对喜兆的反应，赶紧梳洗打扮，以为丈夫真的要回来。女子的丈夫最终回来没有？两种喜兆有没有应验？诗中并没有交代。诗人只是将女子思念丈夫之情含蓄地表达出来，言有尽而意无穷。

---

① 玉台体：南朝徐陵编诗选《玉台新咏》，内容多为艳诗或言情诗，以此得名。　② 权德舆（759—818），字载之，天水略阳（今甘肃省秦安县）人。唐代文学家，唐德宗时期的宰相。他的诗以五言居多，同时期的史学学者张荐称其诗"词致清深，华彩巨丽，言必合雅，情皆中节"。　③ 裙带解：古代女子裙带忽然松开是喜兆。　④ 蟢（xǐ）子：一种蜘蛛，呈暗褐色。多在室内墙壁间结网。其网被认为像八卦，故人们以为是喜乐的预兆。　⑤ 铅华：胭脂粉。　⑥ 莫是：莫不是。藁（gǎo）砧（zhēn）：古代处死刑，罪人席藁伏于砧上，用鈇斩之。鈇，"夫"谐音，后因以"藁砧"为妇女称丈夫的隐语。藁，指用禾秆编成的席子。砧，古代用于斩首或腰斩的刑具，犯人伏其上以受刑。

山　石①

韩　愈②

山石荦确行径微③，黄昏到寺蝙蝠飞。

升堂坐阶新雨足④，芭蕉叶大栀子肥⑤。

僧言古壁佛画好⑥，以火来照所见稀⑦。

铺床拂席置羹饭⑧，疏粝亦足饱我饥⑨。

夜深静卧百虫绝⑩，清月出岭光入扉⑪。

天明独去无道路，出入高下穷烟霏⑫。

山红涧碧纷烂漫⑬，时见松枥皆十围⑭。

当流赤足踏涧石⑮，水声激激风吹衣。

人生如此自可乐，岂必局束为人靰⑯？

嗟哉吾党二三子⑰，安得至老不更归⑱。

---

① 山石：取诗篇首句前二个字为题，是旧诗标题的常见用法，与诗的内容无关。　② 韩愈（768—824），字退之，河南河阳（今河南省孟州市）人。自称"郡望昌黎"，世称"韩昌黎"。唐代文学家、政治家、思想家。唐德宗贞元八年（792 年），韩愈登进士第，晚年任吏部侍郎，又称韩吏部。去世后，追赠礼部尚书，谥号"文"，故称"韩文公"。被后人尊为"唐宋八大家"之首，与柳宗元并称"韩柳"，有"文章巨公"和"百代文宗"之名。　③ 荦（luò）确：山石险峻不平。微：狭窄。　④ 升堂：进入寺中厅堂。　⑤ 栀（zhī）子：常绿灌木，花白色有香气。果实可入药。　⑥ 佛画：佛教绘画。　⑦ 所见稀：少见的好画。　⑧ 置：供应。　⑨ 疏粝（lì）：简单的饭食。　⑩ 百虫绝：一切虫鸣声都没有。　⑪ 扉：门。　⑫ 出入高下：进出于高低的山谷径路。穷：尽。烟霏：云烟弥漫处。　⑬ 纷：繁盛。烂漫：光彩四射。　⑭ 枥（lì）：同"栎"，落叶乔木。十围：形容树干非常粗大。两手合抱一周称一围。　⑮ 当流：对着流水。　⑯ 局束：窘迫拘束，不自由。靰（jī）：马的缰绳。这里作动词用，即牢笼、控制。　⑰ 吾党二三子：和自己志趣相合的几个朋友。　⑱ 安得：怎能。不更归：不再回去了。表示对官场的厌弃。

【赏析】

这是一首记游七言古诗。诗人按时间顺序记叙了游览惠林寺的所见所感，描绘了从黄昏至入夜再到黎明的清幽景色，抒发了诗人不愿为世俗羁绊的心情。全诗分四部分解析。

第一部分四句，写黄昏到寺所见的初夏景物。诗人在经过一段艰苦的翻山越岭，黄昏之时，才到了山寺。他选取一个"蝙蝠飞"的镜头，让那只有在黄昏时才会出现的蝙蝠在寺院里盘旋，就立刻把诗人和山寺全笼罩于幽暗的暮色之中。诗人游览的兴趣很浓，"升堂"之后，立刻退出来，坐在堂前的台阶上，欣赏院子里的花木。"芭蕉叶大栀子肥"，即一场新雨过后，芭蕉的叶显得更大更绿，栀子花开得更盛更芳香。

第二部分六句，前四句写寺中僧人热情接待，后两句写寺院夜景。时间流逝，栀子花、芭蕉叶终究隐没于夜幕中。于是热情的僧人便凑过来助兴，夸耀寺里的"古壁佛画好"，并拿来火把，领着诗人去观看。这个时段，菜饭已经摆上，床也铺好，连席子都拂拭干净。寺僧的殷勤，宾主感情的融洽，都得到形象的体现。"疏粝亦足饱我饥"，与结尾"人生如此自可乐，岂必局束为人靰"相照应，说明诗人游山，已经费了很多时间，走了不少路，因而饿得很。晚饭后，山寺幽静的夜晚，更增添了留宿的惬意。"夜深"而百虫之声始"绝"，那么在"夜深"前，各种昆虫鸣叫，诗人也一直静听着"合奏夜鸣曲"。这样的场景比万籁俱寂还显幽静，而静卧细听百虫合奏的诗人，也自然万虑俱消，心境空前清静。夜深了，百虫绝响，接踵而来的则是"清月出岭光入扉"，诗人又兴致勃勃地隔窗赏月。

第三部分六句，写离寺早行。随着时间的推移和诗人的迈步向前，画面上的光、色、景物在不断变换，引人入胜。"无道路"指天刚破晓，雾气很浓，看不清道路，所以接下去，就是"出入高下穷烟霏"。诗人"天明"出发，眼前是一片"烟霏"的世界，不管是山的高处还是低处，全都浮动着蒙蒙雾气。在浓雾中摸索前进，出于高处，入于低处；出于低处，又入于高处，时高时低，时低时高，极富画面感。烟霏既尽，朝阳熠耀，画面顿时增加亮度，"山红涧碧纷烂漫"的奇景就闯入诗人眼帘。而"时见松枥皆十围"，既为前句的画面添景增色，又表明诗人在继续前行。他穿行于松枥树丛之中，清风拂衣，泉声淙淙，清浅的涧水十分喜爱。于是他赤着一双脚，涉过山涧，让清凉的涧水从足背上流淌，整个身心都陶醉在大自然的美妙境界中。

第四部分四句，总结全诗。"人生如此"，概括了此次出游山寺的全部经历，然后用"自可乐"加以肯定。再以"为人靰"的幕僚生活作反衬，表现了诗人对山中自然美、人情美的无限向往。

八月十五夜赠张功曹

韩 愈

纤云四卷天无河①，清风吹空月舒波②。
沙平水息声影绝，一杯相属君当歌③。
君歌声酸辞且苦，不能听终泪如雨。
洞庭连天九疑高④，蛟龙出没猩鼯号⑤。
十生九死到官所，幽居默默如藏逃⑥。
下床畏蛇食畏药⑦，海气湿蛰熏腥臊⑧。
昨者州前捶大鼓，嗣皇继圣登夔皋⑨。

---

①纤云：微云。河：银河。　②月舒波：月光四射。　③相属（zhǔ）：互相劝酒。　④九疑：九嶷山，在今湖南省宁远县境。　⑤鼯（wú）：鼯鼠。形似松鼠，能在树间滑翔，常昼伏夜出。　⑥如藏逃：有如躲藏的逃犯。　⑦药：指蛊毒。南方人喜将多种毒虫放在一起饲养，使之互相吞噬，最后剩下的毒虫叫作蛊，制成药后可杀人。　⑧海气：潮湿腥臊的空气。蛰：潜伏。　⑨嗣皇：继位的帝王。登：进用。夔皋：夔和皋陶，传说尧舜时期的两位贤臣。

赦书一日行万里^①，罪从大辟皆除死^②。
迁者追回流者还^③，涤瑕荡垢清朝班^④。
州家申名使家抑^⑤，坎轲只得移荆蛮^⑥。
判司卑官不堪说^⑦，未免捶楚尘埃间^⑧。
同时辈流多上道^⑨，天路幽险难追攀^⑩。
君歌且休听我歌，我歌今与君殊科^⑪。
"一年明月今宵多，人生由命非由他。
有酒不饮奈明何！"

【赏析】

这首七言古诗是韩愈在唐顺宗永贞元年（805年）中秋作于郴州。诗题中的张功曹，即张署。唐唐德宗贞元十九年（803年），韩愈与张署都任监察御史，曾因天旱向唐德宗进言，极论宫市之弊，韩愈被贬为阳山（广东省阳山县）县令，张署被贬为临武（湖南省临武县）县令。唐顺宗即位，大赦天下。有人从中作梗，他俩都没被调回京都，只改官江陵。两人同是天涯沦落人，韩愈便借中秋月圆之夜，写下这首七言古诗，并赠给张署。诗里写了张署的"君歌"和作者的"我歌"。题为"赠张功曹"，却没有以"我歌"作为描写的重点，而是反客为主，把"君歌"作为主要内容，借张署之口，抒发诗人胸中郁结的愤慨。

---

① 赦书：皇帝发布的大赦令。　② 大辟：死刑。除死：免去死刑。
③ 迁者：贬谪的官吏。流者：流放在外的人。　④ 瑕：玉石的杂质。
朝班：古代群臣朝见帝王时按官品分班排列的位次。　⑤ 州家：指刺史。唐时州级行政长官。申名：上报名字。使家：即观察使。唐后期设置的管辖一道或数州的地方军政长官。抑：压制。　⑥ 坎轲：同"坎坷"，指命运不好。荆蛮：南方荒凉边远地区。　⑦ 判司：唐时对州郡诸曹参军的总称。　⑧ 捶楚：古代刑罚，杖击或鞭打。　⑨ 辈流：同辈，同僚。上道：指上路回京。　⑩ 天路：指进身于朝廷的道路。
⑪ 殊科：不一样，不同类。

前六句写八月十五日夜主客对饮的环境，碧空无云，清风明月，万籁俱寂。两个遭遇相同的朋友举杯痛饮，慷慨悲歌。以"一杯相属君当歌"一转，引出了张署的悲歌。诗人先写自己对张署"歌"的感受：说它声音酸楚，言辞悲苦，因而"不能听终泪如雨"，说出二人心境相同，感动极深。

接下六句对张署贬所环境的描写，也是诗人当时境遇的真实写照。张署的歌首先叙述了被贬南迁时经受的苦难，山高水阔，路途漫长，蛟龙出没，野兽悲号，地域荒僻，风波险恶。好不容易"十生九死到官所"，而到达贬所更是"幽居默默如藏逃"。接着又写南方偏远之地多毒蛇，"下床"都可畏，出门行走就更不敢了；且有一种蛊药之毒，随时可以致人死命，饮食要非常小心，还有那湿蛰腥臊的"海气"，也令人受不了。

接下十二句描写仕途的艰险。诗人和张署蒙屈被贬到南方偏远地区，时刻盼着政局变化，而被召回京师。唐宪宗即位，大赦天下。诗中写那宣布赦书时的隆隆鼓声，那传送赦书时日行万里的情景，场面的热烈，节奏的欢快，都体现出诗人心情的欢愉。特别是大赦令宣布："罪从大辟皆除死"，"迁者追回流者还"，这使韩、张二人感到回京有望。写到这里，诗情又一转折，尽管大赦令写得明白，但由于"使家"的阻挠，他们仍然不能回朝廷任职。"坎轲只得移荆蛮"，"只得"二字，把那种既心有不满又无奈的心情表现出来。地是"荆蛮"之地，职位又是"判司"一类的小官，卑小到要常受长官"捶楚"的地步。面对这种境况，他们发出了深深的慨叹："同时辈流多上道，天路幽险难追攀"。"天路幽险"，指政治形势还是相当险恶的。

最后五句写释放愁怀。以上诗人通过张署之歌，倾吐了自己心中的郁结。又开始直接抒发自己的感慨，用"君歌且休听我歌，我歌今与君殊科"，一接一转，写出了三句自己的议论："一年明月今宵多"每年今夜月色最好，照应题目的"八月十五"；"人生由命非由他"，韩愈从切身遭遇中，深感宦海浮沉，祸福无常，自己很难掌握自己的命运，寄寓深沉的感

慨，表面上归之于命，实际有许多难言的苦衷；"有酒不饮奈明何"，面对如此良夜，不开怀痛饮，就是辜负这美好的月色。再说，借酒浇愁，还可以暂时忘却心头的烦恼。于是情绪由悲伤转向旷达。从感情上说，由贬谪的悲伤到大赦的喜悦，又由喜悦坠入迁移"荆蛮"的怨愤，最后在无奈中故作旷达。抑扬开阖，转折变化，章法波澜曲折，有一唱三叹之妙。

谒衡岳庙遂宿岳寺题门楼 ①

韩 愈

五岳祭秩皆三公 ②，四方环镇嵩当中 ③。
火维地荒足妖怪 ④，天假神柄专其雄 ⑤。
喷云泄雾藏半腹，虽有绝顶谁能穷 ⑥？
我来正逢秋雨节，阴气晦昧无清风 ⑦。
潜心默祷若有应，岂非正直能感通！
须臾静扫众峰出 ⑧，仰见突兀撑青空 ⑨。
紫盖连延接天柱，石廪腾掷堆祝融 ⑩。
森然魄动下马拜 ⑪，松柏一径趋灵宫 ⑫。

---

① 谒（yè）：拜见。衡岳：南岳衡山，在今湖南省衡阳市境。　② 祭秩：祭祀仪礼的等级次序。三公：周朝的太师、太傅、太保称三公，后用作朝廷最高官位的通称。　③ "四方"句：是说东、西、南、北四岳各镇中国一方，环绕着中央的中岳嵩山。　④ 火维：古代五行学说以木、火、水、金、土分属五方，南方属火，故火维属南方。维，角落。　⑤ 假：授予。柄：权力。　⑥ 穷：穷尽。　⑦ 晦昧：阴暗无光。　⑧ 静扫：形容清风吹来，驱散阴云。　⑨ 突兀：高峰耸立的样子。　⑩ "紫盖"两句：衡山有五大高峰，即紫盖峰、天柱峰、石廪峰、祝融峰、芙蓉峰。这里举其四峰，写衡山高峰的雄伟。腾掷，形容山势起伏。　⑪ 森然：敬畏的样子。魄动：心惊。拜：拜谢神灵应验。　⑫ 松柏一径：一路两旁都是松柏。趋：朝向。灵宫：指衡岳庙。

粉墙丹柱动光彩^①，鬼物图画填青红^②。
升阶伛偻荐脯酒^③，欲以菲薄明其衷^④。
庙令老人识神意^⑤，睢盱侦伺能鞠躬^⑥。
手持杯珓导我掷，云此最吉馀难同^⑦。
窜逐蛮荒幸不死^⑧，衣食才足甘长终。
侯王将相望久绝，神纵欲福难为功^⑨。
夜投佛寺上高阁^⑩，星月掩映云瞳胧^⑪。
猿鸣钟动不知曙^⑫，杲杲寒日生于东^⑬。

【赏析】

唐德宗贞元十九年（803年），关中大旱。韩愈上书皇帝，请宽民徭，触犯唐德宗，被贬阳山令。唐顺宗即位后，韩愈遇大赦，离阳山，到郴州等候命令。同年，唐宪宗登基，又议大赦，韩愈由郴州赴江陵府任法曹参军，途中游衡山时写下这首七言古诗。诗人通过仰望南岳衡山诸峰、谒祭衡岳庙神、占卜仕途吉凶和投宿庙寺高阁等情况的叙写，抒发了对仕途坎坷的不满情怀。

全诗分四部分。第一部分六句，写望岳。诗人突出南岳在当

---

①丹柱：红色的柱子。动光彩：光彩闪耀。　②"鬼物"句：墙上和柱子上画满了彩色的鬼怪图形。　③伛（yǔ）偻（lǚ）：驼背。这里形容弯腰鞠躬，以示恭敬。荐：进献。脯（fǔ）：肉干。　④菲薄：微薄的祭品。明其衷：出自内心的诚意。　⑤庙令：官职名。唐代五岳诸庙各设庙令一人，掌祭神及祠庙事务。　⑥睢（huī）盱（xū）：抬起头，睁大眼睛看。侦伺：窥探。　⑦"手持"两句：指庙令教韩愈占卜，并断定占到了最吉利的兆头。杯珓（jiào），一种卜具。馀难同，指其他的卦象都不能相比。　⑧窜逐蛮荒：流放到南方边荒地区。　⑨"侯王"两句：意指封侯拜相，这种追求功名富贵的愿望久已断绝，即使神灵赐给我这样的福禄，也不行了。纵，即使。难为功，很难做成功。　⑩高阁：即诗题目中的"门楼"。　⑪瞳（tóng）胧（lóng）：形容月光隐约的样子。　⑫曙（shǔ）：天将亮时。　⑬杲杲（gǎo）：形容日光明亮。

时众山中的崇高地位，引出远道来访的原因。

　　第二部分八句，写登山。诗人来到山里，秋雨连绵，阴晦迷蒙。等到上山时，突然云开雨停，群峰毕现。整段以秋空阴晴多变为背景，衬托出远近诸峰突兀环立，雄奇壮观。"潜心默祷若有应"句，借衡岳有灵，引起下文祭神问天的心愿。

　　第三部分十四句，写谒庙，是全诗的核心。诗人游南岳，虽不离赏玩名山景色，但更主要还是想通过祭神问天，申诉无人理解、无处倾吐的抑郁情怀。

　　第四部分四句，写夜宿佛寺。诗人身遭贬谪，却一觉酣睡到天明，以旷达写郁闷，笔力遒劲。结尾句"寒日"，呼应"秋雨""阴气"。

晚　春 ①

韩　愈

草树知春不久归 ②，百般红紫斗芳菲 ③。
杨花榆荚无才思 ④，惟解漫天作雪飞 ⑤。

【赏析】

　　这是一首描绘暮春景色的七言绝句，为《游城南十六首》之一。作于唐宪宗元和十一年（816年），此时作者韩愈已年近半百，青春已过，虽怀有时光逝去的感叹，但却以积极向上的心态，写草木留春而呈万紫千红的情景，更是以"杨花榆荚"自比，满怀激情斗志，为国家奉献自己的力量。

　　这首诗诗题一作"游城南晚春"，可知是春游郊外所见，以

---

①晚春：春季末。　　②不久归：指春天即将过去。　　③百般红紫：万紫千红，色彩缤纷的春花。斗芳菲：争芳斗艳。　　④杨花：指柳絮。榆荚（jiá）：榆树的果实。初春时先于叶而生，连缀成串，形似铜钱，俗呼榆钱。才思：才气和思致。　　⑤惟解：只知道。漫天：满天。

拟人手法，糅人与花于一体，不说人之惜春，而说草树亦知春将不久，因而百花争艳，各呈芳菲。虽然自己将过"桃李花红"青春风华，但此时更像晚春时的"杨花榆荚"状态，虽自谦"无才思"，却可以像飞雪一般漫天飘舞，以此暗喻自己积极的处事姿态和斗志。

全诗熔景与理于一炉，在景物描写中蕴含着人生哲理：青春年华要奋发，人至中年更要强。

左迁至蓝关示侄孙湘①

韩愈

一封朝奏九重天②，夕贬潮州路八千③。
欲为圣明除弊事④，肯将衰朽惜残年⑤！
云横秦岭家何在⑥？雪拥蓝关马不前⑦。
知汝远来应有意⑧，好收吾骨瘴江边⑨。

【赏析】

唐宪宗元和十四年（819年），宪宗命宦官从凤翔府法门寺真身塔中将"释迦文佛"的一节指骨迎入宫廷供奉，并送往各寺庙，要官民敬香礼拜。时任刑部侍郎的韩愈看到这种信佛行为，

---

① 左迁：降职，此指韩愈被贬到潮州。蓝关：即蓝田关，在今陕西省蓝田县南。湘：韩愈的侄孙韩湘，字北渚，韩愈之侄韩老成的长子。
② 一封：指一封奏章，即《论佛骨表》。朝（zhāo）奏：早晨送呈奏章。九重（chóng）天：古称天有九层，第九层最高。此借指朝廷、皇帝。　③ 潮州：即今广东省潮州市。　④ 弊事：政治上的弊端，指迎佛骨事。　⑤ 肯：岂肯。衰朽：衰弱多病。惜残年：顾惜晚年生命。　⑥ 秦岭：即终南山，在今陕西省蓝田县一带。　⑦ 雪拥：阻塞。　⑧ 汝：你，指韩湘。应有意：应知道我此去凶多吉少。
⑨ 瘴（zhàng）江：指岭南瘴气弥漫的江流。瘴江边，即借指贬所潮州。

306

便写作了《论佛骨表》，并进谏唐宪宗，指出信佛对国家无益，且自东汉以来信佛的皇帝都短命，结果触怒唐宪宗，被贬为潮州刺史，责求即日上路。韩愈大半生仕宦蹉跎，五十岁才因参与平淮而擢升刑部侍郎。两年后又遭此难，情绪十分低落，满心委曲、愤慨、悲伤。潮州远在广东，距离京师长安有千里之遥。韩愈孤身仓促上路，走到蓝田关口时，只有他的侄孙跟了上来，他心怀悲情作出这首七言律诗。诗作借景抒情，抒发了作者内心郁愤以及前途未卜的感伤情绪。

前两句"一封朝奏九重天，夕贬潮阳路八千"，说出自己获罪被贬的原因。诗人为国事书写奏章早晨上奏高居"九重天"的皇帝，傍晚就受到被贬八千里之遥的潮阳。以"九重天""路八千"的夸张对比，表露出诗人忠而遭贬的愤怨，含蓄表达了为国事敢于仗言进谏的勇气。

第三、四句"欲为圣明除弊事，肯将衰朽惜残年"，虽遭被贬，但想到自己是为了皇帝放弃弊政之事，还是愿意以不惜年老衰弱的身体而坚持政见。以此表示诗人为国尽忠和刚直不阿的态度。

后四句扣题目中的"至蓝关示侄孙湘"。"云横秦岭家何在？雪拥蓝关马不前"，这两句借景抒情，各含两个子句，前面子句写眼前景，后面子句即景抒情。"云横秦岭"，乌云遮蔽整个秦岭的上空，回顾长安，不知"家何在"？"雪拥蓝关"，大雪阻塞关口，前路险艰，严令限期赶到贬所，不奈"马不前"。"云横秦岭""雪拥蓝关"，语意双关，既是实景，又兼具暗喻，明写天气寒冷，暗喻政治环境恶劣和前路的艰险。景物描写中显露出英雄失路之悲。诗人被贬仓促先行，"家何在"表达出告别妻儿时流的血泪和心中的愤怒；"马不前"引用古乐府"驱马涉阴山，山高马不前"之意，其实是人不前，表现了诗人对亲人、对国都的眷顾与依恋。最后两句"知汝远来应有意，好收吾骨瘴江边"，抒发了英雄壮志，表述了骨肉之情，悲痛凄楚，溢于言表。结语沉痛而持重，《左传·僖公三十二年》载秦国老臣蹇叔哭师时有"必死是间，余收尔骨焉"，诗人用其意，原是抱着必死决心上表言事的，如今自料此去必死，故对韩湘安排后事，以"好收吾骨"作结语，言语虽悲酸，却悲中有壮。在章法上，语意紧承第四句，表现了"为除弊事"而"不惜残年"的坚强意志。

全诗叙事、写景、抒情熔为一炉，诗情浓郁而醇厚。

石鼓歌①

韩愈

张生手持石鼓文②，劝我试作石鼓歌。
少陵无人谪仙死③，才薄将奈石鼓何。
周纲凌迟四海沸④，宣王愤起挥天戈⑤。
大开明堂受朝贺⑥，诸侯剑佩鸣相磨⑦。
蒐于岐阳骋雄俊⑧，万里禽兽皆遮罗⑨。
镌功勒成告万世⑩，凿石作鼓隳嵯峨⑪。
从臣才艺咸第一⑫，拣选撰刻留山阿⑬。

---

① 石鼓：东周初秦国刻石。形略像鼓，共有十个，上刻籀（zhòu）文四言诗。　　② 张生：张籍，字文昌，唐代诗人。石鼓文：从石鼓上拓印下来的文字。　　③ 少陵：杜甫，字子美，号少陵野老。谪仙：李白，字太白，号谪仙人。　　④ 周纲：周朝的纲纪法度，亦即政治秩序。陵迟：衰落。四海沸：天下动荡不安。　　⑤ 宣王：周宣王姬靖，曾是周朝的中兴之主。挥天戈：指周宣王对淮夷、西戎等用兵事。　　⑥ 明堂：天子颁布政教，朝见诸侯，举行祭祀之地。　　⑦ 剑佩鸣相磨：到天子明堂来朝贺的诸侯很多，以致彼此佩带的刀剑互相摩擦而发出声响。　　⑧ 蒐（sōu）：春天打猎。岐阳：岐山的南面。　　⑨ 遮罗：拦截捕捉。　　⑩ 镌功：将功业刻在石鼓上。"勒成"同义。　　⑪ 隳（huī）：毁坏。嵯峨：形容山势高峻。这里借指高山。　　⑫ 从臣：随从周宣王的臣子。咸第一：都是第一等的。　　⑬ 撰刻：撰写文字刻于石鼓之上。山阿（ē）：泛指山陵。

雨淋日炙野火燎^①，鬼物守护烦搦呵^②。
公从何处得纸本^③，毫发尽备无差讹^④。
辞严义密读难晓^⑤，字体不类隶与蝌^⑥。
年深岂免有缺画^⑦，快剑斫断生蛟鼍^⑧。
鸾翔凤翥众仙下^⑨，珊瑚碧树交枝柯^⑩。
金绳铁索锁纽壮^⑪，古鼎跃水龙腾梭^⑫。
陋儒编诗不收入^⑬，二雅褊迫无委蛇^⑭。
孔子西行不到秦^⑮，掎摭星宿遗羲娥^⑯。
嗟余好古生苦晚^⑰，对此涕泪双滂沱^⑱。

韩愈

---

① 日炙（jiǔ）：日晒。炙，烧灼。　　② 烦：烦劳。搦（huī）：同"挥"。呵：呵斥。　　③ 公：即张生，指张籍。纸本：从石鼓上拓印的文字纸本。　　④ 差讹：错误。　　⑤ 辞严义密：拓本的文字庄严，义理精密。　　⑥ 类：好像。隶：隶书，一种书写字体，由篆书演变而来。始于秦朝，盛行于汉朝。蝌：蝌蚪文，周朝所用文字，字形头大尾小，形似蝌蚪。石鼓文当为籀文，即大篆。　　⑦ 缺画：石鼓上的文字因年久，会有笔画的损缺。　　⑧ 斫（zhuó）：砍伐。蛟鼍（tuó）：蛟龙。鼍，古称猪婆龙，即今扬子鳄。　　⑨ 翥（zhù）：高飞。　　⑩ 珊瑚树：因珊瑚形状像树枝，故称珊瑚碧树。枝柯：枝条。柯，草木的枝茎。　　⑪ 金绳铁索：比喻石鼓文的笔锋奇劲如金绳铁索一般。锁纽：比喻石鼓文的结体如锁纽般勾连。　　⑫ 龙腾梭：据《晋书》载"侃少时，渔于雷泽，网得一织梭，以挂于壁。有顷雷雨自化为龙而去。"　　⑬ 陋儒：见识短浅的儒生，指当时采风编诗者。诗：《诗经》。　　⑭ 二雅：《诗经》中的《大雅》和《小雅》。褊（biǎn）迫：狭窄。委蛇（yí）：敷衍，应付。　　⑮ 秦：秦国，在今陕西省一带，即石鼓所在地。石鼓于唐初在天兴（今陕西省宝鸡市）三畤原出土。　　⑯ 掎（jǐ）摭（zhí）：摘取。星宿：指星星。遗：丢弃。羲：羲和，传说为日驾车的人。这里代指日。娥：嫦娥。这里代指月。　　⑰ 好古：爱好古代文化。生苦晚：苦于出生太晚。　　⑱ 此：指石鼓文。双滂沱：眼泪和鼻涕一同流出。

309

忆昔初蒙博士征^①，其年始改称元和^②。

故人从军在右辅^③，为我度量掘臼科^④。

濯冠沐浴告祭酒^⑤，如此至宝存岂多。

毡包席裹可立致^⑥，十鼓只载数骆驼。

荐诸太庙比郜鼎^⑦，光价岂止百倍过^⑧。

圣恩若许留太学^⑨，诸生讲解得切磋^⑩。

观经鸿都尚填咽^⑪，坐见举国来奔波^⑫。

剜苔剔藓露节角^⑬，安置妥帖平不颇^⑭。

大厦深檐与盖覆^⑮，经历久远期无佗^⑯。

中朝大官老于事^⑰，讵肯感激徒婠婀^⑱。

---

① 蒙：蒙受。博士：官名。唐时有太学、国子诸博士，并为教授之官。
② 其年：即元和元年（806年），韩愈自江陵被召回长安任国子监博士。
③ 右辅：右扶风，汉代京都三辅之一，治所在今陕西省兴平市境。唐时属凤翔府。韩愈故人为凤翔节度府从事，故言"从军在右辅"。　④度量：计划。臼科：安放石鼓的坑穴。　⑤濯冠：洗帽子。沐浴：洗澡。都表示诚敬之意。祭酒：官名。唐时为国子监的主管官。　⑥毡（zhān）包：兽毛编织或用毛毡缝制的包。　⑦荐：进献。诸：是"之于"二字合音。太庙：皇家祠堂。郜（gào）鼎：春秋时郜国的宗庙祭器，后被宋国取去。宋又将此鼎贿赂鲁桓公，桓公献于太庙。　⑧光价：显扬其身阶。　⑨太学：指国子监。　⑩切磋：对石鼓的钻研。　⑪观经鸿都：东汉灵帝时，置鸿门学士。鸿都门为藏书处所。后蔡邕又奏请正定六经文字，并刻石碑，立于太学门外，即熹平石经。从此，前来观看和摹写的人很多，以致于阻塞街道。填咽（yè）：阻塞。形容人多拥挤。　⑫坐见：即将看到。　⑬剜（wān）：刀挖。剔：剔除。节角：石鼓文字笔画的棱角。　⑭安置妥帖：安放妥当。不颇：不偏斜。　⑮檐：屋檐。深檐也是"大厦"之意。覆：遮盖。　⑯期无佗：希望石鼓没有损坏。无佗，同"无他"，无害。　⑰中朝：即朝中。老于事：指老于世故，办事拖沓保守。　⑱讵（jù）肯：岂肯。感激：感动激发。徒：只。婠（ān）婀：形容无主见，随声附和。

韩愈

牧童敲火牛砺角^①，谁复著手为摩挲^②。
日销月铄就埋没^③，六年西顾空吟哦^④。
羲之俗书趁姿媚^⑤，数纸尚可博白鹅^⑥。
继周八代争战罢^⑦，无人收拾理则那^⑧。
方今太平日无事，柄任儒术崇丘轲^⑨。
安能以此尚论列^⑩，愿借辩口如悬河^⑪。
石鼓之歌止于此，呜呼吾意其蹉跎^⑫。

【赏析】

这是一首咏物七言古诗，作于唐宪宗元和六年（811 年）。初唐时，石鼓出土于凤翔府天兴县（今陕西省宝鸡市）三畤原。石鼓文是刻在十块鼓形石上的秦代刻石，书体为大篆，今藏于北京故宫博物院。唐、宋学者认为石鼓文是讽刺周宣王畋猎的诗歌。全诗从石鼓的起源到论述它的价值，呼吁朝廷予以重视与保护。诗人建议运至太学保存而遭到否决，不禁慨叹。于是，写下这首诗，以此讽刺当时官场的文化陋习。全诗分为四部分解析。

① 敲火：指牧童无知，随便在石鼓上敲击时爆出火星，有损石鼓。砺：摩擦。　② 著手：用手。摩挲（suō）：抚摩文物，以示爱惜。　③ 日销月铄（shuò）：每天每月被风化销熔、减损。就：趋向。　④ 六年：即元和六年（811年）。西顾：西望石鼓所在地岐阳。空吟哦：空费心思。　⑤ 羲之：王羲之，东晋著名书法家。俗书：通俗流行的书体。沈德潜《唐诗别裁》："隶书风俗通行，别于古篆，故云俗书，无贬右军意。"韩愈推崇石鼓文字，认为王羲之书法是俗书，实含贬义。趁姿媚：追求柔媚的姿态。　⑥ 博白鹅：换白鹅。据《晋书》载，王羲之很喜欢鹅，曾用自己写的《道德经》去换取山阴道士的鹅。　⑦ 八代：泛指秦、汉至唐期间的各朝代。　⑧ 收拾：把石鼓收集起来加以保存。则那（nuò）：又奈何。　⑨ 柄任儒术：即重用儒学之士。柄，权柄。任，用。崇丘轲：尊崇孔丘、孟轲。　⑩ 论列：议论，建议。　⑪ 悬河：比喻有辩才，即善于辞令。　⑫ 其：将。蹉跎：本指岁月虚度，这里指白费了心思。

第一部分四句"张生手持石鼓文"至"才薄将奈石鼓何"，点出写作缘起。张籍拿着石鼓文拓片来劝我试写一首题咏诗，李白、杜甫已不在世上，这般重要之事叫才疏学浅的我多么难堪啊！诗人虽自谦才疏，也可见石鼓文的深奥难懂。

第二部分十二句"周纲凌迟四海沸"至"鬼物守护烦撝呵"，追叙石鼓来历久远。前十句是诗人想象周宣王中兴王室、统御海内以及驰逐围猎、勒石铭功的图景。"沸""愤""大""骋""万里""万世"等词，极状场面的壮阔和气派的雄伟。唐朝自安史之乱后，皇权受到极大削弱，藩镇割据，宦官擅权，外族侵凌，大臣猜忌，各种社会矛盾激化，使李唐王朝迅速走向衰落。唐宪宗登基后采取铲藩镇、抑宦官的政策，使朝政出现了中兴之兆。诗人看到历史的相似之处，因而在歌颂周宣王雄才大略的同时，自然融进自己的政治理想。这十句，正传达出诗人切望重振颓纲以臻于尊王攘夷的政治心声。后二句承上启下，诗人把石鼓流传千年而历尽的劫难浓缩在七字之中，这是略写。诗人认为石鼓得以完好保存，如果没有鬼神呵护是不可想象的。为下文的切入阐发做好了铺垫。

第三部分十四句"公从何处得纸本"至"掎摭星宿遗羲娥"，叙述石鼓文辞和字体及其保留的价值。诗人赞叹张籍是如何用纸完整拓印了石鼓文，文辞的深奥，字体的朴茂，都使"好古"的诗人心旷神怡美不胜收。即使剥蚀斑驳，他也忍不住地赞叹一番。在那些古拙的字迹间，诗人任凭审美意识纵情驰骋：夭娇流美的线条，多像鸾凤翔舞，众仙从天上飘下；交互牵掣的点画，又使人仿佛置身于珊瑚丛生的龙宫水府。笔力的雄健，使他想到金绳铁索的劲挺；笔势的飞动，似乎只有用禹鼎出水龙梭离壁才能传其神韵，原本静止的字迹都化成了活泼的形象，他不禁沉浸在美的超然享受之中。美感的获得与否，取决于审美体验的深浅程度，尽管诗人断未见过"鸾翔凤翥众仙下"，但现实生活中的百鸟和鸣和万舞翩跹却并不少见。而诗人却用浪漫的想象把常景

编织成一幅云谲波诡的图画。对于石鼓文，韩愈并没有满足于正面的描写，他痛斥陋儒不收录或赞颂石鼓文，遗憾孔子不到秦地赏观石鼓文，以此来获得烘云托月的效果。这一段是全诗精华，诗人驾驭形象思维，把丰富的审美感受传递给读者，使之受到强烈的感染。

第四部分三十六句"嗟余好古生苦晚"至结尾，诗人概述自己的身世之感，既有追述，又有议论，但更多是流露出隐隐的惆怅和深深的惋惜。韩愈主张崇古，因此他竭力称扬石鼓文。他身居博士，把保护石鼓看作是应尽的责任。为此，他托故人度量坎坑，为安置做好准备，又戒斋沐浴郑重其事地报告上司，本以为安置"至宝"很容易促成。然而现实把他美好的愿望击得粉碎，那些班尸位素餐的官老爷只关心升官发财，他们对保存先人文明遗迹（石鼓）的行为却是丝毫不会"感激"。"老"字生动勾画出了那种麻木不仁的昏聩神情。眼看石鼓仍继续日销月蚀而归于沦灭的厄运，诗人忧心如焚。虽说当前标榜儒术，但据理力争恐怕还是于事无补，写到这儿，韩愈不禁心灰意冷，喟然长叹。这一段写得苍凉沉郁，使人觉得诗人不仅在哀叹石鼓的不幸，而且也是在嗟叹寒儒的卑微。为反衬现实的庸俗，诗人运用两个典故，显得格外深刻而有力。第一个是蔡邕，东汉灵帝不满当时文字使用的混乱，特命蔡邕和堂溪典等正定六经文字，由蔡邕用朱砂将文字书写在碑石上，刻成后置于鸿都门前，每日前来观看的车辆，使街道为之阻塞。第二个是东晋的王羲之，王羲之喜鹅颈的宛转，见山阴道士所养群鹅而爱之，道士因索写《道德经》一部，举群鹅相赠。蔡、王二人都是书圣，前者擅隶书，后者工楷书。这两种比石鼓文晚很多年的书体尚且如此风光，那么当局的冷落石鼓，到底于心何忍。诗人用典之妙，起到了振聋发聩的效果。

早春呈水部张十八员外 ①

韩 愈

天街小雨润如酥 ②，草色遥看近却无。
最是一年春好处 ③，绝胜烟柳满皇都 ④。

【赏析】

这是首即景抒情的七言绝句。唐穆宗长庆三年（823 年），时任吏部侍郎的韩愈约张籍游春，后者以事忙年老推辞，韩愈于是作此诗寄赠。诗人通过描写长安初春小雨的优美景色，表达对春天来临时生机蓬勃景象的赞美和对大自然的喜爱，希望以此触发好友的游兴，去感受早春的气息。

首句写初春小雨，"润如酥"点出它细滑润泽的特点。次句紧承首句，写初春小草沾雨后的朦胧景象。早春二月，初雨过后，诗人远望天街，仿佛泛着蒙蒙淡淡的青色，疾步走近，地上却是一片稀疏的嫩芽，反而看不出什么颜色。写出了春草初萌时，若有若无、稀疏矮小的特点。这句诗兼摄远近，空处传神，生动地展现早春的草色。

第三、四句赞美初春景色。诗人认为，初春小雨和草色是一年春光中最美的景物，远超烟柳满城的晚春景色。"遥看近却无"的草色，为早春时节特有，象征着大地春回、万象更新的欣欣生意；而烟柳已是晚春"杨柳堆烟"时候，更何况"满"城皆是，色彩浓重，反倒不那么惹诗人喜爱。结尾运用对比手法，更突出表达诗人对早春的热爱和赞美之情。

---

① 呈：恭敬地送给。水部张十八员外：指张籍，唐代诗人。因在同族兄弟中排行第十八，又曾任水部员外郎，故称。　② 天街：京城中的街道。润如酥（sū）：滋润如酥。酥，酥油，从牛羊奶中提取的脂肪。这里形容春雨的滋润。　③ 最是：正是。处：时。　④ 绝胜：远远胜过。皇都：即唐朝东都洛阳城。

314

江 雪

柳宗元 ①

千山鸟飞绝，万径人踪灭。
孤舟蓑笠翁，独钓寒山雪。

【赏析】

唐顺宗永贞元年（805 年），柳宗元参加王叔文集团推行内抑宦官、外制藩镇、维护国家统一的政治措施。由于反对派的阻挠，以失败落幕。柳宗元被贬为永州司马。这首诗就创作于谪居永州（今湖南永州市零陵区）期间，诗人运用概括手法，描绘出一幅大雪茫茫，覆盖山野江河的图景；又勾画出独钓寒江的渔翁形象，借以抒发自己在遭受政治打击后不屈而又深感孤寂的情绪。

起首两句写雪景，"千山""万径"都是夸张语。山中、路上本应有人，但却"鸟飞绝""人踪灭"。诗人用飞鸟远遁、行人绝迹的景象渲染出一个荒寒寂寞的境界，虽未直接用"雪"字，但使人似乎见到了铺天盖地的大雪，感觉到了凛冽逼人的寒气。这正是当时严酷政治环境的折射。

结尾两句刻画了一个寒江独钓的渔翁形象。在漫天大雪，几乎是生命迹象的地方，有一条孤单的小船，船上有位渔翁，身披蓑衣，独自在江面上垂钓。这个渔翁形象显然是诗人的自画像，曲折地表达出诗人在政治改革失败后虽处境孤独，但坚持着顽强不屈、凛然无畏、傲然清高的精神面貌。

---

① 柳宗元（773—819），字子厚，河东（今山西省运城市永济市）人，世称"柳河东""河东先生"。因官终柳州刺史，又称"柳柳州""柳愚溪"。唐代政治家、文学家、哲学家，与韩愈并称为"韩柳"，与刘禹锡并称"刘柳"，唐宋八大家之一。柳宗元的诗多为贬谪后所作。一部分五古的思想内容近于陶渊明诗，语言朴素自然，风格淡雅而意味深长；一部分五古则受谢灵运影响，语言精妙，间杂玄理；还有以慷慨悲健见长的律诗。

渔 翁

柳宗元

渔翁夜傍西岩宿①，晓汲清湘燃楚竹②。
烟销日出不见人③，欸乃一声山水绿④。
回看天际下中流⑤，岩上无心云相逐⑥。

【赏析】

这是一首山水诗。唐宪宗元和元年（806年），柳宗元因参与永贞革新而被贬永州（今湖南省永州市零陵区），政治上的打击，使他寄情于异乡山水。这首诗通过渔翁在山水间获得内心宁静的描写，表达了诗人在政治革新失败、自身遭受打击后寻求超脱的心境。全诗六句按时间顺序，分三个层次。

起首两句写从夜到拂晓的景象。渔翁夜宿山边，晨起汲水燃竹，以忙碌的身影形象地显示着时间的流转。伴随着渔翁的活动，诗人的笔触又自然而然地延及西岩、清湘、楚竹。既设置了一个秀丽悦目的空间画面，又以夜幕初启、晨曦微露这样流动的时间感引出下面对日出的描述，可以说在时空两方面奠定了全诗活跃而又清逸的基调。

中间两句是全诗精华。一方面是自然景色：烟消日出、山水顿绿；一方面是渔翁的行踪：渔船离岸而行，空间传来一声橹响。诗人自我感受出发，交错展现两种景象，更清晰地表现了发生于自然界的微妙变异。日出的一刹那，天色暗而忽明，万物从朦胧中忽而显豁，这才使人猛然发觉渔船已无踪影。随着划破静

---

① 傍：靠近。西岩：指今湖南省永州市境内的西山。　② 汲（jí）：取水。　③ 销：通"消"，消散。　④ 欸（ǎi）乃：象声词，一说指桨声，一说是人长呼之声。唐时湘中棹歌有《欸乃曲》。　⑤ 下中流：指由江河的中游而下。　⑥ 无心：这里指庄子所说的那种物我两忘的心灵境界。

空的一下声响，万象皆绿，一"绿"字不仅呈现出色彩的功能，而且给人一种动态感。诗人则借声响骤起，不仅赋之以动态，而且赋以顷刻转换的疾速感，生动地显现了日出的景象，令人更觉神奇。

结尾两句，日出以后，画面更为开阔。此时渔船已进入中流，而回首骋目，只见山巅上正浮动着片片白云，好似无心无虑地前后相逐，诗境极是悠逸恬淡。诗中显示的自由安适的生活情趣对于处在禁锢状态的诗人来说，实在是太珍贵太美好了。这是诗人热烈的向往和追求。

晨诣超师院读禅经[①]

柳宗元

汲井漱寒齿[②]，清心拂尘服[③]。
闲持贝叶书[④]，步出东斋读[⑤]。
真源了无取[⑥]，妄迹世所逐[⑦]。
遗言冀可冥[⑧]，缮性何由熟[⑨]。
道人庭宇静[⑩]，苔色连深竹。
日出雾露余，青松如膏沐[⑪]。
澹然离言说[⑫]，悟悦心自足[⑬]。

---

① 诣（yì）：到往。超师院：龙兴寺净土院，在今湖南省永州市。超师：住持僧重巽（xùn）。禅经：佛教经典。　② 汲（jí）井：从井里取水。　③ 拂：抖动。　④ 贝叶书：在贝多树叶上写的佛经。因古代印度用贝叶书写佛经而得名。　⑤ 东斋：净土院的东斋房。⑥ 真源：佛家的真意。了（liǎo）：懂得。　⑦ 妄迹：迷信妄诞的事迹。⑧ 遗言：佛经所言。冀：希望。冥：暗合。　⑨ 缮（shàn）性：修养本性。熟：精通而有成。　⑩ 道人：僧人重巽。　⑪ 膏：油脂。沐：润泽。　⑫ 澹（dàn）然：清静淡然。　⑬ 悟悦：悟道的快乐。

【赏析】

这首五言古诗是柳宗元到超师院读佛经的感受，表达了他壮志未已而身遭贬谪，欲于佛经中寻求治世之道的心境，又流露出寻求一种超越尘世，流连于冲淡宁静的闲适佳境的复杂心情。

起首两句，清晨早起，空气清新，以井水漱牙可以清心，又弹冠振衣拂去灰尘，身心内外俱为清净方可读经。可见用心虔诚，充分表达出诗人对佛教的倾心和崇信。

第三、四句，"闲"是全诗抒情的主调。诗人贬居永州，闲人闲官闲地，无政事的烦扰，也无名利得失的拘束，正是难得清闲，正好信步读经。

第五到八句承上文"读"字而来，正面写读"经"的感想。前二句，对于佛经中的真正本意，世人全然不去领悟，而对于书中一切迷信荒诞的事迹，却又尽力追求而津津乐道。旨在表明自己学习佛经的正确态度和对佛经的深刻理解。后二句转写对待佛经的态度。佛教教义艰深，须深入钻研思考，如果只用修持本性去学习，不可能达到精深圆满的境界。言下之意是说，愚妄地佞佛不足取，只有学习它于变革社会有益的内容才算真有所得，这反映了诗人对佛教教义及其社会作用的主观理解。

最后六句"道人庭宇静"至"悟悦心自足"，抒发了诗人对寺院幽静景色的感叹。前四句写景，"道人"指"超师"，"庭宇"呼应"东斋"，既言"步出"，则寺院环境尽收眼内，"静"字总括它的幽静和诗人的闲适心境。是景物之静，也是诗人内心之静。而苔色青青，翠竹森森，一片青绿，又从色调上渲染了环境的葱茏幽深。"日出"照应题目中"晨"字，再次点明时间。旭日冉冉，雾露蒙蒙，青松经雾露滋润后仿佛像人经过梳洗、上过油脂一样。这是用拟人法写青松，也是用"青松如膏沐"进一步写环境的清新。这是"闲人"眼中才能看出的静谧清幽之景，抒发的是"闲人"胸中才有的超逸旷达之情。最后二句，诗人触景生情，直抒胸臆。巧妙地把自然景物契合进自己的"禅悟"中，既与前面的景物相

连，写出"闲人"欣喜愉悦而又多少带点落寞孤寂的韵味；又与前面的读"经"相呼应。透露出诗人卑视尘俗、讽喻佞佛者的孤傲之情。

溪 居

柳宗元

久为簪组累^①，幸此南夷谪^②。
闲依农圃邻^③，偶似山林客^④。
晓耕翻露草，夜榜响溪石^⑤。
来往不逢人，长歌楚天碧^⑥。

【赏析】

这首五言律诗描写柳宗元被贬官到有"南荒"之称的永州后，在溪边筑室而居，过着闲适的生活。表面上自我排遣，自得其乐，实际上曲折地表达被贬谪的幽愤，字里行间隐含了作者壮志难酬的苦闷之情。

首联，诗人认为自己长久地为在朝中做官所累，幸亏贬谪来这荒夷之地，可以让他过上闲适的生活。这两句正话反说，将不幸之事说成是幸事，表达了对朝中当权派的不满。

中间两联表述在此生活的闲适之情。闲暇时与种菜老农为邻，有时还真像是在山林隐居的人。一大早带着露水就去锄草，晚上乘船沿着溪水前进。"闲依"表现诗人的闲散之态，"偶似"

---

① 簪组：冠簪和冠带，均为古代官吏服饰。此借指官职。累：束缚。
② 南夷：古代对南方少数民族的称呼。亦指南方边远荒凉地区。谪：贬官降职。   ③ 农圃（pǔ）：农家田园。   ④ 偶似：有时好像。山林客：即山林间的隐士。   ⑤ 夜榜：夜里行船。榜，划船。响溪石：指水激溪石的声响。   ⑥ 长歌：放歌。楚天：诗人贬谪之地永州，即今湖南省永州市，原属楚国故地，故称。

是故作放旷之语，自我安慰。诗人胸怀大志，可是仕途不顺，一再遭贬。这次更是被贬永州，远离长安。他满腔的热情得不到施展空间，有志而不得伸，有才而不被重用。于是，在此贬所只好强写欢愉，故作闲适，称自己对被贬感到庆幸，假装很喜欢这种安逸舒适的生活。

尾联，有时整日独来独往碰不见一个行人，于是放声高歌，声音久久回荡在沟谷碧空中，多么清越空旷。这闲适潇洒的生活，让诗人仿佛对自己的不幸遭贬无所萦怀，心胸旷达开朗。诗人看似自由自在，无拘无束，但也显孤独。这两句恰恰透露出诗人是强作闲适，无人问津时自娱自乐，也是一种无奈的调侃。

登柳州城楼寄漳汀封连四州 ①

柳宗元

城上高楼接大荒 ②，海天愁思正茫茫。
惊风乱飐芙蓉水 ③，密雨斜侵薜荔墙 ④。
岭树重遮千里目 ⑤，江流曲似九回肠 ⑥。
共来百越文身地 ⑦，犹自音书滞一乡 ⑧。

---

① 柳州：唐时州名，治所在今广西壮族自治区柳州市。漳：唐时州名，治所在今福建省漳州市。汀（tīng）：唐时州名，治所在今福建长汀县。封：唐时州名，治所在今广东省封开县。连：唐时州名，治所在今广东省连州市。　②大荒：旷远辽阔的原野。　③惊风：急风，狂风。飐（zhǎn）：吹动。芙蓉：荷花。　④薜（bì）荔：一种蔓生植物，也称木莲。　⑤重遮：层层遮住。千里目：远眺的视线。　⑥江：柳江。九回肠：愁肠九转。形容愁绪缠结难解。　⑦共来：指柳宗元和韩泰、韩华、陈谏、刘禹锡四人同时被贬远方。百越：即百粤，指当时五岭以南各少数民族地区。文身：古代南方少数民族有在身上刺花纹的风俗。文，通"纹"。　⑧犹自：仍然是。音书：音信。滞：阻隔。

【赏析】

这是一首酬赠七言律诗。唐顺宗年间，柳宗元与韩泰、韩晔、陈谏、刘禹锡因参加王叔文领导的"永贞革新"运动而遭贬。唐宪宗元和十年（815年），柳宗元等人循例被召至京师，因奸臣阻挠，柳宗元再次改谪柳州刺史。友人韩泰、韩晔、陈谏、刘禹锡也分别出任漳州、汀州、封州、连州刺史。诗人到达柳州后，登楼之际，面对满目异乡风物，不禁百感交集，作了这首诗。以此诗寄赠四位共患难而天各一方的朋友，表达了真挚的友谊，以及对自己身世坎坷的悲叹、仕途险恶的无奈。

首联，"城上高楼"，即立身愈高，所见愈远。诗人长途跋涉到柳州，却急不可耐地登上高处，为的是遥望友人的贬所，抒发难于明言的情感。"接"字，是说高楼上能望见空旷的荒野，是楼上人眼中所见。于是感物起兴，"海天愁思正茫茫"，展现在眼前的是辽阔而荒凉的空间，望到极远处，海天相连。而自己的茫茫"愁思"，也就寄托于辽阔无边的空间。

颔联，诗人站在城楼上，从近处所见景象中，拈出在疾风骤雨的芙蓉与薜荔，显然是这二种物象的情状使诗人心灵颤悸。芙蓉出水，何碍于风，而惊风仍要乱飐；薜荔覆墙，雨本难侵，而密雨偏要斜侵。这怎能不使诗人产生联想，愁思弥漫呢！这两句是"赋"兼有比兴的写法。芙蓉与薜荔，象征着人格的美好与芳洁。

颈联写远景。诗人由近景所触发联想，自己目前是处于这样的情境，好友们的处境又是如何呢？于是心驰远方，目光也随之移向漳、汀、封、连四州。这两句同写遥望，却一仰一俯，视物各异。仰观则重岭密林、遮断千里之目；俯望则江流曲折，有似九回之肠。不仅是说自然现象，也蕴含了诗人遭贬后忧恐烦乱的心境。

尾联从颈联生发而来，诗人感叹因和四位友人相隔遥远，以致音信难通。诗人和四位友人同时被贬至偏远的蛮荒之地，不是远隔崇山峻岭，就是隔着大川江流，不要说互访不易，互通音讯也十分困难。在诗句写法上，以"共来百粤文身地"做垫，再用"犹自"一转，归结到"音书滞一乡"，便收到沉郁顿挫的艺术效果。"共来"句，既与首句中的"大荒"照应，又统摄题中的"柳州"与"漳、汀、封、连四州"。一起被贬谪于大荒之地，已经够痛心了，还彼此远隔，连音书都无法送到。余韵袅袅，余味无穷，而题中的"寄"字之神，也于此曲曲传出。

蜀先主庙①

刘禹锡②

天地英雄气，千秋尚凛然③。
势分三足鼎④，业复五铢钱⑤。
得相能开国⑥，生儿不象贤⑦。
凄凉蜀故妓⑧，来舞魏宫前。

【赏析】

这是一首咏怀五言律诗。诗人刘禹锡以此诗赞扬了刘备的功业，慨叹蜀汉事业后继者不贤，总结了蜀汉亡国的历史教训。诗人咏史怀古，其实也在映射当世。唐王朝有过贞观之治、开元盛世，但到刘禹锡所处时代，执政者昏庸荒唐，一再打击迫害像刘禹锡那样的革新者，以致国势日益衰颓。

首联写先主庙堂威势逼人。"天地"极言"英雄气"的雄阔奇

---

① 蜀先主：指三国时蜀汉昭烈帝刘备。蜀先主庙在今重庆市奉节县白帝山上。　② 刘禹锡（772—842），字梦得，洛阳人。唐代文学家，有"诗豪"之称。刘禹锡贞元九年（793年）进士及第，历任监察御史、朗州司马、连州刺史等职，终官太子宾客、分司东都。与柳宗元并称"刘柳"，与韦应物、白居易并称"三杰"。　③ 凛然：严肃而令人敬畏。④ "势分"句：指刘备创立蜀汉，与曹魏、孙吴三分天下。　⑤ 五铢钱：西汉武帝时货币。此代指蜀汉帝业。　⑥ 相：指诸葛亮。　⑦ 不象贤：指刘备之子刘禅不肖，不能守护蜀汉政权。　⑧ 妓：古代以歌舞为业的女子。这里代指俘虏。

绝。"千秋"两字极写"英雄气"的万古长存。"尚凛然",是诗人面对先主塑像,既是表达出的感受,也是表现出肃然起敬的神态。

颔联紧承"英雄气",表出刘备的英雄业绩。刘备起自平民,在汉末乱世中,转战南北,建立了与曹操、孙权三分天下的蜀国,他又力图统一中国,更显示了英雄之志。诗人借光武帝刘秀恢复汉室,重铸五铢钱的典故,暗喻刘备振兴汉室的雄心。

颈联为刘备功业未成、嗣子不肖而叹息。"得相能开国",是说刘备长于任贤择相,得诸葛亮辅佐,建立蜀国。"生儿不象贤",则说刘备拙于教子,后主刘禅不能效法先人贤德,亲近小人,愚昧昏聩,致使蜀国被灭。两相对比,正反相形,声情顿挫。

尾联感叹后主亡国。刘禅降魏后,被东迁至洛阳,命为安乐县公。魏太尉司马昭在宴会中使蜀国的女乐表演歌舞,旁人见了都为刘禅感慨,独刘禅喜笑自若,乐不思蜀。诗人以此抒发先辈艰辛创立的基业,后继君主不能守护的感叹。同时怀古讽今,警示当时朝廷的不作为。

西塞山怀古 ①

刘禹锡

王濬楼船下益州 ②,金陵王气黯然收 ③。
千寻铁锁沉江底 ④,一片降幡出石头 ⑤。
人世几回伤往事,山形依旧枕寒流。
今逢四海为家日,故垒萧萧芦荻秋 ⑥。

---

① 西塞山:山名,在今湖北省黄石市。　② 王濬(jùn):西晋时益州刺史。益州:古郡名,郡治在今四川省成都市。　③ 金陵:江苏省南京市古称,曾经是吴国都城。王气:帝王之气。　④ 千寻:古代长度单位,八尺为一寻。　⑤ 降幡(fān):表示投降的旗帜。石头:石头城,也是今江苏省南京市古称。　⑥ 垒(lěi):古代军营的防护堡垒。萧萧:萧条、凄清的样子。

【赏析】

唐王朝自安史之乱后，藩镇割据严重。唐宪宗时期，朝廷曾取得了几次平定藩镇割据的胜利，出现了比较统一的局面。但没有维持多久，唐穆宗长庆元年（821年）后，河北三镇又恢复割据局面。长庆四年，刘禹锡由夔州（治今重庆市奉节县）刺史调任和州（治今安徽省和县）刺史。在沿江东下赴任途中，经西塞山时，触景生情，抚今追昔，写下了这首感叹王朝兴亡的七言律诗，以此来嘲讽重新抬头的割据势力，也警示当时腐败的唐王朝。

西晋太康元年（280年），晋武帝司马炎命王濬率领以高大"楼船"组成的水军，从益州顺江而下，讨伐东吴。诗人以这件史事为题，开头即写"楼船下益州"，"金陵王气"便黯然消失。一"下"即"收"，表明速度之快。渲染出一方是势如破竹，一方则是闻风丧胆。

第三、四写战事及其结果。东吴末代君王孙皓，凭借长江天险，并在江中暗置铁锥，再加以千尺铁链横锁江面，来拦截晋国的战船，自以为是万全之计，谁知王濬用大筏数十，冲走铁锥，以火炬烧毁铁链，结果顺流而下，直取金陵。

第五、六句承上启下，概括了南朝三百多年间政权频繁更替的历史。"伤往事"，往事指西晋灭吴后，金陵经历了六朝，每个朝代时间都不长，每个当权者成功后粉墨登场傲视人间，失败后身亡或被俘黯然收场，他们都在重复前人的因果。他们的成功与失败，都淹没在历史的长河中。但西塞山依旧伴临长江而存在，像是无情地看着人世间这些往事的沉浮变迁。

结尾两句，诗人写"今逢"之世，说往日的军事堡垒，如今已荒废在一片秋风芦荻中。这残破荒凉的遗迹，便是六朝覆灭的见证，便是分裂失败的象征，反映了国家统一是历史的必然趋势。

酬乐天扬州初逢席上见赠①

刘禹锡

巴山楚水凄凉地②，二十三年弃置身③。
怀旧空吟闻笛赋④，到乡翻似烂柯人⑤。
沉舟侧畔千帆过⑥，病树前头万木春。
今日听君歌一曲⑦，暂凭杯酒长精神⑧。

【赏析】

唐敬宗宝历二年（826年），刘禹锡罢和州刺史，回归洛阳，途经扬州，与罢苏州刺史后也回归洛阳的白居易相会。筵席上白居易写了一首《醉赠刘二十八使君》相赠，诗中对刘禹锡被贬谪的遭遇，表示了同情和不平。于是刘禹锡写了这首酬赠七言律诗回赠白居易，抒发了自己对世事变迁和仕宦升沉的豁达襟怀，也表现了诗人的坚定信念和乐观精神。又暗含哲理，表明新事物必

---

① 酬：以诗答谢。乐天：指白居易，字乐天。　② 巴山楚水：古时四川东部属于巴国，湖南北部和湖北等地属于楚国。刘禹锡曾被贬到这些地方做官，所以用巴山楚水指诗人被贬之地。　③ 二十三年：诗人遭贬的时间。　④ 怀旧：怀念故友。吟：吟唱。闻笛赋：指西晋向秀的《思旧赋》。三国曹魏末，向秀的朋友嵇康、吕安因不满司马氏篡权而被杀害。后来，向秀经过二人的旧居，听到邻人吹笛，勾起了对故人的怀念。写作《思旧赋》来悼念他的朋友。刘禹锡借用这个典故，来抒发对王叔文等亡友的怀念。　⑤ 翻似：倒好像。翻，副词，反而。烂柯人：出自《述异记》记载的人物，西晋时期，有个叫王质的青年上山砍柴，观看两童子对弈，观棋至终局，他发觉手中斧柄已经腐烂。回到家里，才知已过百年，同辈人都去世。这里诗人以王质自比，说自己在外二十多年，再回旧地，恍如隔世。　⑥ 沉舟：这是诗人以沉舟、病树自比。侧畔：旁边。　⑦ 歌一曲：指白居易的《醉赠刘二十八使君》。⑧ 长（zhǎng）精神：振作精神。

将取代旧事物。

首联，诗人回顾了自己的贬谪生活。白居易的赠诗中，对诗人的遭遇无限感慨，最后两句说："亦知合被才名折，二十三年折太多。"一方面感叹诗人的不幸命运，另一方面又称赞诗人的才气与名望，在同情中又包含着赞美，显得十分委婉。因为白居易在诗中说到二十三年，所以刘禹锡在诗的开头就接着说："巴山楚水凄凉地，二十三年弃置身。"自己谪居在巴山楚水这荒凉之地，算来已二十三年。一来一往，显出朋友之间推心置腹的亲切关系。同时，对自己被贬谪、遭弃置的境遇，表达了无限辛酸和愤懑不平。

颔联写自己归来的感触。诗人在外二十三年，如今回来，许多老朋友都已去世，只能徒然地吟诵"闻笛赋"表示悼念而已。后一句运用王质烂柯的典故，既暗示自己贬谪时间长久，又表现了世态的变迁，以及回归之后生疏而怅惘的心情。

白居易在赠诗中有"举眼风光长寂寞，满朝官职独蹉跎"，意指同辈人都升迁了，只有你在荒凉之地寂寞地虚度年华，颇为诗人抱不平。对此，诗人在颈联笔锋一转，相互劝慰，相互鼓励。诗人以沉舟、病树比喻自己，固然感到惆怅，却又相当豁达。沉舟侧畔，有千帆竞发；病树前头，正万木皆春。诗人以此两句反而劝慰白居易不必为自己的寂寞、蹉跎而忧伤，对世事的变迁和仕宦的升沉，表现出豁达的襟怀。二十三年的贬谪生活，并没有使诗人自己消沉颓唐。他这棵病树仍然要重添精神，迎上春光。因为这两句形象生动，常被后人引用，并赋予它以新的意义，说明新事物必将取代旧事物。

尾联点明酬答的题意，表达诗人重新投入生活的意愿及坚强的意志。正因"沉舟"这一联突然振起，诗人一变前面伤感低沉的情调，笔锋一转，又相互劝慰，相互鼓励。他对生活并未完全丧失信心。诗句虽感慨很深，但表达出的并不是消沉，而是振奋。

竹枝词二首

刘禹锡

其一

杨柳青青江水平，闻郎江上踏歌声①。
东边日出西边雨，道是无晴却有晴②。

其二

楚水巴山江雨多③，巴人能唱本乡歌④。
今朝北客思归去⑤，回入纥那披绿罗⑥。

【赏析】

《竹枝词》是古代四川东部的民歌，人民边舞边唱，用鼓和短笛伴奏。赛歌时，谁唱得最多，谁就是优胜者。刘禹锡任夔州刺史时，非常喜爱这种民歌。

第一首是描写青年男女爱情的诗歌。一个初恋少女在杨柳青青、江平如镜的清丽春日里，听到情郎的歌声所产生的内心活动。

首句描写少女所见景物。春江杨柳，最易引起人的情思，自然引出第二句，写出少女在听到情郎歌声时起伏难平的心潮。

结尾两句是两个隐喻，用的是语意双关的手法。既写江上阵雨天气，又把这个少女的迷惑、眷恋和希望等心理活动描绘出来。"东边日出"是"有晴"，"西边雨"是"无晴"。"晴"和"情"谐音，"有晴""无晴"是"有情""无情"的隐语。"东边日出西边雨"，表面是"有晴""无晴"的说明，实际却是"有情""无情"

---

① 踏歌：古代一种边歌边舞的艺术形式。舞时成群结队，连臂踏脚，配以轻微的手臂动作。　②晴：谐音"情"。　③楚水巴山：泛指蜀、楚之地的山水。　④巴人：古巴州人。巴州，治所在今重庆市奉节县境。　⑤北客：诗人自指。　⑥纥（hé）那：踏曲的和声。绿罗：绿色的绮罗，比喻绿水微波。

的比喻。少女听后，感到难以捉摸，心情忐忑不安。但她很聪明，从最后一句辨清了情郎对她是有情的，因为句中"有""无"两字，着重的是"有"。因此，她内心又不禁喜悦起来。

第二首描写诗人身居蜀地，听到巴人歌唱引发的怀乡幽思。

首句诗人总写多年贬谪远任的愁苦。诗人曾贬职朗州（近湖南省常德市）近十年，属楚地，楚地多河流，故称"楚水"。后被迁任夔州（今重庆奉节县）刺史，属巴地，巴蜀多山，故称"巴山"，且临近长江。但都位于长江以南，每到春夏之际，雨水淅沥不歇，也更增添思念故土的伤情。

次句，诗人伤情怀思，又听到巴人唱的乡歌。身处巴地，听到巴人歌唱是常有之事，但诗人久离故土，每听到他乡之音，也更使自己思乡的心绪难平。

结尾两句写诗人幻想回到家乡的情景。诗人家乡河南洛阳位于"楚水巴山"之北，故称"北客"。《纥那》当是诗人家乡的乡歌。想着自己回到家乡，乡亲们会身披绿色绮罗，踏着《纥那》曲的和声，边舞边歌欢迎自己归来。正因有这样的想法，窗外的绿水微波渐渐幻化成故乡人身上迎风而舞迎己归来的绿色绮罗，幻景中《纥那》节拍也显得格外清晰明了。

秋　词

刘禹锡

自古逢秋悲寂寥 ①，我言秋日胜春朝 ②。
晴空一鹤排云上 ③，便引诗情到碧霄 ④。

【赏析】

唐顺宗永贞元年（805 年），刘禹锡参与王叔文改革朝政，遭到反对势力阻挠，以失败告终。刘禹锡被贬朗州（今湖南省常德

---

①寂寥：萧条。　②春朝：春天。　③排：推开。　④碧霄：青天。

市）。诗人在遭受政治打击后，并没有消沉下去。这首即景感怀的七言绝句便是诗人一反历来文人悲秋的情调，以热情生动的画面，赞美了秋日风光的美好，并借黄鹤直冲云霄的描写，表达了奋发进取的豪情和豁达乐观的情怀。

　　起句以议论起笔，以否定前人悲秋的观念，表现出一种激越向上的诗情。说明了诗人胸襟阔达、心态乐观。第二句直抒胸臆，运用对比手法，将古人的悲秋和自己的颂秋进行对比。"胜春朝"就是诗人对秋景最为充分的认可。

　　结尾两句勾勒出一幅壮美画面。诗人抓住"一鹤排云上"的景观，展现的是秋高气爽、万里晴空、白云漂浮的开阔景象。那凌云的鹤，也载着诗人的"诗情"，一同遨游到了云霄之外。"排"字，形象地写出了鹤冲破白云阻隔，一飞冲天的气势。诗人视"鹤"为不屈的化身，以"鹤"自喻，使字里行间诗人那乐观的情怀，昂扬的斗志呼之欲出。如果说前句侧重写秋的"形美"，那么后句则突出秋的"神韵"，使"秋日胜春朝"的观点表现得更鲜明，更有力度。

竹枝词①

刘禹锡

山桃红花满上头②，蜀江春水拍山流③。
花红易衰似郎意，水流无限似侬愁④。

【赏析】

　　唐穆宗长庆二年（822 年），刘禹锡任夔州刺史时非常喜爱当地"竹枝词"这种民歌。他采用当地民歌的曲谱，制成新的《竹

---

① 竹枝词：原名"竹枝歌""竹枝曲"，乐府曲名。最早为巴人口头传唱的民歌。　②上头：山头，山顶上。　③蜀江：泛指今四川省境内的河流。　④侬（nóng）：我。

枝词九首》，描写当地山水风俗和男女爱情。这首诗即其中第二首。诗人运用比兴手法，先写眼前水恋山的景象，再以此作比，抒写愁绪，不禁为诗中女子在爱情上的不幸遭遇而深受感动。

起首两句写眼前景色。上句写满山桃花红艳艳，下句写江水拍山而流，描写了水恋山的情景。这样的景物虽美，但对诗中的女子来讲，如此美景恰恰勾起了她失恋的无限痛苦。

结尾两句对景抒情。诗人运用两个比喻：花红易衰，正像郎君的爱情虽美，但不久便衰落；而流水滔滔不绝，正好像自己的无尽愁苦。表达出了这个失恋女子的内心痛苦。

浪淘沙

刘禹锡

九曲黄河万里沙 ①，浪淘风簸自天涯 ②。
如今直上银河去 ③，同到牵牛织女家。

【赏析】

《浪淘沙》本为六朝民歌题目，唐代成为教坊乐曲，刘禹锡、白居易依小调《浪淘沙》唱和而首创乐府歌辞《浪淘沙》，为七言绝句体。刘禹锡创作的《浪淘沙》为组诗作品，共九首，当为刘禹锡后期之作。有学者认为这组诗作于刘禹锡任夔州（今重庆市奉节县）刺史后期，即长庆二年春（822年）所作。这首诗为第一首。刘禹锡于唐顺宗永贞元年（805年）从京官贬为地方官，其后又多次被贬或迁任。面对仕途的坎坷，诗人没有沉沦，而是以坚定乐观的态度面对世事变迁。这首诗通过借黄河曲

---

① 九曲：相传黄河有九道弯，形容弯曲的河道很多。万里沙：黄河水在长远流动中夹杂着泥沙。　② 浪淘风簸（bǒ）：狂风吹动河流，汹涌澎湃，卷着泥沙，翻起浪花。簸，上下翻动。自天涯：来自天边。
③ 直上银河：古代传说黄河与天上的银河相通。

折流长和流动中遭遇风浪的形态，以及神话故事。表达了诗人不惧困难，不畏强权打压，坚持信念的人生态度。

前二句描绘了黄河万里奔腾的壮丽图景。"九曲""万里沙"用夸张手法写黄河水杂着泥沙流长曲折，暗喻自己人生的坎坷。"浪淘风簸自天涯"，河流掀起的风浪来自天上。"天涯"暗指朝廷。暗喻朝廷中权臣为反对革新弊政而掀起的风波。

后两句诗人用牛郎织女的神话故事表达心志。如今前路无论多么艰险，自己也要迎着狂风巨浪，顶着万里黄沙，逆流而上，直到银河去访牵牛织女家。传说天帝不允许牵牛和织女相爱，二人私自成婚，被天帝用银河隔开，但二人始终不放弃自己的追求。诗人借此表达在仕途中坚持保国利民的信念。

乌衣巷 ①

刘禹锡

朱雀桥边野草花 ②，乌衣巷口夕阳斜。
旧时王谢堂前燕 ③，飞入寻常百姓家。

【赏析】

这是一首七言绝句。唐敬宗宝历二年（826 年），刘禹锡由和州（今安徽省和县）刺史任上返回洛阳，途径金陵（今江苏省南京市），写了一组咏怀古迹的诗篇，名为《金陵五题》。这首诗为其中第二首。诗人通过凭吊东晋时王、谢两大望族的旧居地，通过野

---

① 乌衣巷：古巷名，在今江苏省南京市文德桥南岸，是三国东吴时的禁军驻地。由于当时禁军身着黑色军服，故称乌衣巷。东晋时王导、谢安两大家族，都居住在乌衣巷，人称其子弟为"乌衣郎"。入唐后，乌衣巷沦为废墟。　　② 朱雀桥：古桥名，在今江苏省南京市秦淮区中华门城内武定桥和镇淮桥间，地处夫子庙。因面对六朝时都城正南门朱雀门，故名。
③ 旧时：东晋时期。王谢：指东晋时期王导和谢安两大家族。

草、夕阳景物的描写，以燕子作为盛衰兴亡的见证，把历史和现实联系起来，引导人们去思考时代的发展和社会变化，蕴含深意。

起首二句写出朱雀桥、乌衣巷的环境。桥边丛生的野草和野花，说明时当春季。"野草"象征衰败，表明昔日繁华的朱雀桥，当今已荒凉冷落！乌衣巷也在古桥背景的映衬下，在斜阳的残照中，更显败落凄凉。"夕阳斜"，鼎盛时代的乌衣巷口，应是衣冠来往、车马喧嚣的情景。而今，诗人却用夕阳的一抹斜晖，使乌衣巷笼罩在寂寥惨淡的氛围下。

结尾二句，诗人抓住燕子为候鸟有栖息旧巢的特点，又点出燕子筑巢地点是东晋望族王家和谢家旧居，而今也已成为普通百姓的居住地，以突出今昔对比的作用。赋予燕子以历史见证人的身份，以此感叹古今世事沧桑、盛衰的变化。

望洞庭 ①

刘禹锡

湖光秋月两相和 ②，潭面无风镜未磨 ③。
遥望洞庭山水翠，白银盘里一青螺 ④。

【赏析】

这是一首借景抒情的七言绝句。唐穆宗长庆四年（824年），刘禹锡赴任和州刺史，途经洞庭湖时所作。诗人以月夜遥望洞庭湖，通过想象、比喻，描写秋夜月光下洞庭湖的优美景色，表达了对洞庭风光的喜爱和赞美之情。

首句描写清澈空明的湖水与月光交相辉映。一个"和"字极

---

① 洞庭：湖名，在今湖南省境内。　② 湖光：湖面的波光。和：水色与月光互相辉映。　③ 潭面：湖面。镜未磨：指湖面无风，远望湖中景物，如同铜镜未打磨时照物隐约不清。　④ 白银盘：形容平静而又清的洞庭湖面。青螺（luó）：形容洞庭湖中的洞庭山。

妙，表现出了水天一色的画景。

第二句描绘湖上无风，迷迷蒙蒙的湖面宛如未经打磨的铜镜。"镜未磨"三字形象地呈现了洞庭湖风平浪静、安宁温柔的景象，在月光下别具一种朦胧美。

第三、四句诗人视线从广阔的湖光月色的整体画面集中到洞庭山一点。月光下，洞庭山愈显青翠，洞庭水愈显清澈，山水浑然一体，望去如同一只雕镂剔透的银盘里，放了一颗小巧玲珑的青螺。诗人笔下秋月之中的洞庭山水变成了一件精美绝伦的工艺珍品，给人以无限艺术享受。

采莲子

皇甫松 ①

船动湖光滟滟秋 ②，贪看年少信船流 ③。
无端隔水抛莲子 ④，遥被人知半日羞。

【赏析】

这首诗写一位采莲女子向心上人示爱时怀疑被人发现而十分娇羞的情景。

起句，水波映出秋色，一湖清澈透明的秋水可以想见，勾勒出一幅极富诗情画意的秋景图。在如此美丽景色中发生的感情故事，也必定是浪漫而动人的。以景衬情，收到良好的表达效果。

次句，通过"信船流"，交代船动的原因。原来有一位英俊

---

① 皇甫松，生卒年不详，字子奇，自号檀栾子，睦州新安（今浙江省淳安县）人。唐宪宗时的工部侍郎皇甫湜之子。唐代词人。《花间集》称皇甫松"皇甫先辈"。唐人称进士为"先辈"，大约他中过进士而未任官职。代表作《采莲子》二首。　② 滟滟（yàn）：水面闪光的样子。③ 年少：少年男子。信船流：任船随波逐流。信，放任。　④ 无端：无故，没来由。

少年把采莲女吸引住了，她出神地凝视着意中人，以致船随水漂流而动。"贪看"二字，刻画出了采莲女的情窦初开，大胆无羁。这种大胆无邪的目光和"信船流"的痴情憨态，把采莲女纯真热情的鲜明个性和对爱情的渴求，表现得淋漓尽致。

第三句，"莲"谐音"怜"，有表示爱恋之意。诗人采用谐音双关隐语，巧妙地表露采莲女子的情思，饶有情趣，富有江南民歌的特色。这一抛莲子，很是大胆，不仅是人世间的礼法，连少女自己的矜持也不顾了。

结句，从"遥"字可知看到的人离她很远，并未有什么表现，更没有笑她，或许根本没看到，只是采莲女的猜测而已，而她却以为心事被窥破而娇羞满面，可见采莲女虽然大胆却终究逃不过女儿家怕羞的心理。

烈女操^①

孟郊^②

梧桐相待老^③，鸳鸯会双死^④。
贞女贵殉夫^⑤，舍生亦如此。
波澜誓不起，妾心古井水^⑥。

---

① 烈女操：乐府中《琴曲》歌辞。烈女，贞洁女子。操，琴曲中一种体裁。　　② 孟郊（751—815），字东野，湖州武康（今浙江省德清县）人，祖籍平昌（今山东德州临邑县），唐代诗人。孟郊中年进士及第，曾任溧阳县尉，又由河南尹郑余庆举荐，任职河南，晚年在洛阳度过。孟郊的诗多写世态炎凉，民间苦难，故有"诗囚"之称，与贾岛并称"郊寒岛瘦"。　　③ 梧桐：传说梧为雄树，桐为雌树，其实梧桐树是雌雄同株。相待老：梧和桐同长同老。　　④ 会：终当。　　⑤ 殉：以死相从。　　⑥ "波澜"两句：指我的心如同枯井水，永远不会泛起情感波澜。古，同"枯"。

【赏析】

这首诗借赞颂贞妇烈女，表达诗人坚守节操，不肯与权贵同流合污的意志。

起首两句，诗人用"鸳鸯""梧桐"两个独特意象来比喻烈女对爱情的忠贞。古老的梧桐彼此相守，直到枯死；美丽的鸳鸯鸟成双成对相伴终身。以此作比，贴切自然。

结尾四句，写女子在丈夫死后，在孤独寂寞中坐等生命的终结，以丧夫之妇的口吻，直抒胸臆，喊出对爱情忠贞不渝的誓言。诗人借赞颂贞妇烈女，抒志洁行廉、孤高耿介之士子的气节。

游子吟 ①

孟 郊

慈母手中线，游子身上衣。
临行密密缝 ②，意恐迟迟归 ③。
谁言寸草心 ④，报得三春晖 ⑤。

【赏析】

孟郊早年漂泊无依，贫困潦倒，到五十岁时才得到一个溧阳县尉的卑微之职，结束了长年漂泊流离的生活，便将母亲接来居住。诗人仕途失意，饱尝世态炎凉，此时愈觉亲情的可贵，于是写出这首歌颂母爱的诗。诗人通过回忆一个看似平常的临行前缝衣的场景，凸显并歌颂了母爱的伟大与无私，表达了诗人对母爱的感激以及对母亲的敬爱。

---

① 游子：漂泊在外的人。吟：一种诗歌体裁。　　② 临：将要。
③ 意恐：担心。　　④ 寸草：小草。比喻子女对父母的微小心意。
⑤ 报得：报答。三春晖（huī）：春天灿烂的阳光，这里喻指慈母之恩。
三春，旧称农历正月为孟春，二月为仲春，三月为季春，合称三春。
晖，阳光。

起首两句，用"线"与"衣"两件极常见的东西将"慈母"与"游子"紧紧联系在一起，写出母子相依为命的骨肉感情。

第三、四句，通过慈母为游子赶制出门衣服的动作和心理的刻画，深化这种骨肉之情。母亲千针万线"密密缝"是因为怕儿子"迟迟"难归。伟大的母爱正是通过日常生活中的细节自然地流露出来。

最后两句，诗人直抒胸臆，对母爱作尽情地讴歌。这两句采用比兴手法：儿女像区区小草，母爱如春天阳光。儿女怎能报答母爱于万一呢？悬绝的对比，形象的比喻，寄托着赤子对慈母发自肺腑的敬爱。

秋 思

张 籍 ①

洛阳城里见秋风，欲作家书意万重 ②。
复恐匆匆说不尽 ③，行人临发又开封 ④。

【赏析】

这是首思乡感怀的七言绝句。当时张籍正客居洛阳，恰逢秋季，秋风勾起诗人独在异乡的凄寂情怀，于是写下这首诗。诗人借日常生活中一个片断，即寄家书时的思想活动和行为细节，表达了在外游子对家乡亲人的怀念。

---

① 张籍（约 766—约 830），字文昌，和州乌江（今安徽和县乌江镇）人。唐代诗人。经韩愈举荐，进入仕途，唐德宗贞元十五年（799 年）进士及第，历任太常寺太祝、国子监助教、秘书郎、国子司业等职。张籍擅长乐府诗，诗作多反映各种社会矛盾，同情人民疾苦。语言凝练而平易自然。与当时的诗人王建并称"张王"。　② 意万重：指说不完的情意。③ 复恐：指怕这封信内容不够多。　④ 行人：此指捎信的人。临发：快要出发。开封：打开信封。

首句写诗人在秋季客居洛阳。秋风所包含的肃杀之气，可使木叶黄落，百花凋零。作客他乡的游子，见到如此凄凉寥落之景，不由勾起漂泊异乡的孤独寂寞情怀，引起对家乡、亲人的思念。平淡而富于含蕴的"见"字，包含了丰富的暗示和联想。

次句写作家书。诗人因故不能返乡，想修一封家书来寄托思怀家乡的感情，使本来已强烈的乡思中增添了欲归不得的惆怅。"欲"字，表达了诗人铺纸伸笔之际的意念和情态。原本显得较为抽象的"意万重"，由于有了"欲作家书"而迟迟不能下笔的生动意态描写，反而变得鲜明可触、易于想象了。

结尾两句写倾述不尽的思乡情。诗人既因"意万重"而感到无从下笔，又因托"行人"之便捎信而无暇细加考虑，浓烈的思乡情意和难以表达的矛盾，加以时间"匆匆"，竟使这封包含千言万语的信在极短时间内完成。写成封就之时，似乎已经言尽，但当捎信的行人临上路时，却又匆匆拆开信封。"复恐"二字，刻画心理入微。"临发又开封"的行为，与其说是为了添写几句匆匆未说尽的内容，不如说是为了验证一下自己的疑惑和担心，而这种来自心底的"恐"，竟然促使诗人不假思索地做出"又开封"的决定，正显出他对这封"意万重"家书的重视和对亲人的深切思念，千言万语，唯恐遗漏了一句。

李凭箜篌引 ①

李贺 ②

吴丝蜀桐张高秋 ③，空山凝云颓不流 ④。
江娥啼竹素女愁 ⑤，李凭中国弹箜篌 ⑥。
昆山玉碎凤凰叫 ⑦，芙蓉泣露香兰笑 ⑧。
十二门前融冷光 ⑨，二十三丝动紫皇 ⑩。
女娲炼石补天处，石破天惊逗秋雨 ⑪。
梦入神山教神妪 ⑫，老鱼跳波瘦蛟舞。

① 李凭：唐宪宗时的宫廷乐师。箜（kōng）篌（hóu）：古代弦乐
器，分卧式、竖式两种，弦数因乐器大小而不同，最少五根弦，最多
二十五根弦。引：古代一种诗歌体裁。　② 李贺（791—817），字
长吉，唐代河南福昌（今河南洛阳宜阳县）人，家居福昌昌谷，后世
称"李昌谷"，唐高祖李渊的叔父郑王李亮后裔。经韩愈和宗族人的
举荐，曾任奉礼郎。李贺诗作想象丰富，常用神话传说来托古寓今，
故有"诗鬼"之称，是继李白之后，又一位浪漫主义诗人。　③ 吴
丝蜀桐：江南吴地之丝，西南蜀地之桐。指制作箜篌的材料。张：调好
弦，准备弹奏。高秋：深秋。　④ 颓：倾斜。　⑤ 江娥：湘君的
别称。又称湘娥。《述异记》载，舜帝南巡，死葬于苍梧山，尧二女
娥皇、女英泪下沾竹。素女：传说中的神女。《汉书·郊祀志上》："秦
帝使素女鼓五十弦瑟，帝禁不止，故破其瑟为二十五弦。"　⑥ 中
国：国之中心，即京城。　⑦ 昆山：昆仑山。玉碎：形容乐音清
脆。凤凰叫：形容乐音和缓。　⑧ 芙蓉泣露香兰笑：形容乐声时而
低回，时而轻快。　⑨ 十二门：长安城东西南北每一面各三门，共
十二门。　⑩ 二十三丝：李凭弹奏的箜篌共有二十三根弦。紫皇：
道教传说中最高的神仙，这里指皇帝。　⑪ 石破天惊逗秋雨：补天
的五色石被乐音震破，引来一场秋雨。逗，引。　⑫ 神妪（yù）：《搜
神记》载，西晋怀帝永嘉年间，有神现兖州，自称樊道基。有妪号成
夫人，夫人好音乐，能弹箜篌，闻人弦歌起舞。妪，妇女。

吴质不眠倚桂树①，露脚斜飞湿寒兔②。

【赏析】

这是首描写音乐的七言古诗。唐宪宗元和六年（811年），李贺到长安任职奉礼郎（执掌祭祀的九品小官）。诗篇中，诗人连续运用比喻，呈现了乐工李凭演奏的音乐境界，生动地描述了李凭弹奏箜篌的高超技艺，也表现了诗人对乐曲的深刻理解，极富艺术想象力。

起句开门见山，"吴丝蜀桐"指箜篌构造精良，借以衬托演奏者技艺高超。"高秋"表明时间是九月深秋。第二、三句写乐声。诗人以实写虚，极富表现力。优美悦耳的弦歌声一经传出，空旷山野上的浮云便颓然为之凝滞，仿佛在俯首倾听；善于鼓瑟的湘娥与素女，也被这乐声触动了愁怀，潸然泪下。这两句烘托出箜篌声神奇美妙，具有"惊天地，泣鬼神"的魅力。第四句"李凭中国弹箜篌"，点出演奏者的姓名，并交代了演奏的地点。

第五、六句正面写乐声。"昆山玉碎凤凰叫"，那箜篌，时而众弦齐鸣，嘈嘈杂杂，仿佛玉碎山崩，令人不遑分辨；时而又一弦独响，宛如凤凰鸣叫，声震林木。以声写声，表现乐声的起伏多变。"芙蓉泣露香兰笑"，以拟人化形容芙蓉被乐声感动流出了露水，兰花也动情于乐声"盛开"出了的笑容。以形写声，渲染了乐声的动听。诗人用"芙蓉泣露"描写琴声的悲抑，而以"香兰笑"显示琴声的欢快，这种表现方法，有形神兼备之妙。

第七句至结尾写音响效果。先写近处，长安十二道城门前的冷气寒光，全被箜篌声所消融。其实，冷气寒光是无法消融的，因为李凭箜篌弹得好，人们陶醉在那美妙的弦歌声中，以致连深秋时节的风寒露冷也感觉不到了。"紫皇"是双关语，兼指天帝和当时的皇帝，承上启下，把诗歌的意境由人间扩大到仙府。

---

① 吴质：吴刚。古代神话传说中仙人，常在月中砍伐桂树。　② 露脚：露珠下滴。寒兔：指秋月，传说月中有玉兔，故称。

"女娲炼石补天处，石破天惊逗秋雨"，乐声传到天上，正在补天的女娲听得入迷，竟然忘了自己的职守，结果石破天惊，秋雨倾泻。"逗"字，把音乐的魅力和奇瑰的景象联系起来。诗人又从天庭描写到神山。那美仑美妙的乐声传入神山，令神妪也为之感动；乐声感物至深，致使"老鱼跳波瘦蛟舞"。老鱼和瘦蛟本来羸弱乏力，行动艰难，现在竟然伴随着音乐的旋律腾跃起舞了。这种夸张浪漫的形象描写，赋予了箜篌声空灵和美妙，使人想象无限。结尾两句，诗人进一步烘托音乐效果：成天伐桂、劳累不堪的吴刚倚着桂树，久久地立在那儿，竟忘了睡眠；玉兔蹲伏一旁，任凭深夜的露水不停在洒落在身上，把毛衣浸湿，也不肯离去。

雁门太守行 ①

李贺

黑云压城城欲摧 ②，甲光向日金鳞开 ③。

角声满天秋色里 ④，塞上燕脂凝夜紫 ⑤。

半卷红旗临易水 ⑥，霜重鼓寒声不起 ⑦。

报君黄金台上意 ⑧，提携玉龙为君死 ⑨！

---

① 雁门：古郡名，治所在今山西代县。　　② 摧：毁坏。　　③ "甲光"句：阳光照射在鱼鳞一般的铠甲上，金光闪闪。这里指将士们正披坚执锐，严阵以待。甲光，铠甲迎着太阳闪出的光。金鳞开，铠甲像金色的鱼鳞一样闪闪发光。开，铺开。　　④ 角：古代军中一种吹奏乐器，多用兽角制成。　　⑤ 燕脂：即胭脂，深红色。此指暮色中塞上泥土有如胭脂凝成。凝夜紫：在暮色中呈现出暗紫色。凝，凝聚。"燕脂""夜紫"暗指战场血迹。　　⑥ 易水：古水名，源出今河北易县，东南流入大清河。　　⑦ 霜重鼓寒：天寒霜降，战鼓声沉闷而不响亮。声不起：形容鼓声低沉，不高扬。　　⑧ 报：报答。黄金台：战国时燕昭王所建，用以招纳贤才，故址约在今北京市大兴区。意：信任，重用。　　⑨ 玉龙：宝剑代称。

李贺

【赏析】

这首七言古诗是李贺运用乐府古题创作的描写战争场面的诗歌，写的是平定藩镇叛乱的战争。诗人描写悲壮惨烈的战斗场面，用奇异画面描绘了边塞风光和瞬息万变的战争风云，歌颂了守边将士浴血战斗、誓死报国的英雄气概，也表达了诗人尽忠报国的决心。

首联写景又写事，渲染兵临城下的紧张气氛和危急形势，并借日光显示守军威武雄壮。"黑云"暗喻敌军气焰嚣张，"压"是"逼迫"的意思，敌军像黑云一样压向城头，想把城摧毁。运用比喻手法，把敌军人马众多来势凶猛以及交战双方力量悬殊、守军将士处境艰难等表达出来；"开"写出了守军披坚执锐严阵以待，雄姿英发，士气高昂和敌军形成鲜明对比。

颔联分别从听觉和视觉渲染战场的悲壮气氛和战斗的残酷。时值深秋，本是万木凋零，气氛死寂，角声却响彻天际，表明一场战斗正在进行。"角声满天"，勾画出战争的规模。敌军依仗人多势众，鼓噪前进。守军并不因势孤力弱而怯阵，在号角声的鼓舞下，他们士气高昂，奋力反击。双方鏖战从白天进行到夜晚，晚霞映照着战场，那大块大块胭脂般鲜红的血迹，透过夜雾凝结在大地上，呈现出一片紫色。这种黯然凝重的氛围，衬托出战地的悲壮场面，暗示攻守双方都有大量伤亡，守城将士依然处于不利地位，为下文写友军援救做了铺垫。

颈联写部队夜袭和浴血奋战的场面。"半卷"，黑夜行军，偃旗息鼓，为的是"出其不意，攻其不备"。"临易水"既表明交战的地点，又暗示将士们具有"风萧萧兮易水寒，壮士一去兮不复还"那种壮怀激烈的豪情。接着写苦战的场面，驰援部队迫近敌军营垒，便击鼓助威，投入战斗。无奈夜寒霜重，连战鼓也擂不响。面对重重困难，将士们毫不气馁，表现出将士们无所畏惧，勇往直前。

尾联用战国时燕昭王置千金于黄金台上以招贤才的典故，既

341

与战争地点吻合，又称颂了朝廷对人才的重视和将士誓死杀敌、报效朝廷的决心。

南 园

李贺

男儿何不带吴钩^①，收取关山五十州^②。
请君暂上凌烟阁^③，若个书生万户侯^④？

【赏析】

李贺是书生，诗名远扬，二十一岁时赴长安应进士举，唐代有"避名讳"礼法，因他父亲名李晋肃，"晋"与"进"同音，儿子李贺就要避"进"讳，因而不能参加"进士"考试。使他没有机会施展自己的才能。这首七言绝句由两个设问组成，把家国之痛和身世之悲都表达了出来。

第一个设问是自问。"何不"，诗人反躬自问，有势在必行之意，又暗示出国家危急和自己忧虑的心境。也表露出诗人那郁积已久的愤懑情怀。"带吴钩"指身佩利剑从军奔赴疆场。"收取关山五十州"是从军目的，山河分离，民不聊生，诗人怎甘蛰居乡间，无所作为呢？恨不得立即身佩宝刀，奔赴沙场，保卫家国。"收取"表达了诗人的救国心愿。然而自己却没有实现愿望的机会，这一心理矛盾，表达了诗人愤激不平之情。

结尾二句，诗人问道：封侯拜相、绘像于凌烟阁的功臣，哪有一个是书生出身？这里诗人再次用设问，牢骚的意味显得更加

---

① 吴钩：春秋时吴人善铸钩，故称。也泛指利剑。　② 五十州：指当时被藩镇所占领割据的山东及河南、河北五十余州郡。　③ 暂：且。凌烟阁：唐代旌表功臣的殿阁。唐太宗为表彰太原首义和秦府功臣，命阎立本绘长孙无忌等二十四人画像于凌烟阁。　④ 若个：哪个。万户侯：古代受封食邑达一万户的侯爵。这里借指高位厚禄。

浓郁。诗人是从反面衬托投笔从戎的心愿，也是进一步抒发了怀才不遇的愤激情怀。

马诗·大漠沙如雪

李贺

大漠沙如雪，燕山月似钩 [①]。
何当金络脑 [②]，快走踏清秋。

【赏析】

这首五言绝句是李贺创作的《马诗》二十三首中第五篇。诗人身处于藩镇极为跋扈的时代，诗中"燕山"暗指幽州蓟门一带，是藩镇肆虐为时最久、为祸最严重的地区。诗人希望自己能报效国家，建功立业，但始终不被任用。马是上战场的坐骑，且"伯乐识马"的故事传播久远，诗人结合自己怀才不遇的境遇，怀着愤懑之情创作了这首五言绝句。这首诗用比兴手法，通过咏马表达了志士的奇才异质、远大抱负及不遇于时的感慨与愤懑。

起首两句写战场景色。平沙万里，在月光下像铺上一层霜雪；连绵的燕山山岭上，一弯明月当空。这幅战场图景，透露着悲凉肃杀之气，"月似钩"又可联想到钩形兵器的形象，也就含有了渴望战斗之意。

结尾两句借马抒情。什么时候才能披上威武的鞍具，在秋高气爽的疆场上驰骋，建立功勋呢？这是诗人渴望建功立业而又不被任用所发出的嘶鸣。以"何当"作设问，传出企盼之意。"踏清秋"，草黄马肥，正好驰行于战场，冠以"快走"二字，形象暗示出骏马轻捷矫健的风姿。

---

① 燕山：唐时幽州一带，即今河北省、北京、天津三地的北部。　② 络脑：马络头。属贵重鞍具，象征马受重用，也暗指渴望人才得到重用。

遣悲怀

元 稹 [①]

昔日戏言身后意 [②]，今朝都到眼前来。
衣裳已施行看尽 [③]，针线犹存未忍开。
尚想旧情怜婢仆 [④]，也曾因梦送钱财。
诚知此恨人人有 [⑤]，贫贱夫妻百事哀。

【赏析】

这首七言律诗是元稹组诗作品《遣悲怀》三首中第二篇，作于唐穆宗长庆二年（822 年），是元稹为怀念去世的妻子而作。元稹妻子韦丛是太子少保韦夏卿最小的女儿，于唐德宗贞元十八年（802 年）和元稹成婚。婚后生活比较贫困，但韦丛很贤惠，毫无怨言，夫妻感情很好。过了七年，即元和四年（809 年），元稹任监察御史时，韦丛病亡，年仅二十七岁。元稹悲痛万分，陆续写了不少悼亡诗，表达对妻子的思念。这首诗通过描写诗人对待亡妻生前的遗物和婢女，表达了对妻子的深切怀念。

首联，写想起妻子生前如戏言对去世后的诸事安排，没想到现在已成按遗言来安排妻子的身后事。"戏言"，表达出诗人对妻子早亡的意外和痛惜。

颔联，承接上联，诗人依照妻子遗言，将妻子穿过的衣裳施舍出去，眼看就要送尽。诗人将妻子用过的针线活仍原封不

---

① 元稹（779—831），字微之，今河南洛阳人，为北魏昭成帝拓跋什翼犍十九世孙。唐代诗人、官员。唐宪宗元和元年（806 年）四月，元稹和白居易同试才识兼茂明于体用科进士及第，二人结为终生诗友，共同倡导新乐府运动，世称"元白"，诗篇号称"元和体"。元稹的诗言浅意哀，扣人心扉，动人肺腑。　　② 戏言：开玩笑的话。身后意：关于死后的事物安排。　　③ 行看尽：指眼看快要完了。　　④ 怜：怜爱，痛惜。　　⑤ 诚知：确实知道。

动地保存起来，不忍打开。以保留这个遗物来纪念妻子。

颈联，每当看到妻子身边的婢仆，就会想起和妻子往日的深情，因而对婢仆也平添一种哀怜的感情。白天事事触景伤情，夜晚梦魂飞越冥界相寻。梦中送钱，似乎荒唐，却是表达感人的痴情。妻子在贫穷时早世，如今生活在富贵中的丈夫感怀旧日恩爱，于是积思成梦，出现送钱给妻子的梦境。

尾联，从"诚知此恨人人有"的常情，落到"贫贱夫妻百事哀"的自身情怀。夫妻死别，本是人所不免，但对于同贫贱共患难的夫妻来说，早亡永诀，是更为悲哀的。这两句，诗人着力表达出对妻子早丧的悲痛感情。

行 宫

元 稹

寥落古行宫^①，宫花寂寞红。
白头宫女在，闲坐说玄宗。

【赏析】

这是一首咏史怀古的五言绝句。元稹生活的中唐年代，正值唐朝经历安史之乱不久，国家一片凋零，与叛乱前的昌盛形成鲜明对比。诗人感时抚事，以别样的视角，倾诉了宫女无穷的哀怨之情，表达了唐玄宗昏庸误国的事实，抒发了盛衰转化之感。

起句写唐代帝王东巡时居住过的行宫。唐玄宗时，上阳宫龙楼凤阁，烟柳繁华，歌舞升平，与诗人所见凄凉景象迥然不同，所以一开头就感叹上阳宫的荒废冷落和破旧，营造出凄凉的格调。

次句仿佛又是一声叹息。诗人的笔触虽着眼于上阳宫中盛开的花朵，而且渲染它的色彩鲜艳，但"红"字前冠以"寂寞"二

---

① 寥落：寂寞冷落。行宫：皇帝在京城之外的宫殿，这里指当时东都洛阳的上阳宫。

字，就产生出强烈的暗示，使人想到宫花自开自落，想到花草凋落，缺少百花争艳。这是以乐景写哀情。

第三句转入写人。在荒凉的宫中被长期冷落的宫女。她们是唐玄宗时代的历史见证人，入宫时还是少女，而此时已是满头白发。中间的沧桑变迁，个人的辛酸，不言自明。

结尾句写宫女们悲戚的日常生活。这些宫女们被禁闭在古行宫中，年复一年，青春消逝，与世隔绝，别无话题，只能回顾天宝年代有关唐玄宗的事迹，此景此情，令人凄绝。

菊 花

元稹

秋丛绕舍似陶家①，遍绕篱边日渐斜②。
不是花中偏爱菊，此花开尽更无花③。

【赏析】

这是元稹作的一首咏物七言绝句。诗篇描绘了菊花的情态，表达了对菊花的喜爱。

起句，"绕"字写出屋外所种菊花之多，给人以环境幽雅，如陶渊明家的感觉；次句，这句中的"绕"字写赏菊兴致之浓，不是到东篱便驻足，而是"遍绕篱边"，直至不知太阳西下，表现了诗人赏菊时悠闲的情态。"遍绕""日渐斜"，把诗人赏菊入迷，流连忘返的情态和诗人对菊花的由衷喜爱真切地表现了出来。前两句有景、有情、有联想，勾勒出一幅在秋日傍晚漫步菊丛赏花吟诗而乐不思返的画面。

后两句点明了诗人爱菊的原因。这两句以否定句式陡地一转，指出自己并非没来由地钟情菊花。时至深秋，百花尽谢，唯

---

① 秋丛：繁茂的秋菊。舍：房屋。陶：东晋诗人陶渊明。　② 篱：篱笆，房屋、场地等的围栏设施。斜（xiá）：倾斜。　③ 尽：完。更：再。

有菊花能凌风霜而不凋谢，给自然界平添了盎然的生机。从赞美"菊花"独凌寒霜的品性，可看出诗人既热爱生活、热爱自然，也敢独行于凡夫俗事的勇气。

闻乐天授江州司马①

元 稹

残灯无焰影幢幢②，此夕闻君谪九江。
垂死病中惊坐起，暗风吹雨入寒窗。

【赏析】

唐宪宗元和五年（810 年），元稹因弹劾和惩治不法官吏，同宦官刘士元冲突，被贬为江陵士曹参军，后来又改授通州（治今四川省达州市）司马。元和十年，白居易上书，请求逮捕刺杀宰相武元衡的凶手，结果得罪权贵，被贬为江州司马。这首七言绝句即是元稹在通州听到白居易被贬的消息时而作。

前两句，"残灯无焰影幢幢"，这句诗蕴含了诗人的自画像，诗人贬谪他乡，悲愤郁结，又身患重病，就像燃烧了很久的残灯，无心拨修灯捻，光焰昏弱，映照出灯影昏暗摇曳。"无焰"，指光线昏弱，暗喻诗人此时黯然的心境。"此夕闻君谪九江"，此时忽然听到挚友白居易也蒙冤被贬为江州司马，内心更是极度震惊，满腹忧愤一齐涌上心头。

后两句，"垂死病中惊坐起"，虽然因身染重病而卧床不起，但还是被好友被贬的消息震惊到怒极坐起。"垂死"说明病重且久，"惊"，指怒极而惊的感情；"坐起"，则写出了当时震惊的形态。"垂死病中"，"坐起"应是很吃力的。然而，诗人却惊得

---

① 乐天：即白居易，字乐天。江州：唐时州名，治所在今江西省九江市。司马：古官名。掌一州军事要务。　② 幢幢（chuáng）：灯影昏暗摇曳的样子。

"坐起"，以此表明震惊之巨，无异针刺。休戚相关，感同身受。由此可见元、白二人友谊之深。诗人没有表述自己和挚友被贬的怒极痛斥之言，而是无奈写出"暗风吹雨入寒窗"，这是含蓄地揭示了挚友和自己被贬的原因，即阴暗小人的诬陷犹如刮起的阴风吹着雨打入如"寒门"的清廉官员身上。同时也暗讽时政，即奸邪小人诬陷成风，吹打着在风雨中飘摇的晚唐王朝。

诗篇中"残灯无焰影幢幢""暗风吹雨入寒窗"两句，既是景语，又是情语，是以哀景抒哀情。诗人对挚友白居易被贬之事惋惜、愤懑、悲痛的情感抒发就蕴含于景语之中，深藏不露、含蓄不尽。

离 思

元 稹

曾经沧海难为水 ①，除却巫山不是云 ②。
取次花丛懒回顾 ③，半缘修道半缘君 ④。

【赏析】

这首七言绝句是元稹悼念亡妻韦丛创作的又一组诗《离思》五首中第四篇。诗篇并未直接写人，而是运用"索物以托情"的比兴手法，以世间最美的形象，即"水""云""花"来赞美夫妻之间的恩爱，抒写了诗人对亡妻忠贞不渝的爱情和刻骨的思念。

---

① 曾经：曾经到临。经，经过。沧海：大海。难为：这里是"不足为顾""不值得一观"之意。　②除却：除去。意指相形之下，除了巫山，别处的云便不称其为云。此句与前句均暗喻诗人自己曾经接触过的一段恋情。　③取次：仓促，随意。这里是"匆匆经过"或"漫不经心路过"的样子。花丛：非指自然界的花丛，乃借喻美貌女子众多的地方，暗指青楼妓馆。　④缘：因为。修道：此处阐明的是修道之人讲究清心寡欲。君：指曾经心仪的恋人。

起首二句，是从《孟子·尽心》篇"观于海者难为水，游于圣人之门者难为言"变化而来的。两处用比相近，但《孟子》是明喻，以"观于海"比喻"游于圣人之门"，喻义显明；而这两句则是暗喻，喻义并不明显。沧海无比深广，因而使别处的水相形见绌。巫山有朝云峰，下临长江，云蒸霞蔚。据宋玉《高唐赋序》说，其云为神女所化，上属于天，下入于渊，茂如松榯，美若娇姬。因而，相形之下，别处的云就黯然失色了。"沧海""巫山"，是世间至大至美的形象，诗人引以为喻，从字面上看是说经历过"沧海""巫山"，对别处的水和云就难以看上眼，实则是用来隐喻他们夫妻之间的感情有如沧海之水和巫山之云，其深广和美好是世间无与伦比的，因而除爱妻之外，再没有能使自己动情的女子了。

因此第三句说自己信步经过"花丛"，懒于顾视，表示他对女色绝无眷恋之心了。结尾句即承上说明"懒回顾"的原因。另外，这里的"修道"，指专心于品德学问的修养。然而，尊佛奉道也好，修身治学也好，对诗人来说，都不过是心失所爱、悲伤无法解脱的一种感情上的寄托。"半缘修道"和"半缘君"所表达的忧思之情是一致的。

赋得古原草送别 ①

白居易 ②

离离原上草 ③，一岁一枯荣 ④。
野火烧不尽，春风吹又生。
远芳侵古道 ⑤，晴翠接荒城 ⑥。
又送王孙去 ⑦，萋萋满别情 ⑧。

【赏析】

这是一首送别五言律诗。唐德宗贞元三年（788 年），白居易时年十六岁。此诗是应考习作，按科考规矩，凡限定的诗题，题目前必须加"赋得"二字。诗人通过对古原上野草的描绘，抒发了送别友人时的依依惜别之情。

前两句点题，以"离离"二字说明春季的"古原草"生长旺盛，春荣秋枯，年年循环往复不止。

第三、四句写"古原草"的顽强生命力。"火"对草木的毁坏力非常大，野火燎原，瞬息间，大片枯草会被烧得精光。诗人

---

① 赋得：借古人诗句或成语命题作诗，诗题前冠以"赋得"二字。这是古人学习作诗，或文人聚会分题作诗，或科举考试时命题作诗的一种方式，称为"赋得体"。　② 白居易（772—846），字乐天，号香山居士，祖籍山西太原，其曾祖父时，迁居下邽（guī）（今陕西省渭南市临渭区），生于河南新郑。唐代现实派诗人。唐宪宗元和元年（806年）四月，白居易和元稹同试才识兼茂明于体用科，进士及第，官至翰林学士、左赞善大夫。白居易的诗歌题材广泛，形式多样，语言平易通俗，有"诗魔"和"诗王"之称。　③ 离离：青草茂盛的样子。④ 荣：茂盛。　⑤ 远芳：草香远远散发。此代指野草。芳，指野草浓郁的香气。侵：侵占，长满。　⑥ 晴翠：草木明丽翠绿。此代指草原。⑦ 王孙：本指贵族子弟，此指远方的友人。　⑧ 萋萋（qī）：形容草木长得茂盛。

造出这种壮烈的意境，强调了毁灭的力量，更突出了再生的力量。烈火再猛，也无奈那深藏地底的根须，一旦等到春风化雨，野草的生命便会复苏，重新铺盖大地。

第五、六句继续写古原草，并将重点落到"古原"。"远芳""晴翠"都写草，但比"原上草"意象更具体、生动。野草野花蔓延着淹没古道，艳阳下草地连到荒城，写出一种蔓延扩展之势，再一次突出那生存竞争之强的野草。

大地回春，诗人却要送别友人，芳草遍地的古原景象更增加送别的伤感，似乎每片草叶都饱含离别愁绪。点明"送别"的题意。

观刈麦 ①

白居易

田家少闲月，五月人倍忙。
夜来南风起，小麦覆陇黄 ②。
妇姑荷箪食 ③，童稚携壶浆 ④，
相随饷田去 ⑤，丁壮在南冈 ⑥。
足蒸暑土气，背灼炎天光 ⑦，
力尽不知热，但惜夏日长 ⑧。

---

① 刈（yì）：割。　②覆陇（lǒng）黄：小麦黄熟时遮盖住了田埂。覆，盖。陇，同"垄"，原指农田中种植作物的土埂，这里泛指麦地。③妇姑：媳妇和婆婆。这里泛指妇女。荷（hè）箪（dān）食（sì）：用竹篮盛的饭。荷，背负，肩担。箪，古代用竹子等编成的盛饭器具。食，饭食。　④童稚携壶浆：小孩子提着用壶装的汤与水。浆，古代一种略带酸味的饮品，或指米酒和汤。　⑤饷（xiǎng）田：给在田里劳动的人送饭。　⑥丁壮：青壮年男子。南冈（gāng）：地名。⑦"足蒸"二句：意指双脚受地面热气熏蒸，脊背受炎热的阳光烘烤。⑧但：只。惜：盼望。

复有贫妇人，抱子在其旁①，
右手秉遗穗②，左臂悬敝筐③。
听其相顾言④，闻者为悲伤⑤。
家田输税尽⑥，拾此充饥肠。
今我何功德⑦？曾不事农桑⑧。
吏禄三百石⑨，岁晏有余粮⑩，
念此私自愧，尽日不能忘⑪。

【赏析】

唐宪宗元和初年，白居易任陕西盩屋（今陕西省周至县）县尉，有感于当地人民劳动艰苦、生活贫困而写下这首讽喻五言古诗。诗篇描写诗人看到麦收时节的农忙景象，进而想到繁重租税给人民造成的贫困，并反省自己无功无德又不劳动却能丰衣足食而深感愧疚，表现了一个有良知的封建官吏的人道主义精神，以及对劳动人民的深切同情。

第一部分四句，交代时间及环境气氛。前两句总领全篇。后两句展现的是一派丰收景象。所以"人倍忙"。

第二部分八句，通过具体的一户人家来展现"人倍忙"的收麦情景。后四句正面描写收麦劳动。天气如此炎热，白天如此之长，而人们却竭力苦干，就怕浪费一点时间，可见人们对即将到

---

① 其：指正在劳动的农民。　② 秉遗穗（suì）：拿着从田里拾取的麦穗。秉，拿着。遗穗，指收获农作物后遗落在田的谷穗。　③ 悬：挎着。敝（bì）筐：破篮子。　④ 相顾言：互相看着诉说。顾：视，看。　⑤ 闻者：白居易自指。为悲伤：为之悲伤（省略"之"）。
⑥ 输税：缴纳租税。输，送达，引申为缴纳。　⑦ 我：作者自己。
⑧ 曾不事农桑：从未从事农业生产。曾，一直，从来。事：从事。
⑨ 吏禄三百石（dàn）：当时白居易任周至县尉，一年薪俸约是三百石米。吏禄，官吏的俸禄。石，古代容量单位，十斗为一石。　⑩ 岁晏（yàn）：一年将尽时。晏，迟，晚。　⑪ 尽日：整天。

手的麦子的珍惜程度。写出了诗人看到的割麦场景，并对割麦者心理进行了刻画，将写事与心理完美统一，揭示农民为了多一点收入而甘愿吃苦耐劳的美德，以及令人同情的艰难处境。

第三部分八句，由割麦者转向拾麦者，她被捐税弄得生活贫苦，现时只能以拾麦穗为生。二者目前的贫富苦乐程度是不同的，但他们的命运却有着紧密的联系。今日凄凉可怜的拾麦穗者是昨日辛劳忙碌的割麦者；又安知今日辛劳忙碌的割麦者明日不沦落成凄凉可怜的拾麦者呢？只要有繁重的捐税在，劳动人民就永远摆脱不了破产的命运。诗人在这里对当时害民的赋税制度提出了尖锐批评，强烈的讽刺意味，尽在其中。

第四部分六句，写诗人由农民生活的痛苦联想到自己生活的舒适，感到愧疚。对劳动人民所蒙受的苦难寄寓了深切的同情。

卖炭翁

白居易

苦宫市也。
卖炭翁，伐薪烧炭南山中①。
满面尘灰烟火色②，两鬓苍苍十指黑③。
卖炭得钱何所营④？身上衣裳口中食。
可怜身上衣正单⑤，心忧炭贱愿天寒。
夜来城外一尺雪，晓驾炭车辗冰辙⑥。
牛困人饥日已高，市南门外泥中歇⑦。

---

① 薪：柴。　② 烟火色：烟熏色的脸。　③ 苍苍：灰白色，形容鬓发花白。　④ 何所营：做什么用。营，经营，这里指需求。⑤ 可怜：使人怜悯。正：只，仅仅。　⑥ 晓：天亮。辗（niǎn）：同"碾"，压。辙：车轮滚过地面碾出的痕迹。　⑦ 市：唐时长安有贸易专区，称市，市周围有墙有门。

翩翩两骑来是谁①？黄衣使者白衫儿②。
手把文书口称敕③，回车叱牛牵向北④。
一车炭，千余斤⑤，宫使驱将惜不得⑥。
半匹红绡一丈绫⑦，系向牛头充炭直⑧。

【赏析】

《卖炭翁》是白居易《新乐府》组诗中的第三十二首，题注云："苦官市也。""官市"的"官"指皇官，"市"是买的意思。皇官所需的物品，本来由官吏采买。中唐时期，宦官专权，横行无忌，霸占了采购权，常以百人分布在长安东西两市及热闹街坊，以低价强购货物，甚至不给分文，还勒索"进奉"的"门户钱"及"脚价钱"，名为"官市"，实际是一种公开的掠夺。白居易针对这种现象，及对人民的深切同情，写作了这首七言古诗。

开头四句写卖炭翁的炭来之不易。"伐薪烧炭"，概括了复杂的工序和漫长的劳动过程。"满面尘灰烟火色，两鬓苍苍十指黑"，描绘出卖炭翁的形象，写出了劳动的艰辛。"南山中"点出劳动场所，豺狼出没，荒无人烟，在这样的环境里披星戴月，凌霜冒雪，一斧一斧地"伐薪"，一窑一窑地"烧炭"，好不容易烧出"千余斤"，每一斤都渗透着心血，也凝聚着希望。诗人没有介绍卖炭翁的家庭经济状况，而是设为问答："卖炭得钱何所营？身上衣裳口中食。"一问一答，使文势跌宕起伏，而且扩展

---

① 翩翩：轻快洒脱。这里形容得意忘形的样子。骑（jì）：骑马的人。
② 黄衣使者：指皇宫内的太监。白衫儿：指太监手下的爪牙。　③ 把：拿。敕（chì）：皇帝的命令或诏书。　④ 回：调转。叱：呵斥。牵向北：指牵向宫中。　⑤ 千余斤：不是实指，形容很多。　⑥ 宫使：皇宫里的太监及其爪牙。驱：赶着走。将：语助词。惜不得：舍不得。
⑦ 半匹红绡一丈绫：唐代市场交易，绢帛等丝织品可代货币使用。当时钱贵绢贱，半匹纱和一丈绫，比一车炭的价格低很多。这是官方用贱价强夺民财。　⑧ 系（jì）：绑扎。直：通"值"，指价格。

了反映民间疾苦的深度与广度，使人清楚地看到：这位劳动者已被剥削得贫无立锥之地，别无衣食来源。全指望他辛苦烧成的木炭能卖个好价钱。为后面写官使掠夺卖炭翁木炭的罪行做了铺垫。

"可怜身上衣正单，心忧炭贱愿天寒"，"身上衣正单"自然希望天暖。然而这位卖炭翁是把解决衣食的希望寄托在"卖炭得钱"上，所以他"心忧炭贱愿天寒"，虽冻得发抖，却是一心盼望天气更冷。诗人理解卖炭翁的艰难处境和复杂的内心活动，只用十多个字就如此真切地表现了出来，又用"可怜"两字倾注了无限同情。"夜来城外一尺雪"，这场大雪总算盼到了！也就不再"心忧炭贱"了！"天子脚下"的达官贵人、富商巨贾们为了取暖，不会在微不足道的炭价上斤斤计较。当卖炭翁"晓驾炭车辗冰辙"的时候，占据着他的全部心灵的，不是埋怨冰雪的道路多么难走，而是盘算着那"一车炭"能卖多少钱，换来多少衣和食。结果却遇上了"手把文书口称敕"的"官使"。在皇宫使者面前，在皇帝的文书和敕令面前，跟着那"叱牛"声，卖炭翁在从"伐薪""烧炭""愿天寒""驾炭车""辗冰辙"，直到"泥中歇"，所付出的艰辛和希望全都化为泡影。

这首诗具有深刻的思想性，艺术上也很有特色。诗人以"卖炭得钱何所营，身上衣裳口中食"两句展现了几乎濒于生活绝境的老翁所能有的唯一希望，这是全诗的诗眼。诗篇围绕这个诗眼，灵活地运用了陪衬和反衬表现手法来描写，以"两鬓苍苍"突出年迈，以"满面尘灰烟火色"突出"伐薪烧炭"的艰辛，再以荒凉险恶的南山作陪衬，老翁的命运就更激起了人们的同情，反衬出老翁希望之火的炽烈：卖炭得钱，买衣买食。老翁"衣正单"，再以夜来的"一尺雪"和路上的"冰辙"作陪衬，使人更感到老翁的"可怜"，也反衬了老翁希望之火的炽烈：天寒炭贵，可以多换些衣和食。接下去，"牛困人饥"和"翩翩两骑"，反衬出劳动者与统治者境遇的悬殊；"一车炭，千余斤"和"半匹红纱一丈绫"反衬出"官市"掠夺的残酷。而就全诗来说，前面表现希望之火的炽烈，正是为了反衬后面希望化为泡影的可悲可痛。

长恨歌

白居易

汉皇重色思倾国①，御宇多年求不得②。
杨家有女初长成③，养在深闺人未识。
天生丽质难自弃，一朝选在君王侧。
回眸一笑百媚生，六宫粉黛无颜色④。
春寒赐浴华清池⑤，温泉水滑洗凝脂⑥。
侍儿扶起娇无力⑦，始是新承恩泽时⑧。
云鬓花颜金步摇⑨，芙蓉帐暖度春宵。
春宵苦短日高起，从此君王不早朝。
承欢侍宴无闲暇，春从春游夜专夜。
后宫佳丽三千人⑩，三千宠爱在一身。
金屋妆成娇侍夜⑪，玉楼宴罢醉和春。

---

① 汉皇：指唐玄宗李隆基。唐人文学创作常以"汉"称"唐"。重色：爱好女色。倾国：绝色女子。　② 御宇：驾驭宇内，即统治天下。③ 杨家有女：蜀州司户杨玄琰，有女杨玉环，自幼由叔父杨玄珪抚养，十七岁被册封为玄宗之子寿王李瑁之妃。二十七岁被玄宗册封为贵妃。白居易此句，是有意为帝王避讳的说法。　④ 六宫粉黛：指宫中所有嫔妃。古代皇帝设六宫，正寝（日常处理政务之地）一，燕寝（休息之地）五，合称六宫。粉黛，本为女性化妆用品，粉以抹脸，黛以描眉，此指六宫中的嫔妃。颜色：姿色。　⑤ 华清池：唐时华清宫的温泉浴池。在今陕西省西安市临潼区的骊山下。　⑥ 凝脂：形容皮肤白嫩滋润，犹如凝固的脂肪。　⑦ 侍儿：宫女。　⑧ 新承恩泽：刚得到皇帝的宠幸。　⑨ 云鬓：形容女子鬓发盛美如云。金步摇：一种金首饰，用金银丝盘成花形状，上缀有垂珠之类，插于发鬓，走路时摇曳生姿。　⑩ 佳丽三千：指后宫女子多。　⑪ 金屋：以华丽的房屋让所爱的妻妾居住。

姊妹弟兄皆列土①，可怜光彩生门户②。

遂令天下父母心，不重生男重生女。

骊宫高处入青云③，仙乐风飘处处闻。

缓歌慢舞凝丝竹④，尽日君王看不足。

渔阳鼙鼓动地来⑤，惊破霓裳羽衣曲⑥。

九重城阙烟尘生⑦，千乘万骑西南行⑧。

翠华摇摇行复止，西出都门百余里⑨。

六军不发无奈何⑩，宛转蛾眉马前死⑪。

---

① 列土：因杨贵妃得宠，唐玄宗赐封她的姐妹兄弟爵位，并分封土地。列：同"裂"。　②可怜：可爱，值得羡慕。　③骊宫：唐代帝王游幸的别宫，初名"汤泉宫"，后改名温泉宫。唐玄宗时更名华清宫，因在骊山，又叫骊山宫，亦称骊宫。位于陕西省西安市临潼区。④凝丝竹：弦乐器和管乐器伴奏出舒缓的旋律。　⑤渔阳：唐郡名，治所在今天津市蓟州区。当时属平卢、范阳、河东三镇节度使安禄山的辖区。天宝十四年（755年），安禄山在范阳起兵叛乱。鼙（pí）鼓：军队中用的小鼓。此借指战争。　⑥霓（ní）裳羽衣曲：舞曲名，据说为西凉节度使杨敬述所献，经唐玄宗润色并作歌词，改用此名。乐曲着意表现虚无缥缈的仙境和仙女形象。　⑦九重城阙：九重门的京城，此指长安。阙，宫殿门前两边的楼。泛指宫殿或帝王住所。烟尘生：发生战事。　⑧千乘（shèng）万骑（jì）西南行：天宝十五年（756年），安禄山破潼关，逼近长安。玄宗带领杨贵妃等出延秋门向西南方向逃走。当时随行护卫并不多，"千乘万骑"是夸大之词。乘，一人一骑为一乘。　⑨"翠华"两句：唐玄宗西奔至距长安百余里的马嵬驿（今陕西兴平市），随从禁卫军发难，不再前行，请诛杨国忠、杨玉环兄妹以平民怨。玄宗为保自身，只得照办。翠华，皇帝仪仗队中，用翠鸟羽毛装饰的旗帜。摇摇，随风飘动。　⑩六军：指天子军队。⑪宛转：形容美人临死前哀怨缠绵的样子。蛾眉：古代美女代称，此指杨贵妃。

花钿委地无人收①，翠翘金雀玉搔头②。

君王掩面救不得，回看血泪相和流。

黄埃散漫风萧索，云栈萦纡登剑阁③。

峨眉山下少人行④，旌旗无光日色薄。

蜀江水碧蜀山青，圣主朝朝暮暮情。

行宫见月伤心色⑤，夜雨闻铃肠断声⑥。

天旋地转回龙驭⑦，到此踌躇不能去⑧。

马嵬坡下泥土中，不见玉颜空死处⑨。

君臣相顾尽沾衣，东望都门信马归⑩。

归来池苑皆依旧，太液芙蓉未央柳⑪。

芙蓉如面柳如眉，对此如何不泪垂。

---

① 花钿（diàn）：用金翠珠宝等制成的花形首饰。委地：丢弃在地上。
② 翠翘：首饰，形如翡翠鸟尾。金雀：金雀钗，钗形似凤。玉搔头：玉簪。《西京杂记》载，汉武帝探望李夫人时，就取玉簪搔头。自此后宫人搔头皆用玉。　　③ 云栈：高入云霄的栈道。萦（yíng）纡（yū）：盘旋环绕。剑阁：又称剑门关，在今四川省剑阁县境，是关中入蜀的要道。　　④ 峨眉山：在今四川省峨眉山市。唐玄宗奔蜀途中，并未经过峨眉山。这里泛指蜀中高山。　　⑤ 行宫：皇帝出行在外的临时住所。　　⑥《明皇杂录·补遗》中写道："明皇既幸蜀，西南行。初入斜谷，霖雨涉旬，于栈道雨中闻铃音与山相应。上既悼念贵妃，采其声为《雨霖铃曲》以寄恨焉。""夜雨闻铃"暗指此事。
⑦ 天旋地转：指时局好转。唐肃宗至德二年（757年），唐将郭子仪收复长安。回龙驭：皇帝的车驾归来。龙驭，即天子车驾。　　⑧ 踌（chóu）躇（chú）：徘徊不进的样子。　　⑨ 不见玉颜空死处：据《旧唐书·后妃传》载，唐玄宗自蜀还，令中使祭奠杨贵妃，密令改葬于他所。玉颜，美丽的容貌，多指美女。　　⑩ 信马：任马行走而不加约制。　　⑪ 太液：太液池，在长安城大明宫北部。未央：未央宫，西汉时宫殿。此皆借指唐长安皇宫。

春风桃李花开日，秋雨梧桐叶落时。

西宫南内多秋草①，落叶满阶红不扫。

梨园弟子白发新②，椒房阿监青娥老③。

夕殿萤飞思悄然，孤灯挑尽未成眠④。

迟迟钟鼓初长夜，耿耿星河欲曙天⑤。

鸳鸯瓦冷霜华重⑥，翡翠衾寒谁与共⑦。

悠悠生死别经年，魂魄不曾来入梦。

临邛道士鸿都客⑧，能以精诚致魂魄⑨。

为感君王辗转思，遂教方士殷勤觅⑩。

排空驭气奔如电⑪，升天入地求之遍。

上穷碧落下黄泉⑫，两处茫茫皆不见。

忽闻海上有仙山，山在虚无缥缈间。

① 西宫南内：皇宫之内称为大内。西宫即西内太极宫，南内为兴庆宫。玄宗返京后，初居南内。上元元年（760年），权宦李辅国假借肃宗名义，胁迫唐玄宗迁往西内，并流贬玄宗亲信高力士、陈玄礼等人。
② 梨园弟子：指唐玄宗当年训练的乐工舞女。梨园，唐玄宗时期宫中教习音乐的机构，曾选"坐部伎"三百人教练歌舞，随时应诏表演，号称"皇帝梨园弟子"。　③ 椒房：后妃居住之所，因以花椒和泥抹墙，故称。阿监：太监。青娥：年轻的宫女。　④ 孤灯挑尽：古时用油灯照明，为使灯火明亮，过一会儿就要把浸在油中的灯草往前挑一点。挑尽，说明夜已深。　⑤ 耿耿：形容微明的样子。欲曙天：长夜将晓之时。　⑥ 鸳鸯瓦：屋顶上俯仰相对合在一起的瓦。霜华：霜花。华，同"花"。　⑦ 翡翠衾（qīn）：布面绣有翡翠鸟的被子。　⑧ 临邛（qióng）道士鸿都客：有个从临邛来长安的道士。临邛，即今四川省邛崃市。鸿都，东汉都城洛阳的宫门名，这里借指长安。　⑨ 致魂魄：招来杨贵妃的亡魂。　⑩ 方士：从事求仙、炼丹等迷信活动的人。殷勤：尽力。　⑪ 排空驭气：即腾云驾雾。　⑫ 穷：穷尽，找遍。碧落：即天空。黄泉：地下。

楼阁玲珑五云起①，其中绰约多仙子②。
中有一人字太真，雪肤花貌参差是③。
金阙西厢叩玉扃④，转教小玉报双成⑤。
闻道汉家天子使，九华帐里梦魂惊⑥。
揽衣推枕起徘徊，珠箔银屏迤逦开⑦。
云鬓半偏新睡觉⑧，花冠不整下堂来。
风吹仙袂飘飘举⑨，犹似霓裳羽衣舞。
玉容寂寞泪阑干⑩，梨花一枝春带雨。
含情凝睇谢君王⑪，一别音容两渺茫。
昭阳殿里恩爱绝⑫，蓬莱宫中日月长⑬。
回头下望人寰处⑭，不见长安见尘雾。
惟将旧物表深情⑮，钿合金钗寄将去⑯。
钗留一股合一扇，钗擘黄金合分钿⑰。
但教心似金钿坚，天上人间会相见。

①玲珑：华美精巧。五云：五彩云霞。　②绰约：体态轻盈柔美。
③参差：仿佛，差不多。　④玉扃（jiōng）：玉门。扃，从外面关门
的门闩。　⑤转教小玉报双成：指仙府庭院重重，须经辗转通报。小
玉：吴王夫差女。双成：传说中西王母的侍女。这里皆借指杨贵妃在仙山
的侍女。　⑥九华帐：绣饰华美的帐子。九华，重重花饰的图案。言帐
之精美。　⑦珠箔（bó）：珠帘。银屏：饰银的屏风。迤（lǐ）逦（yǐ）：
接连不断地。　⑧新睡觉（jué）：刚睡醒。　⑨袂（mèi）：衣袖。
⑩玉容寂寞：此指神色黯淡凄楚。阑干：纵横交错的样子。这里形容泪痕
满面。　⑪凝睇（dì）：凝视。　⑫昭阳殿：汉成帝宠妃赵飞燕的
寝宫。此借指杨贵妃住过的宫殿。　⑬蓬莱宫：传说中的海上仙山。这
里指贵妃在仙山的居所。　⑭人寰：人间。　⑮旧物：生前与玄
宗定情的信物。　⑯寄将去：托道士带回。　⑰"钗留"二句：把金
钗、钿盒分成两半，自留一半。擘（bò），分开。合分钿（diàn），将
钿盒上的图案分成两部分。

临别殷勤重寄词^①，词中有誓两心知^②。
七月七日长生殿^③，夜半无人私语时。
在天愿作比翼鸟^④，在地愿为连理枝^⑤。
天长地久有时尽，此恨绵绵无绝期^⑥。

【赏析】

唐宪宗元和元年（806 年）冬，白居易在盩厔县（今陕西省周至县）任县尉。一天，他和友人陈鸿、王质夫同游马嵬驿附近的仙游寺，三人谈及唐玄宗、杨贵妃的事迹，都深为感叹。王质夫对白居易说："这是世间少有之事，不遇上才学超凡的人加以润色这件事，就会随着时间而被人遗忘。乐天深于诗，多于情者也。试为歌之。如何？"于是，白居易作出这首长诗。因诗篇最后两句"天长地久有时尽，此恨绵绵无绝期"，所以称之为《长恨歌》。陈鸿随后作了传奇小说《长恨歌传》。

写作这首长篇叙事诗，诗人没有局限于历史事实，而是借用历史事件的印迹，糅合当时世人的传说，街坊的歌唱，以叙事、写景、抒情结合的手法，蜕化出了唐玄宗和杨贵妃的爱情悲剧，用回环往复、缠绵悱恻的艺术形式，描摹、歌咏了出来。诗篇以"情"作为主旋律，取得了审美上的极大成功。以下分四部分解析诗篇。

第一部分，从首句至"尽日君王看不足"，叙述了唐玄宗过度迷恋美色，最终导致了安史之乱。开篇句"汉皇重色思倾国"，就揭示了故事的悲剧原因，又唤起和统领着全诗。前六句说唐玄宗重色、求色，得到了"天生丽质"的杨贵妃。接着四句"回眸一笑百媚生"至"温泉水滑洗凝脂"，描绘了杨贵妃的美貌。从此

---

① 重寄词：杨贵妃在告别时重又托他捎话。　② 两心知：只有玄宗、贵妃二人心里明白。　③ 长生殿：在骊山华清宫内，唐玄宗天宝元年（742 年）造。　④ 比翼鸟：传说中鸟名，据说只有一目一翼，雌雄并在一起才能飞。　⑤ 连理枝：两株树木树干相抱。古人常用以比喻情侣相爱、永不分离。　⑥ 恨：遗憾。绵绵：连绵不断。

玄宗过上了放纵的生活，终日沉迷于歌舞酒色之中，诗人以"日高起""不早朝""夜专夜""看不足"等语句给予了铺写和渲染。乐极生悲，极度的乐，正反衬出后面无穷无尽的恨。"姊妹弟兄皆列土"，因杨贵妃得宠，她的姊妹兄弟都受封高官而权倾朝野。唐玄宗的荒淫误国，引发了政治上的悲剧，也导致了他和杨贵妃的爱情悲剧。悲剧的制造者最后成为悲剧的主人公，这是故事的特殊、曲折处，也是诗中男女主人公之所以要"长恨"的原因。

第二部分，从"渔阳鼙鼓动地来"至"回看血泪相和流"，写安史之乱，玄宗逃难，被迫赐死杨贵妃。前六句写安史之乱，唐王朝君臣向西南逃亡。后六句写唐玄宗和杨贵妃的生离死别，"六军不发无奈何，宛转蛾眉马前死。花钿委地无人收，翠翘金雀玉搔头。君王掩面救不得，回看血泪相和流"，"六军不发"，是要求处死杨贵妃，说明唐玄宗对杨贵妃的宠爱已经引起公愤。"君王掩面救不得，回看血泪相和流"，笔触细腻，把玄宗那种极不忍割爱但又欲救不能的内心矛盾和痛苦心情形象地表现出来。也为后面从各方面反复渲染唐玄宗对杨贵妃的思念做了情感铺垫。

第三部分，从"黄埃散漫风萧索"至"魂魄不曾来入梦"，描述杨贵妃死后，唐玄宗对她的思念。诗人把人物的情思附着于景物，用景物来烘托人物的心境；又通过人物对周围富有特征性的景物、事物的感受来表现内心感情，层层渲染，表达人物内心深处的情怀。和杨贵妃死别后，满怀酸楚愁惨的唐玄宗继续逃往蜀地。秋风扬起的黄尘、云雾飘绕的剑阁栈道、高山行人少，日色暗淡，旌旗无光，这是以沿途悲凉的秋景来烘托人物的悲思。面对蜀地优美的青山绿水，却成为引发伤心的环境，这是通过美景来写哀情。结束了奔波的逃亡，暂居行宫，每到夜晚孤独更使愁思加剧，看着明月惹心伤，听着雨夜里的铃声更断肠，这是以夜景的静和动表现出人物内心的愁苦凄清。返回京都本是高兴的事，但旧地重过，玉颜不见，不由伤心泪下，这是以叙事增加痛苦的回忆。"归来池苑皆依旧，太液芙蓉未央柳。芙蓉如面柳如眉，对此如何不泪垂"，回长安后，看到熟悉的环境，恍如昨日，

景物依旧，人却亡故，从太液池的芙蓉花和未央宫的柳树仿佛看到了杨贵妃的容貌，禁不住就潸然泪下。这种痛苦的思恋，从"春风桃李花开日"到"秋雨梧桐叶落时"，无时不萦绕心怀。当看到当年的"梨园弟子""阿监青娥"都已白发衰颜，更勾起对往日欢娱的思念。白日睹物伤情，夜晚更是孤情难耐，"夕殿萤飞思悄然，孤灯挑尽未成眠。迟迟钟鼓初长夜，耿耿星河欲曙天"，黄昏的夜幕和寝殿中幽明的烛光更升腾了唐玄宗的思念，虽孤灯燃尽，仍无法入眠，只有缓慢的计时钟鼓声陪伴长夜，直至星河隐去即将破晓。"鸳鸯瓦冷霜华重，翡翠衾寒谁与共"，以实景化意境，房顶的鸳鸯瓦能共同抵御寒霜，屋内盖着绣着翡翠鸟的锦被的思人却要独受寒冷。"悠悠生死别经年，魂魄不曾来入梦"，虽然死别才一年，但却感觉过了很多年，亡人的魂魄从不进入生人的梦中。诗人通过环境、人物、事件、四季气候各方面反复渲染，反复抒情，让人物的思想感情蕴蓄得更深邃丰富，以此表达出生人思念的深重。

第四部分，从"临邛道士鸿都客"至结尾，写唐玄宗派方士寻找杨贵妃的魂魄，重在表述唐玄宗的孤寂和对往日爱情的忧伤追忆。诗人运用浪漫主义的手法，借助想象构思了一个动人的仙境，把故事的情节推向高潮，把人物千回百转的心理表现得淋漓尽致，故事也因此更为婉转动人。"上穷碧落下黄泉，两处茫茫皆不见"，上天入地，终于在海上虚无缥缈的仙山上找到了杨贵妃，让她以"玉容寂寞泪阑干，梨花一枝春带雨"的形象在仙境中再现，她殷勤迎接汉家的使者，含情脉脉，托物寄词，重申前誓，照应唐玄宗对她的思念，进一步深化、渲染"长恨"的主题。诗歌以"天长地久有时尽，此恨绵绵无绝期"结尾，是对爱情的叹息，是对于爱情受命运播弄和被政治伦理摧残的痛惜，此恨之深久，已超越时空而进入无极之境，表现了爱情的长存。结尾两句点明题旨，回应开头，做到了"清音有余"，给人以联想、回味的余地。

在诗人心中，唐玄宗既是一往情深的帝王，也是重色轻国的帝王。诗人一方面歌颂他对爱情的真挚与执着，另一方面谴责他的荒淫导致了安史之乱，以垂诫后世君主。讽喻和同情交织，既

363

洒同情泪，又责失政遗恨。全诗对"情"的宣泄已超脱帝王妃子间的感情纠葛，而更多地带有诗人的主观理想成分，也超出了历史事实的范围，将主观愿望与客观现实的矛盾冲突表现无余。现实生活中找不到，到梦中去找；梦中找不到，又到仙境中去找。如此跌宕回环，使人物感情回旋上升，达到了高潮。诗人正是通过这样的层层渲染，反复抒情，使人物的思想感情蕴蓄得更深邃丰富，使诗歌"肌理细腻"，更富有艺术的感染力。

琵琶行·并序

白居易

元和十年①，予左迁九江郡司马②。明年秋，送客湓浦口③，闻舟中夜弹琵琶者，听其音，铮铮然有京都声④。问其人，本长安倡女⑤，尝学琵琶于穆、曹二善才⑥，年长色衰，委身为贾人妇⑦。遂命酒⑧，使快弹数曲⑨。曲罢悯然⑩，自叙少小时欢乐事，今漂沦憔悴⑪，转徙于江湖间。予出官二年⑫，恬然自安⑬，感斯人言，是夕始觉有迁谪意⑭。因为长句⑮，歌以赠之，凡六百一十六言⑯，命曰《琵琶行》。

---

① 元和十年：815年。元和是唐宪宗李纯年号。　② 左迁：贬官降职。九江郡：唐时郡名，治所在今江西省九江市。司马：为州刺史的副职，掌管一州军事。　③ 湓（pén）浦口：湓水与长江的汇口，在今九江市西。湓，古水名，源出今江西省瑞昌市清湓山。浦，江河与支流的汇合处。　④ 铮铮：形容金属、玉器等相击声。京都声：唐代京城流行的乐曲声调。　⑤ 倡女：歌女。倡，古时歌舞艺人。　⑥ 善才：当时对琵琶师或曲师的通称。　⑦ 委身：女子出嫁。贾（gǔ）人：商人。⑧ 命酒：叫手下人摆酒。　⑨ 快：畅快。　⑩ 悯然：形容忧郁的样子。　⑪ 漂沦：漂泊沦落。　⑫ 出官：京官外调。　⑬ 恬然：淡泊宁静。　⑭ 迁谪：贬官降职或流放。　⑮ 为：创作。长句：指七言诗。唐代的习惯说法。　⑯ 凡：总共。言：字。

白居易

浔阳江头夜送客①，枫叶荻花秋瑟瑟②。
主人下马客在船③，举酒欲饮无管弦。
醉不成欢惨将别，别时茫茫江浸月。
忽闻水上琵琶声，主人忘归客不发。
寻声暗问弹者谁④，琵琶声停欲语迟。
移船相近邀相见，添酒回灯重开宴。
千呼万唤始出来，犹抱琵琶半遮面。
转轴拨弦三两声⑤，未成曲调先有情。
弦弦掩抑声声思⑥，似诉平生不得志。
低眉信手续续弹⑦，说尽心中无限事。
轻拢慢捻抹复挑⑧，初为霓裳后六幺⑨。
大弦嘈嘈如急雨⑩，小弦切切如私语⑪。
嘈嘈切切错杂弹，大珠小珠落玉盘⑫。
间关莺语花底滑⑬，幽咽泉流冰下难⑭。

① 浔阳江：为长江流经今九江市境的一段，因九江市古称浔阳，故称。
② 荻（dí）：多年生草本植物，生在水边，叶子长形，似芦苇，开紫花。
瑟瑟：形容枫树、芦荻被秋风吹动的声音。　　③ 主人：白居易自指。
④ 暗：悄悄。　　⑤ 转轴拨弦：调弦校正声音。　　⑥ 掩抑：低沉
抑郁。思：悲伤，哀愁。　　⑦ 信手：随手。续续弹：连续弹奏。
⑧ 拢：左手手指按弦向里（琵琶的中部）推。捻：揉弦。抹：顺手下
拨。挑：反手回拨。这四者都是弹琵琶的指法。前二者用左手，后二者
用右手。　　⑨ 霓裳：《霓裳羽衣曲》，唐代乐曲名，相传为唐玄宗所
作。六幺（yāo）：又叫《乐世》，为当时的歌舞曲。　　⑩ 大弦：琵琶
四根弦中最粗的弦。嘈嘈：形容声音浊杂粗重。　　⑪ 小弦：琵琶上最细
的弦。切切：形容声音清细且急促。　　⑫ 大珠小珠落玉盘：分别比喻乐
声的浊重和清脆。　　⑬ 间关莺语花底滑：像黄莺在花下啼叫一样婉转流
利。间关，形容鸟声婉转。　　⑭ 幽咽：低泣声，这里形容堵塞不畅的水
流声。冰下难：泉流冰下阻塞难通，形容乐声由流畅变为冷涩。

冰泉冷涩弦凝绝^①，凝绝不通声暂歇。
别有幽愁暗恨生，此时无声胜有声。
银瓶乍破水浆迸，铁骑突出刀枪鸣^②。
曲终收拨当心画^③，四弦一声如裂帛。
东船西舫悄无言^④，唯见江心秋月白。
沉吟放拨插弦中^⑤，整顿衣裳起敛容^⑥。
自言本是京城女，家在虾蟆陵下住^⑦。
十三学得琵琶成，名属教坊第一部^⑧。
曲罢曾教善才服，妆成每被秋娘妒^⑨。
五陵年少争缠头^⑩，一曲红绡不知数^⑪。
钿头银篦击节碎^⑫，血色罗裙翻酒污^⑬。
今年欢笑复明年，秋月春风等闲度^⑭。
弟走从军阿姨死，暮去朝来颜色故^⑮。

---

① 冰泉冷涩弦凝绝：像冰下的泉水又冷又涩不能畅流，弦似乎凝结不动。这里形容弦声愈来愈低沉，以至停顿。　② "银瓶"二句：形容琵琶声在沉咽、暂歇后，忽然又爆发出激越、雄壮的乐音。银瓶，汲水器。乍，突然。迸，溅射。铁骑（jì），带甲的骑兵。　③ 拨：弹奏弦乐时所用的工具。当心画：用拨子在琵琶的中部划过四弦，是一曲结束时经常用到的右手手法。　④ 舫（fǎng）：船。　⑤ 沉吟：默默深思。　⑥ 敛容：收敛深思时悲愤深怨的面部表情。　⑦ 虾（há）蟆（má）陵：在长安城东南，是当时的游乐区。　⑧ 教坊：唐代官办管领音乐杂技、教练歌舞的机关。第一部：最优秀的一队。歌舞队、乐队古代都称部。　⑨ 秋娘：对善歌貌美歌伎的通称。　⑩ 五陵：汉代高祖、惠帝、景帝、武帝、昭帝等五位皇帝的陵墓，在长安附近，富豪人家多聚集在这一带。缠头：古代送给歌舞伎女的锦帛之类财物。　⑪ 绡（xiāo）：精细轻美的丝织品。　⑫ 钿（diàn）头银篦（bì）：上端镶着金花的银质发篦。钿，金花。击节碎：随着音乐打拍子敲碎了。节，节拍。　⑬ 翻酒污：泼翻了酒被玷污。　⑭ 等闲：随随便便。　⑮ 颜色故：容貌衰老。

门前冷落鞍马稀，老大嫁作商人妇^①。

门前冷落鞍马稀，老大嫁作商人妇①。
商人重利轻别离，前月浮梁买茶去。
去来江口守空船②，绕船月明江水寒。
夜深忽梦少年事，梦啼妆泪红阑干③。
我闻琵琶已叹息，又闻此语重唧唧④。
同是天涯沦落人，相逢何必曾相识。
我从去年辞帝京，谪居卧病浔阳城。
浔阳地僻无音乐，终岁不闻丝竹声。
住近湓江地低湿，黄芦苦竹绕宅生。
其间旦暮闻何物？杜鹃啼血猿哀鸣⑤。
春江花朝秋月夜，往往取酒还独倾⑥。
岂无山歌与村笛？呕哑嘲哳难为听⑦。
今夜闻君琵琶语⑧，如听仙乐耳暂明⑨。
莫辞更坐弹一曲，为君翻作琵琶行⑩。
感我此言良久立，却坐促弦弦转急⑪。
凄凄不似向前声⑫，满座重闻皆掩泣。
座中泣下谁最多？江州司马青衫湿⑬。

---

① 老大：年纪大了。　　② 去来：走了以后。　　③ 梦啼妆泪红阑干：在梦中啼哭，搽了胭脂粉的脸上流满一道道红色的泪痕。妆，脸上的胭脂粉。阑干，形容纵横错乱的样子。　　④ 唧唧（jī）：叹息声。　　⑤ 杜鹃啼血：传说杜鹃鸟啼叫时，嘴里会流出血来，此形容杜鹃啼声的悲切。　　⑥ 独倾：独自饮酒。　　⑦ 呕哑（yā）：拟声词，形容单调的乐声。嘲（zhāo）哳（zhā）：形容声音繁杂。　　⑧ 琵琶语：琵琶上弹出的曲调。　　⑨ 暂：突然。　　⑩ 翻作：写作。翻，按曲改编歌词。　　⑪ 却坐：退回原处坐下。促弦：把弦拧紧。转：更，越。　　⑫ 向前：以前。　　⑬ 青衫：唐朝八品、九品文官的服色。白居易当时官阶是将侍郎，从九品，所以服青衫。后人常用"司马青衫"形容悲伤、凄切的情感。

【赏析】

唐宪宗元和十年（815年），藩镇势力派刺客在长安街头刺杀了宰相武元衡，刺伤了御史中丞裴度。白居易上表主张严缉凶手，有"擅越职分"之嫌。加之他平素多作讽喻诗，得罪朝中权贵，被贬为江州司马。白居易被贬江州第二年，在浔阳江头送别客人，偶遇一位生活不幸的艺妓，白居易在深表同情之际，想到了自己生活境遇，于是用歌行体裁，创作了这首叙事抒情的古体诗。诗篇通过对艺妓弹奏琵琶的高超技艺和不幸经历的描述，揭露了当时社会官僚腐败、民生凋敝、人才埋没等现象，既表达了诗人对艺妓的深切同情，也抒发了诗人对自己无辜被贬的愤懑之情。全诗分四部分解析。

第一部分从"浔阳江头夜送客"至"犹抱琵琶半遮面"，写诗人江上送客，邀请艺妓弹奏琵琶的情景。首句诗人即点明人物（主人和客人）、地点（浔阳江头）、事件（主人送客人）和时间（夜晚），再用"枫叶荻花秋瑟瑟"进行环境的烘染，秋夜送客的萧瑟落寞之感传出，反跌出"举酒欲饮无管弦"。"无管弦"三字为艺妓出场弹奏做了铺垫。因"无管弦"而"醉不成欢惨将别"，再用"别时茫茫江浸月"进一步环境烘染，构成一种强烈的压抑感，使得"忽闻水上琵琶声"具有浓烈的空谷足音之感，为下文的突现转机做了准备。从"夜送客"之时的"秋萧瑟""无管弦""惨将别"一转而为"忽闻""寻声""暗问""移船"，直到"邀相见"，这对于艺妓的出场来说，可以是"千呼万唤"了。并不是她在意身份，而是满怀"天涯沦落之恨"，不便明说，也不愿见人。诗人抓住这一点，用"琵琶声停欲语迟""犹抱琵琶半遮面"的肖像描写来表现她的难言之痛，为后面的故事发展造了悬念。

第二部分"转轴拨弦三两声"至"唯见江心秋月白"，写艺妓演奏的琵琶曲，揭示了她的内心世界。诗人通过琵琶声调的描写，表现艺妓的高超技艺。粗弦沉重"如急雨"，细弦细碎如"私语"，清脆圆润如大小珠子落玉盘，又如花底莺语。"弦弦掩抑声声思"以下六句，总写"初为《霓裳》后《六幺》"的弹奏过程，

其中既用"低眉信手续续弹""轻拢慢捻抹复挑"描写弹奏的神态，更用"似诉平生不得志""说尽心中无限事"概括了艺妓借琵琶乐曲所抒发的思想情感。以下十四句，诗人在借助语言的音韵摹写音乐时，兼用各种比喻以加强其形象性。既用"嘈嘈"叠字词摹声，又用"如急雨"使它形象化。"小弦切切如私语"亦然。"嘈嘈切切错杂弹"，使"如急雨""如私语"两种旋律的交错再现，再用"大珠小珠落玉盘"相比，视觉形象与听觉形象就同时显露出来，令人眼花缭乱，耳不暇接。旋律继续变化，出现了先"滑"后"涩"的两种意境。"间关"之声，轻快流利，而这种声音又好像"莺语花底"，视觉形象的优美强化了听觉形象的优美。"幽咽"之声，悲抑哽塞，而这种声音又好像"泉流冰下"，视觉形象的冷涩强化了听觉形象的冷涩。由"冷涩"到"凝绝"，是一个"声渐歇"的过程，诗人用"别有幽愁暗恨生，此时无声胜有声"描绘了余音袅袅、余意无穷的艺术境界。弹奏至此，满以为已经结束。谁知那"幽愁暗恨"在"声渐歇"的过程中积聚了无穷力量，无法压抑，终于如"银瓶乍破"，水浆奔迸，如"铁骑突出"，刀枪轰鸣，把"凝绝"的暗流突然推向高潮。才到高潮，即收拨一画，戛然而止。一曲虽终，而回肠荡气、惊心动魄的音乐魅力，却没有消失。诗人又用"东船西舫悄无言，唯见江心秋月白"的环境描写做侧面烘托，留下了涵泳回味的广阔空间。

第三部分"沉吟放拨插弦中"至"又闻此语重唧唧"，写诗人代艺妓诉说身世和生活经历。诗人先用两句形象描写过渡到艺妓"自言"，"沉吟"的神态，显然与询问有关，反映了她欲说还休的内心矛盾。"放拨""插弦中"，"整顿衣裳""起""敛容"等一系列动作和表情，则表现她克服内心矛盾，要一吐为快的心理活动。"自言"以下，诗人用如怨如慕、如泣如诉的抒情笔调，为艺妓的生活遭遇谱写了一曲扣人心弦的悲歌，与"说尽心中无限事"的乐曲互相补充，完成了女主人公的形象塑造。通过这个形象，深刻地反映了封建社会中被侮辱、被伤害的艺妓们悲惨命运。诗人对艺妓的生活遭遇更是深表同情，触动了他为此谱写诗歌的激情。

第四部分"同是天涯沦落人"至结尾，写诗人贬官江州以来的孤独寂寞之感，感慨自己的境遇，抒发与艺妓同病相怜之情。诗人和艺妓都是从繁华的京城沦落到这偏僻处，诗人的同情中叹息着自己的不幸，"似诉生平不得志"的琵琶声中也诉说着诗人的心中不平。诗人感情的波涛为艺妓的命运所激动，发出了"同是天涯沦落人，相逢何必曾相识"的感叹，抒发了同病相怜，同声相应的情怀。诗韵明快，步步映衬，处处点缀。感情浓厚，落千古失落者之泪，也为千古失落者触发了一见倾心之情。

放 言①

白 居 易

赠君一法决狐疑②，不用钻龟与祝蓍③。
试玉要烧三日满④，辨材须待七年期。
周公恐惧流言日⑤，王莽谦恭未篡时⑥。
向使当初身便死⑦，一生真伪复谁知⑧？

【赏析】

这是一首富有理趣的七言律诗。诗人以通俗的语言说明一个

---

①放言：言论不受拘束。　②君：诗人好友元稹。决：解决。狐疑：犹豫不定。　③钻龟、祝蓍（shī）：古人迷信占卜的方法，钻龟壳后看其裂纹占卜吉凶，或拿蓍草的茎占卜吉凶。这里指求签问卜。蓍，多年生草本植物，全草可入药，茎、叶可制香料。　④试：检验。
⑤周公：姬旦，周武王弟，周成王叔父。成王当政时年幼，周公摄政，管叔等人散布流言，说周公要害成王，于是周公躲避起来。后成王发现流言虚假，便迎回周公，平定管叔等人叛乱。　⑥王莽：西汉元帝皇后侄。王莽在篡夺政权前，为收揽人心，常以谦恭退让示人，后终篡汉自立，改国号为"新"。　⑦向使：假如。便：就。　⑧复：又。

道理：要辨识人和事的真伪，都需经过时间的考验，从整个历史去衡量、去判断，而不能只根据一时一事的现象下结论。诗人表示像他自己以及友人元稹这样受诬陷的人，是经得起时间考验，因而应当多加保重，等待"试玉""辨材"期满，就会澄清事实，辨明真伪。

起首两句郑重地告诉友人一个"决狐疑"的方法，用"赠"字，强调方法的可行性。"不用钻龟与祝蓍"，先说不要用人们迷信的占卜打卦方法，即钻龟与祝蓍。第三、四句说出建议的方法，也是论点，即"试玉要烧三日满，辨材须待七年期"，识别美玉，要火烧三日看其材质。辨识人才，须用七年的观察时间。就是说要知道事物的真伪优劣只有让时间去考验。经过一定时间的观察比较，事物的本质终会显现出来。"玉""材"也隐含着作者和朋友自比是美玉和人才。

第五、六句"周公恐惧流言日，王莽谦恭未篡时"，又以两个历史事件，从正反两方面来强化自己辨识事务方法的可信。正面事例：西周时期，周公旦在铺佐周成王时，有些人曾经怀疑他有篡权的野心，但历史证明他对成王一片赤诚。反面事例：西汉时期，王莽在没有篡夺汉朝政权时，假装谦恭，迷惑了一些人。但历史证明他的"谦恭"是伪，代汉自立才是他的真面目。最后两句"向使当初身便死，一生真伪复谁知？"，这两句既是结论，也是鼓励之言，假如当初受到诬陷就选择放弃生活的信念，我们这一生真诚为国，却遭诬陷又有谁知道。还是要靠坚强的信念，让时间来证实我们的真诚。

全诗从正面、反面叙说"决狐疑"之"法"，都没有径直点破。先举出"试玉""辨材"两个例子，后者举出周公、王莽两个例子。这些例证，既是论点，又是论据。寓哲理于形象之中，以具体事物表现普遍规律。

大林寺桃花 ①

白居易

人间四月芳菲尽 ②，山寺桃花始盛开。
长恨春归无觅处 ③，不知转入此中来。

【赏析】

唐贞元年间进士出身的白居易，曾授秘书省校书郎，再官至左拾遗，可谓春风得意。谁知几年京官生涯中，因其直谏不讳，冒犯了权贵，受朝廷排斥，被贬为江州司马。所以这篇记游的七言绝句，蒙上了逆旅沧桑的隐喻色彩。

前两句写诗人登山时是春夏交际的四月，此时应是花草芳菲落尽之时。但不期在高山古寺之中，意外看到了桃花刚刚盛开的春景。当这始所未料的一片春景冲入眼帘时，使他感到惊异和欣喜。"芳菲尽""始盛开"，在对比中遥相呼应。诗句字面上是纪事写景，实际也在写感情和思绪上的跳跃，即由一种愁绪满怀的叹逝之情，突变到惊异、欣喜，以致心花怒放。在首句开头用"人间"二字，意味着这一奇遇的胜景，给诗人带来一种特殊感受，即仿佛从人间的现实世界，突然步入到一个仙境，置身于非人间的另一世界。

正是在这一感受的触发下，诗人想象的翅膀飞腾起来。"长恨春归无觅处，不知转入此中来"，诗人在登临山寺之前，就曾为春光的匆匆不驻而失望。想到自己曾因为惜春、恋春，以至怨恨春去的无情，但谁知却是错怪了春，原来春并未归去，只不过像跟人捉迷藏一样，偷偷地躲到这个地方来罢了。

这首诗中，诗人既用桃花代替抽象的春光，把春光写得具体可感，形象美丽；又把春光拟人化，把春光写得仿佛真是有脚似

---

① 大林寺：古寺院名，在今江西省境内庐山大林峰。　② 人间：指庐山下的平地村落。芳菲：盛开的花。尽：指花凋谢了。　③ 长恨：常常惋惜。恨，遗憾。春归：指春天过去了。觅：寻找。

的，可以转来躲去，具有了顽皮惹人的性格。自然界的春光被诗人描写得如此生动具体、天真可爱、活灵活现，如果不是对春的无限留恋、热爱，没有一颗童心，是不能写出的。

依据地理常识，海拔越高，温度越低，所以季节的出现也较陆地晚。当山地垂直起伏到几千米时，气温的垂直差异就更为明显。庐山海拔高度约 1400 米，山顶气温比山麓平川地区一般要低 8～9℃。大林寺位于今日庐山"花径风景区"，比山下平原高出约 1100 米，气温较山下的九江市一带低 6～7℃，加以庐山地处长江与郡阳湖之间，江湖水汽郁结，云雾弥漫，日照不足，更使山上的气温降低，春天当然就来得迟了。

问刘十九

白居易

绿蚁新醅酒①，红泥小火炉。
晚来天欲雪②，能饮一杯无③？

【赏析】

这首五言绝句描写诗人在一个风雪飘飞的傍晚邀请朋友前来喝酒，共叙衷肠的情景，体现了朋友间诚恳亲密的关系。

起句，点出新酒，由于酒是新酿的，未经过滤，酒面泛起酒渣泡沫，颜色微绿，细小如蚁，故称"绿蚁"。次句，粗拙小巧的火炉朴素温馨，炉火正烧得通红，诗人围炉而坐，熊熊火光照亮了暮色降临的屋子，照亮了浮动着绿色泡沫的家酒。酒已经很诱人，而炉火又增添了温暖的情调。

结尾两句，寒冬腊月，暮色苍茫，风雪大作，家酒新熟，炉

---

① 绿蚁：浮在新酿而没有过滤米酒上的绿色酒渣，色微绿，细如蚁，故称。新醅（pēi）：新酿造的酒。　②雪：下雪。这里作动词用。
③ 无：表示疑问的语气词。相当于"么""吗"。

火已生，只待朋友早点到来。"家酒""小火炉"和"暮雪"三个意象，构成一幅有情有意的图画。"能饮一杯无"，轻言细语，问寒问暖，贴近心窝，溢满真情。

暮江吟 ①

白居易

一道残阳铺水中，半江瑟瑟半江红 ②。
可怜九月初三夜 ③，露似真珠月似弓 ④。

【赏析】

这是一首山水诗。唐穆宗长庆二年（822 年），白居易在赴杭州任刺史的途中所作。当时朝廷中牛、李党争激烈，诗人不愿被卷入，自求外任。这首七言绝句通过描写秋季九月初三黄昏至夜幕降临时间段的长江景色，表露了诗人远离朝廷后轻松愉悦的情绪，表达出对大自然的热爱之情。

起首两句写夕阳落照中的江水。时近黄昏，残阳照射在江面上，"铺"字说明"残阳"已经接近地平线，几乎是贴着地面照射过来，像"铺"在了江面上。写出了秋天夕阳的柔和，给人以亲切、安闲之感。诗人又抓住江面呈现出的两种颜色，描绘出残阳照射下，暮江细波粼粼、光色瞬息变化的景象。天气晴朗无风，江水缓缓流动，江面泛起细小波纹，阳光照到的江水，呈现一片"红"色；阳光没照到的江水，呈现出深碧色。

结尾两句写月亮初升的夜景。诗人流连忘返，直到初月升起、凉露下降的时候，眼前呈现出一片更为美好的境界。俯身一看，江边的草地上挂满了晶莹的露珠，很像是镶嵌在上面的粒粒珍

---

① 暮江吟：黄昏时在江边所作的诗。吟，古代诗歌一种形式。
② 瑟瑟：指碧绿色。　③ 可怜：可爱。　④ 真珠：即珍珠。月似弓：农历九月初三为上弦月，此时的月亮弯如弓。

珠，在新月的清辉下，闪烁着光泽。诗人抬头看，一弯新月，如同悬挂在碧蓝天幕上的一张弯弓。诗人想起此时是"九月初三夜"，不禁脱口赞美这个夜景的可爱，抒情直接，把感情推向高潮。

钱塘湖春行 ①

白居易

孤山寺北贾亭西 ②，水面初平云脚低 ③。
几处早莺争暖树 ④，谁家新燕啄春泥 ⑤。
乱花渐欲迷人眼 ⑥，浅草才能没马蹄 ⑦。
最爱湖东行不足 ⑧，绿杨阴里白沙堤 ⑨。

【赏析】

这是一首即景抒情的七言律诗。诗人通过对西湖早春明媚风光的描绘，抒发了早春游湖的喜悦和对钱塘湖自然风景的喜爱。

这首诗写诗人来到孤山寺的北面，贾公亭的西畔，放眼望去，只见春水初涨，水面与堤岸齐平，白云低垂，与湖水相连。树上的黄莺一大早就忙着抢占最先见到阳光的"暖树"，不知是谁家屋檐下的燕子，此时也正忙着衔泥筑窝。五颜六色的鲜花开

① 钱塘湖：即西湖，在今浙江杭州市。 ② 孤山寺：又名永福寺，位于浙江省杭州市西湖区孤山。贾亭：唐贞元中，贾全出任杭州刺史，在西湖建亭，人称"贾亭"或"贾公亭"，五六十年后废。 ③ 水面初平：即春水初涨至和堤岸齐平。云脚低：白云重重叠叠，同湖面上波澜连成一片，看上去，浮云很低。云脚：低垂的云气，多见于将雨或雨初停时。 ④ 早莺：初春时早来的黄鹂。争暖树：争着飞上向阳的树枝。
⑤ 新燕：刚从南方飞回来的燕子。啄：衔取。 ⑥ 乱花：纷繁的花。
⑦ 没（mò）：掩盖。 ⑧ 行不足：游兴不满足。 ⑨ 阴：同"荫"，指树荫。白沙堤：在今浙江杭州市西湖断桥与孤山之间，也称断桥堤。相传为白居易任杭州刺史时所筑，故又称"白公堤""白堤"。

遍山野，在湖光山色的映衬下，千姿百态，争奇斗艳，使人目不暇接而眼花缭乱。在流连湖山美景的不经意间，诗人看见马蹄在草地上的起落时隐时现。在最爱的湖东沙堤，因为可以总揽全湖之胜，在杨柳的绿荫下，一步三回头，恋恋不舍地离去了。

　　诗中"几处早莺争暖树，谁家新燕啄春泥。乱花渐欲迷人眼，浅草才能没马蹄"，诗人以白描手法，将镜头在莺、燕、花、草间切换：黄莺的鸣叫，使人感到春天的妩媚。燕子是候鸟，随着春暖回乡搭窝，迎接新生活，使人倍感生命的美好。驻足细看脚下的植被，繁花似锦，浅草没蹄，生动形象地呈现了西湖早春的妩媚和生机，显露出活泼的情趣和闲情雅致。

池 上

白居易

　　小娃撑小艇 ①，偷采白莲回。
　　不解藏踪迹 ②，浮萍一道开 ③。

【赏析】

　　这是首描写人物的五言绝句。唐文宗大和九年（835 年），时任太子少傅的白居易分管东都洛阳。一日散步于池边，见小娃撑船而作此诗。诗篇描写了小娃在池水中偷采白莲的情景，通过行为和心理刻画，加上景色渲染，呈现了一个活泼淘气的孩童形象。

　　莲花绽放的夏日里，天真无邪的孩童撑起一条小船，偷偷地前往池中采摘白莲花玩耍。满心欢喜地采到莲花，却早已忘记自己是隐瞒大人悄悄去的，不懂或是没想到去隐藏自己的踪迹，就大摇大摆地划着小船归来，小船把水面的浮萍轻轻荡开，留下一道清晰明显的水路痕迹。

---

① 艇（tǐng）：船。　　② 踪迹：指被小艇划开的水中浮萍。　　③ 浮萍：水生植物，椭圆形叶子浮在水面，叶下有须根，开白花。

忆江南 [1]

白居易

江南好,风景旧曾谙 [2]。
日出江花红胜火 [3],春来江水绿如蓝 [4],
能不忆江南?

【赏析】

诗人白居易青年时期,曾漫游江南,旅居苏杭,故此,江南在他的心目中留有深刻印象。当他因病卸任苏州刺史,晚年回到洛阳后,写下了这首《忆江南》,可见诗人对江南胜景无时不在回味。

首句"江南好",以"好"字赞颂了江南春色的种种佳处,表达出作者记忆之深。第二句"风景旧曾谙",点明江南风景之"好",并非得之传闻,是作者任职杭州时的亲身体验和感受,既落实了"好"字,又照应了"忆"字。第三、四两句对江南之"好"进行形象化的演绎,突出渲染江花、江水红绿相映的明艳色彩。既有同色间的相互烘托,又有异色间的相互映衬,展现了鲜艳夺目的江南春景。以"能不忆江南"收尾全篇,既表达出诗人对江南春色的无限赞叹与怀念,又造成了悠远深长的韵味和余情摇漾的境界。

---

① 忆江南:唐教坊曲名。作者题下自注说:"此曲亦名'谢秋娘',每首五句。"按《乐府诗集》:"'忆江南'一名'望江南',因白氏词,后遂改名'江南好'。"至晚唐、五代成为词牌名。这里所指的江南主要是长江下游的江浙一带。　　② 谙(ān):熟悉。作者年轻时曾三次到过江南。　　③ 江花:江边的花朵。一说指江中的浪花。红胜火:颜色鲜红胜过火焰。　　④ 绿如蓝:绿得比蓝还要绿。如,犹"于",有胜过的意思。蓝,蓝草,其叶可制青绿染料。

乞 巧①

林杰②

七夕今宵看碧霄③，牵牛织女渡河桥④。
家家乞巧望秋月，穿尽红丝几万条。

【赏析】

这是一首即事抒怀的七言绝句。诗篇通过描写民间七夕乞巧盛况，表达了人们乞取智慧、追求幸福的心愿。

前两句叙述传说中牛郎织女的爱情故事。一年一度的七夕节来临，到了七月初七的夜晚，家家户户纷纷情不自禁地抬头仰望浩瀚的天空。看着天上的银河，想象着传说中牛郎织女踩着鹊桥渡过银河相会，倾诉彼此的思念之情。这个美丽的传说牵动着每个善良的心灵，唤起人们美好的愿望和丰富的想象。

后两句写乞巧盛事。织女是个美丽聪明、心灵手巧的仙女。女孩们在这天晚上望着天空的明月，摆上时令瓜果，朝天祭拜，乞求织女能赋予她们聪慧的心灵和灵巧的双手，让自己的针织女红技法娴熟，更乞求得到满意的姻缘巧配。说明了美丽的传说被人们祭拜，并久远传播，是人们对幸福生活企盼的体现。这两句叙事简明扼要，形象生动。

---

① 乞巧：我国传统节日，在每年的农历七月初七，又名七夕节、女儿节等，是传说中隔着"天河"的牛郎和织女在鹊桥上相会的日子。乞巧就是向织女乞求一双巧手的意思。　② 林杰（831—847），字智周，福建人，唐代女诗人。自幼聪慧，六岁就能赋诗。又精通书法棋艺。去世时年仅十七。《全唐诗》存其诗两首。　③ 碧霄：浩瀚无际的青天。
④ 牵牛织女：即牛郎和织女，是中国古代民间神话传说的爱情故事两个主人公。河桥：即鹊桥。相传牛郎和织女被王母娘娘用银钗所划的银河隔开，只允许每年农历七月初七相见。为让牛郎织女相会，天地间的喜鹊就会飞过来用身体紧贴着搭成一座桥，因此称"鹊桥"。

悯农二首 ①

李绅 ②

其一

春种一粒粟 ③，秋收万颗子。
四海无闲田 ④，农夫犹饿死 ⑤。

其二

锄禾日当午 ⑥，汗滴禾下土。
谁知盘中餐 ⑦，粒粒皆辛苦。

【赏析】

这两首五言古诗是李绅的组诗作品，深刻反映了封建时代农民的生存状态，刻画了当时社会的矛盾。

第一首诗写农民劳而无获的社会现实。起首两句，春天播种，秋季收获累累硕果。这是农民辛苦劳作过程所得，表明了作者对农民辛苦的同情。在"四海无闲田"的大丰收景象里看到"农夫犹饿死"的残酷现实。"四海无闲田"，形象地概括了农民在辽阔田野里春种秋收等繁重劳动的辛苦。这些辛苦本可以获得丰衣足食。但最后一句转折，"农夫犹饿死"，前后的情况形成鲜明对比，增强说服力，揭示了深刻的社会矛盾。

---

① 悯：怜悯。　② 李绅（772—846），字公垂，祖籍亳州谯（今安徽省亳州市谯城区），生于乌程县（今浙江省湖州市），唐代诗人。唐宪宗元和元年（806 年）中进士，补国子助教。后历任中书侍郎、尚书右仆射、淮南节度使等职。与元稹、白居易交游甚密，为新乐府运动的参与者。代表诗作《悯农》。　③ 粟（sù）：谷子。　④ 四海：指全国。闲田：指未被耕种的田地。　⑤ 犹：仍然。　⑥ 锄禾：指用锄头松动禾苗周围的土。日当午：太阳当头直晒时，指中午。　⑦ 盘中餐：碗里的饭食。

第二首诗描绘了在烈日当空的正午农民在田里劳作的景象，概括地表现了农民终年辛勤劳动的生活，表达了诗人对农民真挚的同情之心。起首两句既是对第一首的补充，形象地渲染了农民在烈日之下锄禾而汗流不止的情形，又把粒粒粮食比作滴滴汗水，引出结尾两句："盘中"的"粒粒"米都来自农夫的滴滴汗，可是又有谁知道呢？告诉人们要珍惜粮食，同时揭示了封建社会时剥削者和被剥削者的矛盾。

宫 词

张祜 [①]

故国三千里 [②]，深宫二十年。
一声何满子 [③]，双泪落君前 [④]。

【赏析】

这首五言绝句是张祜创作的《宫词》二首组诗作品中第一首。诗篇写出民间女子幽居深宫，孤苦一生的极度哀怨，从客观上揭露了宫女制度的残酷性。

前两句从空间和时间表达女主角的愁怨。一个少女不幸被选入宫，与家人分离，与外界隔绝，失去幸福和自由。居住在深宫，日日思念三千里之外的故乡和亲人，这种煎熬的岁月已有二十年之长。

---

① 张祜（785—849），字承吉，出身于清河（今邢台市清河县）张氏望族，家世显赫，有"海内名士"之誉。唐代诗人。张祜一生未入仕途。他的诗歌题材丰富，风格沉静浑厚，有隐逸之气。 ② 故国：故乡。此为代宫女而言。 ③ 何满子：唐玄宗时著名歌手，据说她因故得罪皇帝，被推出就刑。就刑前她张口高歌，曲调悲愤，使苍天白日黯然失色。结果皇帝闻之，终因惜其技艺难得而降旨缓刑。亦是唐教坊曲名。④ 君：指皇帝。这里指唐武宗。

结尾两句转写怨情。在皇帝面前，敢以唱一声悲歌、双泪齐落的行为表现，表达出主人公已难以自控埋藏极深、蓄积已久的怨情。

赠内人 ①

张 祜

禁门宫树月痕过 ②，媚眼唯看宿鹭窠 ③。
斜拔玉钗灯影畔，剔开红焰救飞蛾 ④。

【赏析】

这是张祜作的一首描写宫怨的七言绝句。诗篇写出了宫女们对真正爱情的渴望和自身的凄清境况。这首诗题为"赠内人"，其实诗人不可能真向她们投赠诗篇，不过借此题目来驰骋诗人的遐想和遥念而已。

首句，"禁门宫树"，点明地点，烘托出宫禁森严、重门深闭的环境气氛。"月痕"，点明时间，给人以暗淡朦胧之感，而接一"过"字，既暗示月下之人在百无聊赖之中伫立凝望已久，又从光阴的流逝中暗示此人青春的虚度。

次句，紧承上句所写的禁门边月过树梢之景，引出地面上仰首望景之人。"媚眼"说明望景之人是一位美貌少女。此刻在月光掩映下，她在专心看宿鹭的窠巢。此时月过宫树，飞鸟早已投林，她凝望鹭窠时可能在想：飞鸟还有归宿，还有"家庭"，它们还可以飞出禁门，在广阔的天地中游翔，而自己不知何时才能飞出牢笼，重回人间。一双媚眼所关注的，是充满了对自由的渴望，对幸福的憧憬。

结尾两句写从户外转向室内。宫女怀着惆怅的心情，从宫院

① 内人：指宫女。因皇宫又称大内，故宫女称内人。　② 禁门：宫门。　③ 宿鹭：指栖息的鹭鸟。窠（kē）：巢穴。　④ 红焰：指灯芯。

走回室内，走到灯烛旁边，突然从头上斜拔下玉钗。用玉钗剔开灯芯，救下扑过来的飞蛾。诗人以这两句设想她的内心活动：如果看到飞鸟归巢会感伤自己还不如飞鸟，那么，当她看到飞蛾投火会感伤自己的命运好似飞蛾，而剔开红焰，救出飞蛾，既是对飞蛾的一腔同情，也是出于自我哀怜。

题金陵渡^①

张祜

金陵津渡小山楼^②，一宿行人自可愁^③。
潮落夜江斜月里，两三星火是瓜洲^④。

【赏析】

这是首描写羁旅的七言绝句。诗人张祜夜宿镇江渡口时，面对长江夜景，抒写了在旅途中的愁思，表达了自己心中的寂寞凄凉。

起首两句，既扣题，又说明事件缘由。诗人行旅到金陵渡口，很有幸这里有个寄宿的"小山楼"，一夜的休息，自然解了旅途劳累的忧愁。起笔平淡而轻松，为下文营造了宁静致远的状态和意境。

第三句，诗人站在小山楼上远望夜江，只见天边月已西斜，江上寒潮初落。"斜"字，既有景，又点明时间——将晓未晓的落潮之际；与上句"一宿"呼应，暗中透露出行人那一宿不曾成寐的信息。忽见远处有几点星火闪烁，诗人不由随口吟出："两三星火是瓜洲。"那"两三星火"点缀在斜月朦胧的夜江之上，显得格外明亮。那个地方"是瓜洲"，与首句"金陵津渡"相应，使首尾应合。

① 金陵渡：古渡名，在今江苏省镇江市境。　② 津渡：渡口。小山楼：渡口附近小楼。诗人住宿之处。　③ 宿：过夜。行人：旅客。诗人自指。　④ 星火：形容远处三三两两像星星一样闪烁的火光。瓜洲：古地名，在今江苏省扬州市邗江区境。

382

全诗紧扣江（落潮、夜江）、月（落月、斜月）、灯火（渔火、星火）等景，以一"愁"字贯穿全篇。

近试上张水部 ①

朱庆余 ②

洞房昨夜停红烛 ③，待晓堂前拜舅姑 ④。
妆罢低声问夫婿，画眉深浅入时无 ⑤。

【赏析】

这首七言绝句是朱庆余在唐敬宗宝历年间参加进士考试前夕所作，是呈现给张籍的行卷诗。唐代士子在参加进士考试前，时兴"行卷"，即把自己的诗篇呈给名人，以希求其称扬和介绍给主持考试的礼部侍郎。朱庆余此诗投赠的对象，是时任水部郎中的张籍。

全诗以"入时无"三字为灵魂。起首两句，渲染典型新婚洞房的环境，明天还要去拜见公婆。结尾两句，写新娘很担心自己打扮得入不入时，能否讨得公婆欢心，所以最好先问问新郎她所画的眉是否合宜。如此精心设问寓意自明。诗篇以新妇自比，以新郎比张籍，以公婆比主考官，借以征求张籍的意见。选材新颖，视角独特，将自己能否踏上仕途与新妇紧张不安的心绪作比，寓意自明。

---

① 张水部：指张籍，曾任水部员外郎。水部：指水部司，为唐时工部所属四司之一。　　② 朱庆余，生卒年不详，名可久，字庆余，越州（今浙江省绍兴市）人，唐代诗人。唐文宗宝历二年（826年）进士，官至秘书省校书郎。朱庆余诗学张籍，擅长近体，诗意清新，描写细致，内容多写个人的日常生活。　　③ 停红烛：让红烛通宵点着。停，留置。④ 舅姑：公婆。　　⑤ 深浅：指浓淡。入时无：是否合时宜。这里借喻文章是否合适。

宫中词

朱庆余

寂寂花时闭院门①，美人相并立琼轩②。
含情欲说宫中事，鹦鹉前头不敢言。

【赏析】

这是一首写宫怨的七言绝句。诗篇含蓄地表达了宫女幽禁深宫的苦愁思绪。

起句，既写实景：静寂无声的皇宫，在本是生机勃发的春季，却紧闭宫门；又映射实情：皇宫气氛沉寂，本是花季怀春的美人，却被关在深宫中。达到了以美景反衬，而增添哀情的艺术效果，为诗篇定调了沉闷抑郁的情怀。"花时"，既表达时间是春季，又暗指正值美好年华的美人。

第二句两位主角出场，两位美人并立站在宫中走廊的台阶上。"并立"，表示了两人想彼此诉说什么。

第三句"含情欲说宫中事"，这是一个含情不吐、欲说又止的情景。可是读到最后一句"鹦鹉前头不敢言"才知道，原来这幅双美图始终是一幅无声的画，而这两位画中人从开始的欲言，最后无言，既不是因为感情微妙到难以言说，也不是因为事情隐秘到羞于开口，只是有所畏忌"不敢言"而已。那么，所含之情定是怨情，欲言之事一定不是乐事。

这首诗还有一个言外不尽之意。它最后说，两位美人之所以"不敢言"是因为在"鹦鹉前头"。然而鹦鹉虽会学舌，但并不会告密。这显然是个隐喻，隐含的是一个由宦官组成罗网密布的恐怖环境，生活在其中的宫人不但被夺去了青春和幸福，就连说话的自由也没有。

---

①寂寂：寂静无声。花时：百花盛开时节，常指春天。　②琼轩：廊台的美称。轩，长廊。

过华清宫①

杜牧②

长安回望绣成堆③，山顶千门次第开④。
一骑红尘妃子笑⑤，无人知是荔枝来。

【赏析】

杜牧路经华清宫抵达长安时，有感于唐玄宗、杨贵妃荒淫误国而作了这首七言绝句。传说杨贵妃喜欢吃荔枝，唐玄宗命人用快马从四川、广州给她运来。因路途遥远，致使许多差官累死、驿马跑死于路上。这首诗抨击了统治者不惜兴师动众、劳民伤财的骄奢淫逸和昏庸无道，以史讽今，警戒后世。前两句为背景铺垫，后两句为诗歌主旨。

首句写在长安回首南望华清宫所见的实景。诗人在京城眺望骊山，山顶上佳木葱茏，花繁叶茂，无数层叠有致、富丽堂皇的建筑群掩映其间，宛如一堆锦绣。由此景而发对历史事件的感慨。

第二句是想象中的历史事件画面的重现。"山顶千门"指从骊山山顶的深宫至外的宫门按次序打开。隐含设问，宫门次第打开是为了什么事？

① 华清宫：唐时宫殿，故址在今陕西省西安市临潼区骊山，是唐玄宗与杨贵妃游乐处。　② 杜牧（803—852），字牧之，号樊川居士，京兆万年（今陕西省西安市）人。唐代诗人、散文家，唐宪宗时宰相杜佑之孙。唐文宗大和二年（828年）中进士，历任弘文馆校书郎、江西观察使幕、淮南节度使幕、观察使幕、国史馆修撰，膳部、比部、司勋员外郎，黄州、池州、睦州刺史等职。因晚年居长安南樊川别墅，故后世称"杜樊川"，著有《樊川文集》。杜牧的诗歌以七言绝句著称，内容以咏史抒怀为主。与李商隐并称"小李杜"。　③ 绣成堆：指花草林木和建筑物像一堆堆锦绣。　④ 次第：按顺序，一个接一个。　⑤ 骑（jì）：一人一马。

第三、四句"一骑红尘妃子笑，无人知是荔枝来"是给出了第二句设问的答案。原来是为了接给杨贵妃送荔枝的快马，当她看见"一骑红尘"奔驰而至，知是供口腹享受的荔枝到了，故满意而"笑"。而世人却以为这是来传送紧急公文，谁想到马上所载的是来自涪洲的鲜荔枝呢！诗的结句显志，暗示了"安史之乱"的祸根。第三句是这首诗的中心句，"一骑红尘"，骑马飞奔把千辛万苦赶送鲜荔枝的差官，仅是为了"妃子笑"。这是隐含地以西周末期周幽王为博褒姒一笑"烽火戏诸侯"，最终导致国破身亡的历史典故映射唐玄宗宠爱杨贵妃造成的"安史之乱"。寓意精深，含蓄蕴藉。

诗人既未写"安史"乱起、玄宗仓皇出逃、马嵬坡演出悲剧的惨状，也没有罗列玄宗游乐疏政、骄奢淫逸的生活现象，而是把千里送荔枝博取贵妃一笑这样一件"小事"突现出来。体现了以大见小的艺术手法。

将赴吴兴登乐游原①

杜牧

清时有味是无能②，闲爱孤云静爱僧。
欲把一麾江海去③，乐游原上望昭陵④。

【赏析】

这首七言绝句于唐宣宗大中四年（850 年）杜牧将离长安到吴兴（今浙江省湖州市）任湖州刺史时所作。杜牧颇有政治才

---

① 吴兴：唐郡名，治所在今浙江省湖州市。乐游原：唐时为游览胜地，故址在今陕西省西安市境。 ②无能：无所作为。 ③把：持握。麾（huī）：古代指挥用的旌旗。这里指出任地方官的符节。江海：今浙江省湖州市北面是太湖和长江，东南是东海，故到湖州可说去江海。 ④昭陵：唐太宗的陵墓。

能，一心想报效国家。他曾在京都长安任吏部员外郎，事务清闲。他不想这样无所事事地虚度年华，所以请求外放，得到批准后，便写作这首诗表达心情。

前两句写出诗人在京都任职时的状态。首句称其时为"清时"，只能感觉到自己无所作为。无聊之际，只能像孤云那样到处游览，最爱到古寺与僧人一起静坐参禅，以此来排遣时光。

后两句写被外任的心情。诗人终于被批准外任江南，所以想手持旌麾，远去江南做一番事业。临行时，诗人登上乐游原，远远看到唐太宗的昭陵，不禁想起盛唐的气势，对比当前国家衰败的局势，心中发出生不逢时的感叹。

全诗采用"托事于物"的兴体写法，以登乐游原起兴，以望昭陵戛止，写得既深刻，又简练；既沉郁，又含蓄。表达了诗人对国家的热爱，对盛世的追怀，对自己无所施展的悲愤。

江南春

杜牧

千里莺啼绿映红，水村山郭酒旗风 ①。
南朝四百八十寺 ②，多少楼台烟雨中 ③。

【赏析】

杜牧生活于藩镇割据、宦官专权、朋党斗争的晚唐时代。唐宪宗当政期间，削弱了藩镇势力，重振了朝廷权威，取得一些成就，就自以为立下不朽之功，信仙好佛，寻求长生。后继的穆宗、敬宗、文宗照例提倡佛教，僧尼之数持续上升，寺院经济持

---

① 山郭：山村。郭，外城。酒旗：即酒帘。酒店的标志。　　② 南朝：南北朝时，南方先后与北朝对峙的宋、齐、梁、陈政权。四百八十寺：南朝皇帝和官僚好佛，在京城大建佛寺。这里说四百八十寺，是虚数。
③ 楼台：楼阁亭台。此处指寺院建筑。

続发展，削弱了政府的实力，加重了国家的负担。杜牧来到江南后，不禁想起当年南朝，尤其是梁朝事佛的虔诚，到头来是一场空，不仅没有求得长生，反而误国害民。这首七言绝句既是咏史怀古，也是对唐王朝统治者委婉的劝诫。

起句，展现了江南大自然风光。这里到处是莺啼，无边的绿叶映衬着鲜艳的红花。这种生机勃勃的景色自然是江南特有的。次句写了江南独特的地形风貌，临水有村庄，依山有城郭，在春天的和风中，酒旗在轻轻地招展。这是多么明丽的江南啊！

结尾两句，在春天的微雨中，则另有一番风光。在山明水秀之处，还有南朝遗留下来的数以百计的佛寺。这些金碧辉煌、屋宇重重的佛寺，被迷蒙的烟雨笼罩着，若隐若现，似有似无，给江南的春天更增添了朦胧迷离的色彩。"四百八十"是虚数，不是实指，突出佛寺之多，讽刺了唐朝皇帝的好大喜功。

赤 壁①

杜牧

折戟沉沙铁未销②，自将磨洗认前朝③。
东风不与周郎便④，铜雀春深锁二乔⑤。

【赏析】

这首七言绝句是诗人杜牧经过赤壁古战场，有感于东汉末的

---

① 赤壁：古地名，为东汉末孙刘联军战曹操处，故址在今湖北江夏区赤矶山一带。　②折戟（jǐ）：折断的戟。戟，古代兵器。销：销蚀。
③ 将：拿起。磨洗：磨光洗净。认前朝：认出戟是东吴破曹时的遗物。
④ 东风：指火烧赤壁。周郎：指周瑜，字公瑾，东汉末年孙权帐下大都督，赤壁之战主要人物。　⑤铜雀：即铜雀台，曹操在今河北临漳县建造的一座楼台，为其暮年行乐处。二乔：东吴乔公的两个女儿，一嫁孙权之兄孙策，称大乔；一嫁周瑜，称小乔。

英雄成败而作。汉献帝建安十三年（208年）十月的赤壁之战，是形成三国鼎立的历史形势决定性战役，最终是孙、刘联军击败了曹军。三十四岁的孙吴统帅周瑜，是这次战役中的头号风云人物。杜牧通晓政治军事，对当时唐王朝与藩镇、汉族与吐蕃的斗争形势，有相当的了解，曾经向朝廷提出过一些有益的建议，均未被采纳。诗人托物咏史，抒发自己胸怀大志而不被重用的抑郁不平之气。

"折戟沉沙铁未销，自将磨洗认前朝"，意思是：折断的战戟沉在泥沙中并未被销蚀，自己将它磨洗后认出是前朝遗物。这两句描写看似平淡实为不平。沙里沉埋着断戟，点出了此地曾有过的历史风云。战戟折断沉沙却未被销蚀，暗含着岁月流逝而物是人非之感。看着前朝的遗物引发了作者浮想联翩的思绪，为后文抒怀做了铺垫。

"东风不与周郎便，铜雀春深锁二乔"，意思是：倘若当年东风不帮助周瑜使用火攻的话，有可能曹军就会取胜，东吴的二乔就会被掳走，幽禁在曹操修筑铜雀台的深宫中，供自己取乐。在赤壁战役中，周瑜是用火攻战胜了在军队数量上超过己方的曹军，而火攻需要借助风势，在决战时，恰好刮起了东风，适时的东风成为决定战争胜败的关键。"东风不与周郎便"是作者抒发自己怀才不遇的中心句，"东风"，也暗指孙吴君主孙权的知人善任，对周瑜的充分信任和授权。诗作从写法上不正面来描写周瑜取得的胜利，却从反面落笔，描绘两个东吴有身份和地位的美女将要承受的命运。"春深"强化了风流韵味，"锁"有金屋藏娇之意，更突出了失败者遭受的耻辱感。通过极其有力的反跌，显得更有情致。在这首诗中，作者通过"铜雀春深"这一富于形象性的诗句，即小见大，显示了艺术设想的独特之处。

泊秦淮 ①

杜牧

烟笼寒水月笼沙，夜泊秦淮近酒家。
商女不知亡国恨 ②，隔江犹唱后庭花 ③。

【赏析】

杜牧生活在唐朝后期，当时藩镇拥兵自固，边患频繁，杜牧深感唐王朝危机四伏，很是忧虑。诗人夜泊于秦淮，眼见灯红酒绿，耳闻淫歌艳曲，触景生情，想到唐朝国势日衰，当权者昏庸荒淫，便感慨万千，作下这首七言绝句。诗中借南朝陈后主因追求荒淫享乐终至亡国的历史，讽刺那些不从中汲取教训而醉生梦死的晚唐统治者，表现了诗人对国家命运的关怀和忧虑。

首句写秦淮夜景。河岸边，水上薄雾弥漫，月光照着白沙滩。诗人运用互文的修辞，以两个"笼"字将烟、水、月、沙四者融为一景，绘出一幅淡雅而神秘的水边夜色。第二句"夜泊秦淮"既明确事件、时间及地点，又照应题目。而"近酒家"三字又为下文做了铺垫，因"近酒家"，才引出"商女""亡国恨"和"后庭花"，也由此触动了诗人的情怀。

第三、四句抒发感慨。从字面上看是批评歌女不明白亡国之恨，而实际上是借南朝陈后主之曲，讽刺那些沉溺于歌舞升平而"不知"国之将亡的统治者。"隔江"二字，承上句"亡国恨"故事而来，指当年隋兵陈师江北，一江之隔的南朝小朝廷危在旦夕，而陈后主依然沉湎声色。"犹唱"二字意味深长，巧妙地将

---

①泊：船靠岸，停船。秦淮：即秦淮河，在今江苏南京市、句容市一带。
②商女：以卖唱为生的歌女。　　③后庭花：歌曲《玉树后庭花》的简称。指当年隋兵陈师江北，一江之隔的南朝小朝廷危在旦夕，而陈后主依然沉湎声色。作此曲与后宫美女寻欢作乐，终致亡国，所以后世称此曲为"亡国之音"。

历史、现实和想象中的未来联系起来，含蓄地表达出诗人对历史的深刻思考，对现实的讽刺，以及对未来的深切忧思。

寄扬州韩绰判官 ①

杜牧

青山隐隐水迢迢 ②，秋尽江南草未凋。
二十四桥明月夜，玉人何处教吹箫？

【赏析】

这是一首酬赠七言绝句。杜牧在任淮南节度使掌书记时，与韩绰是同僚，二人都是豪迈风流之人，扬州在唐代是长江中下游繁荣的都会，他们常相伴出没于青楼倡家。后杜牧被调回京都任监察御史，回到长安后写诗寄赠韩绰。

起首两句刻画远景：青山绵绵起伏隐于天际，江水如带，悠长深远，"隐隐"和"迢迢"两个叠词，既画出了秀丽的江南风貌，也暗示着诗人与友人之间山遥水长的空间距离，表达出对在江南生活的思念。相比北方深秋的萧条冷落，江南的草木却还未凋谢，依旧生机盎然。因而诗人格外眷恋江南的青山绿水，越发怀念远在热闹繁华之乡的故人。

结尾两句，明月笼罩下的小桥，正是佳人才子向往的相会之处。二十四桥，一说扬州城里原有二十四座桥；一说是吴家砖桥，因古时有二十四位美人吹箫于桥上而得名。"玉人"，既是形容美丽洁白的女子，又比喻风流俊美的才子，此处借指韩绰。诗人本是问候友人近况，却故意用玩笑的口吻与韩绰调侃，问他当此深秋时节，每夜在何处教妓女吹箫取乐。以此可想象出韩绰风

---

① 韩绰（chuò）：其人事考据不详。判官：唐代节度使、观察使、防御使均置判官，为地方长官的僚属，辅理政事。　　② 迢迢（tiáo）：指江水悠长。

流倜傥的才貌，更显出两人亲昵深厚的友情。在明月下的小桥上，"玉人"吹出的箫声回荡在江南的秋夜，这样优美的意境早已超出了与朋友调笑的本意，唤起的联想不是风流才子的放荡生活，而是对江南风光的无限向往。

赠别二首

杜牧

其一

娉娉袅袅十三余^①，豆蔻梢头二月初^②。
春风十里扬州路^③，卷上珠帘总不如。

其二

多情却似总无情，唯觉樽前笑不成^④。
蜡烛有心还惜别，替人垂泪到天明。

【赏析】

这两首七言绝句是诗人杜牧在唐文宗大和九年（835年），调任监察御史，离开扬州赴长安时，与结识的歌妓分别之作。能将自己的放浪行为袒露出来，表现了诗人的真诚直率。

第一首重在赞颂对方的美丽，引起惜别之意。第一句中"娉娉袅袅"是身姿轻盈美好的形态，"十三余"指女子的芳龄（十三四岁）；第二句中"二月初"的豆蔻花正是"含胎花"，以此来比喻歌女的青春美貌。而花在枝"梢头"，随风颤袅者，当

---

① 娉娉（pīng）袅袅：形容姿态轻柔美好。　② 豆蔻（kòu）：多年生草本植物，产于岭南之地。南方人摘其含苞待放者，称为含胎花，常用来比喻处女。后因称十三四岁女子为豆蔻年华。梢头：树枝的顶端。这里喻含苞待放。　③ 春风十里：指长长的繁华街道。　④ 樽：古代盛酒的器具。

尤为可爱。所以"豆蔻梢头"又合应了"娉娉袅袅"四字。写出了人似花美，花因人艳。

当时诗人要离开扬州，"赠别"的对象就是他在失意时结识的一位扬州歌妓。所以第三句写到"扬州路"。"春风"句意兴酣畅，渲染出大都会富丽豪华气派，使人如睹十里长街上，车水马龙，花树繁茂，歌台舞榭密集，美女如云。"卷上珠帘"则看得见"高楼红袖"。而扬州路上不知有多少珠帘，所有帘下不知有多少红衣翠袖的美人，但"卷上珠帘总不如"！不如谁？含吐不露。"卷上珠帘"，不但使"总不如"的结论更形象、更有说服力，而且将扬州珠光宝气的繁华气象一并传出。诗人以压低扬州所有美人来突出一人之美，有众星拱月的效果。

杜牧此诗，从意中人写到花，从花写到春城闹市，从闹市写到美人，最后又烘托出意中人。

第二首诗写惜别。诗人爱得太深、太多情，以至使他觉得，无论用怎样的方法，都不足以表现出内心的多情。别筵上，凄然相对，像是彼此无情似的。越是多情，越显得无情，这是情人离别时最真切的感受。"唯觉樽前笑不成"，要写离别的悲苦，他又从"笑"字入手。一个"唯"字表明，诗人是多么想面对情人，举樽道别，强颜欢笑，使所爱欢欣！但因为感伤离别，却挤不出一丝笑容来。想笑是由于"多情"，"笑不成"是由于太多情，不忍离别而事与愿违。这种看似矛盾的情态描写，把诗人内心的真实感受，说得委婉尽致，极有情味。

第三句诗人借告别宴上燃烧的蜡烛抒情。诗人带着极度感伤的心情去看周围的世界，于是眼中的一切也就都带上了感伤色彩。"蜡烛"本是有烛芯的，所以说"蜡烛有心"；而在诗人的眼里烛芯却变成了"惜别"之心，把蜡烛拟人化。在诗人的眼里，它那彻夜流溢的烛泪，就是在为男女主人的离别而伤心。"替人垂泪到天明"，"替人"二字，使意思更深一层。"到天明"又点出了告别宴饮时间之长，这也是诗人不忍分离的一种表现。

遣 怀①

杜牧

落魄江南载酒行②，楚腰肠断掌中轻③。
十年一觉扬州梦④，赢得青楼薄幸名⑤。

【赏析】

这首七言绝句是杜牧感慨人生、自伤怀才不遇之作。诗句表面上是抒写自己对往昔扬州幕僚生活的追忆与感慨，实际上发泄自己对现实的满腹牢骚，对自己处境的不满。

起首两句是昔日扬州生活的回忆。潦倒江湖，以酒为伴；秦楼楚馆，美女娇娃，过着放浪形骸的浪漫生活。诗人运用两个典故，都是夸赞扬州妓女之美，但"落魄"透露出诗人很不满于自己沉沦下僚、寄人篱下的境遇，因而他对昔日放荡生涯的追忆，并没有一种惬意的感觉。

结尾两句，"十年一觉扬州梦"，这是诗人发自内心的慨叹。"十年"和"一觉"在句中相对，有"很久"与"极快"的鲜明对比感，更加显示出诗人感慨情绪之深。而这感慨正是"扬州梦"：往日的放浪形骸，沉湎酒色，表面上的繁华热闹，骨子里的烦闷抑郁，是痛苦的回忆，又有醒悟后的感伤。这就是诗人所"遣"之"怀"。忽忽十年过去，那扬州往事不过是一场梦而已。

---

① 遣怀：抒发情怀，解闷散心。　② 落魄：困顿失意、放浪不羁的样子。杜牧早年在洪州、宣州、扬州等地做幕僚，一直不得意。载酒行：装运着酒漫游。意指沉浸在酒宴之中。　③ "楚腰"句：指扬州歌女体态苗条。楚腰，指美人的细腰。春秋时楚灵王喜欢细腰美女，宫中女子就束腰忍饥以求腰细。肠断：形容极度悲痛。掌中轻：相传汉成帝皇后赵飞燕身体轻盈，能在掌上翩翩起舞。　④ 扬州梦：诗人曾随牛僧孺出镇扬州，常出入青楼，后分务洛阳，追思感旧。　⑤ 薄幸：薄情、负心。

"赢得青楼薄幸名"，最后竟连自己曾经迷恋的青楼也责怪自己薄情负心。"赢得"二字，调侃之中含有辛酸、自嘲和悔恨的感情。

山 行①

杜牧

远上寒山石径斜②，白云深处有人家。
停车坐爱枫林晚③，霜叶红于二月花④。

【赏析】

这是一首写风景的七言绝句。诗人通过描写和赞美深秋山林景色，表达出自己超脱豪放的心境，及对大自然的喜爱之情。

起句，写一条小石路弯弯曲曲地伸向充满秋意的山峦。"寒"字点明深秋时节，"远"字写出山路绵长，"斜"字照应句首的"远"字，写出高而缓的山势。

次句，写山行时所见的远处风光。"有人家"三字使人联想到炊烟袅袅、鸡鸣犬吠，从而感到深山充满生气，没有一点儿死寂的恐怖。

第三句，一个"晚"字，既点明前两句是白天所见，后两句则是傍晚之景；又因傍晚的晚霞和红艳的枫叶互相辉映，枫林才格外美丽；诗人流连忘返，到了傍晚，还舍不得登车离去，足见他对红叶喜爱之极。

第四句是全诗中心句，前三句的描写都是在为这句铺垫和烘托。诗人以"红于"二字点缀霜叶，则是春花所不能比拟的，不仅仅是色彩更鲜艳，而且更能耐寒，经得起风霜考验。

---

① 山行：在山中行走。　　② 远上：指登上远处的。寒山：深秋季节的山。石径（jìng）：石子的小路。斜（xiá）：倾斜。　　③ 车：轿子。坐：因为。枫林晚：指傍晚时的枫树林。　　④霜叶：枫树叶经深秋寒霜之后变成了红色。红于：比……更红。

这首诗不只是即兴咏景，而且也是咏物言志，是诗人内在精神世界的表露，志趣的寄托，因而能给人启迪和鼓舞。

秋 夕

杜牧

银烛秋光冷画屏①，轻罗小扇扑流萤②。
天阶夜色凉如水③，卧看牵牛织女星。

【赏析】

这是一首写宫怨的七言绝句。诗人杜牧描写一名孤单的宫女，于七夕之夜，仰望天河两侧的牛郎织女，不时扇扑流萤，排遣心中寂寞，反映了宫廷妇女不幸的命运，表达了一位宫女百无聊赖的苦闷心情。

起首两句描绘出一幅深宫生活的图景。在一个秋天晚上，银白色蜡烛散发出微弱的光，给屏风上的图画添了几分暗淡而幽冷的色调。"冷"字，暗示寒秋气氛，又衬出主人公内心的孤凄。这时，一个孤单的宫女正用小扇扑打着飞来飞去的萤火虫。"轻罗小扇扑流萤"，这句很含蓄，宫女居住的庭院里竟有流萤飞动，宫女生活的凄凉可想而知。她无事可做，只好以扑萤来消遣她那孤独的时光。

结尾两句，"凉如水"三字，写宫女夜深仍不能眠，以待临幸。以天阶如水，暗喻君情如冰。夜已深沉，寒意袭人，该进屋去睡了。可是宫女依旧坐在石阶上，仰视着天河两旁的牵牛星和织女星。牵牛织女的故事触动了她的心，使她想起自己不幸的身世，也使她产生了对真挚爱情的向往。

---

①画屏：绘制着图画的屏风。　②轻罗小扇：轻巧的丝质团扇。流萤：飞动的萤火虫。　③天阶：露天的石阶。

金谷园 ①

杜 牧

繁华事散逐香尘 ②，流水无情草自春。
日暮东风怨啼鸟，落花犹似坠楼人 ③。

【赏析】

这是一首即景抒情的七言绝句。描写了诗人路过西晋官员石崇的宅地金谷园，感慨古今人事变迁而抒发的吊古情怀。

"繁华事散逐香尘"，看着荒芜的金谷园，想起了此地主人石崇无论多么富有，生活多么奢侈，都会随着人事消亡而成为历史的遗迹。"流水无情草自春"，"流水"指流经金谷园东南的河水。无论人间多么沧桑，但流水照样潺潺，春草依然碧绿，它们对人事的变迁似乎毫无感触。前两句通过写景感叹世事的变化。

"日暮东风怨啼鸟，落花犹似坠楼人"，诗人站在园中遐想，不觉已近黄昏，忽然听到东风传送来悲戚的鸟鸣声。春天本是花香鸟唱的美好季节，而诗人因感叹世事无常而心生愁绪，却用"怨"字蒙上一层凄凉感伤的色彩。此时，一片片落花又映入诗人的眼帘。诗人把金谷园落花飘然下坠的形象，与曾在此处发生过的绿珠坠楼而死联想到一起，寄寓了无限同情。"犹"字透露出诗人的追念、怜惜之情！绿珠，作为权贵们的玩物，她与落花一样，不能掌控自己的命运。诗人的这一联想，不仅是"坠楼"与"落花"形式上有可比之处，而且揭示了绿珠这个人和"花"在命运上有相通之处。比喻贴切自然，意味深长。

---

① 金谷园：西晋官员石崇的宅第，故址在今河南省洛阳市。 ② 香尘：沉香之屑。石崇为教练家中舞伎步法，以沉香屑铺象牙床上，使她们踩踏，无足迹者赐以珍珠。暗示了石崇生活的奢侈。 ③ 坠楼人：指西晋石崇爱妾绿珠，大臣孙秀想占有她，石崇怒而不给，孙秀便在赵王司马伦前陷害石崇，石崇被捕。绿珠跳楼而死。

清 明

杜牧

清明时节雨纷纷①，路上行人欲断魂②。
借问酒家何处有③？牧童遥指杏花村④。

【赏析】

这是一首记行的七言绝句，当作于杜牧任池州刺史期间。诗篇通过描写作者清明节出行遭遇降雨，抒发了在雨中行路的愁苦烦闷情绪。

首句点题，写诗人清明节出行在路上，正赶上天降春雨。清明节是春夏交际的节气，天气多变，有时阳光明媚，有时阴雨绵绵。清明节下雨有个专名叫作"泼火雨"，清明节前两天是寒食节，农俗要禁火三天，"雨纷纷"正表现了清明"泼火雨"的精神。"纷纷"既形容春雨多而密；也是寓情于景，形容人凄迷纷乱的情绪。次句写诗人的心境，"路上行人"，即走在路上的诗人。中国旧俗，清明节是家人团聚，一起上坟祭扫，或踏青游春。而此时诗人孤身冒雨赶路，衣衫被雨水打湿，身心疲惫。"断魂"，抒发了诗人内心凄迷烦闷至极的心情。

诗人满怀愁绪，在雨中疲惫行走，很想在附近找个酒家，一来歇脚避雨，二来饮酒解寒，来借酒驱散心中的愁绪。于是他问路了："借问酒家何处有？"问的是谁。末句"牧童遥指杏花村"，"牧童"，既是本句主语，又是补充上句"借问"的宾词。"遥"，不是指酒家距离遥远，而是说牧童和诗人的遥相呼应。牧童以行动代替语言回答所问，诗人顺着他手指的方向望去，只见在一片开满杏花的杏林深处，隐隐约约露出了一村落。

———————

① 清明：二十四节气之一，在阳历四月五日前后。纷纷：形容春雨多而密。　② 断魂：神情凄迷，烦闷不乐。　③ 借问：请问。　④ 杏花村：杏花深处的村落。在今安徽省池州市境。

旅 宿

杜 牧

旅馆无良伴 ①，凝情自悄然 ②。

寒灯思旧事，断雁警愁眠 ③。

远梦归侵晓 ④，家书到隔年。

沧江好烟月 ⑤，门系钓鱼船。

【赏析】

这是一首羁旅怀乡的五言律诗，作于诗人杜牧在江西任职期间。诗人离家已久，客居旅馆，没有知音，家书传递也很困难，在凄清的夜晚不禁怀念起自己的家乡。

首联直接破题。诗人离家久远，独在异乡，没有知音。此时宿夜旅馆中，孤客对寒灯，浓厚深沉的思乡之情油然而生，陷入了深深的忧郁之中。

颔联诗人托情于物，描绘出一幅寒夜孤客思乡图景。寒夜孤灯陪伴孤客，思念故乡旧年往事，失群孤雁声声鸣叫，羁旅之人深愁难眠。"思""警"极富炼字功夫。寒夜灯烛不灭，说明人在沉思还未入睡，"思"字活现了烛光下的孤独思乡人。"警"字也极富情味。长夜愁思已久，睡意蒙眬，一声雁叫，引孤客惊梦，更使愁思难收。

颈联转用虚实结合，表达出诗人因愁思难耐、归家无望而生出的怨恨。故乡远在千里，只能梦中相见，也许是短梦，也许是长梦，但梦中醒来却已到天明。字里行间，流露出梦短情长的幽怨。而这一切又都由于"家书到隔年"的实际情况。

尾联，诗人以想象勾勒出家乡美丽的生活图景。沧江烟霭，

---

①良伴：好朋友。　②凝情：凝神沉思。悄然：忧伤。　③断雁：失群之雁。这里指失群孤雁的鸣叫声。警：惊醒。　④侵晓：破晓。
⑤沧江：泛指江河。好烟月：指隔年初春的美好风景。

云霞明灭，月色溶溶，家门外系着钓鱼船，一幅优美宁静祥和的家乡风光图景。画面中虽然没有人物，但一条静静地系于家门外的钓鱼船却让人产生丰富的联想。面对这样一幅画面，谁人不梦绕魂牵，更何况旅宿在外的诗人呢！家乡远隔千里，旅人归思难收，如此优美的家乡风光图景非但没有给诗人以慰藉，反而加深了诗人的思乡愁苦。

秋日赴阙题潼关驿楼 ①

许浑 ②

红叶晚萧萧 ③，长亭酒一瓢 ④。
残云归太华 ⑤，疏雨过中条 ⑥。
树色随山迥 ⑦，河声入海遥。
帝乡明日到 ⑧，犹自梦渔樵 ⑨。

【赏析】

这是一首记行五言律诗。诗人许浑从故乡润州丹阳（今江苏省丹阳市）第一次到长安去，途经潼关，被其山川形势和自然景色深深吸引，于是写下这首诗。

---

① 阙（què）：本义古代皇宫大门前两边供瞭望的楼。这里指唐都长安。潼关：古关隘名，在今陕西省潼关县境。　② 许浑，字用晦，润州（今江苏省镇江市）人，唐代诗人。文宗大和六年（832 年）进士及第，历任当涂、太平令，监察御史、润州司马、虞部员外郎，睦、郢二州刺史。许浑专攻律体，题材以怀古、田园诗为主，艺术则以偶对整密、诗律纯熟为特色。　③ 萧萧：象声词。形容草木摇落声。　④ 长亭：古时道路每十里设长亭，供行旅停息。　⑤ 太华：即西岳华山，在今陕西省华阴市一带。　⑥ 中条：山名，在今山西省运城市境。⑦ 迥（jiǒng）：远。　⑧ 帝乡：京都，指长安。　⑨ 梦：向往。渔樵：这里指闲适逍遥的隐居生活。

　　首联描绘出一幅秋日行旅图。"红叶晚萧萧"，深秋的晚风迎面吹来，红叶在风中萧萧作响。流露出诗人一丝悲凉的意绪。"长亭酒一瓢"，诗人坐在长亭中举杯畅饮，并欣赏着秋景。

　　颔联，诗人极目远望，南面是主峰高耸的西岳华山；北面隔着黄河，又能看到连绵苍莽的中条山。残云归山，意味着天将放晴；疏雨乍过，给人一种清新之感。从写景看，诗人拿"残云""归"字来点染华山，又拿"疏雨""过"字来烘托中条山，在浩茫无际的沉静中显出一抹飞动的意趣。

　　颈联，诗人又看苍苍树色，随关城一路远去。关外便是黄河，它从北面奔涌而来，在潼关外猛地一转，径向大海冲去。一"遥"字，刻画出诗人站在高处远望倾听的神情。

　　尾联，说本来离"帝乡"京都长安不过一天路程，应该想着到长安后要如何作为。可诗人却说："我仍然向往着故乡的渔樵生活呢！"含蓄地表达了他并非专为追求名利而来，表明了诗人淡泊飘逸的心境。

早　秋

许浑

遥夜泛清瑟 ①，西风生翠萝 ②。
残萤栖玉露 ③，早雁拂金河 ④。
高树晓还密 ⑤，远山晴更多。
淮南一叶下 ⑥，自觉洞庭波 ⑦。

---

① 遥夜：长夜。泛：流荡，弥漫。清瑟：清细的瑟声。瑟，古代拨弦乐器。　　② 萝：藤蔓植物。　　③ 栖玉露：萤火虫栖息在沾着露珠的草叶上。　　④ 拂：掠过。金河：即银河。古代五行学家称秋天为金，故称秋天的银河为金河。　　⑤ 还密：树木尚未凋零。　　⑥ 一叶下：化用《淮南子·说山训》："以小明大，见一叶落，而知岁之将暮"。　　⑦ 洞庭波：化用屈原《楚辞·九歌·湘夫人》："袅袅兮秋风，洞庭波兮木叶下"。

【赏析】

这是一首描写早秋景物的咏物五言律诗。全诗句句写的是表现初秋特色的景物,诗人以俯视、仰视、近看、远望的视角排布,又用两个写秋景的典故"涂抹"出背景,将身世感叹暗喻其中,描绘出了一幅生动的早秋景物画卷。诗篇主旨明确,清新优美,极具高超的写意艺术。

首联和颔联写夜景。长夜里气温清凉,微微的西风穿梭在绿色萝叶间。"遥"字写出了秋夜特点,夏季昼长夜短。进入秋天,就变成昼短夜长。"泛清瑟"是写诗人的听觉,在寂静的夜里,似乎听到有清细的瑟声,仔细辨别,这声音原来是翠萝间生起的秋风之声。秋风从"翠萝"中生出,使人感到凉爽、清新。"残萤栖玉露"是写俯视所见。说"玉露"而不说"寒露",说明季节是初秋。"早雁拂金河"是写仰望所见,点点雁影掠过初秋的银河。不说"银河"而说"金河",是借用"金"字在五行学说中与"秋"的对应关系,点明季节,点出此时银河的清丽明澈。

颈联写昼景。夜过天明,高大树木的树叶依旧繁密,这是由于初秋时节,气候尚未变冷。这句仍是紧扣"早秋"特色。"远山晴更多",气候虽未变冷,但毕竟已是秋天,天高气爽,所以晴空下的远山显得轮廓分明,山色清晰。这两句,前句写近景,后句写远景,呈现出了初秋的山野景色。

尾联连用两个有关早秋的典故,为秋光增色。可说是画龙点睛之句,本来没有感情色彩的早秋画面,有了这两句,就赋予了浓厚的浪漫情感。

锦 瑟

李 商 隐 ①

锦瑟无端五十弦②，一弦一柱思华年③。
庄生晓梦迷蝴蝶④，望帝春心托杜鹃⑤。
沧海月明珠有泪⑥，蓝田日暖玉生烟⑦。
此情可待成追忆，只是当时已惘然⑧。

【赏析】

　　李商隐长期在"牛李党争"的政治夹缝中生存。唐宣宗时，李商隐作为李德裕的幕僚受到贬黜，而此时爱妻王氏也去世，使

---

① 李商隐（813—858），字义山，号玉溪，又号樊南生，祖籍怀州河内（今河南省沁阳市），出生于郑州荥阳（今河南省荥阳市），唐代诗人。唐文宗开成二年（837年），李商隐登进士第，曾任秘书省校书郎、弘农尉等职，因被卷入"牛李党争"而备受排挤，一生困顿不得志。李商隐擅长诗歌写作，和杜牧合称"小李杜"，与温庭筠合称为"温李"。其诗构思新奇，风格绮丽、精巧，尤其是一些爱情诗和无题诗写得缠绵悱恻，优美动人，广为传诵。　②《周礼·乐器图》："雅瑟二十三弦，颂瑟二十五弦，饰以宝玉者曰宝瑟，绘文如锦者曰锦瑟。"《汉书·郊祀志上》："泰帝使素女鼓五十弦瑟，悲，帝禁不止，故破其瑟为二十五弦。"③ 华年：青年时代。　④ "庄生"句：《庄子·齐物论》载，庄子梦中幻化为栩栩如生的蝴蝶，忘记了自己原来是人，醒来后才发觉自己仍然是原来的自己。　⑤ "望帝"句：约公元前666年前的春秋时代，杜宇称王于蜀，相思于大臣鳖灵的妻子，望帝以其功高，禅位于鳖灵。在这之后，望帝修道，处西山而隐，化为杜鹃鸟，至春则啼，滴血则为杜鹃花。这声声啼叫是杜宇对那个魂牵梦绕佳人的呼唤。　⑥ "沧海"句：《博物志》记载"南海外有鲛人，水居如鱼，不废绩织，其眼泣则能出珠"。⑦ 蓝田：山名，在今陕西省蓝田县境，是有名的产玉之地。　　⑧ 惘（wǎng）然：心中若有所失的样子。

他更加悲伤抑郁。于是写就这首七言律诗，一为悼念亡妻，其次期许自己淡化政治，回归自然。全诗大量借用典故，采用比兴手法，运用联想与想象，追忆了自己的青春年华，伤感自己不幸的遭遇，寄托了悲慨、愤懑的情感。

首联，诗人运用素女鼓弦的典故，暗喻诗人自己与众不同，别人之瑟仅三弦、五弦，而自己的却有五十弦之多，真是得天独厚之才。"无端"即"没来由，无缘无故"，隐隐散发着悲伤之感，奠定全诗的情感基调。"一弦一柱"即"一音一节"，音律繁复，平添思绪，与妻子风花雪月的美好过往，不禁浮现在眼前，表达了诗人对亡妻的悼念以及美好曾经的怀恋。

颔联上句，诗人运用庄周梦蝶的典故，美好的幻境犹如自己与妻子曾经的美好生活。可惜流年似水，往事如烟，流露出诗人真挚浓烈的深思。下句运用杜鹃啼血的典故，用蜀望帝杜宇对佳人的呼唤，"托"字，进一步表达出诗人对妻子的思念，以及妻子离去难以排解的凄楚情怀。

颈联，诗人运用沧海珠泪、良玉生烟的典故，"珠""玉"乃诗人自喻，不仅喻才能，更喻德行和理想。诗人借这两个形象，比喻自己空有报国之志，可惜漂泊半生，始终没能施展。

尾联，"此情"总揽所抒之情，"成追忆"与"思华年"相呼应。诗人为求仕途，长期漂泊在外，只留妻子照料家庭，还未显贵，妻子却已病逝，追忆往事之余表达出诗人对亡妻的歉疚。漂泊半生，前途仍旧渺茫，落寞之余，也使诗人看清现实，不再固执于仕途，愿意回归自然。

404

霜 月

李 商 隐

初闻征雁已无蝉^①，百尺楼高水接天^②。
青女素娥俱耐冷^③，月中霜里斗婵娟^④。

【赏析】

这首七言绝句是诗人在深秋月夜，登楼远眺时所作。诗人写深秋月夜景色，没有静态描写，而借神话传说婉言月夜冷艳之美。首句以物候变化说明霜冷长天，深秋已至。次句言月华澄明，天穹高迥。第三、四句写超凡神女，争美竞妍。

诗人的笔触完全在空际点染盘旋，诗境如海市蜃楼，弹指即逝。诗篇描述的形象是幻想和现实交织在一起而构成的完美整体。"初闻征雁已无蝉，百尺楼高水接天"，是实写环境背景。秋深了，树枝上已听不到蝉鸣，空旷的长空中，时时传来雁阵惊寒之声。在月白霜清的夜晚，高楼独倚，水光接天，望去一片澄澈空明。如此环境是美妙想象的摇篮，会唤起人们脱俗离尘的意念，诗人的灵魂飞进月地云阶的神话世界中去了。后两句想象中的意境是从前两句生发出来的。"青女素娥俱耐冷，月中霜里斗婵娟。"尽管"琼楼玉宇，高处不胜寒"，可是冰肌玉骨的绝代佳人，越是在宵寒露冷之中，越是现出雾鬓风鬟之美。她们的绰约仙姿之所以不同于庸脂俗粉，正因为她们具有耐寒的特性，所以才经得起寒冷的考验。

写霜月，不从霜月本身着笔，而写月中霜里的素娥和青衣；

---

① 征雁：大雁春到北方，秋到南方，不惧远行，故称征雁。此处指南飞的雁。无蝉：指雁南飞时，已听不见蝉鸣。　②水接天：水天一色。不是实写水，是形容月、霜和夜空如水一样明亮。　③青女：主管霜雪的女神。素娥：即嫦娥。　④斗：比赛。婵娟：美好，古代多用来形容女子，也指月亮。

青女、素娥在诗里是作为霜和月的象征。这样，诗人所描绘的就不仅仅是秋夜的自然景象，而是勾摄了清秋的魂魄、霜月的精神。这精神是诗人从霜月交辉的夜景里发掘出来的自然之美，同时也反映了诗人在混浊的现实环境里追求美好、向往光明的深切愿望，是他性格中高标绝俗、耿介不随的自然流露。

乐游原 ①

李 商 隐

向晚意不适 ②，驱车登古原。
夕阳无限好，只是近黄昏。

【赏析】

李商隐身处唐代晚期，尽管他心怀抱负，但却无法施展。他的岳父王茂之是丞相李德裕政治集团的重要人物，因此，李商隐被迫卷入了牛、李党争，唐武宗会昌五年（845 年），信任李德裕的唐武宗身患重病，李商隐对国运深感忧虑。这首借景抒情的五言绝句，正是他此时心情郁闷的真实写照。

起句写傍晚时分，诗人心绪不佳，难以排遣。"向晚""意不适"点明诗人登古原的时间和原因。次句写诗人为排遣郁闷，想到去乐游原散心。

结尾两句写诗人此次出来的收获。登上乐游原时，看到一轮辉煌灿烂的黄昏斜阳，"无限好"是诗人对夕阳下景象的赞美，流露出诗人的满足之情。此情此景，不禁想到自己身处国运将尽的晚唐，空有满腔抱负，却至今不得施展，伤感之余发乎感慨。"只是"二字，笔锋急转，纵然无限美好，但却无力挽留。同时也是影射国家沉沦之痛、自己迟暮之悲。

---

① 乐游原：古地名，在今陕西省西安市境。唐时为官僚士人游赏之地。　② 向晚：指天色将黑。向，临近。不适：指心情不舒畅。

夜雨寄北 ①

李商隐

君问归期未有期，巴山夜雨涨秋池 ②。
何当共剪西窗烛 ③，却话巴山夜雨时 ④。

【赏析】

唐宣宗大中五年（851 年），李商隐赴东川节度使柳仲郢梓州幕府，他的妻小却远在长安。巴蜀地区秋雨绵绵，使人不免有孤寂之感，从而产生思乡之情。就在当年的夏季末，妻子王氏病故，消息难通的时代使李商隐并不知妻子死讯，还在浑然不知地深情遥望，殊不知已是天人永隔。这首闺怨诗深切表达了诗人的孤寂之感以及对家人的思念。

起首两句以问答和对眼前环境的抒写，阐发了诗人孤寂情怀和对妻子深切思念。诗人以诗代信对此前妻子的来信做出回复，因各种原因，使诗人与妻子团聚的愿望一时还不能实现。流露出离别之苦，思念之切。第二句"巴山夜雨"实写诗人时空位置。巴山秋夜的雨，唤起离人的愁思。"涨秋池"，自己对妻子的思念如同这已满的池水，不休不止。诗人用这个寄人离思的景物来表达了对妻子的无限思念。

结尾两句，诗人笔锋急转，设想来日重逢谈心的欢悦，反衬今夜的孤寂。"何当"指明诗人的愿望。诗人憧憬着未来与妻子聚首的幸福时光。第二次提到"巴山夜雨"，这是虚写未来温情脉脉的场景，虚实对比、现在愁苦与未来美好时光的对比，深刻地表现了诗人思归的急切心情。

---

① 寄北：写诗寄给北方的人。诗人当时在巴蜀，他的妻小在长安，所以说"寄北"。　② 巴山：大巴山，在今陕西、四川、湖北三省交界处。这里泛指巴蜀一带。秋池：秋天的池塘。　③ 剪西窗烛：剪烛，剪去燃焦的烛芯，使灯光明亮。这里形容深夜秉烛长谈。　④ 却话：追述。

风 雨

李 商 隐

凄凉宝剑篇 ①，羁泊欲穷年 ②。
黄叶仍风雨 ③，青楼自管弦 ④。
新知遭薄俗，旧好隔良缘 ⑤。
心断新丰酒 ⑥，消愁斗几千 ⑦？

【赏析】

这是一首咏怀七言律诗。李商隐早年受知于牛僧孺政治集团中的令狐楚，登进士及第后，又娶了李德裕政治集团中重要人物王茂元的女儿。牛、李党争激烈，李党失势，令狐楚的儿子令狐绹长期执政，排抑李商隐，使他成为党争中的牺牲品。虽然李商隐不愿攀附牛、李集团的任何一方，但他却始终不被重用，一生四处漂泊寄迹幕府，穷愁潦倒。这首诗李商隐以风雨比喻自己的生活境遇，抒发了自己壮志难酬、一生零落的凄苦。虽是自伤身世，字里行间依然透出一股郁结不平之气。

首联借《宝剑篇》的典故发端，反衬自己长年漂泊凄凉的身世。诗人"凄凉""羁泊"连用，再加上"欲穷年"来突出凄凉

---

① 宝剑篇：为唐初郭震所作诗篇。《新唐书》载，武则天召他谈话，索其诗文，郭即呈上《宝剑篇》。武则天看后大加称赏，立即加以重用。这里暗用此典。自叹怀才不遇。　② 羁泊：即羁旅漂泊。穷年：终生。　③ "黄叶"句：自喻飘零如风雨中的黄叶。　④ 青楼：青漆涂饰的豪华精致楼阁。泛指富贵人家。　⑤ "新知"两句：新知谓婚于王氏，旧好指令狐。遭薄俗，指世风刻薄，"牛李党争"波及诗人。
⑥ 新丰：古地名，在今陕西省西安市临潼区，古时以产美酒闻名。《新唐书》载，马周不得意时，宿新丰旅店，店主人对他很冷淡，马周便要了一斗八升酒独酌。后得常何推荐，受到唐太宗赏识，授监察御史。
⑦ 几千：指酒价，美酒价格昂贵。

羁泊生涯的没有穷尽，心中充满了悲酸凄苦。

　　颔联，抒写羁泊异乡期间风雨凄凉的人生感受。前句触物兴感，实中寓虚，用风雨中飘零满地的黄叶象征自己不幸的身世遭遇，与后句实写青楼管弦形成鲜明对比，展现出沉沦寒士与青楼豪贵苦乐悬殊、冷热迥异的两幅对立人生图景。"仍""自"二字，开合相应。"仍"是更、兼之意。黄叶本已凋衰，再加风雨摧残，其凄凉景象更令人触目神伤。"自"字既有转折意味，又含"自顾"之意，画出青楼豪贵得意纵恣、自顾享乐、根本无视人间另有忧苦的意态。它与"仍"字对应，正显示出苦者自苦、乐者自乐冷酷的社会现实，而诗人对这种社会现实的愤激不平，也含蓄地表现了出来。

　　颈联直写由于陷入党争，致使新知、旧友都已疏远冷落，更具体表述了自己孤凄寂寞的身世。一"遭"一"隔"，写出诗人在现实中孤立的处境，也蕴含诗人对"薄俗"的强烈不满。从"青楼自管弦"到"旧好隔良缘"，既是对自己处境的深一层描写，也是对人生感受的深一层抒发。凄冷的人间风雨，已经渗透到知交的领域，茫茫人世，似乎只剩下冰凉的雨帘，再也找不到任何一个温暖的角落。

　　尾联写诗人对仕途彻底失望，只能借酒消愁。"新丰酒"，即引用典故，诗人想到自己只有马周当初未遇时的落魄，却无马周后来的幸遇。又回想自己多年羁泊异乡，远离京城，因此，对仕途彻底失去信心，所以说"心断"。而心中的愁绪如何排遣，是不是要花费更多的酒钱，才能消除郁积不散的忧愁。诗人通过层层回旋曲折，将内心的苦闷抒发到极致。末句以问语作收，似结非结，给人留下苦闷无法排遣、心绪茫然无着的印象。

无题·昨夜星辰昨夜风 ①

李 商 隐

昨夜星辰昨夜风，画楼西畔桂堂东 ②。
身无彩凤双飞翼，心有灵犀一点通 ③。
隔座送钩春酒暖 ④，分曹射覆蜡灯红 ⑤。
嗟余听鼓应官去 ⑥，走马兰台类转蓬 ⑦。

【赏析】

唐武宗会昌五年（845年），李商隐回到秘书省任职。唐武宗很授予宰相李德裕全权处理朝政。李商隐支持李德裕的政治主张，第二年，唐武宗驾崩，李德裕失势，李商隐仕途陷入困局，回想起昔日与妻子参加宴会的情景，有感而发作就这首七言律诗。诗篇表达了诗人对妻子的相思之深，及对未来仕途充满的惆怅彷徨。

"昨夜星辰昨夜风"，交代了宴会时间。句中两个"昨夜"自对，展现的是一片静谧的星空，清风泠然而至。"画楼西畔桂堂东"，没有直接写明宴会地点，而是以周围精美的装饰来说明。这两句是环境烘托，为下文抒情做了铺垫。

---

① 无题：唐代以来，有的诗人不愿标出能够表示主题的题目时，常用"无题"代替。　② 画楼：雕饰华丽的楼阁。桂堂：用桂木造的厅堂。泛指华美的堂屋。　③ 灵犀：犀角中有如线的白纹直通两头，感应灵敏，故称犀牛角为"灵犀"。比喻心领神会，感情共鸣。　④ 送钩：也称"藏钩"。宴会中一种游戏，把钩在暗中传递，让人猜在谁手中，猜不中就罚酒。　⑤ 分曹射覆：大家分成几组行酒令。分曹，分组。射覆，一种酒令游戏，在瓯、盂等器具下覆盖一个物件，让人猜是何物。射，猜测。覆，覆盖。　⑥ 嗟：慨叹。余：我。鼓：指更鼓。应官：古代官员卯时（上午五点到七点）上朝。　⑦ 兰台：官名，掌管图书秘籍。时李商隐任秘书省正字，属兰台。类：好像。转蓬：随风飘转的蓬草。

如此美妙的环境，勾起诗人遐思。"身无彩凤双飞翼，心有灵犀一点通"。曾几何时，诗人和爱人也受邀参加过达官贵人的宴会。"身无飞翼"是悲，"心有灵犀"是喜，一外一内，一悲一喜，痛苦中有甜蜜，寂寞中含期待，相思的苦恼与心心相印的欣慰相融合，将那种深深相爱而又不能长相厮守的矛盾心态刻画得细致入微。

第五、六句，诗人想起曾经与爱人在宴会上的欢娱。昨日的欢声笑语还在耳畔回响，今日的宴席或许还在继续，但已没有了诗人身影。宴席的热烈衬托出诗人的寂寥与凄凉。

结尾两句，诗人无奈听到更鼓报晓之声又要去当差，虽在秘书省当职，却好像随风飘转的蓬草。这两句，一则解释诗人离开佳人的原因，另则流露出对所任差事的厌倦，暗含身世飘零之感。

无题·来是空言去绝踪

李商隐

来是空言去绝踪①，月斜楼上五更钟②。
梦为远别啼难唤③，书被催成墨未浓。
蜡照半笼金翡翠④，麝熏微度绣芙蓉⑤。
刘郎已恨蓬山远⑥，更隔蓬山一万重！

① 空言：空话，是说女方失约。　② 五更：古代一夜分为五更。此特指第五更时，即天将明。　③ 啼难唤：是说哭诉挽留似乎无济于事。
④ 蜡照：即烛光。半笼：半映。指烛光隐约，不能全照床上被褥。金翡翠：有翡翠鸟图样的帷帐或罗罩。　⑤ 麝（shè）熏：麝香的气味。麝本动物名，即香獐，其体内的分泌物可作香料。此即指香气。微度：慢慢透过。形容香气飘荡散发。绣芙蓉：指绣花的帐子或被褥。　⑥ 刘郎：相传东汉时刘晨、阮肇入天台山采药，在桃溪边遇二女子，姿容甚美，遂相慕悦，留居半年，怀乡思归，女遂相送，指示还路。及归家，子孙已历七世。后重访天台，不复见二女。后也以此典喻"艳遇"。刘郎后来常称作情郎。蓬山：蓬莱山，指仙境。

【赏析】

这首七言律诗表达了一位男子对远方情人的思念之情。诗中主人公实指李商隐自己,在梦中他与相爱之人相见又要离别,而现实中的分别却未曾再相见。诗人睹物思人,有一种失恋之感。

首联,第一句是主人公的叹息。诗人与思念之人远别经年,会合无缘,夜来入梦,两人忽得相见,一觉醒来,却踪迹难寻。第二句是梦醒后一片空寂孤清的氛围。朦胧斜月空照楼阁,远处传来悠长而凄清的晓钟声。梦醒后的空寂更证实了梦境的虚幻。

颔联,上句追忆梦中情景。双方远别,梦中虽得以越过重重阻隔而相会,但即使是在梦中,也免不了离别之苦随之产生难以抑制的梦啼。这样的梦,正反映了长期远别造成的深刻伤痛,强化了刻骨的相思。下句写梦醒后立刻修书寄远。在强烈思念之情驱使下奋笔疾书的当时,是不会注意到墨的浓淡,只有在"书被催成"之后,才意外地发现原来连墨也未磨浓。

颈联,上句是以实境为梦境,下句是疑梦境为实境。对室内环境气氛的描绘渲染,富有象征暗示色彩。梦醒书成之际,残烛的余光半照着翡翠鸟图案的帷帐,芙蓉褥上似乎还依稀浮动着麝熏的幽香。刚刚消逝的梦境和眼前所见的室内景象在朦胧光影中浑为一片,分不清究竟是梦境还是实境。幻觉一经消失,随之而来的便是室空人去的空虚怅惘,和对方远隔天涯、无缘会合的感慨。

尾联借刘晨重寻仙侣不遇的典故,点醒爱情阻隔,"已恨""更隔",层递而进,突出了阻隔的无从度越。

无题·相见时难别亦难

李 商 隐

相见时难别亦难，东风无力百花残①。
春蚕到死丝方尽②，蜡炬成灰泪始干③。
晓镜但愁云鬓改④，夜吟应觉月光寒⑤。
蓬山此去无多路⑥，青鸟殷勤为探看⑦。

【赏析】

李商隐少年时在玉阳山学道，其间与玉阳山灵都观女道士宋华阳相识相恋，但两人的感情却不能为外人明知，而李商隐心中又奔涌着无法抑制的爱情，因此他只能以诗传情，并隐其题，从而使诗义显得既朦胧婉曲，又深情无限。"无题"为诗题的诗篇，大多是抒写他们两人之间的恋情诗。这首七言律诗是其中一首。全诗以首句中"别"字为文眼，描写了一对情人离别的痛苦和别后的思念，抒发了深刻的离别相思之情。

首联是诗人极度相思而发出的深沉感叹。两个"难"字，第一个指相会困难，第二个是痛苦难堪的意思。写出诗人想象女子在爱情方面的不幸遭遇以及难以诉说的痛。本就悲情，偏逢暮春时节，东风无力，百花凋残，更令人伤怀。诗人借景物反映人的境遇，将女子的无奈之情通过自然景观形象地表达出来。

颔联，诗人以象征手法写出女子的痴情以及至死不悔的爱情追求。"丝"与"思"谐音，是说自己对恋人的思念，如同春蚕吐

① 东风：春风。　②丝方尽：丝，与"思"谐音，"丝方尽"意指除非死了，思念才会结束。　③泪：指燃烧时的蜡烛油，这里双关，也指相思的眼泪。　④晓镜：早晨梳妆照镜子。云鬓（bìn）：女子多而美的头发，这里比喻青春年华。　⑤月光寒：指夜渐深。　⑥蓬山：蓬莱山，传说中海上仙山，比喻被怀念者住的地方。　⑦青鸟：神话中为西王母传递音讯的信使。

丝，到死方休。后一句运用比喻，为自己不能相聚而痛苦，相思的眼泪如蜡泪直到蜡烛烧成灰方始流尽一样。这两句饱含了失望的悲伤与痛苦，同时又透露出缠绵、灼热的执着与追求。

颈联从诗人体贴关切的角度想象出女子的相思之苦。上句写女子"晓妆对镜，抚鬓自伤"的形象，从中暗示出女子的思念和忧愁。"云鬓改"，是说自己因为痛苦的折磨，夜晚辗转不能成眠，以至于鬓发脱落，容颜憔悴。这种昼夜循环、缠绵往复的感情，仍然表现着痛苦而执着的心曲。"应觉月光寒"是借生理上冷的感觉反映心理上的凄凉之感。"应"字是揣度、料想的口气，女子推己及人，想象对方和自己一样长吟不寐，备受相思之苦，从而感觉月光寒冷，体现了她对于情人的思念之切和了解之深。

尾联将蓬山想象为对方的居处，以青鸟作为女子的使者。但这个使者并没改变"相见时难"的痛苦境遇，不过是无望中的希望，前途依旧渺茫。全诗结束，但抒情女子的痛苦与追求还将继续下去。

马 嵬 ①

李商隐

海外徒闻更九州 ②，他生未卜此生休。
空闻虎旅传宵柝 ③，无复鸡人报晓筹 ④。

---

① 马嵬（wéi）：古地名，在今陕西省兴平市境，为杨贵妃缢死之处。
② 海外徒闻更九州：此用白居易《长恨歌》"忽闻海外有仙山"句意，指杨贵妃死后居住在海外仙山上，虽听到唐王朝恢复九州的消息，但人神相隔，已不能再与唐玄宗团聚。徒闻，空闻，没有根据的听说。更，再，还有。九州，借指华夏大地。　③ 虎旅：跟随唐玄宗入蜀的禁军。宵柝（tuò）：夜间报更的刁斗。　④ 鸡人：皇宫中报时的卫士。汉制，宫中不得养鸡，卫士候于朱雀门外，传鸡唱。筹：计时的用具。

此日六军同驻马①，当时七夕笑牵牛②。
如何四纪为天子③，不及卢家有莫愁④。

【赏析】

这是一首政治讽刺七言律诗。唐玄宗天宝十四年（755年），安史之乱爆发，在京都长安即将失陷时，唐玄宗与杨贵妃逃亡蜀地避患，途径马嵬驿时，随行将士哗变，唐玄宗不得不下令杨贵妃自尽以保全。李商隐生活的晚唐已是国势颓危，如此形势使他更心系国家安危，对荒淫误国者更痛恨，因此写下这首诗表达讽喻之意。

首联，诗人先用"海外""更九州"的故事概括方士在海外寻见杨贵妃，杨贵妃授以钿合金钗，并坚定与唐玄宗他生之约的传说。紧接着，诗人再以唐玄宗心情设想，直说九州更变，四海翻腾，"他生"为夫妇的事渺茫"未卜"，而"此生"的夫妇关系却已结束。

颔联，诗人用宫廷中的"鸡人报晓筹"反衬马嵬驿的"虎旅鸣宵柝"，表达出了昔乐今苦、昔安今危的不同处境和心情。"虎旅鸣宵柝"的逃难生活很不安适，"鸡人报晓筹"则暗示主人公渴望重享昔日的安乐。而"空闻""无复"二词，表明那希望已幻灭。从行文上看，"空闻"上承"此生休"，下启"六军同驻马"，意即"虎旅"虽"鸣宵柝"，却不是为了保卫唐玄宗和杨贵妃的安全，而是要发动兵变。正因如此，才"无复鸡人报晓筹"，唐玄宗不可能再享受安适的宫廷生活。

---

① "此日"句：叙述马嵬驿兵变。　② 牵牛：牵牛星，即牛郎星。此指牛郎织女故事。　③ 四纪：四十八年。岁星十二年一周天为一纪，玄宗在位四十五年，约为四纪。　④ 莫愁：古乐府中传说的女子。一说为洛阳人，嫁为卢家妇，婚后生活幸福。梁武帝萧衍《河中之水歌》"河中之水向东流，洛阳女儿名莫愁。莫愁十三能织绮，十四采桑南陌头。十五嫁作卢家妇，十六生儿字阿侯。卢家兰室桂为梁，中有郁金苏合香"。

颈联，"此日"指杨贵妃赐死之日，"当时"指七夕相约之时。"六军同驻马"指禁军哗变，李、杨二人的爱情也一同"驻马"，幻灭成空。"七夕笑牵牛"，意指七夕之夜，长生殿上两人曾欢笑密约，并笑牵牛、织女一年一度相见的短暂。"当时"曾"笑"他人，而今却不如牵牛、织女的长久相恋，相比之下，令人可悯又可笑。这一联，诗人把六军愤慨之情与长生殿秘密之誓交织一起，议论深刻，笔锋犀利。

尾联亦包含强烈的对比。为何当了四十多年的皇帝唐玄宗还不如普通百姓能保住自己的爱人呢？诗人以"如何"来反问，暗含指责。

晚　晴

李商隐

深居俯夹城 ①，春去夏犹清。
天意怜幽草 ②，人间重晚晴 ③。
并添高阁迥 ④，微注小窗明 ⑤。
越鸟巢干后 ⑥，归飞体更轻。

【赏析】

唐文宗开成三年（838 年），李商隐在恩师令狐楚（牛党）病逝后，应泾原节度使王茂元（李党）的聘请，去泾州（今甘肃省泾川县）做了王茂元的幕僚。王茂元重才，将女儿嫁给了他，从此李商隐卷入"牛李党争"的政治漩涡而备受排挤。唐宣宗继位，牛党把持朝政，形势对他更不利。李商隐只得离开长安，跟

---

① 夹城：古代城墙两边筑有高墙的通道。　② 幽草：幽暗地方的小草。此有自喻之意。　③ 重：珍视。　④ 并：更。高阁：指诗人居处的楼阁。迥（jiǒng）：高远。　⑤ 微注：因是夕阳斜晖，光线显得微弱柔和。　⑥ 越鸟：南方的鸟。越，指南方百越之地。泛指南方地区。

随郑亚到桂林当幕僚。郑亚对他很信任，使李商隐感受到了人情的温暖，离开长安又可暂时免遭牛党的白眼，精神上也是一种解放。这首五言律诗描绘雨后晚晴明净清新的环境和生机盎然的景象，表达出诗人欣慰喜悦的感受和明朗乐观的襟怀，反映了诗人桂幕初期的情绪心态。

首联，诗人指出自己居处幽僻，"俯夹城"的"深居"即是眺望晚晴的立足点。"春去夏犹清"，指出时令为初夏的一天下午雨后放晴的景色。

颔联写诗人凭栏远眺。久遭雨潦之苦的幽草，忽遇晚晴，得以沾沐余晖而平添生气。"怜"字，运用拟人的修辞手法，将"幽草"无形中人格化，也比喻诗人自己的命运。伤感往昔的厄运，更欣慰目前的幸遇。诗人分外珍重美好而短暂的晚晴，不露痕迹地寓托某种积极的人生态度。

颈联，雨后晚晴，云收雾散，凭高览眺，视线更为遥远。这一句侧面描写晚晴，直指诗人开阔的胸襟。"微注小窗明"，具体描绘晚景，晚景斜晖，光线显得微弱而柔和。尽管只是一脉斜晖，但还是给人带来喜悦和安慰。

尾联，诗人运用自况的修辞手法，自比越鸟，不必再颠沛流离，居有定所，精神为之振作。

嫦娥①

李商隐

云母屏风烛影深②，长河渐落晓星沉③。
嫦娥应悔偷灵药，碧海青天夜夜心④。

【赏析】

这是一首咏怀七言绝句。诗人借咏叹嫦娥在月中的孤寂情景，抒发了自己的悲伤感怀之情。

起首两句，描写室内、室外环境，渲染空寂清冷的气氛，表现主人公怀思的情绪。室内，烛光黯淡，照出云母屏风上一个深深暗影，愈发显出居室的空荡，透露出主人公在长夜独坐中黯然的心境。室外，银河逐渐西移，那点缀在空旷宇宙的寥落晨星，也行将隐没。"沉"字逼真地描绘出晨星欲落未落的动态，主人公的心仿佛也随之渐沉下去。

结尾两句是主人公在一宵痛苦思忆后产生的感想，表达了一种孤清凄冷之感。在寂寥的长夜，天空中最引人注目与遐想的自然是一轮明月。遥望明月，联想起神话传说中的月宫仙子嫦娥。在孤寂的主人公眼里，孤居在广寒宫殿的嫦娥，其处境和心情不正和自己相似吗？于是，不禁从心底涌出猜想：嫦娥想必也懊悔当初偷吃了不死药，以致年年夜夜幽居月宫，面对碧海青天，寂寥清冷之情难以排遣吧。"应悔"是揣度之词，正表达出一种同

---

① 嫦（cháng）娥：古代神话人物。传说她是后羿（yì）的妻子，因偷吃了丈夫的长生药，奔上月宫，成为仙女。　　② 云母屏风：镶嵌着云母石的屏风。此言嫦娥在月宫居室中独处，夜晚唯烛影和屏风相伴。
③ 长河：指天河、银河。晓星：即启明星，日出以前，出现在东方天空，于傍晚时分落下。亦泛指清晨天空中稀疏的星星。　　④ 碧海晴天：原是形容嫦娥在广寒宫夜夜看着空阔的碧海青天，心情孤寂凄凉。后比喻女子对爱情的坚贞。

病相怜、同心相应的感情。由于起首两句的渲染，这"应"字就显得自然合理。因此，结尾两句与其说是对嫦娥处境心情的深情体贴，不如说是主人公寂寞的心灵独白。

贾 生①

李商隐

宣室求贤访逐臣②，贾生才调更无伦③。
可怜夜半虚前席④，不问苍生问鬼神⑤。

【赏析】

这是一首借古讽今七言绝句，意在借贾谊的遭遇，抒写诗人在政治上备受排挤、壮志难酬的感伤。

起首两句，"求""访"二字，表现出汉文帝求贤意愿的殷切，待贤态度的诚恳。次句隐括汉文帝对贾谊的推服赞叹之词。"才调更无伦"，侧面烘托出贾谊少年才俊、议论风发的精神风貌。这两句，诗人由"求"而"访"而赞，层层递进，表现了汉文帝对贾谊的器重。

第三句，"夜半前席"，诗人把汉文帝虚心下问、凝神倾听，以致不自知膝之前于席的情状描绘得惟妙惟肖，更推高了汉文帝"重贤"的姿态。但是，诗人于前加"可怜"两字，仿佛隐含着嘲讽。诗人并未点出其原因，为下文揭开悬念做了铺垫。

结尾句，汉文帝郑重求贤，虚心下问，推重叹服，乃至"夜

---

① 贾生：指贾谊，西汉文帝时政论家、文学家，力主改革弊政，提出许多重要政治主张，但却遭谗被贬，一生抑郁不得志。　②宣室：指西汉未央宫的宣室殿。逐臣：被放逐之臣。指贾谊曾被贬谪。　③才调：才华气质。　④可怜：可惜，可叹。虚：徒然，空自。前席：指在座席上移膝靠近对方。　⑤苍生：百姓。问鬼神：事见《史记·屈原贾生列传》，汉文帝接见贾谊，问鬼神之本，贾生据实以告。至夜半，文帝前席。

半前席",不是为询求治国安民之道,却是为"问鬼神"的本原问题。诗人同时抓住"虚前席""问鬼神"这两处细节,在议论中把讽刺君王昏聩弃贤和伤叹贤士怀才不遇两方面的意蕴融于一体,从而揭露了封建统治者表面上求贤、敬贤,实际上不能识贤、任贤。

北青萝

李商隐

残阳西入崦①,茅屋访孤僧。
落叶人何在,寒云路几层。
独敲初夜磬②,闲倚一枝藤③。
世界微尘里④,吾宁爱与憎⑤。

【赏析】

唐文宗大和二年(828年),李商隐曾有一段玉阳求仙学道的生活。在山中访问僧人的途中时,忽悟禅理之事,于是写下这五言律诗。全诗表达出了诗人不畏辛劳艰险、一心追寻禅理、淡泊之怀面对仕途荣辱的愿望,既赞美了僧人清幽简静的生活,又表现出诗人对禅理的领悟。

首联写诗人寻访僧人。时当红日西沉山谷,诗人进入山中,去拜访一位住在茅屋中的僧人。"茅屋",写出僧人居处简朴,"孤僧",写出僧人的不厌孤独。而诗人此时正逢生活清苦、亲朋离散的艰难岁月,他寻访这样一位清苦而孤居的僧人,显然要从对方身上获得启示,以解除自身苦恼。

---

① 崦(yān):即崦嵫(zī)山,在今甘肃省天水市。古时传说太阳落山的地方。　②初夜:黄昏。磬(qìng):寺庙中拜佛时敲打的钵形响器。③一枝藤:孤僧用藤制成的手杖。　④语出《法华经》中"书写三千大千世界事,全在微尘中",意即大千世界俱是微尘,我还谈什么爱和恨呢?微尘,比喻渺小之物。　⑤宁:为什么。

　　颔联写诗人寻访孤僧的过程。时当深秋黄昏，满山的林木飘下纷纷黄叶，诗人要找的那位孤僧却不知住在哪里。"人何在"，诗人于山林间四处张望的神态，显现出山间林木的密集和僧人的幽藏，表现出这位孤僧远避红尘的意趣。山路入云，可见其高，诗人沿着寒云缭绕的山路，盘曲而上。"寒云路几层"不仅写出僧人高居尘上，也写出诗人不畏辛劳艰险，一心追寻禅理的热切情志。

　　颈联写孤僧的简静生活。"初夜"与首句"残阳"相关照，写出到达茅屋的时间。夜幕降临，僧人在茅屋中独自敲磬诵经。虽只身独处，而未怠佛事，可见其对佛的虔诚。诗人此时站在茅屋外，耳听清脆的磬声，眼望寂静的星辰，深感佛界的静谧与安详，此中再无红尘困扰。待到僧人佛事已毕，诗人走进茅屋，与之交谈。"闲倚一枝藤"，僧人所"倚"只有一枝藤制的手杖，可见生活清苦。难得的是僧人那份"闲"态，居清贫而安闲自如，从容不迫。

　　尾联写诗人获得思想的启迪。佛教认为大千世界全在微尘之中，人也不过是微尘而已。诗人领悟了这个道理，身心净虑，表示今后不再纠缠世间的爱憎，以淡泊之怀面对仕途荣辱。

宫 词

薛逢 ①

十二楼中尽晓妆 ②，望仙楼上望君王 ③。
锁衔金兽连环冷 ④，水滴铜龙昼漏长 ⑤。
云髻罢梳还对镜 ⑥，罗衣欲换更添香 ⑦。
遥窥正殿帘开处 ⑧，袍袴宫人扫御床 ⑨。

【赏析】

这是一首描写宫怨的七言律诗。诗篇生动地反映出宫妃们空虚寂寞、苦闷哀怨的心情。

首联，点明人物身份和全诗主旨。后宫嫔妃梳洗打扮，盼望君王的到来。"十二楼""望仙楼"代指宫妃的住所。宫妃们在宫楼上，一大早就忙着梳妆打扮，像盼望神仙降临一样期待君王的临幸。反映出宫妃急切、热烈的心情。

颔联通过对周围环境的渲染，烘托宫妃内心的清冷寂寞。宫门上的兽形门环被紧紧锁住，刻有龙纹的漏壶水滴声声。"冷"字既写出铜质门环的冰冷，也显出深宫紧闭的冷寂，更衬出宫妃

---

① 薛逢，字陶臣，蒲洲河东（今山西省永济市）人，唐代诗人。薛逢于唐武宗会昌元年（841年）进士及第。曾任御史、尚书郎等官职。因其恃才傲物，屡忤权贵，仕途颇不得意，常以诗歌形式表达对腐败世事的不满。《全唐诗》收录其诗一卷。　　② 十二楼：皇宫里妃嫔所居的宫殿。　　③ 望仙楼：唐朝皇宫内苑有望仙楼。　　④ 金兽：指镀金的兽形门环。　　⑤ 水滴铜龙：刻有龙纹的漏壶。漏壶是古代计时器，盛沙或水，有标尺刻度，沙水由细口漏出，刻度渐显计时。　　⑥ 云髻（jì）：高耸的发髻。髻，在头顶或脑后盘成各种形状的头发。　　⑦ 罗衣：指用轻软丝织品制成的衣服。　　⑧ 正殿：此处指后宫的正殿，是君王正寝。　　⑨ 袍袴（kù）宫人：穿长袍的宫人，是做杂役的低级宫女。御床：皇帝的坐卧之具。

们心情的凄冷。"长"字通过描写漏壶中没完没了的滴水声，表明妃嫔们昼长难耐、寂寞无聊的心境。

颈联通过宫妃的着意装饰打扮，刻画她们百无聊赖的状态。刚梳罢发髻，又对着镜子仔细看，生怕有不妥之处；想再换一件新艳的罗衣，再给它加熏一点香气。这两句，描绘出她们那种盼望中又失望，但又怀着希望的复杂心理。

尾联写宫妃"望"极而怨的心情，只是这种怨恨表达得极其隐秘。"遥窥"二字，表明宫妃心理复杂而微妙：我这样尊贵的妃子日夜翘首盼望，还不如那洒扫的宫女！同时说明君王即将临幸正殿，不会再来。一种近乎绝望的哀怨隐隐地显示出来。

楚江怀古

马 戴 ①

露气寒光集，微阳下楚丘 ②。
猿啼洞庭树，人在木兰舟 ③。
广泽生明月 ④，苍山夹乱流。
云中君不降 ⑤，竟夕自悲秋 ⑥。

【赏析】

唐宣宗大中初年（847 年），原在山西太原幕府掌书记的马戴，因直言被贬为龙阳（今湖南省常德市）尉，徘徊在洞庭湖畔

---

① 马戴（799—869），字虞臣，定州曲阳（今河北保定曲阳县）人，唐代边塞诗人。唐武宗会昌四年（844 年）进士及第，官至国子太常博士。马戴的诗以五律见长，善写羁旅之思和失意之叹，蕴藉深婉，秀朗自然。　　② 微阳：落日的残照。楚丘：泛指湖南的山岭。　　③ 木兰舟：船的美称。木兰是一种佳木，高大的树干可造船。　　④ 广泽：指青草湖，与洞庭湖相连，在今湖南省岳阳市。　　⑤ 云中君：云神。屈原《九歌》有《云中君》篇，此处也兼指屈原。　　⑥ 竟夕：整夜。

和湘江之滨，触景生情，追慕前贤，感怀身世，写下《楚江怀古》三首。本篇为第一首。

首联先点明时间为黄昏，描写了秋风摇落的黄昏时分，江上晚雾初生，楚山夕阳西下，露气迷茫，寒气侵人，这种萧瑟清冷的秋暮景象，表露了诗人悲凉落寞的悲秋情怀。

颔联上句承接"暮"字，下句才点出人来。此时此地，入耳的是洞庭湖边树丛中猿猴的哀啼，照眼的是江上漂流的木兰舟。一句写听觉，一句写视觉；一句写物，一句写人；上句静中有动，下句动中有静。表达诗人遭贬后悲凉落寞的心境和远谪他乡孤单离索的情怀。

颈联就山水两方面写夜景。黄昏已尽，夜幕降临，一轮明月从广阔的洞庭湖上升起，深苍的山峦间夹泻着汩汩而下的乱流。这是运用了动静结合的手法。"广泽"即广阔的洞庭湖面是静的，"明月"本来也是静的，但一个"生"字，赋予了明月以活泼的生命，将其冉冉升起的动感写出来了，这句以动写静，描绘出了洞庭湖的阔大与静。"苍山"是静的，"乱流"是动的，这句动静结合，写出了青山的苍茫，江流的喧闹。两句动静结合，描绘出了一幅阔大的楚江月夜山水图，给人以无限的遐想。"广泽生明月"的阔大与静谧反衬出诗人贬谪远方的孤单离索，"苍山夹乱流"的迷茫与纷扰，衬托出诗人内心深处的缭乱彷徨。

尾联才写出"怀古"的主旨，夜已深，诗人尚未归去，俯仰于天地之间，沉浮于湘波之上，他不禁想起楚地古老的传说和屈原《九歌》中的"云中君"。"竟夕自悲秋"直接表达了悲秋情怀。既抒发了对忠君爱国却报国无门的屈原的敬慕、缅怀之情，又抒发了自己怀才不遇、壮志难酬的悲伤愁苦之情。

灞上秋居 ①

马 戴

灞原风雨定，晚见雁行频。
落叶他乡树，寒灯独夜人。
空园白露滴，孤壁野僧邻。
寄卧郊扉久 ②，何年致此身 ③。

【赏析】

这是一首触景抒情的五言律诗。写作者马戴在秋季孤身客居灞上，而感秋来寂寞，情景萧瑟。全诗情景交融，写出了古代文人为求取功名而挣扎的情状。

第一、二句写灞原上空萧森的秋气。撩人愁思的秋风秋雨直到傍晚才停下来，在暮霭沉沉的天际，接连不断的雁群自北向南急急飞过。连番的风雨，雁群已经耽误了不少行程，好不容易风停雨歇，得赶在天黑之前找到一个宿处。"频"既表明了雁群之多，又使人联想起雁群急于投宿的惶急之状。这种情景触发了作者的乡思。

第三、四句写在飘零异乡的孤独情怀。看见风雨中片片黄叶从树上飘落下来，而寄居在孤寺中的旅客正独对孤灯，默默地出神。"寒"与"独"相互映衬，深夜寒气重重，灯光更显黯淡，也更觉夜长难挨。诗人也因孤独而更感到寒气逼人，抒发了孤苦无依的情感。

第五、六句进一步写出孤独的心境，以更细的景物，展现了诗人的心境。"空园白露滴"运用以动衬静的手法，突出夜阑人静，只有露珠滴落在枯叶上的声响。"孤壁野僧邻"则是运用烘

---

① 灞（bà）上：古地名，在今陕西省西安市东，因地处灞陵高原而得名，为诗人来京后的寄居之所。　② 郊扉：指郊外住宅。扉，门户。
③ 致此身：意即以此身为国效力。

托，以只有"野僧"这个邻居，衬托作者孤身一人的情景。营造出孤寂、凄清的氛围，抒发了作者独处空园，与野僧为伴的孤独。

最后两句抒发感慨，表达了怀才不遇，进身渺茫的悲愤之情。为了求取官职来到长安，在灞上（长安东）已寄居多时，一直没有找到进身之阶，因而率直道出了怀才不遇的苦境和进身希望的渺茫。

马嵬坡 ①

郑畋 ②

玄宗回马杨妃死 ③，云雨难忘日月新 ④。
终是圣明天子事，景阳宫井又何人 ⑤。

【赏析】

这是一首咏史七言绝句。唐玄宗天宝十四年（755 年），安史之乱爆发，唐玄宗携杨贵妃西逃入蜀。途经马嵬坡时，唐玄宗被军队所迫赐杨贵妃自缢，史称"马嵬之变"。唐僖宗广明元年（880 年），诗人郑畋在凤翔陇右节度使任上，途径马嵬坡时所感写下此诗。

起首两句，大乱平定，长安和洛阳两京收复，唐玄宗从蜀地回返长安。这时距"杨妃死"已很久了。两事并提在一句，暗指玄宗能重返长安，正是以杨妃之死换来的。玄宗割舍贵妃虽然平复了将士的怒气，使局势得到转机，但对和杨妃往日欢

① 马嵬（wéi）坡：即马嵬驿，在今陕西省兴平市境，是杨贵妃缢死处。
② 郑畋（tián）（825—883），字台文，河南荥阳人，唐僖宗时的宰相、诗人。 ③ 回马：指唐玄宗由蜀地回到长安。 ④ 云雨：指男女私情。 ⑤ 景阳宫井：故址在今江苏省南京市玄武湖边。南朝陈后主听说隋兵已攻入城，就和宠妃张丽华、孙贵嫔躲在景阳宫井中，但仍被隋兵俘虏。

爱的思念之苦会存续在余生，"云雨难忘日月新"，写出了玄宗复杂矛盾的心理。

结尾两句，终究这是圣明天子所做的事，历史上景阳宫事件又是什么人呢？指相比陈后主和他的宠妃张丽华国破被俘，玄宗没有落到陈后主的结局，还是做得要"圣明"一些。"圣明天子"扬得很高，却以昏庸的陈后主来做陪衬，就暗含了嘲讽意味。

剑　客

贾岛 [①]

十年磨一剑，霜刃未曾试。
今日把示君，谁有不平事。

【赏析】

诗人贾岛早年出家为僧，被韩愈发现其才华，后受教于韩愈，并还俗参加科举。但几次应考不中第，又直言讽刺时政，得罪了有权势的人，遭到排挤，可又无可奈何，便创作了这首自喻五言绝句。诗中以"剑客"自喻，率意造句，直吐胸臆。托物言志，抒发了自己兴利除弊的政治抱负。

起句"十年磨一剑"，是说剑客花了十年工夫炼制一把宝剑，指十年寒窗苦读。"霜刃未曾试"，指自己的才学就像剑刃发着寒光锋芒毕露的宝剑，还没有开始展示。"未曾试"，便有跃跃欲试之意，彰显了十足的自信。如果现在得遇知贤善任的"君"，便能自信地说："今日把示君，谁有不平事？"今天就将我这把"利剑"展示出来给您看，告诉我，天下谁有冤屈不平的

[①] 贾岛（779—843），字阆仙，又名瘦岛，河北道幽州范阳县（今河北省涿州市）人。唐代诗人，人称"诗奴"，与孟郊并称"郊寒岛瘦"。曾任官长江（今四川省蓬溪县）主簿、普州司仓参军。他的诗精于雕琢，喜写荒凉、枯寂之境，多凄苦情味。

事？一种急欲施展才能、干一番事业的壮志豪情释放于诗中。

题李凝幽居

贾岛

闲居少邻并①，草径入荒园。
鸟宿池边树，僧敲月下门。
过桥分野色②，移石动云根③。
暂去还来此，幽期不负言④。

【赏析】

这是一首访友五言律诗。诗人通过描写朋友李凝隐居处的景物，以及自己来访时的闲情和离开时的意愿，借景抒情，表达了自己对隐逸生活的向往。

首联描写朋友幽居的周围环境。一条杂草遮掩的小路通向荒芜的小园。小园旁边没有邻居。淡淡两笔，概括地写了一个"幽"字，暗示出李凝的隐士身份。

颔联，由于月光皎洁、万籁俱寂，因此诗人轻微的敲门声还惊动了水池边树上的宿鸟。诗人抓住这个现象，来刻画环境的幽静，起到了动中寓静的效果。

颈联写回归路上所见。过桥是色彩斑斓的原野，晚风轻拂，云脚飘移，仿佛山石在移动。"石"是不会"移"的，诗人用反说，别具神韵。这一切，又都笼罩着一层洁白如银的月色，更显出环境的自然恬淡、幽美宁静。

尾联表明诗人不负归隐的约定。前三联都是叙事与写景，最后一联点出诗人心中幽情，托出诗的主旨。正是这种幽雅的处

---

①邻并：即邻居。　　②分野色：指山野景色被桥分开。　　③云根：古人认为云触石而生，故称石为云根。这里指石根云气。　　④幽期：指归隐的期约。负言：指食言，不履行诺言。

所，悠闲自得的情趣，引起诗人对隐逸生活的向往。

寻隐者不遇

贾岛

松下问童子①，言师采药去。
只在此山中，云深不知处②。

【赏析】

这是一首以问答作就的五言绝句。诗人贾岛采用了寓问于答的手法，把寻访不遇的焦急心情描摹得淋漓尽致。

第一句隐藏主语"我"。"我"来到"松下"问"童子"。"松下"指"隐者"住处门前或院中种的松树下，也暗喻了隐者的品格。"隐者"外出应合"寻隐者不遇"的题目。"童子"答语："师采药去。"可以想见作者当时所问是隐者的去处。专程来拜访隐者，自然很想见到。因而又问童子："采药在何处？"这一问诗人也没有明写，而以"只在此山中"的童子答词把问句隐括在内。最后一句，又是童子答复，师父采药究竟在山中什么方位，无从知晓，使隐者又蒙上神秘的色彩。明明三番问答，诗人采用了以答句包含问句的手法，收到了言外见意的艺术效果。"我"的问话隐于诗句外，"我"与"童子"往复问答的动作、情态及其内心活动见于诗句。四句诗，通过问答的形式写出了"我""童子""隐者"三个人物及其相互关系，又通过环境烘托，使人物形象更加鲜明。也表明隐者以采药为生，悬壶济世，是一个真隐士。所以诗人怀着钦慕之情来拜访。诗中以白云显其高洁，苍松赞其风骨，写景中也含有比兴的意味。钦慕而不遇，就更突出其怅惘之情。

诗篇以白云比喻隐者的高洁，以苍松比喻隐者的风骨，写寻

---

① 童子：隐者的弟子。　　② 云深：指山深云雾浓。处：行踪。

访不遇，愈发衬托出对隐者的钦慕。诗句言语简朴，情深意切，白描无华。

瑶瑟怨 ①

温庭筠 ②

冰簟银床梦不成 ③，碧天如水夜云轻。
雁声远过潇湘去 ④，十二楼中月自明 ⑤。

【赏析】

这是一首闺怨七言绝句。全诗以描绘清秋的深夜，主人公凄凉独居、寂寞难眠，来表现她深深的幽怨。

起句写女主人公。冰簟银床，指冰凉的竹席和银饰的床。"梦不成"，现实中女主人公不能见到思念的人，只好将希望寄托于梦中，然而却难以成眠，竟连梦中相见的愿望也落空了。以此表达出和思念的人别离的久远、思念的深挚、会合的难期和失望的强烈。

第二句写景。秋天的深夜，长空澄碧，月光似水，偶尔有几缕飘浮的云絮在空中掠过，更显出夜空的澄洁与空阔。这既是女主人公活动的环境和背景，又是她眼中所见景物。不仅衬托出人物皎洁轻柔的形象，而且暗透出人物清冷寂寞的意绪。

---

① 瑶瑟：用玉装饰的琴瑟。　② 温庭筠（812—866），本名岐，艺名庭筠，字飞卿，太原祁（今山西省祁县）人，唐代诗人、词人。唐初宰相温彦博的后裔。温庭筠恃才不羁，好讥刺权贵，多犯忌讳，故屡举进士不第，长被贬抑，终生不得志。官终国子监助教。他精通音律、工诗，诗辞藻华丽、浓艳精致，内容多写闺情，也有反映时政的作品。温庭筠对词的发展影响较大，在词史上，与韦庄并称"温韦"。被尊为"花间词派"的鼻祖。　③ 冰簟（diàn）：清凉的竹席。银床：指洒满月光的床。④ 潇湘：二水名，在今湖南省境内。此代指楚地。　　⑤ 十二楼：原指神仙居所。此指女子的住所。

第三句从听觉角度写景。夜月朦胧，飞过碧天的大雁是不容易看到的，只是在听到雁声时才知有雁飞过。在寂静的深夜，雁叫更增加了清冷孤寂的情调。从侧面暗示出女主人公凝神屏息、倾听雁声南去而若有所思的情状。听到雁声南去，女主人公的思绪也被牵引到南方，暗示出女子思念的人在遥远的潇湘。

结尾句以景抒情。用"十二楼"借以形容楼阁的奢华，点明女主人公是富贵人家的身份。"月自明"三字，意为孤居独处的女主人公面对明月，会勾起别离的情思、团圆的期望，但月本无情，仍自照临高楼。诗人虽只写沉浸在月光中的高楼，但女主人公的孤寂、怨思却仿佛融化在这似水的月光中了。这样以景结情，更增添了悠然不尽的余韵。

商山早行 ①

温庭筠

晨起动征铎 ②，客行悲故乡。
鸡声茅店月，人迹板桥霜。
槲叶落山路 ③，枳花明驿墙 ④。
因思杜陵梦 ⑤，凫雁满回塘 ⑥。

【赏析】

温庭筠原是山西人，但却久居杜陵，已视之为故乡。唐宣

---

① 商山：古山名，在今陕西省丹凤县一带。　② 动征铎（duó）：震动出行的铃铛。征铎，车行时悬挂在马颈的铃铛。　③ 槲（hú）：一种落叶乔木，材质坚硬，树皮及叶可作药用。　④ 枳（zhǐ）：一种落叶灌木，果实似橘而略小，可用作中药。明：使……明艳。驿（yì）：驿站，古时候递送公文的人或来往官员暂住、换马的处所。　⑤ 杜陵：在长安城南，为汉宣帝陵墓所在地。这里借指故乡长安。　⑥ 凫（fú）：野鸭。回塘：岸边曲折的池塘。

宗大中十三年（859 年）朝试博学宏词科，温庭筠代人作赋，因扰乱科场，贬为隋县尉。他离开长安投奔镇守襄阳的徐商，途经商山时写作了这首五言律诗。描写了在旅途中的早行景色，抒发了游子在外的孤寂之情和浓浓的思乡之意，字里行间流露出人在旅途的失意和无奈。

首联写"早行"情景。旅客们清晨起床，套马、驾车准备动身起行。

"鸡声茅店月，人迹板桥霜"，这两句不但对仗，且由名词连缀成句，每词一个物象，都表现出"早行"之"早"。鸡鸣叫醒了茅店中的旅客，收拾行装趁月色早行赶路，原以为自己"早行"，谁知板桥上所积之霜上已有人的足迹。通过鸡声、茅店、月、人迹、板桥、霜这六个意象，把初春山村黎明的景色描绘出来。含蓄地表示旅程的辛苦，衬托出思乡心切。

"槲叶落山路，枳花明驿墙"，意思是：槲树枯叶飘落铺满了静寂的山路；枳树绽放的白花映亮了暗淡店墙。"明"，形容词妙用作动词，为照亮之意。枳树白花照亮驿墙，衬托出拂晓前的暗，突出了行之"早"。

"因思杜陵梦，凫雁满回塘"，旅途早行的景色使诗人想起了昨夜在梦中出现的故乡景色"凫雁满回塘"。春天来了，故乡杜陵回塘水暖，凫雁自得其乐。而自己却离家渐远，在茅店里歇脚，在山路上奔波。"杜陵梦"，补出了夜间在茅店里思家的心情，与"客行悲故乡"首尾照应；而梦中的故乡景色与旅途上的景色又形成鲜明的对照。眼里看的是"槲叶落山路"，心里想的是"凫雁满回塘"。"早行"之景与情，都得到了完美的表现。

利州南渡 ①

温庭筠

澹然空水对斜晖②，曲岛苍茫接翠微③。
波上马嘶看棹去，柳边人歇待船归。
数丛沙草群鸥散，万顷江田一鹭飞。
谁解乘舟寻范蠡④，五湖烟水独忘机⑤。

【赏析】

这是一首寓意于景的七言律诗。诗人通过描绘晚渡时的所见所感，抒发了自己欲学范蠡，忘却俗念、功成引退的归隐之情，反映了诗人淡泊仕途、厌倦名利的心境。

首联写渡口和时间。诗人黄昏时来到嘉陵江边，看到开阔清澄的江面波光粼粼，夕阳映照在水中，闪烁不定；起伏弯曲的江岛和岸上青翠的山峰在斜晖笼罩下，一片苍茫。

颔联写人马急欲渡江的情景。渡船正浮江而去，人渡马也渡，船到江心，马儿扬鬃长鸣，好像声音出于波浪之上；未渡的人歇息在岸边的柳荫下，等待着渡船从对岸返回。这两句所写景物都是诗人待渡时岸边所见，由远而近，由江中而岸上，由静而动，井然有序。

颈联写渡江。船过沙滩，惊散了草丛中成群的鸥鸟；回望岸上，江田万顷，一只白鹭自由自在地飞翔。这两句巧用数量词，不但对仗工整，而且深化了诗境，渲染了江边的清旷和寂静。

---

① 利州：唐时州名，治所在今四川省广元市。嘉陵江流经其西北面。南渡：指渡嘉陵江。　② 澹（dàn）然：水波闪动的样子。斜晖：傍晚西斜的阳光。　③ 翠微：泛指青山。　④ 范蠡（lí）：春秋时楚人，助越王勾践灭吴后乘舟归隐。　⑤ 五湖烟水：据《吴越春秋》载，范蠡功成身退，乘舟出入三江五湖，无人知晓他最终归往。忘机：消除机巧之心。常用以指甘于淡泊，与世无争。

　　尾联偶然兴起欲学范蠡急流勇退，放浪江湖的愿望。"独忘机"，其实并不能忘机。这一点和范蠡也是共通的。范蠡是因越王勾践难共安乐才辞官隐遁的。所以，两个人都可谓是极有机心之人。

送人东归

温庭筠

荒戍落黄叶 ①，浩然离故关 ②。
高风汉阳渡，初日郢门山 ③。
江上几人在，天涯孤棹还 ④。
何当重相见 ⑤，樽酒慰离颜 ⑥。

【赏析】

　　这是一首送别五言律诗。应是温庭筠于唐宣宗大中十三年（859 年）贬隋县尉后，唐懿宗咸通二年（861 年）离开江陵前的作品。温庭筠与女诗人鱼玄机为忘年交，因鱼玄机有《送别》相和，以此推想温庭筠所送之人为鱼玄机。

　　首联，在荒凉的古堡，又时值落叶萧萧的寒秋，此时此地送友人远行，自是别绪离愁，然而"浩然离故关"确立了诗的基调，由于离人意气昂扬，就使得荒凉古堡、黄叶飘零等景色显得悲凉而不低沉，因而慷慨动人。

　　颔联两句互文，意为：初日高风汉阳渡，高风初日郢门山。初日，点明送别是在清晨。汉阳渡，长江渡口，在今湖北省武汉市汉阳区；郢门山，位于.湖北省宜都市西北长江南岸。一东一西，相距千里，不会同时出现在视野之内，这里统指荆山楚水，

---

①荒戍：荒废的军队防地。　②浩然：豪迈坚定。　③郢（yǐng）门山：即荆门山，在今湖北省宜都市境。　④棹（zhào）：本义船桨。这里指船。　⑤何当：何时。　⑥樽酒：杯酒。

从而展示辽阔雄奇的境界，并以巍巍高山、浩浩大江、飒飒秋风、杲杲旭日为友人送行。

颈联，诗人目送归舟孤零零地消逝在天际，同时遥想江东亲友大概正望眼欲穿，切盼归舟从天际飞来。"江上几人在"，想象归客将遇见哪些故人，受到怎样的接待，是对友人此后境况的关切；诗人早年曾游历江淮，此处也寄托着对故交的怀念。

尾联突然闪出日后相逢的遐想。设想他日重逢，以开怀畅饮来抚慰此时离别的惆怅表情。这是以期待重逢，来表达惜别之情。

这首诗逢秋而不悲秋，送别而不伤别。只在首句稍事点染深秋的苍凉气氛，便大笔挥洒，造成一个山高水长、扬帆万里的辽阔深远的意境，在依依惜别的深情中，又设想重逢时开怀畅饮，回应上文"浩然"，前后配合，情调一致。

苏武庙

温庭筠

苏武魂销汉使前 ①，古祠高树两茫然。
云边雁断胡天月 ②，陇上羊归塞草烟 ③。
回日楼台非甲帐 ④，去时冠剑是丁年 ⑤。
茂陵不见封侯印 ⑥，空向秋波哭逝川 ⑦。

---

① 苏武：西汉大臣。汉武帝时出使匈奴，被扣多年，坚贞不屈，汉昭帝时终被迎归。　② 雁断：指苏武被羁留匈奴后与汉廷音讯隔绝。胡：指匈奴。　③ 陇：陇关，在今甘肃省清水县境。这里以陇关之外喻匈奴地。④ 甲帐：据《汉武故事》载，武帝"以琉璃、珠玉、明月、夜光错杂天下珍宝为甲帐，其次为乙帐。甲以居神，乙以自居"。"非甲帐"意指汉武帝已死。　⑤ 冠剑：出使时的装束。丁年：壮年。　⑥ 茂陵：汉武帝陵。指苏武归汉时武帝已死。封侯：苏武持节归来，汉宣帝赐他爵关内侯，食邑三百户。　⑦ 逝川：喻逝去的时间。这里指往事。

【赏析】

这是一首咏史七言律诗，是诗人温庭筠瞻仰苏武庙时所作，表达了诗人对苏武所怀的敬意，赞扬了苏武的民族气节，寄托着诗人的爱国情怀。

首联，前句写出苏武突然见到汉使，得知他解禁可以回国时悲喜交加的激动神态。"魂销"是苏武因长期思念家国表现出的神情状态。次句写苏武庙中的建筑与古树本是无知物，它们都不知道苏武生前所历尽的千辛万苦，更不了解苏武坚贞不屈的价值，寄寓了人心不古、世态炎凉的感叹。

颔联写苏武幽禁在匈奴漫长的岁月情景。在寂静的夜晚，天空中高悬着一轮带有异域情调的明月。望着大雁从遥远的北方飞来，又向南方飞去，一直到它的身影逐渐消失在南天的云彩中。这幅图画，表现了苏武在音讯隔绝的漫长岁月中，对故国的深久思念和欲归不得的深刻痛苦。下一幅是荒塞归牧图。在昏暗的傍晚，放眼远望，只见笼罩在一片荒烟中的连天塞草，和丘陇上归来的羊群。这幅图画，展示了苏武牧羊绝塞的单调、孤寂生活，概括了幽禁匈奴十九年的日日夜夜，表现出其贫贱不能移其爱国之志。

颈联，从时间角度上写苏武出使和归国前后的人事变换。苏武出使是汉武帝为之赐节饯行，他自己那时也正值壮年，可是归汉之"回日"，汉室江山虽然依旧，然而人事却迥然有异于前，这里面包含了极其深沉的感慨。"回日"句是写朝廷人事的变更，"去时"暗示苏武个人生命历程的转换。这两句通过对时间转换的形象描绘，显示了苏武被扣留匈奴时间之长。

尾联，抒写苏武归国后对武帝的追悼。汉宣帝赐苏武爵关内侯，食邑三百户。武帝时已长眠茂陵，再也见不到完节归来的苏武封侯受爵，苏武只能空自面对秋天的流水哭吊已逝去的先皇。

书边事

张乔 [①]

调角断清秋 [②]，征人倚戍楼 [③]。
春风对青冢 [④]，白日落梁州 [⑤]。
大漠无兵阻，穷边有客游 [⑥]。
蕃情似此水 [⑦]，长愿向南流。

【赏析】

这是一首描写边塞军旅生活的五言律诗。唐朝自肃宗以后，河西、陇右一带长期被吐蕃占领。唐宣宗大中十一年（857年），吐蕃将领尚延心以河湟地区归降唐朝。自此之后，唐朝西部边塞地区才又出现了和平安定的局面。这首诗大约创作于此时。表达诗人渴望永远休战和民族和平团结的美好愿景。

首联，悠扬的号角声回荡响彻了沉寂的秋日，边关士卒靠着城门楼的柱子，静静地听着。这两句表明边关此时休战安宁的环境。"断"，衬托了安静，使角声音域之广表现出来，把"调角"的动和"清秋"的静融合在一起，构成了清幽的情境。"征人"与"戍楼"所组成的画面里，那征人倚楼的姿态，像是在倾听悦耳的角声。不用"守"而用"倚"字，传达出此时边关安宁、征

---

① 张乔，生卒年不详，贵池（今安徽省池州市贵池区）人，唐懿宗咸通期间的进士。黄巢起义时，隐居九华山。他的诗多写山水自然，风格似贾岛。　　② 调角：吹奏号角。角，古时军中吹的乐器。　　③ 征人：出征的军人。戍楼：古代边防用以防守、瞭望的岗楼。　　④ 青冢：西汉王昭君的坟墓。　　⑤ 白日：指灿烂的阳光。梁州：当指"凉州"。唐时梁州为今陕西省汉中市南郑区一带，不是边地。凉州，地处今甘肃省武威市境内，曾一度被吐蕃占领。　　⑥ 穷边：指偏远的边地。
⑦ 蕃：吐蕃。唐时在今青藏高原建立的国家政权。此水：不确指，或指黄河。

人无事的主题。

领联，使人由王昭君和亲的事迹联想到眼下边关的安宁，体会到民族团结正是人民的心愿，而王昭君的形象也会像她墓上的青草那样长青。王昭君的墓在今内蒙古呼和浩特市南面，与凉州地带遥遥相对。傍晚时分，当视线从王昭君的墓地移到凉州时，夕阳西下，正是一派平和的景象。让人联想到即使在更为遥远广阔的凉州地带，也是安宁的。

颈联写安宁的大漠有游客来玩。"大漠"和"穷边"是说边塞地区广漠无边；"无兵阻"和"有客游"，说明边关地区因为没有番兵的阻挠，游客才能到来。这两句也对前面的景物描写起到了点化作用。

尾联抒发了作者和民众的心愿。运用生动的比喻表述了诗人内心的希望，诗的意境也更加深化。诗人望着这滔滔奔流的河水，浮想联翩。他盼望蕃情能像这大河一样，长久地向南流入中原！表达出诗人渴望民族团结的愿望。

蜂

罗隐 ①

不论平地与山尖 ②，无限风光尽被占。
采得百花成蜜后，为谁辛苦为谁甜。

【赏析】

罗隐在唐宣宗大中十三年（859 年）到京师应试进士，落榜，后来又多次参加，最终还是铩羽而归，史称"十上不第"。

---

① 罗隐，字昭谏，新城（今浙江富阳市新登镇）人，唐代诗人。唐宣宗时期，黄巢发动起义，避乱隐居九华山，唐僖宗光启三年（887 年），罗隐归乡依吴越王钱镠，历任钱塘令、司勋郎中、给事中等职。罗隐诗名盛传于唐末五代时期。　　② 山尖：山峰。

于是对当时考试制度、朝廷心怀失望。当看见人民在田间辛苦劳作，又想到很多官员不劳而获，对这样相对立的情景产生了愤懑，作出这首讽喻七言绝句。这首咏蜂诗运用象征的手法、设问的形式反映了劳动者不能享受其劳动成果的社会现象。

前两句写蜜蜂在山花烂漫间不停穿梭、劳作的生存状态，广阔的领地给了它们施展本领的空间。"不论""无限"，表明蜜蜂在辛勤劳动中"占尽风光"，几乎是欣赏、夸赞的口吻。看似简单地平铺直叙，实则是匠心独运，先扬后抑，为下文做了铺垫。

后两句把"蜜蜂"象征为"劳动者"加以引申、扩展，发出"采得百花成蜜后，为谁辛苦为谁甜"的一声叹息，提出一个耐人寻味的问题：已采的百花酿成蜜，辛苦的劳作有了成果，但却话锋一转，这般辛劳到底又是为了谁呢？为的正是那些不劳而获的剥削者。诗人以反诘的语气控诉了那些沉迷利禄之人，又对广大劳苦人民心怀怜悯，在为劳动人民鸣冤叫屈的同时也是对自己大志难伸的境遇予以反省，表达了对唐朝末期朋党倾轧、宦官专权、战乱不断、民不聊生的社会现状的痛恨之情。

贫 女

秦韬玉 ①

蓬门未识绮罗香②，拟托良媒益自伤③。
谁爱风流高格调④，共怜时世俭梳妆⑤。
敢将十指夸针巧，不把双眉斗画长⑥。
苦恨年年压金线⑦，为他人作嫁衣裳。

【赏析】

这首七言律诗诉说了一个未嫁贫女悲惨的处境和难言的苦衷。诗人秦韬玉把贫女放在社会环境的矛盾冲突中，通过独白揭示贫女内心深处的苦痛，着意刻画贫女持重清高的品行，对贫女给予深切同情，也流露出诗人怀才不遇、寄人篱下的感恨。

首联，主人公的独白从衣着谈起，说自己生在蓬门陋户，自幼粗衣布裳，从未有绫罗绸缎沾身。因为贫穷，虽已是待嫁之年，却总不见媒人前来问津。打算抛开女儿家的羞怯矜持请人去做媒，可每生此念头，便不由更加伤感。这又是为什么呢？从客

---

① 秦韬玉，生卒年不详，字仲明，京兆长安（今陕西省西安市）人，又说是郃阳（今陕西省合阳县）人，唐代诗人。秦韬玉多次应举不第，依附宦官田令孜，充当幕僚，官丞郎，判盐铁。黄巢起义军攻占长安，秦韬玉从唐僖宗入蜀，中和二年（882年）特赐进士及第。官任工部侍郎、神策军判官。时人戏为"巧宦"，后不知所终。其诗都为七言，构思奇巧，语言清雅，意境浑然。　② 蓬门：用蓬草编扎的门，引申指穷人家。绮（qǐ）罗：华贵的丝织品或丝绸制品。这里指富贵妇女的华丽衣裳。　③ 拟：打算。托良媒：拜托好的媒人。　④ 风流高格调：指格调高雅的装扮。风流，指风韵美好动人。　⑤ 怜：喜欢。时世俭梳妆：当时妇女的一种梳妆打扮，称"时世妆"，又称"俭妆"。时世，当下。　⑥ 斗：比较。　⑦ 苦恨：非常懊恼。压金线：用金线绣花。压，刺绣的一种手法，这里作动词用。

观上看:"谁爱风流高格调,共怜时世俭梳妆。"意思是说:如今,人们竞相追求时髦的奇装异服,有谁来欣赏我不同流俗的高尚情操?就主观而论:"敢将十指夸针巧,不把双眉斗画长。"意思是说:我所自恃的是凭一双巧手针黹出众,敢在人前夸口;决不迎合流俗,把两条眉毛画得长长的去同别人争妍斗丽。这样的世态人情,这样的操守格调,纵使良媒能托,亦知佳偶难觅啊。"苦恨年年压金线,为他人作嫁衣裳!"个人的亲事茫然无望,却要每天压线刺绣,不停息地为别人做出嫁的衣裳!月复一月,年复一年,一针针刺痛着伤痕累累的心灵!独白到此戛然而止,女主人公忧郁神伤的形象默然呈现在读者的面前。

良媒不问蓬门之女,寄托着寒士出身贫贱、举荐无人的苦闷哀怨;夸指巧而不斗眉长,隐喻着寒士内美修能、超凡脱俗的孤高情调;"谁爱风流高格调",俨然是封建文人独清独醒的寂寞口吻;"为他人作嫁衣裳",则令人想到那些终年为上司捉刀献策,自己却久屈下僚的读书人——或许就是诗人的自叹。诗情哀怨沉痛,反映了封建社会贫寒士人不为世用的愤懑和不平。

除夜有怀

崔涂 [①]

迢递三巴路 [②],羁危万里身 [③]。
乱山残雪夜,孤烛异乡人。
渐与骨肉远,转于僮仆亲 [④]。
那堪正漂泊 [⑤],明日岁华新 [⑥]。

---

① 崔涂,生卒年不详,字礼山,今浙江富春江人,唐代诗人。唐僖宗光启四年(888年)进士,《全唐诗》存其诗一卷。代表诗作《除夜有怀》。
② 迢(tiáo)递:形容遥远。三巴:巴郡、巴东、巴西。泛指今四川省、重庆市一带。　　③ 羁危:旅途生活困难。　　④ 转于:反与。
⑤ 那堪:哪能受得了。　　⑥ 岁华:岁月。

【赏析】

这是一首思乡感怀五言律诗，为崔涂客居四川时所作。全诗描写了诗人避乱流离巴蜀，旅途之中适逢除夕之夜的惨淡心情，流露出浓烈的离愁乡思和对羁旅的厌倦情绪。

首联，写离乡的遥远和旅途艰辛。诗人感叹三巴道路的遥远，感叹与故乡的万里相隔。自己只身流离万里之外，举目无亲，又倍感生活困难。"迢递""羁危"用字精炼。同时，"三巴路""万里身"，反映出巴蜀的山川形势。诗人虽深挚地抒发漂泊天涯的无限情怀，却并不给人以萧瑟之感。

颔联，描绘异乡除夜的凄凉。住所外面，是覆盖着残雪的乱山；屋里，只有一支蜡烛陪伴着诗人。"乱山""残雪"既写旅居环境，也是在烘托诗人除夕之夜纷乱凄凉的心境。写山用一"乱"字，展现其杂乱的形态，借以写诗人诸事纷杂的心态；写雪用一"残"字，既扣住时令，又写出残冬余寒未消，借以表现心境的凄冷。"孤烛"二字具有很强表现力，往年过除夕，合家团聚，虽说生逢乱世，节日清贫，总还是快慰的；如今过除夕，却是独自一人处在异乡，只有无言的蜡烛相陪伴，而蜡烛又是孤独一支，"孤烛"照孤客，孤客对"孤烛"，物态人情，相互映衬，揭示出诗人孤苦的心境。

颈联，写久别家乡之人常有的亲疏情感。在家时，有骨肉亲人相伴，自然感觉不到僮仆的可亲之处；如今漂泊在外，远离了亲人，无法与他们一同迎接新年，反而对于身边朝夕相处的僮仆倍感亲近，同时也为除夕增添了一些欢乐。对僮仆感情的转变，也暗中陈述诗人当时处境的寂寞孤独和生活的拮据困窘。

尾联，归结本篇意旨，言不堪在这漂泊的生涯里过此除夕，想到明日又增一岁不禁愁苦万分。所以，诗人寄希望于新年，祈祷不再漂泊流离，显得顺理成章，真切自然。这两句，把叹羁旅、思故乡、念骨肉、感孤独诸多纷杂的心绪归为"那堪"二字，又用"明日岁华新"把这些思绪框定在"除夜"，强烈地表达诗人不堪忍受的异乡漂泊，希望早日结束羁旅生涯的愿望。

孤　雁

崔　涂

几行归塞尽^①，念尔独何之^②。
暮雨相呼失^③，寒塘欲下迟。
渚云低暗度^④，关月冷相随^⑤。
未必逢矰缴^⑥，孤飞自可疑。

【赏析】

这是一首羁旅怀思五言律诗。诗篇描绘了孤雁独自飞翔，孤苦无依的凄凉情状，借以比喻诗人崔涂孤栖忧虑的羁旅情怀。

首联写孤雁同伴归尽，只有"离群"大雁独自飞翔，直切主题。只见天空之下，几行鸿雁展翅飞行。"归塞"二字，可以看出雁群是在向北飞，且又是在春天；因为只有春分以后，鸿雁才飞回塞外。渐渐地，群雁不见了，只剩下一只孤雁在低空盘旋。"念尔"蕴含着诗人同情之心。"独何之"古人托物寓志，可知诗人这时正羁留外地，借孤雁以写离愁。

领联，既写当时的自然环境，也刻画孤雁的神情状态。暮雨苍茫，孤雁在空中呼寻着伙伴。它经不住风雨的侵凌，再要前进，已感无力，看到下面一个芦叶萧萧的池塘，想下来栖息，却又影单心怯，几度盘旋。那种欲下未下的举动，迟疑畏惧的心理，写得细腻入微。诗人把自己孤凄的情感熔铸在孤雁身上，从而构成一个统一的艺术整体，逼真动人。

颈联写孤雁失群的苦楚。尽管振羽奋飞，仍然是孤影无依，凄凉寂寞。"渚云低"是说乌云逼近洲渚，对孤雁来说，便构成一

---

① 几行：指几排大雁。归塞尽：全部回到塞上。　② 何之：倒装结构，到哪里。之，去往。　③ 失：失群。　④ 渚：水中的小块陆地。　⑤ 关月：指关塞上空的月亮。　⑥ 矰（zēng）缴（zhuó）：古代射鸟用的拴着丝绳的短箭。缴，系在短箭上的丝绳。

个压抑的氛围，孤雁就在那样惨淡的昏暗中飞行。"低""冷"，月冷云低，因为孤单，才感到云低得可怕；因为只有冷月相随，才显得孤单凄凉。突出了诗人行程的艰险，心境的凄凉。

尾联写担忧孤雁受箭丧生，因为孤飞总使自己易生疑惧。写的是孤雁，也是写自己。诗人托物言志，以孤雁自喻，表达了他漂泊异乡的孤独以及对世路险峻的忧虑。

已 凉

韩偓 ①

碧阑干外绣帘垂②，猩血屏风画折枝③。
八尺龙须方锦褥④，已凉天气未寒时。

【赏析】

这是一首写爱情的七言绝句。全诗描写了诗人韩偓所钦慕的美人闺房中精巧典雅的陈设布置，点出已凉未寒的特有时令气氛。诗中主人公始终没有露面，但床上锦褥的暗示和折枝图的烘托，隐约展示了主人公在深闺寂寞之中渴望爱情生活的情怀。

起首两句，展现在眼前的是一间华美精致的卧室。"八尺龙须方锦褥，已凉天气未寒时"。视角由室外逐渐移向室内。透过门前的栏杆、当门的帘幕、门内的屏风等一道道障碍，聚集在那张铺着龙须草席和织锦被褥的八尺大床上。从房间陈设可以看出，这是一位富家女的闺房。翠绿的栏杆，门帘上的彩绣，猩红

---

① 韩偓（wò）（约842—约923），乳名冬郎，字致光，号致尧，晚年又号玉山樵人。陕西万年县（今樊川）人。唐末五代诗人。唐昭宗龙纪元年（889年），韩偓中进士，历任左拾遗、左谏议大夫、度支副使、翰林学士。韩偓的写景抒情诗构思新巧，笔触细腻，被尊为"一代诗宗"。
② 阑干：即栏杆。　③ 猩血：鲜红色。画折枝：指图绘花卉草木。
④ 龙须：草名，茎可织席。这里指草席。

的画屏，被面的锦缎光泽，一派旖旎温馨的气象，不仅增添了卧室的华贵气派，还为主人公的闺情绮思酝酿了氛围。主人公始终没有露面，她在做什么、想什么不得而知。但朱漆屏面上雕绘着花朵的折枝图，却不由得使人生发出"花开待人采摘，忧虑空自凋零"的感叹。面对这幅图画，主人公不可能不有感于自己的逝水流年，将大好青春同画中鲜花联系起来加以比较、思索，更何况而现在又到了换季的时候。门前帘幕低垂，席子上增加被褥，表明暑热已退，秋凉刚降。这个时刻最容易勾起人们对光阴消逝的感伤，在主人公的心灵上又将激起阵阵波澜。诗篇结尾用重笔点出"已凉天气未寒时"的季节变化，配上床席、锦褥的暗示以及折枝图的烘托，主人公在深闺寂寞中渴望爱情的情怀，也就隐约可见了。

春宫怨

杜荀鹤 [①]

早被婵娟误 [②]，欲妆临镜慵 [③]。
承恩不在貌，教妾若为容 [④]。
风暖鸟声碎 [⑤]，日高花影重。
年年越溪女 [⑥]，相忆采芙蓉 [⑦]。

[①] 杜荀鹤（约846—约906），字彦之，自号九华山人。池州石埭（今安徽省石台县）人。唐末五代诗人。唐昭宗大顺二年（891年），杜荀鹤中进士，未授官，返乡。后朱温取唐建梁，任以翰林学士、主客员外郎。他的诗语言通俗、风格清新，后人称"杜荀鹤体"。　　[②] 婵娟：形容姿容、形态美好。　　[③] 慵（yōng）：懒。　　[④] 若为容：如何去妆饰自己。　　[⑤] 碎：形容鸟鸣声很多。　　[⑥] 越溪女：指西施浣纱时的女伴。越溪，即若耶溪，在今浙江省绍兴市境，是当年西施浣纱处。这里借指宫女的家乡。　　[⑦] 芙蓉：莲花。

【赏析】

这是一首写宫怨的五言律诗，更是诗人杜荀鹤自况描述。诗篇通过描写一位宫中女子的所见所感，表达了对深宫庭院禁制自由的怨恨以及对民间自由生活的向往。同时，也抒发了诗人对自己不受朝廷重用的幽怨、怀才不遇的感伤。

首联写女子因貌美而入宫，受尽孤寂，不愿梳妆。一个"误"字尽显女子的幽怨烦恼。女子此刻对着铜镜，对影自怜，本想梳妆打扮一番，但一想到美貌误人，又不免迟疑起来，懒得动手了。"早"字，仿佛是从心灵深处发出的一声长长叹息，说明自己被误之久。

颔联写取宠不在容貌，因而不必梳妆打扮。"若为容"是说打扮没有用。"既然被皇上看中并不在于容貌的美好，那么，我再打扮又有什么用呢？"言外之意，起决定作用的是别的方面，如钩心斗角、献媚邀宠等。

颈联写室外春景。春风舒畅，鸟声清脆，丽日高照，花影层叠。这两句写景，是围绕着宫女的所感（"风暖"）、所闻（"鸟声"）与所见（"花影"）来写的。在欲妆又罢的一刻，透过帘笼，暖风带来动听的鸟鸣，游目窗外，见到"日高花影重"的景象。临镜的宫女愁苦怨闷，无意中发现自然界的春天，更唤起她心中春思的寂寞空虚之感。

尾联写往日的悲苦，更露其怨情。宫女想起入宫前每年在家乡溪水边采莲的欢乐情景。这两句以过去对比当下，以往日的欢乐反衬此时的愁苦，使含蓄的怨情更具悠远神韵。

金陵图 ①

韦庄 ②

谁谓伤心画不成，画人心逐世人情 ③。
君看六幅南朝事 ④，老木寒云满故城 ⑤。

【赏析】

　　这首七言绝句是题画之作。诗人韦庄看了六幅六朝（东吴、东晋、宋、齐、梁、陈）史事的彩绘图，有感于心，挥笔作就这首诗。所画的六朝都建都金陵。这位画家并没有为这六朝统治者粉饰太平，而是绘出它的凄凉衰败。在画面里有许多老木寒云，有危城破堞，使人看到了历经六朝统治三百年的金陵并非是繁华的帝王都市，而是使人产生伤感的古城。

　　比韦庄略早的诗人高蟾写过《金陵晚望》中有："世间无限丹青手，一片伤心画不成。"这是高蟾预感到唐王朝危机四伏，正在走向崩溃，为此感到苦恼，却又无能为力。他把重重危机归结为"一片伤心"，而这在一般画家笔下是无法表达出的。韦庄显然是读过高蟾的《金陵晚望》。当他看了这六幅南朝历史组画后，想起了高蟾"一片伤心画不成"诗句。于是提起笔来，好像反驳高蟾道："谁谓伤心画不成？画人心逐世人情。"为什么就画

---

① 金陵：即今江苏省南京市。　　② 韦庄（836—910），字端己，长安杜陵（今陕西省西安市附近）人，唐末五代诗人、词人。唐昭宗乾宁元年（894 年），年近六十的韦庄得中进士。五代时任前蜀宰相。韦庄的诗多以伤时、感旧、离情、怀古为主题。其律诗圆稳整赡、音调嘹亮；绝句情致深婉、包蕴丰厚。其词善用白描手法，词风清丽。与温庭筠同为"花间派"代表作家，并称"温韦"。　　③ 逐：跟从。此处有迎合之意。　　④ 南朝：此处实指六朝，不仅指南北朝时南方宋、齐、梁、陈四朝，还包括东吴和东晋。这六朝均建都南京。　　⑤ 老木：枯老的树木。

不成社会的"一片伤心"呢？那是因为一般的画家只想迎合世人的庸俗心理，专去画些粉饰太平的事物，而不愿意反映社会的真实面貌罢了。

诗人在否定了"伤心画不成"的说法后，总结出："君看六幅南朝事，老木寒云满故城。"请看这幅《金陵图》吧，画面上古木枯凋，寒云笼罩，一片凄清荒凉。南朝六个朝代，哪一个不是因昏庸无能而结束了它们的短命历史！这就是三百年间金陵现实的真实写照。

一个感叹"一片伤心画不成"，一个反驳"谁谓伤心画不成"，其实两个诗人的本意，都是借六朝旧事抒发对晚唐现实的忧虑，可以说是异曲同工。

章台夜思 ①

韦 庄

清瑟怨遥夜，绕弦风雨哀。
孤灯闻楚角 ②，残月下章台。
芳草已云暮 ③，故人殊未来 ④。
乡书不可寄 ⑤，秋雁又南回。

【赏析】

这首五言律诗写怀人思乡。全诗以"夜思"为题，却不写思，而写秋夜所闻所见，抒发了诗人韦庄寄居他乡的孤独悲凉与思念故园亲友的心切。

首联借清瑟以写怀。二十五弦，每一发声，恰似凄风苦雨绕

---

① 章台：古宫苑名。在今陕西省西安市境。　②楚角：指楚地吹的号角。　③芳草：这里指春光。已云暮：已经晚暮了，指春光即将消歇。云，助词，无义。这句是借春光的消歇喻自己年华已逝。④殊：竟然。　⑤乡书：指家信。

弦杂沓而来。长夜漫漫，枯坐室内的诗人聆听着这样凄神寒骨的音乐，怎不倍感哀怨呢？瑟是别离之悲的意象，又用"怨""哀"二字加以强调，奠定了全诗基调。

颔联实景烘托，写诗人困守寓所，孤灯独坐，又听到苍凉悲切的"楚角"声。守城戍卒的思乡之曲极易勾起游子的乡愁。一钩残月挂柳梢，那清幽、昏黄的光在地上映出斑驳的影子。诗人望月怀人，渴望与亲人故旧团聚！残月未圆，更增几许凄凉。这两句，用"孤灯""楚角""残月""章台"意象层层渲染，突出"夜思"之苦。

颈联点题，揭示所思原因。"故人殊未来"，诗人用"芳草已云暮"起兴，衬托其守候之苦。"云暮"，即迟暮之意。芳草绿了，又枯了，而故人依然久久未来。"已""殊"两字形成鲜明对照，表达诗人内心望穿秋水而不得的失落。

尾联承"故人"句，揭出思乡之苦。"殊未来"，长期不知"故人"音讯，凶吉未卜，于是他想到写家书，可是山长水远，"乡书不可寄"，这就更添几分悲苦。"秋雁又南回"，点出时当冷落的清秋节，每每看那结伴南飞的大雁，诗人内心就不禁情潮翻涌，秋思百结。"又"，说明这样郁郁寡欢的日子，他已过了多年，无可奈何，这就将悲情推到了一个高潮。

己亥岁①

曹松②

泽国江山入战图③，生民何计乐樵苏④。
凭君莫话封侯事，一将功成万骨枯。

---

① 己亥岁：为唐僖宗乾符六年（879 年）的干支纪年。　② 曹松（830—903），唐代晚期诗人。字梦徵。舒州（今安徽潜山）人。唐昭宗光化四年（901 年）中进士，年已七十余，特授校书郎，当年去世。曹松的诗工于炼字，意境深幽。　③ 泽国：泛指江南各地，因湖泽星罗棋布，故称。　④ 樵苏：砍柴割草。

【赏析】

这首七言绝句以干支为题，以示纪实，明确表明对现实的批判态度。全诗概况地写出战争对人民造成的深重灾难和浩劫，洞穿千百年来封建战争的实质。

安史之乱后，战争先在河北爆发，后来蔓延入中原。到唐末又发生大规模农民起义，唐王朝残暴镇压，使得长江以南也成了战场。诗人不直说战乱殃及江汉流域，只说这一片河山都已绘入战图，表达委婉曲折，让人们自然联想到兵荒马乱的现实。

随战乱而来的是生灵涂炭。在流离失所的"生民"心中，能平安打柴割草以度日就十分满足。只可惜这种樵苏之乐，此时也不可复得。用"乐"字反衬"生民"的不堪其苦。

结尾两句，"封侯"之事，具有现实针对性的：唐僖宗乾符六年（879年，即己亥年），镇海节度使高骈以在淮南镇压黄巢起义军的"功绩"受到封赏，无非"功在杀人多"而已。"凭"字，语调比"请"字更软，意指：行行好吧，可别提封侯的话啦。词苦声酸，全由此字推敲得来。"一将功成万骨枯"，即言将军封侯是用万千士卒牺牲的代价换取的。这两句运用对比手法，"一"与"万"、"成"与"枯"的对照，令人感到触目惊心，揭示了战争的残酷性。

小儿垂钓

胡令能 ①

蓬头稚子学垂纶 ②，侧坐莓苔草映身 ③。
路人借问遥招手，怕得鱼惊不应人 ④。

【赏析】

　　这首七言绝句是胡令能写儿童生活趣味的作品。一个小孩学钓鱼，路人想向小儿打听一些事情，小孩却怕说话声惊跑了鱼而只招手不应答问话的路人。呈现了一个活灵活现、惟妙惟肖的孩童形象，以形神兼备的手法，描绘了一幅意趣盎然童趣生活图。

　　第一、二句写出小儿垂钓的形象，第三、四句写如何对待问路人。小孩"蓬头"的外貌突出了小孩的幼稚顽皮、天真可爱。诗人写垂钓小孩的形貌不加粉饰，白描出乡村孩子头发蓬乱的面目，显得自然可爱且真实可信。"学"是这首诗的诗眼。小孩子初学钓鱼，所以特别小心。在垂钓时，"侧坐"，即随意坐下，而非稳坐，正与小儿特性和初学钓鱼的心理相吻合。"莓苔"指出小儿选择钓鱼的地方是在避阳又人少行走之处，也是一个鱼不受惊、人不被暴晒的钓鱼处，为后文"怕得鱼惊不应人"做了铺垫。当路人问话，小儿害怕应答惊鱼，从老远招手而不回答。这是从动作和心理来刻画出小孩的机警聪明。小儿之所以要以"遥招手"的动作来代替答话，是害怕把鱼惊散。全诗在平淡浅易的叙述中透露出小孩的纯真、童趣和专注。

---

① 胡令能（785—826），唐代诗人，隐居圃田（今河南省中牟县）。唐德宗、唐宪宗时期人，以修补锅碗盆缸为生，人称"胡钉铰"。他的诗语言浅显而构思精巧，生活情趣浓厚。　　② 蓬（péng）头：头发散乱。稚（zhì）子：幼儿，小孩子。垂纶：钓鱼。纶，钓鱼用的丝线。　　③ 莓苔：青苔。指阴湿地方生长的绿色苔藓植物。映：映衬。　　④ 鱼惊：指鱼儿受到惊吓。应：回应，答复。

题菊花

黄巢 ①

飒飒西风满院栽 ②，蕊寒香冷蝶难来 ③。
他年我若为青帝 ④，报与桃花一处开 ⑤。

【赏析】

这首七言绝句，当作于黄巢青年时，发动起义之前。诗人采用比兴手法，托物言志，表现了力图主宰社会的豪迈思想。

起句写满院菊花在飒飒秋风中开放。"西风"点明节令，"满院"极言其多。"栽"字给人挺立劲拔之感。"满院栽"，是以菊花作为劳苦大众的象征。

菊花迎风霜开放，固然显出它的劲节，但时值寒秋，"蕊寒香冷蝶难来"，却是极大憾事。在飒飒秋风中，菊花似乎带着寒意，散发着幽冷细微的芳香，不像在风和日丽的春天开放的百花，浓香竞发，因此蝴蝶也就难得飞来采掇菊花的幽芳了。在诗人看来，"蕊寒香冷"是因菊花开放在寒冷季节，他自不免为菊花的开不逢时而惋惜不平。

结尾两句，直面揭示环境的寒冷和菊花命运的不公平。诗人想象有朝一日自己成为"青帝"（司春之神），就要让菊花和桃花一起在春天开放，让菊花也同样享受到蕊暖香浓、蜂蝶绕丛的欢乐。这种对不公正"天道"的大胆否定和对理想中美好世界的热烈憧憬，反映出诗人超越封建文人价值观念的远见卓识和勇于掌握、改变自身命运的雄伟胆略，体现了农民阶级领袖人物推翻旧政权的决心。

---

①黄巢（820—884），曹州冤句（今山东省菏泽市）人，唐末农民起义领袖。黄巢五岁时便可对诗，但成年后却屡试不第。　②飒飒（sà）：形容风声。
③蕊：花蕊。借指花朵。　④青帝：司春之神。古代传说中五方天帝之一，住在东方，主行春天时令。　⑤报：告知。这里有命令之意。

不第后赋菊 ①

黄巢

待到秋来九月八 ②，我花开后百花杀 ③。
冲天香阵透长安，满城尽带黄金甲 ④。

【赏析】

这是一首咏物的七言绝句。黄巢在起义之前，曾到京城长安参加科举考试，但没有被录取。科场的失利以及整个社会的黑暗和吏治的腐败，使他对李唐王朝更为不满，借咏菊花来抒发自己的抱负，写下了这首《不第后赋菊》。

前两句"待到秋来九月八，我花开后百花杀"，以自然界物象规律比喻事态的发生。意思是等到秋天九月重阳节来临的时候，菊花盛开后别的花就凋谢了。"待到"二字迸发突兀，具有可望在即的肯定意味。诗人不写"九月九"而写"九月八"，并不仅是为了押韵，还透露出一种迫不及待，呼唤革命风暴雨早日来到的情绪。以菊花傲霜盛开与百花遇寒霜而凋谢的对比，显示出菊花的顽强生命力，以此暗示农民革命风暴一旦来临，腐败的唐王朝就会像"百花"遇寒霜一样，变成枯枝败叶。

后两句"冲天香阵透长安，满城尽带黄金甲"，则是对菊花盛开景状的预见和憧憬。意思是菊花盛开的阵阵香气弥漫长安，遍地都是金黄如铠甲般的菊花。"冲天"指菊花香气浓郁，比喻摧枯拉朽的气势；"香阵"说明金菊盛开的数量之多，代表了广大受压迫的民众反抗的力量。"透"字，以菊花香气充满天地，比喻无所不至的进取精神。末句中的"满""尽"二字，描绘出

---

① 不第：犹落第。指科举考试不中。第，科第，科举制度考选官吏后备人员时，分科录取，每科按成绩排列等第。　② 九月八：农历九月九日为重阳节，有登高赏菊风俗，说"九月八"是为押韵。　③ 杀：草木枯萎。　④ 黄金甲：金黄色铠甲般的菊花。

重阳佳节菊花盛开，整个长安成了菊花的世界，以此比喻农民革命风暴摧旧更新、主宰一切的胜利前景。

这首诗作者运用比喻手法，赋予能抗风寒的菊花以英雄风貌和高洁品格，把菊花作为广大被压迫人民的象征，以百花喻指腐败的唐王朝，形象地显示了农民革命领袖果决坚定的精神风貌。

寄 人

张 泌 ①

别梦依依到谢家 ②，小廊回合曲阑斜 ③。
多情只有春庭月，犹为离人照落花 ④。

【赏析】

这是首写寄怀的七言绝句。诗人张泌曾与一女子相爱，最终却遭分手。而诗人对她始终没有忘怀。这首诗以描写梦境及梦醒后的情景，抒发了诗人与情人分离后相思的深情。

起首两句写做梦情由与梦中所见之景，是向对方表明自己思忆之深。萦绕胸怀的留恋呈现于梦中，梦境中又回到情人的闺房。诗句从叙述梦境开始，院子里四面走廊，曾经是两人互诉衷肠的地方；曲折的栏杆，也像往常一样，似乎还留着自己抚摸过的痕迹。眼前情景依旧，独不见所思之人。诗人的梦魂绕遍回廊，倚尽栏杆，失望地徘徊着，追忆着，甚至连自己也不知道怎样走出梦境。往日欢情，别后相思，都在不言之中，而在梦里也难寻觅所爱之人，惆怅的情怀更加使人难堪。

---

① 张泌，生卒年不详，字子澄，安徽淮南人。唐末五代时期诗人、词人。花间派的代表人物之一。　② 依依：形容思慕怀念。谢家：泛指闺中女子。晋代谢奕之女谢道韫、唐李德裕之妾谢秋娘等皆有盛名，故后人多以"谢家"代闺中女子。　③ 回合：回环，回绕。阑：栏杆。④ 离人：指寻梦人。

结尾两句，多情的明月依旧照人，相思之人却很久没有音讯。诗人问道，那么，还剩下些什么呢？这时候一轮皎月正好把它幽冷的月光洒在园子里，地上的片片落花，反射出惨淡的颜色。花是落了，但曾经映照过枝上的明月，依然如此多情地看着，似乎还没有忘记一对爱侣在这里结下的一段恋情。

陇西行 ①

陈陶 ②

誓扫匈奴不顾身，五千貂锦丧胡尘 ③。
可怜无定河边骨 ④，犹是春闺梦里人 ⑤。

【赏析】

《陇西行》是乐府《相和歌·瑟调曲》旧题，内容描写的是边塞战争。陈陶作的这首七言绝句反映了唐代长期的边塞战争给人民带来的痛苦和灾难。

前两句叙述了一个慷慨悲壮的激战场面。唐军誓死杀敌，奋不顾身，但结果却是五千将士全部丧身"胡尘"。"誓扫""不顾"二词表现出唐军将士勇往直前的气概和为国献身的牺牲精神。部队装备精良、战死者达五千之多，说明战斗激烈、伤亡惨重。

后两句点明战争造成的悲剧。诗人没有直接写战争造成的悲惨景象，也没有渲染家人的悲伤情绪，而是把"河边骨"和"春闺梦"放到一起，一边是现实，一边是梦境。虚实相对，造

---

① 陇西：古区域名，在今甘肃省境陇山以西地区。　② 陈陶，生卒年不详，字嵩伯，剑浦（今福建省南平市）人。唐代诗人。陈陶约唐武宗会昌初前后在世，屡次举进士不第，所以隐居不仕，自号"三教布衣"。他的诗歌以平淡著称。　③ 貂锦：装备精良的精锐之师。④ 无定河：黄河中游支流，在今陕西省北部。　⑤ 春闺：指战死者的妻子。

成强烈的艺术效果。闺中的妻子不知道丈夫已经战死，仍然在梦中相见已成白骨的丈夫，这使全诗产生了震撼心灵的悲情力量。知道亲人死去，必会引起悲伤，但是"闺中人"常年没有丈夫的音讯，征人早已变成河边的枯骨，妻子却还在梦境中盼他早日归来。灾难和不幸已经降临，妻子们不但毫不知情，反而满怀着热切的希望，这才是真正的悲剧。

春 怨

金昌绪 ①

打起黄莺儿 ②，莫教枝上啼。
啼时惊妾梦，不得到辽西 ③。

【赏析】

这是一首写闺怨的五言绝句。唐玄宗天宝年以后，唐王朝和契丹族之间多次发生战争，到辽西一带戍守的士卒长期不得还家，甚至埋骨荒陲。因此，民众希望统治者能够安抚边庭，和亲人过安定团聚的生活。这首诗通过描写一位女子对远征辽西丈夫的思念，反映了封建社会兵役制下人民凄惨幽怨的心境。

首句写"打起黄莺"，次句写"打起"的原因是"莫教啼"，第三句写"莫教啼"是为了不使黄莺啼叫"惊妾梦"，结尾句说出"妾梦"梦的是到辽西会见丈夫的情景。

全诗采用层层倒叙的写作手法，本是为怕惊梦而不教莺啼，为不教莺啼而要把莺打起，而诗人却倒过来写，句句设疑，句句作答，将女子思念丈夫的迫切愿望发挥到极致。

---

① 金昌绪，生平不详，约为余杭（今浙江省）人。唐代诗人，约唐宣宗时期在世。现今仅存诗《春怨》一首。　　② 打起：打得飞走。
③ 辽西：唐时郡名，辖境约今辽宁省西部、河北省东北部及北京市东北部一带，是当时少妇的丈夫所征戍之地。

牧 童

吕岩 [1]

吕岩 [1]

草铺横野六七里 [2]，笛弄晚风三四声 [3]。
归来饱饭黄昏后，不脱蓑衣卧月明 [4]。

【赏析】

这是一首即景抒怀七言绝句。全诗展示了一幅鲜活的牧童晚归休憩图，反映了牧童生活的恬静与闲适，表达了诗人对远离喧嚣、安然自乐生活的向往。

首句描述视觉上的感受，放眼望去原野上草色青青。"铺"字表达出草长的茂盛，及草场给人平缓舒服的感觉。宽阔的草场为牧童出场铺垫了场景。次句描述听觉上的感受，侧耳倾听晚风中牧笛声声。"弄"字显出一种情趣，把风中笛声时断时续、悠扬飘逸和牧童吹笛嬉戏的意味传达了出来。笛声悠扬悦耳，反映出晚归牧童劳作一天后轻松闲适的心境。"六七里"和"三四声"为虚指，突出了原野的宽阔和乡村傍晚的静寂。

第三句直接写牧童晚归后的生活，牧童吃饱饭，已是黄昏之后。末句写牧童休息的情景。把以地为床、以天为帐、饥来即食、困来即眠、自由自在的牧童形象刻画得活灵活现。诗人于此并没有描写牧童躺下做些什么，可能是舒展身子，或者是欣赏月色，仅把他的所见如实写下来，却有着无限的想象空间。

---

[1] 吕岩，一名岩客，字洞宾，号纯阳子，自称回道人。道教全真派祖师，河东蒲州永乐（今山西省芮城县永乐镇）人。吕岩于唐德宗贞元十四年（798年）出生，唐敬宗宝历元年（825年）中进士，曾做过地方官吏，后避战乱弃官，到中条山上的九峰山修行，改名为吕洞宾。《全唐诗》录存其诗四卷。　　[2] 铺：铺开。横野：宽阔的原野。　　[3] 弄：逗弄，玩弄。　　[4] 蓑（suō）衣：用草或棕毛编织成的，披在身上的防雨用具。卧月明：即躺着观看明亮的月亮。

金缕衣 ①

无 名 氏

劝君莫惜金缕衣，劝君惜取少年时 ②。
花开堪折直须折 ③，莫待无花空折枝。

【赏析】

这首七言乐府诗原本是中唐时的一首流行歌词。据说唐宪宗元和年间，镇海节度使李锜酷爱此词，常命侍妾杜秋娘在酒宴上演唱。歌词作者已不可考，但《唐诗选》中把这首诗列为杜秋娘的作品。这首诗主旨就是"莫负少年好时光"。

前两句句式相同，都以"劝君"开始，"惜"字重复出现。第一句中"莫惜"，第二句中"惜取"，意正相反，但诗意是贯通的。"金缕衣"比喻荣华富贵，"劝君莫惜"，是因有更珍贵的事物，就是"劝君惜取"的"少年时"。以此劝勉世间沉溺富贵而虚度光阴的人。两句直抒胸臆，是赋的手法，都用"劝君"对白的语气，凸显诚恳。两句一否定，一肯定，否定前者乃是为肯定后者，似分实合，构成诗中第一次反复和咏叹，有很浓的歌韵特点。

后两句与"少壮不努力，老大徒伤悲"表达的意思是一致的。"花开"多发生于春季，比作人的少年时期；"无花"，比作青春芳华已去。"折"，努力进取。意即年少时期是实现自我价值的时候，要努力去争取。不要等到芳华已去，只能空怀梦想而叹息。后两句用是比兴的手法（即比喻），构成第二次反复和咏叹。"花"字出现两次，"折"字出现三次，构成了回文式的复叠美，有重叠复沓之感。

这首诗中，有字与字的反复、句与句的反复，使诗句郎朗上口，非常适合歌唱。

---

① 金缕衣：金丝编织的衣服，比喻荣华富贵。　　② 惜取：珍惜。
③ 堪：可以。直须：尽管。